Jojo Moyes est romancière et journaliste. Elle vit en Angleterre, dans l'Essex. Après avoir travaillé pendant dix ans à la rédaction de l'*Independent*, elle décide de se consacrer à l'écriture. Ses romans, traduits dans le monde entier, ont été salués unanimement par la critique et lui ont déjà valu de nombreuses récompenses littéraires. *Avant toi* a créé l'événement et marqué un tournant dans sa carrière d'écrivain. Ce best-seller a rencontré un succès retentissant qui lui a valu d'être adapté au grand écran, tout comme *Le vent nous portera*.

De la même autrice :

Avant toi
Après toi
Après tout

La Dernière Lettre de son amant
Jamais deux sans toi
Sous le même toit
Les Yeux de Sophie
Paris est à nous
Une douce odeur de pluie
Où tu iras j'irai
Les Fiancées du Pacifique
Le vent nous portera
Le bonheur n'attend pas
Nos cœurs à l'horizon
La Baie des baleines

Ce livre est également disponible
au format numérique

www.editions-hauteville.fr

Jojo Moyes

Le bonheur n'attend pas

Traduit de l'anglais (Grande-Bretagne) par Claire Allouch

Hauteville

Hauteville est un label des éditions Bragelonne

Titre original : *The Peacock Emporium*

ISBN : 978-2-38122-292-9

Bragelonne – Hauteville
60-62, rue d'Hauteville – 75010 Paris

E-mail : info@editions-hauteville.fr
Site Internet : www.editions-hauteville.fr

À mes parents, Lizzie Sanders et Jim Moyes.
Tout mon amour et mes remerciements.

Première partie

Chapitre 1

Buenos Aires, 2001 : le jour où j'ai aidé à naître mon premier bébé

C'était la troisième fois de la semaine que la climatisation était en panne à l'Hospital de Clinicas, et la chaleur était si étouffante que les infirmières en étaient venues à défiler entre les lits avec des ventilateurs à piles pour rafraîchir les patients des soins intensifs. On en avait reçu un lot de trois cents dans un carton : c'était un homme d'affaires spécialisé dans l'import-export, reconnaissant d'avoir survécu à une attaque cardiaque, qui en avait fait don à l'hôpital. L'un des rares patients de l'établissement qui se sentait encore assez riche pour se permettre de faire des cadeaux.

Les petits appareils en plastique bleu s'étaient cependant avérés aussi peu fiables que ses promesses de réapprovisionner l'hôpital en médicaments et en équipements. Dans les couloirs dégoulinants de la chaleur bruyante d'un été à Buenos Aires, on entendait retentir les jurons des infirmières, même les plus dévotes, qui tentaient désespérément de réanimer les ventilateurs : « *¡Hijo de puta!* »

Je ne prêtais pas attention à la chaleur. Je tremblais d'une peur glaciale, celle d'un homme sage-femme tout juste sorti de l'école à qui l'on vient d'apprendre qu'il va procéder à son premier accouchement. Beatriz, la tutrice qui m'avait supervisé pendant la formation, m'avait annoncé la nouvelle d'un air faussement détendu, avec une bonne claque sur l'épaule assenée de sa main bronzée et potelée. Puis elle était partie essayer de voler de la nourriture en gériatrie pour nourrir l'une de ses jeunes mamans.

— Ils sont dans la numéro 2, m'avait-elle dit avec un geste vers la salle de travail. Multipare, déjà trois enfants, mais celui-là refuse de sortir. Difficile de le lui reprocher, pas vrai ?

Elle avait eu un rire triste avant de me pousser vers la porte.

— Je reviens dans quelques minutes.

Puis, comme elle me voyait hésiter sur le pas de la porte en entendant les cris de douleur qui s'en échappaient, elle insista :

— Vas-y, Turco, il n'y a qu'un seul trou par où il peut sortir, de toute façon.

J'entrai dans la pièce, les éclats de rire des autres sages-femmes résonnaient dans mes oreilles.

J'avais prévu de me présenter avec une certaine autorité, afin de me rassurer autant que mes patients, mais la femme était agenouillée par terre et repoussait la tête de son mari avec des doigts crispés par l'effort. Elle meuglait comme une vache. Le moment était mal choisi pour leur serrer la main.

— Elle a besoin de médicaments, je vous en prie, docteur, gémit le père à travers la paume qui lui écrasait le menton.

Je m'aperçus qu'il employait le même ton déférent avec lequel je m'adressais à mes supérieurs à l'hôpital.

— Oh, doux Jésus, pourquoi c'est si long ? Pourquoi si long ? pleurait-elle toute seule en se balançant d'avant en arrière.

Elle avait le tee-shirt trempé de sueur, et ses cheveux, tirés en une queue de cheval, étaient si mouillés que la peau de son crâne était visible entre les mèches.

—Les deux derniers étaient arrivés très vite, expliqua l'époux en lui caressant la joue. Je ne comprends pas pourquoi celui-là ne veut pas venir.

Je consultai les notes au pied du lit. Cela faisait presque dix-huit heures que le travail avait commencé : ça aurait déjà été long pour un premier accouchement, mais pour le quatrième… Je résistai à la tentation de crier pour appeler Beatriz. Je choisis de rester les yeux rivés sur les feuilles, à prendre l'air savant, et tentai de me réciter mentalement toutes les check-lists médicales de ma connaissance, sans me laisser distraire par la mélopée de la parturiente. En bas, dans la rue, quelqu'un avait mis l'autoradio de sa voiture à fond, diffusant le rythme entêtant d'une cumbia au synthétiseur. Je songeai à fermer la fenêtre avant de me raviser : la température était déjà étouffante dans cette petite pièce sombre.

Cependant, je ne pouvais pas rester indéfiniment le nez plongé dans les notes.

—Vous pouvez m'aider à l'installer sur le lit ? demandai-je au mari.

Il se leva d'un bond, sans doute soulagé que quelqu'un passe à l'action. Après avoir hissé la femme, je pris sa tension. Elle m'agrippait par les cheveux pendant que je mesurais le temps entre ses contractions et que je lui palpais le ventre. Elle avait la peau moite, brûlante. La tête du bébé était engagée. J'interrogeai le mari sur l'historique médical, mais je ne trouvai aucun indice. Je regardai la porte, espérant voir arriver Beatriz.

—Aucune raison de vous inquiéter, dis-je en m'épongeant le front.

Pourvu que ce soit vrai…

C'est alors que je vis l'autre couple, debout presque immobile dans un coin de la chambre, près de la fenêtre. Ils ne ressemblaient pas aux visiteurs habituels d'un hôpital public : avec leurs luxueux vêtements aux couleurs vives, ils auraient été plus à leur place à la clinique suisse, de l'autre côté de la rue. La femme avait les cheveux teints et permanentés, relevés en un élégant chignon, mais son maquillage n'avait pas résisté à la chaleur estivale, et coulait en traînées autour de ses yeux et sur tout son visage luisant. Accrochée au bras de son mari, elle scrutait la scène devant eux.

— Est-ce qu'elle a besoin de médicaments ? Eric pourrait aller lui en chercher.

Était-ce la mère de la parturiente ? me demandai-je avec distraction. Elle paraissait trop jeune.

— Le travail est trop avancé, c'est trop tard pour les médicaments, dis-je en essayant d'avoir l'air confiant.

Tout le monde me regardait, plein d'attente. Toujours aucun signe de Beatriz.

— Je vais procéder à un examen rapide.

Personne ne semblait souhaiter m'en empêcher, et je n'eus donc d'autre choix que de le faire.

Je lui ramenai les talons contre les fesses et lui écartai les genoux. Puis j'attendis la contraction suivante et, aussi doucement que possible, je passai les doigts le long du col. Cette manœuvre était parfois douloureuse à ce stade du travail, mais la pauvre était si fatiguée qu'elle gémit à peine. Je restai là une minute, à tenter de comprendre. Le col était entièrement dilaté, pourtant je ne sentais pas la tête du bébé… Je me demandai un instant si les sages-femmes étaient encore une fois en train de me faire une blague, comme le jour où elles m'avaient confié une couveuse avec une poupée. Soudain, je ressentis un petit sursaut d'enthousiasme. Je leur adressai à tous un sourire rassurant et m'approchai du placard à instruments, espérant que ce que je cherchais n'avait pas été chipé par un autre service. Mais l'objet était là, une sorte de petit crochet en acier : ma baguette magique. Je le pris dans ma main, presque euphorique à la perspective de ce qui allait arriver, grâce à moi.

L'air fut déchiré par un nouveau hurlement de la femme sur le lit. J'avais un peu peur d'effectuer ce geste sans supervision, mais attendre davantage aurait été injuste. Et à présent que le monitoring fœtal ne fonctionnait plus, je n'avais aucun moyen de savoir si le bébé était ou non en détresse.

— Tenez-la, elle ne doit pas bouger, dis-je au mari.

Je calculai avec soin entre les contractions, plongeai le petit crochet et perçai un minuscule trou dans la poche amniotique excédentaire qui bloquait le bébé. Malgré les gémissements de la mère et le bruit de la circulation dans la rue, j'entendis le joli son de la membrane qui cédait devant moi. Alors un flot de liquide jaillit, et la femme se redressa et déclara, étonnée mais fébrile :

— J'ai envie de pousser.

C'est le moment que choisit Beatriz pour entrer. Elle vit l'instrument dans ma main, la détermination retrouvée de la parturiente, et vint la soutenir avec le mari, puis me fit signe de continuer.

Après cela, mes souvenirs sont assez confus. Je me rappelle la surprise de découvrir la touffe de cheveux sombres, puis avoir pris la main de la femme pour la poser là, afin qu'elle aussi se sente encouragée. Je me souviens de lui avoir dit de pousser, puis de respirer, et que, lorsque le bébé a commencé à sortir, je criais comme aux matchs de foot avec mon père, de soulagement, d'émotion et de joie. Et je me souviens aussi de cette jolie petite fille qui glissait entre mes mains, sa peau bleue virant rapidement au rose, comme celle d'un caméléon, avant qu'elle laisse échapper un cri pour exprimer toute sa rage devant sa venue au monde qui avait pris plus de temps que prévu.

Et, à ma grande honte, je me souviens d'avoir dû tourner la tête, car, en coupant le cordon et en la posant sur la poitrine de sa mère, je m'étais aperçu que je pleurais, et je ne voulais pas offrir à Beatriz et aux autres sages-femmes une nouvelle occasion de se moquer de moi.

Elle apparut près de moi, tout en s'épongeant le front, et esquissa un geste derrière elle.

— Quand tu auras fini, chuchota-t-elle, je vais faire un saut à l'étage au-dessus et voir si je peux trouver le docteur Cardenas. Elle a perdu beaucoup de sang, et je préfère ne pas la déplacer avant qu'il l'ait vue.

Je l'entendis à peine, et elle le savait. Elle me donna un petit coup de pied dans la cheville.

— Pas trop mal, Ale, dit-elle en souriant.

C'était la première fois qu'elle m'appelait par mon vrai nom.

— La prochaine fois, tu penseras peut-être même à peser le bébé…

Je m'apprêtais à répliquer sur le même ton, l'euphorie me donnant le courage de me défendre pour une fois. Mais, au même moment, je pris conscience que l'atmosphère de la pièce avait changé. Beatriz le ressentit également et s'arrêta en chemin. Là où normalement nous aurions dû entendre le roucoulement extatique de la jeune maman, les doux murmures de la famille en admiration, on ne percevait qu'une supplique basse :

— Diego, non, non, Diego, s'il te plaît…

Le couple bien habillé s'était approché du lit. La femme blonde, vis-je, tremblait. Un étrange demi-sourire s'était dessiné sur son visage. Elle avançait une main timide vers le bébé.

La mère serrait son enfant contre elle, les yeux clos, et murmurait à son époux :

— Diego, non, non, je ne peux pas faire ça.

Son mari lui caressait le visage.

—Luisa, on s'est mis d'accord. Tu sais qu'on n'arrive déjà pas à nourrir nos enfants, alors avec un de plus…

Elle refusait d'ouvrir les yeux, ses mains squelettiques nouées autour du châle de l'hôpital, délavé et usé.

—Les choses vont s'arranger, Diego. Tu auras plus de travail. S'il te plaît, mon amour, s'il te plaît, non…

Diego avait le visage ravagé par le chagrin. Il se pencha et commença, doucement, à desserrer les doigts de sa femme, l'un après l'autre. Elle gémissait à présent.

—Non. Non, Diego, s'il te plaît.

La joie de la naissance s'était évaporée, et lorsque je compris ce qui était en train de se passer, j'en eus l'estomac retourné. J'allais intervenir, mais Beatriz, que je n'avais jamais vue avec une expression si lugubre, m'arrêta d'un discret signe de tête.

—C'est le troisième cette année, murmura-t-elle.

Diego avait réussi à prendre la petite fille. Il la tint serrée sans la regarder, puis, les yeux fermés à son tour, l'écarta de lui. La femme blonde avait fait un pas en avant.

—Nous l'aimerons tellement, promit-elle, sa voix à l'accent chic tremblant de larmes. Nous avons attendu si longtemps…

La mère était désormais très agitée. Elle essaya de quitter le lit, mais Beatriz se précipita pour la maintenir.

—Elle ne doit pas bouger ! s'écria-t-elle d'une voix que sa complicité involontaire rendait tranchante. Il est très important qu'elle ne se lève pas tant que le médecin ne l'aura pas examinée.

Diego passa les bras autour de son épouse. J'avais du mal à savoir s'il la réconfortait ou s'il l'emprisonnait.

—Ils lui donneront tout, Luisa, et l'argent va nous aider à nourrir nos enfants. Il faut que tu penses à nos petits, à Paola, à Salvador… Pense à ce que nous avons vécu…

— Mon bébé ! hurla la mère qui ne semblait pas l'entendre.

Elle griffait le visage de son époux, impuissante face à la masse imposante de Beatriz qui paraissait vouloir demander pardon.

— Vous ne pouvez pas la prendre !

Le mari avait les joues lacérées de griffures, mais il ne semblait pas s'en rendre compte. Alors que le couple reculait vers la porte, je restai près de l'évier, les oreilles pleines du son brut d'une souffrance que je n'ai jamais oubliée, incapable de regarder à présent l'enfant que j'avais eu tellement de joie à faire naître.

Et, à ce jour, je ne me souviens d'aucune beauté dans ce premier bébé que j'avais aidé à entrer dans ce monde. Je me souviens seulement des cris de cette mère, de l'expression de douleur gravée sur ses traits, une douleur dont je savais, malgré mon manque d'expérience, que rien ne la soulagerait jamais. Et je me souviens de cette femme blonde, traumatisée, et pourtant déterminée alors qu'elle s'éloignait à reculons, comme une voleuse, qui disait à voix basse :

— Elle sera aimée.

Cent fois elle le répéta, bien que personne ne l'écoute. « Elle sera aimée. »

Chapitre 2

1963 : Framlington Hall, Norfolk

Le train avait fait six arrêts imprévus entre Norwich et Framlington, et le bleu glacier infini du ciel s'assombrissait, bien qu'il ne soit pas encore l'heure du thé. Plusieurs fois, Vivi avait regardé les contrôleurs sauter avec leurs pelles pour déblayer une nouvelle congère qui obstruait les rails. Son impatience devant ce retard était contrebalancée par une satisfaction perverse.

— J'espère que la personne qui vient nous chercher a des chaînes à neige, dit-elle, son souffle déposant de la buée sur la vitre.

Elle dut passer son doigt ganté sur la fenêtre afin d'observer les environs.

— Je n'aimerais pas devoir pousser la voiture dans ce blizzard.

— Tu n'aurais pas besoin de le faire, objecta Douglas. Les hommes s'en chargeraient.

— Ce sera terriblement glissant.

— Avec des bottines comme les tiennes, oui.

Vivi baissa les yeux vers ses nouvelles Courrèges, se félicitant qu'il les ait remarquées. « Totalement inadaptées à la météo », avait déclaré sa mère, en ajoutant pour son père, d'une voix triste, qu'il était « impossible de lui faire entendre raison en ce moment ». Vivi, d'ordinaire très obéissante, avait refusé catégoriquement de porter des bottes en caoutchouc. C'était son premier bal sans chaperon, elle n'allait tout de même pas arriver chaussée comme une enfant de douze ans. Ça n'avait pas été leur seul conflit : sa coiffure, savante accumulation de boucles lâches remontées sur le sommet de son crâne, était incompatible avec le port d'un bon gros bonnet de laine, et sa mère était plongée dans l'indécision : tous les efforts qu'elle y avait consacrés valaient-ils le risque de laisser sa fille unique s'aventurer dans le froid du pire hiver jamais enregistré avec, en tout et pour tout, une écharpe enroulée autour de la tête ?

— Ça ira très bien, avait-elle menti. La salle sera surchauffée !

Elle portait un caleçon long sous sa jupe, mais Douglas n'y verrait que du feu. Cela faisait presque deux heures qu'ils étaient dans le train, dont une sans chauffage : le contrôleur leur avait expliqué que celui de leur voiture avait rendu l'âme avant même la vague de froid. Ils avaient projeté de faire le voyage avec la mère de Frederica Marshall dans son automobile, mais Frederica avait contracté la mononucléose (ce n'était pas pour rien, avait commenté sèchement la mère de Vivi, qu'on l'appelait plus communément la « maladie du baiser »), et, à contrecœur, leurs parents les avaient autorisés à prendre le train, non sans répéter sans relâche à Douglas de « veiller sur elle ». Au fil des ans, Douglas avait souvent reçu l'ordre de veiller sur Vivi, mais le fait qu'elle se rende seule à l'un des grands événements mondains de l'année rendait cet ordre plus solennel encore.

— Ça t'embête, de voyager avec moi, Douglas ? avait-elle demandé, dans une tentative de coquetterie.

— Ne dis pas de bêtises.

Douglas n'avait pas encore pardonné à son père son refus de le laisser emprunter sa Vauxhall Victor.

— Je ne sais vraiment pas pourquoi mes parents ne m'autorisent pas à me déplacer seule. Ils sont tellement vieux jeu…

— Elle sera en sécurité avec Douglas, avait déclaré son père d'un air rassurant. Il est comme un frère pour elle.

À son grand désespoir, Vivi savait que son père avait raison.

Elle plaça l'un de ses pieds, dans son élégante bottine, sur le siège à côté de Douglas. Il portait un épais manteau de laine, et ses chaussures, comme celles de la plupart des hommes, avaient une auréole pâle laissée par la neige fondue.

— Il y aura du beau monde ce soir, apparemment, dit-elle. Quelle déception pour tous ceux qui n'ont pas pu avoir d'invitation.

— Je leur aurais bien laissé la mienne…

— À ce qu'on raconte, cette fille, Athene Forster, sera là. Celle qui a été grossière avec le duc d'Édimbourg. Tu l'as déjà croisée, dans les bals où tu es allé ?

— Non.

— Elle a l'air horrible. Maman l'a vue dans les colonnes mondaines, et elle a dit que l'argent n'achète pas l'éducation, ou quelque chose dans le genre.

Elle se tut et se frotta le nez.

— La mère de Frederica pense que la saison est une tradition qui se perd. Elle prétend que les filles comme Athene la tuent à petit feu, et que c'est pour ça qu'on la surnomme « la dernière débutante ».

Douglas ricana sans lever les yeux de son journal.

— La dernière débutante. Quelle foutaise ! La saison n'est qu'une mascarade. Et c'est le cas depuis que la reine a cessé de recevoir à la cour.

— Mais ça reste une bonne façon de rencontrer des gens.

— Une bonne façon de mélanger les gentils garçons et les filles bien élevées qui produiront des mariages convenables…

Douglas ferma son journal et le posa à côté de lui sur le siège. Il s'appuya contre son dossier, les mains jointes derrière la tête.

— Les choses changent. Dans dix ans, on ne verra plus des bals de chasse comme celui-là. Les robes de bal, les queues-de-pie, ce sera fini.

Vivi n'en était pas certaine, mais son propos était peut-être lié à l'obsession que nourrissait Douglas envers ce qu'il appelait la « réforme sociale », qui semblait aller de l'éducation des masses selon George Cadbury jusqu'au communisme en Russie. Le tout par le biais de la musique pop.

— Mais alors, comment feront les jeunes gens pour se rencontrer ?

— Ils seront libres de fréquenter qui ils voudront, quelle que soit son origine. Ce sera une société sans classes.

Le ton de sa voix ne permettait pas de déterminer avec exactitude s'il jugeait ce changement positif, ou si c'était une mise en garde. Aussi Vivi, qui lisait rarement les journaux et n'avait pas d'opinions à elle, émit un petit bruit d'assentiment et se tourna de nouveau vers la fenêtre. Elle espéra une fois de plus que sa coiffure tiendrait toute la soirée. Tout irait bien pour le quickstep et le Gay Gordons, avait dit sa mère, mais il faudrait peut-être se montrer prudente pour les danses plus enlevées.

— Douglas ? Tu veux bien me rendre un service ?

— Lequel ?

— Je sais que tu n'avais pas vraiment envie de venir…

— Ça ne me dérange pas.

— Et je sais que tu détestes danser, mais si au bout de quelques danses personne ne m'a invitée, tu le feras ? Je ne crois pas que je supporterais de faire tapisserie toute la nuit…

Elle sortit brièvement les mains de la chaleur relative de ses poches. Ses ongles avaient été peints avec un vernis nacré.

Il brillait, opalescent, en un rappel du voile cristallin qui recouvrait désormais la vitre de la voiture.

— Je n'ai pas arrêté de m'entraîner. Je te promets que tu n'auras pas honte.

Il lui sourit, et malgré le froid qui gagnait de plus en plus le compartiment, elle eut soudain plus chaud.

— Tu ne vas pas faire tapisserie, déclara-t-il en posant à son tour les pieds sur le siège, à côté d'elle. Mais oui, bécasse. Bien sûr que je te ferai danser.

Framlington Hall ne pouvait se targuer d'être un joyau de l'architecture britannique. S'il avait au premier abord une allure vaguement antique, le masque ne tardait pas à tomber : nul besoin d'être érudit pour constater que les tourelles gothiques ne s'accordaient pas avec les colonnes palladiennes, que les étroites fenêtres à croisillons de plomb juraient dans l'immense salle de bal, et que le rouge vif de ses briques n'avait pas été terni par de nombreuses saisons. C'était, en bref, un bâtard architectural, un hybride des pires nostalgies d'un passé fantasmé. L'importance que se donnait la bâtisse imposait un certain prestige à la plate campagne qui l'environnait.

Son jardin, lorsqu'il n'était pas enfoui sous des mètres de neige, était d'une formalité rigide. Les pelouses soignées aussi drues et épaisses qu'une moquette onéreuse, la roseraie arrangée non en un charmant fouillis mais en lignes bien droites d'arbustes taillés sans douceur, chacun ressemblant à s'y méprendre au suivant dans la rangée. Au lieu de délicates teintes délavées de pêche et de rose, on y voyait des tons rouge vif, sélectionnés avec soin ou produits artificiellement dans des laboratoires de Hollande ou de France. De part et d'autre s'élevaient des haies de cyprès d'un vert uniforme qui se préparaient, malgré leur extrême jeunesse, à couper la maison et son parc du monde extérieur. C'était moins un jardin que, comme l'avait un jour souligné un visiteur, une sorte de camp de concentration horticole.

Non que ces considérations perturbent le flot d'arrivants, qui, un petit bagage à la main, avaient été débarqués sur l'allée dûment salée qui décrivait une courbe devant la façade. Certains avaient été invités par les Bloomberg, qui avaient eux-mêmes dessiné la demeure (et venaient tout juste d'être dissuadés d'acheter un titre pour aller avec), d'autres par certains de leurs amis mieux placés, avec leur permission, afin de créer l'atmosphère voulue. Et des astucieux s'étaient mêlés à la foule, espérant que, vu les proportions épiques de l'événement, quelques convives excédentaires ne dérangeraient pas, du moment qu'ils avaient l'accent et le visage qui convenaient. Les Bloomberg, dont la récente fortune avait été construite dans la banque et qui étaient bien décidés à garder vivante la tradition des débutantes pour le bénéfice de leurs filles jumelles, avaient la réputation d'être des hôtes généreux. Et, de nos jours, on prenait davantage ses aises avec l'étiquette : personne ne serait jeté dehors par un temps pareil. Surtout pas alors que les Bloomberg avaient un nouvel intérieur à exhiber.

Vivi avait l'occasion de méditer sur tout cela, installée dans sa chambre (serviettes, produits de toilette et sèche-cheveux à deux vitesses fournis), séparée de Douglas par deux couloirs au minimum, puisque les hommes étaient logés dans une autre aile. Elle faisait partie des chanceux, grâce à la relation d'affaires qu'entretenait son père avec David Bloomberg. La plupart des filles étaient reléguées dans un hôtel à plusieurs kilomètres de là, mais elle dormirait dans une chambre trois fois plus grande que la sienne à la maison, et deux fois plus luxueuse.

Lena Bloomberg, une femme élancée et élégante qui arborait l'air las d'une personne qui sait depuis longtemps que tout l'attrait qu'éprouve son mari envers elle est d'intérêt financier, avait réagi aux salutations extravagantes de Douglas par un haussement de sourcils. Puis elle avait annoncé que du thé et de la soupe attendaient dans le salon ceux qui souhaitaient se réchauffer, et que si Vivi avait besoin de quoi que ce soit, il ne fallait pas hésiter à appeler. Mais pas Mrs Bloomberg elle-même, sans doute. Elle avait ensuite ordonné à un valet de pied de lui montrer sa chambre. Après avoir essayé toutes les crèmes et reniflé tous les shampoings, Vivi était restée assise un moment à savourer cette liberté inédite et à se demander ce que cela faisait de vivre ainsi tous les jours.

Alors qu'elle se glissait tant bien que mal dans sa robe (corsage serré, longue jupe lilas, cousue par sa mère d'après un patron Butterick) et troquait ses bottes contre des chaussures, elle entendit des voix distantes passer devant sa porte. Une atmosphère fébrile transpirait soudain des murs. Venant d'en bas, elle percevait les sons dissonants de l'orchestre en train de s'accorder, les pas anonymes et pressés du personnel qui préparait les salles, et les exclamations de vieux amis qui se rencontraient dans les escaliers. Depuis des semaines, elle attendait le bal avec impatience. À présent que le moment était enfin arrivé, elle était emplie de la même terreur sourde qu'elle éprouvait en se rendant chez le dentiste. Pas seulement parce qu'elle ne connaîtrait sans doute personne d'autre que Douglas, ni parce que, après s'être montrée follement libérée et sophistiquée dans le train, elle se sentait à présent très jeune. C'était surtout que, comparée aux autres filles qui étaient arrivées, les jambes fines comme des allumettes, resplendissantes dans leurs tenues de soirée, elle avait soudain l'air boulotte et mal fagotée, l'éclat de ses bottines neuves déjà terni. Parce que le glamour ne se donnait pas facilement à Veronica Newton. Malgré les bigoudis et les sous-vêtements gainants, elle était bien obligée d'admettre qu'elle serait toujours plutôt banale.

Elle était plantureuse à une époque où la beauté se mesurait à l'aune de la minceur. Elle avait un teint éclatant de santé, alors qu'il aurait fallu avoir un minois pâle, mangé par de grands yeux. Elle portait encore des jupes bavaroises et des robes-chemisiers, alors que la mode était aux coupes modernes et évasées. Même ses cheveux, naturellement blonds, étaient rebelles, ondulés et secs comme de la paille, et refusaient de tomber en lignes raides comme ceux des mannequins dans les magazines, préférant s'échapper en mèches folles autour de son visage. Ce soir-là, domptés en boucles artificielles, ils avaient un aspect cartonneux qui était bien loin de la perfection lustrée qu'elle avait imaginée. Pour ne rien arranger, ses parents, dans un élan d'originalité qui ne leur ressemblait pas, l'avaient surnommée Vivi. Par conséquent, les gens avaient souvent l'air déçus lorsqu'on la leur présentait, comme si ce nom avait suggéré une touche d'exotisme qui lui faisait défaut.

— Tout le monde ne peut pas être la reine du bal, lui avait dit sa mère pour la rassurer. Mais tu seras une charmante épouse pour celui qui te choisira.

Je n'ai pas envie de devenir la charmante épouse de quelqu'un, songeait Vivi en contemplant son reflet avec une familière insatisfaction. *Je veux seulement vivre une folle histoire d'amour avec Douglas.*

Elle s'autorisa un très bref résumé de son fantasme, à présent aussi usé qu'un livre maintes fois relu, celui où Douglas secouait la tête en la découvrant si irrésistible dans sa robe de bal, la faisait tourbillonner sur la piste de danse et valser jusqu'à ce qu'elle en ait le vertige, sa main puissante appuyée fermement en bas de son dos, joue contre joue… (Elle devait bien avouer que c'était largement inspiré du *Cendrillon* de Disney. Forcément, les choses devenaient un peu brumeuses après le baiser.) Depuis qu'elle était arrivée, sa rêverie habituelle était sans cesse interrompue par de filiformes et énigmatiques sosies de Jean Shrimpton, qui venaient lui faire du charme avec leur sourire sagace et des cigarettes Sobranie. Elle en avait donc commencé une autre où, à la fin de la soirée, Douglas la ramenait dans cette immense chambre à coucher, attendait d'un air ému devant la porte ouverte, puis, tendrement, l'entraînait vers la fenêtre pour contempler son visage baigné d'un rayon de lune et…

— Vee ? Tu es visible ?

Vivi sursauta d'un air coupable, alors que Douglas frappait quelques coups secs sur la porte.

— Je me disais qu'on pourrait descendre plus tôt. Je suis tombé sur un vieux camarade de classe, et il nous garde des flûtes de champagne. Est-ce que tu es bientôt prête ?

Son plaisir à voir Douglas venir la chercher fut bientôt remplacé par la consternation que lui inspira le fait qu'il ait déjà trouvé quelqu'un d'autre à qui parler.

— Deux secondes ! cria-t-elle en appliquant du mascara sur ses cils.

Elle priait pour que ce soir, enfin, il soit obligé de la regarder différemment.

— J'arrive !

Il était magnifique en tenue de soirée, évidemment. Contrairement au père de Vivi, dont le ventre s'étirait péniblement par-dessus la ceinture de smoking comme une voile gonflée par le vent, Douglas semblait encore plus grand et plus élancé, les épaules bien droites sous le tissu net de sa veste, la peau éclatante de vie par contraste avec sa chemise immaculée. Elle songea qu'il était sans doute conscient de son allure. Elle le lui dit, sur le ton de la plaisanterie, pour cacher le désir que son apparence suscitait en elle. Il rit d'un air bougon et répliqua qu'il se sentait comme un crétin endimanché. Puis, apparemment gêné d'avoir oublié de le faire, il se souvint de la complimenter aussi.

— Tu es plutôt pas mal quand tu t'arranges, ma vieille, répliqua-t-il en lui passant un bras sur l'épaule, qu'il pressa avec une affection fraternelle.

Ce n'était pas vraiment le baiser du Prince Charmant, mais c'était tout de même un contact, qui fit à Vivi l'effet d'une brûlure sur sa peau nue.

— Tu es au courant qu'on est désormais coupés du monde à cause de la neige ?

Alexander, l'ami d'école de Douglas, pâle et le visage constellé de taches de rousseur, venait de lui apporter un nouveau verre. Elle en était à sa troisième flûte, et la paralysie qu'elle avait éprouvée au premier abord, lorsqu'elle avait été confrontée à la foule de visages sublimes devant elle, s'était dissipée.

— Quoi ?

Il se pencha pour se faire entendre, malgré l'orchestre.

— La neige. Ça a repris. Apparemment, on ne peut pas sortir de l'allée tant qu'ils n'auront pas remis du sel, demain matin.

Comme beaucoup des messieurs, il portait une veste rouge (« Rose », l'avait-il corrigée), et trop de parfum, comme s'il n'avait pas su doser.

— Où vas-tu dormir ? demanda Vivi, avec la vision soudaine d'un campement de mille personnes dans la salle de bal.

— Oh, moi, ça ira. Je suis logé dans la maison, comme toi. Mais je ne sais pas ce que vont faire les autres, cela dit. Ils vont sûrement faire la fête toute la nuit. J'en connais qui étaient partis pour ça de toute façon.

Rester debout jusqu'aux petites heures semblait être très banal pour les gens qui l'entouraient. Ils avaient tous l'air si pleins d'assurance et de confiance en eux, très à leur aise dans ce décor. Leur détachement et leurs bavardages suggéraient qu'il n'y avait rien de particulier à se trouver dans cette imposante demeure, malgré la cohorte de domestiques dont le vœu le plus cher était de leur servir à boire et à manger, et malgré le fait de ne pas avoir de chaperons alors que des filles et des garçons allaient dormir sous le même toit. Contrairement à Vivi, les filles portaient leurs robes avec aisance, insouciantes, comme si revêtir une tenue de bal était pour elles aussi familier qu'enfiler un manteau.

Elles n'avaient pas l'air de figurantes dans un Disney. En plus des tiares et des perles, il y avait des yeux soulignés d'un épais trait de crayon, des cigarettes, et quelques jupes Pucci. Et, malgré l'élégance incongrue de la salle de bal avec ses airs de meringue, les nombreuses robes de bal qui tourbillonnaient et les tenues habillées des messieurs, il n'avait pas fallu longtemps pour qu'on persuade l'orchestre d'abandonner son répertoire de danses traditionnelles et d'attaquer des morceaux plus contemporains. Au son d'une version instrumentale de « *I wanna hold your hand* », les filles s'étaient jetées sur la piste avec des cris aigus. Sans égard pour leurs coiffures élaborées, elles secouaient la tête en tortillant les hanches. Les femmes plus âgées, reléguées sur les côtés, dodelinaient d'un air aussi perplexe que désapprobateur, et Vivi avait conclu avec tristesse qu'elle n'aurait sans doute pas droit à sa valse avec Douglas.

Elle n'était du reste pas sûre qu'il se souvienne de sa promesse. Depuis qu'ils étaient entrés dans la salle de bal, il lui avait paru distrait, comme s'il était en quête de quelque chose qui lui échappait. En réalité, Douglas ne semblait vraiment pas lui-même, il fumait des cigares avec ses amis et échangeait des plaisanteries qu'elle ne comprenait pas. Elle était presque certaine qu'il ne parlait pas de l'imminent effondrement du système. Elle était gênée de le voir si à l'aise parmi tous ces hommes en smoking et en veste de chasse. Plusieurs fois, elle avait essayé de lui dire quelque chose de personnel, pour lui rappeler leur passé commun, rétablir un degré d'intimité. À un moment, pleine d'audace, elle avait plaisanté sur le fait qu'il fume un cigare, mais il ne lui avait prêté aucune attention. Il l'avait écoutée, comme disait sa mère « d'une seule oreille », puis, aussi poliment que possible, il s'était à nouveau mêlé à l'autre conversation.

Elle avait commencé à se sentir idiote, et avait été presque reconnaissante qu'Alexander semble la remarquer.

— Un twist, ça te dit ?

Elle lui avait avoué, honteuse, qu'elle ne connaissait que les classiques en matière de danse.

— Tu écrases un mégot avec ton pied et, avec tes mains, tu fais comme si tu te séchais le popotin avec une serviette. Tu vois ?

Il avait eu l'air si comique qu'elle avait éclaté de rire, puis s'était tournée pour voir si Douglas avait remarqué. Mais il avait une fois de plus disparu.

À 20 heures, un maître de cérémonie annonça qu'un buffet était disponible, et Vivi, un peu plus étourdie que lorsqu'elle était arrivée, se joignit à une longue file de gens qui patientaient pour une assiette de sole Véronique ou de bœuf bourguignon. Elle se demandait comment faire passer sa fringale inaperçue parmi les autres filles qui ne mangeraient guère plus que quelques bâtonnets de carottes trop cuits.

Presque par accident, elle s'était retrouvée au milieu d'un groupe d'amis d'Alexander. Il l'avait présentée avec de discrètes manières de propriétaire, et Vivi s'était surprise à remettre son corsage en place, car elle se rendait compte qu'il était très décolleté et laissait apparaître son buste un peu rougi.

— Tu es déjà allée chez Ronnie Scott ? s'enquit l'un d'entre eux, en se penchant tellement qu'elle dut tenir son assiette à bout de bras.

— Je ne sais pas qui c'est. Désolée.

— C'est un club de jazz. Dans Gerrard Street. Tu devrais demander à Xander de t'y amener. Il connaît Stan Tracy.

— Je ne connais pas vraiment…, bredouilla Vivi en reculant d'un pas.

Elle renversa le verre de quelqu'un et s'excusa.

— Bon sang, je meurs de faim. J'étais à la soirée des Atwood la semaine dernière, et tout ce qu'ils ont servi, c'était une terrine de saumon et un potage. J'ai dû soudoyer les filles pour qu'elles me donnent leur part. J'ai bien cru que j'allais tourner de l'œil.

— Rien n'est plus minable qu'un buffet minable.

— Je ne saurais pas mieux dire, Xander. Tu pars au ski, cette année ?

— À Verbier. Alfie Baddow prête son chalet à mes parents. Tu te souviens de lui ?

— On aura besoin de skis pour repartir d'ici, bientôt…

Vivi se poussa obligeamment alors que différentes conversations se poursuivaient autour d'elle. Elle commençait à se sentir décontenancée par la façon dont la main de Xander lui avait « accidentellement » effleuré les fesses à plusieurs reprises.

— Quelqu'un a vu Douglas ?

— Il discute avec une blonde dans la galerie des portraits. Je lui ai fait le coup du doigt mouillé en passant.

Il mima l'action de se lécher un index pour l'enfoncer dans l'oreille de son voisin.

— On danse, Vivi ?

Alexander lui tendit la main pour l'entraîner à nouveau sur la piste de danse.

— Je… je crois que je vais attendre la suivante.

Elle se toucha les cheveux et constata avec horreur que ses boucles n'étaient plus rondes et soyeuses, mais s'étaient effondrées en tiges raides.

— Viens tenter ta chance aux tables, alors, suggéra-t-il en lui offrant le bras. Tu vas me porter bonheur.

— Est-ce que je peux te retrouver là-bas ? Il faut vraiment que j'aille… me repoudrer le nez.

Une longue file de jeunes filles bavardes s'étirait devant les toilettes du rez-de-chaussée, et Vivi, debout toute seule au milieu des conversations animées, s'aperçut quand ce fut enfin son tour qu'elle avait réellement besoin d'y aller. Elle fut assez perplexe lorsque quelqu'un se jeta soudain sur elle.

— Vivi ! Ma chérie ! C'est moi, Isabel. Izzy, tu te souviens ? De chez Mrs de Montfort ? Tu es magnifique !

L'espace restreint qui la séparait encore de la porte des toilettes était désormais bloqué par l'arrivante. Vivi n'avait qu'un vague souvenir de cette fille (peut-être à cause de tout le champagne qu'elle avait bu). Pourtant, celle-ci tournoya devant elle, remontant sa longue robe rose d'une main sans la moindre élégance, et lui planta un baiser juste derrière l'oreille.

— Ma chérie, je ne pouvais pas doubler tout le monde, tu comprends ? Je meurs d'envie. Je vais me faire dessus si je ne… Ah, merveilleux !

Alors que la porte s'ouvrait à la volée devant elles, Isabel disparut dans les toilettes, et Vivi dut croiser les jambes et prendre son mal en patience. Le vague inconfort de sa vessie avait laissé place à un besoin urgent.

— Sale vache ! s'exclama une voix dans son dos.

Vivi rougit, croyant que l'insulte lui était destinée.

— Elle et la fameuse Athene Forster, elles ont monopolisé Toby Duckworth et les gardes à cheval toute la soirée. Margaret est dans tous ses états.

— Le pire, c'est qu'Athene n'aime même pas Toby Duckworth. Elle s'amuse juste parce qu'elle sait qu'il est raide dingue d'elle.

— Comme la moitié des gardes à cheval !

— Je ne comprends pas qu'ils ne voient pas sa face cachée…

— À défaut de voir sa face, je suis sûre qu'ils voient ses fesses !

Le rire contamina toute la file d'attente, et Vivi parvint à trouver le courage de regarder derrière elle.

— Il paraît que ses parents lui adressent à peine la parole.

— Ça t'étonne ? Avec la réputation qu'elle s'attire…

— Tu sais qu'on raconte que…

Les voix s'abaissèrent à un murmure, et Vivi se tourna de nouveau vers la porte pour qu'on ne la soupçonne pas d'être indiscrète. Elle tenta, sans succès, de faire abstraction de sa vessie. Puis elle essaya, avec encore moins de succès, de ne pas se demander où pouvait se trouver Douglas. Elle avait peur qu'il ne se forge une impression erronée de sa relation avec Alexander. Et elle était déçue que le bal soit tellement moins amusant que ce qu'elle avait imaginé. Elle avait à peine vu Douglas, et lorsqu'elle l'avait aperçu, il s'était comporté comme un étranger inaccessible, pas du tout comme son Douglas à elle.

— Alors, tu y vas ?

La fille derrière elle faisait un geste vers la porte ouverte. Isabel avait dû sortir sans lui dire un mot. Agacée et se sentant idiote, Vivi entra dans les toilettes, puis jura lorsque le bas de sa robe s'assombrit au contact de la flaque qui stagnait sur le sol de marbre.

Elle urina, puis tira sur ses cheveux avec contrariété, se tapota le front avec sa poudre compacte pour atténuer la brillance de sa peau, essaya maladroitement d'ajouter du mascara sur ses cils déjà surchargés. Rien dans son apparence actuelle n'évoquait les contes de fées, songeait-elle. Elle ressemblait plutôt aux méchantes sœurs de Cendrillon.

Les coups frappés à la porte devenaient trop insistants pour qu'elle puisse les ignorer. Elle sortit dans le couloir, préparée à s'excuser d'être restée si longtemps. Mais personne ne la regardait.

Toutes les filles avaient les yeux tournés dans la direction opposée, vers la salle de jeux. Elles observaient la scène, bouche bée, ce qui interrompit un moment leur brouhaha. Il fallut à Vivi quelques instants pour se diriger à pas lents vers la source du fracas et des exclamations sporadiques. L'air était soudain devenu glacial. On entendit un son de corne étranglé, et Vivi pensa que le concours dont lui avait parlé Xander avait dû commencer. Mais le cor était sonné sans aucune finesse : l'air sortait de façon haletante, comme si la personne reprenait son souffle, ou riait.

Vivi s'arrêta sur le seuil de la salle de jeux, derrière un groupe d'hommes, et regarda autour d'elle. De l'autre côté de la vaste pièce, quelqu'un avait ouvert la porte-fenêtre donnant sur le jardin. Quelques flocons s'invitaient à la fête. Elle serra les bras autour d'elle, sentant venir la chair de poule. Se rendant compte qu'elle avait marché sur le pied de quelqu'un, elle fit un pas de côté et tourna un visage contrit vers l'homme, prête à s'excuser. Mais il n'avait rien remarqué. Il regardait droit devant lui, la bouche entrouverte comme si, à travers les vapeurs de l'alcool, il n'était pas certain de ce qu'il voyait.

Car devant eux, entre les tables de roulette et de black jack, se dressait un énorme cheval gris, les naseaux dilatés et les yeux fous, trépignant d'avant en arrière avec nervosité, les sabots toujours couverts de neige, entouré d'une mer de visages aussi ravis qu'horrifiés. Sur son dos était perchée la fille la plus pâle que Vivi ait jamais vue, sa robe remontée haut sur ses cuisses d'albâtre, les pieds toujours chaussés de mules de bal à sequins, ses longs cheveux bruns virevoltant dans son dos, un bras nu levé alors qu'elle guidait d'une main experte l'animal entre les tables par son licol et sa longe, de l'autre portant à ses lèvres une corne de cuivre.

Vivi remarqua distraitement que contrairement à elle, qui avait la peau marbrée, la fille ne semblait pas le moins du monde gênée par le froid.

— La chasse à courre est ouverte !

L'un des jeunes gens en veste rose, dans le coin, soufflait également dans sa corne. Deux autres étaient montés sur une table pour mieux voir.

— C'est vraiment n'importe quoi...

— Saute les tables de roulette ! On va les coller les unes aux autres.

Vivi repéra Alexander dans le coin, qui riait et levait son verre en un salut ironique. À côté de lui, plusieurs chaperons aux allures de matrone conversaient nerveusement, avec de grands gestes vers le centre de la pièce.

— Je peux faire le renard ? Je te laisserai m'attraper...

— Beurk ! Seigneur, cette fille est prête à tout pour qu'on s'intéresse à elle.

Athene Forster. Vivi reconnaissait le ton méprisant de la fille dans la file d'attente pour les toilettes. Mais, comme les autres, elle était captivée par ce spectacle invraisemblable. Athene avait arrêté son cheval. Penchée sur l'encolure, elle discutait avec un groupe de jeunes gens.

— Quelqu'un aurait un verre, mes chéris ?

Il y avait dans sa voix l'empreinte de choses si tristes et si étranges qu'elles échappaient à l'entendement. Une fêlure perceptible même dans ses plus grands moments de bonheur. Une marée de verres s'éleva aussitôt vers elle, étincelante sous les chandeliers de cristal qui brillaient de milliers de watts. Elle laissa tomber sa corne, leva un verre, et le but d'un trait, sous les applaudissements.

— Maintenant, lequel de ces petits amours va m'allumer une cigarette ? J'ai perdu la mienne quand j'ai sauté de la roseraie.

— Athene, ma vieille, tu ne veux pas nous jouer les lady Godiva ?

Il s'ensuivit une vague de rires. Qui cessa brusquement. On avait fait taire l'orchestre, et Vivi se retourna au son d'une exclamation chuchotée.

— Mais où donc te crois-tu ?

Lena Bloomberg fit irruption au centre de la pièce. Dans sa robe émeraude qui épousait sa silhouette droite, elle tenait tête au cheval piaffant, ses mains crispées plantées sur ses hanches. Elle avait le visage rouge de fureur, les yeux aussi brillants que les pierres sublimes qu'elle portait au cou. Vivi en eut le ventre noué d'impatience.

— Tu m'as entendue ?

Athene Forster n'avait pas l'air intimidée.

— C'est un bal de chasse. Ce bon vieux Forester se sentait un peu exclu.

Son commentaire fut accueilli par un éclat de rire général.

— Tu n'as *aucun droit*…

— D'après ce que je vois, ce cheval a davantage le droit d'être là que vous, Mrs Bloomberg. Votre mari m'a dit que vous ne chassiez même pas.

À côté de Vivi, un homme poussa à voix basse un juron admiratif.

Mrs Bloomberg ouvrit la bouche comme pour parler, mais Athene fit un geste désinvolte de la main.

— Oh, pas la peine de vous mettre dans tous vos états. Forester et moi, on s'est juste dit qu'on allait rendre les choses un peu plus… authentiques.

Athene tendit la main vers une autre flûte de champagne, qu'elle but avec une langueur mortelle, puis ajouta, d'une voix si basse que seuls ceux qui l'entouraient purent l'entendre :

— Pas comme cette baraque.

— Descends ! Descends immédiatement du cheval de mon époux ! Comment oses-tu abuser ainsi de notre hospitalité ?

Lena Bloomberg était une femme imposante, même quand elle n'était pas en colère. Sa taille et l'allure d'autorité que confère une grande richesse ne l'avaient de toute évidence pas habituée à ce qu'on la contrarie. Bien qu'elle n'ait pas fait le moindre geste depuis qu'elle avait pris la parole, l'impression de rage contenue qu'elle dégageait avait étouffé les dernières manifestations d'hilarité qui subsistaient dans la pièce. Les gens échangeaient à présent des regards nerveux et se demandaient laquelle des deux craquerait la première. Il y eut un silence douloureux. Puis ce fut Athene qui céda. Elle regarda Mrs Bloomberg droit dans les yeux, puis se laissa aller en arrière et commença à faire tourner le cheval lentement entre les tables, s'arrêtant seulement pour accepter une cigarette.

La voix de son antagoniste déchira le silence de la pièce.

— On m'avait prévenue de ne pas t'inviter, mais tes parents m'avaient assuré que tu avais un peu mûri. Ils se trompaient grandement, et je peux te promettre que, dès que cet incident sera clos, je le leur ferai savoir sans équivoque.

— Pauvre Forester, chantonna Athene, allongée sur l'encolure du cheval. Lui qui était si impatient de faire un petit poker.

— En attendant, je ne veux plus te voir de la soirée. Tu devrais t'estimer heureuse que le temps ne me permette pas de te mettre à la porte.

Les paroles glaciales de Mrs Bloomberg suivirent Athene alors qu'elle ramenait au pas le cheval vers la porte-fenêtre.

— Oh, ne vous en faites pas pour moi, Mrs Bloomberg, rétorqua la jeune fille en tournant la tête avec un adorable sourire alangui. Je me suis fait mettre à la porte d'établissements beaucoup plus classieux que celui-ci.

Puis, avec un petit coup de ses mules scintillantes, elle et sa monture sautèrent les courtes marches et s'élancèrent dans un galop feutré dans l'obscurité enneigée.

Après un silence pesant, l'orchestre se remit à jouer, sur ordre de l'hôtesse toujours très raide. Des groupes échangeaient des exclamations en se montrant mutuellement les traces de sabots neigeux sur le parquet brillant, et le bal reprit comme en hésitant. Le maître de cérémonie annonça que le concours de cor de chasse prendrait place cinq minutes plus tard dans la grande salle et que, pour ceux qui avaient faim, le dîner était toujours à disposition dans la salle à manger. Quelques minutes plus tard, il ne resta plus d'Athene qu'une empreinte spectrale dans l'imagination de ceux qui l'avaient vue, ses contours déjà effacés par le prochain divertissement, et quelques flaques de neige fondue sur le sol.

Vivi regardait toujours Douglas. Debout à côté de l'immense cheminée, il n'avait pas quitté des yeux la porte-fenêtre désormais fermée, de même qu'il avait gardé le regard rivé sur Athene Forster alors qu'elle était juchée sur son cheval, à quelques mètres de lui. Tandis qu'autour de lui les gens étaient horrifiés, choqués, ou pris d'un fou rire nerveux, la terre s'arrêta de tourner pour Douglas Fairley-Hulme. Dans son expression, il y avait quelque chose qui donnait l'impression qu'on l'avait hypnotisé. Quelque chose qui faisait peur à Vivi.

—Douglas ?

Elle s'approcha de lui, attentive à ne pas glisser sur le parquet mouillé. Il ne semblait pas l'avoir entendue.

—Douglas ? Tu m'as promis une danse.

Il lui fallut plusieurs secondes pour la remarquer.

—Quoi ? Ah, Vee. Oui. Exact.

Il ne put s'empêcher de regarder de nouveau la porte-fenêtre.

— Je… J'ai juste besoin d'un verre d'abord. Je t'en apporte un. Je reviens tout de suite.

C'est à ce moment-là, comprit plus tard Vivi, qu'elle avait été forcée d'admettre que sa soirée ne se finirait pas comme dans un conte de fées. Douglas n'était pas revenu avec les boissons, et elle était restée près de quarante minutes plantée à côté de l'âtre, un sourire vague et hébété aux lèvres, tentant d'afficher un air décidé, et non pas l'expression de quelqu'un qu'on a oublié sur le bord de la route comme un bagage encombrant. Au départ, elle n'avait pas voulu bouger, parce que l'assistance était si nombreuse et la demeure si vaste qu'elle n'était pas certaine que Douglas parvienne à la retrouver, quand il se souviendrait d'elle. Mais lorsqu'elle s'aperçut qu'un groupe de jeunes gens se mettait à jaser sur elle, et que le même serveur était passé trois fois, lui demandant les deux premières si elle voulait un verre, et la dernière si tout allait bien, elle finit par accorder une danse à Alexander.

À minuit, on avait porté un toast, et les invités s'étaient mis à jouer à un jeu bizarre. Un jeune homme, une queue de renard attachée à sa veste, s'était lancé à toutes jambes à travers la maison, poursuivi avec acharnement par quelques-uns de ses amis en veste rose qui soufflaient dans leur corne. L'un d'eux avait glissé sur le parquet ciré et s'était étalé de tout son long au pied de l'escalier, à tel point qu'il avait perdu connaissance. Mais un autre lui avait versé dans le gosier le contenu d'une timbale de chasse, et il était revenu à lui, toussant et s'étranglant, puis s'était levé et avait repris sa course comme si de rien n'était. À 1 heure, Vivi, qui aurait bien aimé pouvoir retourner dans sa chambre, accepta d'accompagner Alexander à la table de black jack où, contre toute attente, il gagna sept livres. Dans un accès d'exubérance, il décréta qu'elle devait empocher le gain. La façon qu'il eut de prétendre qu'elle était « son » porte-bonheur lui donna vaguement la nausée, à moins que ce soit l'excès de champagne. À 1 h 30, elle aperçut Mrs Bloomberg engagée dans une vive discussion avec son époux, dans ce qui devait être le bureau de ce dernier. On entrevoyait une paire de jambes de femme, prostrées, dans des collants nacrés qui luisaient de mille feux. Vivi les reconnut : c'étaient celles d'une rousse qui un peu plus tôt vomissait par une fenêtre.

Lorsque 2 heures sonnèrent au clocher voisin, Vivi fut contrainte d'admettre que Douglas ne tiendrait pas sa promesse, qu'elle ne se retrouverait pas entre ses bras tendres, et que la soirée ne se conclurait pas par le baiser qu'elle attendait depuis si longtemps. Au milieu du chaos, des filles qui hurlaient, le teint rouge, des garçons ivres morts sur les canapés, ou essayant tant bien que mal de se bagarrer, elle n'avait envie que d'une chose : regagner sa chambre pour se soustraire au regard des gens et laisser libre cours à ses larmes.

— Xander, je crois que je vais remonter dans ma chambre.

Un bras noué avec nonchalance autour de la taille de Vivi, il parlait à l'un de ses amis. Il tourna vers elle un visage surpris.

— Quoi ?

— Je suis vraiment fatiguée. J'espère que ça ne t'embête pas. J'ai passé une merveilleuse soirée, merci beaucoup.

— Tu ne peux pas te coucher maintenant ! protesta-t-il en reculant d'un pas avec une attitude théâtrale. La fête ne fait que commencer.

Elle remarqua ses oreilles écarlates et ses paupières mi-closes.

— Je suis désolée. Tu as été adorable. Si tu croises Douglas, ça ne te dérangerait pas de lui dire que je... que je me suis retirée pour la nuit ?

Une voix s'éleva derrière Alexander, comme un aboiement.

— Douglas ? Ça ne lui fera ni chaud ni froid, à mon avis.

Plusieurs jeunes gens échangèrent des regards et éclatèrent de rire.

Quelque chose dans leur expression la dissuadait de demander des explications. Ou peut-être qu'après avoir passé toute la soirée dans la peau de la fille naïve et mal fagotée, elle n'avait pas envie de confirmer l'impression qu'elle leur avait donnée. Elle sortit de la salle de jeux, les bras serrés sur la poitrine dans un geste malheureux, sans plus se soucier de son apparence. Autour d'elle, les gens étaient de toute façon trop ivres pour y prêter attention. L'orchestre faisait une pause: leurs instruments appuyés contre des chaises, ses membres se partageaient un plateau de canapés. Dusty Springfield chantait dans la sono, une mélodie si mélancolique que Vivi dut lutter pour ne pas pleurer.

—Vivi, tu ne peux pas monter maintenant.

Alexander était juste derrière elle. Il tendit un bras pour la faire pivoter par l'épaule. Vu la façon dont il tenait sa tête, il était visiblement soûl au dernier degré.

—Je suis navrée, Alexander. Franchement, j'ai passé un super moment. Mais je suis épuisée.

—Viens… viens manger quelque chose. Ils vont bientôt servir du riz au haddock dans la salle à manger du matin, insista-t-il, en lui serrant le bras un peu trop fort pour que ce soit agréable. Tu sais… tu es très jolie avec ta… ta robe.

L'alcool lui faisant perdre tout sens de la discrétion, il lorgnait à présent son décolleté.

—Très jolie, reprit-il avant d'ajouter, au cas où elle n'aurait pas compris: très, très jolie.

Vivi était torturée par l'indécision. S'en aller maintenant serait le comble de l'impolitesse envers quelqu'un qui avait déployé beaucoup d'efforts pour la divertir. Pourtant, sa façon de détailler son corsage la mettait mal à l'aise.

—Xander, on pourrait peut-être se retrouver pour le petit déjeuner.

Il ne semblait pas l'avoir entendue.

— Le problème des femmes maigres, déclara-t-il en s'adressant directement à ses seins, et il y en a tellement de nos jours, des maigres…

— Xander ?

— … c'est qu'elles n'ont pas de poitrine. En tout cas rien d'intéressant à voir.

Tout en parlant, il leva timidement une main vers elle. Sauf que ce n'était pas le bras qu'il voulait lui toucher.

— Oh ! Espèce…

La bonne éducation de Vivi la laissait en panne de repartie. Elle tourna les talons et quitta la pièce d'un pas rapide, une main sur la poitrine comme pour se protéger, sans écouter les propositions tièdes qui s'élevaient encore derrière elle. Il fallait qu'elle trouve Douglas. Elle n'arriverait jamais à dormir sans cela. Elle avait besoin de se rassurer sur le fait que, même s'il s'était montré inaccessible toute la soirée, lorsqu'ils repartiraient d'ici il serait de nouveau « son » Douglas. Le Douglas gentil et sérieux qui avait réparé la chambre à air de son premier vélo et qui, d'après le père de Vivi, était « un garçon très convenable », qui l'avait amenée deux fois voir *Tom Jones* au cinéma, même s'ils ne s'étaient jamais assis au dernier rang. Elle voulait lui raconter combien Alexander avait été horrible. Elle nourrissait à présent le secret espoir que la conduite éhontée de son ami le pousserait à prendre enfin conscience de ses véritables sentiments.

C'était plus facile de le chercher, l'affluence s'étant réduite. Il ne restait que de petits groupes, sédentaires pour la plupart, mais qui semblaient moins amorphes, agglomérés en mêlées chaotiques. Les invités plus âgés avaient regagné leurs chambres, les plus jeunes essayaient de protester en vain. Dehors, on entendait un tracteur qui tentait de dégager l'allée. Douglas n'était pas dans la salle de jeux, ni dans la principale salle de bal, ni dans le couloir adjacent, au pied du grand escalier, ni au bar, en train de boire avec les vestes roses. À présent, plus personne ne la remarquait. L'heure tardive et la consommation d'alcool l'avaient rendue invisible. Mais il semblait que cela ait rendu Douglas invisible également. Elle s'était demandé plusieurs fois, dans l'état d'épuisement où elle se trouvait, si, puisqu'il avait exprimé du mépris pour ces événements pompeux et bourgeois, il n'avait pas finalement filé à l'anglaise pour rentrer chez lui. Elle renifla, malheureuse, en s'apercevant qu'elle ne lui avait pas demandé où se trouvait son logement pour la nuit. Elle était tellement subjuguée par ses rêveries, la perspective qu'il la raccompagne à sa chambre, qu'elle n'avait jamais imaginé d'avoir besoin de savoir où se situait celle de Douglas.

Je le trouverai, se promit-elle. *Je vais chercher Mrs Bloomberg, elle me le dira. Ou bien je vais frapper à toutes les portes de l'autre aile jusqu'à ce que quelqu'un puisse me le dénicher.*

Elle dépassa l'escalier, enjambant les couples appuyés aux balustrades, et écouta les filles crier au loin lorsque l'orchestre se remit à jouer de bon cœur. À présent découragée, elle longea des rangées de portraits d'ancêtres dont la couleur n'avait pas terni avec l'âge, et dont les cadres brillaient de façon suspecte. Sous ses pieds, la moquette épaisse portait des traces de brûlure là où certains avaient négligemment jeté leurs mégots. Ici et là, une serviette traînait par terre. Devant les cuisines, dont émanait une odeur de pain chaud, elle croisa Isabel qui riait à gorge déployée, appuyée sur l'épaule d'un jeune homme attentif. Elle ne parut pas reconnaître Vivi, cette fois. C'était à quelques mètres de là que prenait fin le couloir. Vivi leva les yeux vers la lourde porte de chêne, regarda derrière elle pour s'assurer que personne ne l'observait, et bâilla à s'en décrocher la mâchoire.

Elle se pencha pour enlever ses chaussures, qui lui écrasaient les orteils depuis plusieurs heures. Elle les remettrait quand elle l'aurait trouvé.

Ce fut lorsqu'elle releva la tête qu'elle l'entendit. Un mouvement, un grognement de temps à autre, comme si dehors quelqu'un était tombé, soûl, et peinait à se remettre debout. Elle regarda la porte par laquelle le son lui parvenait, et vit qu'elle était entrouverte, laissant passer par le mince intervalle un courant d'air glacial qui s'engouffrait d'un côté du couloir. Vivi, pieds nus, avança dans cette direction, un bras devant elle pour se protéger du froid croissant, sans savoir pourquoi elle ne se contentait pas d'appeler pour savoir si on avait besoin d'aide. Elle s'arrêta, puis écarta le battant en silence, et regarda à l'angle de la maison.

Elle pensa d'abord que la femme était tombée, car il semblait la soutenir et essayer de l'adosser au mur. Elle se demanda si elle devait proposer son aide. Puis, les sens émoussés par la fatigue, ou le choc, elle prit conscience par à-coups successifs et rapprochés que le bruit rythmique qu'elle avait perçu provenait de ces gens. Que les longues jambes pâles de la femme n'étaient pas flasques, comme les membres gourds d'un ivrogne, mais enroulées autour de lui, à la façon d'un serpent. Alors que les yeux de Vivi s'ajustaient à l'obscurité et à la distance, elle reconnut avec un sursaut de surprise les longs cheveux de la femme, qui tombaient en une masse chaotique sur son visage, ainsi qu'une unique mule ornée de sequins, sur laquelle se posaient quelques flocons. Vivi était aussi horrifiée qu'hypnotisée. Elle passa plusieurs secondes à regarder avant de saisir, dans une vague de honte, ce dont elle avait été témoin. Elle resta là, le dos contre la porte à moitié ouverte, ce son se répercutant sans fin dans ses oreilles, créant une cacophonie avec les battements de son cœur. Elle avait eu l'intention de partir, mais plus elle restait là, plus elle était paralysée, collée à la surface inégale du sol, malgré ses bras marbrés par le froid nocturne, et ses dents qui claquaient. Au lieu de s'échapper, elle s'appuya contre la glaciale porte en bois de chêne et sentit ses jambes se dérober sous elle : elle venait de comprendre que si elle n'avait jamais entendu ces sons jusqu'ici, elle reconnaissait très bien la voix. Que la tête de l'homme, ses oreilles rosies, l'angle bien net selon lequel ses cheveux rencontraient son col lui étaient familiers. Aussi familiers que douze ans auparavant, quand elle était tombée amoureuse de lui.

Chapitre 3

Elle n'avait peut-être pas réussi à être la débutante de l'année, et à présent qu'elle était devenue « respectable », personne ne se demandait plus pourquoi. Mais, parmi les observateurs de la société, bien peu doutaient que les noces d'Athene Forster, surnommée la « dernière débutante », la « it girl » – ou, pour les chaperons les plus sévères, d'autres termes nettement moins élogieux –, avec Douglas Fairley-Hulme, fils des Fairley-Hulme qui possédaient des terres agricoles dans le Suffolk, étaient le mariage de l'année. Il figurait sur la liste des invités suffisamment de vieilles fortunes et de noms à particule pour que l'événement soit en bonne place dans les colonnes mondaines, accompagné de photos en noir et blanc. La réception avait lieu dans l'un des meilleurs clubs pour messieurs de Piccadilly, dont l'habituelle atmosphère enfumée et agrémentée de fanfaronnades avait été provisoirement remplacée par des fleurs printanières et de longs drapés de soie blanche. Le père de la mariée avait souvent répété depuis la démission de Mr Profumo que la société était en train de s'effondrer. Aussi, comme ligne de défense contre l'anarchie morale qui guettait, il avait décidé d'ériger un rempart de messieurs convenables. Par conséquent, la moyenne d'âge était élevée et la réception fort sage, saupoudrée d'hommes d'État, de vieux camarades de guerre, d'un évêque ou deux, et de suffisamment de références dans son discours à « la ferme croyance aux principes » pour faire pouffer les invités les plus jeunes. Mais la présence des jeunes gens, tout le monde en convint, avait donné de la gaieté à la fête. Et la mariée, dont on aurait pu craindre qu'elle ne considère toute l'affaire comme une invitation à se dépasser et à se conduire de façon outrageuse, s'était contentée de sourire d'un air vague du haut de la table d'honneur, en contemplant son nouvel époux avec adoration. Le marié était universellement considéré comme « un bon parti ». Ses manières sérieuses, son beau visage aux traits acérés et sa fortune familiale avaient brisé le cœur de nombreuses mères de jeunes filles à marier. Même en cette occasion solennelle, alors qu'il se tenait raide et formel dans sa jaquette, il ne pouvait cacher sa joie, cherchant sans cesse son épouse des yeux, le regard adouci lorsqu'il la voyait. Et, malgré la présence de sa famille, de ses meilleurs amis et d'une centaine d'autres venus témoigner leurs vœux les plus chaleureux, il était évident qu'il aurait préféré être seul avec elle. La mariée, avec ses yeux embués et sa robe de soie coupée dans le biais qui moulait une silhouette d'une minceur excessive, avait conduit même ses plus fervents détracteurs à remarquer que, en dépit de tout ce que l'on pouvait dire d'elle par ailleurs – et la liste semblait infinie –, sa beauté était incontestable. Ses cheveux, que d'ordinaire elle portait détachés en une folle crinière qui retombait en cascade dans son dos, avaient été lissés et domestiqués, et relevés en une couronne régalienne sur le haut du crâne, maintenus par une tiare de diamants véritables. D'autres jeunes filles auraient eu le teint terne avec une robe si blanche, mais le sien, au contraire, reflétait la douce teinte d'albâtre de l'étoffe. Elle avait été confiée aux soins d'une maquilleuse qui avait souligné ses yeux aigue-marine d'une teinte argentée les faisant scintiller de mille feux. Sa bouche énigmatique ne révélait pas ses dents, sauf lorsqu'elle se tournait vers son mari avec un sourire sans retenue. De temps à autre, discrètement, cette bouche se posait sur celle de son époux avec la suggestion d'une brûlante passion. Les gens tout autour se détournaient en riant nerveusement. Si l'expression de sa mère, lorsque les invités affirmaient qu'il s'agissait d'une belle journée et d'une merveilleuse occasion, trahissait un soulagement un peu trop évident, on se garda bien de le faire remarquer. Il n'aurait pas été poli de se souvenir, en pareille circonstance, que quelques mois auparavant sa fille avait été jugée « impossible à marier ». Et si certaines se demandaient pourquoi un si grand mariage avait été organisé avec une telle hâte – quatre mois à peine après leur rencontre – alors que la mariée ne semblait aucunement souffrir des petits maux qui sont le plus souvent à l'origine des mariages précipités, les hommes échangeaient des regards entendus. Car si la seule façon d'obtenir certains plaisirs en toute légitimité était de se retrouver devant l'autel, pourquoi s'embêter à attendre ? La mariée offrait une perspective plus que délicieuse… Justine Forster, à présent, souriait vaillamment depuis la table d'honneur. Elle avait tenté d'ignorer le fait que son mari, un homme colérique, était toujours de fort méchante humeur, car ce mariage l'empêchait de faire son voyage annuel à Ypres comme vétéran de guerre ; comme si c'était sa faute ! Il avait déjà mentionné son mécontentement pas moins de trois fois, dont une pendant le discours ! Et voilà qu'elle devait ignorer également le fait que sa fille, deux sièges plus loin, racontait à son jeune époux la conversation « de maman à jeune fille » dans laquelle elle avait eu le tort de s'embarquer la veille au soir.

— Elle considère que prendre la pilule, c'est immoral, chéri, chuchotait Athene en gloussant. Elle raconte que si on va chez ce bon vieux docteur Harcourt pour avoir une ordonnance, le pape en sera informé avant même qu'on ait eu le temps de dire ouf, et qu'on tombera la tête la première en enfer, rôtis comme des cochons.

Douglas, pas encore habitué à des discussions si ouvertes sur des sujets intimes, faisait de son mieux pour paraître à l'aise tout en luttant contre le désir brûlant que lui inspirait la femme qui se tenait à ses côtés.

— Je lui ai dit que le pape était sans doute trop occupé pour s'inquiéter du fait que ma petite personne avale des bonbons anti-bébés, mais apparemment, non. Comme Dieu, Paul VI, ou VII, ou je ne sais plus quel numéro, sait *tout*. Il sait si nous avons des pensées impures, si nous copulons pour le seul plaisir, et si nous ne donnons pas assez à la quête.

Elle se pencha vers son époux et ajouta, dans un murmure juste assez fort pour que sa mère l'entende :

— Douglas, chéri, il sait probablement même où se trouve ta main en cet instant.

Douglas entendit quelqu'un s'étrangler à sa gauche, et il essaya – sans succès – de faire taire sa femme. Puis, les deux mains bien visibles, il demanda à sa belle-mère s'il pouvait avoir de l'eau.

L'embarras de Douglas, qui n'était que superficiel, ne tarda pas à disparaître. Il aimait l'exubérance d'Athene, son manque de considération pour les conventions sociales qui avaient jusqu'alors gouverné leurs vies. Athene partageait son idée naissante que la société avait de moins en moins d'importance, et qu'ils pouvaient se comporter en pionniers, s'exprimer comme ils le souhaitaient, faire ce qu'ils voulaient sans se soucier des usages.

Il devait faire coïncider tout cela avec son travail dans la propriété de son père, mais Athene était heureuse de faire les choses à sa façon. Elle ne s'intéressait pas plus que cela à la décoration de leur nouvelle maison – « Les mères sont bonnes pour ce genre de trucs », disait-elle –, mais elle aimait les grandes promenades sur son nouveau cheval – cadeau prénuptial de Douglas –, lire allongée devant la cheminée, et quand Douglas ne travaillait pas, aller au cinéma, à Londres pour danser et, surtout, passer le plus de temps possible au lit. Douglas n'aurait pas cru qu'il était possible de ressentir cela : il passait ses journées dans un état d'érection distrait, incapable pour la première fois de sa vie de se concentrer sur son travail, sur ses devoirs envers son héritage familial, sa carrière. C'était comme si une antenne intérieure était réglée sur un canal de courbes douces, de tissus vaporeux et de fragrances salines. Malgré tous ses efforts, il ne parvenait plus à s'enflammer pour ce qui l'avait autrefois inspiré et avait nourri sa préoccupation croissante pour les torts de la classe dirigeante, et pour la question gênante de savoir si la redistribution des richesses impliquait qu'il renonce à une partie de ses terres. Plus rien ne lui paraissait aussi *intéressant* qu'autrefois, comparé aux délices charnels de sa jeune épouse. Douglas, qui disait à qui voulait l'entendre qu'il n'avait jamais été plus passionné par une femme que par une nouvelle voiture – l'une comme l'autre, affirmait-il avec cette confiance superficielle de la jeunesse, devaient être remplacées chaque année par un modèle plus récent –, se trouvait aspiré par un tourbillon de sentiments dans lequel plus rien ne pouvait se substituer à son épouse. Notre jeune homme, qui s'était toujours tenu à une distance sceptique de toute véritable histoire d'amour, avec ses à-côtés tumultueux, et se vantait de ses talents d'observateur impartial, était à présent lui-même englouti par un trou noir de… mais de quoi s'agissait-il au juste ? De luxure ? D'obsession ? Les mots ne pouvaient pas décrire son cerveau embrumé qui ne pensait plus, son besoin incessant de sentir sa peau contre la sienne, la volupté merveilleusement vorace qui s'emparait de lui. Le durcissement, le va-et-vient…

— Tu vas emmener ta petite mère au septième ciel ?

— Quoi ?!

Douglas, rouge comme une tomate, dévisagea son père qui venait de surgir près de lui.

Comme toujours, sa silhouette petite et maigre était bien droite dans sa jaquette, mais son visage tanné par les éléments avait, sous l'effet de l'alcool et de la fierté, perdu son expression vigilante.

— Ta mère. Tu lui as promis une danse. Elle aimerait un petit tour sur la piste, si j'arrive à convaincre l'orchestre de jouer un quickstep. Tu dois tenir parole, mon grand. Ta voiture ne va plus tarder, après tout.

— Ah. Oui. Bien sûr, bredouilla Douglas en tentant de reprendre le contrôle de ses pensées avant de se lever. Athene, chérie, si tu veux bien m'excuser ?

— Seulement si ton charmant papa promet d'emmener cette petite mère-ci au septième ciel aussi.

Son sourire vacillant qui démentait l'innocence de ses grands yeux fit grimacer Douglas.

— Avec plaisir, ma chère. Mais il faudra me pardonner si je vous entraîne devant ce bon vieux Dickie Bentall une ou deux fois. J'ai bien envie de lui montrer que je ne suis pas encore un vieux croûton !

— J'y vais, maman.

Serena Newton se détourna de son escalope viennoise – très réussie, mais elle était plus dubitative devant la crème forestière – et regarda sa fille, surprise.

— Mais tu ne vas pas t'en aller avant leur départ, ma chérie. Leur voiture n'a même pas encore été amenée.

— J'ai promis à Mrs Thesiger de garder ses enfants ce soir. Je veux d'abord passer à la maison pour me changer.

— Mais tu ne m'avais rien dit ! Je pensais que tu rentrais avec papa et moi.

— Pas ce week-end, maman. Je te promets de revenir dans une semaine ou deux. C'est bon de te voir.

La joue de sa mère était douce, tendre et légèrement poudrée, comme une guimauve. Elle portait ses boucles d'oreilles en saphir, celles que son père avait achetées en Inde, lorsqu'ils y étaient en poste, au début de leur mariage. Il n'avait pas tenu compte des conseils du tailleur de gemmes, racontait-elle souvent avec fierté, et ne s'était pas laissé tenter par des pierres prétendues d'une valeur plus grande. Il avait préféré celles-ci, dont il disait qu'elles avaient la teinte exacte des yeux de Serena Newton. Sertis de diamants, les saphirs avaient toujours cette profondeur exotique et luxueuse, mais les yeux auxquels ils étaient assortis avaient perdu de leur éclat sous l'effet combiné de l'âge et des soucis.

Dans son dos, une salve d'applaudissements s'éleva alors que le jeune marié emmenait sa femme sur la piste de danse. Vivi détourna la tête pour se soustraire au regard scrutateur de sa mère et parvint à ne pas se trahir. Elle était devenue assez douée pour cacher ses sentiments, ces derniers mois. Sa mère tendit la main.

— On ne te voit presque plus à la maison. Je n'arrive pas à croire que tu files comme une voleuse…

— Je ne file pas comme une voleuse. Maman, je te l'ai dit : j'ai un baby-sitting ce soir.

Elle lui adressa un sourire rassurant. Mrs Newton se pencha en avant, posa une main sur le genou de Vivi et baissa la voix.

— Je sais que ça a été très difficile pour toi, ma chérie.

— Quoi ? demanda Vivi.

Elle ne pouvait dissimuler la soudaine rougeur de ses joues.

— Moi aussi, j'ai été jeune, tu sais.

— Je n'en doute pas, maman. Mais je dois y aller. Je dirai au revoir à papa en sortant.

Avec la promesse d'un coup de fil, et un pincement au cœur devant l'expression blessée de sa mère, Vivi tourna les talons et traversa la pièce en gardant les yeux rivés sur les portes. Elle comprenait l'inquiétude de sa mère : elle avait vieilli d'un coup, elle le savait. Ce coup du sort avait incrusté des ombres sur son visage, le chagrin lissant ses rondeurs grassouillettes d'autrefois. Quel dommage, songeait-elle, que la métamorphose tant attendue ne se produise que maintenant – la minceur, une sorte de sophistication meurtrie – alors qu'elle venait de perdre celui à qui elle voulait plaire. Et, bien qu'elle ait un fort attachement à son foyer familial, Vivi avait fait de son mieux pour rentrer le moins souvent possible ces derniers mois. Elle avait écourté les conversations téléphoniques et évité toute allusion à des personnes extérieures à la famille. Elle avait préféré entretenir le lien avec ses parents par le biais de brèves nouvelles envoyées sur des cartes postales amusantes. Elle avait décliné à d'innombrables reprises de revenir pour l'anniversaire de papa, la fête du village, le tournoi de tennis annuel des Fairley-Hulme, invoquant chaque fois des engagements professionnels, la fatigue, et toute une série d'invitations, fictives évidemment. À la place, ayant décroché un emploi dans les bureaux d'une usine de textile non loin de Regent's Park, elle s'était jetée dans sa nouvelle carrière avec un zèle qui émerveillait ses employeurs, peu habitués à voir une telle ferveur devant le travail. Les familles dont elle gardait les enfants se réjouissaient de sa disponibilité sans faille, et lorsqu'elle rentrait dans l'appartement qu'elle partageait, Vivi était souvent trop épuisée pour penser. Ce qui lui convenait parfaitement. Après le bal, elle avait fini par se rendre compte que, chaque fois qu'elle mentionnait le nom de Douglas avec autre chose qu'un intérêt sororal, ses parents faisaient tout pour changer de sujet. Peut-être avaient-ils déjà compris que Vivi ne serait jamais l'objet de ses désirs. Elle ne les avait pas entendus. Sans doute, avait-elle conclu par la suite, ne l'avait-elle pas entendu lui non plus. Après tout, il n'avait jamais laissé paraître à son égard un attachement autre que fraternel. À présent qu'il s'était lié à une autre, elle s'était résignée à son destin. Non qu'elle doive trouver quelqu'un d'autre, comme sa mère le lui avait suggéré de façon répétée. Non, Vivi Newton se savait désormais appartenir à une minorité malheureuse : une fille qui avait perdu le seul homme qu'elle aimerait jamais, et qui, après avoir soigneusement passé en revue les options possibles, avait jugé préférable de ne pas reporter son affection sur un autre. Il ne servait à rien de l'annoncer à ses parents, qui en feraient toute une histoire, protesteraient et affirmeraient qu'elle était bien trop jeune pour prendre une décision pareille, mais elle savait en son for intérieur qu'elle ne se marierait jamais. Elle n'était pas blessée au point de croire qu'elle ne pourrait jamais plus aimer ; pourtant, blessée, elle l'avait été… Elle avait encore du mal à s'endormir sans son « petit coup de pouce », de la benzodiazépine sur ordonnance. Elle ne se prenait pas non plus pour une héroïne romantique sacrifiée. Non, Vivi avait juste conclu, avec la simplicité qui la caractérisait, qu'elle préférait vivre seule que de passer toute une vie à tenter de faire coller quelqu'un à ses attentes. Elle avait redouté ce voyage, avait mille fois cherché une excuse valable pour ne pas venir. Elle n'avait adressé la parole à Douglas qu'une seule fois avant le mariage : elle l'avait croisé par hasard à Londres. Le spectacle de son bonheur éclatant et de l'assurance que lui conférait sans doute son épanouissement sexuel lui avait été insupportable. Sans se rendre compte de l'embarras dans lequel il mettait Vivi, il lui avait pris les mains et lui avait fait promettre d'assister à son mariage.

— Tu es ma plus vieille amie, Vee. Je veux vraiment que tu sois là le jour J. Il faut que tu viennes. Allez, sois sympa…

Alors elle était rentrée chez elle, avait pleuré plusieurs jours durant, et puis elle avait été sympa. Elle avait fait acte de présence avec le sourire alors qu'au fond d'elle-même elle aurait voulu hurler et se frapper la poitrine comme dans une tragédie grecque, arracher les drapés de brocart et les guirlandes de mariage, griffer le visage de cette fille, lui cogner la tête, les mains, le cœur, pour démolir tout ce que Douglas pouvait bien trouver à aimer chez elle. Ensuite, choquée d'avoir été capable de nourrir de telles pensées à propos d'un autre être humain – elle qui avait un jour pleuré tout l'après-midi après avoir tué un lapin par accident –, elle avait recommencé à sourire. Un sourire éclatant, plein de bienveillance. Elle espérait contre tout espoir qu'en parvenant à présenter un air paisible assez longtemps, en se forçant à mener une existence en apparence normale, jour après jour, à force de donner l'illusion du bonheur, elle allait finir par être heureuse pour de vrai.

La mère d'Athene avait surpris sa fille en train de fumer dans l'escalier. Vêtue de sa robe de mariée, les jambes écartées, soufflant la fumée comme une femme de ménage, avec une cigarette qu'elle avait soutirée à l'un des barmans. Elle avait informé son époux de cette nouvelle incartade d'une voix basse mais outragée, et avait même réussi à l'étonner en lui répétant la pittoresque réponse d'Athene.

— Eh bien, ce n'est plus de mon ressort, maintenant, Justine.

Le colonel Forster s'était appuyé contre le dossier de sa chaise à dorures, avait bourré sa pipe de tabac, et refusé de regarder sa femme en face, comme si elle était complice de ce manquement à l'étiquette.

— Nous avons rempli nos devoirs envers cette fille, avait-il commenté.

Sa femme l'avait dévisagé un moment, puis s'était tournée vers Douglas, occupé à faire tournoyer le brandy dans son verre, tout en réfléchissant au fait qu'il suffisait d'un verre pour avoir l'air plus mûr.

— Vous êtes conscient de ce dans quoi vous vous êtes embarqué ?

À son ton, il était facile de deviner qu'elle n'avait pas encore pardonné à sa fille.

— À mes yeux, la fille la plus charmante de toute l'Angleterre.

Douglas, imbibé d'alcool, de bonhomie et d'anticipation de sa nuit de noces, se sentait magnanime, même envers ses beaux-parents rabat-joie. Il venait de repenser au soir où il avait demandé sa main. Un moment qui avait scindé en deux la vie de Douglas : il y avait un avant et un après. Ce n'était pas seulement un rite de passage, c'était une métamorphose qui changeait jusqu'à son rapport au monde. À présent qu'il était marié, cet instant symbolisait un passage : un grand saut par-dessus un précipice. Sur la première rive, il cherchait, essayait timidement de nouvelles attitudes et opinions, et de nouvelles façons d'être. Sur l'autre, il était simplement un homme. C'est ce que lui avait apporté Athene. Face à la nature changeante et insaisissable de sa jeune épouse, il se sentait solide comme un roc. Elle s'accrochait à lui comme un joli rameau de lierre grimpant, comme un parasite bienvenu. Dès qu'il l'avait vue, il avait su qu'elle était faite pour lui : elle avait éveillé une douleur, la sensation inattendue que quelque chose lui manquait, qu'une partie fondamentale de lui-même était inaccomplie bien qu'il n'en ait pas eu conscience jusque-là. Avec elle, il avait ce genre de pensées, oscillant entre exaltation et fatalisme. Autant de mots de vocabulaire dont il n'était même pas conscient de disposer jusque-là et qui avaient pris tout leur sens. Auparavant, lorsqu'il songeait au mariage, c'était avec une sorte de résignation moribonde : c'était ce que l'on faisait lorsqu'on avait trouvé une fille convenable. C'était ce que l'on attendrait de lui, et comme toujours, il ne voudrait en aucun cas décevoir ces attentes. Mais elle était dans l'ascenseur du restaurant londonien où ils venaient de dîner, et, sans prêter attention aux gens qui faisaient la queue derrière eux, elle avait passé ses petits pieds entre les portes et, avec un éclat de rire essoufflé – comme si les paroles prononcées par la bouche tremblante de Douglas étaient follement amusantes –, avait dit oui. Pourquoi pas ? Ce serait si drôle ! Ils s'étaient embrassés avec ardeur alors que les portes de l'ascenseur s'ouvraient et se fermaient frénétiquement. La file d'attente était devenue interminable, les gens s'étaient mis à vociférer et avaient fini par emprunter l'escalier. Et il avait pris conscience que sa vie ne suivait plus des rails prédestinés, mais qu'elle avait été détournée par une merveilleuse possibilité.

— Il faut que tu lui mettes du plomb dans la cervelle, déclara le colonel Forster.

Douglas sursauta.

— Anthony ! protesta Justine Forster, les lèvres pincées.

Elle ouvrit son poudrier pour examiner le maquillage de ses yeux.

— Elle... c'est juste qu'elle n'est pas toujours facile.

— Elle me plaît comme elle est, répondit Douglas avec autant de satisfaction que de belligérance.

Elle l'avait traîné dans des dancings tenus par des Noirs dans les quartiers les plus malfamés de Londres, le réprimandant s'il exprimait un soupçon d'inquiétude, l'exhortant à danser avec elle, à boire comme elle, à rire, à *vivre*. Et parce qu'elle était parfaitement à l'aise dans ces endroits, il voyait que ses craintes étaient infondées, et il était contraint de remettre en cause ses préjugés sur les pauvres, les Noirs ou, du moins, sur ceux qui n'étaient pas comme lui. En plus de ses peurs, il s'était aussi débarrassé de quelques inhibitions, avait fumé et bu du rhum brun, et quand ils étaient seuls, il s'était autorisé à aborder Athene sur le plan sexuel d'une façon qu'on l'avait éduqué à considérer non seulement comme audacieuse, mais sans doute illégale. Parce qu'elle s'en fichait. Elle se moquait du shopping, de la mode, de l'ameublement, et de toutes ces choses qui l'avaient tant lassé avec tant d'autres filles. On pouvait aller jusqu'à dire qu'elle ne prenait aucun soin de ses affaires. À la fin d'une soirée dansante, elle enlevait ses chaussures qui lui « cassaient littéralement les pieds », et oubliait de les rapporter à la maison. Ensuite, si on lui faisait remarquer qu'elle avait perdu ses chaussures, elle ne montrait rien du chagrin larmoyant qu'aurait eu une autre fille, ni la moindre pointe d'anxiété à l'idée de rentrer pieds nus. Elle haussait les épaules et riait. Il y aura toujours d'autres chaussures, disait son rire. Se soucier de ses affaires, c'était *casse-pieds*.

— Oui. Eh bien, mon cher, vous ne pourrez pas dire qu'on ne vous avait pas prévenu, conclut Justine Forster, les yeux rivés sur un gâteau comme s'il risquait de lui sauter à la gorge pour la mordre.

— Complètement idiote, commenta le colonel Forster en allumant sa pipe.

— Quoi ?

— Notre fille. On ne va pas tourner autour du pot. Elle a déjà une sacrée chance d'avoir trouvé un mari.

— Anthony !

Mrs Forster lança un regard craintif à Douglas, comme si elle redoutait que la condamnation de son mari ne puisse inciter son nouveau gendre à annoncer un brusque changement d'avis.

— Oh, allons, Justine. Elle est entourée de jeunes incapables, et elle est devenue comme eux. Ingrate, incapable et idiote.

— Je ne la trouve pas incapable, objecta Douglas.

Il aurait été horrifié s'il avait pu imaginer que ses parents parlent de lui ainsi, et se sentait obligé de défendre sa jeune épouse.

— Je la trouve courageuse, extraordinaire et belle.

Le père d'Athene le dévisagea comme s'il venait de s'avouer gauchiste.

— Oui. Hum. Gardez-vous bien de lui dire tout ça. Dieu sait où ça pourrait vous mener. Essayez plutôt de la calmer un peu. Sinon, elle ne sera plus d'aucune utilité à personne.

— Il ne le pense pas, Douglas, mon garçon. Il veut juste dire que nous… nous avons peut-être été un peu trop laxistes avec elle par moments.

— Laxistes avec qui ? demanda Athene qui venait de surgir près de Douglas.

Il sentit une bouffée de Joy et de fumée de cigarette, et son ventre se noua. Le père d'Athene se détourna avec un grognement.

— Tu parlais de moi ?

— On était juste en train de dire que nous sommes très heureux que tu te ranges, expliqua Justine Forster d'un ton apaisant.

D'un geste de la main, elle sous-entendit qu'elle souhaitait clore la conversation.

— Qui a dit qu'on allait se ranger ?

— Ne sois pas sotte, ma petite. Tu vois bien ce que je veux dire.

— Non, aucune idée. Douglas et moi, on n'a pas l'intention de se ranger, n'est-ce pas, chéri ?

Douglas sentit sa main fraîche se poser sur sa nuque.

— Pas si ça signifie qu'on doit finir comme vous, reprit Athene.

— Athene, je refuse de te parler si tu as décidé de te montrer grossière !

— Je ne suis pas grossière, mère. Contrairement à vous qui vous empressez de médire sur moi quand j'ai le dos tourné.

— Complètement idiote, murmura son père.

Douglas était affreusement gêné.

— Je crois que vous êtes assez injustes avec Athene…, avança Douglas pour tenter d'apaiser la discussion.

— Douglas, mon cher, malgré toute votre bonne volonté, vous n'avez pas la moindre idée de ce qu'elle nous a fait subir.

Athene se pencha pour prendre le verre de Douglas, examina son contenu d'un air détaché, puis but d'un trait le liquide ambré.

— Oh, Douglas, ne les écoute pas ! Ils sont tellement casse-pieds. Profitons de notre grand jour.

Elle reposa le récipient et l'attrapa par le bras.

Au bout de quelques minutes sur la piste de danse, il avait presque oublié l'incident, perdu qu'il était dans le plaisir des courbes d'Athene sous sa robe de soie, de la fragrance de ses cheveux, de la sensation légère de ses mains dans son dos. Lorsqu'elle leva le visage vers lui, elle avait les yeux humides, brillants de larmes.

— Maintenant qu'on est mariés, on n'a plus besoin de les voir.

Ce n'était pas une question, mais elle semblait guetter son assentiment.

— On n'est pas obligés de passer la moitié de notre temps fringués comme des pingouins, dans ces odieuses réunions de famille.

— On peut faire tout ce qu'on veut, ma chérie, lui murmura-t-il dans le cou. On est juste tous les deux, maintenant. On peut faire tout ce qu'on veut.

Il prenait plaisir à entendre sa propre voix, l'autorité et le réconfort qu'elle promettait. Elle l'avait serré plus fort alors, comme un étau étonnamment puissant, le visage enfoui contre son épaule. À cause de la musique, il n'avait pas entendu sa réponse.

— Beaucoup de gens ont perdu leur ticket, affirma la fille du vestiaire. On va avoir besoin d'une minute pour retrouver les manteaux.

— Très bien, répliqua Vivi, tapotant du pied dans son impatience à partir.

Les bruits de la réception lui parvenaient étouffés à présent, assourdis par l'épaisse moquette qui tapissait les couloirs et les marches. Derrière elle, des douairières âgées se faisaient accompagner aux toilettes, et des bambins pieds nus faisaient des glissades sous le regard outré des majordomes en uniforme, drapés dans leur dignité. Elle ne rentrerait pas à la maison avant Noël. Il était probable que Douglas et cette femme – elle n'arrivait pas encore à se forcer à dire son nom et, pire encore, à la décrire comme « sa femme » – s'absenteraient pour Noël. La famille du jeune homme avait toujours adoré le ski, après tout. Ce serait peut-être plus facile, maintenant qu'il était évident que sa mère comprenait. Et si ses parents lui manquaient trop, elle pouvait toujours les inviter à Londres, persuader son père de rester un week-end. Elle leur ferait faire le tour des antiquaires derrière Lisson Grove, les emmènerait au zoo, en taxi jusqu'au salon de thé viennois de Saint John's Wood pour leur faire goûter le café à la crème chantilly et les pâtisseries aux épices. D'ici là, peut-être que Douglas n'occuperait plus ses pensées. Peut-être qu'elle ne ressentirait plus rien de cette douleur physique. Son manteau semblait toujours introuvable. À côté d'elle, deux hommes fumaient, en grande conversation, leur ticket négligemment tendu.

— Et Alfie a bien répété qu'il ne serait pas là pour Wimbledon. Mais quand même, il faut le reconnaître, il a bien réussi son coup. Je veux dire, tant qu'à te faire mettre la corde au cou…

Même là, elle ne sourcilla pas. Elle fit mine d'être absorbée par la contemplation d'une inscription sculptée sur le mur, tout en se demandant combien de temps il lui faudrait pour être aussi calme et détachée qu'elle en avait l'air. Près de vingt minutes plus tard, sa mère se tenait devant elle, dans son tailleur en laine bouclée, son sac à main devant elle comme un bouclier.

— Je sais que ça n'a pas été facile, disait-elle, mais tu ne devrais pas rentrer dès aujourd'hui. Reste un peu à la maison avec papa et moi.

— Je t'ai dit…

— Ne les laisse pas t'éloigner de ta propre maison. La voiture est partie. Et ils seront absents pendant au moins deux semaines.

— Je t'assure que ce n'est pas ça, maman.

— Le sujet est clos, Vivi. Mais je ne pouvais pas te laisser partir sans avoir une vraie conversation avec toi. Reviens-nous vite. Je n'aime pas l'idée que tu sois seule à Londres. Tu es encore si jeune… Et puis tu nous manques beaucoup, à papa et moi. Tu as perdu ton ticket ?

Vivi regardait sans la voir sa main vide devant elle.

— Je te croyais partie. Mais nous n'avons pas besoin de ticket pour reconnaître ton manteau, tout de même.

Vivi secoua la tête d'un air morne.

— Désolée, j'ai dû… m'arrêter aux toilettes.

— Papa a vraiment envie de te voir. Il veut que tu nous aides à choisir un chien. Il a enfin accepté qu'on en prenne un, mais il aimerait bien que vous vous en occupiez ensemble.

Sa mère affichait une expression pleine d'espoir, comme si les plaisirs enfantins pouvaient encore atténuer les peines d'adulte.

— Un épagneul, peut-être ? Je sais que tu as toujours aimé les épagneuls.

— Il est vert ?

— Pardon ?

L'employée tenta de masquer son exaspération derrière un sourire.

— Votre manteau, c'est le vert ? Avec des gros boutons ?

Elle désignait une rangée derrière elle. Vivi aperçut la couleur familière.

— Oui, murmura-t-elle.

— Oh, Vivi, ma chérie, crois-moi, je te comprends.

Mrs Newton avait les yeux assombris de compassion. Elle dégageait un parfum qui rappelait à Vivi son enfance, et la jeune fille dut lutter pour ne pas se jeter dans ses bras, accepter d'être consolée. Mais elle était inconsolable.

— Je sais combien tu tenais à Douglas. Mais Douglas… Eh bien, maintenant, il a trouvé sa… sa voie dans la vie, et tu n'as pas d'autre choix que de l'accepter. De tourner la page.

Vivi répondit d'un ton raide qui ne lui ressemblait pas.

— J'ai tourné la page, mère.

— Je déteste te voir dans cet état. Tellement triste… Écoute, je veux que tu saches que je te comprends, même si tu n'as pas envie de me parler, et je sais que les filles n'ont pas toujours envie de se confier à leur mère.

Elle passa les doigts dans les cheveux de Vivi, les écartant de son visage, dans un geste machinal de maman.

Non, maman, tu ne comprends pas, songea Vivi, la main toujours tremblante, le teint toujours livide de ce qu'elle avait entendu.

Parce que sa douleur n'avait pas l'origine que sa mère lui supposait. Ce chagrin-là, il avait été presque facile. Car une sorte de paix avait été possible tant qu'elle parvenait à se réconforter avec l'idée qu'il serait heureux. Car c'est cela, aimer, n'est-ce pas ? Souhaiter le bonheur de quelqu'un. Et si sa mère pouvait avoir une certaine compréhension de sa peine, de sa nostalgie, de son sentiment de deuil de l'avoir perdu, elle n'avait pas saisi la conversation que Vivi avait été forcée d'entendre. Ni pourquoi Vivi savait déjà, avec une souffrance qui lui brûlait l'intérieur, qu'elle ne répéterait ça à personne.

— Mais quand même, il faut le reconnaître, il a bien réussi son coup. Je veux dire, tant qu'à te faire mettre la corde au cou…, avait dit l'homme.

— C'est vrai. Mais…

— Mais quoi ?

— Soyons honnêtes, il va devoir la surveiller, pas vrai ?

— Quoi ?

— Allons… Cette fille, c'est une petite traînée.

Vivi était restée parfaitement immobile. De la voix de l'homme, elle ne distinguait plus qu'un murmure, comme s'il s'était détourné pour parler.

— Tony Warrington l'a vue mardi. Un verre, en souvenir du bon vieux temps, elle lui a dit. Ils sortaient ensemble, à l'époque où il habitait à Windsor. Mais l'idée qu'elle se fait du bon vieux temps est un peu trop proche du *bon temps*, si tu vois ce que je veux dire.

— Arrête…

— Même pas une semaine avant le mariage. Tony dit qu'il n'en avait même pas envie. Il n'avait pas la forme, tout ça. Mais elle s'est jetée sur lui comme la vérole sur le bas clergé.

Vivi en avait les oreilles qui bourdonnaient. Elle avait dû se cramponner au comptoir pour ne pas tomber à la renverse.

— Sans blague !

— Eh oui. Mais tu ne le racontes pas, hein, vieux. Ça ne sert à rien de gâcher la journée. Mais quand même… On ne peut pas s'empêcher d'être désolé pour ce pauvre vieux Fairley-Hulme.

Chapitre 4

Douglas s'enfonça dans son fauteuil et suçota le bout de son stylo tout en ruminant, les yeux rivés sur les pages couvertes d'une écriture serrée, posées devant lui. Cela faisait des semaines qu'il travaillait jusqu'à une heure avancée de la soirée, mais il était à peu près certain d'avoir établi ses plans avec exactitude. Il s'était basé sur un mélange des idées des grands réformateurs sociaux, une sorte de plan utilitariste, et sur une tendance qui avait cours en Amérique, une façon plus collective de faire les choses, sur laquelle il avait fait des lectures. C'était très radical, il devait l'admettre, mais il pensait que cela pouvait fonctionner. Non, se reprit-il, il *savait* que cela fonctionnerait. Et ça transformerait la propriété en profondeur. Au lieu de conserver le grand troupeau de vaches frisonnes – son père se plaignait souvent que, depuis l'instauration de la politique agricole commune, les règles et les lois qui les concernaient avaient de quoi rendre fou le plus sensé des hommes –, une quarantaine d'hectares seraient accordés à une communauté autosuffisante. Les membres pourraient vivre dans les cottages actuellement en ruine. Ils les restaureraient eux-mêmes avec du bois de Mistley Wood. Il y avait une source non loin de là, ainsi que de vieilles granges susceptibles d'accueillir un petit cheptel. S'il y avait des artisans parmi eux, ils pourraient même y installer un atelier, vendre leurs poteries, et peut-être donner un petit pourcentage de leurs bénéfices en échange. En parallèle, les quatre champs de Page Hill, actuellement consacrés à la betterave sucrière, pourraient être subdivisés en petits lopins qui serviraient de potagers aux résidents. Le marché des produits faits maison augmentait, et les gens étaient de plus en plus nombreux à vouloir « retourner à la nature ». Les Fairley-Hulme demanderaient un loyer très bas et recevraient de la nourriture en paiement complémentaire. Ce serait comme de revenir au système des métairies, un retour aux us ancestraux de la famille, le côté féodal en moins. Et tout cela serait autosuffisant. Peut-être même que cela dégagerait des bénéfices. Si tout marchait vraiment bien, l'excédent pourrait être réinvesti dans d'autres projets, peut-être un programme d'éducation. Comme celui qui enseignait le travail de la terre aux jeunes délinquants pour faciliter leur réinsertion. La propriété était bien trop grande pour être administrée par un homme seul. Son père l'avait répété sans relâche, comme si Douglas lui-même n'était pas suffisamment un homme pour être considéré comme un bras droit digne de ce nom. Il y avait le régisseur, évidemment, le gardien de troupeau en chef, et les employés agricoles, le garde-chasse et l'homme à tout faire, mais la responsabilité ultime revenait à Cyril Fairley-Hulme, et ce depuis près de quarante ans. Et cette responsabilité n'incluait plus seulement la gestion de la terre, mais de savants calculs pour obtenir des subventions, ce qui signifiait davantage de machines, moins de diversification, plus de pesticides et d'engrais. Et tout cela poussait son père à grommeler que s'il devait arracher encore davantage de haies, il pourrait aussi bien vendre les animaux, transformer le domaine en une de ces grosses exploitations agricoles à l'américaine et rendre son tablier. Quant aux plus âgés de ses employés, ceux qui avaient appris à labourer avec des chevaux, ils affirmaient que ce n'était pas seulement des bêtes qu'il faudrait se débarrasser, mais aussi des hommes, au rythme où allaient les choses. Pendant la brève période d'introspection qu'avait traversé Douglas après sa rencontre avec Athene, il avait pris conscience qu'il n'avait jamais été vraiment à l'aise avec l'idée d'hériter de la propriété familiale de Dereward. D'une certaine façon, cela ne lui paraissait pas mérité : à une époque où le népotisme et la féodalité mouraient d'une mort lente, cela ne semblait pas juste d'endosser cette cape d'autoglorification, d'avoir des droits sur le domaine et la responsabilité de tous ceux dont la vie en dépendait. La première fois qu'il avait abordé la question avec son père, celui-ci l'avait dévisagé comme s'il était un dangereux communiste. Peut-être même l'avait-il traité de rouge. Et Douglas, qui était assez fin pour comprendre que son père ne prendrait pas au sérieux un plan qui ne serait pas parfaitement ficelé, avait ravalé son discours et était parti superviser la désinfection de la salle de traite.

Mais, à présent, il avait une série de propositions concrètes dont même son père devrait reconnaître qu'elles pourraient entraîner le domaine vers l'avenir, en faire un modèle non seulement d'excellence agricole, mais aussi de changement social. Il pourrait s'inscrire dans la tradition de ces grands réformateurs : Rowntree et Cadbury, ceux qui pensaient que faire de l'argent n'était pas un but suffisant, à moins que cela conduise à une amélioration sociale et environnementale. Il se représenta les travailleurs satisfaits, en train de manger les produits de leur terre et d'étudier pour progresser, au lieu de boire leur paie de la semaine au pub. On était en 1965. La société changeait à toute vitesse, même si les habitants de Dere Hampton n'étaient pas disposés à le reconnaître. Il posa les pages proprement les unes sur les autres, les rangea avec révérence dans un étui de carton et coinça le tout sous son bras. Il fit de son mieux pour ignorer la pile de lettres auxquelles il devait encore répondre. Pendant le mois écoulé, il avait passé un temps fou à se défendre contre des plaintes de promeneurs et de propriétaires canins à propos de la clôture qu'il avait érigée le long des prés qui surplombaient les bois, afin de donner les deux côtés en pâture aux moutons. Il avait toujours rêvé d'avoir des moutons. Il se souvenait encore avec émotion d'un séjour, dans sa jeunesse, chez un éleveur ovin du comté de Cumbria qui comptait ses têtes dans un dialecte ancien et incompréhensible : *Yan, tan, tethera, pethera, pimp, sethera, lethera, hovera, covera, dik*… Même s'il leur accordait un droit de passage dans le pré, les villageois étaient en colère : ils n'aimaient pas se sentir « enfermés », disaient-ils. Douglas avait eu bien envie de rétorquer qu'ils avaient déjà de la chance qu'on leur en autorise l'accès, et que si le domaine n'était pas rendu viable par de telles mesures, il serait vendu en parcelles à des promoteurs, comme le domaine Rampton, autrefois prospère, situé à six kilomètres de là. Et il ne leur resterait que leurs larmes pour pleurer. Mais, conscient qu'en tant que Fairley-Hulme il se devait au moins de prêter l'oreille aux opinions des villageois, il leur avait suggéré d'écrire leurs réclamations par courrier. Il ferait de son mieux pour y apporter une réponse. Il jeta un regard à sa montre, puis tapota le bureau du bout des doigts avec un mélange de nervosité et d'excitation. Sa mère serait en train de préparer le repas. Lorsque son père se retirerait dans son bureau pour son habituelle demi-heure de « tâches administratives » (qui impliquaient souvent de fermer les yeux un moment… juste pour les reposer), il lui présenterait ses idées. Et peut-être qu'il laisserait son empreinte, avec des idées de son temps, sur le domaine Dereward.

Non loin de là, la mère de Douglas Fairley-Hulme ôtait ses gants et son chapeau, et dirigeait les chiens vers le vestiaire, tout en remarquant à l'horloge de l'entrée qu'elle était arrivée presque trente minutes avant l'heure du déjeuner. Toutefois, elle n'avait pas de souci à se faire : elle avait laissé le repas déjà prêt à la maison, persuadée qu'on lui proposerait au moins de prendre un café. Mais bien qu'elle ait parcouru toute cette distance à pied, et qu'elle soit apparue sur le seuil battue par le vent – chaque année, elle oubliait de se méfier des humeurs changeantes du mois de mars – et, de toute évidence, méritant une boisson chaude, sa bru avait refusé de la faire entrer. Dès le début, elle ne s'y était pas prise de la bonne façon avec Athene. On ne savait pas par quel bout la prendre. Cette fille était épuisante. Elle assommait Douglas d'exigences impossibles, mais en échange ne voulait rien faire pour le soutenir, comme c'était pourtant son devoir d'épouse. Cependant, Cyril lui avait demandé de faire davantage d'efforts pour tisser des liens avec Athene.

— Va prendre le café chez elle, quelque chose comme ça. Douglas dit qu'elle s'ennuie. Ce serait plus facile pour lui, si vous vous entendiez bien, toutes les deux.

Elle n'avait jamais particulièrement apprécié la compagnie des autres femmes. Trop de ragots, de tempêtes dans un verre d'eau. L'un des inconvénients d'être la matriarche du domaine était que les gens s'attendaient à ce qu'elle tienne conversation toute la sainte journée, qu'elle parle de frivolités lors de ventes de charité et de fêtes, alors que tout ce qu'elle souhaitait était de s'occuper de son jardin. Mais il était très rare que Cyril lui demande quelque chose, aussi elle s'était obligeamment engagée pour ces trois kilomètres de marche à travers la campagne. Philmore House était une grande demeure de style Queen Anne que Cyril avait offerte à son fils unique lors de son mariage, deux ans auparavant. Bien qu'il soit 11 heures passées, Athene était encore en tenue de nuit. Elle n'avait d'ailleurs pas l'air gênée le moins du monde d'être surprise dans cet accoutrement.

— Je suis vraiment désolée, avait-elle prétendu d'un air qui démentait ses propos.

Elle avait semblé d'abord étonnée, avant de lui adresser un bref sourire, aussi charmant que vide d'expression.

— Je ne reçois pas aujourd'hui, avait-elle ajouté en levant la main pour étouffer un bâillement.

Son peignoir gaufré avait alors révélé la plus ténue des nuisettes et, pire encore, une bonne dose de décolleté laiteux, alors que n'importe quel homme du domaine aurait pu passer. La mère de Douglas avait été très choquée par cet incroyable manquement à l'étiquette.

— Je me disais que nous aurions pu prendre un café ensemble, dit-elle avec un sourire forcé. Ces derniers temps, nous vous voyons à peine…

Athene avait regardé derrière elle, sans se départir d'un air d'agacement distrait, comme si sa belle-mère était suivie d'une armée de visiteuses qui toutes exigeaient du thé et de la conversation.

— Cyril se demandait… Nous nous demandions tous deux comment vous vous portiez.

— C'est très gentil à vous. Je suis un peu débordée en ce moment.

Le sourire d'Athene vacilla lorsque sa belle-mère montra qu'elle n'avait pas l'intention de prendre congé.

— Et, aujourd'hui, je suis assez fatiguée. C'est la raison pour laquelle je ne reçois personne.

— Je me disais que nous pourrions bavarder un peu. De choses et d'autres…

— Ah, je ne crois pas. Mais c'est très aimable à vous de penser à moi.

— Il y a deux ou trois sujets dont nous aimerions…

— C'était un plaisir de vous voir. Je ne doute pas que nous nous reverrons bientôt.

Et après ce bref échange, le moins démonstratif des au revoir et sans l'ombre d'une excuse, Athene avait refermé la porte d'entrée. Sa belle-mère, qui d'ordinaire aimait appeler un chat un chat, avait été presque trop stupéfaite pour se sentir offensée. Elle avait beau être une personne pleine de certitudes, elle ne savait pas au juste comment décrire à son époux ce nouveau rebondissement. Que pouvait-elle dire pour condamner la jeune femme ? Qu'elle l'avait reçue en chemise de nuit ? Cyril serait capable de trouver cela charmant. Pire, il s'imaginerait des choses, et elle savait bien comment cela se terminerait ! Qu'Athene avait refusé de lui offrir un café ? Cyril dirait simplement qu'elle aurait dû l'avertir, téléphoner avant de se présenter à sa porte. C'était l'une des choses qui l'irritait le plus, cette détermination qu'avait son époux à toujours se montrer *juste*. Elle résolut de ne rien dire, mais lorsque Douglas arriva, elle le prit à part et le lui annonça tout net : si sa femme ne voulait pas s'habiller avec un minimum de dignité, alors elle ne devait pas ouvrir la porte. Ils avaient un nom de famille à honorer. Quand il l'avait dévisagée sans comprendre, elle avait ressenti un soudain besoin de le protéger, une sorte de peur, et en même temps un agacement à le voir si semblable à son père. On passait toute leur jeunesse à les avertir. Et, des années plus tard, malgré les mises en garde, ça ne faisait aucune différence dès lors qu'ils rencontraient une fille comme elle.

Cyril Fairley-Hulme posa sa serviette et regarda la pendule, comme il le faisait chaque jour pendant les quelques minutes qui séparaient la fin de son repas du moment où sa femme se levait et lui proposait une tasse de café avant qu'il regagne son bureau. Derrière lui, la radio annonçait d'une voix mesurée les prévisions météo, comme à la fin de chaque déjeuner, et ils observèrent tous trois une minute de silence pour écouter.

— Très bon, commenta Cyril à voix basse.

Puis il ajouta, comme après une longue réflexion :

— Rien ne vaut une bonne tourte au faisan.

— Délicieux. Bravo, mère, renchérit Douglas.

Il roula sa serviette en boule et la posa sur la table.

— C'est Bessie qui l'a faite. Je lui dirai que ça vous a plu. Vous avez le temps de prendre un café ?

La table avait été dressée avec soin, comme toujours, et malgré la banalité de l'occasion, on avait sorti la plus belle porcelaine. Elle ramassa les assiettes et quitta la pièce, le dos droit. Douglas la regarda partir et sentit les mots se changer en plomb dans sa bouche alors que les battements de son cœur s'accéléraient sous l'effet de la nervosité. Son père prit quelques minutes pour bourrer sa pipe d'un air méditatif, puis l'allumer, son visage tanné parcouru de rides. Puis il leva les yeux vers son fils, comme surpris qu'il ne soit pas parti à ce moment précis de leur routine quotidienne.

— Dennis sème les tubercules, cet après-midi.

— Oui. Je vais aller voir ça tout à l'heure.

Son père éteignit son allumette qui lui brûlait les doigts et poussa un juron étouffé, avec un regard inconscient vers la porte que sa femme venait d'emprunter.

— N'oublie pas de vérifier qu'il respecte la bonne distance. L'an dernier, il les a plantés trop rapprochés.

— Oui, père, vous me l'avez dit. Je lui en toucherai un mot.

Son père baissa à nouveau les yeux vers sa pipe.

— Tu attends la récolte ?

— Quoi ? Ah…

C'était souvent difficile de savoir quand son père plaisantait.

— Ah, non. En fait, je voulais vous parler de quelque chose.

La pipe était allumée. Son père s'appuya sur son dossier et laissa échapper un filet de fumée, le visage brièvement détendu.

— Vas-y, répondit-il gentiment.

Douglas le regarda, puis baissa les yeux en essayant de se rappeler où il avait laissé son dossier. Il se leva, le prit sur le buffet, puis commença à sortir les feuilles pour les étaler soigneusement devant son père.

— Qu'est-ce que c'est ?

— Ce dont je voulais te parler. Des idées que j'ai eues. Pour le domaine.

Une fois les pages bien disposées, Douglas se redressa alors que son père se penchait pour mieux voir.

— Des idées pour le domaine ?

— Ça fait une éternité que je réfléchis. Je veux dire, depuis cette histoire de PAC, depuis que tu parles d'abandonner la laiterie. On pourrait envisager les choses un peu différemment.

Cyril, impassible, écoutait son fils bredouiller ses explications. Puis il se pencha de nouveau sur une feuille.

— Passe-moi mes lunettes.

Douglas suivit le doigt de son père, repéra les lunettes et les lui tendit. Dans la cuisine, il entendait sa mère disposer des couverts sur le plateau, et le bruit des portes de placard ouvertes puis refermées. Le sang cognait à ses tempes. Il enfonça les mains dans ses poches, puis les ressortit, luttant pour ne pas se pencher en avant et désigner certains aspects de ses réflexions.

— Il y a une carte là-dessous, dit-il, incapable de se refréner plus longtemps. J'ai fait un code couleur pour les champs, en fonction de leur usage.

Le temps sembla ralentir, puis s'arrêter. Douglas, scrutant le visage paternel, n'y vit pas la moindre étincelle d'émotion alors qu'il parcourait méthodiquement les pages. Dehors, les chiens aboyaient comme des fous contre quelque intrus. Son père ôta ses lunettes, puis se redressa lentement sur sa chaise. Sa pipe s'était éteinte, et après l'avoir examinée, il la posa sur la table près de lui.

— C'est ça qu'ils t'ont appris, à l'université agricole, alors ?

— Non. En fait, c'est surtout mes idées à moi. Je veux dire, j'ai fait des lectures et tout, sur les kibboutz, et tu sais déjà tout sur Rowntree, bien sûr, mais…

— Parce que si c'est le cas, ça n'a vraiment servi à rien de t'y envoyer ! On a jeté de l'argent par les fenêtres !

Les mots étaient sortis avec force, comme du canon d'un fusil, et Douglas sursauta comme s'il avait été touché physiquement. Le visage de son père, comme toujours, n'exprimait rien. Mais il y avait un éclat dans ses yeux, une discrète pâleur derrière son teint rubicond qui trahissaient sa colère mal contenue. Ils restèrent assis en silence, les yeux dans les yeux.

— Je te croyais raisonnable. Je pensais que nous t'avions donné le sens du bien et du…

— Mais *c'est* bien.

Douglas entendit sa voix monter pour protester.

— C'est bien de rendre quelque chose au peuple. C'est bien que tout le monde ait droit à une part de la terre.

— Tout donner, c'est ça que je devrais faire ? Le distribuer en lopins à tous ceux qui en veulent ? Faites la queue, y en aura pour tout le monde ?

— Ce seraient toujours nos terres, papa. Ce serait juste permettre à d'autres personnes de les cultiver. On n'exploite même pas la totalité comme il faudrait.

— Tu t'imagines que les gens d'ici ont envie de travailler la terre ? Est-ce que tu t'es seulement donné la peine de leur poser la question ? Les jeunes, ça ne les intéresse pas de labourer, de creuser. Ils n'ont pas envie d'être dehors par tous les temps à arracher les mauvaises herbes et épandre du fumier. Ils veulent aller en ville, écouter de la musique pop et je ne sais quoi. Tu sais combien de temps ça m'a pris, l'an dernier, d'arriver à recruter suffisamment de main-d'œuvre juste pour rentrer le foin ?

—On trouverait des volontaires. Il y a toujours des gens qui ont besoin d'un emploi.

Son père tapa du poing sur la table, l'air dégoûté.

—On n'est pas dans une expérience sociale. On cultive cette terre à la sueur de notre front. Je n'arrive pas à croire que j'ai élevé un fils, que je lui ai transmis tout ce que je sais sur ce domaine, pour qu'il me parle de le donner aux premiers venus ! Même pas le vendre, hein ! Le donner. Tu… Tu es pire qu'une *fille*.

Il avait craché les mots à son fils comme dans un accès de bile. Douglas avait rarement entendu son père lever la voix sur lui. Il s'aperçut qu'il tremblait. Il tenta de rassembler ses pensées contre la colère de son père, et vit sa mère, immobile sur le pas de la porte, son plateau à la main. Sans une parole, son père se leva et passa près d'elle d'un pas rageur, enfonçant son chapeau sur sa tête. La mère de Douglas posa le café sur la table et dévisagea son fils. Douglas avait le même air désespéré que le jour où, à huit ans, il avait reçu une raclée de son père pour avoir laissé l'un des chiens entrer dans l'étable de vêlage. Elle résista au désir de le consoler et préféra lui demander prudemment ce qui s'était passé. Pendant plusieurs minutes, Douglas ne répondit pas, et elle se demanda s'il essayait de ravaler ses larmes. Il fit un geste vers des papiers étalés sur la table.

—J'avais des idées pour le domaine.

Il se tut un moment avant de reprendre d'une voix étranglée :

—Père ne les a pas appréciées.

—Je peux regarder ?

—Je t'en prie.

Elle s'assit avec précaution sur la chaise de son époux et parcourut les pages. Il lui fallut plusieurs minutes pour saisir ce qu'il proposait, et elle contempla la carte colorée, tout en construisant lentement une représentation de la vision de son fils. Elle pensa à son mari, à cet accès de rage qui lui ressemblait si peu, et la compassion qu'elle avait initialement ressentie pour son fils fut chassée par une colère qui enflait rapidement. Les jeunes gens pouvaient se montrer si écervelés ! Ils n'avaient aucune considération pour ce que les générations précédentes avaient dû endurer. Le monde devenait de plus en plus égoïste, et malgré l'amour viscéral qu'elle éprouvait pour son fils unique, elle était à présent emplie de fureur devant son manque d'empathie, sans parler de sa femme aussi scandaleuse qu'incapable, et de toute sa génération.

— Je te suggère de jeter ça au feu, déclara-t-elle en rassemblant les papiers en pile.

— Quoi ?

— Fais-les disparaître. Avec un peu de chance, ton père oubliera que cette conversation a eu lieu.

Le visage de son fils n'exprimait plus que frustration et incrédulité.

— Tu ne vas même pas y réfléchir ?

— C'est tout réfléchi, Douglas, et tes idées sont… inappropriées.

— Mère, j'ai vingt-sept ans. Il me semble que j'ai mon mot à dire dans la gestion du domaine. C'est mon droit.

— Ton *droit* ?

Elle avait la poitrine serrée, la voix tremblante.

— Ta génération n'a que ça à la bouche, vos supposés droits ! Tes idées sont une insulte à tout ce que ton père a fait pour ces terres. Si tu n'arrives pas à comprendre ça, je préfère que nous mettions un terme à cette conversation.

Douglas, les deux mains sur la table, s'appuyait sur ses bras tendus, le buste en avant, comme si la réponse de sa mère avait failli le mettre à terre.

— Je n'arrive pas à croire que vous réagissiez tous deux ainsi !

La dernière once de sympathie que sa mère avait éprouvée pour lui s'évapora.

— Douglas, assieds-toi, ordonna-t-elle avant de s'installer en face de lui.

Elle prit une inspiration profonde et essaya de s'exprimer en termes mesurés.

— Laisse-moi te dire quelque chose à propos de ton père, jeune homme. Tu n'as aucune idée de ce qu'il a enduré pour faire fonctionner ce domaine. Aucune idée. Quand il en a hérité, le domaine était au bord de la faillite. Le prix de l'avoine était au plus bas de mémoire d'homme, les employés agricoles partaient à la ville parce qu'on n'avait pas les moyens de les payer, et le prix du lait avait chuté. Il a dû vendre presque tous ses meubles de famille, la plupart des tableaux, les bijoux de famille, c'est-à-dire la seule chose qui lui restait de sa mère. Tout ça pour préserver le domaine.

Elle dévisagea son fils, bien décidée à lui faire comprendre la gravité de ce qu'elle lui racontait.

— Et tu es trop jeune pour t'en souvenir vraiment, mais pendant la guerre, le domaine a été réquisitionné… On a même eu des prisonniers allemands ici. Le savais-tu ? Cette guerre a coûté la vie à ton oncle, qui était pilote, et malgré ça, on a dû accepter des Allemands, cracha-t-elle, juste pour ne pas laisser sombrer le domaine. Des pillards, voilà ce qu'ils étaient, ils volaient la nourriture et tout le reste. Jusqu'aux pièces détachées des machines agricoles !

— Ils n'ont rien volé. C'étaient les enfants Miller.

Elle secoua la tête.

— Douglas, toute sa vic, ton père a travaillé ces champs sept jours sur sept, qu'il pleuve ou qu'il vente, qu'il neige ou qu'il grêle. Je l'ai vu rentrer à la maison avec les mains en sang à force d'avoir arraché les mauvaises herbes, et le dos brûlé vif après des heures de travail en plein soleil. Je me souviens de soirs où il s'est endormi à la table du dîner.

Quand je le réveillais, il partait réparer le toit des métayers ou déboucher leurs canalisations. C'est la première fois que nous avons assez de revenus pour retrouver un peu de sérénité. La première fois qu'il accepte de se faire aider. Et maintenant toi, sa fierté, son héritier, tu viens lui dire que tu veux céder toutes ses terres à une bande de beatniks ou Dieu sait quoi…

— Ce ne sont pas des beatniks ! protesta Douglas, le rouge aux joues.

Sa mère avait dit ce qu'elle avait à dire. Elle se leva et servit le café. Elle ajouta le lait, puis poussa une tasse vers son fils.

— J'aimerais que nous ne reparlions plus de cette histoire, conclut-elle d'une voix radoucie. Tu es un jeune homme qui a de grandes idées. Mais ce domaine est encore plus grand que tes idées. Et nous ne l'avons pas préservé si longtemps pour que tu détruises tout ce que nous avons fait. D'ailleurs, tu ne peux pas céder des terres qui ne t'appartiennent pas. Tu es administrateur, pas dépositaire. Ton métier consiste simplement à mettre en œuvre les changements nécessaires pour le maintenir à flot.

— Mais vous aviez dit…

— Nous avons dit que le domaine te reviendrait un jour. Mais il n'est pas question que le domaine soit détourné de sa fonction première : faire prospérer ces terres pour fournir un toit et subvenir aux besoins des générations successives de Fairley-Hulme.

Un long silence s'ensuivit. Pour se remettre, elle prit une grande gorgée de café. Lorsqu'elle reprit la parole, c'était d'un ton conciliant.

— Quand tu auras des enfants, tu comprendras mieux où je veux en venir.

La radio se mit à grésiller en raison des interférences causées par un avion qui survolait le domaine. Elle se tourna sur sa chaise et ajusta la molette, rétablissant la réception. Douglas, tête baissée, contemplait sa tasse.

Lorsqu'il arriva chez lui, la maison était déserte. Il ne prit même pas la peine de l'appeler en refermant la porte derrière lui. Il était rare qu'elle pense à laisser une lampe allumée pour lui, et la demeure était envahie par l'immobilité froide qui trahit des heures d'absence. Il suspendit son manteau dans l'entrée qui résonnait, et se dirigea vers la cuisine, les pieds glacés par le contact du linoléum froid. Pendant la première année de son mariage, il avait souvent découvert que son dîner consisterait en un bol de céréales ou une tranche de pain avec du fromage. Athene était tout sauf une fée du logis, et après quelques repas carbonisés, elle avait renoncé à faire semblant. Récemment, sans en informer sa mère, il avait recruté Bessie, qui vivait depuis longtemps sur le domaine, pour remplir leurs placards et mettre de temps à autre une tourte ou un ragoût dans le réfrigérateur. Il savait qu'elle n'avait pas bonne opinion d'Athene. Pour tenter de préserver autant que possible la réputation de sa femme, il avait expliqué à Bessie que la farine lui donnait de l'urticaire. Il trouva une tarte au fromage sur l'étagère. Il la plaça dans le fourneau, ferma la porte et regarda la table en quête d'un petit mot. Souvent, ils ne fournissaient guère d'information : « Douglas chéri, de retour bientôt. A », ou « Sortie prendre l'air », ou « Partie faire un tour ». De plus en plus souvent, elle ne laissait pas de mot. Ce soir, ça ne le dérangeait pas. Il n'était pas sûr d'avoir envie de parler à quelqu'un, pas même à sa femme. Il sortit une assiette du buffet et jeta un coup d'œil à la photo d'Athene qu'il avait prise à Florence. Cette première année avait été merveilleuse. Ils avaient passé trois mois à voyager en Italie, dans le bolide rouge de Douglas, séjournant dans de charmantes *pensiones* et scandalisant souvent les *padronas* par leurs bruyantes démonstrations d'amour. Avec Athene à ses côtés, il se sentait comme un roi : elle poussait des cris de joie lorsqu'il conduisait sur les tortueuses routes de montagne, se pendait à son cou lorsqu'ils buvaient un café en terrasse, s'enroulait autour de lui, jamais rassasiée, dans le noir. À leur retour, malgré la maison redécorée, son cheval, les leçons de conduite qu'il lui avait offertes ainsi qu'une voiture – elle était la pire des conductrices, et il avait depuis longtemps cessé de s'exaspérer à chaque nouveau coup sur le pare-chocs –, elle avait progressivement montré moins d'adoration, et était devenue plus difficile à satisfaire. Elle ne s'intéressait pas à ses projets de redistribution des richesses. Il avait espéré qu'elle trouverait cela inspirant. L'idée lui était venue d'elle, après tout.

— On n'a qu'à tout donner, avait-elle suggéré par un après-midi d'été alors qu'ils pique-niquaient, seuls, au bord de la rivière à truites. On détermine qui sont les villageois les plus méritants, et on distribue des parcelles. Comme en Amérique, avec les esclaves.

Elle plaisantait, bien sûr. Elle avait ensuite annoncé qu'elle avait envie de chanter du jazz, et il lui avait fait la surprise de lui trouver un professeur particulier. En réalité, ces dernières semaines – même s'il évitait d'y penser –, Athene s'était montrée plutôt exigeante. Il ne savait jamais sur quel pied danser : un instant elle était séductrice, s'accrochait à lui, essayait de le charmer pour qu'il accepte un de ses projets extravagants, l'instant suivant elle était froide, distante, explosait de rage et lui reprochait de l'étouffer. Il n'avait pas osé l'approcher dans l'obscurité. Il portait encore la cuisante blessure de ce jour où elle l'avait repoussé physiquement en le comparant à « un animal baveux ». Il leva les yeux vers le portrait de son épouse souriante. Ils fêteraient leur deuxième anniversaire de mariage quinze jours plus tard. Peut-être qu'ils pourraient retourner en Italie, une semaine ou deux, afin de se changer les idées. Il avait besoin de passer quelques jours loin du domaine, de se laisser le temps de digérer sa déception. Peut-être que des vacances la rendraient moins irritable, moins lunatique. Elle arriva peu avant 20 heures et haussa les sourcils de surprise en le découvrant devant son assiette terminée. Elle portait une robe bleu glacier et un nouveau manteau blanc à haut col.

—Je ne m'attendais pas à ce que tu rentres si tôt, dit-elle.

—J'ai pensé que tu aimerais avoir un peu de compagnie.

—Oh, chéri, je suis désolée. Si j'avais su, je me serais arrangée pour être là. J'étais partie passer l'après-midi à Ipswich, pour aller au cinéma.

De toute évidence, elle était de bonne humeur. Elle se pencha pour l'embrasser sur le front, laissant comme un écho de son parfum dans l'air devant lui.

—Mère m'a dit qu'elle était passée, tout à l'heure.

Athene était en train d'enlever son manteau, le dos tourné.

—J'imagine qu'elle veut encore que je présente un trophée à la fête du village. Je lui ai dit que ça ne faisait pas partie de mes projets…

Douglas se leva et s'approcha du placard à alcools pour se servir un whisky.

—Tu pourrais faire des efforts avec elle, Athene. Elle n'est pas si méchante… Si tu ne le fais pas pour elle, fais-le pour moi.

—Ah, on ne va pas se disputer. Tu sais que la famille, ce n'est pas mon fort, Douglas.

C'était un dialogue de sourds qu'ils avaient déjà eu bien souvent.

—J'ai vu le film le plus merveilleux du monde. Un film français. Il faut absolument que tu le voies ! J'étais tellement transportée que j'ai failli ne pas rentrer du tout.

Son éclat de rire, peut-être forcé, désamorçait la menace contenue dans ses propos. Douglas la regarda se déplacer avec légèreté dans la pièce : elle en était le point focal, et pourtant, n'en faisait pas partie. Peut-être qu'elle apparaîtrait toujours ainsi à ses yeux : comme venue d'un autre monde, flottant, refusant d'être aliénée par la vie domestique. Il souhaita, brièvement, pouvoir lui parler de l'échange qu'il avait eu avec son père. Pouvoir exprimer son humiliation, sa déception face à la réaction de cet homme dont l'opinion lui importait plus que tout au monde. Pouvoir s'appuyer sur son épaule et se faire consoler. Mais il avait appris à ses dépens qu'Athene se saisirait de la moindre faille dans sa relation avec ses parents, et ferait de son mieux pour l'élargir. Elle ne voulait pas qu'il garde ce lien étroit avec sa famille : elle voulait les séparer. Il prit une longue gorgée de whisky.

— Je me disais qu'on pourrait partir.

Elle se tourna, une expression indéchiffrable sur le visage.

— Quoi ?

— En Italie.

C'était comme s'il lui avait proposé de rassasier une faim cachée. Elle s'approcha, les yeux rivés sur ceux de Douglas.

— Retourner à Florence ?

— Si tu veux.

Elle jeta les bras autour de son cou avec un abandon enfantin.

— Oh oui ! Retournons en Italie ! Oh, Douglas, quelle merveilleuse idée !

Il posa son verre et lui caressa les cheveux, stupéfait qu'il ait été si facile d'arranger les choses entre eux. Il sentait ses membres, sinueux contre les siens, et éprouva un élan de ce désir qu'il croyait étouffé. Elle leva le visage vers lui, et il l'embrassa.

— Quand partons-nous ? Bientôt ? On a besoin de très peu de temps pour tout emballer.

L'empressement se lisait sur son visage.

— Je pensais qu'on pourrait y aller pour notre anniversaire de mariage.

Elle avait à présent les yeux tournés vers un horizon lointain, ses pensées déjà par-delà les mers. C'était comme si son visage avait changé de forme, il était adouci, flou dans ses contours, comme s'il la voyait à travers un filtre.

—On pourrait même séjourner au *Via Condolisa.*

—Mais où est-ce qu'on habitera ?

—Comment ça ?

—Où est-ce qu'on s'installera, en Italie ?

Il pinça les lèvres, sourcils froncés.

—On ne va pas y habiter, Athene. Je pensais qu'on pourrait partir en voyage pour notre anniversaire.

—Mais j'ai cru…

Son visage se ferma alors qu'elle digérait ses paroles.

—Tu ne veux pas déménager là-bas ?

—Tu sais bien que c'est impossible.

Elle semblait soudain désespérée.

—Mais partons d'ici, chéri. Loin de ta famille. Et de la mienne. Je déteste la famille. Ils passent leur temps à nous tirer vers le bas avec leurs obligations, leurs attentes. Partons. Pas forcément en Italie, on y est déjà allés. Au Maroc. Il paraît que c'est fabuleux, le Maroc.

Elle avait les bras serrés très fort autour de sa taille, les yeux qui brûlaient ceux de Douglas. Il se sentit soudain très fatigué.

—Tu sais très bien qu'on ne peut pas aller vivre au Maroc.

—Je ne vois pas pourquoi.

Elle avait un sourire meurtri, qui vacillait.

—Athene, j'ai des responsabilités.

Alors elle s'éloigna de lui. Elle recula d'un pas et lui lança un regard dur.

—Parfait, tu parles exactement comme ton père. Pire. Tu parles comme le mien.

—Athene, je…

— J'ai besoin d'un verre.

Elle lui tourna le dos et se servit une grande rasade de whisky. Il remarqua, pendant qu'elle versait le liquide, que pour une bouteille neuve, le niveau avait baissé rapidement. Elle resta le dos tourné quelques minutes. En temps normal, Douglas se serait approché, lui aurait posé la main sur l'épaule pour la consoler, lui aurait murmuré quelques mots d'amour. Ce soir, pourtant, il était trop fatigué. Trop épuisé de jouer à ce jeu avec cette épouse impossible, volatile. Elle se tourna vers lui.

— Douglas. Mon chéri. Je ne te demande jamais rien. N'est-ce pas ? En vrai ?

Il ne servait à rien de la contredire. Douglas contempla son visage indéchiffrable, pâle, et le chagrin qui s'y lisait soudain.

— Partons. Quittons cet endroit. Dis-moi oui, Douglas. S'il te plaît…

Pendant un instant, il eut envie de faire les valises et de remonter l'allée en faisant rugir le moteur de son bolide, Athene folle de joie, cramponnée à lui, pour disparaître vers un avenir en technicolor dans un pays étranger et exotique. Athene ne le quittait pas des yeux.

— J'ai besoin d'un bain, dit-il.

Et, épuisé, il se dirigea vers l'escalier.

Chapitre 5

Le jour où j'ai brisé le cœur de quelqu'un

Oh, je sais, je n'ai rien d'une femme fatale. Vous vous dites sûrement que je n'ai jamais inspiré de passion à un homme. Pourtant, si, il y a longtemps, avant que la cinquantaine et les cheveux gris viennent masquer les rares atouts que j'aie jamais eus. Il s'appelait Tom, et c'était un gentil garçon, doux comme un agneau. Sûrement pas le plus beau, mais il était taillé dans du bois de chêne. Solide comme un roc. Bonne famille. Et il m'adorait. Il n'était pas du genre bavard. À l'époque, les hommes étaient comme ça. Ceux que je connaissais, en tout cas. Mais je savais qu'il était fou de moi, parce qu'il m'attendait au coin de la rue chaque soir pour me raccompagner après le travail, et il me gardait de belles chutes de rubans et de dentelles de la fabrique de son père. Sa famille était dans la mercerie. Son père lui apprenait le métier. C'est ainsi que nous nous sommes rencontrés. Pas très viril, c'est sans doute ce que vous pensez, et oui, nous avions quelques « tantes », comme les appelait Mr Holstein, mais quand on le voyait… Eh bien, il n'était pas efféminé pour deux sous. C'était un grand bonhomme, les épaules larges. Il avait l'habitude de porter des rouleaux de tissu pour moi, il en empilait trois ou quatre sur son épaule aussi facilement que s'il remettait sa veste après l'avoir enlevée. Il entrait avec des plateaux de boutons et des chutes de galons, de jolies dentelles victoriennes qu'il avait sauvées de cartons qui commençaient à prendre l'humidité. Il me les laissait sans un mot, étalés, comme un chien qui m'offrirait un os. À l'époque, je cousais mes vêtements. Quand j'étais sur mon trente-et-un, il arrivait toujours à reconnaître un de ses boutons, ou un ruban de velours dont il m'avait fait cadeau. Je crois que ça le rendait assez fier. Et il ne me poussait jamais. Il ne m'a jamais fait de grande déclaration, ni même annoncé ses intentions. Je lui avais dit que je ne me marierais jamais. J'en étais parfaitement certaine, et je trouvais juste de lui en faire part dès le début. Mais il avait seulement hoché la tête, comme si c'était une sage décision, et avait choisi de m'adorer quand même. Et peu à peu, je me suis aperçue que je m'inquiétais moins de le laisser espérer, d'être injuste, et que je prenais simplement plaisir à passer du temps en sa compagnie. Les années 1960, ce n'était vraiment pas une période facile pour une fille célibataire. Vous pensez sans doute que c'était Mary Quant, l'amour libre et les boîtes de nuit et tout le toutim, mais en réalité très peu d'entre nous menaient ce genre de vie. Pour les filles comme moi, qui venaient de familles respectables, et qui n'avaient pas les mœurs légères, l'époque était assez déroutante. Il y avait les filles qui le faisaient, et celles qui ne le faisaient pas. Et je ne savais jamais à quelle catégorie j'étais supposée appartenir. (Bien que j'aie failli le faire, avec Tom. Plusieurs fois. Il était très gentil là-dessus, à bien y repenser, même quand je lui ai annoncé que je préférais rester vierge toute ma vie.) Et il y avait cette pression d'être *à la mode*, de porter le dernier cri, que ce soit *Biba* ou King's Road ou, dans mon cas, fait à partir de patrons Butterick ou *Vogue*. Mais nos parents étaient tous assez scandalisés. Porter des minijupes devenait une sorte d'obligation incontournable, et en même temps, on était gênées de le faire. Peut-être que je n'étais pas assez libérée. Il y avait des tas de filles qui l'étaient.

Mais Tom avait l'air de me comprendre et de m'apprécier, comme j'étais ou comme j'essayais d'être, et on a eu une relation plutôt agréable pendant deux ans. Alors c'est un peu dommage que je lui aie infligé une telle souffrance justement le jour où je l'ai présenté à mes parents.

Je les avais invités à Londres pour assister à un spectacle. Ma mère était enthousiaste à cette idée, et papa venait par gentillesse, même s'il se serait bien gardé de le dire, vu que je n'étais presque pas rentrée à la maison depuis un an. Je nous avais réservé des places pour *Hello, Dolly!* au Théâtre Royal, puis un souper léger au *Golden Egg*, un nouveau restaurant. Ils seraient mes invités parce que Mr Holstein venait de m'accorder une augmentation et une promotion, de secrétaire à chef de bureau, ce qui était vraiment formidable. J'ai retourné la question dans tous les sens pendant des heures ; pour finir, j'ai pensé que je devrais sans doute inviter Tom aussi, parce qu'il était adorable, et je savais que ça le toucherait énormément de rencontrer mes parents. J'étais certaine qu'ils l'apprécieraient. C'était obligé. Il n'y avait rien en lui qu'on puisse ne pas aimer. Le spectacle était merveilleux. Mary Martin incarnait Dolly Levi : je n'oublierai jamais combien elle était belle, même si nous avions tous espéré en secret voir Eve Arden. Et maman était si heureuse de me voir qu'elle n'arrêtait pas de glisser sa main dans la mienne, pour la serrer, et de jeter des regards entendus à Tom. Je sais qu'elle était soulagée de voir un homme dans ma vie après si longtemps, et il lui avait offert une boîte de pâtes de fruits. C'était donc plutôt une bonne soirée jusqu'au dîner. Oh, je n'ai rien à reprocher au *Golden Egg* ; maman a dit, en lançant des regards autour d'elle, que c'était « très… coloré ». La nourriture était bonne, et j'ai commandé une bouteille de vin, bien que papa répète qu'il était hors de question que je dépense tout mon salaire pour faire plaisir à mes « vieux parents ». Et Tom se contentait de sourire calmement, comme toujours, et de parler pendant des heures à maman de rubans et de choses d'avant la guerre, et de comment son père avait un jour rencontré la femme du Premier ministre lorsqu'elle avait commandé une jolie dentelle belge. Et c'est ensuite qu'elle l'a dit.

— Je voulais te dire, ma chérie. Ça ne va pas trop chez les Fairley-Hulme.

J'ai contemplé mon poisson en silence un moment, attentive à ne rien trahir.

— Ah bon ?

Papa a ricané.

— Elle s'est fait la malle.

— Qui s'est fait la malle ?

— Oh, Henry. « Se faire la malle », ça ne se dit plus. Athene Forster. Pardon, Fairley-Hulme. Elle s'est enfuie avec un représentant de commerce du nord. Imagine un peu… Elle a créé un bazar pas possible. Les deux familles font tout ce qu'elles peuvent pour que le scandale ne soit pas relayé par la presse.

C'était à croire qu'elle pensait que ses mots n'auraient plus d'effet sur moi.

— Je ne lis pas les journaux.

Le poisson dans ma bouche avait pris un goût de poudre. Je me forçai à avaler et bus une gorgée d'eau. Tom, le pauvre, mangeait toujours avec appétit sans se douter de rien.

— Comment… comment va Douglas ?

— Il espère qu'elle va revenir, le malheureux garçon. Il est effondré.

— Je me suis toujours douté qu'elle n'était pas nette, celle-là.

— Oui, c'est sûr. Mais elle semblait s'être rangée.

— Les filles dans son genre ne se rangent jamais.

Leurs voix me parvenaient de loin, et je me demandai brièvement si je n'allais pas m'évanouir. Puis je regardai Tom et, pour la première fois, je remarquai avec une légère répugnance qu'il mangeait la bouche ouverte.

— Bien sûr, ses parents sont fous de rage. Ils l'ont même déshéritée. En attendant que ça se tasse, ils racontent à qui veut l'entendre qu'elle est partie à l'étranger. Il faut dire qu'elle avait déjà sacrément tiré sur la ficelle avant d'épouser Douglas. Elle n'avait pas de vrais amis, n'est-ce pas ? Ni de réputation, quand on y pense.

Ma mère secoua la tête, songeuse, et épousseta des miettes imaginaires sur la nappe.

— Les parents de Douglas l'ont très mal pris. Ça donne une mauvaise image de tout le monde. Le type vendait des aspirateurs, il faisait du porte-à-porte, tu arrives à le croire ? Des aspirateurs ! Et quelques semaines après être partie, cette fille a eu le toupet de les appeler pour leur réclamer de l'argent. Pauvre Justine ! Je l'ai vue à la soirée bridge des Trevelyan il y a deux semaines, et elle a pris un sacré coup de vieux, ses cheveux sont tout gris.

C'est à ce moment-là qu'elle dut voir mon expression. Elle me détailla avec inquiétude, puis avec dureté, et jeta un coup d'œil à Tom.

— Mais bon, vous n'avez sans doute pas envie de nous entendre cancaner sur des gens que vous ne connaissez pas, n'est-ce pas, Tom ? C'est très impoli de ma part.

— Ne vous dérangez pas pour moi, répondit Tom, la bouche pleine.

— Oui. Bon. Pensons plutôt au dessert. Qui veut un dessert ?

Sa voix était montée presque d'une octave. Elle me gratifia de nouveau d'un regard empli de colère, du genre que seule une mère peut adresser à sa fille. Je ne pense pas avoir entendu un mot de plus. Je ne suis pas rentrée à la maison.

Pas à ce moment-là. Mais ce n'était pas honnête envers Tom de continuer à le fréquenter. Pas dans ces circonstances. Ça vous suffit, ou vous voulez que je vous parle du bébé ?

Deuxième partie

Chapitre 6

2001

Ils se disputaient toujours pendant le trajet les conduisant vers une soirée. Suzanna ne savait pas pourquoi, bien qu'elle identifie toujours le déclencheur : ils étaient en retard, il attendait toujours la dernière minute pour vérifier que la porte de derrière était bien fermée, elle ne savait jamais quoi se mettre pour lui plaire. Peut-être était-elle nerveuse à la perspective qu'ils doivent se montrer aimables l'un envers l'autre pendant toute une soirée. Peut-être, se disait-elle parfois, était-ce sa façon de prévenir qu'ils ne feraient pas l'amour plus tard, en rentrant. Ce soir, pourtant, ils ne s'étaient pas disputés. Ce n'était pas un exploit : ils s'étaient rendus séparément chez les Brooke. Suzanna avait cherché sa route jusqu'au village grâce aux indications soigneusement notées que lui avait fournies son hôtesse, et Neil était arrivé en retard du travail, en train puis en taxi. En l'accueillant à la table du dîner, Suzanna avait senti son sourire se calcifier sur son visage, et c'est avec les dents serrées qu'elle lui avait lancé une boutade :

— On pensait que tu ne viendrais plus.

— Oh, est-ce que vous connaissez l'autre moitié des Peacock ? Neil, je crois ?

Leur hôtesse l'avait guidé gentiment vers son siège. Elle portait des perles, onéreuses, avec un chemisier de soie démodé et une jupe plissée. Ses vêtements avaient suffi à

Suzanna pour savoir à quoi s'attendre : elle serait prise de haut, plutôt qu'admirée, pour ses manières de citadine. Ils n'avaient sans doute été invités que par égard pour ses parents.

— J'ai été retenu par une réunion, s'excusa Neil.

« Pourquoi en faire tout un fromage ? lui avait-il chuchoté plus tard, alors qu'elle le réprimandait dans le couloir. Personne d'autre que toi n'avait l'air d'y accorder de l'importance. »

« Eh bien moi, si. »

Puis elle s'était forcée à sourire lorsque la maîtresse de maison était sortie du salon et, en évitant avec tact de les regarder de trop près, avait demandé si quelqu'un voulait un dernier verre. La soirée avait été interminable. Neil tentait de masquer sa timidité par des plaisanteries un peu gênantes. Tous les invités semblaient se connaître depuis un certain temps, et la conversation glissait fréquemment sur des gens qu'elle ne connaissait pas, des « figures » du village, et s'appesantissait sur des événements passés : la fête de l'été annulée pour cause de pluie deux années auparavant, le tournoi de tennis où deux finalistes en étaient venus aux mains, l'institutrice de l'école primaire qui s'était enfuie à Worcester avec le mari de cette pauvre Patricia Ainsley. Quelqu'un avait entendu dire qu'elle avait eu un bébé. Quelqu'un d'autre croyait savoir que Patricia Ainsley était désormais mormone. La pièce était surchauffée, et Suzanna était assise juste devant l'énorme feu de cheminée. Avant même le plat principal, elle avait déjà le visage cramoisi, et des gouttes de sueur lui coulaient de temps à autre le long de la colonne vertébrale, cachées par sa jupe trop à la mode pour la circonstance. Ils étaient tous au courant, elle en était certaine. Elle sentait que, malgré ses sourires, malgré le fait qu'elle affirme à qui voulait l'entendre qu'elle était contente de vivre à nouveau à Dere Hampton, que c'était agréable d'avoir un peu plus de temps pour elle, d'être proche de sa famille, ils voyaient qu'elle mentait. Que le malheur de son mari, qui s'efforçait de faire la conversation en face d'elle avec le vétérinaire aux idées arrêtées et la femme taciturne du garde-chasse, devait irradier comme une enseigne au néon qui flotterait au-dessus d'eux: « Nous sommes malheureux, et c'est ma faute. » Depuis un an, elle était devenue experte pour évaluer l'état des autres couples. Elle savait reconnaître les sourires crispés des épouses, les remarques acerbes, le regard vide des hommes. Parfois, elle était rassérénée de voir un couple beaucoup plus malheureux qu'eux, parfois cela la rendait triste, comme si cela prouvait que cette colère sous-jacente, cette déception, était inévitable pour tout le monde. Le pire restait d'avoir affaire à ceux qui étaient toujours amoureux. Pas ceux qui venaient de se rencontrer – Suzanna savait que l'enthousiasme des débuts finirait par s'émousser –, mais ceux qui semblaient s'être liés plus profondément après des années de relation, comme si le temps passé ensemble avait resserré leurs liens. Elle connaissait tous les signes: ils parlaient d'eux en disant « nous », se touchaient fréquemment (le creux des reins, la main ou même la joue), écoutaient l'autre parler avec un sourire discret, dans un émerveillement attentif. Parfois même, la joute verbale ponctuée d'éclats de rire, comme s'ils pouvaient encore flirter, le frôlement subreptice qui trahissait tout autre chose. Alors Suzanna se retrouvait à les dévorer des yeux en se demandant ce qui leur manquait, à Neil et à elle. Qu'est-ce qui pouvait bien les lier l'un à l'autre?

— J'ai trouvé que ça s'était bien passé, déclara Neil avec courage en démarrant la voiture.

Ils étaient les deuxièmes à partir, c'était tout à fait convenable. Il lui avait proposé de conduire afin qu'elle puisse boire: un geste d'apaisement, elle le savait, mais d'une certaine manière elle ne se sentait pas assez généreuse pour le reconnaître.

—Ils se sont montrés supportables.

—Mais c'est bien… Je veux dire, de faire connaissance avec nos voisins. Et personne n'a sacrifié de cochon, ni lancé ses clés de voiture au milieu de la pièce. On m'avait prévenu que ça pouvait arriver lors des dîners à la campagne.

Il se forçait à parler d'un ton léger, elle le savait. Elle lutta contre l'irritation familière.

—On ne peut pas vraiment appeler ça des voisins. Leur maison est presque à vingt minutes de chez nous.

—Ici, de toute façon, tout le monde est à vingt minutes de l'habitation la plus proche.

Il se tut avant d'ajouter :

—Je suis juste content de voir que tu te fais des amis dans le coin.

—Tu dis ça comme si c'était mon premier jour d'école.

Il lui jeta un coup d'œil, sans doute pour savoir à quel point elle était décidée à se montrer obtuse.

—Je voulais juste dire que c'est bien que tu prennes un peu racine.

—Les racines, je les ai, Neil. J'ai toujours eu ces putains de racines, comme tu le sais. Mais je n'ai jamais voulu être plantée là, jamais.

Neil soupira. Il se passa la main dans les cheveux.

—Ne partons pas là-dedans ce soir, Suzanna. S'il te plaît…

Elle se montrait horrible, elle le savait, et ça la mettait encore plus en colère, comme si c'était lui qui la poussait à se comporter ainsi. Elle regarda par la fenêtre, contemplant les haies noires qui filaient sur les bords de la route. Arbre, haie, arbre, haie. Cette ponctuation sans fin de la campagne. Le conseiller qu'ils avaient rencontré au sujet de leurs dettes avait suggéré une thérapie de couple. Neil avait semblé réceptif, prêt à jouer le jeu.

— On n'en a pas besoin, avait-elle déclaré avec témérité. Ça fait dix ans qu'on est ensemble.

Comme si cela rendait leur couple inaltérable.

— Les enfants étaient mignons, non ?

Oh, bon sang, il était tellement prévisible.

— Comme elle était mignonne, la petite fille qui servait les biscuits apéritifs... Elle m'a raconté le spectacle de l'école. Elle était tellement déçue de devoir jouer un mouton et pas une jacinthe ! Je lui ai dit que, de toute évidence, quelqu'un lui avait brouté l'herbe sous le pied...

— Je croyais que tu ne voulais pas partir là-dedans ce soir ?

Il y eut un bref silence. Les mains de Neil se crispèrent sur le volant.

— J'ai seulement dit que j'avais trouvé les enfants gentils, expliqua-t-il en la regardant en biais. C'était une remarque parfaitement innocente. J'essayais juste de faire la conversation.

— Non, Neil, quand il s'agit des enfants, aucune remarque de ta part n'est innocente.

— Je te trouve un peu injuste, là.

— Je te connais. Je lis en toi comme dans un livre ouvert.

— Et alors, qu'est-ce que ça fait ? C'est vraiment un péché, Suzanna ? Ce n'est pas comme si on était mariés depuis cinq minutes...

— Pourquoi est-ce que tu ramènes le sujet à ça ? Depuis quand il y a un délai obligatoire pour faire des enfants ? Il n'existe pas de manuel qui dise : « Vous êtes mariés depuis tant et tant d'années, il faut vous mettre à procréer maintenant. »

— Tu sais aussi bien que moi que ça devient plus difficile à partir de trente-cinq ans.

— Ah, ne recommence pas avec ça ! Et je te signale que je n'ai pas trente-cinq ans.

— Trente-quatre. Tu en as trente-quatre.

— Je connais mon âge, merci !

Il y avait comme une bouffée d'adrénaline dans la voiture. Comme si être seuls les avait libérés des contraintes d'avoir à paraître heureux.

— Est-ce parce que tu as peur ?

— Non ! Et je t'interdis de mêler ma mère à ça.

— Si tu n'en veux pas, pourquoi tu ne le dis pas ? Au moins, on saurait à quoi s'en tenir… Je saurais où j'en suis, moi.

— Je n'ai pas dit que je n'en voulais pas.

— Eh bien, je ne sais pas ce que tu as dit, en fait. Depuis cinq ans, chaque fois que j'aborde le sujet tu me sautes à la gorge comme si je suggérais une abomination. C'est seulement un bébé.

— Pour toi. Pour moi, ce serait ma vie entière. J'ai vu comment les autres perdent leur liberté quand ils ont des enfants.

— Oui, mais c'est pour la bonne cause.

— Si tu es un homme.

Elle respira un grand coup.

— Écoute, je ne suis pas prête, d'accord ? Je ne dis pas que je ne le serai jamais. Je ne suis juste pas prête maintenant. Je n'ai rien fait de ma vie, Neil. Je ne peux pas sauter directement à la case enfants sans avoir rien réalisé. Je ne suis pas ce genre de femme, expliqua-t-elle en croisant les jambes. Pour être honnête, je trouve l'idée déprimante.

Neil secoua la tête.

— J'abandonne, Suzanna. Je ne sais pas ce qu'il faut que je fasse pour te rendre heureuse. Je suis désolé qu'on ait dû revenir s'installer ici, d'accord ? Je suis désolé qu'on ait dû quitter Londres et désolé que tu n'apprécies pas l'endroit où nous vivons, et que tu t'ennuies, et que tu n'aimes pas les gens d'ici. Je suis désolé pour ce soir. Je suis désolé d'avoir été une telle déception pour toi. Mais je ne sais plus quoi dire. Je ne sais plus quoi dire pour ne pas avoir tort.

Il y eut un silence prolongé. Il n'abandonnait pas si facilement d'habitude, et cela mit Suzanna mal à l'aise. Neil quitta la route principale pour une voie non éclairée et passa en pleins phares, faisant fuir les lapins vers les haies.

— Laisse-moi prendre le magasin.

Elle avait dit cela sans le regarder, les yeux rivés sur la route pour ne pas voir sa réaction. Elle l'entendit pousser un profond soupir.

— On n'a pas l'argent. Tu le sais bien…

— Je suis sûre que je peux essayer.

Elle ajouta, remplie d'espoir :

— J'ai réfléchi. On peut vendre mon tableau pour avoir de quoi payer la caution.

— Suzie, on vient à peine de rembourser nos dettes. On ne peut pas se permettre de se remettre dans cette situation.

Elle se tourna vers lui.

— Je sais que tu n'es pas très partant, mais j'ai besoin de ça, Neil. J'ai besoin d'une occupation. Quelque chose à moi. Quelque chose d'autre que ces putains de cafés de l'amitié, de commérages de village, et que ma famille de merde.

Neil ne dit rien.

— Ça m'aidera vraiment, insista-t-elle sur un ton implorant, plein de ferveur, qui la surprit elle-même.

— Ça nous aidera, nous.

Peut-être que c'était son ton. Il se gara et la regarda. Dehors, le brouillard était tombé, et les phares s'y réverbéraient sans rien n'éclairer d'autre que de l'humidité.

— Accorde-moi un an, demanda-t-elle en lui prenant la main. Un an, et si ça ne marche pas, j'aurai un bébé.

Il semblait stupéfait.

— Mais si ça marche…

— J'aurai quand même un bébé. Mais au moins, j'aurais fait quelque chose avant. Je ne deviendrai pas comme les autres.

Elle désignait les autres femmes du dîner, qui avaient passé une bonne partie de la soirée à comparer leurs horribles récits d'accouchement et d'allaitement, ou à parler avec un mépris voilé des enfants des autres, tous affreux.

— Ah. Les natalistes nazies.

— Neil…

— Tu le penses vraiment ?

— Oui. S'il te plaît. En fait, je pense que ça me rendra plus heureuse. Tu veux mon bonheur, non ?

— Tu sais bien que oui. Tout ce que je veux, c'est que tu sois heureuse.

Quand il la regardait ainsi, elle arrivait encore de temps en temps à recueillir une brève image de ce qu'elle éprouvait autrefois pour lui. Un écho de ce que c'était d'être liée à quelqu'un pour qui on n'éprouvait ni irritation, ni ressentiment sourd, mais gratitude et impatience, ainsi qu'un appétit sexuel qui ne s'éteignait pas. Il était toujours beau : elle pouvait le regarder d'un point de vue esthétique et voir qu'il était de ces hommes qui vieillissent bien. Il n'y aurait ni bedaine, ni calvitie naissante. Il resterait droit, raide, les seules marques du temps se résumant à un grisonnement discret et quelques rides séduisantes. Dans des moments comme ceux-là, elle parvenait à se souvenir du sentiment de complicité qu'ils avaient partagé.

— Tu sais, tu n'as pas besoin de vendre ton tableau. C'est trop personnel. Il vaudrait mieux que tu le gardes.

— Je ne supporterais pas que tu travailles encore plus que tu ne le fais déjà.

Ce n'était pas de vivre sans lui qui l'effrayait : c'était de s'y adapter si bien.

— Ce n'est pas ce que je voulais dire.

Il pencha la tête de côté, ses yeux bleus pleins de douceur et de considération.

— Tu pourrais demander de l'argent à ton père. Pour la caution. Il dit toujours qu'il en a mis de côté pour toi.

Il avait rompu le charme. Suzanna lui retira sa main et, une fois de plus, se détourna de lui.

— On ne va pas en reparler. Il nous a suffisamment aidés par le passé. Et je ne veux pas de son argent.

Au début, ils n'avaient pas considéré cela comme des dettes. C'était juste vivre comme tout le monde : un peu au-dessus de ses moyens. Deux salaires, pas d'enfants. Ils avaient adopté le style de vie promu par les magazines les plus chics, un style de vie qui semblait leur revenir de droit. Ils avaient acheté d'énormes canapés assortis, en daim aux tons neutres, passé des week-ends avec des amis au même état d'esprit dans des restaurants animés du West End et des hôtels de charme, avaient eu le sentiment que la moindre déception méritait qu'ils se « fassent plaisir » : une mauvaise journée au boulot, l'impossibilité d'avoir des places à un concert, la pluie. Suzanna, protégée par le salaire de Neil et le fait qu'ils aimaient tous deux en secret qu'elle passe plus de temps à la maison, enchaînait les emplois à temps partiel : vendeuse dans une boutique de prêt-à-porter féminin, livreuse pour une amie qui ouvrait un magasin de fleurs, marchande de jouets en bois. Aucune de ces activités ne captivait suffisamment son imagination pour qu'elle ait envie de rester, de se priver de ses cafés du matin entre copines à une terrasse, de son temps passé à faire du lèche-vitrines, ni du plaisir de cuisiner des repas élaborés. Puis, comme du jour au lendemain, tout avait changé. Neil avait perdu son boulot à la banque, remplacé par quelqu'un qu'il décrivit ensuite comme la Grande Brise-Couilles

Venue de l'Enfer. Son sens de l'humour avait disparu, de même que leur aisance financière. Et Suzanna s'était mise à faire du shopping. Au début, c'était seulement un prétexte pour sortir de l'appartement. Neil était déprimé et grincheux, et commençait à voir des signes de conspiration féminine presque partout : dans le fait que les filles de l'école du quartier avaient mieux réussi l'examen que les garçons, avait-on appris, dans les cas de harcèlement sexuel qu'il lisait à voix haute dans le journal, dans le fait que la personne des ressources humaines qui l'avait appelé pour lui dire qu'il n'avait droit qu'à trois mois de salaire, au lieu des six auxquels il s'attendait, était comme par hasard une femme. Alternant entre un sentiment d'outrage explosif et la haine de soi la plus triste, il devint la pire version de lui-même, un personnage avec qui elle était incapable de composer. Elle était obligée de prendre ses distances, et se réconfortait avec des savons hors de prix, des repas tout prêts, un bouquet de fleurs de temps en temps… Des lys pour l'odeur, des amaryllis et des strelitzias pour répondre à son besoin de sophistication. Elle se racontait qu'elle le méritait, son sentiment de légitimité accru par la mauvaise humeur de Neil. Elle se persuadait qu'ils avaient besoin de ces articles : de nouveaux draps (c'était un investissement, à n'en pas douter, d'acheter le plus onéreux des cotons d'Égypte), des rideaux assortis, des verres d'antiquaire. Elle inventait des travaux d'embellissement nécessaires, changer le sol de la cuisine, redécorer entièrement la chambre d'amis. Cela augmentait la valeur de l'appartement, après tout. Dans l'immobilier, on récupérait toujours deux fois la mise. Du relooking de l'appartement à son propre relooking, il n'y avait qu'un pas. Elle ne pouvait pas décrocher un emploi avec sa garde-robe actuelle. Ses cheveux avaient besoin d'être coupés et éclaircis. Le stress du boulot de Neil obligeait Suzanna à se rendre régulièrement chez l'esthéticienne. Ses dépenses devinrent un sujet de plaisanterie parmi ses amies, alors elle se mit à acheter pour elles aussi. La générosité lui venait naturellement : elle se raconta que c'était l'une des seules sources de plaisir authentique qui lui restaient. Au début, elle s'était sentie mieux, cela lui avait donné un but. Cela avait comblé un vide. Mais, alors même qu'elle dépensait, elle savait qu'elle avait été infectée par une forme de folie, que les intérieurs aux lumières vives, les rangées de pulls en cachemire, les vendeuses en pâmoison et les boîtes bien emballées parvenaient de moins en moins à distraire son attention de la réalité qui se profilait à la maison. Elle ne tirait que peu de satisfaction de ses acquisitions. L'euphorie initiale de l'achat s'émoussait de plus en plus vite, et elle se retrouvait assise dans le salon, entourée d'une multitude de sacs de shopping, clignant des yeux devant sa cargaison. Parfois, elle avait le courage de calculer combien elle avait dépensé, et pleurait. Elle devint matinale, toujours levée à temps pour le facteur. Ça ne servait à rien d'inquiéter Neil. Il lui avait fallu près de six mois pour découvrir le pot aux roses. On pouvait dire sans exagérer – et ils l'avaient fait plus tard – que ce n'était pas le meilleur moment de leur mariage, surtout quand, poussé au-delà de sa propre dépression, il avait questionné sa santé mentale et déclaré que c'était elle, et non son licenciement, qui le rendait impuissant. Suzanna s'était enfin autorisée à exprimer la colère qu'elle avait ravalée si longtemps – peut-être rendue méchante par le sens de sa responsabilité qu'elle refusait d'admettre – et lui avait répondu qu'il était non seulement cruel, mais injuste et déraisonnable par-dessus le marché. Pourquoi est-ce que ses problèmes à lui devraient avoir un si terrible impact sur la vie qu'elle menait ? N'avait-elle pas respecté tous les points du contrat ? Les changements qu'elle avait opérés étaient pour eux deux. Encore à ce jour, c'était pour elle un sujet de discrète fierté de ne pas avoir dit tout haut ce qu'elle pensait vraiment. Elle ne l'avait pas traité de raté, même si, lorsqu'elle le regardait, c'était ce qu'elle ressentait. Puis le père de Suzanna avait mentionné la maison, et bien qu'elle soit toujours furieuse contre lui à cause du testament, Neil l'avait convaincue qu'ils n'avaient pas le choix. Sauf s'ils voulaient être mis en faillite. Ce mot avait le don de lui glacer le sang. Et c'est ainsi que, presque neuf mois auparavant, Suzanna et Neil avaient vendu leur appartement londonien. Avec la plus-value, ils avaient remboursé les dettes des cartes de crédit de Suzanna, l'emprunt plus modeste que Neil avait contracté en attendant de retrouver un emploi et acheté une petite voiture sans prétention, que le concessionnaire avait décrite d'un air d'excuse comme « utile pour aller à la gare ». Attirés par la perspective d'une maison en pierre entourée d'un jardin, avec trois chambres, et presque sans loyer, rénovée par son père, ils étaient revenus à Dere Hampton, où Suzanna avait grandi, et qu'elle avait passé les quinze dernières années à éviter de son mieux.

Lorsqu'ils rentrèrent, la petite maison était glaciale : Suzanna avait oublié une fois de plus de programmer le chauffage. Elle était encore surprise du froid qui régnait à la campagne.

— Désolée, murmura-t-elle alors que Neil sifflait et soufflait sur ses mains.

Elle fut reconnaissante qu'il ne fasse pas de remarque. Neil, toujours enthousiaste devant tous les aspects de la vie rurale, se persuadait que leur déménagement était une quête de qualité de vie, et non une descente dans l'échelle sociale. Il choisissait de ne voir que les avantages de ces mignons cottages et des étendues verdoyantes, plutôt que la morne réalité dont sa femme faisait l'expérience : l'esprit de clocher, les cancans, le sentiment d'étouffer, la subtile mise au pas qu'exerçaient les femmes qui avaient trop d'argent et trop peu de temps. Le répondeur clignotait, et Suzanna lutta contre l'espoir coupable que ce soit un message d'une de ses amies de Londres. Elles l'appelaient moins souvent désormais : son manque de disponibilité pour un café ou un verre en début de soirée dans un bar à vins altérait peu à peu des liens d'amitié qui s'avéraient peu solides. Cela n'empêchait pas qu'elles lui manquaient. Cette camaraderie facile, cette aisance construite au fil des années. Elle était fatiguée de devoir réfléchir avant de parler. Souvent, elle trouvait plus simple de ne rien dire ou presque, comme elle l'avait fait ce soir.

« Bonsoir, mes chéris. J'espère que vous êtes tous les deux sortis et que vous vous amusez bien. Je voulais juste savoir si vous aviez réfléchi au déjeuner d'anniversaire de Lucy le 16. Papa et moi, on serait vraiment contents si vous pouviez être là, mais bien sûr, si vous avez autre chose de prévu, on comprendrait. Dites-moi. »

Toujours si attentive à ne suggérer aucune obligation, à ne pas s'imposer. Ce ton joyeux, et en même temps plein d'excuses. Le sous-entendu subtil de : « On sait que vous avez des problèmes, et on croise les doigts pour vous. » Suzanna soupira. Elle était consciente que, après avoir raté plusieurs Noëls et de nombreuses autres réunions de famille, il était difficile de fuir ses parents à présent qu'ils étaient si proches, géographiquement du moins.

— On devrait y aller.

Neil avait enlevé son manteau et se servait un verre.

— Je sais.

— Ton père trouvera sans doute un prétexte pour s'éclipser, de toute façon. Vous êtes assez doués pour vous éviter.

— Je sais.

Neil aimait faire partie de la famille de Suzanna. Lui-même en avait peu, une mère à qui il rendait rarement visite et qui ne lui manquait pas, désormais à plusieurs centaines de kilomètres d'eux. C'était l'une des raisons pour lesquelles il avait une attitude aussi conciliante envers la famille de Suzanna. Neil posa son verre et s'approcha d'elle. Il l'enlaça d'un bras et l'attira doucement vers lui. Elle se sentit céder, incapable de se défaire totalement de sa raideur naturelle.

— Ta mère serait si heureuse…

— Je sais, je sais.

Elle lui mit les mains sur la taille, sans savoir si elle le tenait ou le repoussait.

— Et je sais que c'est puéril. C'est juste l'idée de tout le monde en train de s'extasier sur la fantastique Lucy, avec son merveilleux travail et sa renversante beauté, bla-bla-bla, et la perspective de devoir entretenir l'illusion du bonheur familial.

— Écoute, ce n'est pas facile pour moi non plus d'entendre tout ça. Ça ne me donne pas l'impression d'être le gendre de la mort qui tue.

— Je suis désolée. Peut-être qu'on ferait mieux de ne pas y aller.

Dans la famille, Suzanna était la décorative. Selon la mythologie de la génétique, elle était belle, incapable de gérer ses finances, son jeune frère Ben avait une sagesse campagnarde supérieure à son âge, et Lucy était le cerveau, capable dès ses trois ans de réciter de grandes tirades de poésie, ou de demander avec le plus grand sérieux pourquoi tel livre n'était pas aussi bon que le précédent du même auteur ? Puis, une lente métamorphose s'était opérée, et tandis que Ben devenait, comme on s'y était attendu, une version plus jeune et plus joviale de leur père, toujours direct, stoïque, et parfois pompeux, Lucy, au lieu de devenir un véritable rat de bibliothèque, comme on aurait pu le croire, avait fleuri. Elle était à présent si affirmée que c'en était effrayant et, à l'approche de la trentaine, elle dirigeait la section Internet d'un grand groupe de presse. Suzanna avait fini par comprendre qu'être décorative ne suffisait plus après trente ans. Son style de vie, sa nature dépensière, avaient cessé d'être attendrissants et semblaient désormais un simple manque de volonté. Elle ne voulait pas penser à sa famille.

— On pourrait aller visiter des locaux demain, dit-elle. J'ai repéré une boutique en ville qui est à louer. Une ancienne librairie.

— Tu ne perds pas de temps !

— Ça ne sert à rien de traîner. Surtout si je n'ai qu'un an devant moi.

De toute évidence, Neil prenait plaisir à cette intimité inhabituelle, sa présence tout contre lui. Elle aurait aimé s'asseoir, mais il ne semblait pas disposé à la lâcher.

— C'est dans l'une de ces petites rues pavées, autour de la place. Et il y a une fenêtre de style géorgien en façade. Comme le *Olde Curiosity Shoppe*.

— Ce n'est pas ce qu'il te faut. Si tu veux te lancer dans le commerce, fais-le bien. Avec une grande baie vitrée. Pour que les gens puissent voir ce que tu vends depuis l'extérieur.

— Mais ça ne sera pas ce genre de magasin. Je te l'ai déjà dit. Écoute, viens voir le local avant de te prononcer. J'ai le numéro de l'agence immobilière dans mon sac.

— Eh ben ça, pour une surprise...

— Je vais peut-être téléphoner maintenant. Laisser un message. Juste pour leur faire part de mon intérêt.

Sa voix vibrait d'excitation, tant et si bien qu'elle peinait à la reconnaître.

— Appelle demain matin. Le bail ne va pas partir à 23 h 30.

— Je ne veux vraiment pas qu'il me passe sous le nez.

— Oui, mais ce n'est pas une bonne idée de se décider sur un coup de tête. Il faut qu'on soit prudents, Suzie. Ils vont peut-être exiger une caution déraisonnable. Ou un bail trop long. Il peut aussi y avoir toutes sortes de pénalités prévues. Renseigne-toi avant de foncer sans réfléchir.

— Je veux avancer !

Il la serra contre lui. Il sentait la lessive, et cette odeur un peu rance mais inoffensive d'un corps humain en fin de journée.

— Tu sais, Suzie, on devrait aller à ce déjeuner. On va bien. On gagne de nouveau notre vie. Tu peux leur parler de ta boutique.

— Mais pas de l'histoire du bébé.

— Pas de l'histoire du bébé.

— Je ne veux pas le leur dire, à aucun d'entre eux. Ils vont se mettre à en parler. Maman sera tout excitée et essaiera de le cacher, et ensuite, s'il ne se passe rien, ils marcheront tous sur des œufs en se demandant si c'est devenu un sujet tabou. Alors, motus sur le bébé.

— Motus et bouche cousue. Muet comme une tombe. Je ferme ma bouche à clé et je jette la clé dans le puits.

— Neil, arrête.

— Je rigole. Écoute, appelle-les demain matin. On va déjeuner avec eux, et on sera de super bonne humeur et on passera une excellente journée.

— On fera semblant de passer une bonne journée.

— Il se pourrait que tu sois étonnée…

— Je serais vraiment très, très étonnée, conclut-elle avec dédain.

De façon surprenante, alors que ça ne s'était pas produit depuis huit mois, cette nuit-là, ils firent l'amour. Ensuite, Neil était presque au bord des larmes, et il lui dit qu'il l'aimait vraiment, qu'il savait que cela signifiait que tout allait s'arranger. Suzanna, allongée dans le noir, tout juste capable de discerner ce plafond orné de poutres qu'elle haïssait, n'avait rien ressenti de ce tourbillon émotionnel.

Juste un vague soulagement qu'ils l'aient fait. Et un discret espoir, qu'elle osait à peine s'avouer à elle-même, d'avoir ainsi gagné deux mois de tranquillité avant d'avoir à s'infliger de nouveau cette épreuve.

Chapitre 7

Dere Hampton était souvent décrit dans la littérature touristique comme « la plus belle des villes marchandes du Suffolk », avec ses monuments classés, son église normande et ses antiquaires invitant les touristes à la flânerie pendant les mois d'été, et quelques rares promeneurs en hiver. Les doyens du village l'appelaient simplement « Dere ». Les plus jeunes, ceux que l'on retrouvait généralement le vendredi soir en train de boire du cidre et de s'interpeller bruyamment sur la place du marché, le considéraient comme « un putain de trou à rats ». Ce n'était pas une affirmation déraisonnable. On pouvait dire sans être injuste que cette ville était plus amoureuse de son passé que de son avenir, et plus encore depuis qu'elle s'était peuplée de gens qui travaillaient à Londres. Ces familles avaient été chassées hors de la capitale et de la ceinture verte par la flambée des prix de l'immobilier et l'espoir « d'un endroit agréable pour élever les enfants ». Ses bâtiments géorgiens, hauts et élégants, tout en nuances pastel, alternaient avec des maisons Tudor, aux minuscules fenêtres encadrées de colombages qui se bousculaient sur le trottoir comme des bateaux sur les mers, disposées en un fouillis d'étroites ruelles pavées et de cours qui partaient en étoile à partir de la place. On y trouvait au moins deux de chaque type de magasin dont on peut avoir besoin – boucherie, boulangerie, maison de la presse, magasin d'informatique – et une prolifération croissante de ceux, remplis d'aromathérapie, de cristaux magiques, de coussins hors de prix et de savons parfumés, dont on a probablement moins besoin. Cela faisait presque deux mois que Suzanna avait compris ce qui l'agaçait le plus au sujet de cette ville : pendant les heures de travail, la population était presque exclusivement féminine. Un fichu sur la tête, des matrones en manteau vert allaient acheter un morceau de viande chez un boucher qu'elles appelaient par son prénom. De jeunes mères poussaient des landaus, des femmes d'un certain âge à la coiffure impeccable semblaient ne rien faire d'autre que tuer le temps. Mais à part ceux employés dans les boutiques, ou les commerciaux de passage, et les écoliers, il n'y avait quasiment pas d'hommes. Ils étaient sans doute partis en train, avant l'aube, pour la City, ne revenant que pour trouver un repas mijoté et une maison éclairée depuis longtemps, à la nuit tombée. C'était, songeait-elle avec irritation, comme si on l'avait ramenée dans les années 1950. Elle ne comptait plus le nombre de fois où on lui avait demandé quel métier exerçait son mari. Près d'un an après son arrivée, elle attendait toujours qu'on lui demande quel était le sien. Même si, au départ, elle aurait protesté qu'elle n'avait rien en commun avec ces femmes, elle se retrouvait dans certaines d'entre elles : c'était leur façon d'acheter, de traîner dans l'unique grand magasin de la ville avec le pas mesuré de quelqu'un qui dispose aussi bien de temps que d'argent. C'était le fait qu'il soit impossible d'obtenir un rendez-vous dans l'un des deux salons d'esthétique de la ville. C'était le fait que les cristaux, les bougies parfumées et les tests d'allergies alimentaires n'étaient désormais plus si « alternatifs ».

Suzanna ne savait pas vraiment dans quelle catégorie se rangerait son commerce. Alors qu'elle était assise, entourée de boîtes remplies de marchandises, consciente que non seulement sa caisse ne fonctionnait pas encore, mais que l'électricien avait omis de lui indiquer quelles ampoules acheter pour les spots, elle n'était même pas certaine que la boutique voie le jour. Neil avait appelé à deux reprises. Il voulait savoir s'il était nécessaire qu'elle achète autant de stock à l'avance. Dans le même temps, la compagnie d'eau avait déjà envoyé plusieurs courriers exigeant des paiements avant même qu'elle ait ouvert. Pour quelqu'un qui s'était récemment retrouvé endetté, Suzanna ne s'inquiétait guère de ces questions. Pendant toutes ces semaines où elle avait eu les clés, elle avait simplement pris plaisir à être là, à faire de l'image qu'elle avait eue en tête pendant ces quelques mois une réalité. Elle avait aimé se déplacer pour examiner de possibles fournisseurs dans des salons ou de minuscules arrière-boutiques derrière Oxford Street, rencontrer de jeunes designers impatients de montrer leur travail, ou d'autres, plus établis, qui pouvaient la faire profiter de leur expertise. Elle aimait avoir un but, pouvoir dire « mon commerce », prendre des décisions basées sur ses goûts à elle, choisir uniquement ce qu'elle jugeait beau et original. Et puis, il y avait la boutique elle-même. On avait redonné un coup de peinture à l'extérieur, et l'intérieur prenait forme, peu à peu, au gré des visites de plombiers du coin, de menuisiers et de coups de pinceaux qu'elle donnait elle-même. Elle savait qu'ils la trouvaient tatillonne et trop réfléchie, mais il était difficile de décider où placer chaque élément, car il ne s'agirait pas d'une boutique traditionnelle. Ce serait, au contraire, un méli-mélo : un café, avec un vieux banc d'église adossé au mur du fond, plusieurs tables et chaises, et une cafetière italienne reconditionnée. C'était un magasin de seconde main, qui proposait quelques articles hétéroclites simplement parce qu'elle en aimait l'aspect. Il y avait des vêtements, des bijoux, des cadres, de la décoration. Il y avait des articles modernes. Et c'est tout ce qu'on pouvait en dire. Elle avait commencé à disposer une sélection d'objets dans la vitrine. Au début, afin de donner un air habité à l'endroit, elle avait mis certains des plus jolis objets qu'elle avait achetés pendant sa phase de fièvre acheteuse et qu'elle n'avait jamais eu l'occasion d'utiliser : des sacs recouverts de perles aux nuances vives, de grosses bagues en verre, un cadre ancien contenant une peinture abstraite. Lorsque la marchandise était arrivée, elle n'avait pas eu envie de modifier son arrangement, et s'était contentée d'y ajouter d'autres objets : de magnifiques bracelets indiens, de vieux tiroirs de commode remplis de stylos en métal rutilant, des flacons d'épices de couleurs variées, avec un bouchon d'argent.

— On dirait une maison de poupée. Ou une caverne d'Ali Baba, avait déclaré Neil lorsqu'il était passé un week-end. C'est très, euh… joli. Mais tu es sûre que les gens vont comprendre de quoi il s'agit ?

— Il faut vraiment qu'ils comprennent ça ?

— Eh bien, ils doivent savoir tout de suite quel genre de magasin ce sera…

— Mon genre de magasin.

Elle tournait en dérision sa perplexité. Parce que Suzanna créait quelque chose de beau, quelque chose qu'elle avait imaginé entièrement elle-même, qui n'était dilué par aucun mari ou associé. Libre de faire ce qu'elle voulait, elle se surprit à accrocher des guirlandes lumineuses achetées en soldes autour des étagères, à suspendre de petits panneaux rédigés dans son écriture tarabiscotée, à teinter le plancher d'un violet pâle parce que la couleur lui avait tapé dans l'œil. Elle arrangea les tables et les chaises, chinées à bas prix dans une brocante et peintes avec des pots qui avaient servi de testeur. Elle en fit le genre d'endroit qui lui aurait plu quand elle prenait le café avec ses copines. C'étaient les chaises qui lui avaient permis de le voir : en les regardant, elle comprit qu'elle était en train de transformer ce petit local en quelque chose de magique, peut-être un peu cosmopolite, un lieu où elle pourrait de nouveau se sentir chez elle, loin de la lourdeur provinciale.

— Alors, quel genre de magasin ouvrez-vous ? avait demandé l'un des antiquaires après avoir remarqué le cadre dans sa vitrine.

Sa voix contenait un très léger soupçon de dérision.

— C'est… c'est chez moi. *Peacock & Co*, avait-elle répondu.

Elle avait choisi d'ignorer son haussement de sourcils alors qu'il repartait vers son propre local. Et c'est ainsi qu'elle l'avait appelé, *Peacock & Co*, avec une enseigne peinte en bleu-gris et blanc. On y voyait un dessin au pochoir d'une plume de paon, pour rappeler la signification du nom Peacock. Neil l'avait contemplée avec un mélange de fierté et de crainte : plus tard, il avait avoué qu'il s'était demandé si, avec son nom figurant sur la porte, il courait à nouveau le risque de la faillite si l'affaire capotait.

— Ça ne capotera pas, avait rétorqué Suzanna d'un ton ferme. Ne sois pas si pessimiste.

— Il va falloir que tu travailles d'arrache-pied…

Même les inquiétudes de Neil ne la perturbaient pas. Elle trouvait plus difficile de se disputer avec lui en ce moment. Elle dormait bien. À part la marchandise, elle n'avait rien acheté depuis des semaines.

— Vous êtes ouverte ?

Suzanna, assise par terre, leva les yeux. Les bougies ornées d'icônes religieuses avaient semblé une bonne idée chez le grossiste à Londres, mais à présent, à mesure que les silhouettes en manteau vert se succédaient devant la vitrine, soit sans jeter un regard, soit en collant le nez à la vitre d'un air un peu méprisant, elle se demandait si son assortiment d'articles ne souffrait pas d'un excès d'originalité. Elles rendaient très bien, à côté des sacs en perles, mais, comme Neil ne cessait de le répéter, cela n'avait pas de sens qu'elle achète des objets de bon goût si personne dans le coin n'était prêt à les acquérir.

— Pas tout à fait. Le magasin devrait ouvrir ses portes lundi.

La femme entra pourtant, referma derrière elle et regarda tout autour d'un air ravi. Elle ne portait pas de manteau vert, mais un anorak bordeaux, et un bonnet multicolore tricoté main, dont ses cheveux gris s'échappaient à angle droit. Au premier regard, Suzanna l'avait prise pour une clocharde. Mais en y regardant de plus près, elle vit que ses chaussures et son sac à main étaient de bonne qualité.

— N'est-ce pas adorable, ici ? Très différent de ce qu'il y avait avant.

Suzanna se releva péniblement.

— Oui…, reprit l'inconnue. C'était une épicerie, vous savez, quand j'étais petite. On trouvait les fruits par là, expliqua-t-elle avec un geste vers les tables et les chaises, et de ce côté, les légumes. Ah, et ils vendaient aussi des œufs frais. Ils avaient des poules dans l'arrière-boutique. Je ne pense pas que vous allez faire pareil, dit-elle en riant comme si elle avait fait une bonne blague.

— D'accord. Bon, je ferais mieux de…

— Les tables, c'est pour quoi faire ? Vous allez servir à manger ?

— Non.

— Les gens aiment bien grignoter.

— Il faut une licence pour servir de la nourriture. Je servirai du café. Des expressos, par exemple.

— Des expressos ?

C'étaient les moments comme celui-là qui faisaient vaciller l'optimisme de Suzanna. Comment pourrait-elle vendre du café dans une ville dont les habitants ignoraient ce qu'était un expresso?

— C'est une sorte de café. Très fort. Servi dans des petites tasses.

— Ah, j'imagine que c'est une bonne façon de faire de la marge! Le salon de thé dans Long Lane sert le thé dans de minuscules tasses, je le dis toujours. J'imagine qu'ils font du bénéfice, eux aussi.

— L'expresso se sert dans de petites tasses, c'est le principe.

— Évidemment, c'est un prétexte tout trouvé.

Elle s'approcha de la vitrine et se mit à marmonner tout en tripotant les objets.

— C'est censé représenter quoi, ce machin? demanda-t-elle en brandissant la peinture abstraite.

— Je ne crois pas que ça représente quelque chose.

Suzanna entendit sa voix se faire moins cordiale. La femme examina le tableau de plus près.

— C'est de l'art moderne?

Elle avait prononcé l'expression comme s'il s'agissait d'une langue étrangère.

— Oui.

Seigneur, faites qu'elle ne dise pas: « Un enfant pourrait faire la même chose. »

— Je pourrais faire la même chose. Si j'en faisais un pareil, vous le vendriez pour moi?

— Je ne suis pas galeriste.

— Mais vous vendez bien celui-là.

— C'est une exception.

— Mais si vous le vendez, il n'y a aucune raison que vous n'en vendiez pas un autre. Je veux dire, ça prouve qu'il y a de la demande.

Suzanna sentait sa patience s'amenuiser. Elle était soupe au lait, même dans ses bons jours. Et ce n'était pas un bon jour.

— C'était un plaisir de bavarder avec vous, mais je dois vraiment m'y remettre.

Elle tendit un bras, comme pour diriger la femme vers la porte. Mais la visiteuse s'était plantée au beau milieu de la pièce, les bras croisés.

— J'ai grandi dans cette ville, eh oui. Je suis couturière de métier, mais j'ai déménagé quand je me suis mariée. On était nombreux à en faire autant, à l'époque.

Oh, Seigneur… Elle allait parler du bon vieux temps. Suzanna regarda autour d'elle, désespérée, à la recherche d'une corvée qui pourrait lui servir d'excuse pour se débarrasser d'elle.

— Mon mari est mort trois ans après notre mariage. Tuberculose. Il a passé presque six mois dans une clinique en Suisse, eh oui… Et puis il est quand même mort.

— Je suis désolée.

— Pas moi. C'était un homme assez bête. Je ne m'en suis aperçue qu'après l'avoir épousé. On n'a pas eu d'enfants, vous savez. Il préférait son harmonica.

Suzanna faillit s'étrangler.

— Quoi ? rétorqua la femme en se passant vaguement la main dans les cheveux. Il ne savait pas comment on fait. Moi si, car ma mère m'avait expliqué. Je le lui ai dit le soir de notre nuit de noces, et il était tellement horrifié qu'il a répondu non merci, et qu'il préférait jouer de son harmonica. Alors c'est ce qu'on a fait tous les soirs, pendant deux ans. Je lisais mon livre au lit, et il jouait de l'harmonica.

Suzanna ne put s'empêcher de rire.

— Je suis navrée. Avez-vous… avez-vous rencontré quelqu'un d'autre ?

— Oh non. Personne que j'aie envie d'épouser. J'ai eu pas mal de liaisons, et c'était agréable, mais je ne voulais pas d'un homme dans mon lit chaque soir. Il aurait peut-être eu envie de jouer d'un instrument aussi. Dieu seul sait avec quoi j'aurais fini.

La femme, brièvement hantée par des visions de grosse caisse et de tuba, secoua la tête.

— Oui, tout a changé. Ça ne fait que six mois que je suis de retour, et tout a changé… Vous êtes du coin ?

— Je suis née ici, mais j'ai vécu à Londres jusqu'à l'année dernière.

Elle ne savait pas pourquoi elle avait dit la vérité : elle avait l'impression que moins elle en dirait à cette femme, mieux ça vaudrait.

— Alors vous êtes une revenante aussi ! Formidable ! Eh bien, nous nous sommes trouvées. Je m'appelle Mrs Creek. Johanna Creek. Vous pouvez m'appeler Mrs Creek. Et vous ?

— Peacock. Suzanna Peacock. Comme le paon.

— On avait des paons dans la maison où j'ai grandi. C'est juste à l'extérieur de la ville, sur la route d'Ipswich. Des oiseaux affreux, qui font le bruit le plus horrible qui soit. Ils faisaient leurs petites affaires tout partout sur nos fenêtres.

Elle se tourna et porta la main à son bonnet, comme pour vérifier qu'il était toujours là.

— Bon, Suzanna Peacock, je ne peux pas passer la journée ici à bavarder. Il faut bien que j'y aille. Je dois acheter un hachis au marché du Women's Institute. Je leur ferai des napperons et des sacs à pinces à linge. Ce n'est pas vraiment mon rayon, mais ça m'occupe les doigts. Je reviendrai quand vous aurez officiellement ouvert, et je prendrai un de vos fameux cafés servis dans des tasses minuscules.

— Ah, très bien, répondit Suzanna sèchement.

Avant de partir, Mrs Creek regarda encore le tableau abstrait, comme si elle le mémorisait en vue d'en créer sa propre version.

Quand Suzanna arriva à la maison, il était presque 21 h 30. Neil était assis, un bol vide et une assiette pleine de miettes posés sur la table basse.

— J'allais lancer un avis de recherche, plaisanta-t-il en se détournant de la télévision.

— J'essayais de mettre la marchandise en valeur.

— Je t'ai dit que tu avais besoin de plus d'étagères au niveau de la devanture.

— Y a quoi, pour le dîner ?

Il sembla un peu surpris.

— Je n'ai rien préparé. Je croyais que tu serais rentrée à temps pour cuisiner.

Elle enleva son manteau, soudain fatiguée et de mauvaise humeur.

— J'ouvre dans trois jours, Neil. Je suis débordée. Je pensais que, pour une fois, tu pourrais faire à manger pour moi.

— Je ne savais pas si tu aurais mangé ou non. En plus, j'ignorais à quelle heure tu allais rentrer.

— Tu aurais pu appeler.

— Toi aussi, tu aurais pu appeler.

Suzanna jeta son manteau sur le dossier d'une chaise et se rendit dans la cuisine d'un pas rageur. L'évier débordait toujours de la vaisselle du petit déjeuner.

— Eh bien, du moment que tout va bien pour toi, Neil, ne t'en fais surtout pas pour moi…

Sa voix, qui lui parvenait par le passe-plat, s'éleva en protestation.

— J'ai juste grignoté du pain et du fromage. On ne peut pas dire que je me sois concocté un banquet !

Elle commença à fouiller en quête de quelque chose de facile à préparer, non sans claquer bruyamment les portes des placards. Cela faisait deux semaines qu'elle n'avait pas eu le temps d'aller faire les courses, et il ne restait plus qu'un malheureux paquet de lentilles corail et une boîte de bouillon cube entamée.

— Tu aurais pu faire la vaisselle.

— Oh, bon sang de bonsoir ! Je quitte la maison à 5 h 45 du matin. Tu veux que j'attende que tu aies pris ton petit déjeuner ?

— Laisse tomber, Neil. Tu t'occupes de toi, je m'occuperai de moi, et au moins on saura tous les deux à quoi s'en tenir.

Il y eut un bref silence, puis il apparut sur le pas de la porte de la cuisine. Il n'y avait pas beaucoup de place pour eux deux, et il se déplaça comme pour l'entraîner dans le salon.

— Tu n'as pas besoin d'en faire des caisses, Suzie. Écoute, assieds-toi, je vais te préparer quelque chose.

— Tu ne m'as même pas laissé de pain, se plaignit-elle en regardant dans le sachet en plastique.

— Il ne restait que deux tranches.

— Ah, fiche le camp, Neil. Va t'allonger sur le canapé.

Il leva les bras au ciel, exaspéré. C'est seulement à ce moment-là qu'elle remarqua combien il semblait fatigué, le visage gris.

— Fiche le camp, toi, répondit-il. Et arrête de jouer les martyrs. Si cette boutique doit te rendre aussi désagréable, je regrette déjà que tu aies signé le bail.

Il retourna s'installer sur le canapé, trop grand pour la pièce, prit la télécommande et commença à zapper d'une chaîne à l'autre. Elle resta debout au milieu de la cuisine quelques minutes, puis vint s'asseoir dans le fauteuil en face de lui, un bol de céréales serré entre ses mains. Elle refusait de le regarder. C'était la façon la plus évidente de lui faire comprendre à quel point elle en avait marre. Soudain, Neil éteignit le téléviseur.

—Je suis désolé. J'aurais dû penser au pain. C'est juste qu'à l'heure à laquelle je descends du train le soir, la seule chose dont j'ai envie, c'est de rentrer à la maison.

Elle en fut désarmée.

—Non, c'est moi qui devrais être désolée. C'est juste la fatigue. Ça ira mieux quand la boutique aura ouvert.

—Je suis content que tu aies la boutique. Je n'aurais pas dû dire ça. C'est bon de te voir aussi… aussi…

—Occupée ?

—Animée. J'aime te voir animée. Tu as l'air moins embêtée par… des trucs que tu ne l'étais avant.

Les céréales semblaient demander un gros effort de mastication. Elle se sentait trop épuisée. Elle posa le bol sur la table devant elle.

—J'ai moins de temps pour réfléchir, j'imagine.

—Oui. Quand on a trop de temps pour penser… c'est toujours la catastrophe. J'essaie d'éviter ça moi-même.

Il esquissa un sourire fatigué.

—Tu veux que je voie si je peux prendre une journée de congé pour ton ouverture ? proposa-t-il.

Elle soupira en réponse à son sourire.

—Non… Ne t'en fais pas. Je ne vais pas faire une inauguration en grande pompe. Je ne sais même pas si ça aura lieu lundi, au rythme où ça va. Et tu ferais mieux de ne pas te mettre ton chef à dos. Tu viens à peine d'arriver.

—Si tu es certaine…

Il lui adressa encore un sourire timide, puis se réinstalla sur le canapé, prit son journal et se mit à le feuilleter. Suzanna était assise en face, et se demandait pourquoi d'instinct elle avait préféré qu'il ne vienne pas. Sa propre réaction lui semblait stupide, et même ingrate. Mais elle voulait quelque chose qui n'appartienne qu'à elle, quelque chose de nouveau, de plaisant, qui ne serait pas entaché par leur histoire, à elle et à Neil. Quelque chose que *les gens* ne viendraient pas compliquer.

Chapitre 8

La vieille dame se tenait sur le seuil avec son manteau de tweed, un chapeau de paille orné de cerises, son sac en cuir verni bien serré devant elle, dans ses mains noueuses.

— J'aimerais aller à Dere, annonça-t-elle.

Vivi se retourna, tenant entre ses gants de cuisine un plat à rôtir qui éclaboussait de mortelles gouttes de graisse, et chercha avec frénésie un endroit libre sur le fourneau pour l'y poser. Elle observa le chapeau et le sac, et sentit son cœur se serrer.

— Quoi ?

— Ne dis pas « quoi ». C'est malpoli. Je suis prête à aller en ville. Si tu veux bien avancer la voiture…

— On ne peut pas aller en ville, Rosemary. Les enfants viennent déjeuner.

Rosemary ne put cacher sa confusion.

— Quels enfants ?

— Tous. Ils viennent tous. Pour le déjeuner d'anniversaire de Lucy, vous vous souvenez ?

Le chat de Rosemary – si décrépit et squelettique que lorsqu'il s'allongeait par terre, on aurait dit un animal écrasé – s'avança d'un pas griffu et tremblotant sur le plan de travail en direction du rosbif. Vivi ôta l'un de ses gants de cuisine et reposa par terre le félin qui protestait faiblement. Aussitôt après, elle se brûla la main.

— Dans ce cas, je vais juste faire un aller-retour rapide avant qu'ils arrivent.

Vivi soupira intérieurement. Elle se forgea un sourire avant de se retourner vers sa belle-mère.

— Je suis vraiment désolée, Rosemary, mais je dois encore préparer le repas et dresser la table. Et je n'ai pas fait la poussière dans le salon. Peut-être pourriez-vous demander à…

— Oh, il est bien trop occupé pour m'amener à droite à gauche ! On ne va quand même pas le déranger.

La vieille dame leva le menton d'un air impérieux et jeta un coup d'œil par la fenêtre.

— Dépose-moi juste aux Tall Trees, alors. Je finirai le chemin à pied.

Après un moment, elle en rajouta une couche :

— Avec ma canne.

Vivi examina la viande et remit le plat dans le four du bas. Elle s'approcha de l'évier pour faire couler de l'eau froide sur ses doigts douloureux.

— C'est urgent ? demanda-t-elle en s'efforçant de garder un ton léger. Est-ce que ça pourrait éventuellement attendre la fin de l'après-midi ?

Sa belle-mère se raidit.

— Ne t'en fais pas pour moi, va. Me déplacer, ce n'est jamais urgent, n'est-ce pas, ma chère ? Non, je suis bien trop vieille pour avoir des choses importantes à faire.

Elle jeta un regard condescendant à l'autre plat posé sur le plan de travail.

— Rien de comparable aux besoins de quelques patates.

— Allons, allons, Rosemary, vous savez que je…

Mais, avec un grand claquement de porte dont le volume contrastait avec son apparente fragilité, Rosemary avait disparu dans l'aile de la maison qui lui était réservée. Vivi ferma les yeux et prit une profonde inspiration. Elle savait qu'elle le paierait plus tard. Mais bon, chaque jour elle finissait par payer pour ceci ou cela. En temps normal, elle aurait cédé, aurait laissé tomber ce qu'elle était en train de faire pour obéir à la vieille dame, afin de s'éviter des désagréments futurs. De s'acheter de la tranquillité d'esprit. Mais aujourd'hui, c'était différent : cela faisait plusieurs années qu'elle n'avait pas eu les trois enfants à la maison en même temps, et après avoir réussi cet exploit, elle n'allait pas mettre en péril le déjeuner d'anniversaire de Lucy en jouant les chauffeurs pour Rosemary au lieu d'arroser les pommes de terre de blanc de bœuf. Parce que, avec sa belle-mère, il ne s'agissait jamais d'un simple aller-retour en ville : Rosemary allait suggérer un détour, peut-être jusqu'au nouveau centre commercial situé à plusieurs kilomètres, ou exiger que Vivi se gare quelque part et l'accompagne au pressing ; elle pourrait ensuite porter les vêtements propres. Ou annoncer que, finalement, ce dont elle avait besoin en réalité, c'était de se faire couper les cheveux, est-ce que ça ennuierait Vivi de l'attendre ? Elle était devenue particulièrement exigeante depuis qu'ils lui avaient fait admettre qu'elle ne pouvait plus conduire. Ils se débattaient toujours avec la compagnie d'assurances au sujet de la clôture enfoncée de la ferme Paget. De derrière la porte de l'annexe, Vivi entendit la télévision dont on montait le son au maximum. Rosemary prétendait que c'était la seule façon pour elle d'entendre ce que disaient les présentateurs de nos jours.

—Accordez-moi une demi-heure, se murmura Vivi à elle-même en regardant ses doigts meurtris avant de s'aventurer à nouveau à ouvrir le four. Si elle reste là-dedans pendant une demi-heure, tout sera plus ou moins prêt avant qu'ils arrivent.

—Y aurait moyen d'avoir une tasse de thé ? J'ai toujours soif quand je mets le nez dans les comptes.

Vivi était assise à la table de la cuisine. Elle avait retrouvé l'assortiment de vieux crayons et de fards fatigués qui lui tenaient lieu de trousse de maquillage, et tentait de donner un peu d'éclat à son visage, de masquer les rougeurs et la brillance que lui avait valu le temps passé aux fourneaux.

— Je vais t'apporter ça, répondit-elle après un regard vaincu dans le petit miroir. Papa en veut une aussi ?

— J'en sais rien. Sûrement.

Son fils, avec son mètre quatre-vingt-quatorze, se baissa avec l'aisance de l'habitude sous le linteau de la porte et s'éloigna dans le couloir.

— Ah, j'allais te dire, lança-t-il par-dessus son épaule. On a oublié d'aller chercher les fleurs, je suis navré !

Vivi se raidit, posa son poudrier sur la table et le suivit d'un pas vif.

— Quoi ?

— Ne dis pas « quoi ». C'est malpoli, plaisanta son fils en imitant sa grand-mère. Papa et moi, on a oublié d'aller chercher les fleurs ce matin. On a été retardés quand on achetait la nourriture pour les bêtes. Désolé.

— Oh, Ben…

Elle resta sur le pas de la porte de son bureau, les mains serrées en signe d'agacement.

— Désolé.

— Une seule chose. Je vous demandais une seule chose. Et c'est maintenant que vous me dites que vous avez oublié, alors qu'ils débarquent dans cinq minutes.

— Qu'est-ce qu'on a oublié ? demanda son mari en levant le visage de ses livres de comptes.

Il se pencha en avant pour attraper un stylo.

— Il y a du thé ? reprit-il, plein d'espoir.

— Les arrangements floraux. Je vous avais demandé de passer les prendre…

— Ah.

— Je peux aller en cueillir, si tu veux, proposa Ben en regardant par la fenêtre.

Après plus d'une heure enfermé dans le bureau, il était agité et impatient de retourner au grand air.

— Il n'y a pas de fleurs, Ben. On est en février, bon sang ! Quelle déception…

— Pourquoi est-ce qu'on aurait besoin d'arrangements floraux ? On ne se donne pas tant de mal, les autres jours.

— Pour le déjeuner, rappela-t-elle avec une irritation inhabituelle. Je voulais que tout soit parfait aujourd'hui. C'est un grand jour.

— Ça ne dérangera pas Lucy qu'il n'y ait pas d'arrangements floraux, commenta son mari avec un haussement d'épaules avant de tirer un trait sous une ligne de chiffres.

— Eh bien, moi si. Et c'est de l'argent jeté par les fenêtres. Payer des fleurs qu'on ne se donne même pas la peine d'aller chercher…

Elle n'arriverait jamais à rien avec eux. Elle leva les yeux vers l'horloge et se demanda en vain si elle aurait le temps de filer en ville elle-même. Avec un peu de chance, si elle parvenait à se garer pas trop loin, elle serait de retour dans vingt minutes. Puis elle se souvint de Rosemary, qui voudrait soit l'accompagner, soit dénoncer le saut de Vivi comme une preuve de plus qu'on n'accordait aucune importance à ses besoins à elle.

— Eh bien, dans ce cas, vous n'avez qu'à les payer, vous, déclara-t-elle en s'essuyant les mains sur son tablier avant de le détacher dans son dos, et vous expliquerez à Mr Bridgman pourquoi nous avons commandé des fleurs qu'apparemment nous ne voulons pas.

Les deux hommes se regardèrent, interloqués.

— Tu sais quoi, dit Ben, je vais y aller. Si tu me laisses emprunter la Range Rover.

— Prends plutôt la voiture de ta mère, répondit le mari de Vivi. Et achète une bouteille de sherry pour ta grand-mère tant que tu y es… Tu n'oublieras pas ma tasse de thé, chérie, n'est-ce pas ?

Vivi était mariée depuis exactement neuf ans lorsque sa belle-mère était venue habiter chez eux, et quinze lorsque son mari avait cédé et accepté de lui construire une annexe afin qu'ils puissent regarder de temps à autre une série policière américaine sans devoir faire pause toutes les cinq minutes pour expliquer l'intrigue, cuisiner des plats avec de l'ail ou des épices, et, de loin en loin, lire les journaux au lit le dimanche matin sans qu'on vienne frapper quelques coups impérieux à la porte en exigeant de savoir pourquoi le jus d'orange n'était pas rangé sur la même étagère que d'habitude dans le frigo. Il n'avait pas été question de la mettre en maison de retraite. La demeure était à elle : peut-être n'y était-elle pas née, comme elle aimait à le rappeler, mais elle ne voyait pas pour quelle raison elle n'y mourrait pas. Bien que les terres soient désormais cultivées par des métayers, et qu'il ne reste plus tellement de bétail, elle aimait regarder par sa fenêtre et se souvenir du passé. C'était pour elle une grande *consolation*. Et il fallait que quelqu'un soit là pour enseigner à la jeune génération l'histoire de la famille et les traditions. À présent que la plupart de ses amis étaient morts, il ne lui restait que son fils unique. En outre, songeait parfois Vivi, quand d'aventure elle se sentait l'esprit rebelle, pourquoi diable voudrait-elle déménager alors qu'elle avait en permanence à sa disposition une cuisinière-blanchisseuse-chauffeuse ? Même dans un hôtel cinq étoiles, elle n'en trouverait pas autant. Les enfants, qui avaient grandi avec grand-mère au bout du couloir, et qui, comme leur père, laissaient à leur mère le soin de s'en occuper, traitaient la vieille dame avec un mélange de bienveillance et d'humour irrévérencieux. Par chance, la plupart du temps, elle n'entendait pas. Vivi les réprimandait lorsqu'ils imitaient ses phrases fétiches, ou sous-entendaient qu'elle ne sentait pas la violette mais quelque chose de plus acide et organique – sujet qu'elle ne savait toujours pas comment aborder –, mais elle était heureuse qu'ils remettent les choses en perspective lorsqu'elle finissait par lui paraître aussi ingérable qu'une ogresse. Car même son fils était bien obligé de reconnaître que Rosemary n'était pas facile à vivre. Irascible et têtue, avec une croyance très ferme dans les traditions et une grande déception (dont elle ne se privait pas de parler) de voir sa famille y déroger si souvent, elle considérait toujours Vivi comme une employée à domicile, même après trente ans de mariage. Et, aussi frêle et diminuée qu'elle soit, elle n'avait pas accepté de déménager au bout du couloir sans livrer une bataille acharnée. Rosemary était déjà en ébullition pendant la construction de l'annexe. Ensuite, elle avait oscillé entre un ressentiment excessif d'être « poussée dehors » et une fierté secrète d'avoir retrouvé son indépendance, ainsi qu'un bel environnement. Les nouvelles pièces avaient été décorées avec soin par Vivi dans un mélange très français de rayures cerise et de toile de Jouy ; s'il y avait un domaine dans lequel Vivi était douée, c'était le choix des tissus, Rosemary devait bien l'admettre. De plus, elles n'étaient pas envahies par la musique cacophonique des jeunes gens, leur suite ininterrompue d'amis qui ne parlaient que pour dire un mot à la fois, leurs chiens, leur vacarme et leurs chaussures sales. Cela ne l'empêchait pas de faire des remarques subreptices (mais néanmoins répétées) auprès de Vivi, affirmant qu'elle avait été « jetée dehors » ou « mise à la porte ». Remarques parfois proférées en présence des amis qui lui restaient. Sa propre grand-mère, soupirait-elle ostensiblement, avait pris possession du meilleur salon lorsqu'elle était devenue âgée, et les enfants étaient *autorisés* à lui rendre visite comme à une reine une fois par jour, et parfois à lui faire la lecture.

— J'ai *Le guide ultime des boîtes d'Ibiza*, si tu veux, avait proposé Ben, joyeux. Ou bien *Maintenance de base des tracteurs.*

— On pourrait ressortir *Les joies du sexe*, pouffa Lucy. Vous vous souvenez que papa et maman l'avaient caché dans leur armoire ?

— Qui est caché dans l'armoire ? grommela Rosemary.

— Lucy ! s'exclama Vivi, les joues en feu.

Elle l'avait acheté pour son trentième anniversaire, dans une dernière tentative de devenir une sorte de femme fatale, à l'époque où ils essayaient de concevoir Ben. Son mari avait été assez choqué, puis les illustrations avaient achevé de lui couper l'envie.

— Pas étonnant que cet homme se soit fait pousser une telle barbe, avait-il commenté avec mépris. Moi aussi, je voudrais me déguiser après tout ça.

Vivi s'était efforcée de ne pas être affectée. Elle se rappelait fréquemment toutes les bonnes choses qu'elle avait : une belle maison, des enfants merveilleux, un mari aimant, aussi elle supportait les remarques acerbes et les caprices de Rosemary, sans révéler leur véritable étendue à son époux. Il détestait la discorde familiale : il se retirait alors dans sa coquille, et y restait tapi d'un air bougon jusqu'à ce que tout le monde « ait repris ses esprits ». C'était pour cette raison qu'il n'aimait pas ces histoires entre Suzanna et les autres.

— Écoute, je crois que tu devrais prendre le temps de lui expliquer, avait plaidé Vivi à de nombreuses reprises.

— Je te l'ai dit, je ne veux pas remuer tout ça une fois de plus, rétorquait-il d'un ton abrupt. Je ne dois d'explications à personne. Surtout pas à quelqu'un qui vient juste de recevoir une maison où habiter, bon sang ! Il faut qu'elle apprenne à vivre avec.

Un petit crachin s'était mis à tomber. Suzanna se tenait sur le seuil, s'abritant de son mieux sous le linteau, pendant que Neil sortait la bouteille de vin et les fleurs de l'arrière de la voiture.

— Tu as pris des œillets…, constata-t-elle avec une grimace.

— Et ?

— C'est hideux. On peut difficilement faire plus minable.

— Au cas où ça t'aurait échappé, Suzie, on n'est pas vraiment en position d'acheter des orchidées rares. Ta mère sera contente, quel que soit le cadeau.

Suzanna avait beau savoir que c'était vrai, ça ne l'empêchait pas d'être de mauvaise humeur. Elle était dans cet état depuis qu'ils s'étaient garés dans l'allée et qu'elle avait vu la bâtisse aux murs moutarde, qui s'étalait dans toutes les directions, et la grande porte en chêne de son enfance. Elle avait du mal à se souvenir d'une époque où cette maison avait eu pour elle une signification simple et réconfortante. Elle savait que ça avait dû être le cas, avant que les différences se creusent entre elle et sa fratrie, avant qu'elle les voie se refléter dans le regard complexe de son père, dans les efforts exagérés de sa mère pour faire comme si elles étaient invisibles. Avant qu'elles aient été inscrites devant notaire dans l'avenir familial. À présent, la maison était souillée, sa seule existence déteignait sur sa vie, l'attirait et la repoussait d'un même mouvement confus. L'estomac noué, elle regarda la voiture.

— Rentrons chez nous, murmura-t-elle alors que Neil la rejoignait.

— Quoi ?

À l'intérieur, on entendait au loin des aboiements frénétiques.

— Partons… partons tout de suite.

Neil leva les yeux au ciel et laissa tomber ses bras en un geste exaspéré.

— Ah, pour l'amour du ciel !

— Ça va être affreux, Neil. Je ne peux pas les supporter en grande quantité comme ça. Je ne suis pas prête.

Mais il était trop tard. On entendit des pas, puis quelqu'un qui se battait contre la serrure, et la porte s'ouvrit à la volée, laissant échapper une odeur de viande rôtie et un Jack Russell surexcité. Vivi fit rentrer le chien, puis se redressa, souriante. Elle s'essuya les mains sur son tablier avant de les écarter pour les accueillir.

— Bonjour, mes chéris. Ah, c'est tellement bon de vous voir. Bienvenue à la maison.

— Surtout pas de fruits de mer pour moi ! Les crevettes de la dernière fois m'ont fait gonfler les lèvres, j'avais l'air d'une négresse.

— On ne peut pas dire « négresse », grand-mère, ce n'est pas politiquement correct.

— J'ai failli aller chez le médecin. J'avais la bouche toute gonflée. Je n'ai pas pu sortir pendant deux jours.

— Vous étiez très mal en point, convint Vivi en servant les pommes de terre.

Elle les avait grattées à la fourchette, et elle constatait avec satisfaction que le blanc de bœuf les avait dorées à la perfection.

— Certaines femmes dépensent des sommes folles pour obtenir le même résultat de nos jours, grand-mère, commenta Ben. Je peux avoir plus de pommes de terre ? Celle-là, maman, la brûlée.

— Ça s'appelle du Botox, déclara Lucy.

— Quoi ?

— Les femmes. Elles se font injecter du Botox dans les lèvres pour les rendre plus pulpeuses. Elles feraient peut-être mieux de manger les crevettes en cocotte de maman. Pas de viande pour moi, maman. Je ne mange pas de viande rouge en ce moment. Ce n'est pas ce que tu avais fait, à une époque, Suzie ?

— Je ne me suis jamais fait botoxer.

— Il me semblait que tu t'étais fait faire des injections dans les lèvres quand tu étais dans ta phase d'auto-amélioration.

— Merci beaucoup, Lucy.

— Tu t'es fait faire des injections dans les lèvres ?!

— C'était juste temporaire, répondit Suzanna, les yeux baissés vers son assiette. Rien que du collagène. C'est censé repulper le sourire.

Vivi, horrifiée, se tourna vers son gendre, la cuillère de service dressée dans la main.

— Et tu l'as laissée faire ça ?

— Vous croyez que j'ai eu mon mot à dire ? Vous vous souvenez comment elle était, à cette époque. Les extensions capillaires, les faux ongles... Je ne savais jamais, en rentrant le soir, si j'allais tomber nez à nez avec Cher ou Anna Nicole Smith.

— Oh, n'exagère pas, Neil ! Je n'ai jamais fait de chirurgie esthétique, c'était des petites bricoles temporaires. Ça ne me plaisait pas, de toute façon.

— Moi, je t'ai vue avec. On aurait dit que quelqu'un t'avait enfoncé des tubes dans les lèvres. C'était flippant.

— Des tubes ? Dans les lèvres ? demanda Rosemary. Pourquoi voudrait-on faire une chose pareille ?

Suzanna regarda son père, qui, la tête baissée, feignait de ne pas avoir entendu l'échange. Il avait passé la majeure partie du temps à parler à Neil. Comme à l'accoutumée, il le traitait avec une courtoisie grotesque, comme s'il était toujours reconnaissant envers cet homme de lui avoir rendu l'énorme service de le débarrasser de Suzanna. Neil lui rabâchait qu'elle était ridicule de dire ça, mais elle ne voyait pas pourquoi ses parents s'extasiaient tant sur le fait que Neil accepte de repasser ses chemises, de sortir les poubelles, ou de l'inviter au restaurant. Comme si elle-même était génétiquement programmée à prendre en charge toutes les tâches ménagères.

— Eh bien, je trouve que Suzanna est bien assez jolie sans… retouches, commenta Vivi, assise, en faisant passer la sauce. Je ne crois pas qu'elle ait besoin d'artifices.

— Tes cheveux sont très bien comme ça, Suzie, confirma Lucy. J'aime bien leur couleur naturelle.

Ceux de Lucy, plus clairs que les siens, étaient coupés en un carré strict. Elle avait fait des mèches.

— Comme Morticia Addams, déclara Ben.

— Qui ça ? demanda Rosemary, penchée par-dessus son assiette. Est-ce que quelqu'un va me servir des pommes de terre ? Je n'ai pas de pommes de terre, apparemment.

— Ça arrive, grand-mère, intervint Lucy.

— Morticia Addams. De *La Famille Addams*.

— Les Adams de Stoke-by-Clare ?

— Non, grand-mère, c'est une série à la télévision. Tu as vu Radiohead en concert, Luce ?

— Il était fasciste, vous savez. Pendant la guerre. Des gens horribles.

— Oui. C'était super. J'ai le CD dans la voiture, si tu veux le graver.

— Ils servaient de la viande froide au dîner, tous les soirs. Jamais un repas correct, chez eux. En plus, ils avaient des cochons.

Vivi se tourna vers Suzanna.

— Et il faut que tu nous parles de ton magasin, ma chérie. J'ai hâte que tu me racontes. Est-ce que tu sais quand tu vas ouvrir ?

Suzanna contempla son assiette, inspira profondément, et jeta un coup d'œil à Neil, toujours en grande conversation avec son père.

— En fait, j'ai déjà ouvert.

Il y eut un bref silence.

— Déjà ? répéta Vivi sans comprendre. Mais je croyais que tu ferais une fête d'inauguration.

Gênée, Suzanna regarda Neil, qui avait les yeux rivés sur sa nourriture et un air de dire : « Je refuse d'être mêlé à ça. » Elle déglutit.

— Ce n'était pas grand-chose.

Vivi dévisagea sa fille et rougit, si délicatement que seuls ceux qui la regardaient attentivement – comme son fils, son gendre et son autre fille – s'en aperçurent.

— Bien bien, dit-elle, en versant méthodiquement de la sauce dans son assiette avec la cuillère. Tu n'avais pas envie qu'on vienne t'embarrasser, j'imagine. Tu veux de vrais clients, n'est-ce pas ? Des gens qui vont faire des achats… Comment ça s'est passé ?

Suzanna soupira, accablée par la culpabilité et pleine de ressentiment ; quelques minutes seulement après le début du repas, ils avaient déjà réussi à la mettre dans cet état. C'était déjà assez calamiteux d'être contrainte de revenir auprès de sa famille. Était-ce trop demander d'avoir un petit endroit rien qu'à elle ? Sans cela, ce ne serait pas sa boutique, juste une filiale de l'empire familial. Pourtant, à présent, en écoutant Vivi égrener les remarques futiles pour dissimuler aux yeux de tous à quel point elle était blessée et en sentant peser sur elle les regards accusateurs de son frère et de sa sœur, son choix semblait moins facile à expliquer.

— Ça se trouve où, Suzie ? s'enquit Ben d'une voix qui lui parut glaciale.

— Juste après Water Lane. À deux pas du traiteur.

— Très bien, dit-il avec froideur.

— Faudra que vous passiez, un de ces quatre, hasarda-t-elle en souriant le plus vaillamment possible.

Ben se tourna vers son père.

— On est un peu occupés en ce moment. On a des projets en cours dans les granges, n'est-ce pas, papa ?

— Je suis sûr qu'on trouvera tous le temps de faire un saut à la boutique, déclara son père d'un ton neutre.

Suzanna sentit ses yeux se remplir de larmes inexplicables. Vivi avait quitté la table pour accomplir une tâche quelconque dans la cuisine. Ils l'entendaient murmurer quelque chose au chien, dans le couloir.

— Eh ben, c'était très sympa de ta part, Suzie, lâcha Lucy d'un ton tranchant.

— Lucy…, coupa son père d'un ton d'avertissement.

— Non mais, qu'est-ce que ça lui aurait coûté d'inviter maman ? Même si aucun autre d'entre nous n'y allait, elle aurait pu inviter maman. Elle était super fière, tu sais ? Elle parlait à tout le monde de ton foutu magasin.

— Lucy.

— Grâce à toi, elle doit passer pour une débile devant toutes ses copines.

— Qui est débile ? s'enquit Rosemary.

Elle leva la tête de son repas et fouilla la pièce des yeux à la recherche de Vivi.

— Pourquoi n'ai-je pas de moutarde ? Est-ce que je suis la seule qui n'a pas de moutarde ?

— Je ne voulais pas lui faire de peine.

— Tu ne veux jamais lui faire de peine !

— Ce n'était même pas une vraie inauguration. Je n'ai pas servi de boissons, ni rien.

— Raison de plus, ça ne t'aurait rien coûté de l'inviter. Franchement, après tout ce que papa et maman ont fait pour toi…

— Lucy…

— Écoutez, ne…, interrompit Neil avec un geste vers la porte, où Vivi venait de réapparaître. Pas maintenant.

— J'ai failli oublier de mettre le dessert dans le four. Je suis bête, non ? intervint Vivi en se rasseyant avant de regarder autour de la table comme une hôtesse expérimentée. Est-ce que tout le monde a ce qu'il lui faut ? C'est bon ?

— Délicieux, répondit Neil. Vous vous êtes surpassée, Vivi.

— Je n'ai pas de moutarde, protesta Rosemary d'un ton accusateur.

— Mais si, tu en as, grand-mère. Sur le bord de ton assiette.

— Qu'est-ce que tu dis ?

Ben se pencha à travers la table pour lui montrer avec son couteau.

— Là, regarde. C'est de la moutarde.

Vivi avait eu envie de pleurer. Suzanna reconnaissait cette rougeur autour de ses yeux. Elle regarda Neil de l'autre côté de la table, et vit qu'il l'avait remarqué lui aussi. Elle n'avait plus faim.

— On a une nouvelle à vous annoncer, lança Neil.

Vivi lui sourit.

— Ah oui ? Quoi donc ?

— Suzanna a décidé de penser à quelqu'un d'autre qu'elle-même, déclara Lucy. Ce serait vraiment un scoop.

— Ah, pour l'amour du ciel, Lucy ! s'écria son père en reposant ses couverts avec fracas.

— On va avoir un bébé. Pas maintenant, se reprit Neil en toute hâte. L'année prochaine. Mais on a décidé que ce serait le bon moment.

— Oh, mes chéris, c'est merveilleux !

Vivi, soudain très gaie, s'était levée d'un bond pour prendre Suzanna dans ses bras. L'intéressée, raide comme un piquet, dévisageait son époux avec une rage froide. Il évita son regard.

— Oh, je suis tellement contente pour vous ! C'est formidable !

Lucy et Ben échangèrent un regard.

— Qu'est-ce qui se passe ? Parlez plus fort.

— Suzanna va avoir un bébé, expliqua Vivi en haussant la voix.

— Pas tout de suite, rappela Suzanna qui venait de retrouver l'usage de la parole. Je ne vais pas avoir un bébé tout de suite. Pas avant l'année prochaine. En fait, c'était censé être un… une surprise.

— Eh bien, je trouve ça fabuleux, soupira Vivi en retournant à sa place.

— Elle est enceinte ? insista Rosemary en se penchant. C'est pas trop tôt !

« Je vais te tuer », articula Suzanna en silence à l'intention de Neil.

— N'est-ce pas fantastique, chéri ? roucoula Vivi en posant une main sur le bras de son mari.

— Pas vraiment, non.

Tout le monde se tut d'un coup dans la pièce. Sauf du côté de Rosemary, où un bruit très inconvenant avait provoqué une explosion de gloussements de la part de Ben et Lucy. Leur père posa ses couverts dans son assiette.

— Ils sont toujours au bord de la faillite. Ils vivent dans une location. Suzanna vient d'ouvrir une affaire, bien qu'elle n'ait aucune expérience et ne soit même pas capable de tenir un budget domestique. Je trouve que la dernière chose à faire est d'ajouter des enfants dans l'équation.

— Chéri ! l'admonesta Vivi.

— Quoi ? On n'a plus le droit de dire la vérité ? Sinon, elle risque de disparaître de la famille encore une fois ? Je suis désolé, Neil. En d'autres circonstances, ce serait une excellente nouvelle. Mais tant que Suzanna n'aura pas un peu mûri et appris à assumer ses responsabilités, ça ne me paraît pas être une bonne idée.

Lucy ne riait plus. Elle regarda Suzanna, puis Neil, à présent cramoisi.

— C'est un peu dur, papa.

— Lucy, ce n'est pas parce qu'une chose est difficile à entendre qu'elle n'est pas vraie.

Son père, qui avait apparemment atteint son quota de paroles pour la journée, se remit à manger. Vivi, les traits tirés par l'anxiété, tendit le bras pour se servir du pudding.

— Ne parlons pas de ça aujourd'hui. C'est tellement rare qu'on soit tous réunis. Essayons de passer un bon moment, d'accord ? dit-elle en levant son verre. Si on portait un toast à Lucy ? Vingt-huit ans. Quel âge merveilleux !

Seul Ben l'imita. Suzanna leva la tête.

— Je pensais que tu serais content que j'essaie de monter une affaire, papa, avoua-t-elle d'une voix lente. Je pensais que tu serais content que j'essaie de faire quelque chose de ma vie.

— Nous sommes contents, ma chérie. Nous sommes très contents, n'est-ce pas ? insista Vivi en posant la main sur le bras de son mari.

— Ah, arrête de faire semblant, maman ! Tout ce que je fais, c'est jamais assez bien pour lui !

— Tu déformes mon propos, Suzanna.

Il continuait à manger, à petites bouchées régulières. Il n'avait pas haussé la voix.

— Mais pas ta pensée. Pourquoi tu ne me lâches pas un peu ?

C'était comme de parler dans le vide. Suzanna se redressa d'un coup, dans l'espoir qu'il la regarderait.

— Je le savais, que ça allait arriver ! s'écria-t-elle.

Elle éclata en sanglots et s'enfuit.

Ils écoutèrent ses pas s'éloigner dans le couloir, puis le bruit d'une porte que l'on claquait au loin.

—Joyeux anniversaire, Luce, ironisa Ben en levant son verre.

Neil se mit debout et s'essuya la bouche dans sa serviette.

—Désolé, Vivi. C'était délicieux. Vraiment délicieux.

Son beau-père ne leva pas la tête.

—Assieds-toi, Neil. Ça n'arrangera rien que tu galopes à ses trousses.

—Qu'est-ce qui lui prend ? s'informa Rosemary en se tournant avec raideur vers la porte. Des nausées matinales, c'est ça ?

—Rosemary..., soupira Vivi en repoussant une mèche de son front.

—Reste, proposa Lucy, une main sur l'épaule de Neil. J'y vais.

—Tu es sûre ? demanda Neil, un œil sur son assiette.

Il ne pouvait cacher qu'il aimerait finir son repas en paix.

—On peut lui faire confiance pour ramener tout à elle pendant l'anniversaire de Lucy.

—Ne sois pas méchant, Ben, réprimanda Vivi.

Elle regarda avec regret Lucy s'éloigner. Rosemary se pencha pour reprendre une pomme de terre.

—C'est un bien, je suppose, déclara-t-elle en plantant sa fourchette directement dans le plat. Du moment qu'elle ne fait pas comme sa mère.

Les granges avaient beaucoup changé. Là où autrefois se trouvaient trois abris en bois traité à la créosote, à moitué délabrés, qui contenaient du foin, de la paille et des vieilles pièces détachées de machines agricoles, se dressaient désormais deux granges reconverties, équipées de double vitrage. Devant s'étendait un parking gravillonné où étaient plantés quelques discrets panneaux indiquant « Bureaux aménagés ». Par la fenêtre de ce qui était autrefois le stock de grain, Suzanna vit un homme qui faisait les cent pas en parlant avec animation dans un téléphone. Elle avait cherché pendant plusieurs minutes un endroit où pour pleurer à l'abri des regards.

— Ça va ?

Lucy avait surgi à sa gauche et s'était assise près d'elle. Pendant un long moment, elles regardèrent l'homme aller et venir en gesticulant. Suzanna remarqua que sa sœur avait le teint uni et resplendissant de quelqu'un qui est allé au soleil d'hiver ou qui s'est offert d'onéreuses vacances au ski. Elle sursauta en s'apercevant que Lucy avait rejoint la liste toujours plus longue des gens qu'elle enviait.

— Alors, ça s'est fait quand, tout ça ?

Elle se racla la gorge et désigna les granges.

— Les travaux ont commencé il y a deux ans. Maintenant que papa a mis les terres en location, avec Ben ils cherchent des façons de dégager plus de revenus avec le reste du domaine.

Quelque chose dans le « avec Ben » fit monter les larmes aux yeux de Suzanna, de nouveau.

— Ils organisent des chasses de l'autre côté du bois, aussi. Des faisans d'élevage.

— Je n'aurais jamais imaginé papa en chasseur.

— Oh, il ne s'en occupe pas lui-même. Il s'arrange avec Dave Moon. Il a des chiens et tout et tout. Et maman prépare les repas. Ce sont des petites mains de la City qui se rêvent avec un fusil. Et ils facturent une fortune, conclut Lucy d'un ton approbateur. La dernière saison a payé la nouvelle voiture de papa.

Elle ramassa un morceau de lichen à côté de sa chaussure, puis releva la tête et sourit.

— Tu ne devineras jamais… quand papa était jeune, il a eu pendant une courte période l'obsession de tout donner. Toutes les terres. C'est grand-mère qui me l'a raconté.

Tu imagines papa, lui qui est tellement à cheval sur les traditions, en Robin des Bois communiste ?

— Non.

— Moi non plus. Au début, j'ai cru qu'elle avait Alzheimer, mais elle jure que c'est vrai. C'est grand-père et elle qui lui ont remis les idées en place.

Elle entoura ses genoux avec ses bras.

— Je paierais cher pour revenir dans le passé et me transformer en petite souris afin d'écouter cette conversation.

Au loin, dans le pré étroit au bord de la rivière, on apercevait une vingtaine de moutons noirs et blancs, qui ne semblaient pas bouger. Son père n'avait jamais eu beaucoup de succès avec ces animaux. Trop sujets à des maladies peu ragoûtantes, disait-il. Des croûtes en tout genre, la myiase ovine, la douve du foie, des noms moyenâgeux et des symptômes macabres. Enfants, ils en entendaient parler avec un délice mêlé d'horreur.

— J'ai du mal à reconnaître l'endroit, avoua Suzanna d'une petite voix.

Lucy répondit avec brusquerie.

— Tu devrais venir plus souvent à la maison. Ce n'est pas comme si tu habitais à des kilomètres.

— Crois bien que je le regrette…

Suzanna enfouit de nouveau le visage dans ses mains. Elle pleura quelques minutes de plus puis, en reniflant, regarda sa petite sœur en biais.

— Il est tellement horrible avec moi, Luce.

— Il est juste énervé que tu aies fait de la peine à maman.

Suzanna s'essuya le nez.

— Je sais que j'aurais dû l'inviter. C'est juste que… que j'en peux plus de vivre dans leur ombre. Je sais bien qu'ils nous ont aidés depuis qu'on a perdu l'argent et tout le reste, mais plus rien n'est comme avant maintenant que…

Lucy se tourna vers elle, puis secoua la tête.

— C'est le testament, pas vrai ? Tu rumines encore le testament.

— Je ne rumine pas.

— Il faut que tu lâches prise, tu sais. Tu n'as pas envie de gérer le domaine. Tu n'en as jamais eu envie. Tu m'as dit que ça te rendrait dingue.

— C'est pas ça, le problème…

— Tu laisses ce truc tout empoisonner. Et ça rend papa et maman très malheureux.

— Mais eux, ils me rendent malheureuse, moi.

— Je n'arrive pas à croire que tu ne penses qu'à ce qu'il adviendra de l'argent de papa après sa mort. Ni que tu sois prête à faire éclater la famille à propos de quelque chose qui ne t'appartient même pas. Il ne laissera aucun d'entre nous dans la misère, tu sais.

— Mais ce n'est pas la question de l'argent de papa, Lucy. C'est le fait qu'il croie à un système complètement archaïque où les garçons valent plus que les filles.

— C'est le droit d'aînesse.

— Peu importe. C'est injuste, Lucy. Je suis plus âgée que Ben. C'est injuste, et c'est clivant, et ça ne devrait pas se produire à notre époque.

Exaspérée, Lucy haussa la voix.

— Mais tu ne veux pas gérer le domaine ! Tu n'as jamais voulu !

— C'est pas le problème, bordel !

— Donc tu préfères qu'il soit divisé et vendu, comme ça tu auras une part égale ?

— Non… Non, Lucy. Ce que je veux, c'est juste la reconnaissance que je suis… que nous sommes aussi importantes que Ben.

Lucy fit mine de se lever.

— Tu es la seule à avoir ce problème, Suzie. Moi, je me sens aussi importante que Ben.

L'homme avait fini son coup de fil. Elles le virent bouger, en silhouette, autour du bureau, puis disparaître. Soudain la porte s'ouvrit, et il déboucha à la lumière du jour. Il les salua d'un signe de tête avant de monter dans sa voiture.

— Écoute, personne d'autre ne va te le dire, mais je crois qu'il faut que tu remettes ça en perspective, Suzanna. Ça ne reflète en rien ce que papa pense de toi. Au contraire, quand on était petits, nos parents s'intéressaient plus à toi qu'à Ben et moi.

Elle leva la main pour étouffer une protestation de Suzanna.

— Et ça ne nous dérangeait pas. Tu avais sans doute plus besoin d'attention. Mais tu ne peux pas lui reprocher tout ce qui s'est passé depuis. Il t'a donné une maison, bordel.

— Il ne nous l'a pas donnée. On paie un loyer.

— Un loyer symbolique. Tu sais aussi bien que moi que si tu veux la maison, elle est à toi.

Suzanna lutta contre le désir puéril de répondre qu'elle n'en voulait pas. Elle détestait cette petite bicoque avec ses chambres minables et ses poutres façon cottage.

— C'est parce qu'il se sent coupable. Du coup, il compense.

— Pff, tu parles comme une enfant gâtée. J'ai du mal à croire que tu aies trente-cinq ans.

— Trente-quatre.

— Bref.

Peut-être consciente que son ton avait été un peu abrupt, Lucy donna un coup de coude à Suzanna, pour faire la paix. Suzanna, qui commençait à avoir froid, enroula les bras autour de ses genoux et se demanda comment sa sœur, du haut de ses vingt-huit printemps, était arrivée à ce degré de certitude, de maîtrise de soi.

— Écoute. Papa a le droit de diviser ses biens comme bon lui semble. C'est son argent. Et la situation peut évoluer, tu sais. Tout ce dont tu as besoin, c'est qu'il se passe un peu plus de choses dans ta vie. À ce moment-là, le reste n'aura plus d'importance, tu verras.

Suzanna ravala une réponse amère. Il y avait quelque chose de particulièrement irritant à recevoir une leçon de vie de sa petite sœur, et d'entendre l'écho des discussions que la famille avait eues en son absence. Et plus encore quand on savait que la petite sœur en question avait raison.

— Fais marcher ce magasin, et papa changera de regard sur toi.

— Si j'arrive à faire marcher la boutique, papa fera une crise cardiaque.

Elle frissonnait à présent. Lucy se releva avec l'aisance de quelqu'un qui fait du sport tous les jours religieusement. Suzanna, en se redressant, crut entendre ses genoux craquer.

— Désolée, s'excusa-t-elle.

Puis, après un silence, elle ajouta :

— Joyeux anniversaire.

Lucy lui tendit le bras.

— Viens, rentrons. Je vais te montrer la boîte de biscuits que grand-mère m'a offerte pour mon anniversaire. C'est celle que Mrs Popplewell lui avait donnée à Noël, il y a deux ans. En plus, si on traîne encore dehors, elle risque de se convaincre que tu es déjà en train d'accoucher.

Vivi s'assit pesamment sur le tabouret, attrapa un pot et commença à effacer sur son visage les traces de la journée. Elle n'était pas vaniteuse – il n'y avait que deux produits de beauté sur sa coiffeuse, un lait de toilette et une crème hydratante du supermarché –, mais ce soir, en regardant le reflet en face d'elle, elle se sentit immensément fatiguée, comme si quelqu'un avait posé sur ses épaules un poids impossible à supporter. *Je pourrais aussi bien être invisible,* songea-t-elle, *pour l'influence que j'ai dans cette famille.* Plus jeune, elle avait fait le taxi pour ses trois enfants dans tout le comté, avait supervisé leur lecture, leur alimentation et le brossage des dents, avait arbitré leurs disputes et dicté ce qu'ils devaient porter. Elle avait rempli ses devoirs maternels avec assurance, étouffant les protestations, posant des limites, confiante dans ses capacités. À présent, elle était impuissante, incapable d'intervenir dans leurs querelles, d'aider à apaiser leurs malheurs. Elle essaya de ne pas penser à l'ouverture du magasin de Suzanna : cette découverte lui avait donné l'impression d'être tellement à côté de la plaque qu'elle en avait été soufflée.

— Ton fichu chien s'en est pris à mes pantoufles.

Vivi se retourna. Son mari était en train d'examiner le talon de son chausson en cuir, qui avait été mâchouillé.

— Je pense que tu as tort de le laisser monter. La place des animaux est au rez-de-chaussée. Je ne sais pas pourquoi on ne l'installe pas dans une niche.

— Il fait trop froid dehors. Il gèlerait, le pauvre.

Elle regarda à nouveau son reflet.

— Je ferai un saut en ville demain pour t'en racheter une paire.

Ils firent leurs ablutions en silence. Vivi se glissa dans sa chemise de nuit et regretta d'avoir juste fini son livre. Ce soir, elle aurait apprécié un peu d'évasion.

— Ah oui. Mère veut savoir si tu peux lui dénicher une plaque à pâtisserie. Elle veut faire des scones demain, et elle ne sait pas où est passée la sienne.

— Elle l'a laissée dans le jardin. Elle s'en est servie pour nourrir les oiseaux.

— Bon, peut-être que tu pourrais la lui rapporter.

— Chéri, je crois que tu as été un peu dur avec Suzanna aujourd'hui.

Elle gardait un ton léger, essayant de gommer toute trace de reproche. Son mari protesta par un grognement, une sorte d'exhalaison gutturale. L'absence de réponse verbale lui insuffla du courage.

— Tu sais, avoir un enfant pourrait être son salut. Neil et elle ont rencontré tant de problèmes. Ça leur donnerait une autre perspective.

Son mari contemplait ses pieds nus.

— Douglas ? Elle fait tellement d'efforts. Et lui aussi.

On aurait cru qu'il n'avait pas entendu.

— Douglas ?

— Et si ma mère avait raison ? Et si elle finissait comme Athene ?

C'était tellement rare qu'il prononce son prénom. Vivi le sentit se solidifier dans l'atmosphère entre eux.

— Il faut que tu y penses, Vivi. Vraiment. Penses-y. Parce que, dans ce cas, qui se retrouverait à ramasser les morceaux ?

Chapitre 9

Le domaine Dereward était l'un des plus grands de cette partie du Suffolk. Il débouchait sur ce qu'on baptiserait plus tard le « pays de Constable », et datait du début du XVIIe siècle. Fait remarquable, il abritait une lignée ancestrale presque ininterrompue, et les terres, plus vallonnées que celles de ses voisins, étaient bien exposées et servaient à divers usages, des cultures à la pêche. Il contenait en outre des cottages exceptionnels (parfois qualifiés de dispendieux) pour les employés. La plupart des maisons de domaines aussi vastes étaient plus spectaculaires, parfois avec une galerie de portraits ou une salle de bal pour souligner l'importance de la famille. Le domaine Dereward s'enorgueillissait de son histoire – ses tableaux d'ancêtres étaient connus pour ne pas montrer seulement chacun des héritiers des quatre derniers siècles, mais aussi pour être accompagnés de la mention de leur mort, avec maints détails crus –, mais la bâtisse aux murs moutarde, avec ses huit chambres ornées d'une surabondance de poutres, avait été agrandie de façon assez anarchique, et dans des styles architecturaux qui manquaient parfois d'à-propos. Il faut dire que la demeure originale des Fairley-Hulme avait été construite lorsque le domaine ne mesurait que vingt-quatre hectares, et non les cent quatre-vingts d'aujourd'hui. La superficie n'avait augmenté qu'à la suite d'un pari entre Jacob Hulme (1743-1790, tué par un contact un peu trop rapproché avec l'une des premières batteuses du Suffolk) et le chef du domaine voisin de Philmore, dont l'ivresse était l'état le plus fréquent ; pour une famille si prompte à se vanter de son histoire, cette anecdote était souvent oubliée. En vérité, le fait que Jacob Hulme réclame le paiement de cette dette de jeu avait failli susciter une émeute parmi les villageois, qui craignaient pour leurs maisons et leur gagne-pain. Mais Jacob, qui était plus malin que la plupart des propriétaires, avait promis de réduire la dîme et de construire une nouvelle école, qui serait dirigée par une certaine Catherine Lees. (Plus tard, Miss Lees eut un enfant dans des circonstances non élucidées, bien que Jacob fasse preuve d'une bienveillance rare en offrant son soutien, ainsi qu'un toit, à cette institutrice célibataire.) La maison Philmore était demeurée inhabitée la plupart du temps, et avait donc pu abriter de nombreux rendez-vous galants pour les hommes de la famille Hulme. Ensuite était survenue une dénommée Arabella Hulme (1812-1901, morte étouffée par une dragée) dont le frère, héritier du domaine, avait été tué en Crimée. Elle était responsable, par le mariage, de l'addition du Fairley au nom de la famille. Cette dame avait décidé de mettre un terme à ce qu'elle considérait comme une tentation inutile pour son époux. Elle avait pour cela recruté une gouvernante particulièrement revêche, et fait circuler d'abominables rumeurs sur les fantômes de la maison et leur tendance à émasculer ceux qui s'écartaient du droit chemin. La nécessité était forte : la maison était à cette époque devenue une sorte de légende locale. On racontait qu'un homme n'avait besoin que d'en franchir le seuil pour être assailli de pensées impures. Les familles qui traversaient la région s'arrêtaient tout près, dans l'espoir que leurs filles tireraient avantage d'une telle faiblesse. Ainsi, Arabella Hulme était l'exception en crinoline à cette lignée d'hommes flattés par les portraits. Même si elle avait la mâchoire si lourde et le profil si grossier qu'il fallait y regarder à deux fois pour s'en assurer. À partir du début du XXe siècle, on avait fait quelques tentatives de représenter davantage les femmes de la famille, en même temps que s'élevaient des discussions sur la possibilité que le domaine tombe entre les mains de la lignée féminine. Mais les épouses et les filles semblaient un peu mitigées, comme si elles n'étaient pas elles-mêmes convaincues de mériter cette immortalité picturale. Elles occupaient des cadres à la dorure plus discrète, et étaient accrochées à des endroits moins stratégiques. Souvent, elles disparaissaient sans laisser de trace. Les Fairley-Hulme, comme Rosemary se plaisait à le répéter, n'avaient pas survécu à quatre siècles en se pliant aux modes et au politiquement correct. Pour que les traditions perdurent, il fallait qu'elles soient fortes, étayées par des règles strictes et une certitude inflexible. Pour une personne si loquace sur le sujet, elle parlait fort peu de l'histoire de sa propre famille. Et elle avait raison : Ben avait effectué une recherche sur un site de généalogie en ligne, et découvert que la famille de Rosemary avait possédé un abattoir à Blackburn. Mais peut-être à cause des nouvelles mœurs, dans un âge où la grandeur avait perdu de son importance, les portraits semblaient devoir s'arrêter avec le père de Suzanna, dont un horrible « masque » d'inspiration libre, à l'huile, s'affichait dans une splendeur toute relative sur le mur de ce qu'on appelait depuis des générations la « fosse aux ours » : un salon au plafond bas et à la cheminée de pierre énorme, où les enfants étalaient leurs jouets, les adolescents regardaient la télévision, et les chiens faisaient la sieste. Le dernier portrait était celui de la mère de Suzanna. On avait passé commande auprès d'un jeune artiste pour qu'il le peigne le jour de ses dix-huit ans, et plusieurs décennies après, il avait pris de la valeur. Mais il appartenait désormais à Suzanna, et l'avait accompagnée dans le cottage. Pourtant, Vivi ne cessait de répéter qu'elle serait ravie qu'Athene reprenne la place qui lui revenait sur le mur.

— Elle est très belle, ma chérie, et si cela a du sens pour toi qu'on l'accroche au mur, alors on le fera. On peut faire restaurer le cadre, et ce sera très joli.

Vivi, toujours prête à se mettre en quatre, toujours anxieuse de ne froisser les sentiments de personne. Comme si elle-même n'en avait pas. Suzanna lui avait dit que la raison pour laquelle elle aimait avoir le portrait chez elle était simplement qu'il était beau. Ce n'est pas comme si elle se souvenait d'Athene : Vivi était la seule maman qu'elle ait jamais connue. Elle ne pouvait pas révéler la vérité. Elle avait à voir avec la culpabilité, le ressentiment, et le fait que tant que son père trouverait presque impossible de parler de sa première épouse, elle jugerait difficile de le confronter à la preuve qu'il en avait eu une. C'était depuis qu'elle avait laissé ses cheveux reprendre leur teinte naturelle, depuis qu'elle avait, comme Neil le soulignait, un peu de la beauté farouche de sa mère, que son père trouvait si pesant ne serait-ce que de la regarder. « Athene Forster », était-il indiqué d'une écriture tout juste lisible sur les dorures effritées du cadre. Peut-être par égard pour Suzanna, on n'avait jamais détaillé les causes de sa mort.

— Vous allez l'accrocher ? Il est à vendre ?

Suzanna observa la jeune femme qui se tenait sur le pas de la porte, la tête penchée de côté.

— Elle vous ressemble, ajouta la fille avec gaieté.

— C'est ma mère, avoua Suzanna contre son gré.

Le tableau ne semblait pas à sa place dans le cottage. Il était trop somptueux. Athene, avec ses yeux brillants, son visage anguleux et pâle, emplissait le salon, et ne laissait que peu de place au reste. À présent, en le contemplant dans la boutique, Suzanna prit conscience qu'il n'y était pas à sa place non plus. Le simple fait que cette inconnue l'examine la mettait mal à l'aise, comme si elle était à nu. Elle le retourna vers le mur et s'approcha de la caisse.

— J'allais juste le rapporter à la maison, déclara-t-elle d'un ton qui voulait suggérer que la conversation était terminée.

La fille se débattait pour enlever son manteau. Elle portait ses cheveux blonds attachés en deux tresses, comme une écolière, bien qu'elle soit plus âgée que ça.

— J'ai failli perdre ma virginité sur votre escalier. J'étais beurrée comme une tartine. Vous servez du café ?

Suzanna se déplaça vers la machine à expresso sans prendre la peine de se retourner.

— Vous devez vous tromper. C'était une librairie, avant.

— Il y a dix ans, c'était un bar à vins. Le *Red Horse*. Pendant deux ans, disons. Quand j'avais seize ans, on se retrouvait le samedi soir, on se bourrait au cidre sur la place du marché, et ensuite on venait ici se peloter. C'est là que j'ai rencontré mon jules. On n'arrêtait pas de se rouler des pelles sur cet escalier. Remarquez, si j'avais su à l'époque...

Elle rit et laissa sa phrase en suspens.

— Je peux avoir un expresso ? Vous faites du café ?

— Ah. Oui.

Suzanna se battit un moment avec les poignées et les mesures de café, soulagée que le bruit de la machine la dispense de parler. Elle avait envisagé que les gens viennent ici, s'asseyent et discutent entre eux. Et qu'elle présiderait à tout ça, à l'abri derrière son comptoir. Mais, depuis deux mois qu'elle avait ouvert, elle s'était aperçue que, la plupart du temps, ils voulaient bavarder avec elle, qu'elle soit d'humeur ou non.

— Pour finir, ils ont fermé le bar. Pas étonnant, avec tout l'alcool qui était vendu à des mineurs...

Suzanna posa la tasse pleine sur une soucoupe avec deux morceaux de sucre et l'apporta avec précaution sur la table.

— Ça sent très bon. Ça fait des semaines que je passe devant, et que j'avais l'intention d'entrer. J'aime ce que vous avez fait de cet endroit.

— Merci.

— Vous avez rencontré Arturro, de l'épicerie ? Un gros monsieur. Quand des femmes entrent dans son magasin, il se cache derrière ses salamis. Il a arrêté de faire du café il y a dix-huit mois environ, parce que sa machine était tout le temps en panne.

— Je vois de qui vous parlez.

— Et Liliane ? De *La Boutique du Chic* ? C'est juste là. Le magasin de vêtements. Au coin.

— Pas encore.

— Tous les deux célibataires. Tous les deux d'âge moyen. Je crois qu'ils en pincent l'un pour l'autre depuis des années.

Suzanna, déterminée à ce qu'on ne raconte pas le même genre de choses sur elle plus tard, s'abstint de répondre. La fille but son café. Elle se laissa ensuite aller contre son dossier, et remarqua la petite pile de magazines sur papier glacé dans le coin.

— Je peux jeter un coup d'œil ?

— Ils sont là pour ça.

Elle les avait achetés une semaine plus tôt, espérant qu'ainsi les clients auraient moins envie de parler. La fille lui lança un drôle de regard, puis sourit avec aisance, et se mit à feuilleter *Vogue*. Elle examinait les pages avec un plaisir tel qu'il était évident qu'elle n'en avait pas souvent l'occasion. Elle resta assise presque vingt minutes, pendant lesquelles les deux hommes du magasin de pièces détachées de motos passèrent prendre leur dose de café fort, en vitesse et en silence. Mrs Creek fit sa ronde bihebdomadaire des étagères. Elle n'achetait jamais rien, mais avait déjà raconté à Suzanna l'équivalent de plusieurs années de sa vie. Suzanna avait écouté le récit de sa carrière de couturière à Colchester, de ce qu'elle appelait le « malencontreux incident du train », et de ses diverses allergies, qui comprenaient les chiens, la cire d'abeille, certaines fibres synthétiques et les fromages à pâte molle. Mrs Creek avait vécu la majeure partie de sa vie sans se douter qu'elle souffrait de ces allergies, bien sûr. Il y avait peu de signes. Mais elle était allée voir un de ces homéopathes dans la petite boutique au coin de la rue, et il lui avait fait divers tests avec des appareils et des petits flacons. Elle avait alors découvert l'interminable liste des substances qu'elle devait absolument éviter.

— Vous n'avez pas de cire d'abeille, là-dedans ? demanda-t-elle en reniflant.

— Non, ni de fromages à pâte molle, répliqua Suzanna avec le plus grand naturel.

Mrs Creek avait acheté un café et s'était plainte avec une grimace qu'il était « un peu amer à son goût ».

— Au *Tabouret à Trois Pattes*, en haut de la rue, ils y mettent du lait en poudre. Vous savez, comme de la crème. Et ils vous offrent un biscuit gratuit, dit-elle, pleine d'espoir.

Comme Suzanna l'ignorait, elle ajouta :

— On n'a pas besoin de licence pour les biscuits.

Elle était partie peu avant midi.

— J'ai promis à l'une des vieilles dames du centre d'aller jouer au gin rami. Elle est un peu rasoir, chuchota-t-elle très fort à l'intention de la jeune fille blonde. Mais je crois qu'elle se sent seule.

— Je suis sûre qu'elle sera ravie de vous voir, répondit celle-ci. Il y a beaucoup de gens seuls dans cette ville.

— C'est bien vrai, ça, convint Mrs Creek.

Elle ajusta son bonnet, en adressant à Suzanna un regard plein de sous-entendus, et sortit d'un pas vif dans la lumière mouillée du printemps.

— Je peux reprendre un café ? demanda la fille en se levant pour rapporter sa tasse au comptoir.

Suzanna remplit la machine. Elle allait la mettre en route lorsqu'elle sentit sur elle le regard de la jeune fille. Elle était en train de l'évaluer.

— C'est un drôle de choix, de tenir un café, commenta la fille. Je veux dire, pour quelqu'un qui n'aime pas les gens.

Suzanna resta parfaitement immobile.

— Ce n'est pas vraiment un café, répliqua-t-elle sèchement.

Elle contempla ses mains, crispées sur la tasse. Puis elle ajouta :

— Je ne suis juste pas très douée pour parler de la pluie et du beau temps.

— Vous feriez mieux d'apprendre, alors. Vous ne tiendrez pas longtemps, sinon, même si votre boutique est très belle. Je suis sûre que vous venez de Londres. Là-bas, les gens ne se parlent jamais dans les magasins.

Elle regarda autour d'elle.

— Il vous faut de la musique. Ça apporte toujours de la bonne humeur.

— Ah bon ? dit Suzanna en luttant contre l'agacement.

Cette fille avait dix ans de moins qu'elle, et elle croyait pouvoir lui expliquer comment tenir sa boutique.

— Est-ce que je suis trop franche ? Désolée. Jason me dit toujours que je suis trop franche. C'est juste que c'est un chouette endroit, vraiment magique, et je crois qu'il marchera très bien si vous arrêtez de traiter chaque client comme si vous préféreriez qu'il ne soit pas là. Je peux avoir du sucre ?

Suzanna poussa le sucrier dans sa direction.

— C'est l'impression que je donne ?

— On ne peut pas dire que vous soyez très accueillante…

En voyant l'air défait de Suzanna, elle se reprit :

— Je veux dire, moi je m'en fiche parce que je parlerais à une porte de prison, de toute façon. Ou même à la vieille dame de tout à l'heure. Mais il y a des tas d'autres gens que ça mettrait mal à l'aise. C'est de Londres, que vous arrivez ?

—Oui, admit Suzanna.

C'était plus simple que de tout expliquer.

—J'ai grandi dans le domaine à côté de l'hôpital. Meadville, vous connaissez ? Mais cette bonne vieille ville est marrante. Toutes ces bottes en caoutchouc. Très chic. Vous voyez ce que je veux dire. Pour être honnête, il y a plein de gens par ici qui n'entreront jamais dans votre boutique parce que tout ce que vous avez en vitrine… ça leur semble bizarre. Vous voyez ce que je veux dire ? Mais il y a aussi des gens qui ne sont pas dans le moule. Qui ne veulent pas s'asseoir devant un sablé et un lapsang souchong, avec une vieille à fichu et cheveux mauves qui braille à la table d'à côté. Je pense que si vous étiez un peu plus sympa, ils viendraient consommer chez vous.

Malgré elle, Suzanna se surprit à sourire de cette description.

—Vous pensez que je devrais me transformer en service social.

—Si ça ramène des clients, renchérit la fille en se fourrant un sucre dans la bouche. Vous avez besoin de gagner de l'argent, non ? À moins que ce magasin soit votre petit passe-temps ?

Elle lança un regard rusé à Suzanna.

—Quoi ?

—Je ne savais pas si vous étiez une de ces femmes… vous savez… monsieur travaille à la City. Elle a besoin de s'occuper…

—Ah non, je n'en fais pas partie.

—Une fois que vos clients sauront qu'ils sont les bienvenus, alors vous pourrez mettre un panneau « Merci de ne pas me parler ». Si vous avez des vrais habitués, ils comprendront… Je veux dire, si c'est tellement pénible pour vous de parler aux gens.

Elles se regardèrent dans les yeux et sourirent. Deux femmes adultes, qui se comprenaient, mais n'avaient plus l'âge de dire : « Tu veux être mon amie ? »

— Jessie.

— Suzanna. Je ne suis pas sûre d'être capable de tous ces petits bavardages.

— Est-ce que tu as suffisamment de clients pour te permettre de ne pas le faire ?

Suzanna réfléchit. Elle pensa à sa caisse si vide qu'on aurait pu entendre l'écho à l'intérieur. À Neil, sourcils froncés devant les chiffres.

— Pas vraiment.

— Tu me paies en café, et je viens t'aider deux heures demain. Ma mère garde mon Emma avant mes cours du soir, et je préfère faire ça que passer l'aspirateur. C'est agréable de changer un peu.

Suzanna se raidit, mal à l'aise à l'idée qu'on lui force la main.

— Je ne crois pas qu'il y ait du travail pour deux personnes…

— Oh, je vais m'en trouver ! Je connais tout le monde, tu sais. Écoute, je dois y aller. Réfléchis. Je reviens demain. Si tu ne veux pas de moi, je prends un café et je file. On fait comme ça ?

— Si tu insistes, répondit Suzanna avec un haussement d'épaules.

— Oh, merde. Je suis en retard. Monsieur va être en pétard. À plus !

Jessie jeta quelques pièces sur le comptoir – l'appoint, s'avéra-t-il –, attrapa son manteau et partit à toute vitesse. Elle était toute petite. En la regardant sortir, Suzanna songea qu'elle ressemblait à une enfant. *Comment une telle personne peut-elle avoir déjà un enfant, et moi, ne toujours pas me sentir prête ?*

Même si elle avait du mal à se l'avouer, Suzanna avait un nouveau béguin. Elle le savait, car chaque jour, dans les quelques minutes avant de fermer sa boutique pour aller acheter son sandwich à l'épicerie, elle vérifiait son allure, se remettait du rouge à lèvres, et époussetait ses vêtements après une matinée de travail. Ce n'était pas la première fois : depuis qu'elle avait épousé Neil, ça devait lui arriver environ une fois par an. Cela allait de son prof de tennis, qui avait les avant-bras musclés les plus attirants qu'elle ait jamais vus, au frère de son amie Dinah, en passant par le patron de l'entreprise de marketing où elle travaillait, et qui lui avait dit qu'elle était le genre de femmes qui donnent aux hommes des insomnies. Elle était presque certaine que c'était un compliment. Il ne se passait jamais rien, au sens propre. Soit elle les adorait de loin, et leur construisait dans son imagination toute une vie et une personnalité parallèle – souvent bien plus désirable que la réalité –, soit elle s'autorisait rapidement une amitié proche. Des questions restaient alors tacites, et tendaient à s'évaporer lorsque l'homme supposait qu'elle n'était pas prête à aller plus loin. Une fois, avec le patron du marketing, elle s'était autorisé le plaisir coupable d'un baiser volé. C'était un moment assez romantique. Il avait fermé la porte du bureau et l'avait dévorée des yeux... Mais elle avait ensuite été si horrifiée lorsqu'il s'était déclaré fou d'amour qu'elle n'était jamais revenue. Elle trouvait cela d'ailleurs injuste jusqu'à la perversion que Neil y voit un exemple de plus de son incapacité à garder un emploi. Elle n'était pas infidèle, se persuadait-elle, c'était plus comme de faire un peu de lèche-vitrines, et de savourer le genre de frissons qui tendent à disparaître avec la sécurité et la vie maritale. Sauf que, dans le cas présent, elle ne savait pas vraiment sur qui elle fantasmait au juste. L'épicerie d'Arturro, dont le gros et timide propriétaire avait été évoqué par Jessie, employait trois des plus beaux jeunes gens que Suzanna ait jamais croisés. Ils étaient minces, bruns et pleins de la joyeuse exubérance de ceux qui se savent séduisants, et n'ignorent pas qu'il n'y a pas de concurrence sérieuse dans la ville. Ils s'insultaient gaiement, déplaçaient les fromages et les bocaux d'olives avec une grâce que Suzanna jugeait sublime, pendant qu'Arturro restait derrière son comptoir d'un air bienveillant. Quand Suzanna entrait, ils étaient invariablement en train de se crier un poids ou une mesure.

—Quarante-neuf et demi !

—Non, non, cinquante-deux !

La population jugeait trop exotique tout ce qui allait plus loin que les malheureux plats à emporter du traiteur chinois, et hésitait encore devant la porte du restaurant indien. Pourtant, l'épicerie d'Arturro ne désemplissait pas. Les habitantes, en quête de leur provision hebdomadaire de fromages ou de biscuits chics pour accompagner le café, formaient une file d'attente ordonnée. Tout en respirant les arômes denses du salami au poivre, du fromage et du café, elles regardaient les jeunes gens avec un amusement poli, et se tapotaient les cheveux pour les remettre en place. Les jeunes filles pouffaient et chuchotaient entre elles, puis, lorsque venait leur tour d'être servies, elles se souvenaient qu'elles n'avaient pas d'argent. Ils étaient beaux, et ils avaient dans les yeux une lueur sagace qui trahissait leurs soirées d'été pleines de rire, de balades en mobylette pleines de promesses équivoques.

Je suis trop vieille pour eux, se répétait Suzanna en se forçant à les regarder de façon maternelle, tout en se demandant si sa sophistication et son maintien accrus compensaient ses rides et son derrière désormais trapu.

— Cinquante-sept. Cinquante-huit.

— Tu es dyslexique. Ou aveugle. Tu mélanges les chiffres.

— Pourrais-je avoir un sandwich mortadelle, tomates, olives, avec du pain complet ? Sans beurre, s'il vous plaît.

Arturro rougit en prenant sa commande. C'était assez remarquable pour une personne si basanée.

— Il y a du monde, aujourd'hui, commenta-t-elle alors que l'un des jeunes gens sautait sur un escabeau pour attraper un *panettone* dans une boîte éclatante.

— Et chez vous ? demanda-t-il si doucement que Suzanna dut se pencher pour l'entendre.

— Pas tellement. Pas aujourd'hui. Mais c'est encore le début.

Elle se força à sourire avec optimisme. Arturro lui tendit un sac en papier.

— Je passerai demain, pour voir. La petite Jessie est venue ce matin, elle nous a invités. Ce n'est pas un problème ?

— Quoi ? Ah, oui. Oui, bien sûr. Jessie me donne un coup de main.

— Elle est gentille, approuva-t-il. Je la connais depuis longtemps.

Suzanna se demandait lequel des trois jeunes gens faisait partie du « nous » d'Arturro. Celui-ci s'éloigna d'un pas lourd vers l'extrémité du comptoir, et sortit une belle boîte d'amarettis d'une haute étagère. Il revint la lui tendre.

— Pour votre café, dit-il.

Suzanna contempla les biscuits.

— Je ne peux pas accepter.

— Ça porte bonheur. Pour votre commerce.

Il lui sourit avec timidité, révélant deux rangées de dents minuscules.

— Vous les goûterez quand je viendrai, plus tard. C'est très bon.

— Oh, oh, Arturro est en chasse !

On siffla dans son dos. Deux des jeunes gens contemplaient leur patron, les bras croisés, l'air faussement sévère.

— Attention, mesdames. La prochaine fois, Arturro va vous faire goûter son salami…

Il y eut quelques rires étouffés dans la file d'attente. Suzanna se surprit à rougir.

— Et vous savez ce qu'on dit du salami italien, n'est-ce pas, Arturro ?

Le gros homme se tourna vers la caisse, leva un bras large comme un jambon, et laissa échapper une volée de ce qui devait être des insultes en italien.

— *Ciao, signora.*

Suzanna quitta l'épicerie le rouge aux joues, essayant de réprimer son sourire pour ne pas passer pour le genre de femme qui s'affole dès qu'on s'intéresse un peu à elle. De retour dans sa boutique, elle s'aperçut qu'elle avait oublié son sandwich.

Jessie Carter était née à la maternité de l'hôpital de Dere, fille unique de Cath, qui travaillait à la boulangerie, et Ed Carter, l'un des facteurs de la ville, mort deux ans auparavant. On pouvait dire que sa vie n'avait pas été exotique. Elle avait grandi avec ses amies dans le domaine Meadville, était allée à l'école primaire de Dere, puis au lycée de Hampton, qu'elle avait quitté à seize ans bardée de deux certificats de fin d'études secondaires, l'un en art et l'autre en économie domestique, d'un petit ami, Jason, qui deviendrait deux ans plus tard le père de sa fille Emma. Emma n'avait pas été prévue, mais elle avait été très désirée, et Jessie n'avait jamais regretté son arrivée. Surtout que Cath était la plus dévouée des grands-mères, ce qui lui évitait de se sentir un fil à la patte, comme d'autres filles pouvaient s'en plaindre. Non, ce n'était pas Emma qui lui causait des contraintes. Pour être honnête, c'était Jason. Il était possessif au plus haut point, ce qui était idiot, franchement, car elle n'avait pas connu d'autre garçon et n'envisageait pas d'aller voir ailleurs. Mais elle ne voulait pas donner une mauvaise image de lui, cela dit. Il était super drôle, quand il n'était pas trop casse-couilles, et c'était un excellent papa. Un type qui vous aime vraiment, ça n'avait pas de prix. La passion, vous voyez. C'était ça la clé. Oui, ils se disputaient, mais ils se réconciliaient aussi. Parfois, elle songeait qu'ils se disputaient sûrement pour profiter de la réconciliation ensuite. (Eh bien oui, il fallait qu'il y ait une raison.) Et à présent qu'on leur avait accordé une maison, pas loin de celle de sa mère, et qu'il avait accepté l'idée qu'elle suive des cours du soir, et que lui-même gagnait un peu d'argent comme livreur du magasin d'électroménager, les choses s'arrangeaient pour eux. Suzanna avait appris tout cela dans les quarante premières minutes du service de Jessie à la boutique. Au départ, le bavardage ne la dérangeait pas : Jessie avait fait le ménage de tout le magasin presque sans effort tout en parlant. Elle soulevait les chaises pour passer le balai dessous, avait réorganisé deux étagères et lavé toutes les tasses de café du matin. La boutique semblait plus chaleureuse. Et, grâce à elle, ça avait été le meilleur après-midi de *Peacock & Co* jusque-là : un flux apparemment intarissable d'habitants du coin avait passé les portes, comme attiré par un aimant. Arturro était venu seul, avait bu son café avec l'attention d'un connaisseur, et répondu à la mitraille de questions de Jessie avec un plaisir timide. Après son départ, Jessie avait souligné qu'il avait passé une grande partie du temps à regarder *La Boutique du Chic* à travers la vitrine, comme s'il espérait que Liliane jaillirait de sa porte en verre fumé pour se joindre à lui. Les dames du grand magasin, où travaillait la tante de Jessie, avaient poussé des « oh » et des « ah » devant les tableaux au mur, étaient passées sous les mobiles scintillants et s'étaient extasiées devant les mosaïques de verre. Elles avaient fini par en acheter une chacune, non sans s'exclamer devant leur propre extravagance. Trevor et Martina, du salon de coiffure derrière la poste, qui connaissaient Jessie depuis l'école, avaient acheté l'un des plumeaux noir corbeau, car cela ferait joli dans leur commerce. Puis étaient entrées plusieurs jeunes personnes, que Jessie appelait par leur prénom, sans doute venues du domaine elles aussi. La maman et la fille de Jessie étaient restées trois bons quarts d'heure, admirant tout ce qu'elles pouvaient voir, ou presque. Emma était la copie conforme de sa mère, une fillette de sept ans très calme, qui semblait incarner à elle seule toutes les nuances de rose. Elle avait jugé les amarettis « bizarres, mais très bons, surtout le sucre », et déclaré que lorsqu'elle serait adulte elle aurait une boutique, « exactement pareille. Sauf que, dans ma boutique, je donnerai des petits papiers aux gens pour qu'ils fassent des dessins, et je les mettrai aux murs ».

— C'est une bonne idée, mon pétale. Tu pourrais mettre ceux de tes clients préférés au meilleur endroit.

Jessie semblait prendre au sérieux la moindre parole de sa fille.

— Je les mettrai dans des cadres. Les gens adorent admirer leurs dessins dans des cadres.

— Tu vois, renchérit Jessie en donnant un dernier coup de torchon à la cafetière. C'est la psychologie de la vente. Comment faire en sorte que tes clients se sentent valorisés.

Suzanna, bien qu'elle reconnaisse le bénéfice de cette hausse de fréquentation, se sentait envahie par Jessie et sa famille élargie. Elle avait du mal à supporter la vue de quelqu'un d'autre derrière le comptoir, la réorganisation de ses étagères, même si elles étaient sans aucun doute plus jolies ainsi. Depuis l'arrivée de Jessie, Suzanna avait l'impression que la boutique ne lui appartenait plus. En fait, après les premières semaines paisibles, tant de gens avaient afflué cet après-midi-là que Suzanna devait lutter contre un sentiment d'incompétence et une discrète jalousie devant le fait que cette fille avait réussi apparemment sans effort là où elle avait échoué.

C'est idiot, se réprimanda-t-elle alors qu'elle descendait au sous-sol chercher davantage de sacs. *C'est un magasin. Tu ne peux pas te permettre de le garder pour toi toute seule.*

Elle s'assit pesamment sur les marches – à présent polluées par les fantômes d'adolescents qui se bécotaient – et examina les étagères, qui avaient apparemment autrefois contenu du gibier braconné que l'on pouvait commander en même temps que des légumes. Peut-être que ce n'était pas Jessie qui était meilleure, peut-être qu'elle n'aimait pas l'impression que tout le monde était à sa place, qu'on avait des attentes et des obligations, si l'on engageait une relation proche avec ses clients. Tout cela commençait à se rapprocher dangereusement de l'idée d'une famille…

Je ne suis pas certaine d'être faite pour ça, songea-t-elle. *Peut-être que j'ai seulement aimé décorer, créer quelque chose de beau. Peut-être que je devrais choisir un métier où je n'aurais presque aucun contact avec les gens.*

Elle grimaça lorsque Jessie passa la tête par la porte, en haut des marches.

— Tout va bien, en bas ?

— Très bien.

— Maman nous a apporté du bon jus d'orange. Je me disais que tu avais sans doute bu assez de café.

Suzanna se força à sourire.

— Merci. Je remonte.

— Tu as besoin d'aide, au sous-sol ?

— Non, merci.

Suzanna essaya de faire passer le message qu'elle aimerait avoir cinq minutes à elle. Jessie se tourna pour regarder quelque chose hors du champ de vision de Suzanna, puis revint.

— Il y a une autre personne que tu dois rencontrer : Liliane, d'en face. Je faisais le ménage chez elle, avant. Elle vient d'acheter la paire de boucles d'oreilles, celles qui étaient dans un écrin.

C'était l'article le plus cher de la boutique. Oubliant brièvement ses réserves, Suzanna remonta presque en courant. Liliane MacArthur avait un visage aussi fermé que celui de Jessie était ouvert. C'était une femme grande et mince, avec cette teinte de cheveux d'un roux discret qui semblait avoir la faveur de la population féminine de Dere Hampton. Elle toisa Suzanna d'un regard expert, en personne qui avait appris qu'il ne fallait pas faire confiance aux femmes, surtout quand elles ont vingt ans de moins que vous.

— Bonjour, dit Suzanna, intimidée. Ravie que vous ayez repéré les boucles d'oreilles.

— Oui. J'aime les topazes. Depuis toujours.

— Elles sont victoriennes, mais vous l'aviez sans doute deviné à l'écrin.

Jessie était en train de les emballer avec beaucoup de sophistication dans du papier entouré de raphia.

— C'est pour vous, Liliane ?

L'intéressée acquiesça.

— Elles iront à merveille avec votre manteau bleu. Celui qui a un col montant.

L'expression de Liliane s'adoucit légèrement.

— Oui, je me suis fait la même remarque.

— Comment va votre maman, Liliane ?

La mère de Jessie s'était penchée en avant, afin de mieux voir derrière la caisse.

— Oh, pas beaucoup de changement… Elle a des difficultés à tenir sa tasse, récemment.

— La pauvre. On en trouve avec des anses spéciales et tout ça, pour faciliter la prise en main. J'ai vu ça à la télé. Spécialement conçues pour les personnes avec de l'arthrite. Demandez au père Lenny, en général, il arrive à se procurer ce genre de choses, rappela Jessie.

— C'est notre prêtre, expliqua Cath. Mais c'est un génie de la débrouille. Il est capable de vous dénicher n'importe quoi. S'il n'a personne dans ses connaissances, il ira chercher sur Internet.

— Je vais voir comment on s'en sort.

— L'arthrite, c'est vraiment cruel…, soupira Cath en secouant la tête.

— Oui. Oui, c'est bien vrai, admit Liliane, la tête baissée. Eh bien, je ferais mieux de regagner ma boutique. Je suis enchantée de faire votre connaissance, Mrs Peacock.

— Suzanna, je vous en prie. Moi aussi.

Suzanna, qui se tordait les doigts nerveusement, les bras ballants, essaya de sourire de manière moins crispée alors que Liliane refermait doucement la porte derrière elle. Elle avait l'impression que ce « la pauvre » flottait encore dans l'air alors que la dame était partie.

— Son premier mari est mort, murmura Jessie. C'était l'amour de sa vie.

— Non. C'était Roger.

— Roger ?

— Son deuxième mari, expliqua Cath. Il lui avait dit qu'il ne voulait pas d'enfants, et elle l'aimait tellement qu'elle avait accepté. Deux jours avant qu'elle ait quarante-six ans, il est parti avec une femme de vingt-cinq.

— Vingt-quatre, maman.

— Ah bon ? Elle était enceinte. Seigneur, il n'y a pas de justice. Liliane a donné dix-huit années de sa vie à cet homme. Depuis, elle n'a plus jamais été la même.

— Elle vit avec sa mère, maintenant.

— Elle n'avait pas le choix, vu les circonstances…

Alors que Liliane traversait la rue, on aperçut la silhouette d'Arturro qui se dirigeait vers elle à angle droit d'un pas traînant. Lorsqu'il la vit, il accéléra d'un coup, avec un balancement rythmique des bras qui montrait qu'il n'avait pas l'habitude de se déplacer à une telle vitesse. Il lui parla sans doute, car avant de disparaître dans son magasin, elle le salua d'un hochement de tête et fit une pause infime. Arturro freina sans élégance, comme un véhicule qui a besoin de temps pour s'arrêter, le visage toujours tourné vers *La Boutique du Chic*. Puis il regarda *Peacock & Co*, d'un air presque coupable, et, un peu indécis, entra. Jessie, qui n'en avait pas perdu une miette, alluma la cafetière et lança d'un ton innocent :

— Tu reprends un petit jus, Arturro ?

— Si ça ne te dérange pas, soupira-t-il en se laissant tomber sur le tabouret.

— Je savais que tu reviendrais. Les Italiens et le café…

Suzanna, qui avait trouvé l'échange presque douloureux, sentit ses réticences s'évanouir. À travers la vitrine, elle distinguait tout juste l'autre femme, de retour dans la sécurité de son propre domaine, boutonnée jusqu'en haut, pleine de maîtrise de soi et de sentiments rentrés, entourée de ses étoffes coûteuses comme de munitions. Quelque chose dans l'allure fragile de Liliane, sa gêne dans les conversations anodines, la douleur à peine voilée que l'on devinait en elle lui faisait peur, comme si elle se tenait devant le fantôme des Noëls à venir, de Dickens.

— Tu veux revenir ? demanda-t-elle plus tard à Jessie, lorsque Arturro et Cath furent partis.

Ils avaient placé leurs chaises sur les tables, et Jessie passait le balai, pendant que Suzanna comptait le chiffre d'affaires.

— J'aimerais beaucoup, ajouta-t-elle en essayant d'y mettre de la conviction.

Jessie sourit, de son grand sourire sans réserve.

— Je peux venir jusqu'à la sortie de l'école, si ça te va.

— Après aujourd'hui, je ne vois pas comment je m'en sortirais sans toi.

— Oh, ça irait très bien. Tout ce dont tu as besoin, c'est de faire connaissance avec tout le monde. Les inciter à franchir ta porte tous les jours.

Suzanna sortit plusieurs billets de sa liasse et les lui tendit.

— Pour le moment, je ne peux pas te payer beaucoup, mais si tu augmentes mes bénéfices comme ça, je ferai en sorte que tu ne perdes pas au change.

Jessie hésita, puis les prit et les mit dans sa poche.

— Je ne pensais pas que tu me paierais pour aujourd'hui, mais merci. Tu es sûre que ça ne va pas te casser les pieds de m'entendre jacasser non-stop ? Ça rend Jason complètement fou. Il dit que je suis un disque rayé.

— J'aime bien.

Suzanna songea qu'elle pourrait même finir par le croire.

— Et si ce n'est pas le cas, je mettrai un petit panneau comme tu as dit… « Ne me parlez pas », ou je ne sais plus quoi.

— Je lui demanderai l'autorisation à la maison. Mais il ne pourra pas dire qu'on n'a pas besoin de l'argent.

Elle commença à remettre les chaises en place à grands gestes énergiques. Suzanna verrouilla la caisse et remarqua, alors qu'elle entamait sa routine de fermeture, que c'était le premier soir qu'il restait un rayon de soleil, couleur pêche.

Il prit peu à peu de la force, illuminant l'intérieur de la boutique, transformant les bleus en beiges, donnant aux documents qu'elle avait mis aux murs une brillance riche, et les rayant des ombres des fenêtres. Dehors, l'étroite venelle était déjà presque déserte : tout fermait tôt en ville, et seuls les commerçants étaient encore là, à se saluer alors que la nuit tombait. Elle aimait cette partie du métier : le silence, le sentiment d'avoir passé une journée à travailler pour elle-même, l'idée que les empreintes qu'elle laissait dans la boutique y resteraient jusqu'à ce qu'elle revienne ouvrir le lendemain matin. Elle se déplaçait presque sans bruit, inspirant la multitude de fragrances qui restaient perceptibles, les savons, les flacons de parfum de Byzance, l'écho des rires et des bavardages des clients toujours dans les oreilles, comme si chacun avait laissé sa trace derrière lui. *Peacock & Co* avait été un rêve agréable, mais aujourd'hui, c'était devenu magique, comme si la boutique avait déteint sur ses clients et réciproquement, ne gardant que le meilleur. Elle s'appuya contre un tabouret, et vit devant elle autre chose que les déceptions et les restrictions qu'elle avait imaginées pour son avenir. À la place s'ouvrait un lieu de possibilités qui attirait les beaux objets et les gens. Un endroit où elle pouvait être elle-même, la meilleure part d'elle-même. *Cet endroit te rend rêveuse*, se dit-elle, et elle se surprit à sourire. Certains soirs, comme celui-ci, elle ne voulait pas partir : elle nourrissait le désir secret de remplacer le banc d'église par un vieux canapé, et d'y passer la nuit. La boutique semblait tellement plus à elle que le cottage. Alors qu'elle tirait l'enseigne de trottoir pour la rentrer, Arturro passa, fit un détour, la souleva sans un mot et la rangea avec soin à l'intérieur.

— Belle soirée, dit-il, la tête enfoncée dans les épaules, un foulard rouge autour du cou.

— Magnifique, répondit-elle. On se croirait à Marsala.

Il rit et leva sa grande main pour prendre congé.

— Arturro ! appela Suzanna dans son dos. Qu'est-ce que vous pesez, toute la journée ? Ces chiffres que vous vous criez les uns aux autres. Ce ne sont pas les fromages, n'est-ce pas ? J'ai remarqué que vous les pesiez au comptoir.

Le gros homme baissa les yeux. Même dans cette lumière pêche, elle voyait bien qu'il était gêné.

— Ce n'est rien.

— Rien ?

— Ils ne pèsent pas vraiment…

— Tous ces « quarante-neuf cinq cents, cinquante-deux ». Ils doivent bien peser quelque chose.

Il la regarda d'un air aussi coupable qu'amusé.

— Je dois y aller. Vraiment.

— Vous ne voulez pas me dire ?

— Ce n'est pas important.

— Pourquoi vous ne voulez pas me le dire ?

— Ce n'est pas moi, d'accord ? C'est les garçons… Je leur ai dit de ne pas le faire, mais ils n'écoutent pas…

Suzanna attendit.

— Ils… euh…

Elle haussa les sourcils.

— Ils pèsent les clientes.

Suzanna écarquilla les yeux et ressentit un vif pincement, comme si l'on s'était moqué d'elle personnellement. Puis elle pensa à la file de dames, attendant avec patience d'être évaluées, et, pour une fois, elle éclata de rire. Alors qu'Arturro s'éloignait en riant dans la rue assombrie, elle essaya de se rappeler quels nombres exacts lui avaient été attribués quand elle entrait.

Il était temps d'y aller. Neil rentrait tôt, spécialement, avait-il dit, pour lui préparer un bon repas, bien qu'elle sache qu'en réalité c'était à cause du grand match, qui démarrait avant l'heure habituelle de son retour. Mais ça ne la dérangeait pas. Elle avait envie d'un long bain, de toute façon. Elle fit le tour de la boutique, redressant les articles, époussetant les surfaces, puis plaça le torchon dans l'évier. Elle vérifia que la caisse était éteinte, et, debout au comptoir, s'aperçut que le tableau était toujours tourné vers le mur. Sur un coup de tête, elle le fit pivoter, et Athene, révélée, devint aussitôt incandescente, nimbée d'un halo. Le soleil du soir, brûlant d'une intensité qui trahissait l'imminence de sa disparition, se reflétait sur la toile et étincelait par endroits sur le vieux cadre doré. Suzanna dévisagea le portrait.

— Bonne nuit, mère, dit-elle.

Puis elle regarda une dernière fois autour d'elle, éteignit les lumières et se dirigea vers la porte.

Chapitre 10

Les culottes étaient au milieu de la table de la salle à manger. Toujours emballées dans de la Cellophane, alignées comme des pancakes, toujours accompagnées de la mention « discrétion, confort, sécurité », elles étaient aussi intactes que lorsque Mrs Abrahams les avait laissées devant la porte de Rosemary le matin même. Mais leur nouvelle position sous le lustre vénitien tenait lieu de protestation furieuse et muette. Vivi et Rosemary avaient eu des chamailleries au fil des ans, mais Vivi ne pouvait se rappeler aucune aussi grave que celle qui avait suivi la visite de Madame Incontinence. Elle ne se souvenait pas qu'on lui ait crié dessus si fort et si longtemps, ni d'avoir jamais vu Rosemary dans une telle rage qu'elle en bégayait, écarlate. Ensuite avaient suivi les menaces, les insultes, les portes claquées. Cela faisait désormais deux heures qu'elle s'était enfermée là-dedans. Seul le volume élevé de la télévision indiquait sa présence dans la maison. Vivi enleva les couches de la table, partit dans le couloir et les glissa sous le vieux banc au passage. Arrivée au bout, elle toqua timidement à la porte.

— Rosemary, voudrez-vous déjeuner aujourd'hui ?

Elle resta quelques minutes l'oreille collée au battant.

— Rosemary ? Voulez-vous du ragoût ?

Il y eut une pause, puis le volume de la télévision augmenta encore, et Vivi recula, le regard rivé sur la porte avec nervosité. Cela lui avait pourtant paru raisonnable. Elle ne se sentait pas assez forte pour aborder elle-même le sujet avec Rosemary, mais étant celle qui faisait la lessive de toute la maisonnée, elle était consciente que le *contrôle* (c'était le seul mot qui lui venait à l'esprit) de sa belle-mère n'était plus ce qu'il avait été. Reconnaissante envers Mr Hoover d'avoir inventé le lave-linge, elle s'était retrouvée plus d'une fois ce mois-ci à mettre les draps de Rosemary dans la machine avec des gants et une expression peinée. Et ce n'étaient pas seulement les draps : en quelques mois, Vivi s'était aperçue que les sous-vêtements de Rosemary étaient de moins en moins nombreux. Elle avait attendu que sa belle-mère sorte pour mener des fouilles dans l'annexe, en se demandant s'ils avaient été oubliés au fond du panier à linge. Au départ, elle avait trouvé les articles incriminés en train de tremper dans le lavabo de Rosemary. Plus récemment, l'effort mental d'une telle lessive à la main était devenu trop lourd pour la vieille dame, et elle s'était mise à les cacher. Vivi en avait retrouvé sous le canapé de Rosemary, dans le placard sous le lavabo, et même fourrés dans une boîte de tomates en conserve vide, tout en haut de l'étagère de la salle de bains. Quand elle avait essayé d'en parler à Douglas, il l'avait regardée avec une telle expression d'horreur qu'elle avait battu en retraite et promis de régler le problème elle-même. Plusieurs fois, elle s'était assise avec Rosemary autour du déjeuner, et avait essayé de prendre son courage à deux mains pour lui demander si elle avait quelques « soucis de tuyauterie ». Mais il y avait désormais quelque chose dans l'attitude tranchante de sa belle-mère, dans sa façon agressive de crier « Quoi ? » chaque fois que Vivi abordait le sujet le plus innocent, qui l'en avait empêchée. Puis sa généraliste, une jeune Écossaise factuelle, avait farfouillé sur son bureau avant de lui tendre une liste de services subventionnés par l'État, qui permettraient à Vivi de remédier au problème sans avoir besoin de parler directement à sa belle-mère. Mrs Abrahams, une femme ronde et capable avec des manières réconfortantes qui suggéraient qu'elle avait déjà tout vu, et qu'elle avait une solution tout confort et étanche dans un emballage discret, était arrivée un peu avant 11 heures. Vivi lui avait expliqué combien la situation était délicate, et qu'elle n'avait pas osé mentionner la nature de la visite de Mrs Abrahams auprès de sa belle-mère.

— C'est beaucoup plus facile quand ça vient d'une personne extérieure à la famille, l'avait rassurée Mrs Abrahams.

— Ce n'est pas que la lessive me dérange en tant que telle…

Se sentant déjà coupable de déloyauté, Vivi laissa la phrase en suspens.

— Mais il y a aussi des considérations d'hygiène et de santé.

— Oui…

— Et vous ne voulez pas que la vieille dame perde sa dignité.

— Non…

— Laissez-moi faire, Mrs Fairley-Hulme. J'ai tendance à trouver qu'une fois passé l'embarras du début, la plupart des dames sont plutôt soulagées qu'on les aide.

— Ah… tant mieux.

Vivi avait frappé à la porte de Rosemary, et collé son oreille au battant pour vérifier que sa belle-mère avait entendu.

— Parfois, il se trouve que les dames plus jeunes, celles qui entrent juste dans l'âge mûr, me prennent aussi quelques paquets pour elles.

Vivi ne distinguait pas le pas familier de Rosemary.

— Ah bon ?

— Je veux dire, quand on a eu des enfants, les choses ne sont souvent plus ce qu'elles étaient. Même quand on a fait tous ses exercices de renforcement du périnée. Vous voyez ce que je veux dire ?

La porte s'était ouverte, et Vivi s'était retrouvée penchée dans une position bizarre.

— Qu'est-ce que tu fais ? avait aboyé Rosemary.

Vivi s'était redressée.

— Mrs Abrahams vient vous rendre visite, Rosemary.

— Quoi ?

— Je vais préparer du café. Je vous laisse.

Elle avait filé dans la cuisine, les joues en feu, les paumes moites. La paix avait duré presque trois minutes. Puis ça avait été un tremblement de terre, un jaillissement de lave. Quelques instants plus tard, sur fond de grossièretés comme Vivi n'en avait encore jamais entendues avec un accent chic, elle avait vu Mrs Abrahams traverser la cour d'un pas rapide jusqu'à sa petite voiture, son sac à main serré sur la poitrine, tout en jetant des coups d'œil vers la maison, sous une pluie d'articles emballés dans des étuis en plastique.

— Douglas chéri, il faut que je te parle de ta mère.

Ben était sorti déjeuner. Rosemary était toujours enfermée dans l'annexe. Vivi ne pensait pas pouvoir garder ce poids pour elle jusqu'au coucher.

— Hum ?

Il était plongé dans la lecture de son journal, engloutissant la nourriture comme s'il était pressé de terminer. C'était la saison la plus chargée, le moment de semer : il était rare qu'il s'attarde à table.

— J'ai fait venir une dame, pour Rosemary. Pour discuter de… ce dont je t'ai parlé.

Il leva les yeux, haussa les sourcils.

— Rosemary l'a assez mal pris. Je ne crois pas qu'elle accepte de l'aide.

Douglas baissa la tête et agita les mains, comme pour clore le sujet.

— Envoie tout à la blanchisserie, alors. On paiera. C'est le mieux.

— Je ne crois pas que la blanchisserie accepte des affaires… souillées.

— Ben, à quoi ça sert de faire du blanchissage, alors ? On n'est quand même pas censé envoyer son linge propre !

Vivi ne supportait pas l'idée des employés en train de commenter l'état des draps des Fairley-Hulme.

— Je ne… je ne crois pas que ce soit une bonne idée.

— Eh bien, je t'ai donné mon point de vue, Vivi. Si tu ne veux pas confier cette tâche à l'extérieur et que tu ne veux pas t'en charger toi-même, alors je ne vois pas ce que tu suggères.

Vivi n'en savait rien elle-même. Si elle disait qu'elle voulait juste un peu de sympathie, de compréhension, sentir qu'elle n'était pas entièrement seule face à la situation, Douglas la regarderait avec perplexité.

— Je trouverai une solution, soupira-t-elle, abattue.

Neil et Suzanna ne s'étaient pas disputés depuis près de cinq semaines. Pas un mot de travers, un sarcasme, une remarque désobligeante. Rien. Quand elle en avait pris conscience, Suzanna s'était demandé si la situation était en train de changer, si son mariage, par quelque étrange osmose, avait commencé à refléter la satisfaction qu'elle tirait de sa boutique, le fait qu'en se réveillant elle ressentait, peut-être pour la première fois de sa vie active, une sorte d'impatience en songeant à la journée qui l'attendait et aux personnes qui la peuplaient désormais. Dès l'instant où elle mettait la clé dans la serrure, son moral s'envolait à la vue de l'intérieur gai et encombré, des ornements aux couleurs vives, des délicieuses senteurs de miel et de freesia. Il était presque impossible de rester de mauvaise humeur entre ces murs. Et, malgré ses réserves, la présence de Jessie n'avait pas seulement amélioré les finances du magasin : une partie de son indéfectible optimisme avait déteint sur elle aussi. À plusieurs reprises, Suzanna s'était surprise à siffler. Quand elle s'accordait le temps d'y réfléchir, elle se rendait compte qu'elle ne se sentait en réalité pas plus proche de son mari. Simplement, depuis qu'ils effectuaient tous deux de longues heures de travail, ils n'avaient ni l'énergie ni le temps de se disputer. Trois fois cette semaine, Neil n'était pas rentré avant 22 heures. Et plusieurs fois, elle était partie avant 7 heures, avec seulement une vague conscience qu'ils avaient passé du temps dans le même lit.

Peut-être est-ce ainsi que les mariages comme celui de papa et maman survivent, songea-t-elle. *Ils s'assurent d'être trop occupés pour penser à eux.*

On avait déjà vu mieux, comme source de réconfort. Neil gâchait tout, évidemment, en remettant sur la table le sujet de leurs futurs enfants, apparemment imminents.

— Je me suis renseigné pour les modes de garde, annonça-t-il. Il y a une crèche rattachée à l'hôpital, et qui n'accueille pas seulement les enfants du personnel. Si on s'inscrit maintenant, on pourrait avoir de bonnes chances d'obtenir une place. Comme ça, tu pourrais continuer à travailler, comme tu voulais.

— Je ne suis même pas encore enceinte.

— Ça ne fait pas de mal de planifier à l'avance, Suzie. Je me disais, je pourrais même déposer le bébé le matin en partant au travail, comme ça, ça n'empiéterait pas trop sur ta journée. Ça fait sens, maintenant que ton magasin tourne bien.

Il ne pouvait cacher l'excitation qui faisait vibrer sa voix. Elle savait qu'à présent il passait par-dessus bien des choses qui autrefois l'irritaient, comme sa préoccupation pour l'apparence de sa marchandise, son manque de courtoisie permanent envers Vivi, le fait que l'épuisement la mette de mauvaise humeur et tue sa libido. Et tout ça, en raison de l'immense faveur qu'elle allait lui faire… dans environ sept mois. Malgré sa promesse, Suzanna ne ressentait pas la même impatience, en dépit des affirmations exaltées de Jessie, qui prétendait que c'était la meilleure chose qui lui soit arrivée, qu'avoir des enfants vous faisait rire, ressentir, et aimer plus qu'on aurait cru possible. Ce n'était pas tant le sexe qui l'ennuyait – pour avoir un bébé, ils allaient devoir s'engager dans une période d'activité sexuelle assez régulière –, mais le sentiment que sa promesse l'avait faite prisonnière, qu'elle était désormais contrainte de concevoir ce petit être, de l'accueillir dans un corps qui avait toujours été uniquement à elle, et ça lui allait très bien ainsi. Elle essayait de ne pas trop penser à sa mère. Dans l'un de ses moments les plus agaçants, Neil l'avait enlacée en lui disant qu'elle « pourrait toujours aller consulter », et elle avait dû se retenir de le frapper.

— Ce serait parfaitement compréhensible. Je veux dire, ce n'est pas étonnant que tu aies des réserves.

Elle s'était démenée pour se dégager de son étreinte.

— Les seules réserves que j'ai, Neil, viennent du fait que tu me rebattes les oreilles avec ça.

— Ça ne me dérange pas de payer pour que tu voies quelqu'un. On s'en sort plutôt bien, en ce moment.

— Ah, mais laisse tomber, d'accord ?

Il avait eu une expression compatissante. Qui n'était parvenue qu'à l'énerver encore davantage.

— Tu sais, tu ressembles plus à ton père que ce que tu crois. Vous pensez tous les deux qu'on peut étouffer ses sentiments…

— Non, Neil. Je veux seulement vivre ma vie et ne pas être obsédée par un bébé qui n'existe même pas.

— Bébé Peacock…, songea-t-il. Neil Peacock Junior.

— N'y songe même pas !

Toutes les écoles de Dere Hampton faisaient une pause pour le déjeuner entre 12 h 30 et 13 h 45. Cette période de la journée était marquée, devant les vitrines de *Peacock & Co*, par le passage de troupeaux d'écolières dégingandées avec des uniformes customisés de façon inappropriée, de mères exaspérées qui traînaient les plus jeunes pour les éloigner du marchand de bonbons, et l'arrivée des habitués qui travaillaient à leur compte et n'aimaient pas ça. Ils étaient en quête de café, mais surtout d'un peu de contact humain pour couper leur journée. C'était la première fois qu'elles faisaient un véritable inventaire, et pour fêter ça, ainsi que la première journée vraiment chaude de l'année, elles avaient ouvert la porte de la boutique et sorti une unique (et sans doute illégale) table et des chaises sur le trottoir. Le tout avait été utilisé en toute légitimité deux fois, et avait plus fréquemment permis à des vieilles dames de s'asseoir un instant. De nombreux enfants les avaient escaladées ou renversées. Suzanna trouvait cela presque continental. Elle ne s'était pas encore lassée de regarder dehors à travers ses jolis arrangements, par la fenêtre qui diffusait la lumière comme un prisme. Elle aimait encore se tenir à la caisse, avec son tablier blanc bien propre, amidonné jusqu'à une raideur à l'ancienne. Parfois, elle se demandait si elle haïssait moins Dere Hampton qu'elle l'avait cru. Depuis qu'elle avait créé son propre espace, qu'elle y avait imprimé sa marque, elle s'était sentie, par moments, un instinct de propriétaire. Et pas seulement à propos de la boutique. Jessie avait vite appris à utiliser leurs forces respectives, et ce jour-là, vêtue d'une robe à fleurs et de grosses bottes, elle servait au comptoir, et sortait régulièrement bavarder avec les maçons aux pieds recouverts de ciment et les vieilles dames, pendant que Suzanna faisait le tour du magasin, armée de son bloc-notes, redressant les articles encore en rayon et remarquant avec une légère déception qu'elle avait très peu vendu ces dernières semaines. Ce n'était pas vraiment un succès retentissant, mais elle se répétait souvent qu'au moins le magasin était proche de rembourser ses marchandises et ses coûts de personnel. Si seulement l'activité pouvait décoller un peu, disait Neil, ils pourraient commencer à récupérer une partie de la mise de fonds initiale. Neil aimait prononcer ce genre d'expressions. Elle pensait que les finances étaient l'un des rares domaines où il conservait une autorité sans partage dans leur relation.

Arturro était entré, avait avalé deux expressos coup sur coup, puis était reparti. Le père Lenny avait passé la tête par la porte, en théorie pour demander à Jessie si Emma allait revenir à l'école du dimanche, mais aussi pour se présenter à Suzanna. Il en profita pour lui dire que si elle avait besoin d'autres guirlandes, il connaissait quelqu'un qui en vendait à très bon prix près de Bury St Edmunds. Mrs Creek était venue, avait commandé un café au lait, et était restée assise dehors une demi-heure. Elle avait enlevé son bonnet. Exposés au soleil, ses cheveux épars semblaient aussi fragiles que de l'herbe givrée. Elle raconta à Jessie que ce temps lui rappelait son premier voyage à l'étranger, à Genève, où son mari était hospitalisé. Prendre l'avion avait été une incroyable aventure – à l'époque, c'étaient de vraies infirmières qui tenaient le rôle d'hôtesses de l'air, pas ces stripteaseuses peinturlurées qu'on voyait de nos jours – et son arrivée sur une terre inconnue si excitante qu'elle en avait presque oublié la raison de sa présence. Elle avait réussi à rater l'heure des visites le premier jour ! Suzanna, qui sortait de temps en temps pour débarrasser les tasses, ou simplement sentir les rayons printaniers sur son visage, l'avait écoutée évoquer ses souvenirs avec Jessie, le menton dans la main, absorbant le moindre détail comme la chaleur du soleil. Il avait été tellement vexé, son mari, qu'il avait refusé de lui adresser la parole pendant deux jours. Ensuite, elle s'était dit qu'elle aurait pu mentir, prétendre que l'avion avait été retardé. Mais elle n'avait jamais été du genre à inventer. On se retrouvait toujours dans l'embarras, à essayer de se souvenir de ce qu'on avait dit et à qui.

—Jason croit que je mens même quand ce n'est pas le cas, annonça Jessie d'un ton gai. Une fois, on a eu une énorme dispute parce que je n'avais pas passé l'aspirateur alors que j'étais malade. Il aime voir ces petites lignes sur la moquette, vous savez, juste pour prouver que je l'ai fait. Mais j'avais une intoxication alimentaire, à cause d'un poulet je crois bien, alors je suis restée au lit. Quand il est rentré, je me sentais un peu mieux, et il m'a accusée d'être restée le cul sur le canapé toute la journée. Pourtant, j'avais réussi à lui préparer son dîner. Et ça m'a tellement énervée que je l'ai frappé avec la poêle. Vous n'imaginez pas combien j'avais envie de vomir, rien que de lui éplucher ses patates, avoua-t-elle avec un rire coupable.

—Les hommes, ma chère..., commenta Mrs Creek d'un ton vague, comme s'il s'agissait d'une sorte de maladie.

—Qu'est-ce qu'il a fait? demanda Suzanna, secouée par ce récit désinvolte de violence.

Elle n'était pas sûre de devoir croire Jessie.

—Il m'a rendu mon coup. Alors j'ai recommencé, et je lui ai cassé la moitié de la dent.

Elle montra l'arrière de sa bouche pour indiquer laquelle. Mrs Creek gardait les yeux tournés vers la route, comme si elle n'entendait pas. Après un moment d'immobilité, Suzanna avait souri d'un air perdu, feignant d'avoir oublié de ramasser quelque chose. Puis elle était rentrée dans la boutique.

—Tu as peur de lui? avait-elle demandé un peu plus tard, lorsque Mrs Creek était partie.

Elle avait essayé d'imaginer Neil empli de suffisamment de colère pour la frapper. Elle n'y était pas arrivée.

— De qui ?

— De ton… Jason.

— Peur de lui ? Non !

Jessie avait secoué la tête, d'un air de tendre indulgence. Elle jeta un coup d'œil à Suzanna et, la voyant alarmée, décida de lui expliquer.

— Écoute, son problème, c'est que je suis plus douée avec les mots que lui. Alors je sais vraiment le foutre en boule. Et s'il commence à me faire des remarques, je déforme ses propos, je l'accule, et il se sent idiot. Je sais que je ne devrais pas, mais… tu sais comment, parfois, ils nous tapent sur le système ?

Suzanna acquiesça.

— Et parfois, je me laisse emporter. Et je ne le laisse pas… je crois que je ne le laisse pas respirer, avoua-t-elle, son sourire évanoui.

Un bref silence s'installa. Dehors, deux écoliers s'amusaient à se faire des passes avec un sac en travers de la route.

— J'aime cette boutique. Ta boutique, reprit Jessie. Je ne sais pas pourquoi, parce que avant, ce n'était pas comme ça, quand c'était le *Red Horse*, mais il y a vraiment une ambiance sympa, une bonne humeur contagieuse. Tu vois ce que je veux dire ?

Suzanna avait encore la tête pleine d'autres sortes d'humeurs.

— Oui. Quand je suis venue la première fois, j'ai cru que c'était juste à cause de l'odeur de café, et tout ça. Ou peut-être à cause de toutes les jolies babioles. C'est un peu la caverne d'Ali Baba, non ? Mais je crois que c'est plutôt la boutique elle-même. Travailler ici me permet… de me sentir mieux.

Les deux garçons avaient cessé leur jeu, et examinaient à présent un objet que l'un d'eux avait sorti de sa poche. Ils discutaient à voix basse. Les deux femmes les regardaient à travers la vitrine.

— Ce n'est pas ce que tu crois, finit par dire Jessie.

— Non, répondit Suzanna, qui se sentait soudain très naïve, très classe moyenne.

— Bien sûr que non.

Jessie attrapa son manteau, s'écarta de Suzanna et examina les étagères derrière elle.

— Je crois que je vais les lessiver, plus tard. Faire la poussière, ça ne nettoie pas vraiment, tu ne trouves pas ?

Jessie était partie à 14 h 15 pour chercher sa fille à l'école en avance, avec la permission de la directrice, afin de lui offrir une sortie pour son anniversaire. Si Emma en avait envie, elles achèteraient des glaces et les mangeraient à la table devant la boutique.

— Ils font un voyage scolaire en France l'an prochain, dit-elle en passant la porte. Je lui ai raconté que les Français mangeaient comme ça, et depuis, elle veut absolument traîner nos chaises dehors.

Suzanna était au milieu de l'escalier de la cave lorsqu'elle entendit la porte s'ouvrir. Elle cria qu'elle arrivait dans une seconde. Elle trébucha sur la dernière marche, et jura doucement en manquant de laisser échapper une brassée de carnets reliés en daim. Les choses semblaient toujours plus faciles quand Jessie était là.

Son père se dressait au milieu de la boutique, les bras croisés avec gêne, comme s'il ne voulait pas être vu trop près d'un article. Il regardait par terre, derrière le comptoir. Quand Suzanna entra, il sursauta.

— Papa, le salua-t-elle en rougissant.

— Suzanna, acquiesça-t-il.

Il y eut un silence. Elle se demanda, bizarrement, s'il allait s'excuser pour les remarques qu'il avait formulées précédemment. Mais elle était assez grande pour comprendre que sa venue dans la boutique était le geste le plus conciliant qu'il était prêt à faire.

— Tu as bien failli me manquer, dit-elle précipitamment, suscitant un sourire paternel. J'étais sortie, je ne suis rentrée que depuis une demi-heure. Tu serais tombé sur Jessie… mon assistante.

Il avait enlevé son chapeau et le tenait dans ses mains, dans une attitude curieusement courtoise.

— Je passais simplement. Il fallait que j'aille voir mon comptable, alors je me suis dit que j'allais… jeter un coup d'œil à ton magasin.

Suzanna resta plantée là, serrant ses carnets.

— Eh bien, voilà.

— En effet.

Elle se pencha pour regarder derrière lui.

— Maman n'est pas avec toi ?

— Elle est à la maison.

Elle posa les carnets sur une table, regarda les autres objets qui s'y trouvaient, essayant d'imaginer ce que son père en pensait.

« Des babioles et des sottises, estimait-il probablement. Qui serait prêt à dépenser son argent durement gagné pour un bougeoir en mosaïque, ou une pile de vieilles serviettes brodées ? »

— Est-ce que Neil t'a dit ? On s'en sort vraiment bien.

Cela lui semblait plus facile de feindre que c'était aussi l'entreprise de Neil. Elle savait que son père le considérait comme plus raisonnable.

— Non, il ne m'a rien dit, mais c'est bien.

— Le chiffre d'affaires a augmenté de, euh… environ trente pour cent sur le premier trimestre. Et j'ai… je viens de faire mon premier inventaire.

Les mots sonnaient solides, rassurants, pas le genre de propos que prononcerait une écervelée incapable et irresponsable.

Il hocha la tête.

— Il faudra peut-être que je te demande des conseils pour la TVA. Ça m'échappe complètement. Je ne sais pas comment tu fais.

— C'est juste une question de pratique.

Il avait les yeux rivés sur le portrait de sa mère. Suzanna jeta un coup d'œil derrière le comptoir et le vit, tourné vers l'extérieur, bien visible entre les pieds fins du meuble. Le sourire énigmatique de sa mère, qui n'avait jamais été particulièrement maternel, semblait trop intime dans cet espace public. Jessie l'avait adoré, déclarant que c'était la femme la plus glamour qu'elle ait jamais vue. Elle avait insisté pour que Suzanna le mette au mur. À présent, Suzanna se sentait coupable, sans bien savoir pourquoi.

— Qu'est-ce qu'il fait là ? demanda-t-il en se raclant la gorge.

— Je ne le vends pas, si c'est ce qui t'inquiète.

— Je ne…

— On n'est pas si fauchés que ça.

Son père se tut, comme s'il réfléchissait aux différentes réponses possibles.

Il laissa échapper un petit soupir.

— Je m'interrogeais juste, Suzanna, sur sa présence dans un magasin.

— Ce n'est pas « un magasin », papa. Tu dis ça comme si j'essayais de m'en débarrasser. C'est *ma* boutique… J'allais l'accrocher au mur.

Sur la défensive, elle avait pris un ton agressif.

— Mais pour quelle raison ?

— Je trouvais simplement que c'était un bon endroit… il ne va pas bien chez moi. La maison est trop petite pour ce tableau.

Elle n'avait pas pu s'en empêcher. Son père le regardait en biais, les yeux plissés, comme s'il avait du mal à contempler l'image en face.

— Je ne pense pas qu'il devrait rester par terre comme ça.

— Eh bien, je n'ai pas d'autre endroit où le mettre.

— On peut le rapporter à la banque, si tu veux. Ils te le garderont.

Il la regarda, en biais également.

— Il vaut sans doute une petite somme, et je doute que tu l'aies fait assurer.

Il n'exprimait jamais la moindre émotion lorsqu'il parlait d'elle. Parfois, songeait Suzanna, on aurait cru qu'à la mort d'Athene il avait décidé qu'elle n'aurait pas plus d'importance pour lui qu'une lointaine parente, que les ancêtres qui s'alignaient dans les couloirs à l'étage. Le peu d'histoire familiale que ses frère et sœur et elle connaissaient montrait qu'il était rapidement passé à Vivi, après tout. À d'autres moments, elle se demandait s'il avait étouffé ses sentiments parce que le souvenir d'Athene était trop douloureux, et elle ressentait alors une bouffée de culpabilité familière. Il n'y avait pas de cartons de vêtements, pas de photographies souvent manipulées. Seule Vivi avait conservé quelques souvenirs d'elle : un article de journal jauni au sujet du mariage de « la dernière débutante », et deux clichés d'elle sur un cheval. Mais mêmes ces rares objets n'étaient sortis qu'en l'absence de Douglas. La présence de son père dans sa boutique, aussi impassible, produisit l'effet inverse sur elle. *Est-ce que tu es tellement incapable d'exprimer la moindre émotion ?* avait-elle envie de crier. *Même si c'est censé être pour mon bien, est-ce que tu es obligé de faire comme si elle n'avait jamais existé ? Et moi, je dois aussi faire semblant ?*

— Tu pourrais le mettre dans la galerie de portraits.

Les mots résonnèrent, trop fort. La voix de Suzanna vibrait d'un léger trémolo de défi.

— Ça ne dérangerait pas Vivi, ajouta-t-elle.

Son père se détourna d'elle et se pencha pour regarder un article en soie de Chine.

— J'ai dit, ça ne dérangerait pas Vivi. En fait, c'est elle qui l'a suggéré. De faire réparer le cadre et de l'accrocher. Il n'y a pas longtemps.

Il prit l'un des minuscules sacs à main colorés, examina le prix et le reposa avec douceur sur la pile. Le moment qu'il avait choisi pour ce geste, la discrète critique qui y était contenue, fit enfler en elle un ressentiment spontané, impossible à juguler.

— Tu m'as entendue, papa ?

— Parfaitement bien, merci.

Il refusait toujours de la regarder. Il s'ensuivit une attente insupportable.

— Je pense simplement… Je pense simplement que ce ne serait pas approprié.

— Non. Mais, en même temps, j'imagine bien que, même si ce sont seulement des tableaux, tu ne voudrais pas que des femmes viennent encombrer ta belle lignée ancestrale, n'est-ce pas ?

Elle ne savait pas d'où c'était sorti. Son père se tourna très lentement et se redressa devant elle avec une expression indéchiffrable. Elle eut soudain la sensation d'être un petit enfant coupable d'un méfait et attendant avec une terreur silencieuse de découvrir sa punition. Mais il se contenta de remettre son chapeau, dans un geste mesuré, et de pivoter vers la porte.

— Mon ticket de stationnement doit toucher à sa fin. Je voulais juste te dire que ta boutique est très jolie.

Il leva une main, la tête penchée vers elle. Elle en avait les larmes aux yeux.

— C'est tout ? C'est tout ce que tu as à me dire ?

Elle entendit le ton aigu de l'adolescence dans sa voix, et sut que ce détail ne lui avait pas échappé à lui non plus. Ça la mettait en rage.

— C'est ton tableau, Suzanna. Fais-en ce que tu veux.

Quand Jessie revint, Suzanna n'avait presque plus les yeux bouffis. La jeune femme entra comme au beau milieu d'une conversation. Pourtant, elle était seule.

— Tu ne croiras jamais ce qu'ils vendent comme glaces, de nos jours. Quand j'avais son âge, il fallait de la chance pour dénicher une fusée. Tu te souviens ? Avec des rayures de toutes les couleurs ? Maintenant, c'est des glaces Mars, des Bounty-bidules et des Cornetto-machins. Incroyable. Et à plus d'une livre pièce. Mais bon, elles sont tellement énormes que tu peux sauter le déjeuner.

Elle s'avança vers la caisse, époussetant les miettes sans y penser tout en ramassant les tickets oubliés.

— On t'a pris une glace Crunch. Tu savais que ça existait, les glaces Crunch ? Emma et moi, on a pensé que c'est ce que tu préférerais.

— Merci, marmonna Suzanna, plongée dans son classeur de factures. Tu peux me la mettre au frigo ?

Cela faisait vingt minutes qu'elle les contemplait, sans savoir pourquoi elle les avait sorties. La visite de son père l'avait perturbée, sapant sa motivation et son enthousiasme.

— Ne la laisse pas trop longtemps là-dedans. Elle risque de fondre.

Jessie passa entre les tables à la recherche de tasses vides.

— Quelqu'un est venu ?

— Personne de spécial.

C'est ça qui est énervant quand on pleure. Ça ne dure que quelques minutes, mais ta peau, ton nez, te trahissent encore une demi-heure après. Le regard de Jessie s'était arrêté sur elle une seconde de plus que d'habitude.

— Il m'est venu une idée, pendant que j'étais dehors. À propos d'Arturro.

— Ah bon ?

— Je vais le caser avec Liliane.

— Quoi ?

— J'ai eu cette idée, tu vois. Dis-moi ce que tu en penses...

Suzanna entendait le bruit d'un torchon qu'on passait sous l'eau, alors que Jessie babillait.

— Tu sais quoi, Jess ? Je crois qu'il faut juste laisser les gens vivre leur vie, répondit-elle, le nez toujours dans le classeur.

— Oui. Mais je pense qu'Arturro et Liliane sont restés trop longtemps tout seuls. Ils s'y sont tellement habitués qu'ils ont tous les deux peur de changer ça.

— Peut-être qu'ils sont plus heureux ainsi.

— Tu ne penses pas ce que tu dis.

Ah, va-t'en, songea Suzanna. *Arrête d'essayer de me convaincre que je suis quelqu'un d'autre que moi. Arrête d'essayer de transformer les autres en une version plus brillante et plus heureuse d'eux-mêmes. Tout le monde ne voit pas les choses comme toi.*

Elle ne dit rien.

— Suzanna, ils sont parfaits l'un pour l'autre. Je pense qu'ils s'en rendraient compte, si quelqu'un leur donnait un petit coup de pouce.

Il y eut un court silence, puis le bruit de Jessie qui se déplaçait vers les étagères.

— Ce n'est pas un problème, tu sais. Tu n'es pas obligée de participer. Je voulais juste te prévenir, pour que tu ne fasses pas de gaffe.

Elle n'avait pas l'air vexée.

— Je n'en ferai pas.

Jessie la dévisagea une minute.

— Tu ne veux pas prendre une pause ? Va donc marcher. Il fait tellement beau, dehors !

— Écoute, je vais bien, Jessie. Fous-moi juste un peu la paix, d'accord ?

Elle avait dit ça avec plus d'agressivité qu'elle n'en avait eu l'intention. Elle surprit l'expression peinée de Jessie, aussitôt déguisée derrière un sourire compréhensif.

— Bon, d'accord, tu as raison. Je vais faire un tour, capitula Suzanna.

Elle attrapa son porte-monnaie, avec un ressentiment injuste devant le fait qu'on la fasse culpabiliser une fois de plus.

— Écoute, je suis désolée… ne fais pas attention à moi. C'est juste les hormones, je crois.

Alors elle se détesta d'avoir utilisé cette excuse. Elle se promena autour de la place pendant près de vingt-cinq minutes : c'était jour de marché, et elle s'aperçut qu'elle pouvait serpenter à l'ombre entre les stands tassés les uns sur les autres, et profiter d'une brève période d'invisibilité, à regarder les confiseries d'importation, l'étal de produits naturels, les arrangements intemporels des primeurs, tout en luttant pour faire taire la petite voix intérieure qui lui rappelait que les marchés de Londres étaient bien plus intéressants, plus vibrants, plus excitants.

Ça ne marchera jamais, s'avoua-t-elle en passant devant les os reconstitués, les kilos de croquettes et de friandises pour chiens du stand animalerie. *Peu importe ce que j'accomplis ici. Même si la boutique est un succès, j'aurai toujours envie de vivre ailleurs. J'aurai toujours du ressentiment d'être coincée dans l'ombre des Fairley-Hulme. Et, bien que je n'aie jamais voulu revenir ici, Neil, papa et toute la famille diront que c'est une chose de plus à laquelle je n'ai pas été capable de me tenir.*

Suzanna se demanda, comme ça lui arrivait parfois, si elle aurait perçu la situation différemment si sa mère avait vécu. Parfois, elle se demandait si c'était précisément parce qu'elle était morte qu'elle se sentait ainsi.

— Je peux vous aider, madame ?

— Ah. Non. Merci.

Elle fourra ses mains dans ses poches et avança. La lumière intérieure qu'elle avait ressentie au début de la journée s'était transformée en une humeur terne, plombée. Peut-être que Neil avait raison. Peut-être qu'elle ferait mieux de céder et d'avoir un enfant. Au moins, elle ferait l'unique chose qu'on attendait d'elle. Elle l'aimerait sans doute quand il serait là. C'était le cas de la plupart des mères, non ? De toute façon, rien d'autre ne l'avait rendue heureuse.

Si c'est mon destin biologique, se demandait-elle en revenant à pas mesurés vers la boutique, *pourquoi, chaque fois que j'y pense, chaque cellule de mon corps hurle-t-elle à cette idée ?*

— Tu sais ce que tu devrais faire ?

Suzanna ferma les yeux et les rouvrit lentement. Elle s'était enjoint avec fermeté, dans les deux heures qui restaient avant la fermeture, de ne plus passer ses nerfs sur Jessie. Même une Jessie qui arborait une paire d'ailes d'ange pour enfant et des lunettes de soleil roses absolument ridicules sur le haut du crâne.

— Quoi ? demanda-t-elle avec calme.

— Je repensais à ce qu'a dit Emma. À propos des dessins.

— Tu penses que je devrais inciter les gens à dessiner ?

Suzanna, occupée à remplir les sucriers, eut du mal à chasser toute trace de sarcasme de sa voix.

— Non. Mais je pensais à ce qu'on a dit l'autre fois… qu'il fallait impliquer les gens dans la boutique, constituer une base de clients réguliers. Il faudrait que tu aies un habitué de la semaine, par exemple.

— Tu plaisantes ?

— Non, je suis sérieuse. Regarde ce que tu as accroché au mur : la vieille partition, et les testaments. Chaque fois que quelqu'un est entré, cet après-midi, il s'est arrêté pour lire les testaments, pas vrai ?

C'était l'une de ses meilleures idées. Elle avait trouvé le paquet de documents manuscrits, tout jaunis, dans une benne à ordures, à Londres. Pendant des années, elle les avait conservés dans un dossier, en attendant de s'en servir comme papier peint.

— Et après être restés si longtemps dans la boutique, ils ont fini par acheter un truc, non ?

— Et donc ?

— Donc, tu fais quelque chose du même style dans la vitrine. Mais à propos de quelqu'un qui fréquente la boutique. Les gens sont curieux, dans le coin, ils aiment parler, connaître la vie des autres. Alors tu fais une petite exposition à propos d'Arturro, disons. Je ne sais pas, un court texte sur sa vie en Italie, comment il en est venu à tenir une épicerie. Ou bien, tu prends un moment déterminant de sa vie, par exemple le plus beau jour, ou le pire, et tu le mets en scène. Les gens vont s'arrêter pour lire et regarder, et s'ils sont vaniteux, ce qui est leur cas à presque tous, ils auront peut-être envie d'être les prochains.

Suzanna réprima l'envie de dire à Jessie que, vu l'état psychologique dans lequel elle se sentait, la boutique ne serait peut-être bientôt plus là.

— Je ne crois pas que les gens voudraient avoir leur vie en vitrine.

— Toi, non. Mais tu n'es pas comme tout le monde.

Suzanna leva la tête vivement. Jessie avait l'air candide.

— Ça fera venir les clients. Ils vont s'intéresser à la boutique. Je suis sûre que je pourrais convaincre des gens d'entrer dans le jeu. Laisse-moi essayer.

— Je ne vois pas comment ça pourrait marcher. Je veux dire, qu'est-ce que tu écrirais au sujet d'Arturro ? Il ne prononce jamais plus de deux mots à la suite, et je ne veux pas remplir ma vitrine avec du salami.

— Laisse-moi juste essayer…

— En plus, dans cette ville, tout le monde a déjà l'air de savoir tout ce qu'il y a à savoir sur les autres.

— Je m'en occuperai moi-même. Et si tu penses que ça ne fonctionne pas, j'arrêterai. Ça ne te coûtera rien du tout.

Suzanna fit une grimace. Pourquoi les gens voulaient-ils tellement se montrer, par ici ? se demandait-elle avec humeur. Pourquoi tout le monde voulait-il toujours interférer dans les affaires d'autrui ? L'existence serait tellement plus supportable si seulement on pouvait vivre sa vie en privé. Jessie bougea, avec un grand sourire plein de sympathie. Ses ailes en fil de fer s'agitaient joyeusement dans son dos.

— Je vais te montrer comment procéder. Chiche, la prochaine personne qui entre, je la persuade de m'autoriser à le faire sur elle. Je te le promets. Tu vas découvrir tout un tas de choses que tu ignorais.

— Tu penses.

— Allez, ça va être marrant.

— Mon Dieu, si jamais c'est Mrs Creek, la vitrine risque de déborder…

Juste quand Suzanna attrapait la brique de lait vide, la porte s'ouvrit à la volée. Les deux femmes échangèrent un regard presque coupable. Jessie hésita, puis sourit d'un air complice. L'homme les dévisagea, comme s'il hésitait à entrer.

— Voulez-vous un café ? Nous servons encore.

Il était aussi basané qu'un Italien, mais plus grand, et arborait l'expression déconfite de quelqu'un qui trouvait froide la plus chaude des journées anglaises. Il portait le pyjama bleu des soignants de l'hôpital local sous une vieille veste en cuir, et son visage, long et anguleux, était presque immobile, comme s'il était trop fatigué pour bouger. Suzanna s'aperçut qu'elle le regardait fixement et baissa brusquement les yeux.

— Vous faites des expressos ?

Il avait un accent étranger, mais pas italien. Il consulta la carte en hauteur, puis se tourna à nouveau vers les deux femmes. Il cherchait sans doute à percer les raisons de l'hilarité contenue de la plus petite, et le rôle qu'il jouait lui-même dans cette atmosphère étrange.

— Oh, oui, répondit Jessie.

Elle adressa un grand sourire à l'inconnu, puis à Suzanna. Alors, avec un grand geste, elle prit une tasse et la plaça sous le bec verseur de la machine, avant de lui faire signe de s'asseoir.

— En fait, si vous acceptez de m'accorder quelques minutes, je pense que je vais vous offrir celui-ci.

Chapitre 11

Le *peacock bass* est un poisson belliqueux, agressif. Malgré sa trompeuse beauté iridescente, il est assez vicieux pour tordre un hameçon et plier une canne à pêche presque en deux. Même un individu de quatre ou cinq livres peut épuiser un homme en moins d'une heure. Il évolue dans les mêmes eaux que le piranha, l'alligator, le *pirarucu*, des créatures de la taille d'une voiture. Combattre des rivaux encore plus énormes et dangereux que lui est son quotidien. Mais, contrairement à d'autres poissons d'Amérique du Sud, plus il devient gros, plus il devient féroce, si bien que dans les eaux mouvantes de l'Amazone, son habitat naturel, il peut atteindre les trente livres et devenir un adversaire digne de Moby Dick. Pour résumer, c'est un poisson teigneux, et lorsqu'il jaillit de l'eau, bondissant de plusieurs mètres parfois, on détecte dans son œil préhistorique une soif de combat. Vous comprenez donc la fascination qu'il exerce sur un jeune homme impatient de prouver sa valeur. Ou même sur un autre plus âgé, désireux de conserver le respect de son fils. Peut-être était-ce pour cette raison que Jorge et Alejandro de Marenas aimaient tant la pêche. Ils préparaient les cannes, prenaient le gros 4x4 de Jorge jusqu'à l'aéroport, et attrapaient un vol pour le Brésil où ils passaient deux, parfois trois jours à jouer des muscles contre ce *cichlid*. Ils rentraient heureux de leur matériel cassé et de leurs mains blessées, après avoir assouvi un besoin primaire de se mesurer à la nature. C'était pour eux un pèlerinage semestriel.

Bien sûr, ils ne l'auraient pas décrit en ces termes. C'était le seul endroit, songeait souvent Alejandro, où ils étaient vraiment à l'aise l'un avec l'autre. Jorge de Marenas était chirurgien esthétique à Buenos Aires, l'un des meilleurs. Sa patientèle comptait plus de trois mille noms, de nombreux politiciens en vue, des chanteurs et des personnalités du petit écran. Comme son fils, on le qualifiait de Turco, à cause de son allure assez moyen-orientale. Pourtant, s'agissant de lui, c'était souvent dit avec un soupir respectueux. Les femmes allaient le consulter de plus en plus jeunes, demandant des seins plus hauts, des cuisses plus fines, un nez comme telle présentatrice ou des lèvres enflées comme par une piqûre d'abeille, pour imiter telle starlette. Avec des manières aussi douces que la peau qu'il recréait, il les satisfaisait toutes. Il injectait, tirait, remplissait et lissait. Parfois, il modelait et remodelait les mêmes personnes au fil des ans, jusqu'à les faire ressembler à une version surprise d'elles-mêmes dix ans plus tôt. Sauf la mère d'Alejandro. Il refusait de toucher sa femme. Ni les cuisses rondes de ses cinquante ans, ni ses yeux fatigués et furieux, camouflés par un maquillage coûteux et de religieuses applications de crèmes haut de gamme. Il n'aimait même pas qu'elle se teigne les cheveux. Elle disait à ses amies fièrement qu'il la trouvait parfaite telle qu'elle était. Elle croyait, avait-elle confié à son fils, que, comme les maçons et les plombiers, le travail qui attendait à la maison était toujours celui auquel on accordait le moins d'attention. Alejandro lui-même n'aurait su dire quelle explication était la bonne : son père semblait traiter sa mère avec le même respect détaché qu'il avait pour tout le monde. Car si sa mère était le cliché parfait de la *latina* – lyrique, passionnée, sujette à des hauts et des bas vertigineux –, son père et lui étaient une déception émotionnelle. Ils avaient un tempérament étonnamment égal et, Alejandro surtout, une réserve généralement considérée comme décourageante. Son père le défendait contre ce reproche – souvent répété –, disant que les hommes de la famille Marenas n'avaient jamais éprouvé le besoin de s'exprimer comme des héros de série télé, tout en confrontations inutiles et déclarations d'amour extravagantes. Peut-être était-ce lié au fait qu'Alejandro ait été envoyé en pension dès l'âge de sept ans, ou bien parce que Jorge lui-même ne se laissait pas souvent aller aux émotions. Qualité qui, justement, faisait de lui un bon chirurgien. Ce combat semestriel contre les poissons était la seule occasion où le père et le fils se relâchaient un peu, laissant leurs émotions remonter à la surface de l'eau tumultueuse. Rire, colère, joie, désespoir éclataient brièvement derrière la sécurité des cuissardes en caoutchouc et d'une veste aux poches pleines d'hameçons. La plupart du temps, en tout cas. Cette fois, pour Alejandro du moins, les plaisirs physiques simples du voyage avaient été étouffés par la conversation à venir, le savoir que, même si son choix de carrière avait été vécu par sa famille comme la pire des blessures, il s'apprêtait à leur faire plus mal encore.

Le voyage avait été compliqué dès le départ : Jorge n'était pas certain de pouvoir se permettre que l'on sache qu'il était parti. Il était conscient que beaucoup de ses amis non seulement renonçaient à leurs propres voyages et se confinaient dans l'*estancia* familiale à cause de leur fortune dévaluée et de l'impossibilité d'accéder à leurs économies, mais envisageaient même à présent de quitter le pays. Il s'en sortait bien, disait-il, mais ne voulait pas le leur envoyer en pleine figure. Ça ne se faisait pas de se vanter de sa bonne fortune quand tant d'autres souffraient. *Peut-être que je vais le ramener un peu à égalité avec ses amis*, songeait Alejandro avec un élancement d'anxiété. Il avait eu l'intention de parler à son père en quittant le lodge, mais Jorge s'était fait piquer au pied, et la piqûre avait gonflé, ce qui le gênait pour marcher, aussi Alejandro avait-il porté ses affaires en silence. Le chapeau baissé pour se protéger du soleil, il avait l'esprit envahi par les disputes qu'il imaginait, le conflit qu'il anticipait. Il avait ensuite voulu s'ouvrir alors que son père attachait son appât, un objet criard de la taille d'un fer à cheval, aussi décoré que pour une fête indienne, le genre que les Européens regardent en secouant la tête (ils changeaient généralement d'avis lorsqu'ils hameçonnaient pour la première fois un *bass*). Puis il avait projeté de se confier lorsqu'ils seraient au bord de l'eau, mais le bruit du courant et la concentration intense de son père l'avaient distrait, et contraint à attendre. Puis, dans leur endroit favori, entre la cabane en ruine et la grosse pile de bois, juste au moment où il s'étranglait avec les mots, son père avait senti mordre une énorme bête, dont les yeux, visibles un instant à dix mètres, avaient croisé les leurs avec la même fureur que ceux de la mère d'Alejandro lorsque Jorge annonçait qu'il rentrerait tard une fois de plus. (Il valait mieux ne pas se mettre trop en colère, disait-elle après avoir raccroché. Pas dans l'état actuel des choses, et contre le seul homme de leur connaissance qui gagne encore de l'argent. Pas avec toutes ces *putas* qui traînaient autour de lui, avec leurs seins qui ressemblaient à des pamplemousses siliconés et leurs culs d'adolescentes.) Ce *tucunare*, comme l'appellent les Brésiliens, était gros même pour le père d'Alejandro. Il annonça son arrivée avec un cri de surprise enfantin, alors que l'hameçon subissait sous la surface un assaut explosif, et adressa à son fils des signes de tête frénétiques. Il devait utiliser ses deux mains pour ne pas lâcher la canne. Toute conversation fut aussitôt oubliée. Alejandro laissa tomber sa canne et courut vers son père, les yeux rivés sur l'agitation qui se produisait juste sous la surface. Le *bass* sautait de l'eau, comme pour mieux évaluer ses opposants, et les deux hommes laissèrent échapper un halètement en constatant sa taille. Alors, dans la fraction de seconde pendant laquelle ils restèrent pétrifiés de stupeur, il vira vers le labyrinthe de troncs d'arbres pourrissants. Le moulinet émit le crissement strident d'un avion qui pique vers le sol.

— *Mas rapido ! Mas rapido !* hurla Alejandro à son père.

Jorge se raidit contre sa ligne. Plus rien n'existait pour lui que ce poisson combatif. Le *bass* secoua la tête et délogea au moins l'un des crochets de l'appât. Ses écailles vives, orange et vert émeraude, étincelaient alors qu'il luttait contre la ligne. La tache noir et or de sa nageoire caudale semblait les narguer d'un air de défi lorsqu'elle surgissait de l'eau, aussi agressive et fascinante que la plume de paon à laquelle le poisson doit son nom de *peacock*. Alejandro sentit son père faiblir légèrement, l'esprit embrouillé par la férocité de la bataille. Il lui mit la main sur l'épaule, content pour une fois que ce soit son père qui ait appâté ce poisson magnifique, heureux qu'il ait l'occasion de montrer sa supériorité dans l'eau. Cela dit, ce ne fut pas une victoire facile. En réalité, pendant un moment ils ne surent pas qui allait triompher : ils moulinaient pour tirer puis lâcher de nouveau, se remplaçant tour à tour à mesure que la fatigue gagnait. À chaque nouvelle tirée, le poisson venait plus près, secouant son énorme tête pour déloger les crochets colorés de sa gueule, battant de la queue avec une fureur accrue, changeant en écume le miroir de l'eau. À un moment, Alejandro dut tenir son père par la taille. Il sentait le dos large et massif se tendre sous l'effort de ne pas céder, les pieds luttant pour rester plantés dans le sol glissant de la rivière. Il ne se souvenait pas d'avoir déjà tenu son père ainsi. Sa mère était tout en caresses et en baisers – à tel point que, pendant son adolescence, il lui était arrivé de la trouver repoussante –, mais à présent il comprenait qu'elle avait besoin de quelque chose que son père refusait de lui donner, que ce soit par une réelle incapacité, ou par son tempérament sanguin : un peu d'attention masculine, de respect teinté de séduction, bref de l'amour. Sachant combien il l'avait déçue dans d'autres domaines, c'était bien le moins qu'il aurait pu faire.

— *Mierda*, Ale, tu as ton appareil photo ?

Enfin, épuisés, ils s'écroulèrent, mi-assis, mi-couchés, sur la rive, le poisson entre eux deux comme un nouveau-né entre ses deux parents tout fiers. Jorge reprit son souffle, puis se releva péniblement. Alors qu'il le tenait, l'œil vitreux mais l'air aussi furieux dans la mort que dans la vie, Jorge était illuminé par ce triomphe conquis de haute lutte, une joie rare et sans réserve, les bras meurtris pliés sous les deux extrémités de la bête pour la soulever vers les dieux. C'était la plus belle journée qu'il ait vécue depuis des années, confia-t-il. À marquer d'une pierre blanche. Attends un peu qu'il leur raconte, au club. Est-ce qu'Ale était sûr d'avoir pris les photos ? Alejandro se demanda plusieurs fois par la suite : comment aurais-je pu lui annoncer à ce moment-là ?

Jorge de Marenas allait passer au cabinet avant de rentrer à la maison. La circulation pour quitter la Zona Norte était toujours terrible à cette heure-là, et depuis que les événements avaient commencé, même un homme comme Jorge ne se sentait pas en sécurité coincé dans un bouchon.

— Luís Casiro s'est fait voler sa nouvelle Mercedes, je te l'ai dit ? Il n'a même pas eu le temps de sortir son revolver de sa veste avant qu'ils l'arrachent de la voiture. Ils l'ont cogné tellement fort qu'il a dû avoir quatorze points de suture.

Jorge secoua la tête et contempla le trafic tout autour de lui.

— Fernando de la Rua a beaucoup de choses à se reprocher.

À droite, à travers la vitre fumée, Alejandro voyait les « Mères de la place de Mai », leurs foulards blancs ressortant devant la verdure qui les environnait, brodés au nom des disparus. Leur apparence paisible était trompeuse, et démentait les milliers de photographies de victimes qui décoraient le parc depuis plus de vingt ans : fils, filles, dont les meurtriers, chacune le savait, les avaient peut-être croisées dans la rue. La crise économique ne les avait pas découragées, mais avait donné aux autres habitants de la ville un nouveau point d'intérêt, et elles avaient l'air fatiguées, ignorées, comme si les nouvelles qu'elles annonçaient étaient déjà connues. Alejandro songea brièvement à la petite fille qu'il avait mise au monde presque trois mois plus tôt, aux autres bébés qu'il avait vus donnés par la suite, leur naissance baptisée par des larmes. Il repoussa cette pensée.

—*Pa*?

—Ne dis pas à ta mère tout ce qu'on a éclusé hier soir. J'ai suffisamment mal à la tête comme ça.

La voix de son père vibrait encore de la satisfaction de la prise. À côté d'eux, un *colectivo*, qui crachait de la fumée de diesel, ralentit à dix kilomètres à l'heure, juste assez pour que les passagers qui descendaient se retrouvent à courir sur la chaussée, tandis que ceux qui attendaient sautaient à bord. Un homme trébucha et manqua son coup. Il agita les poings en vociférant vers le bus qui s'éloignait.

—Je crois qu'elle traverse *le changement*, déclara son père d'un ton méditatif. Les femmes deviennent souvent irrationnelles à ce moment-là.

—Il faut que je te parle.

—Elle devient tellement paranoïaque à propos de la sécurité qu'elle ne sort presque plus de la maison. Elle ne le reconnaîtra pas, bien sûr. Même si tu lui posais la question. Elle va inventer des excuses, dire que les dames viennent pour son bénévolat, ou qu'il fait trop chaud aujourd'hui, mais en réalité elle ne quitte plus la maison.

Il se tut, toujours guilleret.

—Et elle me rend dingue.

La taille du poisson l'avait rendu volubile.

— Comme elle ne sort pas, elle rumine, tu sais ? Pas seulement sur la situation économique. Pas seulement sur l'insécurité, qui est très préoccupante, je te l'accorde. Tu sais que, de nos jours, tu as plus de risques de te faire agresser dans la Zona Norte que dans les bidonvilles ? Ils savent où est l'argent, ces salauds, ils ne sont pas stupides.

Jorge soupira, les yeux toujours rivés sur la route devant lui.

— Maintenant, son obsession, c'est de savoir où je suis. Pourquoi je suis en retard de dix minutes en rentrant du cabinet ? Est-ce que je ne sais pas qu'elle a eu peur que j'aie un accident ?

Il regarda dans le rétroviseur, vérifiant machinalement que la glacière qui contenait le poisson ne s'était pas renversée.

— Je crois qu'elle me soupçonne d'avoir une liaison. Chaque fois qu'elle me demande pourquoi je suis en retard, elle me parle d'Agostina. Agostina ! Comme si elle allait donner une deuxième chance à un vieux bonhomme comme moi !

Il dit cela avec la confiance de quelqu'un qui n'y croit pas lui-même. Alejandro avait le cœur lourd.

— *Pa*, je pars à l'étranger.

— Tout prend des proportions, tu sais ? Parce qu'elle a trop de temps pour réfléchir. Elle a toujours été comme ça.

— En Angleterre. Je vais en Angleterre. Travailler dans un hôpital.

Cette fois, Jorge l'avait entendu. Il y eut un long silence, que le point circulation de la radio ne parvint pas à rompre. Alejandro, assis sur le siège de cuir, retenait son souffle contre la tempête qui allait venir. Finalement, quand il n'en put plus, il reprit la parole doucement :

— Ce n'est pas quelque chose que j'avais prévu…

Il s'était douté que cela se passerait ainsi, mais se sentait tout de même mal préparé au poids de la culpabilité qui s'était abattue sur lui, aux explications, aux excuses, qui déjà suppliaient d'être prononcées. Il regardait ses mains, couvertes d'ampoules et de lignes rouge vif qui s'entrecroisaient, laissées par le fil de nylon. Son père attendit la fin de l'info trafic.

— Eh bien… je pense que c'est une bonne chose.

— Quoi ?

— Il n'y a rien pour toi ici, Ale. Rien. C'est mieux que tu ailles profiter de la vie ailleurs.

Il rentra la tête dans les épaules et poussa un long soupir d'épuisement.

— Ça ne te dérange pas ?

— La question ne se pose pas. Tu es jeune. C'est bien que tu voyages. Que tu aies des expériences, que tu rencontres des gens. Dieu sait qu'il n'y a rien en Argentine.

Il le regarda en biais. Son regard n'échappa pas à son fils.

— Il faut que tu vives un peu.

Les mots qui jaillirent dans l'esprit d'Alejandro lui semblaient inadéquats. Il préféra se taire.

— Quand comptes-tu en parler à ta mère ?

— Aujourd'hui. J'ai reçu les papiers la semaine dernière. Je veux le faire le plus vite possible.

— C'est seulement… c'est seulement la situation économique, pas vrai ? Il n'y a rien… il n'y a rien d'autre qui te pousse à partir ?

Alejandro savait quelle autre conversation était sous-entendue entre eux.

— *Pa*, les hôpitaux publics sont à genoux. Il y a des rumeurs qui disent qu'ils n'auront plus les moyens de verser les salaires d'ici la fin de l'année.

Son père sembla soulagé.

—Je ne vais pas au cabinet. Il faut que tu parles à ta mère. Je vais te conduire.

—Elle ne va pas bien le prendre, hein ?

—On va gérer, répondit son père simplement.

Ils parcoururent les trois côtés de la place et restèrent coincés dans le bouchon devant le palais du gouvernement. Son père lui posa une main sur la jambe dans un geste paternel.

—Alors, qui m'aidera à traquer le *peacock bass*, hein ?

Il avait perdu son animation spontanée. Son masque professionnel était de nouveau en place, bienveillant, rassurant.

—Viens en Angleterre, *papa*. On pêchera le saumon.

—Mouais. C'est un poisson pour enfants ! rétorqua-t-il sans ressentiment.

Les Mères de la place de Mai avaient fini leur manifestation hebdomadaire. Alors que la voiture repartait en sens inverse, Alejandro les regarda plier leurs affiches plastifiées avec soin pour les ranger dans leurs sacs à main. Elles ajustaient des foulards brodés, se saluaient et s'étreignaient avec l'affection détendue d'alliées de longue date, avant de se diriger vers les grilles et leur trajet solitaire jusque chez elles. La maison Marenas, comme beaucoup de la Zona Norte, ne ressemblait ni aux demeures sans relief du centre de Buenos Aires, d'influence espagnole, ni aux constructions modernes en verre et béton. C'était un bâtiment curieux, ouvragé, situé en retrait de la rue. On aurait dit un coucou suisse. Tout autour, des parterres soigneusement entretenus bordaient des haies qui cachaient la grille électrique, les barreaux récemment posés aux fenêtres, et la guérite du gardien au bout de l'allée. À l'intérieur, les parquets avaient depuis longtemps été remplacés par du marbre brillant et frais, sur lequel reposaient d'onéreux meubles français rococo, vernis et dorés jusqu'à ce que mort s'ensuive. La maison n'avait pas une allure accueillante, mais si les pièces de réception exsudaient une certaine supériorité sociale qui incitait les invités à admirer plutôt qu'à se détendre, la cuisine, où la famille passait le plus clair de son temps, contenait une table patinée et plusieurs chaises aussi confortables que décrépites. Milagros, la bonne, avait juré que si l'on s'en débarrassait, elle rendrait son tablier, malgré ses vingt-sept ans de bons et loyaux services. S'ils s'imaginaient qu'après une journée de dur labeur elle allait faire entrer son derrière dans l'un de ces machins modernes en plastique, ils allaient vite déchanter. Comme le consensus voulait que Milagros soit le dernier rempart avant le sanatorium pour la mère d'Alejandro, les chaises étaient restées, à la satisfaction générale, bien que tacite. Et la cuisine restait la pièce la plus utilisée de cette demeure qui ne comptait pas moins de sept chambres à coucher. C'est là qu'Alejandro choisit de parler à sa mère, pendant que son père feignait de s'activer dans son bureau, et que Milagros allait et venait sur le sol de marbre avec une serpillière afin d'épier la conversation. Elle poussait de temps en temps une exclamation pertinente. Sa mère se tenait très droite à la table. Avec son casque de cheveux blonds, on n'aurait pas pu la reconnaître pour la beauté brune des photos de mariage qui peuplaient toute la maison dans leurs cadres dorés.

— Tu vas où ? demanda-t-elle pour la deuxième fois.

— En Angleterre.

— Pour apprendre le métier ? Tu as changé d'idée, tu veux devenir médecin ?

— Non, mère, je serai toujours sage-femme.

— Tu vas travailler dans un hôpital privé ? Pour faire progresser ta carrière ?

— Non, ce sera dans le public toujours.

Milagros avait cessé de faire semblant de nettoyer. Elle se tenait immobile au centre de la pièce pour écouter.

— Tu pars à l'autre bout du monde pour faire la même chose qu'ici ?

Il acquiesça.

— Mais pourquoi là-bas ? Pourquoi si loin ?

Il avait répété ses réponses bien souvent dans sa tête.

— Ici, il n'y a pas d'opportunités. En Angleterre, ils offrent des emplois, avec un vrai salaire. Je peux travailler dans les meilleurs hôpitaux.

— Mais tu peux travailler ici !

La voix de sa mère commençait à monter dans les aigus, sous l'effet de la panique ou de l'hystérie.

— Ce n'est pas assez que j'aie perdu un enfant ? reprit-elle. Je dois en perdre deux ?

Il s'y attendait, mais ça ne rendait pas le coup plus facile à encaisser pour autant. Il ressentit la présence vaguement malveillante qu'il percevait chaque fois que l'on évoquait Estela.

— Tu ne me perds pas, mère, répondit-il de son ton de praticien parlant à un patient.

— Tu pars à quinze mille kilomètres ! Si ce n'est pas te perdre, c'est quoi ? Pourquoi pars-tu si loin de moi ?

Elle en appela à Milagros, qui secoua la tête en signe d'assentiment éploré.

— Je ne pars pas loin *de toi*.

— Mais pourquoi pas en Amérique ? Au Paraguay ? Au Brésil ? En Argentine, pour l'amour du ciel !

Il essaya de lui expliquer la pénurie de sages-femmes des hôpitaux anglais, et la compensation financière substantielle qu'on proposait aux étrangers pour combler les trous. Il essaya de lui dire que ce serait une chance pour sa carrière, qu'il finirait peut-être par décrocher un poste dans l'un des fameux hôpitaux où l'on formait les étudiants, que les unités néonatales étaient parmi les meilleures du monde. Elle parlait sans cesse de leurs ancêtres européens : ce serait bon pour lui de faire l'expérience de l'Europe. Il envisageait de lui raconter les trois bébés qu'il avait vus donnés à la naissance parce que l'effondrement économique de l'Argentine privait leurs parents des moyens de les nourrir, les cris d'angoisse des mères encore pleines de sang, les mâchoires serrées des pères. Expliquer que, bien qu'il ait choisi de travailler auprès des patients les plus pauvres de la ville, d'être témoin de la misère abrutissante qui résulte du dénuement et de la maladie, rien ne l'avait préparé à ce chagrin lancinant, cette impression de complicité involontaire en voyant ces enfants arrachés à leur famille. Mais son père et lui ne parlaient jamais de bébés à sa mère. Depuis toujours. Il s'agenouilla et lui prit la main.

— Qu'est-ce qui me reste, ici, maman ? Les hôpitaux sont en train de mourir. Avec mon salaire, je ne pourrais même pas vivre dans un bidonville. Tu veux que j'habite sous ton toit jusqu'à ce que je sois un vieillard ?

Aussitôt les mots prononcés, il les regretta. Il savait qu'elle serait parfaitement heureuse d'une telle situation.

— Je le savais ! Que tu fasses ce… cette *chose* ne pouvait rien nous apporter de bon.

Quand il était entré en fac de médecine, sa mère avait été fière. Après tout, quelle profession avait plus de prestige, à Buenos Aires ? Seuls les chirurgiens esthétiques et les psychanalystes, et il y avait déjà un de chaque dans la famille. Puis, au bout de deux ans, il était revenu à la maison pour annoncer un changement de trajectoire : il n'était pas à sa place parmi les médecins, avait-il découvert. Son avenir était ailleurs. Il allait travailler dans les soins obstétriques.

— Tu vas devenir obstétricien ? avait demandé sa mère, le front plissé d'une légère inquiétude.

— Non, je vais être sage-femme.

C'était seulement la deuxième fois que Milagros voyait sa patronne tomber dans les pommes. (La première était quand ils lui avaient annoncé qu'Estela était morte.)

Ce n'était pas une profession appropriée pour le fils du plus éminent chirurgien esthétique de Buenos Aires, quelle que soit sa prétendue vocation. Ce n'était pas un métier pour un homme, un vrai, malgré tout ce qu'on racontait sur l'égalité et la libération sexuelle ces temps-ci. Elle n'était pas du tout à l'aise pour en parler à ses amies, auxquelles elle disait seulement que son fils était « dans la médecine ». Ce n'était pas convenable. Plus important encore, elle croyait que c'était la véritable raison pour laquelle son fils si beau ne ramenait jamais de filles à la maison. Elle avait confié ses inquiétudes à Milagros. En tant que premier-né d'une telle famille, il aurait dû montrer un *machismo* arrogant. Ses instincts de mâle, avait-elle déclaré à sa bonne, avaient été corrompus par son exposition répétée à la partie la plus brutale de la biologie féminine. Et puis, encore pire, il avait choisi de travailler dans un hôpital public.

— Alors, quand penses-tu partir ?

— La semaine prochaine. Mardi.

— La semaine prochaine ? Tu veux dire, celle qui vient ? Pourquoi si vite ?

— Ils ont besoin de personnel tout de suite, *mama*. Il faut saisir la chance quand elle se présente.

Le choc l'avait rendue rigide. Elle mit une main devant son visage, puis se ratatina.

— Si ça avait été ta sœur qui avait souhaité cette profession, qui avait voulu changer de continent… ça, j'aurais pu le supporter. Mais toi… ce n'est pas bien, Ale.

Mais qu'est-ce qui est bien ? aurait-il voulu demander. *N'est-ce pas bien que je consacre mon existence à faire entrer sains et saufs les enfants dans ce monde si dangereux ? N'est-ce pas bien que mon métier me rétribue en émotion, en vraie vie, en amour véritable, quand le pays tout entier est construit sur des secrets et célèbre le culte du faux ? Est-ce bien que, quoi que tu choisisses de croire, la deuxième opération la plus fréquente que pratique mon estimé père soit censée rendre les parties les plus intimes d'une femme plus « belles » ?* Comme d'habitude, il ne dit rien. Alejandro ferma les yeux et se prépara à affronter la douleur de sa mère.

— Je pourrai rentrer deux, voire trois fois par an.

— Mon unique fils sera un visiteur sous mon propre toit. Je suis censée être heureuse ?

Elle ne regardait pas Alejandro mais en appelait à Milagros, qui fit la moue. Le silence s'étira. Puis, comme il s'y attendait, sa mère éclata en bruyants sanglots. Elle tendit une main vers lui, agitant les doigts en vain.

— Ne pars pas, Ale. Je te promets que j'accepterai que tu travailles où tu veux. Tu peux rester à l'Hospital de Clinicas. Je ne dirai plus rien.

— *Mama*…

— S'il te plaît !

Dans son mutisme, elle entendit la certitude, et lorsqu'elle reprit la parole, ce fut avec une pointe d'amertume. Elle chassa ses larmes d'un battement de cils.

— Tout ce que je voulais, c'était te voir réussir, te marier, t'occuper de tes enfants. Et maintenant, non seulement tu me prives de ça, mais tu me prives aussi de toi !

Leur imminente séparation le rendait généreux. Il s'agenouilla pour lui prendre la main, ses bagues ornées de pierres fraîches contre sa peau.

— Je reviendrai. Je pensais que tu verrais cela comme une opportunité pour moi.

Elle fronça les sourcils et repoussa les cheveux du front de son fils.

— Tu es tellement froid, Ale. À croire que tu n'as jamais rien ressenti. Tu ne vois pas que tu me brises le cœur ?

Alejandro, comme toujours, était incapable de répondre à la logique puissante de sa mère.

— Réjouis-toi pour moi, *mama*.

— Comment pourrais-je être contente pour toi alors que je suis en deuil pour moi-même ?

Et c'est pour cela que je te fuis, répondit-il en pensée. *Parce que tout ce que j'ai toujours connu de toi, c'est le deuil. Parce que j'en ai la tête pleine, depuis toujours. Et de cette façon, enfin, je trouverai peut-être un peu de paix.*

— On en reparlera plus tard. Je dois sortir maintenant.

Il sourit, du sourire patient et détaché qu'il réservait à sa mère, et la quitta, avec un baiser sur le front, sanglotant dans les bras de sa bonne.

Si l'on considère que son unique objectif était de faciliter les excès charnels et l'atteinte aux bonnes mœurs, le *Venus Love Hotel*, comme d'autres établissements du même genre, était régi par de nombreux codes. D'innombrables services sexuels étaient répertoriés sur la carte du room service, et tous les penchants pouvaient s'assouvir dans les multiples vidéos pour adultes disponibles à la location, mais l'hôtel avait un règlement intérieur long comme le bras, offrant une image de respectabilité. Le bâtiment avait la façade sobre d'une maison privée : aucune enseigne n'indiquait même son nom. Ni les hommes ni les femmes n'étaient autorisés à attendre seuls dans la chambre, malgré l'inconvénient que cela représentait pour les couples illicites, contraints de se donner rendez-vous dans des cafés avoisinants, où des regards indiscrets pouvaient les surprendre. À la réception, une vitre fumée empêchait aussi bien le réceptionniste que les visiteurs de deviner leur identité respective. Sauf qu'une personne en particulier était connue de l'homme qui se trouvait actuellement derrière la vitre. Cette personne l'avait payé avec générosité plus d'une fois, pour s'assurer de sa discrétion. Son visage était apparu suffisamment souvent dans les magazines people pour être reconnaissable même à travers la vitre fumée et malgré ses lunettes de soleil.

Ainsi, Alejandro n'eut besoin que d'un signe de tête pour être autorisé à monter l'escalier quatre à quatre. À l'heure convenue, il frappa à la porte numérotée de ce qui avait été un havre deux ou trois fois par semaine depuis près de dix-huit mois.

—Ale?

Jamais rien de romantique. Jamais rien comme l'*amor*. Il préférait cela.

—C'est moi.

Eduardo Guichane était l'un des animateurs de télévision les mieux payés d'Argentine. Dans son talk-show, diffusé plusieurs fois par semaine, il était flanqué de plusieurs filles sud-américaines presque nues, qui faisaient de fréquentes et mal scénarisées références à son légendaire appétit sexuel. Il était grand, brun, toujours tiré à quatre épingles, et s'enorgueillissait de son physique, qui ne semblait pas avoir changé depuis ses années de football professionnel. Le magazine le plus vendu d'Argentine, *Gente*, publiait régulièrement des photos « volées » de lui au bras d'une jeune femme qui n'était pas Sofia Guichane. On s'interrogeait souvent : était-il ou non infidèle à l'ancienne finaliste Miss Venezuela, comme il l'avait été à ses précédentes épouses ? Tout ceci était orchestré par son agent. « Un tissu de mensonges », disait Sofia avec amertume en allumant une de ses sempiternelles cigarettes. Eduardo avait la libido d'un vieux fauteuil à ressorts. Bien que son excuse la plus récurrente soit la fatigue, elle se demandait s'il n'avait pas d'autres goûts.

—Les garçons ? demanda Alejandro, prudent.

—Non ! S'il préférait les garçons, je pourrais l'accepter, répondit Sofia en soufflant sa fumée vers le plafond. Je crains qu'il ne s'intéresse plus au golf.

Ils s'étaient rencontrés dans le cabinet de son père un jour après des émeutes. La mère d'Alejandro l'avait envoyé vérifier que Jorge était arrivé au travail sans encombre. Sofia était là pour l'une de ses nombreuses visites : après avoir traversé quatre ans d'abstinence sur les six depuis qu'elle était mariée, elle s'était convaincue qu'un derrière plus petit et plus haut ainsi que des cuisses plus minces pourraient raviver la flamme de son époux. (« Quel gaspillage de dollars américains », devait-elle dire plus tard.) Alejandro, frappé par sa beauté et par l'insatisfaction qui irradiait de son visage, s'était surpris à la regarder fixement. Puis, en repartant, il n'avait plus pensé à elle. Mais elle était tombée sur lui dans le hall d'entrée, au rez-de-chaussée, et l'avait contemplé avec la même soif curieuse. Elle avait déclaré ne jamais faire ce genre de choses, puis avait griffonné son numéro sur une carte qu'elle lui avait fourrée dans la main. Trois jours plus tard, ils se rencontraient au *Fenix*, un nid d'amour particulièrement sensuel. Les murs étaient décorés de complexes illustrations du *Kama Sutra*, et les lits vibraient lorsqu'on appuyait sur un bouton. Quand elle lui avait indiqué le lieu de rendez-vous, il n'avait plus eu de doutes sur la nature de ses intentions. Ils s'étaient retrouvés presque sans un mot, dans un accouplement frénétique qui l'avait laissé hébété pendant pas loin d'une semaine. Peu à peu, leurs rencontres avaient pris une certaine routine : elle jurait qu'ils ne se verraient plus, qu'Eduardo avait des soupçons, qu'il lui avait posé des questions, et qu'elle ne s'en était sortie que de justesse. Puis, alors qu'il s'asseyait à ses côtés, la réconfortait, lui disait qu'il comprenait, elle pleurait, demandait pourquoi, en tant que jeune femme, elle devait subir un mariage sans sexe, une vie dénuée de passion, alors qu'elle n'avait pas même trente ans. (Tous deux étaient conscients que ce n'était pas exactement vrai – l'âge du moins –, mais Alejandro savait qu'il valait mieux ne pas l'interrompre.) Et puis, pendant qu'il la réconfortait de nouveau, convenait que c'était injuste, qu'elle était trop belle, trop fougueuse pour devenir rassise et sèche comme une vieille figue, elle lui prenait le visage et déclarait qu'il était si beau, si gentil, le seul homme qui l'ait jamais comprise. Et ensuite ils faisaient l'amour, même si l'expression paraît trop douce pour décrire ce qu'ils faisaient vraiment. Après, tout en fumant comme une damnée, elle s'écartait et lui disait que c'était vraiment fini. C'était trop risqué. Alejandro devait comprendre. Quelques jours, parfois une semaine, plus tard, elle rappelait. Quant à lui, ses sentiments avaient souvent été ambivalents : il avait toujours été discrètement sélectif concernant ses partenaires sexuelles, redoutant de tomber amoureux. Même s'il éprouvait de la compassion devant sa situation, il n'aimait pas Sofia. Ses déclarations d'amour, il le ressentait, ne tendaient qu'à légitimer à ses propres yeux de bonne catholique ses actions illicites. Sa vision de la religion pouvait s'accommoder d'une passion romantique, mais le pur désir charnel, c'était pousser un peu loin le bouchon. Ce qu'ils partageaient, et qu'ils n'avaient ni l'un ni l'autre le courage de reconnaître, c'était une farouche alchimie sexuelle. Cela accréditait la croyance de Sofia qu'elle était toujours désirable, et sortait Alejandro de sa réticence habituelle, même s'il n'en montrait rien.

— Pourquoi tu ne me regardes jamais quand tu jouis ?

Alejandro referma sans bruit la porte derrière lui et resta debout devant la silhouette affalée sur le lit. Il était désormais familiarisé avec ces abruptes amorces de conversation. C'était comme si la brièveté de leurs rencontres ne leur laissait pas le temps d'être subtils.

— Mais si, je te regarde.

Il envisagea d'enlever sa veste, puis changea d'avis. Sofia roula sur le ventre pour atteindre le cendrier. Le mouvement fit remonter sa jupe sur ses jambes. Un film pornographique passait à la télévision. Il jeta un coup d'œil et se demanda si elle l'avait regardé en l'attendant.

— Non, tu ne me regardes pas. Pas quand tu jouis. Je t'observe.

Il savait qu'elle avait raison. Il n'avait jamais ouvert les yeux à cet instant précis, pour aucune femme. Sans aucun doute son oncle, le psychanalyste, aurait déclaré que cela trahissait un manque de générosité de sa part, une détermination à ne pas se révéler.

— Je ne sais pas, répondit-il. Je ne m'étais jamais posé la question.

Sofia se redressa et leva un genou, dévoilant une grande partie de sa cuisse. En temps normal, cela aurait suffi à déchaîner en lui une puissante vague de désir ; aujourd'hui, il se sentait étrangement détaché, comme s'il était déjà à des milliers de kilomètres d'ici.

— Eduardo pense qu'on devrait avoir un bébé.

Dans la chambre voisine, on ouvrit une fenêtre. À travers les murs, Alejandro entendait le murmure étouffé des voix, sans percevoir les paroles.

— Un bébé, répéta-t-il.

— Tu ne vas pas me demander comment ?

— Je crois que je n'ai pas besoin d'un dessin.

Elle ne sourit pas.

— Il veut faire ça dans une clinique. Il dit que c'est la meilleure façon pour nous d'être sûrs que ça marche rapidement. Moi, je pense que c'est juste parce qu'il ne veut pas me faire l'amour.

Alejandro s'assit sur le bord du lit. Le couple à la télévision était à présent plongé dans une frénésie orgiaque. Il se demanda si ça dérangerait Sofia qu'il éteigne. Il lui avait dit plusieurs fois que ce genre de films ne lui faisaient ni chaud ni froid, mais elle se contentait de sourire, comme si elle savait mieux que lui, comme si une exposition répétée allait le faire changer d'avis.

— Je ne pense pas qu'avoir un bébé soit une chose que tu puisses faire toute seule.

Elle avait enlevé ses chaussures dans deux coins opposés de la pièce : Eduardo aimait que tout soit net, ordonné, elle le lui avait raconté. Lorsqu'elle était avec Alejandro, elle adorait éparpiller ses vêtements : c'était une sorte de rébellion secrète.

— Ça ne t'embête pas ?

— Seulement si ça t'embête, toi.

— Je ne crois pas qu'il ait vraiment envie d'un enfant. Toutes ces couches… les jouets en plastique qui traînent partout, du vomi de bébé sur son épaule… Il a juste envie d'avoir l'air viril. Tu sais qu'il perd ses cheveux ? Je lui ai dit que ça nous reviendrait moins cher qu'il se fasse poser des implants. Mais il prétend qu'il veut un bébé.

— Et toi, qu'est-ce que tu veux ?

Elle le regarda vivement, puis sourit, moqueuse, devant son ton de psychanalyste.

— Ce que je veux ?

Elle grimaça et écrasa son mégot.

— Je ne sais pas. Une autre vie, sûrement.

Elle se leva avec lassitude et s'approcha de lui, suffisamment pour qu'il puisse humer son parfum. Elle posa une main fraîche sur sa joue et la laissa glisser lentement sur sa peau. Ses cheveux, coupés aux épaules, étaient un peu emmêlés, comme si elle était restée un moment allongée sur le lit avant qu'il arrive.

— J'ai pensé à toi, dit-elle.

Elle se pencha en avant pour l'embrasser, lui laissant sur la bouche un goût de rouge à lèvres et de cigarette. Puis elle inclina la tête de côté.

— Qu'est-ce qui se passe ?

Chaque fois qu'elle faisait ça, il était surpris. Il la croyait pourrie gâtée et égocentrqie au dernier degré ; pourtant, elle était capable de déceler un subtil changement d'atmosphère, comme un chien. Il se demanda s'il y avait un moyen d'adoucir le coup.

— Je pars.

Elle écarquilla les yeux. La femme à l'écran s'était contorsionnée dans une telle position qu'Alejandro avait mal pour elle. Il mourait d'envie d'éteindre le poste.

— Longtemps ?

— Un an… je ne sais pas.

Il s'était attendu à une explosion de sa part, s'y était préparé mentalement. Mais elle resta plantée là, immobile. Puis elle soupira et s'assit sur le lit, avant d'attraper ses cigarettes.

— C'est pour le travail. J'ai décroché un poste dans un hôpital en Angleterre.

— En Angleterre ?

— Je pars la semaine prochaine.

— Oh.

Il s'approcha d'elle, lui mit une main sur le bras.

— Tu vas me manquer.

Ils restèrent assis ainsi plusieurs minutes, alors qu'on entendait, de l'autre côté de la cloison, le bruit étouffé d'un couple qui faisait l'amour. À une autre époque, il aurait trouvé cette proximité gênante.

— Pourquoi ? demanda-t-elle en se tournant vers lui. Pourquoi tu pars ?

— Buenos Aires est trop pleine de fantômes.

— Ça a toujours été le cas. Et ça ne changera jamais, répondit-elle avec un haussement d'épaules. Il suffit de choisir de ne pas les voir.

— Je n'y arrive plus, avoua-t-il.

Alors il tendit le bras vers Sofia. Peut-être parce qu'elle n'avait pas réagi comme il s'y attendait, il la désirait soudain, ressentait un besoin désespéré de se perdre en elle. Mais elle se dégagea de son étreinte, d'un mouvement agile, et se leva. Elle se passa une main dans les cheveux pour les lisser, s'avança vers le téléviseur et l'éteignit. Lorsqu'elle parla, ses yeux ne contenaient ni larmes ni colère d'enfant, mais une sorte de sagesse résignée qu'il ne lui connaissait pas.

— Je devrais t'en vouloir, de me quitter comme ça, dit-elle en allumant une nouvelle cigarette. Mais je suis contente, Ale.

Elle hocha la tête, comme pour se le confirmer à elle-même.

— C'est la première fois que je te vois faire quelque chose, reprit-elle, prendre une vraie décision. Tu as toujours été tellement… passif.

Il se sentit brièvement mal à l'aise, sans savoir si elle raillait ses performances sexuelles. Mais, après avoir allumé sa cigarette, elle lui prit la main et la souleva pour l'embrasser, dans un geste curieux.

— Est-ce que tu pars vers quelque chose ? Ou est-ce que tu t'enfuis seulement ?

Sa main tenait celle d'Alejandro avec fermeté. Il était impossible de répondre honnêtement, aussi garda-t-il le silence.

— Vas-y, Turco.

— Et c'est tout ?

— Pars maintenant. Je ne veux pas qu'on commence à se faire des promesses idiotes sur d'hypothétiques retrouvailles.

— Si tu veux, je t'écrirai.

— Allons…

Il regarda son beau visage déçu et ressentit une bouffée d'affection qui le surprit. Les mots qu'il avait préparés semblaient banals. Elle comprit.

Elle lui pressa la main et esquissa un geste en direction de la porte.

—Allez. Tu sais que j'allais rompre, de toute façon. Tu n'es pas mon genre, finalement.

Elle avait fait un effort pour durcir sa voix. Il s'éloigna vers la porte.

—C'est bien ma veine, hein ? Un mari en état de mort clinique, et un amant trop hanté par les fantômes pour parvenir à vivre.

Heathrow et ses alentours étaient l'endroit le plus laid qu'il ait jamais vu. La maternité de Dere était plus jolie, mais encore moins accueillante. Plus encore, il ne tarda pas à s'en apercevoir, pour ceux qui avaient la peau foncée. Pendant des semaines, de nombreuses sages-femmes avaient refusé de lui adresser la parole, apparemment contrariées qu'un homme vienne usurper leur domaine de compétence. Deux semaines après son arrivée, il avait couché avec une jeune infirmière pour tromper la solitude, et lorsqu'il s'était excusé par la suite, elle lui avait répondu avec amertume : « Bon sang, vous les hommes, vous êtes tous les mêmes ! » Il avait froid en permanence. Sa mère, quand elle l'avait appelé, lui avait demandé s'il avait déjà trouvé une petite amie.

—Un jeune homme, à ton âge, avait-elle soupiré avec tristesse. Tu devrais être en train de faire ton marché.

Il avait vu l'enseigne devant *Peacock & Co* et, submergé par une vague de mal du pays presque aussi intense que sa fatigue après une garde de quatorze heures – les autres sages-femmes lui avaient dit qu'il était fou de ne pas partir à la fin de l'horaire officiel même si une femme était en travail, mais il refusait d'abandonner une parturiente dans un moment si vulnérable –, avait poussé la porte pour entrer. Il n'était pas superstitieux, mais parfois il faut obéir aux signes. Jusqu'ici, essayer de ne pas les voir n'avait pas donné de si bons résultats. Il n'en parla pas aux deux femmes, bien sûr. Ni de ce qui concernait Sofia. Ni Estela, à bien y penser. Sans la blonde au visage souriant, la première personne qui avait paru vouloir entendre ce qu'il avait à dire, il serait peut-être resté muet.

Chapitre 12

Le problème lorsqu'on vieillit, ce n'est pas tant que l'on est coincé dans le passé, songeait fréquemment Vivi, mais qu'on a un bien plus grand passé dans lequel se perdre. Elle avait trié le contenu du vieux bureau situé dans un coin du salon, décidée à mettre toutes ces photographies sépia dans un album, avec un peu de chance avant le retour des hommes, mais soudain il était déjà presque 17 h 30. Elle s'était retrouvée prostrée sur le petit canapé, absorbée dans la contemplation des images de celle qu'elle avait été autrefois, des clichés qu'elle n'avait plus regardés depuis des années : accrochée au bras de Douglas lors de différents événements mondains, prenant la pose d'un air timide dans de belles robes, toute fière avec un nouveau-né dans les bras, puis, alors que les enfants grandissaient, de moins en moins confiante en elle, son sourire devenant un peu plus forcé chaque année. Peut-être était-elle trop dure avec elle-même. Ou peut-être était-elle juste d'humeur sentimentale, projetant sur les photos les émotions qui la submergeaient en ce moment.

Suzanna avait été une enfant facile. Quand Vivi pensait aux bouleversements que sa fille avait vécus dans sa prime enfance, et à son propre manque d'expérience en tant que mère, elle était étonnée qu'elles s'en soient si bien sorties. L'enfance de Suzanna n'avait pas été le problème. C'était la puberté, lorsque ces membres allongés, dégingandés, avaient acquis une certaine élégance de sylphide, quand ces pommettes presque slaves avaient commencé à mettre en valeur les traits autrefois cachés de son visage, qu'un écho distant avait visiblement dérangé la paix de Douglas. Et Suzanna, réagissant peut-être à une invisible vibration dans l'atmosphère, avait déraillé. D'un point de vue rationnel, Vivi savait que ce n'était pas sa faute : personne n'aurait pu offrir à Suzanna un amour plus inconditionnel, ni mieux comprendre sa nature complexe. Mais la maternité n'était pas rationnelle : même à présent, avec une Suzanna aussi posée qu'elle l'avait jamais été – et Neil qui était un si merveilleux époux –, Vivi se trouvait envahie de culpabilité à l'idée de ne pas avoir réussi à élever sa fille pour qu'elle soit heureuse.

— Elle n'a aucune raison de ne pas être heureuse, disait Douglas. Elle a tous les privilèges.

— Oui, certes, mais parfois ce n'est pas aussi simple que ça.

Vivi s'aventurait rarement plus loin dans la psychologie familiale : Douglas se refusait à ce genre de conversations. De toute façon, il n'avait pas tort. Indéniablement, Suzanna avait tout pour être comblée. C'était leur cas à tous. Le fait que les deux enfants qu'elle avait eus avec Douglas soient si satisfaits de leur vie n'avait pas adouci son sentiment de culpabilité. Au contraire même, ça ne faisait que l'accroître. Vivi avait passé des années à se demander au fond d'elle-même si elle avait fait des différences entre les enfants, si elle avait sans le vouloir donné à Suzanna l'impression d'être moins bien. Elle savait combien ce sentiment pouvait être dévastateur. Douglas disait que c'étaient des foutaises. Sa vision des relations humaines était simple : vous traitiez les gens avec justice, et vous en attendiez la même chose en retour. Vous aimiez vos enfants, ils vous le rendaient. Vous les souteniez de votre mieux, et ils tentaient de vous faire honneur. Ou bien, dans le cas de Suzanna, vous les aimiez, et ils faisaient leur possible pour se rendre malheureux.

Je crois que je n'ai plus la force de supporter ça, songea-t-elle, les larmes aux yeux, en regardant une Suzanna de onze ans agrippée à la taille d'une Vivi qui avait pris un embonpoint précoce. *Il faut que quelqu'un intervienne. Si je n'essaye pas, je m'en voudrai toute ma vie.*

Qu'aurait fait Athene ? Cela faisait longtemps que Vivi avait cessé de se poser cette question : Athene avait été si impénétrable qu'il était impossible de prédire ses actions, même lorsqu'elle était en vie. À présent, une trentaine d'années plus tard, elle semblait si vidée de substance, son souvenir à la fois si farouche et si éphémère, qu'il était difficile de l'imaginer en mère. Aurait-elle compris la nature compliquée de sa fille, qui ressemblait à la sienne ? Ou aurait-elle causé encore plus de dégâts, disparaissant de la vie de sa fille pour réapparaître de temps en temps, incapable de se tenir à la maternité en raison de son tempérament instable ? *Tu as de la chance*, dit Vivi à la mère invisible de Suzanna. Elle était soudain jalouse de cette femme, lorsqu'elle repensait à la façon dont Douglas l'avait une fois de plus repoussée lorsqu'elle avait tenté de lui parler de Rosemary et de son linge.

C'est plus facile d'être un fantôme. Tu peux être adorée, on a de toi une vision romantique, l'absence te grandit alors que la présence quotidienne te diminue.

Elle se leva péniblement et, remarquant l'heure tardive, se réprimanda d'avoir perdu du temps à envier une morte.

Alejandro arriva à 9 h 15. À présent, il venait presque tous les jours, mais toujours à une heure différente, en fonction de ses gardes à l'horaire apparemment aléatoire. Il parlait peu. Il ne se plongeait même pas dans un journal. Il se contentait de s'asseoir dans un coin pour boire son café, et de sourire de temps en temps en réaction au babil de Jessie. Cette dernière, qui n'avait jamais de mal à nouer la conversation, s'était donné pour mission d'en apprendre autant que possible sur cet homme qu'elle avait baptisé « le gaucho ». Les questions qu'elle lui posait faisaient parfois grimacer Suzanna. Avait-il toujours voulu être sage-femme ? Seulement lorsqu'il avait pris conscience qu'il n'entrerait jamais dans l'équipe nationale de football. Aimait-il mettre les bébés au monde ? Oui. Est-ce que les patientes étaient gênées que la sage-femme soit un homme ? La plupart du temps, non. Quand c'était le cas, il se retirait avec grâce. Il s'était aperçu que s'il portait une blouse blanche, personne ne tiquait. Avait-il une petite amie ? Non. Suzanna avait détourné les yeux lors de cette réponse, furieuse contre elle-même de sa rougeur, discrète mais bien réelle. Il ne semblait pas s'agacer des questions de Jessie, même s'il s'arrangeait souvent pour les éluder. Il s'asseyait assez près du comptoir, avait remarqué Suzanna, pour témoigner d'un certain confort en leur présence. Pour sa part, Suzanna se débrouillait pour ne pas être trop près de lui. Il lui donnait déjà l'impression d'appartenir à Jessie. Comme si les efforts qu'elle pourrait déployer pour développer la même amitié étaient voués à mettre tout le monde mal à l'aise.

— Combien de bébés as-tu mis au monde aujourd'hui ?

— Un seul.

— Pas de complications ?

— Juste le père qui s'est évanoui.

— Super. Tu as fait quoi ?

Alejandro avait regardé ses mains.

— Ce n'était pas vraiment le bon moment. On a juste eu le temps de le pousser à l'écart.

— Quoi… Vous l'avez tiré ?

— On avait besoin de nos mains, avait avoué Alejandro, un peu gêné. On l'a poussé avec nos pieds.

Jessie adorait ces histoires. Suzanna, nauséeuse, devait au contraire augmenter le volume de la musique ou s'inventer une tâche au sous-sol. C'était un peu trop intime. Mais elle se surprenait souvent à le dévisager, même si c'était en douce : à Londres, son air étranger n'aurait pas retenu son attention – en fait, ça l'aurait sans doute rendu invisible, elle l'aurait pris pour un immigré sous-payé –, tandis que dans l'environnement de cette ville du Suffolk à la population exclusivement blanche, et entre les quatre murs étroits de sa boutique, il apportait une touche d'exotisme bienvenue, comme un rappel du vaste monde.

— Est-ce qu'il a loupé la naissance ?

— Pas complètement. Mais je crois qu'il était un peu confus, dit Alejandro en souriant. Quand il a repris connaissance, il a d'abord essayé de me frapper, ensuite il m'a appelé « maman ».

Il leur avait raconté une autre histoire, celle d'un homme qui, alors que sa femme hurlait de douleur, était assis au pied du lit, à lire tranquillement le journal. Alejandro ployait sous le poids de la parturiente, lui essuyait le front, séchait ses larmes, et pendant tout ce temps, le mari n'avait pas levé les yeux de sa lecture. Quand le bébé était né, avait avoué Alejandro calmement, il avait envie de cogner le père. Mais la mère, bizarrement, ne semblait pas lui en vouloir. Alors qu'on déposait le bébé dans les bras de la jeune femme, le mari s'était redressé, les avait tous deux contemplés, avait embrassé son épouse sur le front, où la sueur perlait encore, puis avait quitté la pièce. Alejandro, choqué et furieux, lui avait demandé, avec autant de tact que possible, si elle était satisfaite de la réaction de son mari.

— Elle m'a regardé, dit-il, et m'a fait un grand sourire. « Oh oui », m'a-t-elle répondu. Je devais avoir l'air perplexe, du coup elle m'a expliqué. Son mari avait une profonde terreur des hôpitaux. Mais elle avait besoin qu'il soit présent. Ils avaient passé un accord : s'il parvenait à rester dans la pièce, juste pour qu'elle sache qu'il était là, elle y arriverait. Parce qu'il l'aimait, il s'était forcé à le faire.

— Donc la morale de l'histoire..., conclut Jessie.

— « Ne jugez pas un homme à son journal », proposa le père Lenny, en levant le nez de ses mots croisés.

Jessie avait voulu faire une exposition sur lui, une histoire au sujet d'une naissance miraculeuse – « Ça serait logique, vu que c'est un nouveau magasin et tout et tout... » –, mais Alejandro s'était montré réticent. Il ne pensait pas, avait-il expliqué de sa voix basse et courtoise, pouvoir déjà prétendre être l'un des habitués de la boutique. Mais son ton était assez tranchant pour faire reculer Jessie. Et, malgré son charme irrésistible – Suzanna la croyait capable de séduire un parpaing –, Alejandro n'avait rempli aucune de leurs attentes concernant les latinos. Il ne roulait pas des mécaniques et ne les déshabillait pas de son regard de braise. Il ne semblait même pas avoir le rythme dans la peau.

— Il est sûrement gay, avait déduit Jessie alors qu'après un au revoir poli il partait au boulot.

— Non, protesta Suzanna.

Toutefois, elle ignorait si c'était juste un souhait de sa part.

Jessie s'était blessée à la main. Suzanna n'avait pas remarqué, mais Arturro le vit lorsqu'il vint prendre son expresso du matin.

— Tu t'es fait mal ?

Il lui avait soulevé la main avec le geste tendre de quelqu'un qui a l'habitude de manipuler de la nourriture avec révérence. En la retournant vers la lumière, il fit apparaître un gros hématome violet qui lui couvrait trois doigts.

— C'est la portière de la voiture..., expliqua Jessie en la retirant avec un sourire. Je suis nouille, hein ?

Il y eut un silence gêné, très inattendu. L'hématome était horrible, comme le souvenir d'une douleur extrême. Suzanna avait jeté un coup d'œil à Arturro, puis remarqué que Jessie évitait leur regard à tous les deux. Elle eut honte d'avoir perçu son malaise. Elle allait demander, elle pensait que peut-être, si l'on abordait le sujet avec tact, Jessie se confierait à elle, mais alors qu'elle passait en revue les questions possibles, elle s'aperçut qu'elles semblaient toutes intrusives, grossières, voire condescendantes.

— Tu devrais mettre de l'arnica, finit-elle par dire. Ça fait partir les bleus plus vite.

— Oh, ne t'inquiète pas. Je l'ai fait. J'en ai toute une provision à la maison.

— Tu es sûre que tes doigts ne sont pas cassés ? insista Arturro, les yeux toujours rivés sur la blessure. Ils ont l'air un peu enflés.

— Non, j'arrive à les bouger. Regarde.

Elle agita les doigts gaiement, puis se tourna de nouveau vers le mur.

— Qui on va mettre à l'honneur dans la première exposition, alors ? J'avais vraiment envie de faire le portrait d'Alejandro, mais je crois que cette histoire de bébé abandonné ferait pleurer tout le monde.

— C'était lui, n'est-ce pas ? demanda Suzanna beaucoup plus tard, lorsqu'elles se retrouvèrent seules.

— Qui ?

Jessie était finalement en train de travailler sur sa présentation : elle avait choisi le père Lenny, qui avait cédé, amusé, mais seulement à la condition qu'elle mentionne qu'il avait en ce moment près de deux cents masseurs pour le dos à piles, à vendre. (« Je ne suis pas certaine que ce soit pour le dos », avait déclaré Jessie, sceptique, en en prenant un. « Je suis un prêtre ! s'était écrié le père Lenny. Que veux-tu que ce soit d'autre ? »)

— Ton copain. Il t'a écrasé les doigts.

Elle avait senti cette information peser sur l'atmosphère tout l'après-midi, et avait ressenti un besoin croissant d'évoquer le sujet, même si Jessie devait mal le prendre.

— Je me suis pincée dans la portière, répéta Jessie.

— Tu veux dire qu'il te les a coincés dans la portière.

Jessie était agenouillée dans la vitrine. Elle se redressa et sortit de là, doucement, pour ne faire tomber aucun des articles de son exposition. Elle leva la main et l'examina, comme si elle la voyait pour la première fois.

— C'est vraiment difficile à expliquer.

— Essaie quand même.

— Il aimait quand j'étais juste à la maison avec Emma. Tout ça, ça a commencé quand j'ai pris mes cours du soir. Il s'énerve parce qu'il est inquiet, en fait.

— Pourquoi tu ne pars pas ?

— Partir ?

Elle avait l'air sincèrement surprise, voire, peut-être, offensée.

— Ce n'est pas un homme violent, Suzanna.

Suzanna haussa les sourcils.

— Écoute, je le connais, et ce n'est pas vraiment lui. Il se sent juste menacé parce que je reçois une éducation et qu'il pense que ça veut dire que je vais me casser. Et maintenant, il y a ici, et ça aussi c'est nouveau. Et puis moi, je n'arrange rien… Tu sais bien que je suis terrible, je parle à tout le monde. Sûrement que, parfois, je ne réfléchis même pas à l'image que ça peut lui donner à lui…

Elle regarda, pensive, son exposition inachevée dans la vitrine.

— Écoute, quand il verra que ça ne change rien, il redeviendra comme avant. N'oublie pas, Suzanna, je le connais. Ça fait dix ans qu'on est ensemble. Ce n'est pas le Jason que j'aime.

— Je ne vois pas ce qui peut excuser ça…

— Je ne lui cherche pas d'excuses. Je t'explique, c'est tout. C'est différent. Écoute, je sais qu'il a eu tort. Ne crois pas que je suis une pauvre victime apeurée. On se dispute, voilà, et parfois quand on s'engueule ça dégénère. Je lui rends coup pour coup, tu sais.

Dans le long silence qui suivit, l'atmosphère de la boutique sembla se contracter. Suzanna ne dit rien, car elle avait peur de comment ça sonnerait. Elle était consciente que son mutisme équivalait à un jugement. Jessie s'appuya contre l'une des tables et la regarda bien en face.

— OK, c'est quoi qui t'embête tellement, dans cette histoire ?

Suzanna finit par répondre, d'une petite voix.

— L'effet que ça pourrait avoir sur Emma… ce que ça lui enseigne…

— Tu crois que je laisserais qui que ce soit lever la main sur Emma ? Tu crois que je resterais dans la maison si je pensais que Jason pourrait la frapper ?

— Ce n'est pas ce que j'ai dit.

— Alors c'est quoi, au juste, que tu as dit ?

— Que… que… je ne sais pas… Je ne suis pas à l'aise avec la violence, sous toutes ses formes.

— La violence ? Ou la passion ?

— Quoi ?

Pour la première fois, le visage de Jessie s'était assombri.

— Tu n'aimes pas la passion, Suzanna. Tu aimes que les choses soient emballées bien proprement. Tu aimes garder les émotions bien verrouillées. Et c'est bien. C'est ton choix. Mais Jason et moi, on est honnêtes par rapport à ce qu'on ressent. Quand on s'aime, on s'aime intensément. Et quand on se dispute, on ne fait pas semblant. Il n'y a pas de demi-mesure. Et tu sais quoi ? Quitte à avoir une main explosée de temps en temps, j'aime mieux ça que l'indifférence. La routine polie et distante de ceux qui se contentent de vivre côte à côte. Faire l'amour une fois par semaine, une fois par mois, même. Se disputer à voix basse pour ne pas réveiller les enfants. Et ça, qu'est-ce que ça t'apprend sur la vie ?

—Ce sont deux choses qui ne se...

Suzanna se tut à la moitié de sa phrase. Intellectuellement, elle savait qu'elle aurait pu discuter du sens de ce qu'avait dit Jessie, même si c'était exprimé avec vigueur. Mais, bien que Jessie n'y ait mis aucune méchanceté, le fond de son propos était si perturbant que Suzanna avait du mal à parler. Dans la description que Jessie avait dressée de la relation qu'elle ne voulait surtout pas, celle qu'elle trouvait plus terrifiante que la violence, qu'une main explosée, Suzanna avait clairement reconnu son couple avec Neil.

Cet après-midi-là, lorsque Vivi apparut, ce fut presque un soulagement : Suzanna et Jessie, bien que très polies l'une envers l'autre, avaient perdu une certaine spontanéité, comme si la conversation avait été trop prématurée pour que leur amitié naissante puisse survivre à tant d'honnêteté. Arturro avait bu son café avec une célérité inhabituelle, et, après un merci nerveux, était parti. Deux autres clients avaient parlé très fort dans le coin, sans se rendre compte de rien, et meublé temporairement les longs silences. Mais, à présent qu'ils étaient partis eux aussi, il était devenu tristement évident que l'habituel bavardage de Jessie s'était tu. Désormais, elle mesurait tout ce qu'elle s'apprêtait à dire. Suzanna, qui faisait un effort inédit pour parler aux clients afin de dissiper l'atmosphère tendue, se surprit à accueillir Vivi avec une chaleur rare. Vivi, toute rouge de plaisir de recevoir une étreinte, la lui avait rendue avec empressement.

—Alors voilà donc cette fameuse boutique ! s'était-elle exclamée à plusieurs reprises depuis la porte. N'est-ce pas que tu es intelligente ?

— Bof, répondit Suzanna. Ce sont juste quelques tables et des chaises.

— Mais regarde toutes ces jolies couleurs ! Tous ces beaux objets !

Elle se pencha pour examiner les étagères.

— Tout est exquis. Et si bien arrangé ! J'avais envie de venir depuis longtemps… mais je sais que tu n'aimes pas nous avoir sur le dos. Et les deux fois où je suis passée devant, tu avais l'air très occupée… bref. *Peacock & Co*, dit-elle en lisant lentement une étiquette. Oh, Suzanna, je suis tellement fière de toi. Ça ne ressemble à rien d'autre.

C'était à croire, songeait Suzanna, toute chaleur évaporée, que Vivi était incapable d'afficher le bon niveau d'émotion : son excès d'enthousiasme laissait le destinataire incapable de l'accepter avec grâce.

Pour cacher son malaise, elle fit un geste vers l'ardoise.

— Tu veux un café ?

— Avec plaisir. C'est toi qui les fais, tous ?

Suzanna lutta pour ne pas hausser les sourcils.

— Eh bien… Oui.

Vivi s'assit avec prudence sur l'une des chaises bleues et regarda les coussins disposés sur le banc.

— Tu as utilisé le tissu que j'avais retrouvé dans le grenier.

— Ah, ça. Oui.

— Il rend beaucoup mieux ici. On pourrait presque croire qu'il est contemporain, non, cet imprimé ? On ne devinerait jamais qu'il avait plus de trente ans. C'était un ancien petit ami qui me l'avait donné. Je suis bien, ici ? Je ne suis pas dans le passage ?

Elle tenait son sac devant elle à deux mains, comme une vieille dame anxieuse.

— C'est une boutique, maman. Tu as le droit de t'asseoir où tu veux. Ah, Jessie, je te présente ma mère, Vivi. Maman, voici Jessie.

— Enchantée. Je m'occupe de votre café, déclara Jessie, derrière la machine. Qu'est-ce qui vous fait envie ?

— Que me conseillez-vous ?

Ah, pour l'amour du ciel ! songea Suzanna.

— Si vous n'aimez rien de trop fort, le *latte* est bien. Sinon, on fait aussi du moka, avec du chocolat.

— Un moka, alors. On ne vit qu'une fois…

— Suzanna, il faut qu'on refasse le plein de copeaux de chocolat. Tu veux que j'aille en chercher ?

— Ça ira, répondit-elle, se rendant compte du ton formel de Jessie. Je vais m'en occuper.

— Ça ne me dérange pas. Je peux y aller tout de suite.

— Non, je t'assure, je m'en charge.

Sa voix sonnait faux, trop insistante, une voix de patronne.

— C'est vraiment formidable. Tu as complètement transformé l'allure de ce lieu. Et tu as un œil si original ! s'écria Vivi en regardant tout autour d'elle. J'aime les odeurs, le café, et le… qu'est-ce donc ? Ah, le savon. Et le parfum. N'est-ce pas magnifique ? Je vais dire à toutes mes amies de venir acheter leurs savons ici.

En temps normal, remarqua Suzanna, Jessie se serait déjà assise avec Vivi, et l'aurait bombardée de questions. Au lieu de cela, elle était concentrée sur la cafetière, ses doigts blessés à présent cachés par une manche trop longue. Vivi prit la main de sa fille.

— Je ne trouve pas les mots pour te dire combien ça me plaît. Et tout vient de toi. Bravo, ma chérie. Je trouve ça merveilleux que tu aies créé ça toute seule.

— C'est encore le démarrage. On ne fait pas de bénéfices, ni rien.

— Oh, ça viendra. J'en suis certaine. C'est tellement… original.

Jessie lui tendit son café avec un pauvre sourire, puis demanda l'autorisation d'aller déballer des bijoux qui venaient d'être livrés.

— Si cela te convient, Suzanna ?

— Ça me convient très bien.

— C'est délicieux. Merci, Jessie. Sans conteste le meilleur café de Dere.

— Ce n'est pas difficile ! plaisanta Suzanna, dans l'espoir de voir sourire Jessie.

Elle ne pensait pas pouvoir supporter la situation plus longtemps. Mais après tout, peut-être n'avait-elle que ce qu'elle méritait, avec son jugement lourdaud. Jessie n'avait rien fait d'autre que d'être honnête.

Suzanna se tourna vers Vivi, l'air soudain animée.

— Devine quoi, maman ? On va jouer les cupidons ! C'est une idée de Jessie. On va faire se rencontrer deux cœurs à prendre, sans qu'ils se doutent de rien.

Prudente, Vivi continua de boire son café.

— Ça a l'air très amusant, ma chérie.

— Et je voulais te dire, Jess. J'ai acheté ça. Je pensais que tu pourrais t'en servir… tu sais, comme tu as dit.

Elle se pencha derrière le comptoir pour en sortir une petite boîte de chocolats dans du papier doré. Jessie la contempla.

— C'était vraiment une très bonne idée. Je pense que c'est à toi de le faire. Tu les déposes, tu sais, avant qu'elle parte ce soir. Ou peut-être demain, avant qu'elle arrive.

Jessie avait un regard un peu interrogateur. Une intelligence muette passa entre elles.

— Qu'en penses-tu ? insista Suzanna.

— Ils sont parfaits, répondit Jessie, retrouvant son sourire ouvert d'autrefois. Liliane va les adorer.

Suzanna se détendit. La boutique elle-même sembla reprendre son souffle, et s'éclaircir un peu.

—Et si on buvait toutes un café ? Je les prépare, Jess. Avec des biscuits d'Arturro. Tu prends un cappuccino ?

—Non, merci, répondit Jessie en replaçant les chocolats sous le comptoir. Il vaut mieux les cacher au cas où il reviendrait. Bon, c'est un secret, Mrs Peacock. Vous devez le garder pour vous.

—Ah, je ne m'appelle pas Mrs Peacock, expliqua Vivi gentiment. C'est le nom d'épouse de Suzanna.

—Ah bon ? Quel est votre nom, alors ?

—Fairley-Hulme.

Jessie se tourna vers Suzanna.

—Tu es une Fairley-Hulme ?

—Oui, acquiesça Vivi. L'une des trois enfants Fairley-Hulme.

—Du domaine Dereward ? Tu ne me l'avais jamais dit…

Suzanna se sentit étrangement prise en faute.

—Pourquoi je te l'aurais dit ? rétorqua-t-elle un peu brutalement. Je ne vis pas dans le domaine. Et, à proprement parler, je suis une Peacock.

—Oui, mais…

—C'est juste un nom.

Le soulagement qu'elle avait éprouvé à voir la mauvaise ambiance se dissiper entre Jessie et elle s'évapora. C'était comme si sa famille avait fait irruption physiquement. Jessie contempla Suzanna et Vivi, puis baissa les yeux vers le comptoir.

—Quand même. Maintenant, je comprends. J'aime beaucoup le tableau, annonça-t-elle à Vivi.

—Le tableau ?

—Le portrait. Suzanna voulait l'accrocher ici, mais elle trouve que ça ne va pas. J'ai beaucoup entendu parler des portraits de votre famille. Est-ce que vous invitez encore les gens à venir les voir en été ?

Jessie se tourna vers le cadre, toujours posé derrière les pieds du comptoir. Vivi l'aperçut et rougit.

—Ah, non. Ce n'est pas moi. C'est… C'est Athene…

—Vivi n'est pas ma vraie mère, intervint Suzanna. Ma vraie mère est morte quand je suis née.

Jessie resta muette, comme dans l'attente de plus d'explications. Mais Vivi contemplait à présent le portrait, et Suzanna semblait plongée dans ses pensées.

—Ah oui, maintenant que vous le dites, c'est évident. Les cheveux ne sont pas du tout les mêmes. Ni le reste…

Jessie se tut, consciente que personne n'écoutait. Pour finir, Vivi rompit le silence. Elle détourna les yeux du tableau et posa sa tasse vide sur le comptoir devant Jessie, avec des gestes soigneux.

—Oui. Bon. Je ferais mieux de filer. J'ai promis de conduire Rosemary voir une de ses vieilles amies à Clare. Elle va se demander où je suis.

Elle resserra son foulard de soie autour de son cou.

—Je voulais juste passer dire bonjour.

—C'était un plaisir de vous rencontrer, Mrs Fairley-Hulme. Revenez bientôt. Vous pourrez goûter l'un de nos cafés aromatisés.

Vivi sortit son porte-monnaie, mais Jessie la repoussa d'un geste.

—Voyons ! Vous êtes de la famille.

—Vous… vous êtes très gentille.

Vivi prit son sac à main et se dirigea vers la porte. Puis elle se tourna vers Suzanna.

—Écoute, ma chérie. Je me demandais… Vous ne voudriez pas venir dîner cette semaine, Neil et toi ? Pas un grand repas comme la dernière fois. À la bonne franquette. On serait contents de vous voir.

Suzanna était en train de ranger les magazines dans le porte-revues.

— Neil rentre tard.

— Viens toute seule, alors. On aimerait tellement t'avoir. Rosemary a… passé un moment difficile, ces derniers temps. Et je sais que ta présence lui remonterait le moral.

— Désolée, maman. Je suis trop occupée.

— Juste nous deux, alors ?

Suzanna n'avait pas envie de se montrer cassante, mais l'histoire des noms de famille, ou peut-être du tableau, l'avait mise de mauvaise humeur.

— Écoute, maman, je te l'ai dit. Maintenant, après le travail, je dois m'occuper de la comptabilité et de toutes sortes de choses. Je n'ai plus vraiment de soirées à moi. Plus tard, d'accord ?

Vivi cacha sa déception derrière un sourire chancelant. Elle posa une main sur la poignée et cogna un mobile suspendu en reculant. Elle l'écarta de sa tête.

— Bon. Bien sûr. C'était un plaisir, Jessie. Bonne chance avec la boutique.

Suzanna se replongea dans ses magazines, refusant de rencontrer le regard de Jessie. Lorsque Vivi sortit, elles l'entendirent marmonner toute seule, même une fois la porte franchie : « Oui, c'est vraiment magnifique… »

— Jess, appela Suzanna quelques minutes plus tard. Fais-moi une faveur.

Elle leva les yeux. Jessie la dévisageait toujours avec calme depuis sa place.

— N'en parle pas. Aux clients, je veux dire. Du fait que je suis une Fairley-Hulme, clarifia-t-elle en se frottant le nez. Je ne veux pas que ça… devienne un problème.

Jessie arborait un air neutre.

— C'est toi la patronne, conclut-elle.

— Tu ne devineras jamais où je vais.

Neil venait de surgir, et Suzanna, bien qu'elle soit en grande partie dissimulée par la mousse, se sentait curieusement à nu. L'une des pires conséquences de la vente de leur appartement londonien était de devoir partager une salle de bains. Elle résista au désir de lui demander de sortir de la pièce.

— Où ?

— À la chasse. Avec ton frère.

Il leva les bras, armant un fusil imaginaire.

— Ce n'est pas la bonne saison.

— Pas maintenant. Pour l'ouverture. Il m'a appelé ce matin pour me dire qu'il leur restait une place. Il va me prêter un fusil et tout le matériel.

— Mais tu ne tires pas.

— Il est au courant que je suis débutant, Suzie.

Sourcils froncés, Suzanna contempla ses orteils, tout juste visibles à l'autre bout de la baignoire.

— Ça ne me semble pas ton truc, c'est tout.

Neil desserra sa cravate et grimaça devant le miroir en examinant une ancienne coupure de rasage.

— Pour ne rien te cacher, je suis impatient. Ça me manque, de bouger, depuis qu'on a perdu nos abonnements à la salle de sport. Ça va me faire du bien d'être un peu actif.

— Tirer, ce n'est pas exactement courir un marathon…

— C'est quand même au grand air. On va marcher pas mal.

— Et bouffer. Tous ces gros banquiers en train de bâfrer. Ce n'est pas la meilleure façon de se remettre en forme.

Neil enroula sa cravate autour de sa main.

— Quel est le problème ? Ce n'est pas comme si tu étais à la maison le week-end… Tu es toujours dans ta boutique.

— Je te l'avais dit, que j'aurais beaucoup de boulot.

— Je ne me plains pas, je dis juste que si tu bosses tout le week-end, autant que je m'occupe.

— Très bien.

— Alors, quel est le problème ?

— Il n'y a pas de problème, répondit-elle avec un haussement d'épaules. Comme je te le disais, je pense que ce n'est pas ton truc, c'est tout.

— Ça ne l'était pas. Mais maintenant, on habite à la campagne.

— Ce n'est pas pour autant que tu dois commencer à porter du tweed et radoter des histoires de fusils et de couples de faisans. Franchement, Neil, il n'y a rien de pire qu'un citadin qui joue les gentilshommes campagnards.

— Mais si quelqu'un me propose d'essayer une nouvelle activité gratuitement, il faudrait être idiot pour refuser. Allons, Suzie, ce n'est pas comme si on s'était beaucoup amusés dernièrement.

Il pencha la tête de côté.

— Je vais te dire, reprit-il, tu pourrais confier la boutique à quelqu'un et venir aussi. Tu as tout le temps de t'organiser. Tu pourrais être rabatteuse, ou comment ça s'appelle…

Il se leva pour fouetter l'air de sa main.

— On ne sait jamais… te voir jouer avec un grand bâton…, dit-il d'un air suggestif, nous ferait peut-être le plus grand bien.

— Beurk ! Plutôt mourir. Merci, mais je crois que je peux trouver d'autres idées pour m'occuper le week-end que de tuer de pauvres petites créatures à plumes.

— Excuse-moi, Brigitte Bardot. Je vais aller libérer le poulet rôti, tu veux ?

Suzanna lui fit signe de lui tendre sa serviette. Elle sortit de la baignoire sans presque montrer un centimètre de sa peau.

— Écoute, c'est toi qui m'accuses d'être ennuyeux et prévisible. Pourquoi est-ce que tu m'attaques alors que je tente une expérience nouvelle ?

— Je déteste quand les gens essaient d'être autre chose que ce qu'ils sont. C'est pathétique.

Neil se leva devant elle et baissa la tête pour ne pas se cogner aux poutres.

— Suzie, j'en ai ras le bol de devoir m'excuser d'exister. D'être moi. Pour chacune de mes décisions. À un moment, il va falloir que tu acceptes que maintenant, c'est ici qu'on habite. C'est chez nous. Et si ton frère m'invite à la chasse, en randonnée ou même à la tonte des moutons, ça ne fait pas de moi quelqu'un de pathétique. Ça veut juste dire que j'essaie de saisir les occasions qui se présentent. Qu'au moins, j'essaie de m'amuser de temps en temps. Même si tu es toujours décidée à tout voir en noir.

— Eh bien, tant mieux pour toi, Charles Ingalls.

Elle n'avait rien trouvé de plus intelligent à répondre. Il y eut un long silence.

— Tu sais quoi ? ajouta Neil, finalement. Pour être vraiment, vraiment honnête, je commence à penser que cette boutique, ça ne nous fait pas de bien du tout. Je suis content que ça te rende heureuse, et je ne voulais rien dire parce que je sais que c'est très important pour toi, mais ça fait un moment que je me dis que ça ne nous entraîne pas dans la bonne direction.

Il se passa la main dans les cheveux, puis la regarda dans les yeux.

— Et ce qui est drôle, c'est que d'un coup je me demande si ça vient vraiment de la boutique.

Suzanna soutint son regard pendant ce qui sembla une éternité. Puis elle sortit de la salle de bains, en le bousculant presque, et remonta le couloir vers leur chambre à toute allure. Là, avec beaucoup de bruit, elle se mit à se sécher les cheveux, les yeux fermés pour retenir ses larmes.

Douglas trouva Vivi dans la cuisine. Elle avait oublié qu'elle avait promis de fournir deux gâteaux au Women's Institute pour la vente de samedi, et avait dû s'arracher à regret au confort du canapé et de la télévision. Les projets complexes de Rosemary pour la matinée du lendemain ne lui laissaient aucun autre moment pour les préparer.

— Tu es pleine de farine, constata-t-il en regardant son pull.

Il était allé boire un verre avec l'un des grossistes en céréales du coin. Elle sentit une odeur de bière et de fumée de pipe lorsqu'il se pencha pour l'embrasser sur la joue.

— Oui. Je crois que la farine sait que je déteste la pâtisserie.

Vivi lissa la pâte dans le moule avec le plat d'un couteau.

— Je ne sais pas pourquoi tu n'achètes pas ces trucs au supermarché. Ce serait moins de tracas.

— Les vieilles dames s'attendent à du fait-maison. On n'arrêterait plus les racontars si j'apportais des gâteaux du commerce ! Ton dîner est dans le four du haut. Je ne savais pas à quelle heure tu rentrerais.

— Désolé. Je voulais t'appeler. Je n'ai pas tellement faim, franchement. Je me suis gavé de chips, de cacahouètes et de cochonneries.

Il ouvrit le placard du dessus, chercha un verre, puis s'assit pesamment et se servit un whisky.

— Je suis sûr que Ben reprendrait bien une assiette.

— Il est en ville.

— À Ipswich ?

— À Bury, je crois. Il a pris ma voiture. Il faudrait vraiment qu'il se débrouille pour s'en racheter une bientôt.

— Je crois qu'il espère qu'en attendant suffisamment longtemps je vais lui donner la Range Rover.

Dans le couloir, on entendit feuler alors que le vieux chat de Rosemary tombait dans une embuscade tendue par le chien. Ils entendirent ses griffes cliqueter sur les dalles alors qu'il détalait vers une autre pièce. Le silence revint dans la cuisine, dérangé seulement par le tic-tac régulier de l'horloge viennoise que les parents de Vivi leur avaient offerte pour leur mariage. Ils n'avaient pas reçu beaucoup de cadeaux : ce n'était pas ce genre de cérémonie.

— J'ai vu Suzanna, aujourd'hui, annonça Vivi, toujours occupée à lisser la pâte de son gâteau. Elle était assez froide. Mais la boutique est belle.

— Je sais.

— Quoi ?

Vivi leva la tête d'un coup. Douglas prit une grande gorgée de whisky.

— Je voulais te le dire. Je suis allé la voir la semaine dernière.

Vivi s'était apprêtée à mettre le moule au four. Elle s'arrêta.

— Elle ne m'a rien dit.

— Oui, c'était mardi, je crois… Je trouvais que cette brouille idiote avait assez duré.

Douglas serrait son verre entre ses deux mains. Elles étaient gercées, rouges au niveau des articulations, bien que l'été approche à grands pas. Vivi se tourna de nouveau vers le four, plaça le gâteau sur la grille et referma la porte avec soin.

— Et vous avez réglé le problème ?

Elle luttait pour ne pas laisser sa détresse percer dans sa voix, pour étouffer la violence de son sentiment d'exclusion. Elle savait qu'elle se montrait puérile. Mais elle ignorait ce qui la blessait le plus : qu'après tout le souci qu'elle s'était fait pour la relation du père et de sa fille, toutes ses tentatives pour renouer le dialogue, ils n'aient ni l'un ni l'autre pensé à lui en parler. Ou si, bien que cela soit difficile à admettre, elle était simplement vexée que Douglas soit entré dans cette boutique avant elle.

— Douglas ?

Il se figea, et elle se demanda, dans un moment de folie, combien de temps il avait contemplé cette image.

— Non, répondit-il enfin. Pas vraiment.

Il soupira, avec une tristesse qui ne lui était pas coutumière, et leva les yeux vers elle, l'air fatigué et vulnérable. Elle savait qu'il s'attendait à ce qu'elle l'enlace, qu'elle trouve des paroles apaisantes, qu'elle lui dise que sa fille reviendrait vers lui. Qu'il avait bien agi. Que tout s'arrangerait. Mais cette fois, Vivi n'en avait pas envie.

Chapitre 13

Le jour où j'ai compris que je n'étais pas obligé d'être comme mon père.

De toute ma vie, je crois que je n'ai jamais vu mon père sans gomina. Je ne savais même pas de quelle couleur ils étaient : ils formaient comme un casque sombre et luisant, divisé en petits sillons par le peigne en écaille de tortue qui dépassait de sa poche arrière. Il était de Florence, prétendait ma grand-mère, comme si cela suffisait à expliquer sa vanité. D'un autre côté, ma mère n'avait pas l'air d'une mamma italienne, pas comme les Anglais les imaginent en tout cas. Elle était très mince, très belle, même à la fin de sa vie. Tu peux les voir sur cette photo : on croirait qu'ils sortent d'un film, trop glamour pour un petit village comme le nôtre. Je ne pense pas qu'elle ait cuisiné un seul repas de sa vie. J'avais six ans quand ils m'ont laissé chez ma grand-mère. Ils travaillaient en ville : un endroit qui ne convenait pas à un enfant, me répétait-on. Ils ont eu divers emplois, souvent dans le monde du spectacle, en bas de l'échelle, mais ils ne semblaient jamais gagner beaucoup d'argent. Du moins, pas plus que ce dont ils avaient besoin pour entretenir leur beauté. Ils envoyaient des enveloppes de lires pour mes frais. Pas de quoi faire bouillir la marmite, grognait mon grand-père avec mépris. C'était lui qui produisait l'essentiel de notre nourriture : c'était la seule façon, disait-il en me donnant une tape dans le dos, de fabriquer un beau jeune homme. Ils venaient me voir tous les six mois, environ. Au début, je me cachais derrière les jupes de ma grand-mère, car je les connaissais à peine. Mon père claquait de la langue et faisait des grimaces dans mon dos. Ma mère roucoulait, me lissait les cheveux et réprimandait ma grand-mère parce qu'elle m'habillait comme un paysan. Je m'appuyais contre sa poitrine, respirais son parfum, et me demandais comment deux créatures aussi exotiques pouvaient avoir créé un animal lourdaud comme moi. C'était ainsi que me décrivait mon père, en me pinçant le ventre et en commentant mon double menton. Ma mère le grondait. Elle souriait, mais pas à moi. Certaines années, je ne savais pas si je les aimais ou si je les détestais. Je savais seulement que je ne serais jamais à la hauteur de leurs espérances, et que c'était peut-être même à cause de moi qu'ils s'en allaient toujours.

— Ne fais pas attention à eux, disait ma grand-mère. La ville les a rendus tranchants comme des couteaux.

Puis, l'année de mes quatorze ans, ils sont venus les mains vides, sans rien donner à ma grand-mère pour mes dépenses. Apparemment, c'était la cinquième fois de suite. Je n'étais pas censé le savoir, on m'envoyait dans ma chambre, où je regardais par l'entrebâillement de la porte en tendant l'oreille pour entendre les exclamations qui ne tardaient pas à fuser. Mon grand-père, hors de lui, traita mon père de panier percé, et ma mère de prostituée.

— Vous aviez quand même assez d'argent pour vous mettre cette merde sur la figure, du cirage sur vos nouvelles chaussures. Mais vous êtes des propres-à-rien.

— Vous n'avez pas le droit de me dire ça ! répliqua mon père.

— Eh bien si. Tu crois que tu mérites le nom de père ? Tu ne serais même pas capable de tuer une poule pour nourrir ton propre fils.

— Vous croyez que je ne suis pas capable de tuer une poule ?

Je parvins à l'apercevoir en train de se lever de toute sa hauteur dans son costume rayé.

— Tu n'es bon à rien, à part te saper comme une princesse !

La porte du salon claqua.

Je courus à la fenêtre et vis mon père sortir à grands pas dans la cour. Après plusieurs tentatives, et avec des cris perçants, il réussit à attraper Carmela, l'une des poules les plus âgées, qui avait cessé de pondre depuis bien longtemps. Face à mon grand-père, il lui rompit le cou et jeta d'un air désinvolte son cadavre à travers la cour, dans sa direction. Un silence se fit, et j'eus soudain l'impression que le geste de mon père renfermait une menace. Je vis en lui quelque chose que je n'avais encore jamais perçu, de la méchanceté, de l'impulsivité. Cela n'avait pas échappé à ma grand-mère non plus. Elle se tordait les mains, implorant tout le monde de rentrer pour boire un peu de *grappa*. Ma mère regardait tour à tour son père et son époux avec nervosité. Elle ne savait pas lequel essayer de calmer en premier. L'air lui-même semblait s'être figé. Alors, avec un cri étranglé, Carmela apparut aux pieds de mon père, la tête un peu penchée, l'air malveillant. Elle hésita, tituba, puis passa devant lui d'un pas mal assuré et traversa la cour pour rentrer dans le poulailler. Personne ne pipa mot. Puis ma grand-mère tendit le doigt :

— Elle a chié sur ton costume.

Mon père baissa les yeux et vit le bas de son pantalon bien repassé souillé par ce qu'il avait dû prendre pour la dernière protestation de Carmela. Ma mère, la main devant la bouche, se mit à glousser. Mon grand-père, menton en avant, tourna les talons et rentra dans la maison, avec un « Pff ! » plein de mépris.

— Même ton fils sait tordre le cou d'une poule, marmonna-t-il.

Après cela, mon père ne revint que rarement. Ça m'était égal. Mon grand-père m'enseigna tout sur la viande, la différence entre *pancetta* et *prosciutto*, entre *dolcelatte* et *panna cotta*, comment faire un pâté fourré aux figues, nappé de graisse d'oie. Il ne mentionna jamais mon apparence. Dix ans plus tard, j'ouvris mon premier magasin, et depuis ce jour, ce fut à moi de le nourrir. Je le fis avec plaisir, jusqu'à sa mort. Carmela est la seule poule que nous n'avons jamais mangée.

Il était presque 9 h 40 lorsque Liliane introduisit sa clé dans la serrure de *La Boutique du Chic*. Elle baissa les yeux et, après avoir glissé le pied dans l'entrebâillement de la porte, se pencha pour ramasser la petite boîte de chocolats enveloppée dans du papier doré, qui était posée sur la marche. Elle l'examina de près, la tourna et la retourna dans ses mains, puis leva la tête et regarda des deux côtés de la rue, son manteau soulevé par la forte brise. Elle lâcha la porte et recula de deux pas pour apercevoir la devanture d'Arturro. Elle attendit encore un moment, puis, les chocolats à la main, son sac serré contre sa poitrine, elle entra dans sa boutique. De l'autre côté de la rue, de leur poste d'observation situé derrière l'exposition consacrée à Arturro, Suzanna et Jessie échangèrent un regard. Puis, comme si au moins l'une des deux avait vingt ans de moins, elles partirent dans un fou rire enfantin. C'était le quatrième cadeau qu'elles déposaient sur les marches de *La Boutique du Chic* : elles avaient décidé de le faire une fois par semaine. Plus souvent, ce serait trop lourd, et moins, ça passerait pour un hasard. Mais ce n'était pas à sens unique : peut-être sous l'influence du beau temps, ou des besoins primitifs qui poussaient les jeunes filles à dévoiler leurs jambes et leurs épaules, et les jeunes gens de Dere à parcourir sans but les rues étroites dans leurs bolides rugissants – les habitants plus âgés pinçaient les lèvres avec réprobation –, Suzanna et Jessie avaient mis au point toutes sortes d'astuces pour attirer Liliane et Arturro dans la compagnie l'un de l'autre. Lorsque le présentoir de sacs à main de Liliane s'était effondré, elles avaient persuadé Arturro de passer le réparer. Pour cela, elles lui avaient raconté que Liliane admirait beaucoup le travail qu'il avait effectué sur ses propres étagères. Elles avaient ensuite prétendu que l'huile d'olive était bonne pour l'arthrose, afin que Liliane fasse un saut à l'épicerie pour en acheter une bouteille à sa mère. Elles inventaient des raisons pour les faire asseoir ensemble lorsqu'ils venaient prendre un café : soit elles se mettaient à astiquer les tables, soit elles enlevaient des chaises sous prétexte qu'il fallait les réparer. Parfois, elles étaient récompensées : elles les surprenaient à échanger des regards avec un plaisir timide, ou à paraître surpris de trouver l'autre chez *Peacock & Co* lorsqu'ils y entraient (cela semblait pourtant se produire de plus en plus souvent). Leur stratagème marchait, elles se le confirmaient l'une à l'autre en chuchotant, pleines de joie, lorsque la boutique était déserte. Puis elles cachaient d'autres sucreries derrière le comptoir.

À Dere House, Vivi aussi était occupée à des affaires culinaires : elle était désormais hantée par le réfrigérateur de Rosemary. Ces derniers temps, alors qu'elle venait, deux fois par semaine, enlever les poubelles – Rosemary avait du mal à sortir le sac sans le déchirer –, elle y avait découvert, entre les légumes liquéfiés et les vieux flacons de médicaments, plusieurs yaourts périmés ainsi que des paquets de bacon entamés, du poulet cru sur une assiette, avec du sang qui coulait dans la brique de lait ouverte juste en dessous. Les mots « listeria » et « salmonelle » prirent une horrible résonance, et Vivi se surprit à sursauter de terreur lorsque Rosemary parlait de se faire « un petit sandwich » ou de « grignoter un en-cas ». Elle aurait voulu en parler à Douglas, mais il s'était montré plutôt morose et fermé depuis l'affaire avec Suzanna, et avec les foins, il était souvent dehors jusqu'à 21 heures. Elle s'était demandé si ses amies du village pourraient l'aider, mais elle n'était suffisamment proche de personne pour se permettre ce genre de confidences : elle n'était pas de ces femmes qui s'entourent d'un cercle, et le nom des Fairley-Hulme étant associé à une certaine réputation dans les environs, reconnaître des difficultés sous son toit semblait une sorte de trahison. Quand Vivi regardait une émission de télé du matin, où de jeunes gens ne voyaient aucune gêne à raconter les détails les plus intimes de leur vie sexuelle, ou leurs problèmes d'alcool ou de drogue, elle était stupéfaite. Comment en l'espace d'une génération était-on passé d'une époque où tout devait rester entre quatre murs à une autre où une telle attitude était considérée comme malsaine ?

Pour finir, elle appela Lucy, qui l'écouta avec le détachement analytique qui lui avait donné un tel succès dans son métier. La jeune femme conclut que, de son point de vue, Rosemary arrivait à un âge où il fallait songer à une maison de retraite.

— Je n'oserais même pas le suggérer à ton père, avoua Vivi à voix basse, comme si depuis le champ des seize hectares Douglas pouvait l'entendre.

— Il va bien falloir pourtant que tu fasses quelque chose, insista Lucy. La salmonellose, on en meurt. Peut-être le passage d'une aide à domicile ?

Vivi n'avait pas envie de confesser l'aventure de Madame Incontinence.

— C'est juste qu'elle est tellement têtue… Rien que le fait que j'aille dans sa cuisine, elle n'aime pas ça. Je dois inventer toutes sortes d'excuses pour justifier d'avoir remplacé ses provisions.

— Elle devrait te remercier !

— Oui, c'est vrai, ma chérie, mais tu sais comme moi que ce mot ne fait pas partie de son vocabulaire…

— Ce n'est pas évident… Tu ne peux pas simplement mettre du film alimentaire sur tout ?

— J'ai essayé, mais elle a décidé de le réutiliser. Elle a repris celui du poulet pour envelopper un gros morceau de cheddar, et j'ai dû tout jeter.

— Eh bien, dis-lui que c'est un risque sanitaire.

— J'ai essayé, ma chérie. Vraiment. Mais elle se met en rage, et n'écoute rien. Elle se contente d'agiter les mains et de partir en claquant la porte.

— Elle le sait sans doute…, déclara Lucy, pensive. Qu'elle perd la boule, je veux dire.

Vivi soupira.

— Oui. Oui, j'imagine…

— Ça me mettrait en colère. Et disons que grand-mère n'est pas connue pour sa douceur légendaire…

— C'est le moins qu'on puisse dire.

— Tu veux que j'intervienne pour calmer le jeu ?

— Auprès de qui ?

— Je ne sais pas. Grand-mère ? Papa ? Parfois, c'est plus facile quand on n'est pas de la même génération.

— Tu peux toujours essayer, mais je ne suis pas sûre que ça arrange les choses. Ton père est un peu… Eh bien, je crois qu'il a assez de soucis familiaux à gérer en ce moment.

— Qu'est-ce que tu veux dire ?

Vivi se tut. Une fois de plus, elle avait l'impression de trahir un secret.

— Oh, tu sais. Cette histoire idiote avec Suzanna.

— Tu plaisantes. Ils ne sont quand même pas encore en train de radoter là-dessus ?

— Elle est vraiment très blessée. Et je crains qu'ils n'en soient arrivés à ce stade affreux où tu ne peux plus rien dire sans empirer encore la situation…

— Ah, pour l'amour du ciel, je n'arrive pas à croire qu'ils n'aient pas encore réglé ça ! Attends une minute.

Vivi perçut le bruit étouffé d'une conversation, et un accord rapide. Puis la voix de sa fille lui parvint de nouveau.

— Allons, maman. Il faut que tu mettes un terme à ça. Ils se comportent comme deux crétins. Aussi bornés l'un que l'autre.

— Mais qu'est-ce que je peux faire ?

— Je ne sais pas. En prendre un pour taper sur l'autre ? Tu ne peux pas laisser cette querelle s'éterniser comme ça. Il faut que tu fasses le premier pas. Écoute, maman, je dois y aller. On m'attend pour une réunion. Appelle-moi ce soir, d'accord ? Dis-moi ce que tu auras décidé pour grand-mère.

Avant que Vivi ait le temps de lui dire qu'elle l'aimait, elle avait raccroché. Elle resta assise devant le téléphone qui bourdonnait de loin et se sentit, une fois de plus, submergée par son inadaptation.

Alors, pourquoi est-ce à moi de me charger de ça ? songea-t-elle avec irritation. *Pourquoi est-ce à moi de régler les problèmes de tout le monde ou d'assumer les conséquences ? Qu'est-ce que j'ai fait pour mériter ça ?*

Nadine et Alistair Palmer se séparaient. Alors que les journées rallongeaient, les heures de calme de Suzanna entre la fermeture de la boutique et le retour de Neil avaient été de plus en plus souvent interrompues par les coups de fil de Nadine. Au lieu de se pencher sur ses factures à la table de la cuisine, elle entendait : « Je n'arrive pas à croire qu'il me fasse ça… S'il s'imagine que je vais laisser les enfants partir tout un week-end, il est devenu fou… Tu sais, l'avocate pense que je devrais réclamer la résidence secondaire aussi… C'est moi qui l'ai décorée, après tout, même si elle est en copropriété avec son frère… » Au début, elle avait été flattée d'avoir de ses nouvelles : pendant un moment, elle avait cru que Nadine, qui vivait toujours à Londres, l'avait oubliée. Mais, au bout de plusieurs semaines, elle était épuisée par ces appels, par les interminables récits d'injustices post-maritales, la myriade d'exemples de mesquineries auxquelles pouvait s'abaisser un couple qui autrefois s'était aimé, juste pour punir l'autre. « Tu n'imagines pas comme je me sens seule le soir… J'entends toutes sortes de bruits… Ma mère pense que je devrais prendre un chien, mais qui le promènerait maintenant que je dois travailler ? »

Nadine et Alistair avaient été les premiers à se marier dans leur cercle d'amis, seulement six semaines avant Suzanna et Neil. Ils étaient partis en lune de miel dans la même région de France. Récemment, Nadine lui avait demandé trois fois comment ça allait avec Neil, comme si elle mourait d'envie qu'on lui dise qu'elle n'était pas seule dans son malheur. Suzanna s'en tenait toujours à « Bien ». Au début, elle avait été assez secouée, mais Nadine et Alistair étaient désormais le quatrième couple parmi leurs amis à avoir divorcé, et elle était moins perturbée – peut-être moins surprise – à chaque nouvelle annonce. Parfois, après avoir reposé le combiné, elle réfléchissait au caractère apparemment inéluctable du chemin qu'empruntaient les unions de sa génération. D'abord un déferlement d'enthousiasme, qui se muait en une relation plus stable, avec peut-être un peu moins de sexe, puis le mariage, l'achat d'une maison, l'appétit sexuel remplacé par une passion pour le mobilier. Ensuite arrivait le bébé, moment auquel les femmes devenaient obnubilées, comblées, et exacerbées. Le sexe disparaissait, et maris et femmes semblaient prendre des trajectoires différentes. Elle faisait des remarques humoristiques mais répétées sur l'incapacité des hommes à accomplir les tâches ménagères, et il se retirait, passait autant de temps que possible au bureau, et finissait avec une partenaire plus jeune, plus enthousiaste sur le plan sexuel et moins aigrie.

— Il dit que je ne lui plais plus. Depuis la naissance des enfants. Je lui ai répondu que, franchement, il ne me plaît plus non plus depuis des années, mais c'est justement le but du mariage, non ? Une gamine de vingt-deux ans… Qu'est-ce qui lui passe par la tête ? Bon sang, Suzanna, elle n'était même pas née quand Charles et Lady Di se sont mariés !

Bien sûr, dans ses bons jours, Suzanna savait que ce n'est pas ainsi pour tout le monde, que dans certains couples les enfants constituaient un ciment et étaient une source de joie. En fait, elle ne savait jamais vraiment si ses amies avaient exagéré les mauvais côtés de la maternité (les nuits sans sommeil, le corps en vrac, les jouets en plastique qui traînent partout et le vomi) par compassion mal placée pour le fait qu'elle ne se soit pas encore embarquée dans l'aventure. Mais, ironiquement, cette litanie pessimiste de griefs avait fini par changer sa vision des choses. En écoutant Nadine pleurer à l'idée que ses deux jeunes enfants passent du temps avec la nouvelle copine de leur papa, tandis qu'elle se réveillerait dans une maison vide et silencieuse, elle devenait terriblement consciente que, sous les chamailleries domestiques, les futilités et les mesquineries, il y avait les restes d'une passion, intense et jalouse. Et quelque chose dans cette passion (jusque dans la profondeur du chagrin de Nadine), comparée à sa propre vie tiédasse et soigneusement construite, avait commencé à lui faire envie.

La première fois que Neil avait rencontré Suzanna, elle lui avait servi des sushis. Elle travaillait dans un restaurant à Soho, et, après avoir découvert que la combinaison riz-poisson cru était presque dépourvue de graisse, ne vivait plus que de cela et de Marlboro Light, dans l'espoir de passer du 38 au 36 (désormais, elle se demandait pourquoi elle n'avait pas consacré ses jeunes années à se balader en bikini, au lieu de se prendre la tête pour une cellulite imaginaire). Neil était venu avec des clients. Ayant grandi dans la banlieue de Londres, avec le régime simple d'un joueur de rugby qu'on lui servait dans son école privée, il avait obligeamment goûté tout ce qu'elle lui avait suggéré. Ce n'est que plus tard qu'il lui avait avoué que si quelqu'un d'autre avait tenté de lui faire avaler un oursin cru, il en serait venu aux mains. Il était grand, large d'épaules et bel homme, plus vieux qu'elle de quelques années à peine, et sa peau brillait d'un éclat qui racontait qu'un salaire dans la City et de nombreux voyages à l'étranger pouvaient compenser l'ennui d'une vie de bureau. Il lui avait laissé un pourboire de presque trente pour cent de la note. Elle avait bien compris que ce n'était pas pour épater ses compagnons. Elle l'avait observé de l'autre côté de la table, avait écouté sa confession chuchotée, et décidé qu'une telle volonté de faire des expériences culinaires témoignait d'un esprit ouvert dans d'autres domaines. Neil, avait-elle découvert dans les mois suivants, était quelqu'un de motivé, de simple, et contrairement à ses précédents petits amis qui n'étaient fidèles qu'à l'occasion, il était entièrement fiable. Il lui achetait tout ce qu'un petit ami est censé acheter en théorie : des fleurs régulièrement, du parfum après un voyage en avion, des week-ends au loin, et au bon moment, une impressionnante bague de fiançailles, et une alliance parée de diamants. Ses parents l'adoraient. Ses amies l'évaluaient du regard, certaines avec une insistance qui montrait qu'il n'aurait aucun mal à se recaser si jamais. Son appartement avait des portes-fenêtres qui donnaient sur Barnes Bridge. Il s'était glissé dans sa vie avec une aisance qui lui faisait penser qu'ils étaient destinés. Ils s'étaient mariés jeunes. Trop jeunes, s'inquiétaient ses parents, qui ne savaient rien de son passif amoureux. Elle avait repoussé leurs craintes avec la certitude d'une femme qui se sait adorée, qui n'a pas d'espace où le doute puisse se nicher. Elle était éblouissante dans sa robe ivoire. Si, plus tard, elle s'était demandé si elle éprouverait jamais à nouveau cette première vague d'excitation, cette impatience frémissante pour l'attention sexuelle d'un autre, elle parvenait toujours à se rassurer. Pour quelqu'un qui avait autant vagabondé qu'elle, il était inévitable d'avoir de temps en temps envie de goûter à un peu d'exotisme. Avec un homme qui ressemblait désormais davantage à un grand frère énervant qu'à un amant, il était bien normal qu'elle regarde parfois autour d'elle avec envie. Elle était bien placée pour savoir que le shopping peut vite devenir addictif. Depuis la dispute sur la chasse, Neil s'était montré renfermé. Rien de très franc, juste un rafraîchissement dans l'atmosphère domestique. D'une certaine façon, c'était la meilleure de toutes les réactions. Elle se comportait toujours mieux quand elle devait lutter pour obtenir de l'attention. C'est quand elle avait peur de le perdre qu'elle comprenait qu'elle tenait à lui. Elle écoutait Nadine lui parler de l'horreur de voir ses amis jouer les entremetteurs lors de dîners, ou prendre parti pour l'un ou l'autre, comme si c'était un trop gros effort de rester en bons termes avec les deux, puis se plaindre d'être obligée de se reloger dans un « premier achat », dans une banlieue même pas chic. Et cela produisait sur elle le même effet glaçant que lorsqu'elle avait entendu Liliane évoquer sa vie avec sa mère. Ainsi, même si Neil avait peut-être eu l'impression inverse, les choses s'arrangeaient pour eux, même si c'était à un degré infinitésimal. Elle avait atteint une sorte d'équilibre. Elle n'avait aucun désir (et encore moins l'énergie) de réitérer cette ascension à la force du poignet. Peut-être Neil en était-il également conscient. Peut-être était-ce la raison pour laquelle, pour l'anniversaire de Suzanna, il l'avait emmenée à Londres manger des sushis.

— Je mangerai tout ce que tu voudras, du moment que tu ne me forces pas à avaler un de ces machins pour le dessert.

— Les couilles roses ?

— Celles-là même ! convint Neil en s'essuyant la bouche avec sa serviette. Tu te rappelles quand tu m'en as fait goûter une à Chinatown, et que je l'ai recrachée dans mon sac de sport ?

Elle sourit, heureuse que ce souvenir ne soit teinté d'aucune répugnance ni irritation.

— C'est à cause de la texture. Je ne comprends pas qu'on puisse manger quelque chose qui a la consistance d'un oreiller.

— Tu raffoles pourtant des guimauves.

— C'est différent. Je ne sais pas pourquoi, mais ce n'est pas pareil.

C'était le premier soir depuis bien longtemps où ils parlaient librement, sans être intimidés, sans qu'une seconde conversation, tacite, bouillonne de récriminations sous la surface. Elle s'était demandé, plus tard, si c'était juste le plaisir d'être au centre de Londres, avant de décréter que l'essentiel de ses problèmes venait du fait qu'elle réfléchissait trop. Sa grand-mère prétendait que, pour qu'un mariage fonctionne, il fallait avoir la mémoire courte et le sens de l'humour. Bien qu'elle-même n'ait jamais montré aucune de ces deux caractéristiques.

— Tu es jolie, avait-il dit en la contemplant par-dessus sa tasse de thé vert.

Et elle avait réussi à lui pardonner l'usage d'un mot aussi tiède. À 22 h 15, alors qu'ils marchaient dans l'air doux de Leicester Square parmi les passants, il lui avait annoncé qu'ils ne rentraient pas à Dere Hampton pour la nuit.

— Pourquoi ? avait-elle crié pour qu'il l'entende alors qu'un groupe de Hare Krishna les croisait joyeusement avec des tambourins. On va où ?

— C'est une surprise. Parce que ça va mieux financièrement. Parce que tu travailles tellement dur. Et parce que ma femme mérite qu'on la chouchoute.

Et il l'avait entraînée vers un hôtel au luxe discret dans Covent Garden, où même les jardinières étaient de bon goût et semblaient annoncer le genre de prestations qui garantissent un agréable séjour. De toute façon, Suzanna était déjà ravie de la façon dont se déroulait sa soirée. Et dans leur chambre se trouvait un petit sac d'affaires qu'il avait préparé le matin et embarqué discrètement. Il avait seulement oublié sa crème hydratante. La passion, dans un couple, allait et venait. Tout le monde le disait. Si, pour changer, elle lui accordait son entière attention, si elle tentait de faire abstraction de tous les détails qui l'agaçaient, et qui revenaient perpétuellement polluer ses sentiments les plus doux, si elle essayait de se concentrer sur le positif, il n'était pas impossible qu'ils la retrouvent.

— Je t'aime, avait-elle murmuré.

Elle avait ressenti un intense soulagement en s'apercevant qu'après tout ce qu'ils avaient traversé elle le pensait encore. Alors il l'avait serrée tout contre lui et, pour une fois, n'avait rien dit. À 23 h 15, alors qu'ils buvaient du champagne, il s'était tourné vers elle, et le couvre-lit avait glissé de son torse nu. Il avait la peau blanche, avait-elle remarqué. Leur première année sans vacances à l'étranger. Dans quinze mois, il aurait quarante ans, déclara-t-il. Et ? Il avait toujours rêvé d'être papa avant quarante ans. Elle ne répliqua rien.

Et, il se disait, puisque ça prenait en moyenne dix-huit mois de concevoir un enfant, ne devraient-ils pas commencer à essayer maintenant ? Juste pour mettre toutes les chances de leur côté ? Il voulait être papa, c'était tout, ajouta-t-il tout bas. Fonder une famille à lui. Il avait posé sa flûte, lui avait pris le visage entre ses deux mains chaudes, l'air un peu anxieux, comme s'il savait qu'aborder le sujet pouvait rompre les termes de leur marché, faire voler en éclats la paix fragile qui avait rendu la soirée magique. Mais il ignorait qu'il était en train de lui demander une chose qu'elle avait déjà décidée. Elle n'avait pas répondu, mais s'était allongée, après avoir posé sa propre flûte de champagne sur la table de chevet opposée.

— Tu n'as pas besoin d'avoir peur, dit-il avec douceur.

Dans la torpeur de l'alcool, elle se sentait un peu comme un poisson hors de l'eau. Elle respirait, haletait, mais d'une certaine façon, elle acceptait enfin son destin.

Vivi emprunta le couloir en soufflant sous le poids de ses sacs de courses mal répartis. Son fils n'était jamais là quand elle avait besoin de lui. Elle atteignit la cuisine, les laissa tomber et, dans la lumière déclinante, elle examina les traces rouges que les poignées avaient laissées dans ses mains potelées. Ce n'était pas son jour de supermarché, mais elle s'était sentie obligée de remplacer la nourriture qu'elle avait retirée le matin même du réfrigérateur de Rosemary. Cela se produisait désormais deux fois par semaine. Ce jour-là, elle avait également affronté les placards du haut, et y avait trouvé non seulement plusieurs conserves de viande périmées depuis trois ans, mais plus inquiétant, des assiettes rangées sans être passées au lave-vaisselle. Par mesure de sûreté, Vivi avait fait tremper les assiettes dans de la javel pendant une demi-heure. Puis, redoutant ce qui était peut-être en train de moisir hors de vue, elle était montée sur une chaise pour briquer les quatre placards avant de remettre leur contenu en place. Tout ceci l'avait obligée à annuler sa session hebdomadaire avec les dames de *Riding for the Disabled*, une association qui offre des leçons d'équitation aux personnes handicapées. Heureusement, on ne lui avait fait aucun reproche. Lynn Gardner, la responsable, venait de placer son père en maison de retraite, et Vivi, encore traumatisée par son éprouvante matinée, avait pour une fois avoué les raisons de sa défection.

— Oh, doux Jésus, ma pauvre... Tu ferais mieux de vérifier le tiroir sous le four. Tu sais, celui qui sert à réchauffer les assiettes, avait-elle tonné de sa voix forte dans le téléphone. Nous, on l'a trouvé plein d'asticots. Il y rangeait sa vaisselle sale, il confondait avec le lave-vaisselle.

Vivi jeta un regard horrifié au four.

— Et tu as droit aux crises de somnambulisme, aussi ?

— Quoi ?

— Ah, ils se mettent à déambuler dans la maison la nuit. C'est perturbant, je peux te dire. À la fin, on donnait des cachets à papa. J'avais tellement peur qu'il arrive à sortir et qu'on le retrouve parmi les moutons.

Les hommes avaient omis de placer leurs mugs sales dans l'évier. Vivi ne soupirait même plus dans ces cas-là. Elle s'en chargea à leur place et essuya la nappe jonchée des miettes de leur déjeuner, mit les assiettes au lave-vaisselle, et remit les journaux en pile. Alors qu'elle déballait les courses sur la table de la cuisine, elle entendit la voix impérieuse de Rosemary dans le salon, où elle était en conversation avec Douglas. La vieille dame avait des opinions trop arrêtées, un élan vital trop tenace, pour ressembler au père de Lynn, zombie spectral qui hantait sa maison en pyjama. Pendant un instant, Vivi douta qu'il faille s'en réjouir.

Elle songea à passer la tête par la porte pour dire bonjour, mais prit conscience, avec une certaine dose de culpabilité, qu'elle préférait avoir ces cinq minutes à elle. Elle regarda l'horloge et constata, avec un vif plaisir, qu'elle pouvait encore attraper les dernières minutes de son feuilleton sur la BBC.

— On va juste savourer un peu de tranquillité, qu'en penses-tu, Mungo ?

Le chien, en entendant son nom, se mit à trembler d'impatience. Il passait sa vie à attendre qu'une petite friandise tombe du ciel.

— Hélas non, mon chéri, lui dit Vivi en rangeant les différents morceaux de viande dans le congélateur. Il se trouve que je sais que tu as déjà mangé.

Elle disposa plusieurs côtelettes d'agneau sur un plat et prit soin d'ôter le gras de celle de Rosemary. Cette dernière se plaignait lorsque la viande n'était pas dégraissée. Puis elle mit à bouillir les pommes de terre nouvelles, avec quelques feuilles de menthe, et se lança dans la préparation d'une salade. Ils lui diraient sans doute que ce n'était pas copieux, mais elle avait acheté un gâteau pour compenser. Si elle le déballait à l'avance, Rosemary ne ferait pas de remarque sur la supériorité des pâtisseries maison.

Le feuilleton terminé, Vivi resta debout un moment à regarder par la fenêtre, comme elle l'avait fait pendant qu'elle écoutait. C'était la meilleure période pour le jardin qui s'étendait devant la cuisine : les herbes aromatiques envoyaient des bouffées de senteurs jusque dans la maison, la lavande, les campanules et les lobélies émergeaient des massifs entourés de briques, les plantes grimpantes, qui en hiver n'étaient plus que des squelettes noircis, éclataient de verdure. Rosemary avait construit ce jardin au début de son mariage. C'était l'une des rares choses pour lesquelles Vivi éprouvait envers elle une reconnaissance sans mélange. À une époque, elle avait pensé que Suzanna s'y intéresserait : elle avait le même œil que Rosemary, un talent inné pour disposer les éléments afin d'en rehausser la beauté. Elle était en train de respirer l'odeur vespérale des primevères tout en écoutant le bourdonnement paresseux des abeilles lorsqu'elle s'aperçut que la voix de Rosemary avait pris une note combative inhabituelle. Le ton de Douglas était au contraire plus doux, comme s'il tentait de la raisonner. Vivi se demanda avec une gêne vague si c'était d'elle qu'ils discutaient. Peut-être Rosemary s'offusquait-elle du grand nettoyage qu'elle avait effectué dans ses placards. Ou peut-être n'avait-elle toujours pas pardonné à sa bru la courte visite de Madame Incontinence. Elle se détourna de la fenêtre et posa les côtelettes sur le fourneau. Elle s'essuya les mains sur son tablier et, le cœur lourd, s'approcha de la porte.

— Je n'arrive pas à croire que tu puisses même le suggérer !

Rosemary était assise dans le fauteuil à bascule, bien qu'elle ait souvent du mal à en sortir. Très raide, elle avait les mains croisées sur les genoux, et le visage, figé par la colère, détourné de son fils comme si elle refusait physiquement de l'entendre. Vivi referma la porte derrière elle et remarqua que sa belle-mère avait boutonné son chemisier de travers. Elle était attristée de ne pouvoir le mentionner. Douglas se tenait à côté du piano, un verre de whisky à la main. À sa gauche, l'horloge de parquet qui était dans la famille depuis la naissance de Cyril Fairley-Hulme émit un discret tintement pour annoncer le quart d'heure.

— J'y ai longuement réfléchi, mère.

— C'est peut-être le cas, Douglas, mais je te l'ai déjà dit, tu ne sais pas forcément ce qui est le mieux pour ce domaine.

— La dernière fois que nous avons eu cette conversation, mère, j'avais vingt-sept ans, objecta Douglas avec un petit sourire.

— J'en suis parfaitement consciente. Et tu avais la tête pleine d'idées stupides à cette époque déjà.

— Je ne pense pas que cela ait un intérêt financier que Ben hérite de la totalité du domaine, c'est tout. Ce n'est pas qu'une affaire de traditions. C'est aussi une question d'argent.

— Quelqu'un veut bien m'expliquer ce qui se passe ? intervint Vivi en regardant tour à tour son époux et sa belle-mère, toujours tournée d'un air borné vers la porte-fenêtre.

Elle tenta de sourire, mais se reprit lorsqu'elle s'aperçut qu'elle était la seule.

— J'ai eu quelques idées, et je pensais qu'il fallait que j'en parle à mère…

— Et tant que je serai là, Douglas, et que j'aurai mon mot à dire dans la gestion de ce domaine, les choses resteront exactement comme elles sont.

— Je propose seulement que…

— Je sais très bien ce que tu proposes. Tu l'as suffisamment répété. Et je te dis que la réponse est non.

— La réponse à quoi ? insista Vivi en s'approchant de son mari.

— Et je refuse d'en discuter plus longtemps, Douglas. Tu sais très bien que ton père avait une vue très arrêtée de ces questions.

— Et je suis persuadé que père n'aurait pas voulu voir un membre de cette famille malheureux à cause de…

— Non. Non, je ne le tolérerai pas, décréta-t-elle en se frappant la poitrine. Maintenant, Vivi, à quelle heure dînons-nous ? Je pensais qu'on mangeait à 19 h 30, et je suis certaine qu'il est déjà plus tard que ça, commenta Rosemary.

— L'un d'entre vous aurait-il l'obligeance de m'expliquer de quoi vous parlez ?

Douglas posa son verre sur le piano.

— J'ai réfléchi. Au fait de changer mon testament et de faire un montage avec mon notaire pour que les enfants soient à égalité dans la gestion du domaine. Peut-être même de mon vivant. Mais… mère n'aime pas cette idée, conclut-il en baissant la voix.

— Une part égale ? Pour les trois ? s'étonna Vivi.

Elle dévisagea son époux.

— Quelqu'un m'aide à me lever ? Je n'arrive jamais à sortir de ce fauteuil ridicule.

Douglas haussa les épaules et regarda Vivi avec une exaspération complice.

— J'ai essayé. Je ne peux pas dire que je sois entièrement satisfait de la situation.

— Tu as essayé ?

Rosemary tenta de s'extraire du siège, tout son poids reposant sur ses poignets osseux. Mais elle s'affala avec un grognement irrité.

— Tu es obligé de m'ignorer ? Douglas ? J'ai besoin de ton bras. Ton bras !

— Est-ce que ça signifie que tu vas laisser tomber ?

— Je ne laisse pas tomber, bibiche. Mais je ne veux pas empirer encore les choses.

Douglas s'approcha de sa mère et lui offrit un appui.

— Comment pourraient-elles empirer ?

— Vee, mère aussi a le droit de décider. On vit tous ici ensemble…

Rosemary, une fois debout, essaya avec difficulté de se redresser.

— Ton chien, assena-t-elle en regardant Vivi en face, est venu sur mon lit. J'ai trouvé des poils.

— Il faut que vous pensiez à fermer votre porte, Rosemary, répliqua-t-elle calmement sans détacher les yeux de Douglas. Mais ça arrangerait tout, chéri. Suzanna serait tellement plus heureuse. Tout ce dont elle a besoin, c'est de se sentir égale aux autres. Elle ne veut pas réellement gérer le domaine. Et ça ne dérangera pas Ben. Je ne pense pas qu'il était vraiment à l'aise avec ce projet.

— Je sais, mais…

— Ça suffit, décréta Rosemary en se dirigeant vers la porte. Ça suffit. Je veux dîner maintenant. Je ne veux plus entendre un mot de plus sur cette affaire.

Douglas toucha le bras de Vivi. Le contact lui sembla léger, sans substance.

— Désolé, bibiche. J'ai essayé.

Lorsque Rosemary passa devant elle, Vivi s'aperçut qu'elle avait la poitrine oppressée. Elle regarda Douglas se tourner afin d'ouvrir la porte à sa mère et comprit que, pour eux, la conversation était déjà conclue, le chapitre clos. Soudain, elle entendit sa propre voix, assez forte pour que Rosemary s'arrête net, et vibrant d'une colère qui ne lui ressemblait pas.

— Eh bien, j'espère que vous serez bien contents de vous, tous les deux, quand cette malheureuse fille ne vous parlera plus du tout.

Il fallut plusieurs secondes pour qu'ils assimilent ce qu'elle avait dit.

— Quoi ? s'exclama Rosemary, agrippée au bras de Douglas.

— Eh bien, on ne lui a jamais dit la vérité, pas vrai ? Ne me regardez pas comme ça. Personne ne lui a dit la vérité sur sa mère. Et maintenant on se demande pourquoi elle a grandi pleine de confusion et de ressentiment.

Elle avait enfin leur entière attention.

— J'en ai assez ! De tout ça ! Douglas, soit tu te débrouilles pour en faire ton héritière, soit tu lui dis la vérité sur sa mère, y compris ce qu'on ignore.

Elle respirait fort. Elle finit par murmurer, presque pour elle-même :

— Voilà. C'est dit.

Il s'ensuivit un court silence. Puis Rosemary leva la tête et se mit à parler, comme à une handicapée mentale.

— Vivi. Ce n'est pas dans les habitudes de notre famille…

— Rosemary, l'interrompit Vivi, au cas où vous ne l'auriez pas remarqué, *je* fais partie de la famille. Je suis la personne qui prépare les repas, repasse les vêtements, nettoie la maison, et ce depuis trente ans, environ. Je fais partie de la famille, bon sang !

Douglas entrouvrit la bouche. Mais elle s'en fichait. On aurait cru qu'une sorte de folie furieuse l'avait infectée.

— Voilà ! Je suis la personne qui lave vos culottes sales, qui se coltine la mauvaise humeur de tout le monde, qui ramasse les saletés des animaux des autres ! Je suis la personne qui fait de son mieux pour que tout fonctionne. Je fais partie de la famille. Douglas m'a peut-être épousée en deuxième, mais ça ne fait pas de moi un second choix…

— Personne n'a jamais dit que tu…

— … et j'ai le droit d'avoir un avis. J'ai… le… droit… d'avoir… un… avis… moi aussi ! haleta-t-elle, les larmes aux yeux. Maintenant, Suzanna est ma fille, autant que de n'importe qui d'autre, et j'en ai ras le bol, ras le bol, je vous le dis, de voir cette famille, ma famille, divisée au sujet de quelque chose d'aussi futile qu'une maison et quelques hectares de terre. Ce n'est pas important, bon sang ! Oui, Rosemary, comparé au bonheur de mes enfants, à mon bonheur à moi, le domaine n'est vraiment pas important. Alors voilà, Douglas, c'est dit. Soit tu partages avec Suzanna à parts égales, soit tu lui dis la vérité.

Elle glissa les mains dans son dos pour dénouer son tablier, le fit passer par-dessus sa tête et le jeta sur l'accoudoir du canapé.

— Et ne m'appelle pas « bibiche ». Je n'aime vraiment, vraiment pas ça !

Puis, sous le regard ébahi de son mari et de sa belle-mère, Vivi Fairley-Hulme passa devant la cuisine, où le vieux chat de Rosemary était en train de s'attaquer aux côtelettes avec une jeunesse retrouvée, et sortit dans le soleil du soir.

Chapitre 14

Le jour où ma mère a eu des ongles d'ange

Ma mère avait les ongles très courts. Elle ne les rongeait pas : elle disait que lorsqu'elle faisait des ménages, elle avait trop souvent trempé les mains dans la javel et que, depuis ce temps-là, ils n'étaient jamais redevenus forts. Pourtant, elle mettait de la crème tous les soirs, mais la partie blanche ne dépassait jamais vraiment le bout de ses doigts. Ils se casaient tout le temps, et ensuite elle disait un gros mot et puis elle disait : « Oups ! Ne répète pas à ton père que j'ai dit ça. » Et je ne répétais jamais. Parfois, quand j'étais sage, elle s'asseyait à côté de moi et elle prenait ma main comme dans la boutique et elle y mettait de la crème, et ensuite elle frottait mes ongles avec une lime. Ça me faisait rire parce que ça chatouillait. Ensuite elle me laissait choisir un de ses flacons de vernis et elle m'en mettait en faisant bien attention de ne pas déborder. Quand on fait ça, ensuite on ne doit rien toucher pendant très, très longtemps, parce que sinon ça fait des traces sur la couleur, et elle me préparait une boisson et elle mettait une paille dedans, comme ça, je pouvais secouer les mains pour que ça sèche plus vite. On était toujours obligées de l'enlever avant l'école, mais elle me laissait le garder la nuit, ou parfois le week-end. Quand j'étais dans mon lit, je levais les mains et je bougeais les doigts parce que c'était tellement joli, même dans le noir. Le jour d'avant que ma mère meure, elle avait pris un rendez-vous pour se faire coller des faux ongles sur les doigts. Elle m'a montré dans un magazine : ils étaient vraiment longs, et ils avaient un bout blanc où l'on ne voyait pas la saleté, parce qu'en fait les vrais ongles restent en dessous. Elle a dit qu'elle avait toujours rêvé d'avoir les ongles longs, et que maintenant qu'elle gagnait un peu d'argent elle allait se faire plaisir. Elle s'en fichait des vêtements, elle a dit, ou des chaussures, ou d'avoir une jolie coupe de cheveux. Mais des jolis ongles, c'était la seule chose qu'elle voulait vraiment, vraiment. Elle allait me laisser venir avec elle après l'école. Je suis très sage, tu sais. Je sais rester assise et lire et me taire, et j'avais promis de ne pas faire de bruit chez l'esthéticienne, et elle a dit qu'elle savait, parce que j'étais son pétale. Quand ma mamie est venue me chercher à l'école et m'a dit que ma maman était morte, je n'ai pas pleuré, parce que je ne la croyais pas. Je pensais qu'ils se trompaient, parce que ma maman m'avait déposée au club de théâtre et qu'elle avait dit qu'elle viendrait me chercher et qu'on irait acheter des frites et qu'on dînerait tard toutes les deux. Mais après, quand la maîtresse était dans tous ses états et a pleuré, alors j'ai su que ce n'était pas une blague. Après, quand ma mamie me tenait dans ses bras, je lui ai demandé ce qu'on allait faire pour le rendez-vous de maman. Ça peut paraître drôle, mais j'étais inquiète parce qu'elle n'irait pas, et que je savais qu'elle avait vraiment envie d'y aller. Mamie m'a regardée pendant longtemps, et j'ai cru qu'elle allait pleurer parce qu'il y avait plein d'eau dans ses yeux. Ensuite elle m'a pris les deux mains et elle a dit : « Tu sais quoi ? On va s'assurer que ta maman aura ses ongles, comme ça, elle sera toute belle pour aller au paradis. » Je n'ai pas regardé ma maman dans le cercueil le jour de l'enterrement, même si mamie a dit qu'elle était jolie, comme si elle dormait. J'ai demandé si quelqu'un lui avait mis les ongles longs, et elle m'a dit qu'une gentille dame de chez l'esthéticienne l'avait fait et que c'était très beau, et qu'après, si je regardais le ciel la nuit, je les verrais sans doute briller. Je n'ai rien répondu, mais j'ai pensé que au moins, si maman ne connaissait personne là-haut, elle pourrait agiter la main, comme je le faisais avant dans mon lit, et les gens ne sauraient pas qu'avant elle faisait des ménages. Mon papa ne sait pas mettre du vernis à ongles. J'allais lui demander, mais maintenant j'habite chez ma mamie et elle dit qu'elle me mettra du vernis quand ça se sera un peu calmé. Elle pleure beaucoup. Je l'entends quand elle croit que je suis au lit, même si elle prend toujours sa voix toute contente quand elle pense que j'écoute. Parfois, moi aussi je pleure. Ma maman me manque beaucoup. Steven Arnold, il a dit que les ongles de ma maman ne sont plus brillants maintenant. Il dit qu'ils sont tout noirs. Du coup, je ne veux plus mettre de vernis.

Chapitre 15

Durant l'adolescence de Suzanna, les jours un peu compliqués, Vivi aurait dit qu'elle s'était levée « du mauvais pied ». Ce n'était rien sur quoi on puisse mettre le doigt, pas d'infortune réelle, mais elle avait commencé sa journée comme si un nuage invisible pesait au-dessus d'elle, avec le sentiment que son univers était faussé, et qu'elle n'était qu'à un cheveu d'éclater en sanglots. Dans ce genre de moments, on pouvait généralement garantir que les objets inanimés allaient se dresser – ou s'abaisser ? – pour répondre à la situation : un morceau de pain était resté coincé dans le grille-pain, et elle s'était surprise à tenter de le déloger avec une fourchette. Elle avait découvert une fuite sous un tuyau de la salle de bains, et s'était cogné la tête contre le chambranle très bas de la porte en ressortant. Neil avait oublié de sortir la poubelle, comme il l'avait promis. Elle était tombée sur Liliane à l'épicerie alors qu'elle s'y faufilait pour acheter une boîte de dragées comme « preuve d'amour », sur une suggestion de Jessie. Elle avait dû les fourrer dans son sac comme une voleuse, et d'ailleurs, en était effectivement devenue une puisqu'elle avait ensuite quitté le magasin sans penser à les payer. Quand finalement elle était arrivée chez *Peacock & Co*, elle avait été prise en embuscade par Mrs Creek, qui avait pris un malin plaisir à lui dire que cela faisait vingt minutes qu'elle attendait, puis lui avait demandé si elle pouvait faire don d'une partie de ses « cochonneries » pour la vente de charité au profit de la maison de retraite.

— Je n'ai pas de cochonneries, avait-elle répondu sèchement.

— Vous n'allez pas me dire que tous ces bidules sont à vendre, avait objecté Mrs Creek en regardant le mur du fond.

Elle avait ensuite enchaîné sans effort avec le récit de dîners dansants à Ipswich, avant de lui raconter qu'à l'adolescence elle aidait ses parents financièrement en cousant des robes pour ses amies.

— Quand j'ai commencé à me coudre mes habits, c'était la grande période du new-look. De grandes robes qui tournent et des manches trois-quarts. Il fallait de sacrées quantités de tissu pour ces jupes. Vous savez, quand la mode est apparue, les gens étaient scandalisés. On avait passé des années à économiser le tissu, pendant la guerre, vous voyez. Il n'y avait rien. Pas même des coupons. On était nombreuses à sortir danser dans des robes qu'on avait faites en découpant nos rideaux !

— Vraiment, commenta Suzanna en pressant les interrupteurs.

Elle se demandait pourquoi Jessie était en retard.

— La première que j'ai cousue, c'était dans une soie émeraude. Une couleur magnifique, tellement riche… On aurait cru l'un des costumes de Yul Brynner dans *Le Roi et moi*, vous voyez duquel je parle ?

— Pas vraiment. Vous prenez un café ?

— C'est très gentil à vous. Ça ne me dérange pas de vous tenir compagnie.

Elle s'assit près des magazines et commença à sortir des morceaux de papier de son sac.

— J'ai des photos quelque part, de l'allure que nous avions. Ma sœur et moi. À l'époque, on partageait nos tenues. On avait la taille si fine qu'on pouvait la tenir à deux mains.

Elle souffla.

— Avec des mains d'hommes, bien sûr. Parce que, personnellement, j'ai toujours eu de petites mains. Évidemment, il fallait quasiment s'étrangler dans un corset pour obtenir cette silhouette, mais quand on est une fille, il faut souffrir pour être belle, non ?

— Hum, répondit Suzanna, qui se souvint alors de sortir les dragées de son sac pour les ranger sous le comptoir.

Jessie pourrait les prendre plus tard. Si elle se décidait à venir un jour.

— Elle a une colostomie, maintenant, la pauvre.

— Quoi ?

— Ma sœur. Elle a la maladie de Crohn. Ça lui cause des tas de problèmes, ça c'est sûr. Tu peux bien porter des vêtements amples, il faut quand même faire attention à ne pas se cogner dans quelqu'un, vous voyez ce que je veux dire ?

— Je pense, dit Suzanna en essayant de se concentrer sur le café qu'elle mesurait.

— Et elle vit à Southall. Donc voilà… c'est un désastre assuré. Mais bon, ça pourrait être pire. Avant, elle travaillait dans les bus.

— Désolée pour le retard, s'excusa Jessie.

Elle portait un jean coupé, avec des lunettes de soleil bleu lavande sur la tête, une tenue estivale toute simple, mais elle était d'une beauté presque intolérable. Elle était suivie de près par Alejandro, qui se pencha en entrant.

— C'est sa faute, expliqua-t-elle gaiement. Il avait besoin qu'on lui explique le chemin pour la bonne boucherie. Il était un peu dérouté par l'état de la viande au supermarché.

— C'est sidérant, ce supermarché, approuva Mrs Creek. Vous savez combien j'ai payé l'autre jour pour un peu de panse de porc ?

— Je suis désolé, dit Alejandro, qui avait remarqué les lèvres pincées de Suzanna. C'est difficile pour moi d'explorer ces choses-là quand je sors de ma garde. Les horaires ne sont jamais les bons.

Il avait dans les yeux une supplication muette. Suzanna en fut à la fois apaisée et irritée.

— Je rattraperai les minutes, renchérit Jessie en posant son sac sous le comptoir. J'ai entendu parler de la viande argentine. Plus coriace, mais plus savoureuse.

— Ce n'est pas la peine, répondit Suzanna. Ce n'est pas grave.

Elle aurait voulu ne pas surprendre ce regard entre eux.

— Un double expresso ? demanda Jessie en passant derrière la machine à café.

Alejandro acquiesça et s'assit à la petite table à côté du comptoir.

— Je t'en fais un aussi ? proposa Jessie à Suzanna.

— Non, merci.

Elle regrettait d'avoir mis ce pantalon. Il ramassait toute la poussière et les saletés, et la coupe faisait bon marché. D'un autre côté, à quoi s'attendait-elle ? Il était réellement bon marché... Elle n'avait plus acheté de beaux vêtements depuis qu'ils avaient quitté Londres.

— On ne mange pas vraiment de viande, raconta Jessie. Pas la semaine, en tout cas. À part le poulet, c'est trop cher... Et je déteste les imaginer dans toutes ces cages, en batterie. Et puis Emma n'aime pas tellement ça. Mais j'adore le rosbif. Pour le déjeuner du dimanche.

— Un jour, je te trouverai du bon bœuf argentin, assura Alejandro. On laisse nos bêtes vieillir un peu. Tu verras la différence.

— Je croyais que les bœufs âgés faisaient une viande filandreuse, intervint Suzanna.

Elle regretta aussitôt sa phrase.

— Mais la viande, ça s'attendrit, rappela Mrs Creek. Il faut la battre avec un objet en bois.

— Si une viande est bonne, on ne devrait pas avoir besoin de la battre, protesta Alejandro.

— On pourrait penser que la vache a déjà assez souffert.

— Du suif, ça c'est un produit qu'on ne trouve plus dans les magasins, soupira Mrs Creek.

— Ce n'est pas la même chose que du saindoux ?

— On peut changer de sujet ? demanda Suzanna, un peu écœurée. Jessie, tu as fini de préparer ce café ?

— Tu ne nous as jamais raconté, reprit Jessie en se penchant sur le comptoir vers Alejandro. Ta vie avant de venir ici.

— Il n'y a pas grand-chose à raconter.

— Par exemple, pourquoi tu as voulu devenir sage-femme. Je veux dire, sans vouloir te vexer, ce n'est pas un job normal pour un gars, pas vrai ?

— C'est quoi, le normal ?

— Mais il faut être vachement à l'aise avec ta part de féminité pour faire ce travail, surtout dans un pays aussi machiste que l'Argentine. Alors pourquoi tu le fais ?

Alejandro prit sa tasse et déposa deux sucres dans le liquide noir.

— Tu gaspilles tes talents dans une boutique, Jessie. Tu devrais être psychothérapeute. Chez moi, il n'y a pas de métier plus prestigieux. À part chirurgien esthétique, bien sûr… ou peut-être boucher.

Ce qui était, songea Suzanna alors qu'elle commençait à déballer un nouveau carton de sacs, une excellente façon d'esquiver la question.

— J'étais justement en train de raconter à Suzanna que je cousais autrefois des robes.

— Je sais, rétorqua Jessie. Vous m'avez montré les photos. Très jolies, c'est bien vrai.

— Est-ce que je t'ai déjà montré celles-ci ?

Mrs Creek tendit un éventail de photos défraîchies.

— Elles sont belles, convint obligeamment Jessie. Vous êtes douée.

— Je crois qu'à l'époque on était plus manuelles qu'aujourd'hui. Les filles de maintenant ont l'air… moins débrouillardes. Mais bon, on n'avait pas le choix, avec la guerre et tout.

— Et toi, que faisais-tu, Suzanna, avant d'ouvrir cette boutique ?

Avec son accent prononcé, il avait une voix basse, rassurante. Elle n'avait aucun mal à l'imaginer, réconfortante, lors d'une naissance.

— Qui étais-tu dans ta vie d'avant ?

— La même personne que maintenant, répondit-elle, consciente de ne pas en croire un mot. Il faut que je fasse un saut pour racheter du lait.

— Personne ne reste toujours le même, insista Jessie.

— J'étais la même personne… mais j'avais une vue moins arrêtée sur le fait que les gens feraient mieux de se mêler de leurs oignons, répondit-elle avec brusquerie avant de refermer la caisse à grand bruit.

— Je viens ici pour l'atmosphère, vous savez, confia Mrs Creek à Alejandro.

— Suzanna, tu vas bien ?

Jessie se pencha pour mieux déchiffrer son expression.

— Très bien. Je suis juste occupée, d'accord ? Il y a beaucoup à faire aujourd'hui.

Jessie entendit la remontrance tacite et grimaça.

— Ce poisson, dit-elle à Alejandro alors que Suzanna déplaçait sans raison les mugs sur l'étagère au-dessus de la caisse, celui que tu pêchais avec ton père, le *peacock* machin…

— Le *peacock bass* ?

— Il est connu pour son caractère très grincheux, c'est ça ?

Mrs Creek toussa discrètement dans son café. Il y eut une petite pause.

— Je crois que peut-être il est obligé d'être grincheux, comme tu dis, pour survivre dans son environnement, hasarda Alejandro de son ton le plus innocent.

Ils attendirent que Suzanna, après un regard étincelant de rage dans leur direction, claque la porte de la boutique derrière elle. Ils la regardèrent s'éloigner à grandes enjambées, tête baissée, comme si elle affrontait une bourrasque. Jessie exhala et secoua la tête d'un air admiratif en regardant l'homme en face d'elle.

— Bon sang, Ale, il n'y a pas que moi qui me gaspille dans mon boulot.

Le père Lenny descendit Water Lane, tourna à gauche et salua d'un signe de tête les occupants de *Peacock & Co* qu'il voyait à travers la vitre. Puis, apercevant un visage joyeux encadré de tresses blondes, il agita la main avec force. Il repensait à la conversation qu'il avait eue plus tôt dans la matinée. Le garçon – car c'était encore un garçon, même s'il croyait que la paternité lui avait conféré une certaine maturité – était venu au presbytère pour livrer un radiateur à accumulation. Le chauffage central ne valait plus grand-chose, désormais, et les fonds du diocèse ne permettaient pas de refaire toute l'installation. Pas avec le toit de l'église qui nécessitait des réparations. Ils connaissaient la réputation de Lenny, et savaient qu'il serait capable de se débrouiller en faisant appel à ses contacts. Après vingt ans, ils avaient décidé de fermer les yeux sur les activités commerciales qui pourraient, à y regarder de plus près, paraître un peu inappropriées, comparées à celles normalement entreprises par les serviteurs de Dieu. Donc, la camionnette était entrée dans l'allée, et Lenny s'était préparé à recevoir le garçon. C'était Cath Carter qui lui avait d'abord demandé conseil : Cath qui à plusieurs reprises l'avait invité, officiellement pour prendre le thé et « échanger des nouvelles », comme elle disait, mais en réalité pour connaître son avis sur la collection toujours croissante de bleus et de coups « accidentels » de sa fille. Certes, elle avait elle-même un sacré caractère, avouait-elle, et ce serait mentir de prétendre qu'Ed et Cath n'en étaient jamais venus aux mains pendant toutes ces années de vie conjugale, mais là, c'était différent. Il avait franchi une ligne. Et chaque fois qu'elle avait essayé d'aborder le sujet avec Jessie, celle-ci lui avait aboyé de s'occuper de ses affaires, ou quelque chose du même style.

— Les mères et les filles, hein ? avait-il commenté avec aisance.

Mais il n'avait guère de solution à offrir. Cath pensait que sa fille serait offensée d'apprendre qu'ils avaient parlé d'elle, aussi n'avait-il pas le droit d'évoquer la question. Ce n'était pas assez sérieux, avait-elle dit, pour appeler la police. Dans le temps, quand il était jeune, des hommes plus âgés seraient allés voir le garçon, l'auraient un peu secoué, histoire de le prévenir, de lui faire savoir qu'ils le tenaient à l'œil. La plupart du temps, ça marchait. Mais Ed Carter n'était plus là, et il n'y avait personne en dehors des services sociaux qui soit susceptible de vouloir se mêler de ce petit problème. Et jamais Cath ni Jessie ne voudraient que ces gens interviennent. Aussi avait-il les mains liées. Jusqu'à ce que le garçon se présente à sa porte. Parce que personne ne lui avait interdit, après tout, de discuter avec lui en toute discrétion.

— Tu te plais dans ton nouveau travail, alors ?

— Ce n'est pas mal, mon père. Des horaires réguliers… Le salaire pourrait être mieux.

— Ah, ça, c'est une vérité universelle.

Le garçon l'avait regardé, comme s'il réfléchissait au sens de son propos. Puis il avait soulevé le radiateur avec une aisance formidable, et l'avait apporté, comme indiqué, dans le salon. Il n'avait pas accordé un regard aux cartons de couverts en promotion et de réveils entassés le long des murs, qui masquaient en partie deux Vierge Marie et un saint Sébastien.

— Vous voulez que je vous le monte ? Ça me prendra cinq minutes.

— Ce serait super. Je ne suis pas très doué avec un tournevis. Tu veux que j'aille en chercher un ?

— J'ai le mien.

Le garçon l'avait brandi, et Lenny s'était soudain senti désagréablement conscient de la puissance de ces épaules, de la force potentielle derrière les gestes à présent contenus. Ironie du sort, ce n'était pas un mauvais garçon : une bonne réputation, poli, élevé dans la partie la plus chic du domaine. Ses parents n'allaient pas à l'église, mais c'étaient des gens corrects. Son frère, Lenny s'en souvenait, était parti à l'étranger faire du volontariat. Il y avait peut-être une sœur, il ne se rappelait plus. Mais le garçon n'avait jamais eu d'ennuis, ne faisait pas partie de ceux qu'il ramassait parfois sur la place du marché aux petites heures du jour le dimanche, à demi évanouis sous l'effet du cidre bon marché et de Dieu sait quoi d'autre. Il n'avait jamais été surpris à faire la course dans une voiture volée, sur les routes au clair de lune. Mais ça ne signifiait pas qu'il était *bon*. Il resta à le regarder alors qu'il fixait avec efficacité les pieds métalliques au corps de l'appareil, ajustant les vis et les boulons avec une remarquable économie de mouvements. Puis, alors que le garçon attrapait le radiateur pour le mettre d'aplomb, Lenny prit la parole :

— Alors, ta dame apprécie son nouveau travail ?

Le garçon ne leva pas la tête de sa tâche.

— Elle dit qu'elle aime bien.

— C'est une jolie boutique. Ça fait du bien d'avoir un peu de changement en ville.

Le garçon répondit par un grognement.

— Et c'est bien qu'elle gagne de l'argent, j'en suis sûr. Chaque sou compte, de nos jours.

— On s'en sortait avant qu'elle commence.

Le garçon posa le radiateur dans le bon sens sur le tapis et tapa dans sa chaussure comme pour en déloger un caillou.

— Je n'en doute pas.

Dehors, deux voitures étaient dans une impasse sur la route derrière le cimetière. Lenny les apercevait tout juste, chacune refusant de reculer suffisamment pour laisser passer l'autre.

— Ça doit lui faire beaucoup de boulot.

Le garçon leva les yeux, perplexe.

— C'est de toute évidence plus physique qu'il n'y paraît...

Lenny ne lâcha pas le regard du garçon, et tenta d'avoir l'air plus à l'aise qu'il ne l'était réellement. Il choisit ses mots avec soin et les énonça lentement, laissant le choc heurter son interlocuteur comme une mule qui rue.

— C'est sûrement ça, en tout cas, vu le nombre de blessures qu'elle a eues dernièrement, à ce qu'on m'a dit.

Cette fois, le garçon avait sursauté. Il détourna la tête, puis regarda de nouveau le prêtre, les yeux vacillants de gêne. Puis il se pencha, ramassa son tournevis, et le rangea dans sa poche de chemise. Bien que son visage ne trahisse guère d'émotion, il avait les oreilles très rouges.

— Je ferais mieux de filer, marmonna-t-il. J'ai encore des livraisons.

— Je te suis très reconnaissant.

Il le suivit dans le couloir.

— Et tu la laisses tranquille, maintenant, conclut le père Lenny en raccompagnant le garçon à la porte. C'est une brave fille. Je sais qu'avec le soutien d'un homme comme toi elle peut trouver le moyen de se cogner un peu moins souvent.

Jason se retourna sur le porche, les épaules voûtées. Son expression, désormais bien visible, était à la fois blessée et furieuse.

— Ce n'est pas ce que vous…

— Bien sûr.

— J'aime Jess…

— Je sais bien. Et il y a toujours des façons d'éviter ce genre de choses, non ?

Le garçon n'ajouta rien de plus. Il souffla, comme s'il avait envisagé de répondre, puis changé d'avis. Il s'éloigna vers sa voiture avec dans la démarche un soupçon de défi.

— Parce que nous ne voudrions pas que toute la ville se fasse du souci pour elle, après tout ! renchérit le prêtre en agitant le bras en signe d'adieu alors que la portière claquait.

Le véhicule surchargé quitta l'allée en dérapant pour s'engager sur la route. Lenny se tourna vers sa maison négligée et jamais décorée, une main protégeant sa peau pâle de Celte contre les rayons du soleil. Parfois, songeait-il avec une certaine satisfaction, il regrettait de ne pas avoir une vie plus vaste, un horizon plus large. Mais d'autres fois, il y avait réellement des avantages à habiter une petite ville.

Liliane MacArthur attendit que les jeunes gens aient disparu, leur sac négligemment porté sur l'épaule. Vêtus de leurs tee-shirts, ils traversèrent la place de leur pas rapide et chaloupé. Puis elle regarda dans la boutique pour s'assurer d'y être seule, ouvrit la porte d'un geste timide et entra. Arturro était occupé dans le fond. En entendant la cloche, il cria qu'il arrivait dans une minute. Elle resta plantée au milieu du magasin, prise en sandwich entre les conserves et les pâtes, à écouter le bourdonnement des réfrigérateurs et se lisser les cheveux. Lorsqu'il apparut en s'essuyant les mains sur son grand tablier blanc, son visage se fendit d'un large sourire.

—Liliane!

Il avait prononcé son prénom comme on porte un toast. Elle faillit sourire aussi, jusqu'à ce qu'elle se rappelle pourquoi elle était là. Elle fouilla dans son sac et en sortit la boîte de dragées. Elle vérifia que les coins ne s'étaient pas abîmés contre les médicaments qu'elle venait d'aller chercher.

—Je... je voulais vous remercier... pour les chocolats et tous les cadeaux. Mais ça commence à être trop.

Arturro n'avait pas l'air de comprendre. Il contempla la boîte qu'elle tenait dans sa main et qu'elle lui tendit. Obéissant, il la prit. Elle esquissa un geste vers les chocolats sur l'étagère et baissa la voix, comme pour éviter d'être entendue par d'hypothétiques clients.

—Vous êtes très gentil, Arturro. Et ça m'a fait... ça m'a fait... Eh bien, ce n'est pas si souvent que je reçois une surprise. Et c'est très aimable à vous. Mais je... je préférerais que ça s'arrête maintenant.

Elle serrait son sac à main contre son flanc, comme s'il pouvait la soutenir.

—En fait, je ne sais pas ce que vous... ce que vous attendez de moi. Je dois m'occuper de ma mère, vous voyez. Je ne peux pas... Je ne pourrai jamais la laisser seule, en aucune circonstance.

Arturro fit un pas vers elle et se passa la main dans les cheveux.

—Je trouvais ça plus juste de vous le dire. J'ai été très touchée, pourtant. Je voulais que vous le sachiez.

Lorsqu'il répondit, ce fut d'une voix épaisse, rauque.

—Je suis désolé, Liliane...

Elle leva la main, l'air torturée.

— Oh, non. Je ne veux pas que vous soyez désolé… C'est juste que…

— … mais je ne comprends pas.

Il y eut un long silence.

— Les chocolats ? Tous les cadeaux ?

Il continuait à la regarder d'un air interrogateur. Elle le scrutait à présent.

— Vous m'avez déposé des chocolats, non ? Devant ma porte ?

Sa voix s'était faite insistante. Il avait les yeux rivés sur la boîte qu'il tenait dans sa main.

— Ils viennent d'ici… oui.

Liliane s'empourpra. Elle regarda elle aussi la boîte, puis Arturro.

— Ce n'était pas vous ? Vous ne m'avez rien envoyé de tout ça ?

Il secoua la tête lentement. Liliane mit une main devant sa bouche sans y penser. Elle regarda tout autour d'elle, puis recula vers la porte.

— Oh, pardonnez-moi. Je… C'est juste un malentendu. S'il vous plaît… oubliez ce que j'ai dit. Je vous en prie.

Puis, son sac toujours contre elle comme un radeau de sauvetage, elle s'enfuit de l'épicerie, ses talons résonnant sur le parquet.

Pendant quelques minutes, Arturro resta debout au milieu du magasin désert, hypnotisé par la boîte de dragées, une trace du parfum de Liliane encore très faiblement perceptible dans l'air. Il regarda la place du marché vide, où les pigeons paradaient parmi les ombres qui s'allongeaient, et où les camionnettes s'apprêtaient à partir pour une dernière livraison. Puis il leva les yeux vers les trois tabliers blancs abandonnés sur la patère près de la porte, et son visage s'assombrit.

À quelques centaines de mètres de là, Suzanna se préparait à fermer *Peacock & Co.* Jessie était partie presque une demi-heure plus tôt, et elle avait été un peu déconcertée lorsque Alejandro, qui ne semblait pas avoir travaillé ce jour-là, n'était pas parti avec elle. Il avait écrit une série de cartes postales et lisait à présent le journal ouvert devant lui. De temps en temps, il regardait la rue, ses pensées apparemment loin d'ici. Pour une raison inconnue, sa proximité rendait Suzanna encore plus maladroite. Elle avait fait tomber un vase en verre coloré juste au moment de le tendre à une cliente et avait dû le remplacer gratuitement par un autre. Elle avait trébuché sur les deux dernières marches qui menaient au sous-sol et s'était tordu la cheville. Elle était restée assise par terre à jurer tout bas le temps que la douleur s'estompe, avant de remonter dans la boutique. Elle s'était brûlée deux fois sur la machine à café. S'il avait remarqué ce phénomène, il s'était abstenu de le commenter.

— Tu n'as nulle part où aller ? demanda-t-elle à un moment où la boutique était déserte.

— Tu voudrais que je parte ?

Suzanna rougit devant son propre manque de discrétion.

— Non… Je suis désolée. Je me demandais juste où tu habitais.

Il regarda la vitrine, sourcils froncés.

— Pas dans un endroit où j'ai envie de passer beaucoup de temps.

Il avait des cils de femme. Sombres, soyeux, comme dessinés par un calligraphe. Elle ne remarquait que maintenant à quel point ses yeux étaient féminins.

— Est-ce que l'hôpital fournit des logements ?

Une pointe de curiosité perçait enfin dans sa voix.

— Pas au début.

Elle attendit.

— Jusqu'à ce qu'ils découvrent que de nombreux propriétaires par ici ne veulent pas d'« étrangers » comme locataires.

Il sourit, haussa un sourcil devant son air consterné, comme s'il s'attendait à ce que cette vérité longtemps cachée la secoue.

— Toi, Suzanna, tu es l'une des rares personnes que j'ai rencontrées ici qui n'a pas les cheveux blonds ni les yeux bleus.

La façon dont il la regardait la fit rougir. Elle s'écarta du comptoir et se mit à aligner les bocaux de boutons, de magnets colorés, de boîtes d'épingles, en rangées rigides. Elle se sentait soudain sur la défensive.

— On n'est pas non plus la nation aryenne ! Je veux dire, ce n'est pas tout le monde ici qui réagit comme ça.

— Ce n'est pas grave. J'ai un logement à l'hôpital.

Dehors, la ville avait sombré dans une torpeur de fin d'après-midi. Les mères avaient ramené leurs petits protégés à la maison, et les avaient à présent dans les jambes alors qu'elles cuisinaient et se préparaient à l'assaut du dîner, bain et coucher. Les retraités trimballaient leurs filets à provisions ou leurs poussettes emplies de fruits dans des sacs en papier du marché et de portions individuelles de poitrine de bœuf ou de tourte à la viande. Quelque part loin d'ici, les rues grouillantes s'armaient pour l'heure de pointe, les lignes de métro vrombissant juste en dessous, les bars et les pubs se remplissaient, leurs petites salles pleines à ras bord d'employés de la City, le col ouvert, en quête de soulagement et de détente. Suzanna contempla l'intérieur de sa boutique et se sentit écrasée par sa perfection exagérée de nature morte.

— Comment tu supportes, ici ?

— Comment je supporte quoi ?

Alors il la regarda, la tête inclinée de côté.

—Après Buenos Aires. Cette ambiance de petite ville. Les propriétaires qui ont peur de toi parce que tu es *différent*, comme tu le disais.

Sourcils froncés, il essayait de comprendre.

—Le fait que tout le monde ait une opinion sur tout et se croie autorisé à se mêler de tes affaires. Que les gens se permettent de te mettre dans une case, de te coller une étiquette pour se sentir à l'aise. Ça ne te manque pas, la grande ville ? La liberté qu'on y trouve ?

Alejandro posa sa tasse vide.

—Je pense que, toi et moi, on n'a pas la même vision de la liberté.

Elle se sentit soudain intimidée, naïve. Elle ne connaissait rien de l'Argentine, à part quelques vagues bribes qu'elle avait retenues du journal télévisé. Des émeutes, une crise financière. Madonna dans le rôle d'Eva Perón. *Seigneur*, pensa-t-elle avec amertume. *Et j'accuse tous les autres de ne pas s'intéresser au monde qui les entoure.* Devant elle, Alejandro se pencha pour ramasser son sac de sport sous la table. Il regarda par la vitrine, toujours éclatante des reflets du soleil vespéral, des parallélogrammes de lumière s'allongeant peu à peu sur la présentation, baignant ses éléments d'or pâle.

Suzanna sentit quelque chose monter en elle.

—Elle vit avec quelqu'un, tu sais.

—Qui ça ? demanda-t-il, toujours baissé.

—Jessie.

Il ne lui fallut qu'une seconde pour se reprendre.

—Je sais.

Elle se détourna et se mit à briquer l'évier, furieuse et honteuse.

—Je ne suis pas une menace pour Jessie.

C'était une déclaration curieuse, d'autant plus prononcée avec ce ton emphatique. Comme s'il essayait de s'en convaincre lui-même.

— Je ne voulais pas dire… Je suis désolée.

Elle pencha la tête vers l'évier. Elle résista au désir de lui parler de Jason, d'expliquer, de tenter de rattraper l'accès de jalousie puérile dont elle venait de faire preuve. Elle ne voulait pas qu'il pose sur elle le même regard que tous les autres. Mais évoquer la relation de Jessie l'aurait précisément placée parmi les gens qu'elle critiquait, ceux qui troquaient les secrets domestiques des autres comme une sorte de monnaie sociale.

— Jusqu'à ce que j'ouvre cette boutique, je détestais vivre ici.

Elle avait parlé brusquement, tout en astiquant les robinets.

— J'étais une fille de la ville, tu vois ? J'aime le bruit, l'agitation, l'anonymat. C'est difficile de revenir vivre là où on a grandi… une petite ville comme celle-ci. Tout le monde sait tout de toi. Qui sont tes parents, où tu es allée en classe, avec qui tu es sortie. Comment tu es tombée du tabouret de piano pendant le concert de l'école.

Elle sentait qu'il la regardait, et ses paroles se déversaient sans qu'elle puisse les arrêter, pendant que dans une lointaine partie de son cerveau, plus saine d'esprit, elle se demandait pourquoi elle tenait à ce point à combler le silence.

— Et, tu vois, parce qu'ils savent ce qui t'est arrivé, ou du moins une partie, ils pensent qu'ils te connaissent. Ils croient qu'ils savent qui tu es. Ça ne te laisse pas la possibilité d'être quelqu'un d'autre. Par ici, je suis la même personne qu'à douze ans, à treize, à seize. Prise dans la gelée. C'est comme ça qu'ils me considèrent. Et ce qui est marrant, c'est que je sais que je suis totalement différente de ce qu'ils imaginent.

Elle se tut, les mains posées sur les côtés de l'évier, et secoua un peu la tête, comme pour chasser un bourdonnement de ses tympans. Elle souffla et tenta de rassembler ses idées. Ce qu'elle avait raconté était ridicule, même à ses propres oreilles.

— Bref. La boutique a changé tout cela. Parce que même si je ne peux pas être quelqu'un d'autre, la boutique peut. Elle peut être tout ce que je veux. Personne n'a d'attentes à son égard. Je sais que ça ne correspond pas à l'image classique d'un… commerce. Je sais que beaucoup de gens ici trouvent le concept débile. Mais ma boutique a… elle a…

Elle ne savait pas ce qu'elle cherchait à dire. Une voiture remonta lentement la rue en marche arrière.

— Je l'ai vue à l'hôpital, déclara Alejandro, debout immobile, son sac sur l'épaule. Parfois, je descends chercher les mères devant les urgences avec un fauteuil roulant. Celles qui n'arrivent plus à marcher. Je l'ai vue… attendre.

Dans l'inox des robinets, Suzanna voyait son propre reflet. Tordu et inversé.

— Dans ce cas, tu sais… qu'elle aime Jason.

Elle gardait la tête baissée pour parler. Puis, comme il ne répondait pas, elle pivota vers lui. Il était en train de la regarder. Il remit sa chaise bien en place sous la table.

— Je ne sais que ce que je vois, répondit-il avec un haussement d'épaules. Ce n'est pas ma vision de l'amour.

— Non.

Finalement, ils se tenaient en face l'un de l'autre. Il avait les mains posées sur le dossier de la chaise. Son visage était dans l'ombre, et elle ne pouvait déchiffrer son expression. Dehors, les portières d'une camionnette claquèrent, rompant les fils ténus de l'atmosphère. Alejandro regarda par la fenêtre, puis vers elle. Il garda les yeux rivés aux siens plusieurs secondes avant de se tourner vers la porte.

— Merci pour ton hospitalité, Suzanna Peacock, dit-il.

Chapitre 16

Douglas ferma la porte derrière lui et contempla le chien de sa femme, frustré. Il était parti à la recherche de Vivi, avait emmené l'animal tout autour des jardins d'agrément dans l'espoir qu'il la localiserait, avait continué jusqu'aux nouveaux bureaux et vers la cour de la laiterie, et même à travers les bois derrière les silos à grains. Le chien avait été incapable de lever la moindre piste.

Peut-être qu'il me faudrait un limier, songea-t-il avant de soupirer devant l'ironie de la situation. *Un limier pour trouver mon épouse.*

Elle était tellement occupée ces derniers temps ! Elle lui laissait ses repas avec un petit mot poli, venait tard se coucher après avoir découvert une multitude de tâches urgentes dans des parties de la maison à peine habitées. Désormais, il ne savait jamais où elle était. Ni de quelle humeur. Il se sentait perturbé par le sentiment que ça allait de travers. Le chien se mit dans ses pieds et aboya lorsqu'il lui marcha dessus par inadvertance. Sa mère, de derrière la porte de l'annexe, appela deux fois pour savoir si c'était lui. Il fit semblant de ne pas l'avoir entendue, et se sentit coupable. Il ne voulait pas qu'elle l'envoie faire une commission. Il se méfiait, car il avait déjà dû amener Rosemary en ville deux fois le matin même. Et c'était la troisième fois de la semaine. Sa mère, encore blessée de l'éclat de Vivi la semaine précédente, ne demandait plus où elle se trouvait, comme si la rébellion de sa belle-fille avait brisé une règle tacite, et l'avait rendue invisible. S'il ne s'était pas autant apitoyé sur son sort, ça l'aurait peut-être fait rire. C'était de cela que sa femme se plaignait ces derniers mois, il le comprenait à présent avec un certain malaise. Ça, et aussi le discret, mais très déplaisant effluve qui s'attardait désormais sur le siège passager de la Range Rover. Douglas ignora le chien, qui s'était assis pour obéir à un ordre que personne n'avait pourtant donné et implorait silencieusement un petit reste. Il prit le mot posé sur la table de la cuisine. Il ne s'y trouvait pas quand il avait quitté la maison le matin, ni une heure plus tôt lorsqu'il était revenu déposer Rosemary. Sa vue l'attrista et l'agaça à la fois, comme si son couple avait été réquisitionné par deux inconnus puérils. Le papier l'informait dans une écriture soignée que Vivi s'absentait un moment. Son déjeuner et celui de Ben étaient dans le four, et n'avaient besoin que de vingt minutes de réchauffage. Elle ne pouvait, apparemment, garantir la même ponctualité en ce qui la concernait. Il relut le message, puis le roula en boule dans sa grande main et le lança à travers la pièce. Le chien s'élança pour l'attraper. Puis, remarquant que les clés de voiture de Vivi étaient accrochées à leur place, il regarda par la fenêtre, enfonça sa casquette sur sa tête et quitta la maison par la porte de la cuisine sans tenir compte de la voix étouffée qui l'appelait.

Alejandro sortit la lettre par avion de son casier, reconnut le timbre familier, et la fourra dans sa poche. Épuisé, il traversa l'hôpital en direction de son lit, qu'il n'avait pas vu depuis quelque vingt-deux heures. Il était certes toujours relégué aux pires horaires de garde, mais – bien que l'hôpital ne rate jamais une occasion de prétendre que la plus stricte égalité y régnait – son statut d'homme lui avait valu un bon logement. On avait convenu que les infirmières et les sages-femmes ne seraient pas à l'aise à l'idée de partager leurs appartements avec un homme, malgré sa grande politesse. Quand il devint clair que lui trouver un hébergement en ville allait être problématique (la plupart des propriétaires avaient une autre image en tête lorsqu'ils entendaient le mot « sage-femme »), quelqu'un avait imaginé comme solution de lui attribuer ce qui avait autrefois été l'appartement du concierge. Cela faisait longtemps que le bâtiment des logements de fonction n'était plus entretenu par un employé dédié. En arrivant, il ne savait pas à quoi s'attendre, mais deux chambres et une cuisine suffisamment grande pour accueillir une table lui avaient semblé une offre raisonnable en échange de quelques menues réparations. Pourtant, au bout de plusieurs mois, Alejandro s'apercevait que cet endroit le déprimait, même lorsque, comme aujourd'hui, le soleil entrait à flots. Il n'avait jamais compris cette capacité, si commune chez les femmes, à imprimer leur propre caractère à un espace, et comme il ne serait sans doute là que de façon temporaire, il n'avait pas envie d'essayer. La décoration beige neutre et les meubles robustes donnaient au lieu un aspect stérile et mal aimé. Le côté désert était constamment souligné par les bruits de pas et les conversations des femmes qui empruntaient en riant l'escalier situé juste devant. Seules deux autres personnes avaient vu son intérieur : l'infirmière qu'il avait eu le tort d'y amener lors de ses premières semaines – et qui depuis feignait de ne pas le voir chaque fois qu'ils se croisaient – et, plus récemment, une Espagnole de l'école de langue du coin, qu'il avait rencontrée dans le train. À un moment où il aurait normalement dû tout oublier, elle l'avait informé qu'elle avait un petit ami, et avait ensuite pleuré pendant trois quarts d'heure. La somme qu'il avait déboursée pour lui payer le taxi du retour aurait pu nourrir une famille argentine de quatre personnes pendant un mois. Bien contre son gré, une pensée lui revenait souvent à l'esprit : quand il était parti, il n'avait songé qu'à ce qu'il fuyait. Il se servit un verre de thé glacé et s'allongea sur le canapé, un coussin glissé sous la nuque, conscient de l'odeur de transpiration rance qui se dégageait de ses vêtements. Il était si fatigué qu'il avait mal jusque dans les os : la deuxième parturiente de sa garde était vraiment très grosse, et elle n'avait cessé d'aller et venir dans la pièce comme un éléphant pris de folie. Il s'était accroché à elle, dans l'idée de la soutenir. Comme toujours, il n'avait rien ressenti d'autre que du soulagement au moment de la naissance. Ce n'était que maintenant, plusieurs heures après, qu'hématomes et douleurs apparaissaient. Il sortit la lettre de sa poche et étudia l'adresse. Il en recevait peu, et la vue de son propre nom à côté de ces mots anglais qui n'étaient pas familiers avait encore le pouvoir de détonner.

Mon fils,
J'allais t'écrire que tout va bien ici, mais si je suis sincère, je dois admettre que ce n'est vrai que pour un petit nombre. Ton père, grâce à Dieu, en fait partie. On parle d'un nouveau gouvernement, mais je ne vois pas ce que ça changera. Il y a maintenant deux « conseils de quartier » près de chez nous, et beaucoup de nos voisins ont participé aux récentes manifestations. Ils agitent des clés devant les bâtiments du gouvernement. Je ne comprends pas quel bien ça peut faire, mais Vicente Trezza, qui avait autrefois ses bureaux à côté des miens, y passe toutes ses journées avec des clés, des casseroles, tout ce qui peut faire du bruit. Je crains qu'il ne perde l'ouïe. Ta mère refuse de quitter la maison depuis que le supermarché d'à côté a été pillé par une bande des bidonvilles. N'interprète pas mal mon rapport, fils. Je suis content de pouvoir dire que tu t'en sors bien en

Angleterre. J'attends avec impatience notre excursion pour pêcher le saumon.

Ton père

P.-S. : Je dois m'occuper prochainement d'une dame qui me demande de te transmettre son bon souvenir : Sofia Guichane. Elle est mariée à ce voyou d'Eduardo Guichane, celui qui passe à la télévision. Elle voulait une liposuccion et une augmentation mammaire. J'ai accepté seulement la liposuccion, parce qu'il y a des chances pour qu'elle soit enceinte bientôt. En plus, elle a une sacrée belle paire de nénés. Ne répète surtout pas ça à ta mère.

Mon bébé,

Ma propre mère (que Dieu ait son âme) disait toujours : « En Argentine, tu craches par terre, et une fleur pousse et s'épanouit. » À présent, je dis à Milagros que le moment est venu de faire sa valise et de disparaître. Je pleure tous les jours en pensant à toi. Santiago Lozano s'est débrouillé pour trouver un boulot dans une banque suisse. Il envoie de l'argent à son père tous les mois en dollars. Ana Laura, la fille des Duhalde, part aux États-Unis pour vivre avec la sœur de son père. Je ne crois pas que tu te souviennes d'elle. Bientôt, je pense qu'il ne restera plus de jeunes gens du tout. La belle-fille de Milagros attend des jumeaux. Je prie pour que, lors de ton retour en Argentine, tu me fasses grand-mère. Il reste peu d'amour dans ma vie, tout ce que je demande, c'est quelque chose qui fasse que mon existence mérite d'être vécue. Je t'enverrai des paquets de maté, comme tu me l'as demandé (j'ai envoyé Milagros au supermarché, mais elle a dit que les rayons étaient vides). En attendant, par-delà les océans qui nous séparent, je t'envoie un précieux cadeau.

Pour que tu te rappelles ta famille. Prends soin de toi.
Et méfie-toi des femmes anglaises.
Avec tout mon amour,

Ta mama

Alejandro se demanda si sa mère perdait la mémoire. Il essaya de se souvenir s'il avait vu un paquet dans le casier, mais bien qu'il manque de sommeil, il était certain qu'il n'y avait rien d'autre que cette lettre par avion. Il espérait à moitié qu'elle avait oublié : il culpabiliserait qu'elle lui envoie des cadeaux, même les paquets peu coûteux de sa boisson préférée. Il plia la lettre et se frotta les yeux, qui piquaient d'épuisement. Puis il attrapa l'enveloppe et, comme pris d'une arrière-pensée, l'examina. Là, nichée dans un coin, légère comme une plume, si ténue qu'il ne l'avait pas remarquée. Entourée d'un minuscule ruban rose. Une mèche de cheveux d'Estela. Le cœur battant, Alejandro referma l'enveloppe et la posa sur la table. Sa fatigue oubliée, il se leva, se rassit, se leva de nouveau et s'approcha de la télévision en jurant tout bas. Il contempla l'écran pendant plusieurs minutes, puis fouilla la pièce du regard, comme à la recherche de signes qu'il aurait manqués. Il saisit ses clés et quitta l'appartement.

Vivi leva une main pour se protéger les yeux du soleil alors que la silhouette familière avançait vers elle, la démarche à peine plus raide que celle de l'homme qu'elle avait épousé quelque trente ans plus tôt. Il s'arrêta, comme s'il songeait à lui demander la permission, puis il s'assit près d'elle et épousseta des graines accrochées à son pantalon.

— Ton repas est dans le four.

— Je sais. Merci. J'ai trouvé le petit mot.

Elle portait des lunettes de soleil. Elle se tourna de nouveau vers le panorama, et tira sa jupe sur ses genoux, comme si elle était gênée d'être surprise avec un peu de chair exposée.

— Belle journée pour ça. S'asseoir dehors, je veux dire.

Les yeux plissés, elle observait quelque chose à l'horizon. Puis elle chassa une mouche juste devant son nez. Douglas s'exprimait d'une voix enjouée, légère.

— Ce n'est pas souvent qu'on te voit par ici.

— Non, j'imagine.

— Tu avais apporté un pique-nique ?

— Non. J'avais juste envie de m'asseoir un moment.

Douglas digéra l'information pendant quelques minutes, le visage levé vers un oiseau qui tournoyait au-dessus de lui.

— Regarde-moi ce ciel… Chaque été, c'est une surprise renouvelée, non ? dit-il dans le silence. Un ciel si bleu…

— Douglas, tu as parcouru toute cette distance pour me parler de la pluie et du beau temps ?

— Euh… non.

Elle attendit.

— Je sors tout juste de la maison. Mère veut savoir si tu pourras emmener son chat chez le vétérinaire, quand tu auras un moment.

— Elle a pris rendez-vous ?

— Je crois qu'elle espérait que tu le ferais.

— Et il y a une raison qui l'empêche, ou qui t'empêche toi, d'accomplir cette tâche ?

Déstabilisé par la dureté de son ton, il la regarda, puis se tourna de nouveau vers les champs ocre en contrebas.

— J'ai beaucoup à faire en ce moment… chérie.

— Moi aussi, Douglas.

Dans le dernier champ, un monstre agricole écarlate allait et venait régulièrement, ses grands bras projetant des nuages de poussière soulevés de sillons bien nets. Le conducteur aperçut les deux silhouettes assises et leva la main pour les saluer. Machinalement, Douglas lui rendit son salut. Puis il soupira.

—Tu sais, Vivi, tu ne peux pas décider de nous dicter nos comportements à tous.

Il baissa la tête pour s'assurer qu'elle avait entendu.

—Vee?

Elle remonta ses lunettes sur le sommet de son crâne, révélant des yeux rouges et fatigués.

—Je ne dicte rien du tout par ici, Douglas. Je ne dicte rien ni à toi, ni à Rosemary, ni à Suzanna, ni même à ce foutu chien.

—Je ne voulais pas…

—J'essaie juste de faire en sorte que tout tourne bien. Et ça m'allait.

—Mais?

—Mais ça ne me va plus.

Il attendit un peu.

—Que veux-tu que je fasse?

Elle inspira un grand coup, comme si elle s'apprêtait à réciter un discours maintes fois répété.

—Je veux que tu acceptes l'idée que c'est aussi à toi de t'occuper de ta mère, et de lui faire comprendre que je ne peux pas gérer ses… ses *problèmes* toute seule. Je veux être consultée pour les questions qui concernent cette famille, que ta mère et toi considériez que j'en ai automatiquement le droit ou non. Je veux avoir l'impression, de temps à autre, de ne pas faire partie des meubles.

Elle scruta son expression, d'un regard perçant et farouche, comme pour le défier d'oser dire que c'étaient ses hormones qui lui jouaient des tours.

—Je… Je n'ai jamais pensé que tu étais…

Elle repoussa ses cheveux de son visage.

—Je veux que tu délègues davantage à propos du domaine.

— Quoi ?

— Je voudrais qu'on ait du temps ensemble. Seuls. Avant que je sois trop vieille pour en profiter.

Et si toi tu ne veux pas ça, pensa-t-elle dans le silence qui s'ensuivit, *tu m'apprendras ce que j'ai toujours redouté au fond de moi, depuis le début.* Il resta assis, le regard perdu au loin. Vivi ferma les yeux et essaya de ne pas interpréter le mutisme de son époux, et de trouver la force de poursuivre.

— Et plus important encore, Douglas, tu dois essayer de ramener Suzanna vers nous. Tu dois lui faire sentir qu'elle compte autant que les autres.

— Je ferai en sorte que Suzanna ait une part égale financièrement…

— Non, l'interrompit-elle. Tu ne m'as pas comprise. Ce n'est pas une question d'argent. Tu dois donner à Suzanna le même sentiment de faire partie de la famille, d'appartenir au tout.

— Je n'ai jamais discriminé…

— Tu ne m'entends pas, Douglas.

— J'ai toujours aimé Suzanna autant… tu le sais.

Il cherchait à se justifier, s'exprimait avec colère.

— C'est Athene.

— Quoi ?

— Tu dois arrêter de te comporter comme si Athene était un gros mot.

Je suis incapable d'être une bonne personne, songea Vivi. *Rosemary me l'a montré. Mais il y a un domaine au moins où je peux agir correctement. Je peux ravaler mes sentiments et faire ce qui est juste.* Soudain, elle se rappela comment elle avait été présentée à Athene, de façon formelle, lors du premier mariage de Douglas. Comment la jeune fille, exquise et étrangement spectrale dans sa robe de mariée, avait souri d'un air vague et l'avait regardée sans le moindre intérêt. Comme si elle était invisible.

À leurs pieds, le bourdonnement agricole se tut, laissant place aux seuls sons de la brise, des abeilles, des oiseaux, et des voitures au loin. Il lui avait pris la main. Elle ouvrit les yeux, sentant les callosités familières, les doigts raides qui entouraient les siens. À ses côtés, Douglas toussa dans sa main libre, embarrassé.

—Je ne sais pas si je vais réussir à t'expliquer ça facilement, Vee… mais tu m'as mal compris. Je ne la hais pas. Même après ce qu'elle a fait.

Il regarda sa femme, la mâchoire serrée alors qu'il repensait à cette douleur ancienne.

—Tu as raison, je ne voulais jamais parler d'Athene… pas parce qu'elle me mettait mal à l'aise, ni parce que j'avais peur que Suzanna se sente différente des autres… Bon, peut-être que c'était en partie à cause de ça, mais c'était surtout parce que je ne voulais pas te faire de mal. Qu'elle l'ait voulu ou non, elle a fait du mal à beaucoup de gens. Toi, tu nous as protégés, pendant toutes ces années. Tu as tout remis sur les rails… Je…

Sa voix se brisa, et il tendit une main vers ses cheveux clairsemés.

—Je t'aime, tu sais, reprit-il en lui serrant la main plus fort. Vraiment. Et je ne voulais pas lui donner l'occasion de t'abîmer, toi aussi.

Elle s'était assise seule dehors, ses longues jambes blanches étirées au soleil, le visage levé vers le ciel d'un bleu pur, prenant une joie perverse à l'absence de clients. Mrs Creek était restée devant son café au lait pendant près d'une heure, à marmonner d'un air sombre sur l'absence de biscuit, pendant que Jessie babillait au sujet d'un costume pour une pièce de théâtre de l'école, qu'elle était supposée avoir fait. Pour finir, Suzanna les avait envoyées toutes les deux s'en occuper. Ce n'était pas un bon après-midi pour travailler. Il faisait trop chaud. Trop humide. Comme si le soleil rendait le moindre mouvement trop fatigant pour qu'on y songe seulement. *J'ai perdu certaines de mes habitudes londoniennes*, se dit-elle. Elle remarqua que les autres commerçants avaient également sorti des chaises et traînaient sur le pas de leur porte sans avoir l'air inquiet de ce manque de clientèle. Ils semblaient contents de profiter du moment, de leur conversation avec des gens qui choisiraient peut-être dans le futur d'acheter un article ou non. Elle avait encore du mal à expliquer cela à Neil : dans la capitale, les boutiques s'élevaient ou s'effondraient avec les bénéfices et les pertes, étaient jugées par leurs colonnes de chiffres, le nombre de passages, le taux de renouvellement, l'exposition. Ici, pensait-elle en se souvenant de sa discussion avec Jessie, les magasins étaient plus comme un service public. Un point central pour les gens qui vivaient des existences souvent solitaires. Quand elle le vit, avec ses grands pas trop rapides, trop décidés pour un après-midi aussi somnolent, elle ramena ses jambes sous elle et ajusta son chemisier, comme s'il l'avait surprise à faire une chose interdite. Depuis le bout de la rue, il lui fit signe de ne pas se lever pour lui, mais le temps qu'il arrive devant la boutique, elle avait disparu à l'intérieur et était déjà en train de remplir la machine à café dans la pénombre fraîche. Lorsqu'elle l'entendit entrer, elle eut du mal à regarder. Mais quand elle se décida à le faire, avec une expression neutre, elle vit qu'il avait une mine affreuse. Il n'était pas rasé et avait les yeux cernés d'épuisement.

— Un expresso ?

— Oui. Non. Tu as encore du thé glacé ?

Elle avait commencé à en proposer lorsque les ventes de café s'étaient mises à chuter avec la chaleur.

— Oui.

Pour quelqu'un doté d'un tempérament si calme, dont les mouvements étaient d'habitude si mesurés, il semblait distrait, incapable de se poser.

— Ça t'ennuie si je fume ? avait-il demandé alors qu'elle lui tendait le haut verre aux parois givrées.

— Ça ne me gêne pas à condition que tu emportes ta boisson dehors.

Il avait regardé le paquet de cigarettes pas encore ouvert dans sa main, puis la rue où le soleil brillait, et avait changé d'avis.

— Jessie n'est pas là ?

— Elle est rentrée chez elle pour fabriquer un costume de pâquerette.

Il avait haussé les sourcils, mais n'avait pas souhaité en savoir davantage, et Suzanna s'était sentie idiote d'en avoir parlé. Il but son thé à grandes gorgées assoiffées, puis en commanda un autre. Peut-être était-ce à cause de la lumière dehors, mais dans la pénombre, la boutique semblait avoir rétréci. Suzanna avait une conscience aiguë de ses propres mouvements, de sa façon de se déplacer autour du comptoir, des formes que prenaient ses doigts alors qu'elle servait le deuxième verre de thé. Elle l'observa furtivement, remarquant son tee-shirt froissé, sa discrète odeur de transpiration masculine. Par contraste avec la fragrance délicate des savons et du bouquet de freesias posé près de la caisse, elle était presque agressivement virile et dérangeante. Elle souhaita, soudain, qu'il y ait finalement d'autres clients.

— Tu peux fumer à l'intérieur si tu veux, proposa-t-elle d'un ton enjoué. Je vais maintenir la porte ouverte. On dirait que tu as bien besoin d'une cigarette.

Il se frotta le menton.

— Non, ça va. Je ne fume plus. Je ne sais pas pourquoi je les ai achetées.

— Ça va ? demanda-t-elle en poussant le verre dans sa direction.

Il exhala, un profond soupir.

— La garde était difficile ?

— Quelque chose dans ce goût-là.

— Je serai dehors, dit-elle.

Sans savoir pourquoi, elle le laissa là et ressortit au soleil. Aux yeux d'un passant, s'il y en avait eu, Suzanna aurait semblé détendue, appuyée sur sa table à siroter son verre d'eau glacée, à observer les habitants qui allaient et venaient sur la place. Mais elle était désagréablement consciente de chaque minute. Elle sentait, ou imaginait sentir, chaque regard que la silhouette sombre à l'intérieur jetait sur son dos chauffé par le soleil. Aussi, quand il finit par sortir pour s'installer à côté d'elle, elle dut réprimer un soupir de soulagement, comme si elle venait de passer un test ardu.

— Qui est-ce ?

Il avait l'air plus à l'aise. La lueur presque folle qu'elle avait lue plus tôt dans son regard avait disparu.

— La fille du tableau ? Ce n'est pas toi. Ta sœur ?

— Non, c'est ma mère, expliqua Suzanna en secouant la tête. Ma vraie mère.

Les mots, pour une fois, étaient venus facilement.

— Tu ne gardes pas la peinture chez toi ?

— C'est compliqué.

Il la regardait.

— Elle était dans ma maison de famille. La maison de mon père. Il est remarié. Mais quand j'ai emménagé ici, ils me l'ont donnée.

— Ils ne voulaient pas d'elle chez eux ?

— Je ne suis pas sûre que ce soit ça, exactement…

— Toi, tu ne la veux pas sous ton toit ?

— Ce n'est pas ça non plus… Il y a un… C'est juste qu'elle n'a plus sa place nulle part, désormais.

La conversation était déjà moins agréable. Elle regrettait de ne pas avoir laissé le portrait tourné vers le mur. Elle bougea sur sa chaise, attrapa le chapeau à large bord qu'elle gardait à portée de main pour protéger sa peau, et le coiffa afin de maintenir son visage à l'ombre.

—Je suis désolé. Je ne voulais pas t'offenser…

—Oh, pas de problème, l'interrompit-elle. Jessie t'en avait probablement parlé. Je sais que Jessie te raconte tout.

Elle se reprit :

—Que Jessie raconte tout à tout le monde. Mais c'est juste que mon père et moi, on a une relation compliquée. Et c'est un peu tendu entre nous en ce moment.

Il déplaça sa chaise pour s'asseoir en face d'elle. Elle remua un peu sur la sienne, consciente que cela semblerait impoli de rester dos au mur. Elle se débattait entre le désir de s'éloigner de lui, et celui, presque fondamental, de s'expliquer.

—C'est une question d'héritage, finit-elle par dire. Qui reçoit quoi.

Il la regarda avec calme.

—Ma famille possède un grand domaine. Mon père ne veut pas que j'en hérite. C'est mon petit frère qui en aura la charge. Vous avez peut-être le même genre de règles en Argentine ?

—En Argentine, ce n'est pas un problème. Les fils héritent de tout.

—De toute évidence, je ne suis pas née dans le bon pays. À moins que ce soit mon père.

—Ça t'embête ?

Elle était un peu gênée.

—Tu penses que je suis intéressée, pas vrai ? D'être aussi en colère à propos de quelque chose que je n'ai pas gagné moi-même ?

—Non…

Suzanna se repassa ses propres paroles dans sa tête, essayant de juger l'effet qu'elles avaient pu produire sur lui.

—Je ne suis pas intéressée.

Il attendit.

—Je veux dire, j'aime les belles choses, c'est vrai, mais ce n'est pas une question d'argent. C'est… Le problème, c'est comment il me considère.

L'intensité avec laquelle il l'écoutait était presque trop forte. Elle baissa les yeux et s'aperçut qu'elle avait fini son verre d'eau.

—Parfois, je me dis que tout ça, c'est parce que je lui ressemble. J'ai vu d'autres images, tu sais, des photos, et je suis son portrait craché.

Elle regarda ses membres pâles, qui ne bronzaient jamais, les pointes de ses cheveux sombres et raides qui reposaient sur ses épaules.

—Et donc?

—J'ai l'impression qu'il me le fait payer.

Il lui toucha la main, un contact si léger que par la suite elle se surprit à contempler l'endroit où leurs peaux s'étaient rencontrées, comme si elle n'était pas certaine que ça se soit vraiment produit.

—De ne pas être ta mère?

Inexplicablement, les yeux de Suzanna se remplirent de larmes. Elle se mordilla la lèvre en tentant de les ravaler.

—Tu ne peux pas comprendre.

Elle eut un petit rire, gênée d'avoir dévoilé tant d'émotions.

—Suzanna.

—D'être… d'être responsable. De sa mort. Après tout, c'est à cause de moi qu'elle est morte.

Elle parlait d'une voix dure, cassante, les traits tirés malgré son sourire de façade.

—Elle est morte en couches, tu vois. Personne n'en parle jamais, mais c'est la vérité. Sans moi, elle serait toujours là.

Elle se frotta le nez d'un air faussement désinvolte.

— Je suis désolée. Je ne sais pas pourquoi je te raconte ça. Parce que tu es sage-femme, j'imagine. Tu as déjà vu ça… Bref. Normalement, ça ne me fait pas cet effet-là.

La ruelle était déserte. Le soleil se réverbérait avec un éclat métallique sur les pavés. Elle se tourna de nouveau vers lui, avec un sourire courageux.

— Tu parles d'un héritage, hein ?

Sans qu'elle comprenne pourquoi, il lui prit doucement une main entre les siennes, baissa la tête vers leurs doigts enlacés, et la posa là, comme en supplication. Elle sentait la peau de son front, la dureté électrique de l'os en dessous, et ses larmes se tarirent devant l'étrangeté de ce geste. Lorsqu'il finit par lever les yeux, elle pensa qu'il allait s'excuser. Mais au lieu de cela, il acquiesça, de façon presque imperceptible, comme s'il était déjà au courant de l'histoire, et avait attendu tout ce temps qu'elle se confie. Suzanna, toute politesse oubliée, retira sa main et la porta à sa poitrine comme si elle avait été brûlée.

— Je… je vais chercher du thé, dit-elle avant de s'enfuir vers la sécurité de sa boutique.

Alejandro retourna à l'hôpital d'un pas lourd, chaque mouvement lui coûtant comme s'il marchait dans de la mélasse. Il y avait plus de deux kilomètres, et à présent il était si fatigué qu'il en avait la nausée. Il prit le raccourci à travers le domaine Meadville, ses pieds avançant machinalement sur le trottoir chaud. Elle avait crié son nom trois fois avant qu'il l'entende.

— Dis donc, tu as l'air complètement crevé.

Jessie et sa fille, la mine radieuse, se tenaient par la main. Il se sentit soulagé de les voir, si simples et gentilles.

— On a préparé des costumes pour la fête de fin d'année. Mrs Creek nous a aidées.

Emma agita un sac en plastique.

— Maintenant, on va au parc. Tu peux nous accompagner si tu veux. Tu pourras pousser Emma sur les balançoires. Je ne suis pas trop en forme pour pousser en ce moment. Je me suis cogné le bras, déclara Jessie.

Il aurait été tenté de dire quelque chose. Il y avait souvent pensé. Mais il n'avait pas le cerveau clair et il ne se faisait pas confiance.

— Désolé. Je n'ai pas bien entendu.

Ses cheveux avaient un reflet d'un noir bleuté au soleil de l'après-midi. Ses yeux aigue-marine, lorsqu'elle l'avait regardé, étaient pleins de colère, comme si elle lui reprochait un précédent manquement. Il sentait encore sa peau contre la sienne, sa translucidité aussi fraîche que de la rosée.

— Tu tiens à peine debout, mon pauvre ! s'écria Jessie en lui donnant le bras. Regarde-le, Ems. Il dort debout. Pourquoi tu ne rentres pas chez toi ?

— Tu as le menton tout piquant.

La petite fille se balançait autour d'un poteau, battant des jambes avec l'exubérance infatigable de la jeunesse, et se tendait vers les équipements colorés de l'aire de jeux, qu'on apercevait tout juste par-delà les arbres.

Je ne l'avais jamais rencontrée, pensa-t-il. *Je sais qu'il est impossible que je l'aie rencontrée par le passé. Alors pourquoi… ?*

— Y a quoi qui est sorti comme bébés aujourd'hui ? demanda Emma.

— Laisse-le tranquille, Ems. Il est trop fatigué pour raconter des histoires de bébé aujourd'hui. Vas-y, Ale. Rentre à la maison. Va dormir.

— Je ne sais pas…

Il marmonnait si bas que, plus tard, elle précisa à sa mère que ce n'est qu'après qu'elle comprit ce qu'il avait dit. Et encore, elle n'était pas trop certaine du sens.

— Je crois que je ne sais plus où est ma maison.

Elle rentra chez elle bien après Neil, alors que les ombres commençaient à s'allonger. Cette soirée légère d'été s'était étirée jusqu'à une heure indécente. Le cottage, malgré le peu d'efforts qu'elle lui consacrait, semblait idyllique, avec ses clématites qui débordaient en bouquets sur le porche orné de poutres. Les rayons du soleil soulignaient les plantes vivaces qui avaient persisté à sortir de leur massif : pulsatilles, alchémilles, digitales, formant une explosion de violet vif, de rose et de bleu, pas découragées par l'absence d'engrais ni de désherbage. Elle ne vit rien de tout cela. Elle entra, le trouva les pieds posés sur la table basse, les yeux rivés à la télévision.

— J'allais t'appeler, dit-il en levant la télécommande. Es-tu :

a) bloquée dans les bouchons,

b) en train d'organiser des soldes pour Noël très en avance,

c) coincée sous un meuble et incapable d'atteindre ton téléphone ?

Il se détourna de l'écran et lui sourit avant de lui envoyer un baiser.

— Je t'ai laissé un repas dans le four. Je me disais que tu aurais peut-être faim. Désolé, j'ai déjà mangé.

— C'est quoi ?

— Rien d'excitant. Des spaghettis en boîte. Je ne me sentais pas très inspiré.

— En fait, je n'ai pas très faim.

Elle enleva ses chaussures et constata que la simple vue de Neil si content sur le canapé l'irritait. Pourtant, il lui avait préparé un repas. Qu'est-ce que cela révélait sur elle ?

Elle imaginait déjà les commentaires de ses parents : « Il est merveilleux, non ? Il lui prépare même ses repas ! Je pense qu'elle ne se rend pas compte de sa chance... » Elle resta un moment dans la cuisine, appuyée contre le buffet, et s'enjoignit d'être gentille. Elle se reprocha de remarquer, comme toujours, les miettes du petit déjeuner, les rideaux à fleurs qu'elle détestait mais qu'elle ne se décidait pas à changer (cela aurait représenté un investissement émotionnel dans ce lieu), les casseroles couvertes de taches et d'éclaboussures qui retraçaient les aventures culinaires de Neil. *Est-ce que je serai toujours aussi horrible ?* se demanda-t-elle. *Aussi insatisfaite ?*

— Si tu veux te servir un verre, cria-t-il depuis l'autre pièce, j'ai débouché une bouteille de vin.

Elle ouvrit le placard, attrapa un verre par le pied. Elle s'assit près de lui sur le canapé, et il lui tapota la cuisse.

— Tu as passé une bonne journée ? demanda-t-il, sans quitter la télévision des yeux.

— Oui.

— Il faisait quel temps, ici ? À Londres, on a eu un temps magnifique. Pendant l'heure où j'ai pu prendre l'air, en tout cas.

— Agréable. Très chaud.

— Il faisait beau ici quand je suis rentré. Regarde ce type. Il est dingue, s'exclama Neil en riant.

Il avait pris le soleil, elle le remarquait à présent. Ses taches de rousseur ressortaient. Elle resta assise, indifférente au sketch du comique qui amusait tant son mari, à boire le vin qu'il lui avait servi.

— Neil, finit-elle par dire, est-ce que ça t'arrive de t'inquiéter pour nous ?

Il se détourna de l'écran après un infime délai, comme s'il comprenait à regret qu'ils allaient avoir une « conversation de ce genre » et qu'il aurait secrètement souhaité en être dispensé.

— Plus maintenant. Pourquoi ? Je devrais ?

— Non.

— Tu ne t'apprêtes pas à t'enfuir avec le fermier qui habite au bout de la route ?

— Je suis sérieuse. Tu ne te demandes jamais… si c'est tout ? Si c'est le maximum ?

— Le maximum de quoi ?

— Je ne sais pas. De bonheur ? D'aventure ? De passion ?

Elle avait prononcé ce dernier mot avec réticence, consciente qu'il y lirait peut-être une invitation. Elle le vit lutter pour réprimer un soupir. Ou peut-être un bâillement. Il ne pouvait s'empêcher de regarder la télévision subrepticement.

— Je ne suis pas sûr de te suivre.

— Regarde-nous, Neil, on dirait des gens d'âge moyen, et je n'ai pas l'impression qu'on ait vécu la période excitante des jeunes couples avant de se ranger.

Elle attendit, surveillant sa réaction, le défiant de regarder à nouveau l'écran.

— Est-ce que tu me dis que tu es malheureuse ?

— Je ne dis rien du tout. Je… Je me demandais juste ce que tu en pensais. De nous. Si tu étais heureux.

Il leva la télécommande pour éteindre l'appareil.

— Si je suis heureux ? Je ne sais pas. Plus qu'avant.

— Et ça te suffit ?

Il secoua la tête légèrement, exaspéré.

— Je ne sais pas quel genre de réponse tu attends.

Elle grimaça, peu sûre d'elle.

— Tu ne crois pas, Suzie, que tu peux faire en sorte d'être heureuse ? Ou malheureuse ?

— Quoi ?

— Toutes ces questions que tu te poses. Cette façon de t'analyser en permanence. Est-ce que je suis heureuse ? Est-ce que je suis triste ? Est-ce que ça me suffit ? Tu ne crois pas que tu arrives à flipper à mort ? C'est comme si… tu cherchais toujours des raisons de t'inquiéter, que tu étais tout le temps en train de juger avec les critères des autres.

— C'est faux.

— C'est à cause de Nadine et Alistair ?

— Non.

— Ça leur pendait au nez depuis des années. Tu ne vas pas me dire que tu ne l'as pas remarqué quand on allait chez eux. À un moment, ils ne se parlaient plus qu'à travers la jeune fille au pair.

— Ce n'est pas à propos d'eux.

— On ne peut pas juste savourer le moment présent ? Le fait que, pour la première fois depuis une éternité, on est solvables, on a tous les deux un emploi, un joli endroit où habiter ? Je veux dire, personne n'est malade, Suzanna. Il n'y a rien de mauvais qui nous guette, que des bonnes choses : ta boutique, le bébé, notre avenir. Je crois qu'on devrait être reconnaissants pour ce qu'on a.

— C'est le cas.

— Alors, on ne pourrait pas se concentrer là-dessus, et arrêter de chercher des problèmes ? Juste une fois ?

Suzanna contempla son époux sans ciller jusqu'à ce que, rassuré, il se tourne de nouveau vers la télévision et la rallume d'une pression sur la télécommande.

— D'accord, dit-elle.

Elle se leva et repartit sans bruit dans la cuisine.

Chapitre 17

L'été avait pris possession de la petite ville, attirant Dere Hampton doucement dans son étreinte étouffante. La température avait encore grimpé de quelques degrés. Les rues étroites semblaient transpirer et cuire, les voitures roulaient paresseusement sur la place du marché, les pneus collant sur le bitume fondu. Des troupeaux de touristes américains, les pieds douloureux, s'arrêtaient devant les façades et s'exclamaient en lisant leur guide. Sur la place, les marchands assis sous leurs auvents engloutissaient des boissons fraîches. Des chiens âgés somnolaient sur le trottoir, la langue sortie de façon malpolie. La boutique était calme : les plus riches étaient partis au loin, pour passer l'été dans d'autres villes calmes, tandis que les autres étaient occupés à veiller sur des enfants à moitié ivres de liberté avec leurs six semaines sans école. Suzanna et Jessie, à un rythme tranquille, nettoyaient les étagères et les vitres, réarrangeaient les présentoirs, bavardaient avec les touristes, et préparaient des carafes de thé glacé, de plus en plus dilué par les glaçons fondus à mesure que les après-midi avançaient. Suzanna était de moins en moins satisfaite de la disposition de la boutique, et furieuse de ne pas trouver ce qui la dérangeait. Un matin, elles mirent le panneau « fermé », déplacèrent toutes les tables et les chaises à l'autre bout, et employèrent un homme à tout faire recommandé par le père Lenny pour installer les étagères sur le mur opposé. Mais le résultat n'était pas celui escompté, et elle avait versé la même somme une deuxième fois – au grand dam de Neil lorsqu'il avait regardé les comptes – pour tout remettre comme avant. Elle avait décidé de ne plus vendre de bijoux. Ils avaient trop tendance à « disparaître », car ils étaient assez petits pour être glissés dans une poche pendant qu'elle préparait du café. Elle avait rangé le présentoir à la cave. À peine avait-elle fait cela que trois femmes vinrent tour à tour lui demander un collier vintage. Elle retapissa les murs avec des cartes d'Afrique du Nord. Puis elle peignit le mur du fond en turquoise pâle, et regretta aussitôt ce choix. Pendant tous ces chambardements, Athene était restée dans son cadre sur les marches de la cave, son sourire aussi énigmatique que celui de *La Joconde*, ne convenant ni à la boutique, ni à la maison, comme un constant rappel de l'incapacité de Suzanna à mettre son monde en forme d'une façon satisfaisante. Pour finir, saisie par une sorte de folie, elle prit un samedi de congé pour s'offrir une escapade à Londres. Au départ, elle était censée rejoindre Nadine, mais sur un coup de tête elle avait prétexté une urgence familiale et s'était rendue à Bond Street. Là, elle avait fait le tour des magasins à une vitesse surprenante pour une telle journée de canicule. Elle avait acheté deux paires de sandales, dont une seulement lui allait réellement, un chemisier gris à manches courtes, des boucles d'oreilles, des lunettes de soleil de marque et un tailleur en lin bleu pâle qui serait très utile si jamais elle était invitée à un mariage. Elle fit également l'acquisition d'un flacon de son parfum préféré, d'un lait hydratant horriblement cher, et d'un rouge à lèvres qu'elle avait vu sur une star dans un magazine. Elle paya tout, sauf le chemisier, avec une carte de crédit que Neil croyait résiliée. Elle rembourserait petit à petit, se dit-elle. Dans le train du retour, elle eut du mal à ne pas pleurer.

Alejandro ne se montra pas pendant trois jours, puis il vint quotidiennement. Parfois, elle remontait de la cave et le trouvait assis, son visage sombre et aquilin plein d'impatience comme s'il avait attendu. Elle rougissait et, pour masquer sa confusion, commentait d'une voix trop forte la météo, le niveau de café dans la machine, ou le désordre qui régnait ici ! Puis elle se murait dans un silence timide, et se repassait avec rage ses phrases idiotes dans son imagination, où elles devenaient encore plus ridicules. Si Jessie était dans les parages, Suzanna parlait peu et se contentait d'écouter leurs échanges, et d'enregistrer les bribes d'information que Jessie parvenait à lui arracher : que son père avait écrit, qu'il avait cuisiné un repas anglais, qu'à la maternité une « mère » avait été admise la veille au soir avec, en fait de grossesse, un oreiller glissé sous sa chemise de nuit. Parfois, Suzanna avait l'impression qu'à travers Jessie il lui disait des choses sur lui-même, qu'il se dévoilait à elle par petits bouts. Parfois, elle se surprenait à en faire de même, à être inhabituellement ouverte, simplement parce qu'elle voulait qu'il la découvre sous son meilleur jour : quelqu'un de plus attirant et de plus équilibré que la personne qu'il voyait la plupart du temps. Plusieurs fois, il était arrivé alors que Jessie était sortie déjeuner, et Suzanna s'était sentie affreusement gênée. Même si d'autres clients étaient présents, elle se sentait particulièrement intimidée par lui, et se mettait à bégayer. Elle s'inventait des occupations pour ne pas avoir à lui parler, puis jurait comme un charretier lorsqu'il partait. Parfois, s'il semblait absorbé par la lecture d'un journal ou d'un livre, elle arrivait à reprendre contenance, et ils discutaient un peu. Certaines fois, la conversation durait toute l'heure pendant laquelle Jessie était absente. Un jour, il lui avait confié qu'il souhaitait visiter le musée de la ville. Ce n'était qu'une série de pièces très encombrées qui retraçaient l'histoire médiévale plutôt sinistre de Dere, mais elle avait fermé la boutique pendant une heure entière pour l'y accompagner. Pendant qu'ils erraient dans des salles poussiéreuses, il lui avait narré sa propre histoire, et celle de Buenos Aires. Ce n'était sans doute pas très bon pour son commerce, mais c'était agréable d'avoir une perspective différente. De se rappeler qu'il existait d'autres façons de faire, d'autres lieux de vie. Quand il souriait, son visage était transformé. Oui, c'était agréable d'avoir un nouvel ami. Elle était presque sûre que quelqu'un lui avait dit un jour qu'on n'avait jamais trop d'amis.

Jessie était dans la vitrine, occupée à épingler des lanternes chinoises autour d'un présentoir et, de temps en temps, à saluer les passants, lorsqu'elle s'écria :

— Y a ton vieux bonhomme qui arrive.

— Mon père ?

— Non. Ton mari, désolée.

Elle recula avec un grand sourire, la bouche pleine de punaises.

— J'oublie que tu es une gosse de riche, pouffa-t-elle.

— Qu'est-ce qu'il veut ?

Suzanna s'approcha de la porte et vit Neil lui adresser un grand geste alors qu'il approchait.

— J'ai annulé une réunion. Je n'ai pas besoin d'arriver au bureau avant l'heure du déjeuner, annonça-t-il en l'embrassant sur la joue.

Il avait enlevé sa veste de costume, qu'il tenait sur son épaule.

Il regarda les tables où les clients bavardaient, puis le mur à côté du comptoir.

— La boutique est jolie. Où est passé le portrait ?

— Tu ne vas pas me croire…

Elle-même ne savait que penser. Ses parents étaient venus deux jours plus tôt. Le tableau avait besoin de soins, à leur avis. Ils l'avaient laissé moisir trente ans dans le grenier, et tout d'un coup ils estimaient « urgent » de le restaurer. Ils s'étaient comportés bizarrement. Son père l'avait embrassée et lui avait dit que la boutique était magnifique. Encore plus étrange, sa mère n'avait presque pas parlé. Elle était restée en retrait, sourire aux lèvres, comme si elle avait orchestré tout ça. Elle lui avait confié que son père avait accepté qu'ils aient un aspirateur.

« Je ne comprends pas pourquoi ça a pris si longtemps », avait commenté Suzanna.

Ils n'en avaient pas parlé, mais elle avait l'impression qu'ils essayaient d'utiliser le tableau comme moyen de lui faire changer d'avis au sujet du testament.

— Bref, qu'est-ce que tu fais ici ? demanda-t-elle à Neil.

— Il me faut une raison ? Je me suis dit que j'allais venir prendre un café avec ma femme avant de partir.

— Quel romantisme ! s'écria Jessie en ajustant un ruban. La prochaine fois, ce sera un bouquet de fleurs.

— Suzanna n'aime pas les fleurs, objecta Neil en s'asseyant au comptoir. Ça l'oblige à nettoyer un vase.

— Alors que des bijoux…

— Ah, non. Les bijoux, elle doit les gagner. On a tout un système avec des points.

— Je préfère ne pas savoir ce qu'elle a dû faire pour obtenir cette bague en diamants…

— Ah, ah ! Si elle avait été soumise au système de points pour celle-là, elle porterait des anneaux aux tétons.

— Vous êtes très drôles, tous les deux, intervint Suzanna en remplissant la machine à café. À vous entendre, on ne croirait pas que le féminisme existe.

Ils ne s'étaient rencontrés que trois fois, mais Suzanna estimait que Neil était sans doute un peu amoureux de Jessie. Ça ne la dérangeait pas : presque tous les hommes qu'elle connaissait l'étaient, à des degrés divers. Jessie avait cette aura joyeuse, simple. Elle était d'une beauté enfantine, toute en peau de pêche et sourires mignons. Elle stimulait leur testostérone : sa petite taille et sa fragilité rendaient tous les hommes protecteurs comme des Néandertaliens, même ceux qu'on n'aurait pas soupçonnés de posséder de tels instincts. La plupart d'entre eux, du moins. Et puis, elle était réceptive au sens de l'humour de Neil, alors qu'il ne faisait rire personne chez lui.

— Je ne t'aurais jamais cru du genre à brûler ton soutif, Suzanna.

— Je ne décrirais pas ma femme comme une militante… Sauf si tu comptes la fois où ils ont oublié d'ouvrir Harvey Nichols à l'heure.

— Certains d'entre nous, souligna Suzanna, travaillent pour gagner leur vie, au lieu de rester assis à boire du café.

— Travailler ? s'étonna Neil. C'est comme ça que tu appelles le fait de colporter des ragots dans ta boutique ? Ce n'est pas comme si tu descendais à la mine…

Suzanna ne put s'empêcher de serrer les mâchoires.

— Tandis que, pour vendre des produits financiers, il faut ramper dans des tunnels, visiblement, persifla-t-elle. Je ne crois pas qu'on ait ragoté ici, chéri, du moins pas avant que tu arrives…

Elle avait pris sa voix la plus snob.

— Ah, à propos de ragots ! Notre gaucho n'est pas gay. Il avait une petite amie en Argentine. Mariée, apparemment.

Jessie était de nouveau dans la vitrine, occupée à la ranger, les jambes repliées sous elle comme un chat.

— Quoi ? Il a été marié ?

— Non, sa copine. À un présentateur star de la télé argentine. On ne devinerait jamais, hein ?

— C'est qui ça, votre gaucho ?

— Un homme sage-femme qui vient ici. Un Argentin. Je sais, c'est dingue, hein ?

Neil grimaça.

— Ça m'a surtout l'air d'être un taré… Faut vraiment être bizarre pour choisir de passer ses journées à faire ça…

— Je croyais que c'était toi qui étais tellement intéressé par l'accouchement.

— Voir mon *épouse* accoucher, oui, mais je crois quand même que je préférerais être à la tête du lit, si tu vois ce que je veux dire.

— Tu fais pitié.

— Un bon vieux gynéco, ça c'est autre chose. Je peux comprendre le plaisir. Bien que je me demande comment tu peux te mettre au travail sérieusement.

Jessie pouffa. Suzanna se tortilla de gêne.

— C'est un peu un outsider, pas vrai ? Alejandro, je veux dire. Jason dit toujours que c'est ceux qui en parlent le moins les pires.

— Comment tu sais tout ça ?

— Ah… Il était dans le parc quand j'y ai amené Emma dimanche. Je me suis assise sur le banc, et on a bavardé.

— Qu'est-ce qu'il faisait là ?

— Rien, à ma connaissance. Il profitait du soleil. Enfin, « profiter », c'est un bien grand mot. Il avait l'air drôlement déprimé avant que j'arrive. Il faisait ce truc des latinos, tu sais, cette tristesse, expliqua-t-elle en levant les yeux vers Suzanna.

— Je croyais que pour être sage-femme il fallait être une femme, intervint Neil, sa tasse à la main. Je ne pense pas que je voudrais une sage-femme homme, si j'attendais un bébé.

— Si tu attendais un bébé, le sexe de la sage-femme serait le cadet de tes soucis, cingla Suzanna.

Elle se mit à punaiser des photos de ses clients sur les cartes d'Afrique du Nord.

— Je ne crois pas que ça me plairait que ta sage-femme soit un homme, maintenant que j'y pense, reprit Neil.

— Si je m'apprêtais à vivre l'enfer de faire passer un petit humain à travers mon corps, je ne pense pas que je te demanderais ton avis, en fait.

— Je vais faire des recherches sur cette femme sur Internet, juste pour voir sa tête. Il m'a dit son nom, mais il a prétendu que je ne pouvais pas avoir entendu parler d'elle.

Jessie appuya l'escabeau contre le mur.

— Il est toujours amoureux d'elle, alors ? questionna Suzanna.

— Il ne m'a pas dit. Mais tu sais quoi, Suzie, je le soupçonne d'être le genre de mec qui préfère les femmes mariées...

— À part ça, on ne ragote pas par ici ! s'esclaffa Neil.

— Comme ça, il n'a pas besoin de s'investir émotionnellement.

— Qu'est-ce que tu entends par là ? demanda Suzanna tout en regardant Jessie descendre avec difficulté l'escabeau dans l'escalier de la cave.

— Eh bien, il est plutôt du genre tranquille, non ? On l'imagine difficilement se battre pour s'attirer les faveurs d'une femme, ou vivre les affres de la passion. Certains hommes aiment coucher avec des femmes qui sont déjà engagées ailleurs. Ils se sentent plus en sécurité. La femme ne risque pas de faire de demandes émotionnelles. Est-ce que j'ai raison, Neil ?

— C'est plutôt une bonne stratégie. Bien que je ne la pratique pas moi-même.

Suzanna renifla pour détourner l'attention de ses joues en feu.

— Tu lis trop de magazines...

— C'est toi qui les mets là.

Jessie accrocha négligemment son sac à la patère fixée sur la porte de la cave, et en sortit un tablier blanc amidonné.

— C'est Mrs Creek qui l'a fait. Il est joli, hein ? Tu veux que je lui demande de t'en coudre un aussi ?

— Non. Oui. Je m'en fiche.

Jessie attacha les cordons autour de sa taille, puis lissa le tissu sur ses jambes.

— Ah, regarde, la dame avec les enfants veut qu'on s'occupe d'elle. J'y vais… Non, il ne me plaît pas. Trop… Je ne sais pas. Je préfère les hommes un peu plus vivants.

Elle se tut et regarda Suzanna, qui évita son regard.

Neil était à présent en train de feuilleter un magazine. Il ne vit pas Jessie tressaillir, ni sa femme sourire d'un air gêné et farfouiller un peu plus longtemps que nécessaire dans une boîte de parchemins sous le comptoir.

Ça n'avait rien à voir avec Jason, même si Jessie s'exprimait de façon maladroite. Ça n'avait rien à voir avec Neil non plus. Aucune des deux femmes n'avait dit quoi que ce soit, mais toutes deux en étaient conscientes.

Arturro avait renvoyé les jeunes gens. Comme ça, sans prévenir, sans indemnité, sans rien. Mrs Creek fut la première à l'apprendre, alors qu'elle passait devant l'épicerie en se rendant au marché. Elle le leur annonça peu après le départ de Neil.

— J'ai entendu des cris et Dieu sait quoi, et il soufflait par les naseaux comme un taureau dans un pré. J'allais entrer pour acheter de ce bon fromage, celui avec des morceaux d'abricot, mais pour être franche j'ai préféré lui laisser le temps de se calmer.

Jessie et Suzanna étaient pétrifiées. Mrs Creek prenait un temps considérable pour raconter son histoire, ajoutant des effets de voix et des gestes, savourant l'attention de son auditoire, pour une fois captivé. Quand elle eut fini, elles échangèrent un regard.

— Je vais y aller, déclara Jessie.

— Je guette Arturro, répondit Suzanna.

Il n'était pas venu. Jessie alla chez Liliane, pas pour espionner, bien sûr, juste pour tâter l'eau du bain, comme elle disait, afin de découvrir ce qui se passait. Au départ, elle avait cru que Mrs Creek exagérait. Liliane, bien qu'aussi réservée que d'habitude, était maîtresse d'elle-même et polie. Mais, lorsque Jessie avait mentionné l'épicerie, elle était soudain devenue grincheuse. Elle n'était plus cliente, déclara-t-elle. Certaines personnes en ville estimaient que les clients y étaient traités d'une façon assez minable. Oui, assez minable.

— Un exemple en particulier ? insista Jessie.

— Disons simplement, répondit Liliane, les lèvres pincées et la mâchoire raide, que certains, dont on aurait pu espérer qu'ils se comporteraient avec classe, font des farces de cour de récréation.

— Oh, prout ! s'exclama Jessie en rentrant. Ça ne sent pas bon, cette histoire.

— Est-ce qu'on avoue ? demanda Suzanna, au bord de la nausée.

— Si les garçons ont perdu leur boulot, on n'a pas le choix. C'est notre faute.

Suzanna songea à eux, et se demanda pourquoi elle se sentait si distante par rapport à ces jeunes gens qui avaient autrefois occupé une proportion malsaine de ses rêveries.

— Tu y vas.

— Non, toi.

À présent, elles gloussaient nerveusement.

— C'était ton idée.

— C'est toi qui as acheté les dragées. Tout allait bien jusqu'aux dragées.

— Je n'arrive pas à croire qu'à trente-cinq ans je me sente comme si j'étais convoquée chez la directrice de l'école… Je ne vais pas y arriver. C'est vraiment impossible.

Suzanna s'appuya contre le comptoir, plongée dans ses pensées.

— Et si je te payais ?

Elle se remit à glousser. Jessie planta les poings sur ses hanches.

— Dix mille. C'est mon prix.

Suzanna poussa un halètement théâtral.

— Je sais ! Y en a une qui s'occupe d'Arturro, et l'autre de Liliane.

— Mais tu les connais mieux que moi.

— J'ai plus à perdre, du coup.

— Elle me fait peur. Je crois qu'elle ne m'aime déjà pas beaucoup. Pas depuis que je vends des tee-shirts. Elle pense que je lui vole sa clientèle.

— Pourquoi ? Qu'est-ce qu'elle a dit ?

— Rien, mais elle a une façon de les regarder quand elle entre.

— Suzanna Peacock, tu fais pitié. Tu as pas loin de dix ans de plus que moi, et…

— Neuf, en réalité. J'ai trente-cinq ans. Seulement trente-cinq.

— Neil dit que ça fait environ dix ans que tu as trente-cinq ans.

La peur les avait rendues hystériques. Elles s'agrippaient l'une à l'autre, les yeux écarquillés, riant à perdre haleine.

— Ah, je vais y aller. J'irai demain, si tu me laisses partir tôt ce soir. Je dois amener Emma acheter des chaussures. Et je ne peux pas le faire plus tard, parce que j'ai mon cours du soir.

— C'est du chantage.

— Tu veux que je parle à Arturro ? Tu me dois bien ça. Demain, alors.

Jessie se mit à écrire des étiquettes de prix avec un stylo fuchsia.

— Et seulement s'il ne s'est pas calmé et qu'il ne les a pas tous repris.

Mais le lendemain, Jessie ne vint pas. Suzanna était à la maison en train de se sécher les cheveux lorsque le téléphone sonna.

— Désolée, s'excusa Jessie d'une voix inhabituellement terne. Tu sais qu'en temps normal je ne te laisserais jamais tomber, mais je ne peux pas venir aujourd'hui.

— C'est Emma ?

Suzanna avait l'esprit qui tournait à toute vitesse. Elle avait prévu d'aller à Ipswich rencontrer un fournisseur. Elle allait devoir s'arranger autrement. Il y eut un silence.

— Non, non. Emma va bien.

— Qu'est-ce qui t'arrive ? Un rhume ? Il y a un drôle de virus qui traîne en ce moment. Le père Lenny a dit qu'il se sentait bizarre hier. Et la dame avec les chiens aussi.

Si elle appelait le fournisseur tout de suite, elle pourrait annuler sans trop de problèmes. Sinon, elle devrait laisser la boutique fermée toute la matinée.

— Tu sais quoi ? Je vais sans doute avoir besoin de deux jours…

Soudain, Suzanna reporta pleinement son attention sur la voix à l'autre bout du fil.

— Jess ? Est-ce que tu vas bien ?

Silence.

— Est-ce que… Est-ce que tu veux que je t'amène chez le médecin ?

— J'ai juste besoin de deux jours. Je te promets que je ne te ferai plus faux bond après.

— Arrête tes bêtises. Qu'est-ce qui se passe ? Tu es malade ?

Encore un silence, puis :

— N'en fais pas tout un plat, Suzie, s'il te plaît…

Suzanna restait assise, les yeux rivés sur sa table de nuit, le sèche-cheveux toujours à la main. Elle le posa et changea le téléphone d'oreille.

— Est-ce qu'il t'a frappée ? demanda-t-elle.

— C'est plus moche à voir que ça ne l'est vraiment. Mais c'est pas beau à regarder. Pas le genre de look qui convient à une vendeuse un peu classe, confia-t-elle avec un rire désabusé.

— Qu'est-ce qu'il t'a fait ?

— Oh, Suzie, laisse tomber, s'il te plaît. La situation a un peu dérapé. Il va suivre des cours pour apprendre à gérer sa colère. Cette fois, il me l'a promis.

La petite chambre à coucher était devenue glaciale.

— Tu ne peux pas continuer comme ça, Jess, murmura-t-elle.

La voix de Jessie se fit dure.

— Je gère, OK ? Maintenant, fais-moi plaisir, Suzanna, oublie ça. Et si ma mère passe, pas un mot là-dessus. Dis-lui que je suis sortie avec un client ou un truc dans le genre. Je ne veux pas qu'elle se mette en pétard.

— Jess, je…

La ligne fut coupée. Suzanna resta assise sur le lit à contempler le mur. Puis elle ramassa ses cheveux mouillés en queue de cheval, descendit en courant chercher ses clés, et partit à toutes jambes vers le centre de Dere Hampton tout proche. Suzanna ne voyait pas beaucoup d'avantages au fait de vivre dans une si petite ville, mais l'un d'eux était qu'il n'y avait pas tant d'endroits où les gens étaient susceptibles d'être. Elle trouva le père Lenny au salon de thé, sur le point d'attaquer un sandwich au bacon. Quand il la vit, il feignit de se cacher, comme s'il avait été pris la main dans le sac.

— Je viendrai prendre mon café normal plus tard, dit-il alors qu'elle s'asseyait en face de lui. Promis. J'ai juste besoin de surveiller la concurrence de temps à autre.

Suzanna se força à sourire et essaya d'avoir l'air détendue.

— Mon père, est-ce que vous sauriez par hasard où habite Jessie ?

— Dans le domaine Meadville. Près de chez sa mère. Pourquoi ?

Suzanna se souvint de l'avertissement de Jessie.

— Rien d'important. Elle a un rhume, et j'ai oublié de lui demander quelques détails à propos d'une commande. Je me suis dit que j'allais passer la voir, et en profiter pour lui apporter des fleurs par la même occasion. Faire d'une pierre deux coups, quoi.

Elle lui adressa un sourire rassurant. Le père Lenny posa sur elle un regard scrutateur. Puis, ayant apparemment obtenu les réponses qu'il cherchait, il regarda son assiette où se trouvait le sandwich au bacon.

— C'est un mauvais rhume ? demanda-t-il d'une voix lente.

— Difficile à dire. Je crois qu'elle aura besoin de quelques jours de congé.

Il acquiesça, comme s'il digérait l'information.

— Est-ce que vous voulez de la compagnie ? proposa-t-il prudemment. Je n'ai pas grand-chose de prévu, ce matin.

— Oh, non. Ça ira.

— Je serais heureux de venir. Je ne resterai que quelques minutes si vous avez… des urgences.

— C'est très gentil, mais vous savez ce que c'est, quand on est enrhumé. On n'aime pas être dérangé.

— En effet. C'est vrai, convint le père Lenny. Vous la trouverez au n° 46 de la résidence The Crescent. Quand vous êtes sur la route de l'hôpital, vous prenez la première à droite, et ce sera sur votre gauche.

— Merci.

Suzanna s'était déjà levée.

— Dites-lui bonjour de ma part, d'accord ? Et je suis impatient de la revoir dans la boutique.

— Je transmettrai.

— Et, Suzanna ?

— Quoi ? demanda-t-elle avant de se reprendre. Désolée. Oui ?

Le prêtre hocha la tête en réponse.

— Je suis heureux qu'elle ait une amie, avoua-t-il. Quelqu'un à qui parler, ajouta-t-il après une hésitation.

Mais si c'était une chose d'avoir l'adresse, c'en était une autre de se rendre là-bas, où elle n'était sans doute pas la bienvenue, pour se jeter dans la gueule du loup, songeait Suzanna, assise devant la boutique. Et s'il était là ? Elle ne saurait pas quoi lui dire. Quelle était l'étiquette dans de telles circonstances ? Fallait-il ne faire aucune remarque sur l'apparence de la femme ? Parler de la pluie et du beau temps ? Accepter la tasse de thé qu'il lui offrirait peut-être ? Et s'il ne la laissait pas entrer ? Le simple fait de se montrer risquait d'aggraver la situation. Suzanna n'avait jusqu'alors rencontré la violence domestique qu'une seule fois : au lycée, sa professeure de géographie, une femme avec des lunettes qui passait son temps à s'excuser, essayait régulièrement de dissimuler les marques violettes qu'elle portait au visage et aux bras.

— Son mari la bat, commentaient les filles d'un air sagace ensuite, avant de penser à un autre sujet.

Elles n'avaient fait que reproduire l'attitude de leurs parents, Suzanna le comprenait avec le recul. Ces choses arrivaient. C'était la vie. Mrs Nathan avait toujours eu une tête de victime, de toute façon. Mais cette fois, c'était différent. Suzanna appuya le front sur ses genoux. Elle se sentait faible, incapable. Elle pouvait tout simplement ne pas y aller. Jessie ne semblait pas souhaiter sa présence.

Ce serait le choix le plus facile. Elle serait de retour dans un jour ou deux. Pourtant, il y avait là un degré de complicité… Elle avait honte de l'avoir seulement envisagé. Y aller lui paraissait presque obligatoire.

Lorsqu'elle leva les yeux, sans cesser de passer ses clés d'une main dans l'autre, elle le trouva debout devant elle, ses longues jambes pour une fois revêtues d'un pantalon clair, et son pyjama de soignant remplacé par un tee-shirt.

— Tu t'es enfermée dehors ?

Il paraissait détendu. Ce qu'il avait fait dans l'intervalle l'avait peut-être revigoré.

— Pas exactement.

Elle pensa qu'il allait demander du café, ou entrer, mais il attendit qu'elle parle.

— C'est Jessie.

Il regarda derrière elle, dans la boutique déserte.

— Je ne sais pas si je dois ou non aller chez elle… Je ne sais pas… si c'est bien d'interférer…, expliqua-t-elle en donnant un coup de pied dans un gravillon.

Elle n'eut pas besoin de donner plus de détails. Il s'accroupit devant elle, l'air déterminé et sévère.

— Tu as peur ?

— Je ne sais pas ce qu'elle veut. J'ai envie de l'aider, mais elle n'a pas l'air de le souhaiter.

Il regarda la rue.

— Elle parle beaucoup, Jess, reprit-elle, mais en réalité elle est assez secrète. Je ne sais pas… pour ce truc, si elle est d'accord avec… la façon dont ça se passe. Ou si elle attend désespérément que quelqu'un intervienne. Et…

Elle se gratta le menton avant de conclure :

— Je ne suis pas très douée pour tirer les vers du nez. Les confidences intimes, ce n'est pas trop mon truc. Pour être franche, Ale, je suis dépassée. Et terrifiée de faire un faux pas.

Elle ne lui révéla pas les plus sombres de ses pensées : qu'elle avait peur de se retrouver trop proche de ce désastre, de cette tristesse. Qu'après avoir réussi à ramener une paix fragile dans sa vie, elle craignait la contagion d'un malheur étranger.

Il lui toucha le genou du bout des doigts, un geste doux et rassurant. Ils restèrent ainsi plusieurs minutes.

— Tu sais quoi ? dit-il en se redressant. Ferme ta boutique. Je pense qu'on devrait y aller.

Il lui tendit la main pour qu'elle se lève.

La maison était plus jolie que ce à quoi Suzanna s'était attendue. Plus jolie à l'intérieur que ce qu'elle méritait, vu la tristesse déprimante de ses voisines, comme si le soleil, le ciel bleu et même la superbe campagne du Suffolk tout autour du domaine n'étaient pas parvenus à ragaillardir ces mornes logements d'après-guerre. De l'extérieur, la maison de Jessie était reconnaissable à ses jardinières et à sa porte d'entrée d'un violet éclatant. À l'intérieur, Suzanna pensait découvrir une zone de guerre. Au contraire, elle trouva un salon impeccable avec des coussins en vichy bien alignés et des étagères époussetées. Les chambres étriquées étaient peintes dans des couleurs vives, décorées de meubles bon marché qu'on avait customisés et aimés si bien qu'ils étaient devenus plus beaux. Les murs étaient égayés de photos de famille et de dessins réalisés par Emma à différents stades de sa scolarité. Des cartes d'anniversaire rigolotes étaient encore disposées sur le manteau de la cheminée. Par terre, une paire de chaussons absurdes portait la mention « Les doigts de pied en éventail ». Le seul signe qu'il s'était passé quelque chose était un paquet de papier journal à côté d'une pelle et d'une balayette. Il contenait sans doute de la vaisselle cassée. Mais ce que cet intérieur joyeux ne parvenait pas à masquer, c'était cette immobilité, cette stupeur, bien différente du silence paisible qui règne dans une maison presque inoccupée. On aurait cru que les lieux digéraient encore ce qui s'y était produit.

— Je vous propose un thé ? demanda Jessie.

Suzanna avait entendu le halètement d'Alejandro lorsque la jeune femme avait ouvert la porte, et la tentative qu'il avait faite de masquer sa réaction en entrant. Ses traits fins étaient enflés, sa bouche si gonflée qu'elle formait un angle grotesque avec son visage. Les deux lèvres avaient été fendues par un coup d'une violence inouïe. Elle avait un gros hématome violet sur le haut de la joue droite, et une attelle bricolée lui soutenait l'index gauche.

— Il n'est pas cassé, précisa-t-elle en le remuant après avoir remarqué le regard d'Alejandro. Je serais allée à l'hôpital, sinon.

Elle essaya sans succès de dissimuler une légère boiterie en s'éloignant.

— Je vous en prie, entrez donc au salon. Asseyez-vous et faites comme chez vous.

Dehors, on entendait des enfants jouer sur le trottoir. Ils s'installèrent sans mot dire, côte à côte sur le vaste canapé recouvert d'un plaid aux tons clairs. Suzanna essayait de ne pas penser aux traces que ce tissu pouvait bien recouvrir.

Jessie apporta un plateau avec des mugs, refusa qu'on l'aide, et s'assit en face d'eux.

— Quelqu'un veut un sucre ? dit-elle d'une voix déformée par ses lèvres boursouflées.

Suzanna hoqueta et fondit en larmes, tout en se frottant le visage pour tenter de cacher ses pleurs. C'était tellement anormal de voir Jessie dans cet état. Elle était si différente du genre de femmes auxquelles ça arrivait en général. Alejandro sortit un mouchoir. Elle le prit sans un mot, honteuse d'être celle qui pleurait devant tant de douleur.

— Je t'en prie, Suzie, arrête, la cajola Jessie de sa voix la plus optimiste. Ça ne fait pas aussi mal qu'on pourrait le croire. Je te jure.

— Où est ta fille ?

— Elle était chez ma mère, heureusement. Il faut juste que j'arrive à trouver le moyen de la faire rester là-bas sans que maman parte en vrille.

— Tu veux que j'examine ta main ? proposa Alejandro.

— C'est juste une contusion.

— Il faudrait peut-être recoudre ta lèvre.

— Non. Il n'a pas blessé l'intérieur. J'ai vérifié.

— Il faudrait aussi que tu passes une radio, juste pour être sûr qu'il n'y a rien au niveau de la tête.

Suzanna regarda Alejandro s'approcher de Jessie pour lui ausculter le visage en le tournant doucement vers la lumière.

— Tu veux que j'aille chercher des sutures adhésives au boulot ? Ça aiderait à cicatriser plus vite. Et peut-être des antalgiques…

— Je vais te dire ce qui m'arrangerait, Ale. Que tu m'indiques comment faire dégonfler tout ça. J'ai besoin qu'Emma rentre à la maison le plus tôt possible, et je ne veux pas la terrifier. J'ai mis des sachets de glaçons et de l'arnica, mais s'il y a quelque chose d'autre qui marche…

Alejandro était toujours en train de l'examiner de près.

— Rien ne va vraiment arranger ça, annonça-t-il.

Il y eut un silence. Suzanna prit sa tasse et la contempla, ne sachant pas que dire. Jessie, tout à sa douleur et à la contenance qu'elle se donnait, dans sa réaction qui semblait avoir été bien apprise, se comportait comme une inconnue.

— Tu veux que je lui parle ?

Suzanna leva les yeux. Alejandro arborait une expression dure. Sa voix était tendue, contrainte. Jessie secoua la tête.

— Je le lui ai dit, finit-elle par répondre. Qu'il était allé trop loin.

Dehors, les enfants se chamaillaient, leurs cris leur parvenant du bout de la rue.

—Je sais ce que vous pensez tous les deux, mais je ne vais pas le laisser continuer. Pour Emma, en plus de tout le reste. Je lui ai dit que la prochaine fois qu'il lèverait la main sur moi je le mettrais à la porte.

Alejandro baissa les yeux vers son mug.

—Et je le pensais, reprit Jessie. Je sais que vous ne me croyez pas, mais c'est vrai. Mais je veux juste voir ce qui se passe avec ce cours de gestion de la colère, avant de prendre mes cliques et mes claques.

—Jessie, je t'en prie, n'attends pas. S'il te plaît. Je t'aiderai. On t'aidera tous.

—Tu ne comprends pas, Suzie. Ce n'est pas un étranger, c'est l'homme que j'aime depuis que j'ai… depuis que je suis quasiment une gamine moi-même. Et je le connais vraiment, et ce n'est pas lui. Je ne peux pas bazarder dix ans de ma vie à cause de quelques mois difficiles. C'est le papa d'Emma, pour l'amour du ciel ! Et, croyez-moi ou pas, quand il n'est pas… comme ça, on s'entend bien. On a été heureux pendant des années.

—Tu lui trouves des excuses.

—Oui, c'est sûrement vrai. Et je sais quelle image ça te donne. Mais si seulement tu l'avais connu avant que ça commence… Si tu nous avais vus ensemble…

Suzanna regarda Alejandro. Elle avait cru que, étant donné son évidente affection pour Jessie, il se mettrait en colère, intercéderait en sa faveur malgré ses instructions contraires, mais il restait là, assis, son mug à la main, à écouter. Elle en était presque frustrée.

—Je n'ai pas peur de lui, vous savez. Je veux dire, oui, c'est un peu effrayant quand il craque comme ça, mais je ne passe pas mes journées à marcher sur des œufs de crainte de le mettre en rogne.

Jessie regarda Suzanna, puis Alejandro.

—Je ne suis pas débile. C'est sa dernière chance. Mais autrement, qu'est-ce que je dis ? Que personne n'a droit à une chance de changer ?

—Ce n'est pas ça…

—Écoute, tu sais ce qui a mis le feu aux poudres, pas vrai ?

Jessie souleva son mug avec sa main blessée, puis la passa dans l'autre et but une gorgée.

—Le père Lenny. Il est allé l'embêter au sujet de ses colères. Résultat, il a eu l'impression que tout le monde le jugeait. Il pensait que j'étais allée raconter des histoires et que toute la ville était liguée contre lui. Tu sais comment c'est, ici. C'est une sensation horrible quand tout le monde te méprise. Je suis bien placée pour le savoir : plein de gens ne m'adressaient plus la parole quand j'étais femme de ménage. Comme si ça changeait qui j'étais.

Elle se radossa à son siège.

—Il faut que vous me laissiez gérer ça toute seule. N'allez pas rendre les choses encore pires. Si j'estime qu'il a vraiment changé, qu'il est devenu une personne avec laquelle je ne me sens pas en sécurité, je ferai mes valises.

Elle essaya de sourire.

—Je m'installerai dans la boutique, Suzanna. Et tu ne pourras plus jamais te débarrasser de moi.

Viens tout de suite, pensa Suzanna, mais elle en fut empêchée par l'expression déterminée de Jessie.

—Voilà mon numéro, dit Alejandro en le griffonnant sur un bout de papier. Si tu changes d'avis à propos de ta main, ou que tu veux que je t'apporte des sutures adhésives, ou n'importe quoi… tu m'appelles. OK ?

Suzanna avait l'impression qu'il avait insisté à dessein sur le « n'importe quoi ».

—Je serai de retour au boulot après-demain.

— Reviens quand tu seras prête. Ça n'a pas d'importance.

Suzanna se leva et s'approcha pour prendre Jessie dans ses bras, consciente qu'elle appuyait peut-être sur des blessures que celle-ci n'avait pas mentionnées. Elle s'écarta et tenta d'insuffler une certaine intensité dans le regard qu'elles échangèrent.

— Tu peux m'appeler aussi. N'importe quand.

— Tout va bien. Pour de vrai. Maintenant, fichez-moi le camp, tous les deux ! Allez ouvrir cette boutique, sinon je n'aurai pas de travail à reprendre.

Elle les guidait vers la porte. Suzanna avait envie de protester, mais elle se disait que Jason était peut-être en chemin, que Jessie avait peut-être ses raisons de vouloir que la maison soit déserte.

La voix de Jessie, joyeuse à travers les rideaux, les suivit dans la rue.

— À bientôt !

Ils marchèrent sans échanger une parole jusqu'à l'hôtel *The Swan* dans la grand-rue, chacun seul avec ses pensées, leurs pas résonnant avec une régularité de métronome sur le trottoir qui irradiait déjà de chaleur bien qu'il ne soit pas encore midi. Suzanna s'arrêta au coin de la rue qui menait vers le centre-ville.

— Je n'ai pas le cœur à ouvrir la boutique aujourd'hui, avoua-t-elle.

Il enfonça les mains dans ses poches.

— On va où ? demanda-t-il.

Ils n'avaient pas envie de manger, la chaleur et la teneur de leur matinée leur ayant coupé l'appétit, aussi, après être passés d'un air distrait devant les rares restaurants de la ville, ils se dirigèrent vers le marché. Ils ne savaient ni l'un ni l'autre où ils allaient : ils partageaient simplement le désir de ne pas être seuls, de ne pas retourner à leur quotidien. Du moins, c'était ce que Suzanna se racontait. Ils marchèrent dans un silence agréable autour des étals de la place, en buvant de l'eau en bouteille, jusqu'à ce qu'il confesse d'un air d'excuse qu'il avait assez vu le marché.

— Je me suis promené ici presque tous les jours où j'étais de repos.

Il n'avait quasiment rien vu, ajouta-t-il, depuis qu'il était arrivé en Angleterre. Ce n'était pas ce qu'il avait projeté : il avait pensé se rendre dans d'autres villes et passer ses journées de congé à explorer, mais le train s'était révélé beaucoup trop cher, et pendant son temps libre il était la plupart du temps trop fatigué pour faire de gros efforts. Il était allé une fois à Cambridge. L'hôpital avait aussi organisé une sortie à Londres pour les sages-femmes : il avait visité Madame Tussaud's, la tour de Londres et le London Eye l'un après l'autre, et n'avait presque rien retenu. Les différentes nationalités avaient le plus grand mal à se comprendre à cause de leurs accents. Les autres sages-femmes gloussaient entre elles, en groupes exclusivement féminins, ou bien le contemplaient d'un air timide. Le fait qu'il soit le seul homme les dissuadait d'engager la conversation.

— J'étais tellement content de découvrir ton magasin, confia-t-il, les mains au fond des poches. C'est le seul endroit… c'était différent de tous les autres lieux.

— Alors qu'est-ce que tu aimerais voir ? demanda-t-elle, en rougissant un peu devant ce que la phrase d'Alejandro suggérait.

— Montre-moi d'où tu viens. Ce fameux domaine. Celui qui te cause tant de soucis.

Il avait dit cela d'un ton taquin, et elle souriait malgré elle.

— Ce n'est pas vraiment une *estancia*. Il y a à peu près cent quatre-vingts hectares. Sûrement pas très grand par rapport à ce qu'on voit en Argentine.

C'était, toutefois, suffisamment grand pour offrir une agréable promenade dans l'après-midi.

— Je t'amène à la rivière. Si tu aimes la pêche, tu adoreras notre rivière.

C'était comme s'ils avaient pris la décision tacite de sortir de la noirceur de la matinée, de ne pas laisser la situation de Jessie, la révulsion et l'impuissance qu'ils avaient tous deux ressenties, hanter le reste de leur journée. Ou peut-être, songeait Suzanna alors qu'ils marchaient sur la piste cavalière en direction des bois, préférant empiéter sur le champ de maïs pour éviter les ornières qui jalonnaient le chemin, qu'il était impossible de se sentir morose trop longtemps, alors que le ciel était d'un si beau bleu, que les oiseaux rivalisaient de chant, le jabot gonflé, et que l'après-midi lui-même était contaminé par la joie de faire l'école buissonnière, de se cacher alors que tout le monde était au travail. Deux fois, il lui avait pris la main pour l'aider à avancer sur le sentier. La seconde fois, elle avait dû se forcer à la lâcher ensuite. Ils s'assirent en haut du champ des seize hectares pour contempler la vallée en contrebas. C'était l'un des rares points d'où le domaine était visible presque dans son intégralité, ses collines moutonnantes et ses parties boisées plus sombres formant comme un patchwork jusqu'à l'horizon. Elle désigna une maison au loin, entourée de dépendances.

— C'est Philmore House. Actuellement, elle est louée, mais mon père et ma mère ont vécu là au début de leur mariage.

Elle se leva et fit un geste vers des bois, à environ sept kilomètres à l'ouest de la maison.

— Ce bâtiment moutarde… tu l'aperçois tout juste, non ? C'est là qu'habitent mes parents maintenant. Mon petit frère, Ben, et ma grand-mère vivent là aussi.

Ils avaient parcouru le premier tiers du champ et étaient arrivés à l'endroit où la pente dévalait vers la rivière, cachée par les bois, lorsqu'elle dit :

— Mon frère et moi, on venait ici quand on était petits. On roulait jusqu'en bas. On se tenait ici, à faire comme si on ne savait pas ce qui allait se passer, et ensuite l'un de nous nous faisait tomber tous les deux, et on faisait la course en roulant jusqu'en bas. On finissait avec de l'herbe dans la bouche, les cheveux…

Perdue dans ses souvenirs, elle leva les mains, les coudes rentrés, pour lui montrer la position.

— Une année, papa a donné ce pré aux moutons. On n'a pas réfléchi. Lorsque Ben s'est relevé, arrivé en bas, il ressemblait à un petit pain aux raisins.

Elle s'aperçut qu'elle avait ramené sa famille dans la conversation, et n'eut pas envie de continuer. Parfois, lui semblait-il, il n'y avait pas moyen de leur échapper. Il était debout à côté d'elle, une main en visière alors qu'il étudiait l'horizon.

— C'est magnifique…

— Je ne le vois plus vraiment. Je pense que quand tu grandis quelque part, tu n'y prêtes plus attention.

Plus bas, un épervier était en vol stationnaire au-dessus d'une proie invisible. Alejandro le suivit des yeux lorsqu'il piqua vers le sol.

— Même une journée comme celle-ci, je crois que je préfère toujours la ville.

Il se tourna vers elle.

— Dans ce cas, pourquoi tu laisses ce domaine te rendre si triste ?

Il la regardait comme si ses sentiments étaient vraiment curieux.

— Je ne suis pas triste. Et je ne le laisse pas tant que ça me pourrir la vie. Je ne suis juste pas d'accord avec le système, c'est tout.

Elle s'assit, coupa un long brin d'herbe et le coinça entre ses dents.

— Ça ne domine pas ma vie ni rien. Ce n'est pas comme si je passais mes journées enfermée dans une pièce sombre à planter des épingles dans une poupée vaudoue représentant mon frère.

Elle l'entendit rire alors qu'il s'installait près d'elle et repliait ses jambes. Puis elle perçut le froissement discret de l'herbe tandis qu'il cherchait sa position, et le regarda furtivement étirer ses jambes près des siennes.

— Le domaine ne t'a jamais appartenu, n'est-ce pas ? Il est à ton père ?

— Et à son père avant lui. Et au père de son père.

— Donc il n'a jamais été à toi, et ne sera jamais à toi. Et alors ?

— Et alors quoi ?

— Exactement. Et alors quoi ?

Elle leva les yeux au ciel.

— Je te trouve un peu naïf…

— Parce que je te dis de ne pas laisser les terres de tes ancêtres dévorer ton bonheur ?

— C'est plus compliqué que ça…

— Pourquoi ?

Elle agita le pied pour en déloger un insecte qui venait de s'y poser.

— Ah, mais tout le monde se prend pour des experts ! Tout le monde sait ce que je ressens… ce que je *devrais* ressentir du moins. Tout le monde pense que je devrais accepter la situation et arrêter de cracher mon venin. Eh bien, Alejandro, ce n'est pas aussi simple. Il ne s'agit pas seulement de me forcer à ne pas vouloir quelque chose.

C'est une question de famille, de relations, de passé, et d'injustice, et…

Elle se tut, lui lança un regard.

— Ce n'est pas juste une question de terres, d'accord ? Si c'était aussi simple, ça ferait longtemps que ce serait réglé.

— Alors c'est quoi, le problème ?

— Je ne sais pas. Tout.

Elle pensa soudain aux problèmes plus graves dont il avait dû être témoin, à la situation de Jessie, et sa voix sonna grincheuse, puérile, même à ses propres oreilles.

— Écoute, on peut changer de sujet ?

Il remonta les genoux et la regarda de côté, par-dessus son épaule.

— Ne te fous pas en boule, Suzanna Peacock.

— Je ne me fous pas en boule, répondit-elle avec mauvaise humeur.

— D'accord… Je pense que tu devrais peut-être prendre une décision. Je pense… que c'est très facile de te laisser happer par ta famille, par son passé.

— Je croirais entendre mon mari !

Elle n'avait pas eu l'intention de mentionner Neil. Sa présence était de trop entre eux. Alejandro repoussa ses cheveux en arrière.

— Dans ce cas, lui et moi, on est d'accord. On ne veut pas te voir malheureuse.

Elle le regarda alors, étudia son profil, puis, lorsqu'il se tourna vers elle, s'autorisa à interroger silencieusement ces yeux bruns, cette bouche sagace. Elle lisait un étonnement infime sur son visage, comme s'il tentait de résoudre un mystère. *Tu n'es qu'un béguin parmi d'autres*, songea-t-elle. Elle grimaça en se demandant si elle avait pensé à voix haute.

— Je ne suis pas malheureuse, chuchota-t-elle.

Cela semblait important de l'en persuader.

— D'accord, dit-il.

— Je ne veux pas que tu croies que je le suis.

Il hocha la tête. Il avait une façon de la regarder, comme s'il comprenait, comme s'il connaissait son passé, sa culpabilité, le mal-être qui la rongeait. Comme s'il les partageait, comme s'il portait les mêmes fardeaux.

C'est forcément un béguin, pensa-t-elle, en baissant la tête vers ses genoux pour cacher ses battements de cils frénétiques. *Je m'emballe, je lui prête des sentiments qu'il n'a peut-être pas.*

Elle resta assise, le front posé sur les genoux, jusqu'au moment où elle sentit son contact, électrique, sur son épaule.

— Suzanna.

Elle leva les yeux vers lui. À contre-jour, elle ne voyait qu'une silhouette floue, d'une minceur irréelle.

— Suzanna.

Elle prit la main qu'il lui tendait, s'apprêta à se redresser, ses yeux toujours blessés par la lumière brutale, et accepta, dans cet étrange après-midi onirique, de suivre cet homme, de se laisser entraîner dans son sillage. Il ne se leva pas, mais l'attira doucement vers lui, et elle le vit s'allonger dans l'herbe. Elle reprit son souffle. Il la regardait fixement, l'air coquin, comme une invitation. Puis, avec un cri espiègle, il se lança dans la pente et commença à rouler, de plus en plus vite, les genoux s'entrechoquant. Pendant plusieurs secondes, elle contempla, médusée, la silhouette qui s'éloignait d'elle. Puis, libérée de la tension des instants précédents avec un soulagement tonitruant, elle se jeta à sa poursuite, et laissa la terre et le ciel se fondre l'un dans l'autre, ses sensations s'écraser contre l'herbe qu'elle frôlait à toute vitesse, la senteur de foin, les coups légers contre ses os qui rencontraient le sol. Et elle riait, perdue dans le ridicule de la scène, crachant des brins d'herbe et des pâquerettes et Dieu sait quoi d'autre, les mains tendues au-dessus de la tête, volant vers le pied de la colline, redevenue enfant, sachant qu'en bas on la rattraperait.

Il était debout, penché vers elle, alors qu'elle restait allongée à rire et haleter dans l'herbe, la tête tournant encore. Il se balançait au-dessus d'elle, une main tendue comme pour l'aider à se redresser, puis immobile jusqu'à ce qu'elle parvienne à distinguer son visage souriant, les traces d'herbe partout sur son pantalon.

— Tu es heureuse, maintenant, Suzanna Peacock ?

Elle ne trouvait aucune réponse raisonnable. Aussi, elle resta allongée comme elle put, riant toujours, les yeux fermés devant le bleu éblouissant du ciel.

Ils étaient arrivés au centre-ville peu avant 19 heures. Ils auraient pu être là plus tôt, mais d'un commun accord ils avaient marché lentement, peut-être pour prolonger la conversation. Elle était fluide à présent, comme si leur explosion juvénile avait apaisé la tension qui régnait entre eux. Suzanna en savait un peu plus sur lui : sa mère clouée à la maison, la situation politique en Argentine. Il connaissait le passé de sa famille à elle : son enfance, ses frère et sœur, sa colère d'avoir dû quitter la ville. Plus tard, elle se rappellerait qu'ils n'avaient pas mentionné Neil, et ne se sentirait pas assez coupable de cette omission.

Ils traversaient la place lorsque Suzanna remarqua les trois jeunes gens qui sortaient de l'épicerie, bavardant, leur sac passé négligemment sur l'épaule. Ils regardèrent le pantalon d'Alejandro, échangèrent des gestes et tinrent en italien des propos sans doute grossiers, puis ils les saluèrent. Alejandro et Suzanna levèrent la main en réponse.

— Il les a repris, souffla-t-elle.

— Qui ça ?

— Ce serait trop long à expliquer, mais c'est une bonne nouvelle. Jessie sera ravie.

Elle s'aperçut qu'elle ne pouvait s'empêcher de sourire, un grand sourire sans réserve. Comme si le plaisir de la journée avait été intensifié par le malheur singulier qui en avait marqué le commencement.

— Je ferais mieux d'y aller, déclara-t-il après un regard à sa montre. Je fais une garde de nuit.

— J'imagine qu'il faudrait que je retourne à la boutique, répondit-elle en tentant de masquer sa déception. Vérifier qu'on ne m'a pas laissé de livraisons devant la porte.

Elle n'avait pas envie de partir, mais la séparation était rendue plus facile par l'idée que la barrière qui était tombée entre eux ce jour-là ne serait pas revenue le lendemain matin. Elle baissa les yeux, puis le regarda.

— Merci, dit-elle, espérant qu'il comprendrait toute la signification qu'elle y mettait. Merci, Ale.

Il resta là une minute, puis lui lissa une mèche sur le front. Sa peau inondée de soleil sentait encore l'herbe écrasée.

— Tu ressembles à ta mère, dit-il.

— Je ne suis pas certaine de savoir ce que ça signifie, répondit-elle, les sourcils un peu froncés.

— Je crois que si…, insista-t-il sans la lâcher des yeux.

Quand elle rentra, il n'était pas là. Un message sur le répondeur l'informait qu'il n'arriverait que bien plus tard : il jouait au squash avec ses copains du boulot, rappelait-il. Il le lui avait dit le matin, mais n'était pas sûr qu'elle s'en souvienne. Il ajoutait, taquin, qu'il espérait ne pas trop lui manquer.

Elle ne dîna pas. Sans savoir pourquoi, elle n'avait toujours pas retrouvé l'appétit. Elle essaya sans succès de trouver un programme qui l'intéresse à la télévision, puis se déplaça, agitée, dans la petite maison. Elle contempla par la fenêtre les champs qu'elle avait parcourus plus tôt, jusqu'à ce que la nuit tombe.

Finalement, elle regagna sa chambre minuscule. Elle s'installa devant son miroir, qui tenait tout juste sous la partie où le toit était le plus bas. Elle regarda son reflet un long moment, puis, presque sans réfléchir, releva ses cheveux et les fixa en chignon sur le haut de sa tête. Elle souligna ses yeux d'un trait de khôl, ses paupières de ce qu'elle trouva de plus approchant du bleu glacier caractéristique. Sa peau, aussi pâle que celle de sa mère, n'avait pas été brunie par le soleil. Ses cheveux, qu'elle ne teignait pas ni ne trafiquait d'aucune façon, étaient d'un noir profond, presque artificiel. Elle se regarda dans les yeux, essaya d'imiter le sourire. Puis elle resta assise, immobile, contemplant Athene qui la regardait.

— Je suis désolée, dit-elle au reflet. Je suis vraiment, vraiment désolée.

Chapitre 18

Isadora Cameron avait une chevelure rousse frisée comme on n'en voyait plus guère : autrefois répandue parmi les écoliers qui se faisaient taquiner à n'en pas finir, ou maintenue en place à l'aide de moult épingles par des vendeuses à l'air grincheux, elle avait été éradiquée par une nouvelle génération d'après-shampoings et de masques. Plus personne ne portait les frisottis carotte qui lui encadraient la figure. Toutefois, cela ne semblait pas l'incommoder : depuis son premier jour à Dere House, elle gardait les cheveux détachés, comme une explosion de rousseur qui faisait paraître son visage rond plus petit.

— Cette bonne femme ressemble à une serpillière orange, avait commenté Rosemary avec un reniflement, le premier jour de sa venue.

De toute façon, Rosemary était bien décidée à ne pas apprécier cette dame, quel que soit l'état de ses cheveux. On la lui avait présentée comme une femme de ménage, quelqu'un qui aiderait Vivi à présent qu'elle passait davantage de temps avec Douglas. C'était une grande maison, après tout. C'était même étonnant qu'elle s'en soit sortie toute seule si longtemps. Aux yeux des autres, Mrs Cameron était la femme à tout faire de Rosemary : conduites automobiles, ménage, lessive de sous-vêtements et aide à domicile.

— Quelqu'un pour te soulager, avait précisé Douglas lorsqu'il lui avait annoncé cette embauche.

Mrs Cameron ne manifestait pas le moindre choc devant les placards de nourriture insalubres ou le réfrigérateur dangereux. Elle ne laissait pas un chat miteux ni un chien malhonnête ternir sa bonne humeur. Pour elle, draps et sous-vêtements tachés faisaient partie du boulot. Et pour la première fois depuis l'arrivée de Rosemary et les premiers pas des trois enfants, peut-être même depuis son mariage, Vivi profitait de ces quatre heures chaque matin pour avoir le temps de faire tout ce qu'elle voulait. Au départ, elle avait trouvé cette liberté presque intimidante. Elle avait fait du tri dans ses placards, jardiné, préparé davantage de gâteaux pour le Women's Institute. (« Mais tu n'aimes même pas la pâtisserie », avait protesté Ben. « Je sais. Mais sinon, j'ai l'impression de gaspiller l'argent de ton père. ») Puis, peu à peu, elle avait commencé à apprécier ces heures oisives. Elle avait démarré un patchwork, avec des tissus qu'elle avait conservés au fil des ans, découpés dans les vêtements préférés des enfants. Elle se rendait en ville en voiture, toute seule, pour boire une tasse de thé sans avoir besoin de la préparer, et se délecter du luxe de pouvoir lire un magazine sans être interrompue. Elle emmenait le chien faire des balades dignes de ce nom, redécouvrant le domaine, savourant cette terre qu'elle n'avait jamais réellement explorée. Et elle passait du temps en tête à tête avec Douglas. Elle partageait des sandwichs avec lui dans le tracteur. Elle rougissait de plaisir lorsqu'elle entendait les ouvriers agricoles commenter qu'elle et « le patron » étaient comme une paire de tourtereaux, maintenant.

— Je ne l'aime pas, ronchonnait Rosemary d'un ton belliqueux lorsque Vivi et Douglas rentraient à la maison. Elle est très insolente.

— Mère, Mrs Cameron est très gentille. En fait, j'irais jusqu'à dire que c'est une perle rare.

— Elle se permet des familiarités avec moi. Et je n'aime pas sa façon de faire le ménage.

Vivi et Douglas échangeaient des regards.

Mrs Cameron avait une surdité sélective qui la protégeait de la grossièreté de Rosemary. Elle accueillait ses jérémiades avec la même bonne humeur réconfortante qu'elle devait montrer dans la maison de retraite où Douglas l'avait recrutée. Elle appréciait le changement, avait-elle confié à Vivi. Ces vieux messieurs étaient peut-être frêles, mais ils ne se privaient pas de vous pincer les fesses dès qu'ils le pouvaient. Et on ne pouvait même pas les taper pour se défendre, car ils avaient tendance à tomber et tout et tout.

— Je vais lui parler, dans ce cas, mère. M'assurer qu'elle passe bien partout.

— Elle devrait faire quelque chose pour ses cheveux, marmonna Rosemary en retournant à l'annexe. Je trouve cela vraiment offensant qu'elle ne fasse pas d'effort de présentation !

Elle se tourna et dévisagea son fils et sa belle-fille d'un air suspicieux.

— Il se passe des choses, par ici. Les cheveux, et tout un tas d'autres choses. Et ça ne me plaît pas du tout.

Ce matin, songea Vivi lorsque Mrs Cameron arriva, *Rosemary va tomber de sa chaise.* La chaleur moite des semaines précédentes avait fini en orage : le ciel était devenu d'un noir d'encre au moment du petit déjeuner et, après une immobilité longue et menaçante, s'était déchiré pour déverser un véritable déluge. Mrs Cameron avait manifestement été surprise sans parapluie, et dans les quelques mètres qui séparaient sa voiture de la porte de la maison ses cheveux s'étaient dressés en mèches tire-bouchonnées, comme les ressorts d'une pendule cassée. *Les enfants dessinaient la crinière des lions comme ça*, se souvint Vivi en essayant de ne pas regarder avec insistance.

— Voyez-moi ça, soupira Mrs Cameron en secouant son fichu.

Elle essuya les torrents d'eau sur son visage à l'aide d'un mouchoir, puis examina les manches de son cardigan écarlate.

— Enfin de la pluie ! s'exclama Douglas en entrant à sa suite dans le hall. J'ai bien cru qu'on allait devoir irriguer…

— Est-ce que vous voulez… vous voulez que je vous prête un sèche-cheveux ? proposa Vivi en esquissant un geste vers sa tête.

— Ouh là là, surtout pas ! Si vous me trouvez ébouriffée maintenant, je ne sais pas ce que vous diriez après quelques volts ! Non, je vais les laisser sécher comme ça. Mais je vais accrocher mon gilet à côté du fourneau, quand même, si ça ne vous dérange pas.

Mrs Cameron partit d'un pas vif vers la cuisine. Elle ressemblait à un point d'exclamation à l'envers, rouge et dodu. Douglas resta un moment près de la fenêtre, puis se tourna vers sa femme.

— Tu te souviens qu'on va à Birmingham aujourd'hui, pour voir des remorques ? Tu es sûre que ça ira, si on prend ta voiture ?

La Range Rover était au garage pour la révision annuelle, et afin d'éviter à Douglas et Ben de devoir annuler leur programme, elle leur avait proposé son véhicule.

— Ça ira. Vu la météo, je vais juste traîner à la maison. De toute façon, si j'ai besoin de quoi que ce soit, je peux toujours envoyer Mrs Cameron à Dere pour moi.

Il lui posa une main sur la joue, sans un mot, pour la remercier. Le contact dura assez longtemps pour que Vivi rougisse, avant qu'il fasse un geste vers la galerie, à l'étage.

— Tu as appelé Suzanna ? demanda-t-il en souriant à la vue de ses joues empourprées.

— Non, pas encore.

— Tu vas l'inviter ici ? Aujourd'hui serait peut-être l'occasion, avec la pluie… Je ne pense pas qu'elle ait tellement de clients.

— Ah, on ne sait jamais. Peut-être demain.

Elle n'avait pas quitté son époux des yeux.

— Mais je crois qu'il vaudrait mieux que ce soit toi qui l'appelles. Ça aurait plus de sens si ça venait de toi.

Il mit son chapeau et s'approcha pour l'enlacer. Elle sentit ses mains se poser sur sa taille, la sécurité réconfortante de son torse contre le sien, et s'étonna de pouvoir être si heureuse à ce stade de sa vie. C'en était gênant.

— Tu es une femme remarquable, Vivi Fairley-Hulme, lui chuchota-t-il à l'oreille.

Son intonation indiquait qu'elle était la seule à en douter.

— File, dit-elle en s'écartant pour ouvrir la porte.

La pluie vint noircir le sol d'ardoise.

— Dépêche-toi avant que Ben disparaisse. Sinon, ça va te prendre une heure de le retrouver. Depuis le petit déjeuner, il a des fourmis dans les jambes.

À l'heure du déjeuner, tout le monde était lassé de la pluie. Même ceux qui avaient exprimé du soulagement en la voyant tomber, soulignant combien leur jardin était assoiffé, ou la canicule qui avait sévi, trouvaient oppressant ce déluge incessant et brutal. Les rares visiteurs de *Peacock & Co* estimaient que cela ressemblait à un orage tropical. Ils contemplaient le ciel d'un gris boueux, les trottoirs qui luisaient comme des miroirs.

— Une fois, je suis allée à Hong Kong à la saison des pluies, raconta Mrs Creek.

Elle était arrivée après sa sole au citron et ses pommes de terre bouillies au repas du vendredi midi des retraités (« La cuisine gastro à prix bistro ! »).

— Il pleuvait si fort que j'avais de l'eau qui coulait jusque par-dessus les pieds, se souvint-elle. Mes chaussures ne s'en sont jamais remises. Je me suis dit que c'était une façon de nous inciter à dépenser plus d'argent.

— Quoi ? s'écria Suzanna, qui avait renoncé à faire quoi que ce soit, et se contentait de regarder les trombes d'eau à travers la vitrine.

— Eh bien, c'est une bonne façon de vous contraindre à racheter des chaussures, pas vrai ?

— Quoi ? De faire pleuvoir… ?

Suzanna avait levé les yeux pour adresser une grimace à Jessie.

— Ne soyez pas sotte, ma petite ! C'est évident, non ? Ne pas installer de drainage correct, comme ça l'eau ne s'écoule pas.

Suzanna s'arracha à la contemplation de la vitrine et essaya de comprendre ce qu'avançait Mrs Creek.

« Tout vient à point à qui sait attendre, disait sa mère. S'impatienter ne fait pas passer le temps plus vite, au contraire. » Mais cela ne l'empêchait pas de guetter la silhouette mince et hâlée qui était devenue familière dans ses souvenirs, à défaut d'autre chose. Une silhouette qui, ce jour-là, refusait résolument de se montrer. *Je ne dois pas penser ainsi*, se dit-elle pour la trentième fois de la journée.

Suzanna se contraignit à regagner l'intérieur douillet de la boutique, consciente seulement vaguement du jazz doux en fond sonore, et du brouhaha étouffé des femmes assises dans le coin, heureuses que la pluie leur fournisse une excuse pour bavarder pendant deux heures. Mrs Creek était penchée sur un carton de tissus anciens. Elle dépliait chaque pièce et marmonnait dans sa barbe en l'examinant attentivement, cherchant des trous ou des effilochages. Un jeune couple farfouillait dans une boîte de perles victoriennes et Art déco dont Suzanna n'avait pas encore pris le temps de fixer les prix. C'était le genre de pluie qui donnait à *Peacock & Co* une atmosphère de refuge exotique, le faisait briller, confortable et lumineux par contraste avec les pavés mouillés. Elle s'y sentait entièrement ailleurs. Pourtant, aujourd'hui, elle était perturbée, comme si les nuages gris venus de la mer du Nord avaient apporté un malaise lointain qu'ils avaient insufflé à la boutique. Elle regarda Jessie, toujours occupée à écrire des étiquettes de prix pour un trieur de documents en plastique bleu. Cela faisait une demi-heure qu'elle s'attelait à cette tâche, bien que Suzanna lui ait dit que ce n'était pas nécessaire, qu'il suffisait de noter « soixante-quinze pence pièce » sur le devant de la boîte. À présent qu'elle y pensait, Jessie avait à peine ouvert la bouche de toute la matinée. Depuis qu'elle était revenue travailler, elle n'était pas tout à fait elle-même : pas exactement abattue, mais distraite. Elle mettait du temps à comprendre les blagues qu'autrefois elle aurait faites elle-même. Elle avait apparemment complètement oublié Arturro et Liliane, son obsession d'autrefois, et Suzanna, elle-même préoccupée, avait mis un certain temps à s'en apercevoir. Certes, les bleus au corps s'effaçaient, songeait-elle amèrement en regrettant son inattention. Mais il était sans doute plus difficile de se débarrasser des bleus à l'âme.

— Jess ? demanda-t-elle, prudente, lorsque Mrs Creek fut partie. Ne le prends pas mal, mais est-ce que tu aurais besoin de repos en plus ?

Jessie leva la tête avec brusquerie, et Suzanna fut aussitôt tentée de faire machine arrière.

— Ce n'est pas que je ne te veuille pas ici. Je me disais juste… eh bien, nous ne sommes pas surchargées en ce moment, et tu as peut-être envie de passer plus de temps avec Emma.

— Non, non. Tout va bien.

— J'insiste. Ce n'est pas un problème.

Jessie garda un moment les yeux rivés sur la table, puis elle tourna lentement la tête. Elle estima la position des clients, leur relative intimité, et fit face à Suzanna, réticente.

— En fait, il faut que je te parle…, dit-elle en évitant son regard.

Suzanna hésita, puis quitta le comptoir en silence pour venir s'asseoir devant elle. Jessie leva les yeux.

— Je vais devoir démissionner.

— Quoi ?

Jessie soupira.

— Je trouve que ça ne vaut pas le grabuge que ça cause. Il est de pire en pire. On est sur la liste d'attente pour un cycle de gestion de la colère et de thérapie de couple, ou comment ça s'appelle, mais ça peut prendre des semaines, voire des mois, et il faut que je fasse quelque chose pour apaiser la situation.

Elle la regarda d'un air sincèrement désolé.

— Je redoutais de te l'annoncer…, avoua-t-elle. Vraiment. Mais je dois faire passer ma famille en premier. Et, avec un peu de chance, ça sera peut-être seulement temporaire. Jusqu'à ce qu'il se calme un peu, tu sais.

Suzanna garda le silence. L'idée que Jessie disparaisse de la boutique la rendait malade. Même sans ses sujets de distraction du moment, ce n'était plus pareil les jours où Jessie n'était pas là : elle n'avait pas le même enthousiasme à l'ouverture. Les heures s'étiraient, au lieu de filer en plaisanteries ridicules et confidences partagées. Et si Jessie démissionnait, rumina-t-elle, combien de clients s'évanouiraient à sa suite ? Elles gagnaient déjà à peine de quoi rester à flot, et Suzanna savait très bien que le visage souriant de la jeune femme et l'intérêt qu'elle prenait à la vie de chacun étaient des atouts qu'elle ne remplacerait jamais toute seule.

—Ne te fâche pas contre moi, Suzie.

—Ne dis pas de bêtises, je ne suis pas fâchée.

Suzanna tendit le bras pour prendre la main de Jessie.

—Je reste encore une semaine ou deux, si ça te met dans l'embarras. Et je comprendrai si tu recrutes quelqu'un d'autre. Je veux dire, tu n'es pas obligée de me garder la place au chaud.

—Ne sois pas ridicule.

Suzanna vit une larme tomber sur la table.

—Ce job est à toi. Tu le sais bien, souffla-t-elle.

Elles restèrent ainsi quelques minutes, écoutant une camionnette remonter la rue mouillée en marche arrière, envoyant des vagues d'eau dans le caniveau.

—Qui l'eût cru, hein ? s'écria Jessie, son sourire retrouvé.

Suzanna gardait sa main dans la sienne, et se demandait si elle allait lui faire d'autres confidences. Elle ne savait pas dans quelle mesure elle serait capable de le supporter.

—Quoi ?

—Suzanna Peacock qui a besoin des gens.

La pluie battait le trottoir avec férocité. La vue à travers la vitrine était un brouillard vert-de-gris.

—Pas « des gens », répondit Suzanna en essayant sans succès d'avoir l'air bourrue pour cacher le pincement au cœur qu'elle éprouvait. Tu as peut-être une double personnalité, Jess, mais je ne pense pas que, même comme ça, on puisse t'appeler « des gens ».

Jessie sourit. On aurait dit qu'une trace de la Jessie d'avant se montrait à nouveau. Elle retira sa main.

—Mais il n'y a pas que moi, pas vrai ?

Cette peste était partie à 15 h 15, emportant avec elle sa masse de cheveux, qui rebiquait toujours comme si on l'avait traînée à travers une haie. À présent, elle parlait à Rosemary en criant, comme si elle était sourde. Rosemary, prise à rebrousse-poil par ce traitement infantilisant, lui répondait en criant également, pour lui faire comprendre que ce n'était pas nécessaire. Les jeunes gens pouvaient être tellement agaçants. Elle avait dit à la fille, alors qu'elle partait, que si elle voulait garder son mari il faudrait qu'elle songe à acheter une gaine.

— Prenez-vous un peu en main ! Aucun homme n'a envie de voir quelqu'un pendouiller de partout.

Elle avait pensé, espéré même secrètement, que la fille se vexerait et rendrait son tablier. Mais, au lieu de cela, elle avait posé sa petite main dodue sur celle de Rosemary – encore un geste déplacé – et hurlé de rire.

— Sacrée Rosemary ! s'était-elle écriée. Je crois plutôt que c'est à mon mari que je vais mettre un corset avant d'en enfiler un moi-même. Il ressemble à une barrique !

Elle était réellement impossible. Et elle était censée partir à 14 heures. Quatorze heures, pas 15 h 15 ! Rosemary, qui consultait sa montre toutes les cinq minutes, n'en pouvait plus d'attendre qu'elle s'en aille enfin.

Vivi promenait toujours le chien après le déjeuner, et elle comptait avoir la maison à elle. Elle appela pour s'assurer que sa bru n'était pas rentrée par l'une des portes de derrière, puis, un peu raide, gravit l'escalier d'un pas lent. Elle se hissait en posant sur la rampe ses mains osseuses. Ils avaient cru qu'elle ne saurait pas, ruminait-elle avec amertume. Pour la seule raison qu'elle ne montait plus à l'étage, ils avaient cru pouvoir faire abstraction de ses souhaits. Comme si son grand âge signifiait qu'elle ne comptait plus. Mais elle n'était pas idiote. Elle voyait clair dans leur jeu : n'avait-elle pas eu des soupçons dès le moment où son fils avait remis sur le tapis toutes ces histoires de répartition du domaine ? Même à la soixantaine, il avait à peine plus de jugeote qu'au jour de sa naissance, et se laissait toujours influencer par les désirs et caprices des femmes. Elle avait presque atteint l'avant-dernière marche. Elle s'arrêta, en s'accrochant à la rampe, et maudit ses articulations douloureuses, le vertige qui lui faisait appeler de ses vœux un bon fauteuil. L'âge, elle l'avait découvert depuis longtemps, ne conférait plus comme autrefois le prestige de la sagesse. Ce n'était plus qu'une série d'indignités et d'effondrements physiques. Non seulement on était tenu à l'écart, mais en outre, les tâches que l'on accomplissait autrefois sans y penser requéraient de la planification et une évaluation soigneuse. Pouvait-elle attraper cette boîte de tomates dans le placard ? Et si elle arrivait à la prendre, et non pas celle de haricots qui portait la même étiquette, ses poignets désormais sans force parviendraient-ils à la porter jusqu'au buffet ? Elle inspira profondément et regarda le plancher de l'étage supérieur. Plus qu'une marche. Elle n'avait pas survécu à deux guerres mondiales pour laisser une marche l'intimider. Elle leva le menton, raffermit sa prise sur la rampe et, avec un grognement, se hissa à l'étage du dessus. Elle se redressa lentement et observa l'espace qu'elle n'avait pas vu depuis près de sept ans. Rien n'avait vraiment changé, estima-t-elle avec une vague satisfaction. Ni le tapis, ni le radiateur électrique à côté du buffet, ni l'odeur de cire d'abeille et de vieux brocart. Rien sauf le portrait, récemment installé, qui luisait à présent dans son cadre neuf, et irradiait de méchanceté, face à la grande fenêtre. Athene. Athene Forster. Elle n'avait jamais mérité le nom de Fairley-Hulme.

Rosemary regarda la toile, la silhouette pâle au sourire plein de mépris qui semblait, même plus de trente ans plus tard, se moquer d'elle. Elle s'était moquée de tout le monde, celle-là. De ses parents, dont l'éducation l'avait conduite à devenir une petite traînée, de Douglas, qui lui avait tout donné, et qu'elle avait remercié en affichant sa conduite immorale à travers trois comtés, de Rosemary et Cyril, qui avaient tout fait pour garder la lignée des Fairley-Hulme vivace et le domaine intact. Et pas de doute, une fois encore, de Douglas parce qu'il n'avait pas les tripes de retirer son portrait de la galerie de famille. Elle dévisagea la fille, son sourire rusé, ses yeux qui même alors montraient trop peu de respect et bien trop de savoir. La pluie tambourinait sur les vitres, et l'atmosphère était humide, chargée de sens. Rosemary se tourna avec raideur vers le fauteuil haut de style gothique à côté de la balustrade, et se mit à calculer. Elle regarda ses jambes, puis se dirigea lentement vers le siège. Elle attrapa les accoudoirs dans ses mains noueuses, le tira en arrière, en le traînant sur le tapis vers le mur, un pas douloureux après l'autre. Il lui fallut plusieurs minutes pour parcourir les quelques mètres, et lorsque enfin elle atteignit sa destination, Rosemary fut obligée de s'asseoir et de lutter contre le vertige. Elle se préparait à l'assaut. Se sentant relativement prête, elle se leva. Puis, s'appuyant d'une main sur le dossier du fauteuil, elle regarda encore une fois la fille qui avait causé tant de dégâts, et qui insultait toujours sa famille.

— Tu ne mérites pas d'être ici, assena-t-elle à voix haute.

Bien que depuis dix ans se pencher pour remplir la gamelle de son chat ait été son plus grand exploit en matière de gymnastique, Rosemary, la mâchoire serrée, le visage déterminé, leva son pied arthritique et commença à se hisser dangereusement sur le siège.

Il était presque 15 h 45 quand il arriva. Cela faisait longtemps qu'elle avait renoncé à contempler les gouttes qui ruisselaient sur la vitre. Elle en était au point où même s'adresser des remontrances n'avait plus de sens. Elle avait décidé de faire ce qu'elle repoussait à plus tard depuis des semaines : mettre de l'ordre dans la cave. La boutique elle-même était certes immaculée, mais Jessie et elle avaient pris l'habitude de balancer les récipients vides en bas de l'escalier, et de fourrer les emballages de marchandises et les boîtes de café là où elles trouvaient de la place. À présent, cependant, le stock d'automne arrivait, une livraison importante devait avoir lieu le lendemain, et Suzanna se rendait compte qu'elles ne s'en sortiraient pas avec tous ces cartons (et ces détritus) si elles ne rangeaient pas. Cela faisait pas loin d'une demi-heure qu'elle était en bas lorsqu'elle entendit l'exclamation de surprise et de plaisir de Jessie. Elle s'immobilisa un moment, sans savoir si c'était l'un des autres visiteurs qui donnait à son amie un bonheur si sonore. Mais alors, malgré le bruit de la pluie, elle entendit sa voix, hachée et chantante. Il riait en s'excusant de quelque chose.

Elle s'arrêta et se lissa les cheveux, luttant pour assagir les battements de son cœur. Elle pensa, brièvement, au rendez-vous médical qu'elle avait pris plus tôt ce matin-là, et ferma les yeux, coupable de l'associer à sa présence. Puis elle respira un grand coup et remonta, avec une lenteur délibérée.

—Ah, dit-elle en haut de l'escalier. C'est toi.

Elle avait essayé d'avoir l'air surprise, sans succès. Il était assis à sa table habituelle. Mais, au lieu d'être tourné vers la fenêtre, il s'était installé face au comptoir. À Jessie. À Suzanna. Ses cheveux noirs étincelaient de pluie, les cils séparés en pointes étoilées. Il sourit, d'un sourire lent et enchanteur, et s'essuya le visage de sa main mouillée, elle aussi.

—Salut, Suzanna Peacock.

Vivi fit entrer le chien par la porte de derrière, secoua son parapluie sur le sol de la cuisine, et rappela l'animal avant qu'il file dans le reste de la maison pour salir les tapis clairs avec ses pattes.

—Ah, viens ici, chenapan ! s'exclama-t-elle.

Avec ses bottines et son parapluie, elle s'était crue prête pour affronter ce mauvais temps, mais ce n'était pas une pluie ordinaire. Elle était trempée jusqu'aux os.

Je vais devoir tout enlever, même les sous-vêtements, songea-t-elle en examinant ses habits imbibés d'eau. *Je vais mettre le thé en route et me changer pendant qu'il infuse.*

Le ciel chargé de pluie rendait la cuisine plus sombre qu'à l'accoutumée, et elle alluma diverses sources de lumière, attendant pendant que les ampoules clignotaient avant d'éclairer pour de bon. Elle appuya son parapluie contre la porte, remplit la bouilloire et se déchaussa. Elle aligna ses bottines devant le fourneau, et se demanda si elle devrait y mettre des embauchoirs pour leur éviter de rétrécir.

Le chat de Rosemary dormait, étiré et immobile, à côté d'elles, et Vivi posa une main sur son cou, comme pour vérifier qu'il était toujours en vie. Ces derniers temps, on ne pouvait jamais en être sûr. Elle avait peur qu'il meure et reste allongé quelque part plusieurs jours avant qu'on s'en aperçoive. Elle sortit la théière du placard, la remplit d'eau chaude, et la posa sur le plateau pour qu'elle se réchauffe pendant qu'elle attrapait deux tasses et des soucoupes. Seule, elle aurait utilisé un mug, mais Rosemary aimait qu'on y mette les formes, même quand elles n'étaient que toutes les deux. Et ces derniers temps, elle se sentait assez généreuse pour lui faire plaisir. Elle regarda l'agenda de la cuisine en enlevant son pull qu'elle accrocha au-dessus du fourneau. Ben avait une réunion du club de rugby ce soir-là : il voudrait sans l'ombre d'un doute lui emprunter à nouveau sa voiture. Il y avait aussi un mot de Mrs Cameron qui demandait qu'on rachète des gants en caoutchouc et un nettoyant pour salle de bains. *Merci, mon Dieu, pour l'existence de Mrs Cameron*, pensa-t-elle. *Comment m'en suis-je sortie si longtemps sans elle?* Comment un changement si simple pouvait-il avoir un tel résultat?

Elle se tourna à nouveau vers la bouilloire et commença à préparer le thé.

— Rosemary, cria-t-elle en direction de l'annexe, aimeriez-vous une tasse de thé?

L'absence de réponse n'avait rien d'inhabituel: souvent Rosemary, par surdité ou par obstination, avait besoin d'être sollicitée plusieurs fois avant de daigner se manifester, et Vivi savait qu'elle ne lui avait pas encore pardonné son éclat. Mais, après la troisième tentative, Vivi plaça le plateau du thé sur le fourneau et alla frapper à la porte de l'annexe.

— Rosemary? appela-t-elle, l'oreille appuyée à la porte.

Puis elle actionna la poignée et entra. La vieille dame n'était pas là. Après avoir vérifié deux fois chaque pièce, Vivi resta dans le couloir et essaya de réfléchir à l'endroit où sa belle-mère avait pu se rendre. Mrs Cameron était partie, donc elle n'avait pas pu sortir avec elle. Elle ne serait pas dans les jardins par un temps pareil.

— Rosemary? cria-t-elle à nouveau.

Ce fut alors, par-dessus le fracas étouffé de la pluie, qu'elle perçut le bruit: un grognement lointain, un frottement, qui témoignaient d'un effort invisible. Elle attendit, puis tourna la tête pour mieux estimer la direction d'où provenait le son. Incrédule, elle leva les yeux vers le plafond et appela encore.

— Rosemary?

Il y eut un silence dont Vivi se souviendrait pendant les semaines suivantes, puis, alors qu'elle se dirigeait vers la porte, une exclamation étouffée quelque part à l'étage, une pause infime… et un craquement terrible, effrayant, souligné par un cri furieux et étranglé.

— J'ai apporté une surprise, annonça Alejandro.

Mais il avait les yeux baissés, et Suzanna ne savait pas à qui il s'adressait.

— Un cadeau ? s'écria Jessie, tout excitée.

Elle avait repris du poil de la bête lorsqu'il était arrivé : c'était l'effet qu'il lui faisait chaque fois.

— Pas vraiment, répondit-il d'un air désolé. C'est la boisson nationale argentine. Le maté. Notre version de la tasse de thé, si tu préfères.

Il sortit de sa veste mouillée un paquet aux couleurs vives, et le tendit à Suzanna qui se tenait derrière le comptoir.

— C'est amer, mais je pense que ça te plaira peut-être.

— Du maté, répéta Jessie en se délectant du mot. « *La Hoja Yerba Mate* », lut-elle sur l'emballage. Tu veux une tasse de maté, Suzie ? Deux sucres et un nuage de lait, c'est ça ?

— Surtout pas de lait, intervint Alejandro avec une grimace, mais tu peux mettre du sucre. Ou des quartiers d'orange. Ou alors du citron, du pamplemousse.

— Je prépare une théière ?

— Non, non. Pas de théière. Attends.

Il passa derrière le comptoir. Suzanna était soudain très consciente de sa proximité.

— Ça se prépare dans un maté. Comme ça.

De l'autre côté de sa veste, il sortit un élégant pot d'argent, semblable à un pichet.

— Laisse, je vais m'en occuper. Vous pourrez goûter toutes les deux et vous me direz ce que vous en pensez. Pour une fois, c'est moi qui vous servirai.

— On dirait du thé de Chine, déclara Jessie en regardant le contenu du paquet. Je n'aime pas trop ça.

— On dirait un tas de vieilles feuilles et de brindilles, commenta Suzanna.

— Je vais le faire bien sucré, rassura Alejandro en agitant le mélange de *yerba* dans le pot.

Suzanna s'adossa contre le tableau noir, sans se rendre compte que la liste des cafés du jour était en train de se transférer avec moult traces sur son tee-shirt sombre. Il était si près qu'elle pouvait respirer son odeur : un mélange de savon et de pluie, et quelque chose, en dessous, qui la faisait se tendre involontairement. Elle se sentit étrangement vulnérable.

— Je… Il faut que j'aille ranger ces cartons à la cave, marmonna-t-elle, désireuse de reprendre contenance. Appelez-moi quand ce sera prêt.

Elle regarda Alejandro et ajouta inutilement :

— On a plein de marchandises qui arrivent demain. Et on n'a pas de place. On n'a tout simplement pas de place.

Elle descendit en courant l'escalier branlant et s'assit sur la dernière marche, en maudissant sa faiblesse. Elle avait le cœur qui battait la chamade.

— D'habitude, tu n'es pas là à cette heure-ci, dit Alejandro en haut, d'une voix qui ne trahissait aucun des tourments qui l'agitaient.

D'un autre côté, elle ne savait pas elle-même ce qu'elle éprouvait.

Qu'est-ce que je voudrais qu'il se passe ? se demanda-t-elle en se tenant la tête à deux mains. *Je suis mariée, pour l'amour du ciel, et me voilà en train de me jeter sans réfléchir dans un nouveau béguin. Tout pour éviter de penser à ce qui se passe pour de vrai dans ma vie.*

— Emma a son cours de théâtre, expliqua Jessie.

Suzanna l'entendait marcher sur le plancher, elle voyait les poutres bouger légèrement au-dessus de sa tête alors qu'elle se déplaçait derrière le comptoir.

— Je me suis dit que j'allais rester un peu plus tard, vu que je n'ai pas beaucoup été là ces derniers temps.

— Et ta blessure ? Ça a l'air d'aller mieux.

— Oh oui, ça va. Je me suis tartinée d'arnica. Et on ne voit presque plus ma lèvre si je mets du maquillage… regarde.

Il y eut un bref silence. Alejandro était sans doute en train d'examiner la bouche de Jessie. Suzanna essaya de ne pas regretter que ce ne soit pas son visage à elle sur lequel il pose doucement le bout de ses doigts. Elle entendit Jessie murmurer quelque chose, puis Alejandro répondit que ce n'était rien, rien du tout. Il y eut un autre silence. Suzanna avait l'esprit vide.

— Ça pue ! s'écria Jessie en riant. Beurk.

Alejandro riait aussi.

— Non, attends, attends. Je vais ajouter du sucre. Et ensuite, tu pourras goûter.

Il faut que je me reprenne, pensa Suzanna. Elle attrapa un lourd carton de vieux albums victoriens qu'elle avait achetés aux enchères. Elle avait eu l'intention de récupérer les photos et de les mettre dans des cadres, mais n'avait pas trouvé le temps de le faire. Elle sursauta lorsque le visage de Jessie s'encadra en haut des marches.

— Tu viens ? C'est le moment de se faire empoisonner.

— On ne devrait pas appeler quelques-uns de nos clients préférés, afin qu'ils se joignent à nous ? proposa-t-elle d'une voix gaie.

— Non, non, protesta Alejandro toujours en riant. Juste vous deux. S'il te plaît. Je veux que vous goûtiez.

Suzanna remonta en courant et remarqua que la pluie tombait toujours à verse, aussi grise et déterminée qu'elle l'avait été toute la journée. La boutique, cependant, semblait soudain chaleureuse et douillette, brillamment éclairée par contraste avec l'extérieur morne et humide qui dégageait des odeurs inhabituelles. Elle s'avança vers l'étagère et commença à sortir des tasses, mais Alejandro l'arrêta d'un geste sur le bras.

— Non, dit-il en lui faisant signe de les reposer. Ça ne se boit pas comme ça.

Suzanna tourna le regard vers lui, puis vers le pot de maté, dont émergeait une paille en argent, incurvée à l'extrémité comme une pipe.

— Tu aspires avec ça.

— Quoi ? Nous tous ? s'étonna Jessie, les yeux écarquillés.

— Un à la fois. Mais, oui, avec la même paille.

— Ce n'est pas très propre…

Alejandro acquiesça.

— Ce n'est pas grave. Je suis un personnel soignant.

— Tu n'as pas de bouton de fièvre, j'espère ? demanda Jessie à Suzanna en riant.

— Tu sais, c'est une grave offense de refuser de partager avec quelqu'un, prévint Alejandro.

Suzanna contemplait la paille.

— Ça ne me dérange pas, affirma-t-elle.

Elle retint ses cheveux en arrière et aspira une gorgée du liquide. Elle grimaça. Il n'avait pas menti, c'était amer.

— C'est… ça change, dit-elle.

Il lui tendit à nouveau la paille.

— Souviens-toi de ce que tu as pensé du café la première fois que tu en as bu. Tu dois voir le maté de la même façon. Ce n'est pas mauvais, juste différent.

Suzanna, les yeux rivés aux siens, reposa les lèvres autour de la paille. Elle avait mis une main sur le côté du pot, pour le tenir, ou se soutenir elle-même, elle ne savait pas. Elle regarda ses doigts, si pâles et lisses à côté de ceux d'Alejandro, bruns et étrangers et si virils, cachés à la lumière par le rideau de ses cheveux. Ces mains mettaient des bébés au monde, essuyaient les larmes des femmes, avaient rencontré la vie et la mort et travaillé dans des endroits situés à des milliers de kilomètres d'ici. Une main racontait l'histoire de son propriétaire, pensa-t-elle de façon lointaine. Celles de son père étaient couvertes de cicatrices et rendues calleuses par des décennies de travaux manuels, et celles de Vivi avaient vieilli par le seul fait de s'occuper des autres. Les siennes étaient diaphanes, éphémères, pas encore patinées par le labeur ni la générosité. Des mains qui n'avaient pas encore vécu. Elle reprit une gorgée de maté, tandis que Jessie parlait de racheter du sucre. Puis elle regarda la grande main d'Alejandro bouger, à peine, pour se poser sur la sienne. La légèreté des minutes précédentes fut remplacée par quelque chose de perturbant, d'électrisant. Suzanna essaya d'avaler le breuvage âcre, le regard fixé sur leurs mains, tous ses sens connectés à la paume sèche et tiède d'Alejandro sur sa peau. Elle luttait contre le désir d'y poser la bouche, d'y appuyer les lèvres. Elle cligna des yeux, tenta de se raisonner.

Il n'a peut-être pas fait exprès, se dit-elle.

Forcément. Le souffle tremblant, elle leva le visage vers lui. Il avait déjà les yeux posés sur elle. Son expression ne révélait pas d'amusement complice, ni d'invitation sexuelle, ni même d'ignorance, comme elle s'y était à moitié attendu. Il paraissait plutôt perplexe, en quête de réponses. Son regard, rivé au sien, lui envoya une décharge presque douloureuse. Il se moquait de la raison, balayait ses propres croyances et excuses.

Je ne sais pas non plus, avait-elle envie de protester. *Je ne comprends pas.*

Puis, presque comme s'ils appartenaient à quelqu'un d'autre, ses doigts à elle se déplacèrent sur le pot jusqu'à être mêlés aux siens. Elle l'entendit haleter. Elle détourna les yeux pour voir Jessie sortir des tasses de l'étagère. Elle était à la fois folle de joie et horrifiée de ce qu'elle venait de faire. Elle ne savait pas si elle pourrait gérer l'émotion qu'elle semblait avoir provoquée, le poids de ce petit mouvement qui menaçait de s'écraser sur elle. Il ne retira pas sa main. Elle fut presque soulagée lorsque la quiétude de la pièce fut rompue par la sonnerie stridente du téléphone. Suzanna enleva sa main. Elle était incapable de regarder Alejandro en face. Elle s'essuya la bouche et se tourna vers le téléphone, mais Jessie était arrivée avant elle. Elle se sentait étourdie, désorientée. Elle était si bouleversée par le regard d'Alejandro sur elle qu'au départ elle ne comprit pas ce que disait la jeune femme. Puis, lentement, alors que ses sensations revenaient, elle prit le combiné.

— C'est ta mère, annonça Jessie, anxieuse. Elle dit que ta mamie a eu un accident.

— Maman ?

— Oh, Suzanna, je suis désolée de te déranger au travail, mais Rosemary est tombée et j'ai vraiment besoin d'aide.

— Qu'est-ce qui s'est passé ?

— Je n'ai pas de voiture. Les garçons sont partis avec la mienne, ton père refuse d'avoir un téléphone portable, et je dois emmener Rosemary à l'hôpital. Je pense qu'elle s'est peut-être cassé une côte.

— Je viens.

— Oh, ma chérie, tu veux bien ? Je ne t'aurais pas demandé, mais c'est ça ou une ambulance, et Rosemary ne veut pas en entendre parler. Le truc, c'est que je ne peux pas la descendre toute seule.

— Elle est à l'étage ? Qu'est-ce qu'elle fichait là-haut ?

— C'est une longue histoire. Oh, Suzanna, tu es sûre que ça ne t'embête pas ?

— Ne dis pas de bêtises. J'arrive aussi vite que je peux.

Elle raccrocha.

— Je dois y aller. Jess, il vaudrait mieux que je ferme la boutique. Ah, Seigneur, où ai-je donc mis mes clés ?

— Et les cartons ? rappela Jessie. Tu as ces livraisons demain. Où est-ce qu'on va tout mettre ?

— Je ne peux pas y penser maintenant. Je dois emmener ma grand-mère à l'hôpital. Il faudra bien que je me débrouille demain… Peut-être que je reviendrai ce soir si je ne poireaute pas trop longtemps aux urgences.

— Tu veux que je t'accompagne ? proposa Alejandro.

— Non, merci.

Suzanna ne put réprimer un sourire à l'idée de le présenter à Rosemary.

— J'appelle maman, suggéra Jessie. Elle peut aller chercher Emma, comme ça, je reste et je m'en occupe. Je te déposerai les clés dans la boîte aux lettres plus tard.

— Tu es sûre ? Ça va aller ? Certaines caisses sont vraiment lourdes.

— Je vais l'aider, intervint Alejandro. Vas-y. Ne t'inquiète pas. On va régler ça.

Suzanna courut de la boutique à sa voiture, les mains levées au-dessus de la tête dans une vaine tentative de se protéger de la pluie. Elle se demandait comment, même dans une telle situation d'urgence familiale, même alors que Jessie faisait preuve de tant de générosité, même en connaissant l'attachement farouche de celle-ci à un autre homme, elle arrivait à ressentir un pincement de jalousie à l'idée qu'ils soient seuls dans la boutique.

L'exposition dans la vitrine mettait à l'honneur Sarah Silver. C'était une des expositions les moins intéressantes que *Peacock & Co* ait accueillies, mettant l'accent sur le jour où Sarah Silver avait emménagé dans un presbytère géorgien comptant pas moins de huit chambres à coucher, à la lisière de Dere Hampton. Jadis appelé Brightmere, l'édifice avait été rebaptisé Brightmere Manor. L'exposition retraçait les huit jours d'attente de Sarah à se ronger les ongles avant de savoir si elle avait remporté les enchères, et les longues semaines passées à choisir des tissus d'ameublement – l'embarras du choix n'était pas une vaine expression ! –, puis la terrible responsabilité d'accueillir une succession de galas de charité, ainsi que la fête du village chaque année. On y voyait l'un des « mood boards » qu'elle avait créés pour décorer chaque pièce, s'inspirant de différents châteaux et belles demeures. À quelques paragraphes de la fin, on trouvait deux lignes sur son mariage, un ordre de priorité qui n'étonnait pas ceux qui la connaissaient. L'exposition avait été inaugurée deux semaines auparavant, et Suzanna et Jessie avaient pris un malin plaisir à y apporter quelques modifications. Elles s'étaient lassées de voir Sarah se vanter de la qualité de sa présentation, et passer devant « par hasard » plusieurs fois par jour pour exhiber son œuvre devant ses connaissances. Surtout qu'elle oubliait systématiquement d'entrer dans la boutique pour inciter lesdites connaissances à acheter. Elles avaient ajouté un catalogue de produits ferroviaires et une publicité pour une promotion sur les fosses septiques entre ses magazines de décoration arrangés avec amour, avaient remplacé « paysagiste » par « chirurgien plastique » dans son passage sur l'importance d'avoir un bon jardinier, et ajouté plusieurs zéros au prix d'achat de sa maison. Pour faire bonne mesure, à côté de son interminable description de son premier grand dîner en tant que « dame du manoir », Jessie avait installé une boîte de lentilles-saucisses.

— Je n'aurais jamais fait ça à quelqu'un d'autre, dit-elle à Alejandro tout en remontant un carton de la cave, mais c'est vraiment une pimbêche de la pire espèce. Quand elle vient ici, elle ne m'adresse pas la parole, elle ne parle qu'à Suzanna. J'ai laissé échapper une fois qu'elle s'appelait Fairley-Hulme, alors cette snobinarde s'imagine qu'elles appartiennent à la même grande famille de la haute. Et tu sais comment son mari gagne sa vie, hein ? Avec du porno en ligne. Mais bien sûr, sa version officielle, c'est : « Il travaille dans les nouvelles technologies. » On n'aurait pas fait d'expo sur elle, mais j'étais en panne de sujets et j'avais promis à Suzanna que je tiendrais sur la durée…

Alejandro regardait la présentation.

— C'est quoi, des lentilles-saucisses ?

Il était 18 heures passées, et le ciel avait été prématurément obscurci par le temps orageux. Jessie avait progressivement allumé toutes les lumières de la boutique. Elle avait entassé toutes les ordures dans des sacs-poubelles noirs, qu'elle n'avait pas eu de mal à remonter. À présent, au contraire, elle devait déplacer les caisses, dont certaines étaient lourdes, pleines de couverts ou de livres.

— Dieu seul sait ce qu'elle a acheté, dit-elle en remontant un nouveau carton dans l'escalier. Je pense qu'elle-même ne le sait pas, une fois sur deux…

Elle était obligée de le faire si elle voulait pouvoir accéder aux autres.

Elle laissa échapper un cri de douleur. Alejandro se précipita pour lui prendre le carton des mains.

— Ça va ?

— J'ai juste mis un peu trop de poids sur ma blessure. Tout va bien, répondit Jessie en examinant son index, toujours dans son attelle bricolée.

Alejandro posa la caisse par terre et lui souleva la main.

— Tu sais, tu devrais passer une radio.

— Ce n'est pas cassé. Sinon, ça aurait gonflé.

— Pas forcément…

— Je ne supporte pas l'idée de retourner à l'hôpital, Ale. J'ai l'impression que toutes ces infirmières me regardent comme si j'étais une sorte de débile. Il est tellement bête ! soupira-t-elle. Je n'ai jamais regardé un autre homme. Bon, enfin, bien sûr, j'ai déjà *regardé*, mais je n'ai jamais envisagé de le tromper.

Elle fit la moue.

— Je sais que tout le monde pense que j'adore flirter, mais en vérité j'appartiens à cette catégorie de bonnets de nuit qui pensent que chaque pot a son couvercle…

— Je sais.

Alejandro lui retourna la main et en écarta doucement les doigts. L'hématome avait pris une teinte verdâtre.

— S'il y a une fracture, et que tu ne fais rien, tu pourrais perdre en partie l'usage de ton doigt.

— Je prends le risque, répondit-elle en souriant après l'avoir examiné elle aussi. Tu sais quoi, il ne me sert pas à grand-chose, celui-là, de toute façon.

Il retourna au carton et le souleva.

— OK, à partir de maintenant, c'est moi qui porte. Tu me dis où je mets les affaires. Comme ça, on sera plus vite rentrés à la maison. Je pose ça où ?

Elle s'assit sur le tabouret devant le comptoir.

— Sur la table bleue. Je crois que c'est de la marchandise d'été, et je sais qu'elle a l'intention soit de la solder, soit de la remettre en bas.

Il l'apporta sans effort de l'autre côté de la pièce. L'aisance vive avec laquelle il se déplaçait montrait qu'il appréciait d'avoir un but.

Dehors, dans la ruelle sombre, la pluie tombait toujours en rideaux, à présent assez drue pour cacher jusqu'au mur d'en face. Jessie frissonna et remarqua que l'eau avait commencé à s'infiltrer sous la porte.

— Tout va bien, affirma Alejandro. Ça ne devrait pas monter plus loin. C'est juste les canalisations qui débordent.

Il lui donna une petite tape sur le coude.

— Allez, allez, Jessie ! Tu n'as pas le droit de te reposer, tu sais. Tu dois me montrer quelles caisses je dois monter.

À dix mètres de là environ, Jason Burden était assis dans sa camionnette, hors de vue des occupants de la boutique.

Il avait bu quelques pintes, en réalité il ne devrait pas conduire, mais lorsqu'il était passé chez Cath pour chercher ses femmes, elle lui avait dit qu'Emma était encore au club de théâtre et que Jessie était censée se faire poser des ongles chez l'esthéticienne. Elles n'allaient pas tarder, avait précisé sa mère. Il était le bienvenu, pouvait prendre une tasse de thé avec elle, et ensuite ils iraient chercher Emma ensemble. Il avait préféré aller au pub. Il ne savait pas vraiment pourquoi il était venu ici. Peut-être parce que rien n'allait en ce moment. Les choses n'étaient plus sûres, comme autrefois. Pas Jessie, avec ses amis de la haute, ses livres, qui s'éloignait de lui chaque soir pour étudier, sans doute pour se construire un avenir sans lui. Pas Jessie, trop fatiguée pour venir rigoler au pub avec lui depuis qu'elle travaillait, toujours en train de blablater sur des gens qu'il ne connaissait pas, une fille du domaine Fairley-Hulme, qui se donnait des grands airs. Toujours à vouloir qu'il vienne à la boutique, rencontrer ses nouveaux « amis », à vouloir le changer. Pas Jessie, qui le regardait désormais avec des reproches dans les yeux, qui lui montrait ses bleus, comme si ça ne lui faisait pas déjà assez mal comme ça. Peut-être que c'était parce qu'il avait vu le père Lenny se diriger vers la maison de Cath, en roulant des mécaniques comme si tout ce fichu domaine lui appartenait ; le prêtre l'avait regardé comme une merde, même s'il avait fait un geste de la main, cet hypocrite. Peut-être à cause du numéro de téléphone qu'il avait trouvé dans sa poche. Ce numéro qu'il avait appelé, et au bout duquel un type avec un accent avait décroché avant qu'il raccroche.

Il ne savait pas vraiment pourquoi il était venu.

Il resta assis dans la camionnette. Il écoutait le cliquètement du moteur qui refroidissait, le bruit périodique des essuie-glaces qui révélaient, toutes les quelques secondes, dans la boutique très éclairée, ce qu'il n'aurait pas voulu voir. L'homme qui lui tenait la main. Qui lui parlait, son visage à quelques centimètres du sien. Qui lui faisait signe de la suivre, sourire aux lèvres, pour descendre à la cave, là où Jason et Jessie avaient échangé leur premier baiser. L'endroit où il l'avait faite sienne.

Ils ne remontèrent pas. Jason avait la tête qui bourdonnait. Il l'appuya contre le volant. Puis, une éternité plus tard, il posa la main sur les clés, sur le contact.

La dernière caisse était bien rangée sur les étagères faites maison, et Alejandro s'essuya les mains sur son pantalon. Jessie, assise sur les marches au-dessus de lui – il n'y avait pas la place pour deux personnes, avec tous ces cartons –, embrassa la cave du regard et sourit, satisfaite.

— Elle va être contente.

— J'espère.

Il lui rendit son sourire, ramassa un papier froissé dans l'escalier et le jeta proprement dans la corbeille. Jessie l'observait, la tête penchée de côté.

— Tu es aussi nul que lui, tu sais.

— Que qui, ton copain ? s'étonna-t-il.

— Vous êtes tous les deux incapables d'exprimer ce que vous ressentez. La différence, c'est qu'il tape, et toi, tu gardes tout à l'intérieur.

— Je ne comprends pas.

Il monta quelques marches, son visage à la hauteur de celui de Jessie.

— Mes fesses ! Tu devrais lui parler. Si vous ne vous décidez pas bientôt à faire quelque chose, je risque de faire un malaise à cause de tout ce désir tacite qui crépite dans l'atmosphère.

Il la regarda sans ciller un moment.

— Elle est mariée, Jess. Et je pensais que tu croyais dur comme fer à la force du destin. Chacun trouve chaussure à son pied, non ?

— En effet. Il arrive qu'on se trompe de chaussure la première fois.

Le lecteur de cassettes, qui jouait une compilation de jazz, s'arrêta brusquement. Un bref silence s'installa dans la boutique, bientôt troublé par le grondement sourd d'un orage qui approchait.

— Je crois que tu es romantique…, dit-il.

— Non. Je crois juste que les gens ont parfois besoin d'un petit coup de pouce.

Elle remua sur sa marche.

— Moi le premier. Allez, sortons d'ici. Mon Emma va se demander où je suis. Elle m'accompagne chez l'esthéticienne ce soir, pendant qu'on me pose des faux ongles. C'est une grande première. Je n'arrive pas à me décider entre un rose chic ou un bon vieux violet bien flashy.

Il lui offrit son bras, qu'elle prit afin de se lever.

— Seigneur ! constata-t-elle dans la lumière de la boutique. Je suis sale de la tête aux pieds !

Il haussa les épaules, d'accord avec elle, et épousseta ses propres vêtements avant de regarder la pluie.

— Tu as un parapluie ?

— Un imper, répliqua-t-elle avec un geste vers un vêtement fuchsia en plastique. C'est un incontournable de la garde-robe d'été, chez les Anglais. Tu t'y feras.

Elle s'éloigna vers la porte.

— Tu crois qu'on devrait appeler Suzanna ? demanda Alejandro d'un ton détaché. Pour prendre des nouvelles ?

— Elle va être coincée aux urgences pendant des heures, rappela Jessie en regardant les clés qu'elle tenait à la main. Mais je dois lui rapporter ça chez elle plus tard, alors je lui dirai que tu es venu aux nouvelles, si tu veux…

Elle lui décocha un sourire malicieux.

Il s'abstint de répondre et secoua la tête d'un air faussement exaspéré.

— Jessie, je pense que tu devrais réserver tes petits complots à Arturro et Liliane.

Il se pencha pour détacher un morceau de gros Scotch qui s'était collé à sa jambe de pantalon. Plus tard, il raconterait qu'il n'avait entendu que le début du rire de Jessie, un rire interrompu par un fracas précipité, un crissement qui, dans son volume croissant et sa rapidité, sonnait comme le cri d'un énorme oiseau de proie. Il avait levé les yeux juste à temps pour percevoir le tourbillon de blanc, le craquement assourdissant qui aurait pu être le tonnerre, puis la devanture de la boutique avait volé en éclats. Il avait tendu un bras pour se protéger des éclats de verre, des étagères qui volaient, des assiettes, des cadres, et était tombé à la renverse contre le comptoir. Tout ce qu'il avait vu ensuite, ce n'était pas Jessie, c'était un bout de plastique fuchsia qui s'engouffrait, comme un sac de courses mouillé, sous le capot de la camionnette.

C'était son quatrième café de la machine, et Suzanna s'aperçut que si elle en buvait un de plus, elle aurait les mains qui tremblent. C'était difficile de résister, pourtant, étant donné l'ennui d'attendre dans le box. S'éclipser pour aller chercher un café semblait la seule façon légitime d'échapper à la mauvaise humeur de Rosemary.

— Si elle répète « Les hôpitaux, ce n'est plus ce que c'était » encore une fois, chuchota-t-elle à Vivi assise à côté d'elle, je l'assomme avec un bassin.

— Qu'est-ce que tu dis ? s'enquit la vieille dame d'une voix querelleuse depuis son lit. Parle plus fort, Suzanna.

— Ne te donne pas ce mal, ma chérie, murmura Vivi. De nos jours, ils sont de la même matière que les boîtes d'œufs.

Cela allait faire trois heures qu'elles étaient là. Rosemary avait d'abord été vue par une infirmière de triage, envoyée passer diverses radios, puis on lui avait diagnostiqué une côte cassée, des hématomes et une entorse au poignet. Elle avait alors été apparemment retirée du tableau des urgences vitales, et mise tout en bas d'une longue liste de blessures bénignes, ce qu'elle avait pris comme un affront personnel. La pluie n'aidait pas, avait expliqué le jeune infirmier avant de les informer qu'elles devraient encore patienter au moins une heure. Il y avait toujours plus d'accidents par temps humide.

Suzanna ne cessait de regarder sa main gauche, comme si elle portait une trace visible de sa duplicité. Elle avait le cœur qui bondissait chaque fois qu'elle pensait à l'homme qui était sans doute encore dans sa boutique à cette heure.

C'est mal, se réprimandait-elle. *Tu es encore en train de le refaire. De dépasser la limite.*

Et puis elle sentait son pouls s'affoler alors qu'elle s'autorisait à nouveau à se repasser les événements des dernières heures. Vivi se pencha vers elle.

— Vas-y, ma chérie. Prends un taxi et rentre.

— Je ne partirai pas, maman. Franchement, je ne peux pas te laisser toute seule comme ça.

« Avec *elle* » était sous-entendu.

Vivi lui serra le bras avec reconnaissance.

— Je devrais te raconter comment Rosemary a fait ça, chuchota-t-elle.

Suzanna se tourna vers elle, et Vivi regarda dans son dos, sur le point de faire une révélation, lorsque, avec un grand bruit, on ouvrit le rideau du box. Un policier se tenait devant elles, son talkie-walkie sifflant de manière intermittente. Derrière lui, une policière parlait dans le sien.

— Je crois que c'est le box du fond que vous cherchez, dit Vivi en se penchant en avant avec des allures de conspiratrice. Ce sont eux qui se sont battus.

— Suzanna Peacock ? demanda le policier en les dévisageant l'une puis l'autre.

— Vous allez m'arrêter ? vociféra Rosemary. C'est un crime d'attendre plusieurs heures à l'hôpital, maintenant ?

— C'est moi, répondit Suzanna en pensant : *C'est comme dans un film.* C'est… c'est Neil ?

— Il y a eu un accident, madame. Nous pensons que ce serait mieux que vous veniez avec nous.

Vivi porta la main à sa bouche.

— C'est Neil ? Il a eu un accident de voiture ?

Suzanna était pétrifiée sur place, glacée par la culpabilité.

— Quoi ? Qu'est-ce que c'est ? insista-t-elle.

Réticent, le policier regarda les deux femmes plus âgées.

— C'est ma famille. Dites-moi ! Qu'est-ce qui s'est passé ?

— Ce n'est pas votre mari, madame. C'est votre boutique. Il y a eu un incident grave, et nous aimerions que vous veniez avec nous.

Chapitre 19

Suzanna avait passé près d'une heure quarante, avec des interruptions, dans la pièce avec l'inspecteur. Elle découvrit qu'il prenait son café noir, qu'il avait presque toujours faim, avec une préférence pour ce qu'il ne faudrait pas manger, qu'il pensait qu'on devrait toujours dire « madame » aux femmes, avec une déférence exagérée qui montrait qu'il n'y croyait pas vraiment. Au départ, il refusait de lui dire ce qui s'était passé, bien qu'elle lui ait de nombreuses fois répété que c'était sa boutique, et que ses amis s'y trouvaient un peu plus tôt. Il ne lui donnerait que les informations vitales. Des sous-fifres appelaient l'inspecteur pour lui chuchoter des bribes, qu'il lui communiquait ensuite à contrecœur en revenant à son bureau. Elle avait appris tout cela grâce à sa capacité à enregistrer des détails sans importance. En fait, elle était sans doute capable de se rappeler chaque facette de la pièce, les chaises orange, les tables empilables comme on n'en voit que dans les services publics, les cendriers jetables en aluminium à disposition près de la porte. Ce qu'elle n'arrivait en revanche pas à faire, c'était comprendre ce qu'ils lui disaient. Ils voulaient des renseignements sur Jessie. Depuis combien de temps travaillait-elle dans la boutique ? Avait-elle des… problèmes à la maison ? Cette question lui avait été posée après une hésitation, et avec un regard plein de sous-entendus. Ils ne voulaient pas lui dire ce qui s'était passé, mais d'après la direction pas très subtile que prenaient leurs questions, elle avait deviné que cela avait un rapport avec Jason. L'esprit bourdonnant de mille possibilités, Suzanna avait d'abord été réticente à en dire trop avant d'avoir pu parler à Jessie. Elle était consciente que son amie haïssait les comportements de Jason, mais détestait tout autant que les gens soient au courant.

— Est-elle grièvement blessée ? demandait-elle régulièrement. Vous devez me dire comment elle va !

— Le moment venu, Mrs Peacock, répondait-il en griffonnant de son écriture illisible sur le bloc devant lui.

Il avait un Mars dans sa poche de chemise.

— Maintenant dites-moi, Miss Carter avait-elle… des amis de sexe masculin, à votre connaissance ?

Elle avait fini par leur en parler, en se disant que c'était sans doute la meilleure chose à faire pour aider Jessie. Elle accepta de communiquer tout ce qu'elle savait à l'inspecteur, à condition qu'il promette de lui dire la vérité sur ce qui était arrivé à son amie. Elle ne devait rien à Jason, après tout. Elle leur avait donc raconté, d'une voix précipitée, les blessures de Jessie, son attachement et ses réserves au sujet de son compagnon, sa décision de suivre une thérapie de couple. Redoutant de donner de Jessie l'image d'une victime, elle leur expliqua combien elle était déterminée, comme elle n'avait pas peur de Jason, et combien elle était aimée de presque tous dans cette petite ville. Elle finit hors d'haleine, comme si les mots lui avaient échappé sans qu'elle réfléchisse. Ensuite, elle resta silencieuse plusieurs minutes à se repasser ce qu'elle avait dit en se demandant si c'était compromettant. L'inspecteur avait noté ses propos religieusement, tout en lorgnant la policière à ses côtés. Puis, juste quand elle allait demander où se trouvaient les toilettes, il lui dit, avec la voix de quelqu'un qui a appris à cacher le choc et l'horreur sous une apparence calme, que Jessie Carter était morte sur le coup ce soir-là lorsque quelqu'un avait enfoncé la devanture de la boutique avec une camionnette. Suzanna avait senti son cœur se décrocher. Elle regardait sans les voir les deux visages en face d'elle. Deux visages, comprit-elle dans une part lointaine de son esprit qui fonctionnait encore, qui observaient sa réaction.

— Pardon ? dit-elle lorsqu'elle retrouva la faculté d'articuler. Vous pouvez répéter ?

La deuxième fois qu'il le dit, elle eut une sensation de chute, la même que lorsqu'elle avait descendu la colline en roulant avec Alejandro, cette hébétude tournoyante d'un monde qui n'est plus sur son axe. Sauf qu'il n'y avait cette fois pas de joie, pas d'euphorie, juste l'écho effroyable des paroles du policier qui lui revenaient.

— Il doit s'agir d'une erreur, dit-elle.

L'inspecteur s'était levé, lui avait offert son bras et expliqué qu'ils avaient besoin qu'elle vienne à la boutique pour dire si quelque chose avait disparu. Ils pouvaient appeler toute personne de son choix. Si elle le souhaitait, ils attendraient pendant qu'elle buvait une tasse de thé. Ils comprenaient bien que c'était un choc. Elle remarqua qu'il sentait les chips saveur oignon-fromage.

— Ah, et au fait, vous connaissez un certain Alejandro de Marenas ?

Il avait lu le nom à partir d'un bout de papier, prononcé avec un J. Elle avait acquiescé d'un air absent, en se demandant brièvement si c'était Ale qui l'avait fait. Fait quoi ? s'était-elle corrigée. Ils se trompaient tout le temps. Elle sentit ses jambes faire le mouvement de se lever de la chaise. C'était comme si elles ne lui étaient plus connectées. Prenez les quatre de Guildford, les six de Birmingham. Des erreurs judiciaires, il y en avait à la pelle. C'était impossible que Jessie soit morte. Pas morte-morte, en tout cas.

Alors ils étaient sortis dans le couloir, avec ses relents âcres d'antiseptique et de tabac froid, et elle l'avait vu, assis sur la chaise en plastique, la tête enfouie dans les mains, la policière à ses côtés tentant maladroitement de le réconforter en lui tapotant l'épaule.

— Ale ?

Lorsqu'il se redressa, le vide laissé par le choc, les nouvelles étendues de souffrance, la tristesse déchirante qu'elle lut sur son visage quand leurs yeux se rencontrèrent, confirmèrent les paroles du policier. Elle laissa échapper un sanglot rauque. Le son se répercuta dans le couloir désert, et elle porta involontairement une main à sa bouche. Après ça, la nuit ne fut plus qu'un cauchemar flou. Elle se souvenait qu'on l'avait amenée à la boutique, qu'elle était restée à frissonner derrière le ruban jaune avec le policier qui parlait à voix basse dans son dos, et qu'elle avait regardé la devanture effondrée, les fenêtres explosées, dont le haut contenait encore quelques carreaux géorgiens intacts, comme pour nier la réalité de ce qui s'était passé en dessous. L'électricité avait apparemment survécu à l'impact, et la boutique brillait d'une lumière incongrue, tel l'intérieur d'une maison de poupée géante, les étagères toujours en place et bien rangées sur le mur du fond, de même que les cartes d'Afrique du Nord, toujours punaisées proprement, comme si elles refusaient d'admettre le carnage à leurs pieds. À un moment, la pluie avait cessé, mais le trottoir luisait toujours du reflet des projecteurs qu'avaient installés les pompiers. Deux d'entre eux étaient debout sous ce qui avait été le chambranle. Ils désignaient les débris de bois et faisaient des commentaires au policier responsable. Ils se turent lorsque la policière fit passer Suzanna devant eux.

— Mettez-vous là, lui dit la policière. On ne peut pas aller plus loin pour le moment.

Autour d'elle, policiers et pompiers étaient réunis en groupes, chuchotant dans leurs talkies-walkies, prenant des photos avec force flashs, enjoignant aux rares badauds de circuler, en leur disant qu'il n'y avait rien à voir, rien du tout.

Suzanna entendit l'horloge sur la place du marché sonner 22 heures. Elle resserra son manteau autour d'elle, et marcha avec prudence sur le trottoir où ses carnets en daim et ses serviettes de table brodées à la main traînaient, détrempés, entourés d'éclats de verre et d'étiquettes de prix effacées par la pluie. Au-dessus d'elle, l'enseigne pendait, à moitié arrachée. « & Co » avait été emporté par l'impact. Elle avança machinalement, comme pour la remettre en place, puis s'arrêta en voyant plusieurs visages la regarder avec anxiété. Elle n'avait plus le droit. Ce n'était plus sa boutique. C'était une scène de crime.

— On a enlevé autant de marchandises que possible de l'avant du magasin, lui expliqua la policière, mais tant qu'on n'a pas renforcé le plafond, il y a un risque d'effondrement. Je ne peux pas vous laisser entrer, malheureusement.

Elle s'aperçut qu'elle était debout sur la présentation de Sarah Silver. Le catalogue qui avait tant fait rire Jessie. Elle se pencha pour le ramasser et effacer avec la main la trace de pas mouillée qu'elle venait d'y faire.

— Si la pluie s'arrête pour de bon, cela dit, vous ne devriez pas avoir trop de pertes. J'imagine que vous avez une assurance.

— Elle n'aurait pas dû être là ce soir. Elle m'a proposé de rester seulement parce que j'ai dû emmener ma grand-mère à l'hôpital.

La policière la regarda avec compassion et lui toucha le bras.

— Vous n'avez rien à vous reprocher, répondit-elle avec trop de certitude. Ce n'est pas votre faute. Les gens gentils pensent toujours qu'ils sont responsables d'une manière ou d'une autre.

Gentille ? songea Suzanna.

Puis elle aperçut la dépanneuse qui, à dix mètres de là, était chargée de la camionnette accidentée comme d'un fardeau précieux, l'essuie-glace enfoncé par une force terrifiante. Suzanna s'en approcha et tenta de lire ce qui était écrit sur le côté.

— C'est la camionnette de Jason ? De son compagnon ?

La policière avait l'air gênée.

— Je suis vraiment désolée. Je ne sais pas. Et même si je savais, je n'aurais sans doute pas le droit de vous le dire. C'est une pièce à conviction.

Suzanna regarda le catalogue qu'elle tenait encore à la main, et mesura les paroles de la policière pour essayer de leur donner un semblant de sens. Que dirait Jessie de tout cela ? Elle se représenta son visage, illuminé de toute cette excitation, les yeux écarquillés de plaisir que quelque chose se produise enfin dans sa ville natale.

— Il est vivant ?

— Qui ?

— Jason.

— Je suis désolée, Mrs Peacock. Je ne peux rien vous dire pour le moment. Si vous appelez le poste de police demain, je suis sûre qu'ils pourront vous donner plus d'informations.

— Je ne comprends pas ce qui s'est passé.

— Je pense que personne ne sait vraiment ce qui s'est passé pour l'instant. Mais nous le découvrirons, ne vous en faites pas pour ça.

— Elle a une petite fille. Elle a une petite fille !

Elle resta immobile alors que la dépanneuse, parmi les cris incompréhensibles et les gesticulations d'un policier qui dirigeait la manœuvre, remontait lentement la rue brillamment éclairée avec son sinistre chargement. On entendait la sonnerie stridente de l'avertisseur de recul, et les sifflements intermittents des radios de police.

— Avez-vous des effets personnels à l'intérieur ? Quelque chose de vital que vous voudriez qu'on aille vous chercher ? Des clés, un portefeuille…

Cette question fit l'effet d'une morsure à Suzanna. Il n'y avait pas de réponse satisfaisante. Elle avait les yeux trop secs pour pleurer. Comme au ralenti, elle se tourna vers la policière et posa avec soin le catalogue contre le mur, à côté de la boutique.

— J'aimerais partir maintenant, s'il vous plaît, dit-elle.

La police avait appelé sa mère un peu avant pour prévenir qu'elle passerait sans doute un moment au poste. Vivi, après avoir demandé anxieusement à Suzanna si elle avait besoin d'elle, si elle voulait que son père vienne la chercher, avait promis de téléphoner à Neil pour le prévenir.

Elle était libre de partir, jusqu'au lendemain lui dirent-ils. Ils pouvaient la déposer chez elle si elle voulait, et même envoyer quelqu'un pour rester avec elle si elle se sentait mal. Il était près de minuit.

— Je vais attendre, dit-elle.

Et trois quarts d'heure plus tard, lorsqu'il sortit, la tête baissée, son visage habituellement basané gris et vieilli par le chagrin, les vêtements encore horriblement tachés du sang de Jessie, elle le prit doucement par son bras bandé et lui proposa de le raccompagner chez lui.

Il n'y avait personne à qui elle aurait le courage d'en parler. Pas ce soir, du moins. Ils firent en silence les dix minutes de trajet sous la lumière des lampes à sodium. Leurs pas résonnaient dans les rues désertes. Toutes les fenêtres étaient sombres, les habitants endormis dans une ignorance bénie des événements de la nuit.

La pluie avait fait ressortir l'odeur si particulière de l'herbe et des fleurs, et Suzanna inspira, avec un plaisir inconscient, avant de songer que Jessie ne sentirait pas la douceur de cette matinée. C'était ce qu'elle éprouvait, ce qu'elle éprouverait désormais : les futilités mêlées à l'irréel.

Une étrange impression de normalité, soudain interrompue par de grands hoquets d'horreur.

Peut-être que nous sommes incapables de vraiment réaliser, se dit-elle, étonnée d'être si calme. *Peut-être qu'il y a une limite à ce qu'on peut supporter.*

Elle ne savait pas : elle n'avait pas d'éléments de comparaison, après tout. Elle n'avait encore jamais perdu personne. Elle se demanda, brièvement, comment sa famille aurait réagi à la mort de sa mère. C'était impossible à se représenter. Vivi avait été depuis si longtemps le noyau maternel qui les unissait que Suzanna ne parvenait pas à créer une image de deuil pour une famille qui existerait sans elle.

Ils atteignirent les logements des infirmiers, et un gardien, qui patrouillait dans le périmètre avec un chien qui gémissait d'être retenu, salua d'un geste Alejandro alors qu'il la guidait sur l'allée bitumée vers le bâtiment. Ce n'était sans doute rien d'inhabituel, songea vaguement Suzanna : une infirmière et son petit ami qui rentraient après une nuit d'excès. Alejandro se battit contre la serrure. Il semblait avoir du mal à bien distinguer ses clés. Elle les lui prit des mains et ouvrit la porte. Ils pénétrèrent tous deux dans l'appartement silencieux. Elle remarqua combien il était vide, impersonnel, comme si Alejandro était bien décidé à n'être qu'un hôte de passage. Ou peut-être ne se sentait-il pas le droit d'y laisser sa marque.

— Je vais nous faire du café, dit-elle.

Il s'était lavé et changé, comme elle le lui avait suggéré, puis il était allé s'asseoir sur le canapé, obéissant comme un enfant. Suzanna était restée un moment à le regarder, se demandant de quelles horreurs il avait été témoin, quels événements s'étaient déroulés. Elle n'avait pas encore le courage de lui poser des questions. Ce fut sa paralysie qui lui donna une sorte de force. Elle le laissa là et se mit à s'occuper du café. Elle fit la vaisselle, essuya les surfaces de sa cuisine pourtant bien rangée, remit de l'ordre, dans un état de légère folie, comme si elle pouvait ainsi repousser le chaos de la nuit. Enfin elle quitta la pièce, s'installa près de lui, lui tendit un café sucré et attendit qu'il parle. En vain. Il était perdu dans un endroit inaccessible.

— Tu sais quoi ? dit-elle doucement, comme si elle s'adressait à elle-même. Jess était la seule personne qui semblait m'aimer pour ce que je suis. Rien à voir avec ma famille, avec ce que je possède ou pas. Au début, elle ne connaissait même pas mon nom de jeune fille.

Elle haussa les épaules.

— Je crois que c'est seulement ce soir que je m'en suis aperçue, mais elle n'a jamais vu en moi une source de problèmes. Contrairement à tous les autres ; ma famille, mon mari… Moi aussi, parfois. Vivre dans l'ombre de ma mère. Cette boutique était le seul endroit où je pouvais être moi-même, avoua-t-elle en lissant un pli imaginaire sur son pantalon. J'étais dans ta cuisine, et je me disais que Jess n'est plus là, et que la boutique n'est plus là. Plus rien. Je l'ai même dit à haute voix. Mais le truc bizarre, c'est que je n'arrive pas à y croire.

Alejandro ne dit rien. Dehors, une portière claqua, et l'on entendit des pas sur les dalles et des voix qui s'éloignèrent lentement.

— Je vais te dire un truc drôle. Pendant un moment, je l'ai enviée. À cause de la façon dont vous vous entendiez, confessa-t-elle avec timidité. Jess était comme ça… tu sais ? Elle s'entendait avec tout le monde. Je pensais que j'étais jalouse, mais la jalousie, c'est plus fort. C'était impossible d'être jaloux de Jessie, pas vrai ?

— Suzanna…

Il leva une main, comme pour la faire taire.

— À un moment, cette nuit, poursuivit-elle avec obstination, je me suis dit que c'était ma faute. Ce qui s'est passé.

Parce que je l'ai fait rester tard. Mais, même moi, je sais que c'est la route vers la folie…

— Suzanna.

— Parce que si tu regardes les choses simplement, tu vois que je l'ai obligée à rester. C'est moi qui l'ai placée sur le chemin de cette camionnette. Moi. Parce que je suis partie en avance. Je peux choisir de penser ça, ou je peux choisir de me raconter que je n'aurais rien pu faire pour changer ce qui s'est produit. Que si c'était Jason, ça se serait passé d'une façon ou d'une autre. Peut-être même d'une façon pire, souffla-t-elle en ravalant ses larmes. Je vais devoir croire ça, non ? Pour garder ma santé mentale. Pour être franche, je ne sais pas trop si ça va marcher.

— Suzanna…

Elle le regarda enfin.

— C'est ma faute, dit-il.

— Ale, non.

— C'est ma faute.

C'était dit avec certitude, comme s'il savait quelque chose qu'elle ignorait. Elle secoua la tête, épuisée.

— Ça n'a rien à voir avec nous, au fond. Tu sais aussi bien que moi que c'est de Jason qu'il s'agit. Ce qu'il a fait, c'est sa décision, sa faute, pas la mienne, pas la tienne.

Il ne semblait pas l'entendre. Il s'était de nouveau détourné d'elle, les épaules voûtées. En le regardant, elle sentit un mal-être croissant, comme s'il était au bord d'un immense abîme qu'elle ne pouvait voir. Elle reprit la parole, de façon compulsive et précipitée, sans trop savoir ce qu'elle racontait.

— Jess aimait Jason, Ale. Nous le savons. Et nous avons fait tout ce qui était en notre pouvoir pour la convaincre de le quitter. Elle était décidée à sauver leur couple. Écoute, on était chez elle il y a moins d'une semaine, pas vrai ? Tu n'aurais rien pu faire. Rien.

Elle ne savait pas si elle croyait elle-même ce qu'elle disait, mais elle était déterminée à lui enlever un poids, à voir briller dans ses yeux quelque chose comme de la colère ou de l'incompréhension. Tout pour chasser cette culpabilité atroce.

— Tu crois que Jessie voudrait que tu penses ça ? Elle n'était pas confuse. Elle était parfaitement consciente de ce qui se passait. Et on a fait confiance à son jugement. Elle n'aurait pas imaginé une seule minute que ça avait un rapport avec toi. Elle t'adorait, Ale. Elle était toujours tellement contente de te voir. Écoute, même la policière a dit que les personnes gentilles pensent toujours qu'elles sont responsables…

Il avait les lèvres pincées.

— Suzanna…

— Ce n'est pas ta faute. C'est stupide de croire ça.

— Tu ne comprends pas…

— Si, je comprends. Je suis celle qui comprend le mieux.

— Tu ne comprends pas ! répéta-t-il d'une voix tranchante.

— Je ne comprends pas quoi ? Que tu as le monopole du chagrin ? Écoute, je comprends bien que c'est arrivé devant tes yeux, d'accord ? Je comprends que tu étais là. Et, crois-moi, l'idée de ce que tu as vu va me hanter. Mais ça ne sert à rien de s'accuser. Ça ne nous servira à rien, ni à l'un ni à l'autre.

— C'était ma faute !

— Ale, je t'en prie ! protesta-t-elle d'une voix brisée. Il faut que tu arrêtes de dire ça.

— Tu ne m'écoutes pas !

— Parce que tu te trompes ! Tu te trompes ! répéta-t-elle avec une sorte de désespoir. Tu ne peux pas…

— *Carajo !* Il faut que tu m'écoutes !

Sa voix avait explosé dans la petite pièce. Il se leva brusquement et alla vers la fenêtre. Suzanna sursauta.

— Est-ce que tu essaies de me dire que c'est toi qui conduisais la camionnette ? Que c'est toi qui la battais ? Ou quoi ?

Il secoua la tête.

— Dans ce cas, tu dois…

— Suzanna, je porte malheur à tout le monde.

Elle s'arrêta, comme pour s'assurer qu'elle avait bien entendu.

— Quoi ?

— Tu m'as entendu.

Il lui tournait le dos, les épaules raides de colère rentrée. Elle s'approcha de lui.

— Tu es sérieux ? Oh, pour l'amour du ciel, Ale. Ce n'est pas toi qui as causé ça. Ce n'est pas une question de malchance. Tu ne dois pas…

Mais il l'interrompit d'un geste de la main.

— Tu te souviens que Jess m'avait demandé pourquoi j'étais devenu sage-femme ?

Elle acquiesça, hébétée.

— Pas besoin d'être psychanalyste pour comprendre, tu sais. Quand je suis né, on était deux. J'avais une jumelle. Quand elle est sortie, elle était bleue. Mon cordon s'était enroulé autour de son cou.

Suzanna ressentit le nœud familier dans son ventre.

— Elle est morte ? chuchota-t-elle.

— Ma mère ne s'en est jamais remise. Elle a gardé son berceau, elle lui achetait des vêtements. Elle lui a même ouvert un compte en banque. Estela de Marenas. Il existe toujours, pour ce que ça vaut maintenant…, conclut-il, amer.

Suzanna avait les larmes aux yeux. Elle battit des cils pour les chasser.

— Ils n'ont jamais dit que c'était moi. En tout cas, pas en face. Mais le fait est qu'elle hante ma maison, ma famille. On est tous étouffés par son absence.

Il reprit d'une voix plus basse.

— Je ne sais pas… Peut-être que si ma mère avait pu avoir un autre enfant… peut-être…

Il se frotta les yeux, et la colère revint.

— Tout ce que je voulais, c'était un peu de paix, tu comprends ? J'ai cru, pendant un temps, que je l'avais trouvée. Je pensais que de consacrer ma vie à donner la vie… ça pourrait la faire partir. Tout, plutôt que d'avoir cette *fantasma* qui me suit partout… J'ai dû être bien bête.

Il la regarda.

— En Argentine, Suzanna, les morts vivent parmi nous, reprit-il d'une voix lente, avec la patience contrôlée d'un enseignant, comme s'il lui expliquait des choses qu'on ne pouvait guère s'attendre à ce qu'elle comprenne. Leurs fantômes marchent parmi nous. Estela vit avec moi, tout le temps. Je la sens, une présence, qui me rappelle toujours, me reproche toujours…

— Mais ce n'était pas ta faute. Tu es bien placé pour le savoir.

Elle lui prit le bras, pour qu'il prenne conscience qu'il se trompait. Mais il continuait à secouer la tête, comme si elle ne pouvait pas saisir ce qu'il disait. Il leva la main pour la repousser.

— Je ne veux même pas me rapprocher de toi, tu ne comprends pas ?

— C'est juste une superstition…

— Pourquoi tu ne m'écoutes pas ? l'interrompit-il, désespéré.

— Tu étais bébé !

Il y eut un long silence.

— Tu étais juste un bébé ! insista-t-elle, d'une voix étranglée.

Puis, lentement, elle posa son café sur la table. Elle se pencha en avant et, timidement, le prit dans ses bras. Elle sentait son corps raide contre le sien. Elle voulait alléger la souffrance qu'il ressentait, comme si, par sa simple proximité physique, elle pouvait en endosser une part. Elle entendit sa voix tout près de ses cheveux. Puis il s'écarta, et elle sentit sa propre détermination vaciller sous le poids visible de son chagrin, la douleur et la culpabilité qu'elle lisait dans ses yeux.

— Parfois, Suzanna, on peut faire du mal aux autres juste en existant.

Suzanna pensa à sa mère. À des chevaux blancs et des mules étincelantes au clair de lune. Brièvement, infectée par la nuit et la folie, elle se demanda si l'âme de sa mère était en elle, si c'était cela qui perturbait autant son père. Elle pencha la tête de côté, la voix craquelée d'une peine nouvelle.

— Dans ce cas… je suis aussi coupable que toi.

Il prit son visage entre ses paumes, comme s'il ne la voyait qu'à cet instant. Il leva sa main bandée pour lui essuyer la joue, une fois, puis deux, avec son pouce, sans parvenir à endiguer le flot de ses larmes. Sourcils froncés, il approcha le visage du sien, les yeux si près qu'elle pouvait y voir des paillettes d'or, entendre son souffle frémissant. Il s'arrêta, puis posa doucement les lèvres sur sa peau, là où les larmes avaient coulé, ferma les yeux et embrassa de l'autre côté, faisant sien leur chemin salé, passant les doigts dans ses cheveux alors qu'il tentait de chasser ses larmes par ses baisers. Et Suzanna, les yeux fermés de toutes ses forces, leva à son tour les mains vers la tête d'Alejandro tout en pleurant. Elle sentait ses cheveux bruns coupés court, son crâne en dessous. Elle sentait sa bouche sur elle, humait l'odeur d'antiseptique du poste de police et celle de sa vieille veste en cuir, puis elle posa les lèvres sur lui, cherchant les siennes avec une sorte d'impatience, de désespoir d'anéantir ce qui s'était produit plus tôt. Écoutant ses propres paroles dont elle percevait l'écho dans le silence autour d'elle, les esprits furieux et dérangés qui tourbillonnaient autour d'eux alors qu'ils s'embrassaient. *Je suis aussi coupable que toi.*

Chapitre 20

Il fallut à l'entreprise de bâtiment deux jours pour sécuriser la devanture de la boutique, afin que l'équipe d'experts puisse faire son rapport sur les dommages, puis trois jours de plus avant de commencer à reconstruire. La compagnie d'assurances n'avait pas ergoté : apparemment, pour des dommages sévères affectant la structure, il est admis que les réparations soient faites le plus vite possible. Bien que le chambranle ait été très endommagé et que le mur et la fenêtre se soient en partie effondrés, le premier devis prévoyant la pose de poutres de soutènement avait été revu à la baisse. Il fallut attendre encore deux jours avant que Suzanna soit autorisée à commencer le laborieux processus de nettoyage. Pendant cette période, quelques personnes étaient venues déposer des fleurs, de petits ou de gros bouquets, qu'ils plaçaient à l'extérieur du ruban de police. Beaucoup trouvaient plus facile de rendre hommage à Jessie avec des fleurs qu'avec des mots. Au début, il n'y eut que deux bouquets accrochés au réverbère le lendemain de l'accident. Des messages y étaient attachés. Ceux qui s'arrêtaient pour les lire échangeaient des regards et méditaient d'un air triste sur l'injustice de tout ça. Puis, quand la nouvelle se répandit dans la ville, les bouquets arrivèrent en nombre. Le fleuriste local avait du mal à fournir tout le monde. Cela forma une grande gerbe, puis un tapis devant la boutique. C'était comme si le chagrin de la ville reflétait le sien, songeait Suzanna. Le temps était revenu au beau, tout en ciel bleu et températures douces, la fête foraine était de retour sur le terrain municipal, et pourtant il n'y avait pas de joie dans l'atmosphère de Dere Hampton, pas de gaieté dans l'agitation de la place du marché. Une petite ville ressentait ces secousses qui dans une métropole passent inaperçues, comme le ressac de la marée. Et Jessie, semblait-il, était connue de trop de gens pour que le choc de sa mort s'évanouisse rapidement. Le journal local avait publié un article en une, attentif toutefois à ne rien annoncer d'autre que la garde à vue d'un jeune homme de vingt-huit ans. Mais tout le monde savait : ceux qui la connaissaient et ceux qui le prétendaient spéculaient sur ce couple qui était désormais tombé dans le domaine public. La directrice d'école d'Emma Carter avait dû par deux fois demander aux reporters de quitter l'enceinte de son établissement. Suzanna avait parcouru les articles, et s'était fait la remarque, très détachée, que son père serait content qu'ils ne l'aient mentionnée que par son nom marital de Peacock. Durant cette première semaine, elle s'était rendue à la boutique à deux reprises, une fois accompagnée de l'inspecteur de police qui voulait lui parler de la sécurité, et l'autre de Neil, qui ne cessait de répéter que c'était : « Incroyable. Tout bonnement incroyable. » Il avait essayé à un moment d'évoquer les conséquences financières pour la boutique, et elle s'était mise à hurler des insultes jusqu'à ce qu'il quitte la pièce, la main comme un bouclier devant sa tête. Elle savait que c'était la culpabilité qui la faisait réagir ainsi. À quel propos, elle l'ignorait. À présent, on lui avait rendu les clés et donné l'autorisation de déblayer, et même de reprendre les affaires. Mais, debout sur le pas de la porte, à côté de sa vitrine condamnée par une planche, tenant à la main la pancarte confectionnée par Neil qui indiquait : « Le magasin est ouvert pendant les travaux », elle ne savait pas par où commencer. C'était comme ce travail revenait de droit à Jessie. Elles auraient dû le faire ensemble, riant de bêtises en tout en maniant pelles et balais pour déblayer les lieux. Suzanna se pencha pour ramasser son enseigne abîmée, que quelqu'un avait soigneusement posée contre la porte. Elle la tint un moment. *Peacock & Co*, c'était sa boutique. À elle toute seule. L'immensité de la tâche qui l'attendait la submergea, et son visage se plissa de chagrin. Derrière elle, quelqu'un toussa. C'était Arturro, dont la silhouette bloquait la lumière.

— J'ai pensé que tu aurais besoin d'aide.

Il avait une boîte à outils à la main et, sous son bras, un panier qui paraissait contenir des sandwichs et plusieurs canettes de boissons fraîches. Elle se sentit s'effondrer un peu, imagina brièvement ce que ce serait de se laisser enlacer par ces gros bras chauds, de sangloter dans son tablier qui sentait le bon fromage et le café. D'avoir, juste un instant, le réconfort de cet homme solide comme un roc.

— Je crois que je n'en suis pas capable, murmura-t-elle.

— On n'a pas le choix. Les gens auront besoin d'un endroit où se rendre.

Alors elle avait franchi le seuil, réfléchissant à ce qu'il venait de dire. Au bout de deux heures, elle avait compris. Malgré l'extérieur rebutant, malgré les obstacles des fleurs et des plots de police, la boutique était plus animée que jamais. En l'absence d'autre lieu, elle était devenue le point de ralliement de ceux qui avaient connu Jessie, de ceux qui voulaient partager leurs sentiments face à sa disparition. Ils venaient prendre un café, pleurer discrètement devant les restes de l'exposition qu'elle avait présentée, laisser des offrandes pour sa famille et, pour les moins altruistes, se rincer l'œil. Suzanna était bien obligée de les laisser faire. Arturro s'était installé derrière le comptoir et avait endossé la responsabilité du café, tout en essayant d'éviter les conversations directes. Les deux fois où quelqu'un s'était adressé à lui, elle l'avait vu devenir de plus en plus mal à l'aise, cillant et s'affairant avec la machine à café. Suzanna, les yeux vitreux, avec la sensation bizarre de travailler depuis l'intérieur d'une bulle, nettoyait, répondait aux questions, s'apitoyait, ramassait les cartes aux tons pastel et les peluches destinées à Emma, et laissait les gens, qui semblaient aveugles à cet environnement apocalyptique, épancher leur besoin irrépressible de parler, d'une voix étranglée, de la gentillesse de Jessie, de son caractère sans reproche, et émettre des commentaires féroces et accusateurs à l'encontre de Jason. Ils murmuraient, d'un ton incertain, au sujet d'Alejandro : ils avaient entendu dire qu'il avait essayé pendant vingt minutes de la sauver, et qu'on l'avait trouvé, couvert du sang de Jessie, glissé à moitié sous la camionnette pour tenter de la ranimer. Ceux qui vivaient tout près racontaient que lorsqu'il avait compris que ses efforts étaient vains, il avait fallu l'éloigner d'un Jason à moitié hébété. Il agitait les poings et criait des propos incohérents en espagnol. Ils s'asseyaient, et pleuraient, et parlaient, de la même manière qu'ils parlaient autrefois à Jessie.

Arrivée au soir, Suzanna était épuisée. Elle se tenait avachie sur un tabouret pendant qu'Arturro s'affairait autour d'elle, rangeant les chaises et clouant les dernières étagères en place.

— Tu devrais fermer, maintenant, dit-il en glissant son marteau dans sa boîte à outils. Tu en as fait assez. Tu sais qu'il y aura encore des gens demain…

Par la porte ouverte, on voyait les fleurs enveloppées de Cellophane luire au soleil de l'après-midi, certaines embuées sous le plastique. Elle se demanda si elle devrait les déballer pour leur permettre de respirer. Cela lui semblait, d'une certaine manière, une intrusion.

— Tu veux que je revienne ?

Il y avait quelque chose dans sa voix… Suzanna sentit son esprit s'éclaircir un moment. Elle se tourna vers lui, le visage torturé.

— Ah, Seigneur, Arturro… J'ai un aveu horrible à te faire.

Il était en train de s'essuyer les mains sur un torchon. *Qu'est-ce qui peut être pire ?* semblait-il penser.

— Jess… Jess et moi, je veux dire… On allait te le raconter… mais…

Elle aurait voulu être n'importe où ailleurs.

— Les chocolats, ceux qui ont mis Liliane tellement en colère. Ceux à propos desquels tu as renvoyé les garçons. C'était nous. Jessie et moi, on les a envoyés à Liliane pour qu'elle pense que c'était toi. On voulait vous mettre ensemble, tu vois. Jessie… elle pensait… elle disait que vous étiez faits l'un pour l'autre…

Ça semblait presque ridicule à présent, comme si ça s'était passé dans une autre vie, que c'était arrivé à d'autres personnes, comme si tant de futilité appartenait à une autre existence.

— Je suis tellement désolée… On n'avait que de bonnes intentions, franchement. Je sais que ça a mal tourné, mais je t'en prie, ne pense pas de mal d'elle. Elle espérait simplement que vous seriez heureux ensemble. Elle comptait t'en parler, mais… il s'est produit quelque chose et… eh bien, maintenant, c'est à moi de le faire. Je sais que c'était idiot, irréfléchi, mais je l'ai encouragée. Si tu cherches un coupable, c'est moi.

Elle n'osait pas le regarder, se demandait au moment même où elle parlait si elle avait eu raison d'avouer. Pourtant, il avait été si bon, si généreux. Elle n'aurait jamais survécu à cette journée sans lui. Le moins qu'elle pouvait faire était de lui dire la vérité. Elle attendit, craintive, l'explosion légendaire que Mrs Creek avait déjà décrite, mais Arturro continuait à ranger ses derniers outils dans sa boîte, avant d'en refermer le couvercle.

Il posa alors une main sur l'épaule de Suzanna.

— Je vais le dire à Liliane, déclara-t-il d'une voix étranglée.

Il lui tapota l'épaule, puis se dirigea d'un pas lourd vers la porte et l'ouvrit.

— On se voit demain, Suzanna.

Elle ferma à 16 h 30, puis rentra à pied, s'allongea tout habillée sur son lit, et dormit jusqu'à 8 heures le lendemain matin.

Alejandro n'était pas venu. Elle était contente. Elle ne pouvait pas tout supporter la même journée. Les funérailles auraient lieu à St Bede, l'église catholique située sur le côté ouest de la place. Au départ, Cath Carter avait dit au père Lenny qu'elle voulait une cérémonie intime, qu'elle ne voulait pas que tout le monde vienne se rincer l'œil et cancaner sur la mort prématurée de sa fille, surtout que l'enquête était toujours en cours et tout et tout. Mais le père Lenny, avec douceur, au fil des jours, lui avait fait part de la vivacité des sentiments de la petite ville. Les gens étaient nombreux à vouloir lui rendre un dernier hommage. Cela aiderait la petite Emma, dans ces circonstances, de voir combien sa maman était aimée.

Suzanna était assise à sa coiffeuse. Elle tira ses cheveux sombres en un chignon sévère. Le père Lenny avait annoncé que la messe serait une célébration de la vie de Jessie, et qu'il ne voulait pas que ce soit lugubre. Suzanna n'avait pas envie de célébrer, et cela se voyait dans son apparence. Sa mère, qui avait dit qu'elle viendrait avec son père, autant pour Suzanna que pour Jessie, lui avait prêté un chapeau noir.

— Je crois que c'est important que tu fasses ce qui te semble bien, dit-elle, en posant une main sur la joue de Suzanna. Mais une tenue habillée n'est jamais inappropriée.

— Tu m'as bien dit que tu m'avais acheté une cravate noire ? Je ne la trouve pas.

Neil se glissa sous la porte basse avec l'aisance de l'habitude.

— Elle est dans mon sac à main, répondit Suzanna, les yeux rivés sur son reflet, en mettant ses boucles d'oreilles.

Elle n'en portait jamais, et se demandait si cela risquait de suggérer une gaieté malvenue. Neil resta planté au milieu de la pièce, comme s'il espérait que le sac à main lui sauterait dans les bras.

— Sur le palier…

Elle l'entendit plutôt qu'elle ne le vit quitter la pièce et marcher sur la latte qui grinçait en haut de l'escalier.

— C'est une belle journée pour des funérailles. Je veux dire, il ne fait pas vraiment beau, mais il n'y a rien de pire qu'un enterrement sous des trombes d'eau. Cela n'aurait pas convenu à Jessie, d'une certaine façon.

Suzanna ferma les yeux. Désormais, chaque fois qu'elle pensait à une forte pluie, elle l'associait aux images qui la hantaient, des camionnettes qui dérapaient, des crissements de freins, un fracas, du verre brisé. Alejandro disait qu'il n'avait pas entendu de cri, mais dans l'esprit de Suzanna, Jessie avait regardé la mort en face et…

— J'ai trouvé. Oh, Seigneur, écoute… je crois qu'elle aurait besoin d'un petit coup de fer avant que je la mette.

Elle chassa l'image et ouvrit son tiroir pour y prendre sa montre. Elle entendit Neil chantonner, marmonner à propos de la planche à repasser, puis un bref silence.

— Qu'est-ce que c'est que ça ?

Elle espérait que Jessie n'avait été consciente de rien. Alejandro avait dit qu'il ne voyait pas comment elle aurait pu sentir quoi que ce soit, qu'à son avis elle était déjà morte, même alors qu'il rampait à travers les débris de bois et de verre pour lui porter secours.

Neil se tenait à ses côtés.

— Qu'est-ce que c'est que ça ?

Elle ne reconnaissait plus son visage. Elle se tourna sur son tabouret, et regarda la carte de rendez-vous du médecin qu'il brandissait devant lui et qui portait les mots « Centre de planning familial ».

Elle savait qu'elle avait une expression résignée, coupable, mais n'arrivait pas à en changer.

— J'allais te l'annoncer.

Il ne dit rien, resta immobile, la carte tendue devant lui.

— J'ai pris un rendez-vous.

La carte était rose. Une couleur soudain inappropriée.

— Pour… ?

— Pour me faire poser un stérilet. Je suis vraiment désolée.

— Un stérilet ?

Elle hocha la tête, gênée.

— Un stérilet ?

— Écoute, je n'y suis même pas encore allée. Avec Jess et tout, j'ai raté le rendez-vous.

— Mais tu vas y aller.

Sa voix semblait morte.

— Oui, confirma-t-elle en levant les yeux vers lui.

Elle eut du mal à croiser son regard.

— Oui. Écoute, je ne suis pas prête, Neil. Je pensais l'être, mais je ne le suis pas. Il y a trop de choses qui se passent. Et j'ai besoin de régler des trucs avant.

— Tu as besoin de régler des trucs ?

— Oui. Avec mon père. Avec ma mère. Ma vraie mère, je veux dire.

— Tu as besoin de régler des trucs avec ta vraie mère.

— Oui.

— Et tu penses que ça va prendre combien de temps ?

— Quoi ?

Elle s'aperçut qu'il était en rage. Il se tourna pour lui faire face, avec une intensité un peu folle.

— Tu… penses… que… ça… va… prendre… combien… de… temps ?

Il parlait d'un ton sarcastique.

— Comment veux-tu que je le sache ? Ça prendra le temps que ça prendra.

— Le temps que ça prendra. Bon sang ! J'aurais dû me douter…

Il allait et venait dans la chambre, comme un détective qui explique la genèse du meurtre dans un téléfilm policier.

— Quoi ?

— La seule chose que je voulais. La seule chose sur laquelle je pensais qu'on s'était mis d'accord. Et, oh, attends, soudain, après avoir obtenu tout ce qu'elle désirait, Suzanna a changé d'avis.

— Je n'ai pas changé d'avis.

— Ah bon ? Ah bon ? Alors c'est quoi, ça, cette histoire de stérilet ? Parce que ça me paraît une drôle de méthode pour tomber enceinte, de se faire poser un putain de dispositif contraceptif !

— Je n'ai pas changé d'avis.

— Mais alors de quoi s'agit-il, bordel ?

— Ne me crie pas dessus. Écoute, je suis désolée, d'accord ? Je suis désolée, Neil. Je ne peux pas le faire maintenant. Pas maintenant.

— Bien entendu, tu ne peux pas…

— Ne fais pas ça, OK ?

— Ne fais pas quoi ? Qu'est-ce que je fais, bordel ?

— Me harceler. Je suis sur le point d'enterrer ma meilleure amie, d'accord ? Je ne sais pas où j'en suis…

— Ta meilleure amie ? Tu la connais depuis six mois !

— Et alors, il y a une durée minimale pour l'amitié, maintenant ?

— Elle ne te plaisait même pas au début. Tu pensais qu'elle profitait de toi.

Suzanna se leva et quitta la pièce en le bousculant.

— Je n'arrive pas à croire qu'on ait cette conversation.

— Non, Suzanna, moi je n'arrive pas à croire que, juste quand je pense qu'on est tirés d'affaire, tu trouves le moyen de tout saboter une fois de plus. Tu sais quoi ? Je pense qu'il y a autre chose. Quelque chose que tu me caches.

— Ah, ne sois pas ridicule.

— Ridicule ? Alors tu voudrais que je dise quoi, Suzanna ? « Ah, finalement tu ne veux pas de bébé. Ne t'en fais pas, ma chérie. Je vais juste mettre mes sentiments en attente pendant un moment… comme d'habitude. »

— Ne fais pas ça, Neil. Pas maintenant.

Elle passa le bras derrière lui pour attraper son manteau, l'enfila d'un geste brusque, consciente qu'elle aurait trop chaud plus tard. Il était debout devant elle, et refusa de s'écarter lorsqu'elle fit un pas en avant.

— Alors ce sera quand, le bon moment, Suzanna ? Quand est-ce que tout ne tournera plus autour de ton nombril, hein ? Quand est-ce que mes sentiments à moi entreront enfin en ligne de compte ?

— S'il te plaît, Neil…

— Je ne suis pas un saint, Suzanna ! J'ai essayé d'être patient avec toi, d'être compréhensif, mais je suis perdu. Vraiment. Je ne vois pas comment on peut s'en sortir au point où on en est…

Elle regarda son visage empli de confusion. Elle s'avança et lui posa une main sur la joue, en un écho inconscient du geste de sa mère.

— Écoute, on en parlera après l'enterrement, d'accord ? Je te le promets…

Il repoussa sa main et alla ouvrir la porte alors que le taxi arrivait, klaxonnant pour signaler son approche.

— C'est ça, dit-il.

Il ne se retourna pas.

Ce fut, de l'avis général, un enterrement affreux. Certes, le père Lenny avait fait un effort dans son éloge funèbre, qui était beau, juste et réfléchi, et contenait assez d'humour pour susciter quelques rares sourires courageux parmi l'assistance endeuillée. L'église était belle, car les dames du supermarché avaient fait de leur mieux pour la décorer de fleurs, si bien qu'un observateur mal informé aurait pu croire qu'on célébrait un mariage. Le soleil brillait dans un ciel d'un bleu azur, comme pour offrir l'espoir que l'endroit où s'en était allée Jessie était merveilleux, limpide, lumineux et peuplé de chants d'oiseaux, bref, toutes ces choses que l'on s'attend à trouver au paradis. C'était juste que, quelle que soit la façon dont on le présente, il y avait quelque chose de tellement horrible, de tellement injuste dans le fait de l'enterrer. Dans le fait que, comme tous en convinrent par la suite, quelqu'un comme elle soit partie, alors que tant d'autres moins méritants étaient encore en vie. Dans la petite silhouette pâle qui restait immobile, accrochée à la main de sa grand-mère sur le premier banc, et dans la place vide à côté d'elle, qui montrait qu'elle était devenue orpheline, même si seulement l'un de ses parents était décédé.

Cath avait prié Suzanna de venir autour de la tombe. Elle avait répondu qu'elle en serait très honorée, et avait pris place parmi les parents éloignés et les plus vieilles amies d'école, essayant de ne pas se sentir de trop, de ne pas penser à l'endroit où Jessie avait trouvé la mort. Il n'avait même pas tenté de venir, apparemment. Le père Lenny le lui avait dit la veille. Il était allé voir le garçon à l'hôpital. Même si cela allait à l'encontre de ses principes, son rôle était aussi de réconforter le pécheur. (Et ce n'était pas comme si quelqu'un d'autre allait lui rendre visite. C'était tout juste s'il avait réussi à empêcher les voisins de Jessie de le lyncher.) En fait, le père Lenny avait été choqué par l'état dans lequel était le garçon. Son visage était recousu et gonflé, car il avait volé à travers son pare-brise, sa peau couverte d'hématomes violets, des blessures qui rappelaient désagréablement celles de Jessie dans les précédentes semaines. Tout ce qu'il avait accepté de dire, c'est qu'il l'aimait et que la camionnette ne s'était pas arrêtée. Le médecin avait expliqué qu'il n'était pas certain que, dans son état mental, il ait vraiment conscience de ce qu'il avait fait.

— Ça aurait mieux valu pour tout le monde s'il était mort aussi, avait conclu le père Lenny d'une voix amère qui ne lui ressemblait pas.

La liturgie familière, « poussière, tu redeviendras poussière… », était terminée. Suzanna vit Emma, les mains de sa grand-mère posées sur les épaules, qui la soutenaient et la tenaient tout près. Elle se demanda laquelle des deux trouvait le plus de réconfort dans ce contact physique qui semblait ne jamais cesser. Elle repensa au jour où elle avait rouvert la boutique, quand l'enfant et sa grand-mère étaient venues dans la rue. Elles n'avaient rien fait, avaient refusé son invitation à entrer. Elles étaient juste restées devant, main dans la main, le visage gris, les yeux écarquillés, alors qu'elles s'imprégnaient de l'intérieur dévasté.

Emma va grandir sans maman, se dit-elle. *Comme moi.*

Alors, avec un coup d'œil à Vivi, debout à côté de la voiture, elle ressentit la culpabilité familière de penser ainsi.

Ce fut lorsqu'ils s'éloignèrent de la tombe qu'elle le vit. Un peu à distance, derrière le père Lenny, il s'écartait de Cath à qui il venait de glisser quelques mots à voix basse. Cath tenait ses mains hâlées, hochait la tête et écoutait, le visage digne, et étrangement compréhensif dans le deuil. Il leva les yeux alors que Suzanna le fixait, et pendant un moment leurs regards s'arrimèrent. En quelques secondes, ils partagèrent tout leur chagrin, leur culpabilité, leur choc… et une joie secrète de la semaine précédente. Elle s'avança, comme pour aller le trouver, et s'arrêta en sentant une main sur son épaule.

— Ton père et ta mère nous invitent, Suzie.

C'était Neil. Elle regarda son mari, clignant des yeux, comme si elle essayait de se rappeler qui il était.

— Je crois que ce serait une bonne idée qu'on y aille.

Elle s'obligea à continuer à le regarder, luttant pour mettre de l'ordre dans ses pensées.

— Chez maman ?

Puis, lorsque enfin elle comprit ce qu'il avait dit, elle reprit :

— Oh, non, Neil. Pas là-bas. Je ne crois pas que j'aie le courage aujourd'hui.

Neil avait déjà tourné les talons.

— J'y vais. Tu fais ce que tu veux, Suzanna.

— Tu y vas ?

Il continua à marcher, raide dans son costume sombre, et la laissa plantée sur la pelouse.

— C'est un jour à passer en famille, répondit-il par-dessus son épaule juste assez fort pour qu'elle l'entende. Tes parents ont eu la gentillesse de venir te soutenir aujourd'hui. Et, pour être honnête, je ne vois pas l'intérêt qu'on soit en tête-à-tête maintenant. Et toi ?

Alejandro avait parcouru tout le cimetière avec Cath et Emma. Elle s'était retournée à temps pour le voir atteindre les grilles. Arrivé là, il s'était accroupi devant l'enfant et lui avait mis quelque chose dans la main. Lorsqu'elle partit, il fit peut-être un signe de tête à Suzanna. À cette distance, c'était difficile à dire.

— Quand ton père est mort, il y a eu presque six cents personnes à l'enterrement. L'église était tellement pleine qu'ils ont dû installer des gens dans l'herbe, rappela Rosemary en acceptant une deuxième tasse de thé.

Elle s'adressait à son fils, adossé en face d'elle dans son fauteuil.

— J'ai toujours pensé qu'on aurait dû utiliser une cathédrale. Je pense que s'il y avait eu plus d'espace, on aurait eu encore plus de monde.

Vivi pressa le bras de Suzanna en s'asseyant à côté de sa fille sur le canapé. C'est vrai qu'elle était terriblement pâle.

— Le gâteau est très bon, Mrs Cameron, dit-elle. Très moelleux. Vous y mettez du zeste de citron ?

— L'archevêque avait proposé de faire le sermon. Tu te souviens, Douglas ? Un homme horrible, qui zozotait.

Douglas acquiesça.

— Et quatre œufs, expliqua Mrs Cameron. Des bons, de poules élevées en plein air. C'est ça qui donne cette belle couleur jaune.

— Je pensais que ton père préférerait le curé. C'était un ami proche de la famille, tu vois. Et Cyril n'a jamais tellement aimé les grandes cérémonies et le tralala, malgré sa position.

Elle hocha la tête, comme pour se confirmer son propos à elle-même, puis lorgna Mrs Cameron alors qu'elle se levait pour aller préparer une nouvelle théière.

— Je n'ai pas aimé le jambon dans ces sandwichs. Ce n'était pas du vrai jambon.

— Mais si, Rosemary, répondit Vivi d'un ton conciliant. J'ai acheté un jambon entier spécialement chez le boucher.

— Quoi ?

— C'était du vrai jambon, répéta-t-elle d'une voix forte.

— Ça avait un goût de truc aggloméré. Ils le ramassent par terre dans l'usine et ils le recollent avec Dieu sait quoi.

— Je l'ai coupé moi-même sur l'os, Mrs Fairley-Hulme, intervint Mrs Cameron en se retournant sur le seuil, avec un clin d'œil à l'intention de Vivi. La prochaine fois, je le trancherai devant vous, si vous voulez.

— Jamais je ne vous laisserai m'approcher avec un couteau de cuisine ! renifla Rosemary. On m'a raconté de ces choses sur les auxiliaires de vie… Vous allez me faire changer mon testament dans mon sommeil…

— Rosemary ! s'écria Vivi en manquant de recracher son thé.

— … et ensuite vous vous arrangerez pour que j'aie un prétendu accident, comme l'amie de Suzanna.

Il y eut un silence pétrifié dans la pièce alors que ses occupants essayaient de décider laquelle des déclarations de Rosemary était la plus offensante.

Rassurés par le rire détendu de Mrs Cameron alors qu'elle disparaissait dans la cuisine, tous tournèrent les yeux vers Suzanna, mais elle ne semblait pas écouter. Elle contemplait le sol, enfermée dans le même chagrin que son mari qui ne pipait mot.

— Mère, je ne trouve pas ces propos très appropriés…, soupira Douglas en se penchant en avant.

— J'ai quatre-vingt-six ans, et je dis ce que je veux ! plastronna Rosemary en se renfonçant confortablement dans son fauteuil. De mon point de vue, c'est bien le seul avantage d'être aussi vieille.

— Rosemary, répliqua Vivi d'un ton doux, je vous en prie… Suzanna vient juste de perdre son amie…

— Et je serai la prochaine à partir, alors je pense que j'ai le droit, plus que quiconque, de parler de la mort.

Rosemary croisa les mains sur ses genoux et regarda les visages mutiques autour d'elle.

— La mort, dit-elle enfin. La mort. La mort. La mort. La mort. La mort. Alors, vous voyez ?

— Ah, pour l'amour du ciel ! souffla Douglas en se redressant.

— Quoi ?

Elle leva les yeux vers son fils avec un air de défi visible sous ses innombrables veines et rides.

— La mort ! La mort ! La mort ! martela-t-elle en claquant les lèvres comme une tortue en colère.

— Pas aujourd'hui, mère. Je t'en prie, insista-t-il en s'approchant d'elle. Veux-tu que Mrs Cameron t'emmène dans le jardin ? Pour que tu voies les fleurs ?

— Qu'est-ce que tu as dit ? Je ne veux pas de cette femme près de moi !

— Je crois qu'un peu d'air frais te ferait du bien. Mrs Cameron ! appela-t-il.

— Je ne veux pas aller dans le jardin. Douglas, ne me mets pas dans le jardin.

Vivi se tourna vers sa fille, qui acceptait toujours mollement qu'elle lui tienne le bras.

— Est-ce que ça va, ma chérie ? Tu es bien silencieuse depuis que nous sommes rentrés.

— Tout va bien, maman, répondit-elle d'un ton morne.

Vivi jeta un coup d'œil à Neil.

— Tu reprends du thé, Neil ? proposa-t-elle, pleine d'espoir. Ou un sandwich ? C'est vraiment du jambon à l'os. Je n'achèterais pas ce truc carré.

Il essaya au moins de sourire.

— Non, merci, Vivi. J'ai tout ce qu'il me faut.

Dehors, ils entendaient Rosemary protester avec rage contre le fait qu'on la promène en fauteuil roulant dans la cour. Mrs Cameron poussait pourtant de joyeuses exclamations.

— Je suis navré, s'excusa Douglas, de retour dans le salon et s'essuyant la tête. Elle est un peu… difficile, en ce moment. Depuis sa chute, elle n'est plus la même.

— J'imagine qu'elle ne fait que dire la vérité, commenta Neil.

Vivi aurait juré qu'il avait lancé un regard lourd de sens à Suzanna, mais il se détourna si vite qu'elle ne pouvait en être certaine. Elle leva le visage vers Douglas, et essaya de lui faire comprendre qu'elle ne savait pas quoi faire ensuite. Il s'approcha du canapé et lui pressa l'épaule.

— En fait, déclara-t-il en s'éclaircissant la voix, on avait une raison de te faire venir ici, Suzanna.

— Quoi ?

— Je sais que tu n'as pas eu une journée facile. Ta mère et moi… on voulait te montrer quelque chose.

Vivi sentit l'espoir monter. Elle prit la main de sa fille et la serra, puis lui retira sa tasse et sa soucoupe, posées sur ses genoux. Suzanna regarda Neil, puis ses parents. Elle se laissa entraîner comme une somnambule. Vivi, consciente que Neil avait un rôle à jouer, lui passa un bras autour de la taille. Elle regrettait que Suzanna n'en fasse jamais autant.

— En haut, dit Douglas avec un geste.

Ils montèrent en silence vers la galerie. Par la fenêtre, Vivi parvenait tout juste à distinguer Rosemary, qui secouait la tête alors que Mrs Cameron se penchait vers un massif.

— On pense installer davantage de lampes là-haut, n'est-ce pas, chérie ? expliqua Douglas devant elle. Pour éclairer un peu mieux cet étage. Il a toujours été un peu sombre, dit-il à Neil.

Ils s'arrêtèrent au sommet de l'escalier et restèrent en une masse compacte, Suzanna l'air peu réceptive, Neil scrutant le visage de Vivi en quête d'indices.

— Quoi ? finit par demander Suzanna d'une petite voix.

Douglas regarda sa fille et sourit.

— Quoi ? répéta-t-elle.

Il lui montra le mur opposé. Et c'est alors que Suzanna le vit. Vivi garda les yeux rivés sur elle alors qu'elle restait pétrifiée, contemplant la peinture à l'huile de sa mère, sortie indemne de sa rencontre avec Rosemary, et à présent sous la lumière trop vive d'une étroite lampe de cuivre.

Le magnifique profil de Suzanna, si semblable à celui d'Athene, était immobile et blanc comme une statue grecque. Ses cheveux, tirés en arrière, arrachèrent une grimace à Vivi. Même après toutes ces années. Elle se rappela tous les cadeaux que la vie lui avait offerts, surtout les plus récents.

C'est pour Suzanna, se dit-elle. *Pour le bonheur de Suzanna.*

Elle sentit Douglas près d'elle, son bras qui se glissait autour de ses épaules, et posa les doigts sur les siens en quête de réconfort. C'était la bonne décision. Quoi qu'en pense Rosemary, c'était la bonne décision.

Mais lorsque Suzanna se tourna vers eux, elle avait les joues en feu, le regard furieux.

— Et ça… ça, c'est censé tout arranger ?

Vivi remarqua la raideur de granit de la bouche de Suzanna, comme un écho de la pire partie d'Athene, son côté le plus abîmé. Et elle comprit, avec un temps de retard, que la blessure était trop profonde pour être apaisée par l'accrochage d'un tableau.

— On s'était dit…, commença Douglas, qui avait perdu son habituelle confiance en lui. On s'était dit que tu te sentirais mieux ainsi.

Neil les contemplait tous les trois, son expression un peu différente, incertaine.

— Que je me sentirais mieux ?

— En la voyant ici, je veux dire, expliqua Douglas.

Vivi tendit la main vers elle.

— On a pensé que ce serait un bon souvenir…

La voix de Suzanna résonna dans la galerie.

— D'une personne de plus dont j'ai causé la mort par inadvertance ?

Douglas grimaça, et Vivi resserra son étreinte sur lui.

— Tu n'as pas…

— Ou du fait que je me sois remise de ce qui lui est arrivé, et que donc je me remettrai aussi de ce qui est arrivé à Jessie ? C'est ça ?

Vivi porta la main à sa bouche.

— Non, non, ma chérie !

— Ou même, faisons un petit truc sans importance pour compenser le fait que nous accordons moins de valeur à Suzanna qu'à son petit frère.

Douglas fit un pas en avant.

— Suzanna, tu…

— Je ne resterai pas une minute de plus ici ! déclara-t-elle, les yeux brillants de larmes.

Elle les bouscula pour regagner l'escalier. Après avoir hésité une fraction de seconde, Neil lui emboîta le pas.

— Lâche-moi ! hurla-t-elle lorsqu'il la rattrapa à la moitié de l'escalier. Mais lâche-moi !

Son ton féroce le fit reculer.

Vivi ne compatissait pas souvent avec sa belle-mère. Pourtant, devant l'expression de douleur effarée qu'arborait Douglas, alors qu'ils écoutaient leur fille et leur gendre se crier dessus dans l'allée, elle contempla sur le mur opposé cette bouche au sourire moqueur, ces yeux bleu glacier, avec leur air amusé et lucide, comme s'ils savaient quels problèmes ils causaient encore, et elle songea qu'elle comprenait peut-être ce que ressentait Rosemary.

Suzanna fit à pied tout le tour du champ des seize hectares. Elle traversa les bois, le long de la piste cavalière qu'ils appelaient le Short Wash, en grimpant la colline qui surplombait le champ de betteraves. Elle s'immobilisa au sommet, à l'endroit où elle s'était assise avec Alejandro deux semaines auparavant. Le soir avait apporté de la côte une brise douce et fraîche qui faisait redescendre les températures élevées de la journée. La terre se préparait lentement à la nuit, les abeilles bourdonnaient paresseusement à travers les prairies, les canards s'agitaient et cancanaient dans l'eau, les graines soulevées un moment au-dessus des herbes flottaient avant de retomber. Suzanna, assise, songeait à Jessie. Elle pensa à Arturro et Liliane, qu'elle avait vus ensemble à l'extérieur de l'église, le bras de l'une passé sous le bras de l'autre alors qu'il se penchait pour lui offrir un mouchoir. Elle aurait aimé que Jessie puisse voir cela, elle aussi. Elle pensa à la façon dont son père avait fermé les yeux alors qu'elle se détournait de lui, un air de désespoir muet, si fugace qu'elle était sans doute la seule à l'avoir perçu. Elle n'avait pas eu de mal à le reconnaître : c'était la même expression qu'avait eue Neil le matin même. À quelques mètres de là, un étourneau picorait le sol, ses plumes luisantes brillant dans le soleil oblique alors qu'il sautillait sur la terre craquelée. Elle entendit au loin, de l'autre côté de la vallée, le son distant de la cloche qui battait sur la place du marché : cinq, six, sept coups, comme elle l'avait fait pendant toutes ces années où elle avait été absente et s'était créé une vie bien loin d'ici, comme elle l'avait fait même dans les années qui précédaient sa naissance. Il était temps de se lever. Temps d'avancer. Suzanna posa la tête sur ses genoux et respira profondément. Elle se demandait à combien de personnes dans sa vie elle devrait demander pardon. Et combien l'entendraient.

Chapitre 21

La boutique resta fermée une grosse semaine. Le lendemain de l'enterrement, Suzanna était arrivée pour ouvrir, puis, après avoir hésité presque sept minutes sur le pas de la porte, assez longtemps pour que la dame de l'animalerie au coin de la rue lui demande gentiment si tout allait bien, elle avait rangé sa clé dans son sac et était rentrée à la maison. Deux fournisseurs avaient appelé pour savoir s'il y avait un problème. Elle avait répondu poliment que non, mais qu'elle ne prendrait pas de livraisons dans un futur proche. Les ouvriers avaient téléphoné pour demander s'ils pouvaient mettre une benne juste devant la porte, et elle les avait surpris par la facilité avec laquelle elle avait accepté. Arturro avait téléphoné à la maison pour prendre de ses nouvelles. Elle dut lutter contre l'impression qu'il craignait qu'il ne lui arrive malheur à elle aussi.

Elle n'avait pas fait grand-chose pendant cette semaine. Elle avait accompli diverses tâches ménagères, qu'elle n'avait jamais le temps d'effectuer quand la boutique était ouverte : laver les vitres, accrocher des rideaux, finir la peinture de la cuisine. Elle avait vaguement essayé de désherber. Elle avait préparé plusieurs repas, dont au moins un était agréable à l'œil et mangeable, mais n'avait réussi à en avaler aucun. Elle n'avait rien dit à Neil à propos de la fermeture temporaire de la boutique. Il s'en était aperçu au bout de plusieurs jours lorsqu'un autre habitué du train de Londres lui avait demandé quand elle pensait rouvrir.

Il ne lui en avait pas parlé. Et si elle était plutôt silencieuse, il n'avait pas commenté cela non plus. C'était un moment bizarre, perturbant, pour tout le monde. Le deuil est une chose étrange. Neil et Suzanna marchaient encore sur des œufs depuis leur échange lors des funérailles de Jessie. Et même lui était désormais conscient que, dans un couple, il y a des périodes où il vaut mieux ne pas trop parler. Le lundi suivant, exactement neuf jours plus tard, Suzanna se leva à 7 h 30. Elle fit couler un bain – il n'y avait pas de douche dans le cottage –, se lava les cheveux, se maquilla et repassa un chemisier. Puis, par une journée assez venteuse pour la décoiffer et lui rosir les joues, elle accepta que son époux, qui avait pris une demi-journée de congé, la dépose à *Peacock & Co.* Sans hésitation visible, elle enfonça la clé dans la serrure de la porte blindée et ouvrit. Puis, après avoir offert un mug de thé aux ouvriers, trié le courrier, et remarqué avec un sentiment mitigé la disparition de l'énorme tas de fleurs fanées et l'apparition de plusieurs nouveaux bouquets, dont l'un de Liliane, elle sortit de son sac tout ce qu'elle y avait mis au fil de la semaine. Des objets qu'elle avait examinés, sur lesquels elle avait réfléchi, des choses dont elle s'était souvenue et parfois qu'elle avait choisies uniquement pour leur apparence. Elle les étala sur la table peinte en rose avec la plus grande concentration, puis commença à rassembler les affaires de Jessie. Mrs Creek, sans doute de façon prévisible, fut la première cliente à se montrer. Elle était arrivée si vite après Suzanna que celle-ci se demanda par la suite si elle n'avait pas passé la semaine à guetter, tapie quelque part, le moment où la boutique rouvrirait. Comme Suzanna, elle avait l'air secouée par le vent, ses cheveux gris se dressant hors de son bonnet en crochet comme après une électrocution.

— Vous n'aviez prévenu personne que vous alliez fermer, dit-elle d'un ton accusateur tout en disposant son sac sur la table à côté d'elle.

— Je ne le savais pas moi-même, répondit Suzanna en déplaçant tous les mugs à la recherche du préféré de Jessie.

— Ce n'est pas très bon pour le commerce.

Elle l'avait trouvé. Bleu et blanc, avec un dessin en ligne claire d'un bouledogue, et l'inscription « chien méchant » en français de l'autre côté. Jessie disait qu'il lui rappelait Jason au réveil. Elle trouvait ça drôle.

— J'ai dû aller au *Coffee Pot* à la place, poursuivit Mrs Creek. Je n'aime pas leurs sandwichs. Mais vous ne m'avez pas laissé le choix.

— Je ne sers pas de sandwichs.

— Ce n'est pas la question. Vous ne pouvez pas prendre un café là-bas après 11 h 30 si vous ne commandez pas à manger aussi. Leur sandwich le moins cher, tomates-fromage, est à plus de deux livres, vous savez.

— Les cartons scotchés, je les mets dans le fond ? demanda Neil en remontant brièvement de la cave. C'est écrit « Noël » dessus, donc j'imagine que tu ne veux pas les stocker en haut.

Il regarda si son pantalon n'était pas sali.

— Non, dans le fond c'est très bien. Du moment que je peux accéder au reste.

— Tu as de la chance que les ouvriers aient réceptionné tout ça pour toi, dit-il avec un geste vers le sous-sol, où des livraisons s'entassaient en piles précaires.

On n'aurait pas cru que l'endroit venait d'être rangé et nettoyé.

— Ils auraient pu les embarquer ni vu ni connu, ajouta-t-il.

— Les gens ne sont pas comme ça, par ici, répondit Suzanna.

Elle n'avait pas envie d'être reconnaissante. Surtout pas envers des ouvriers qui lui coûtaient quatre cents livres de malus sur son assurance, et buvaient la moitié de cette somme quotidiennement en café brésilien haut de gamme.

— Tu veux une autre boisson, ou tu pars bientôt ?

— Pas pour le moment. Je vais avancer autant que je peux avant de devoir filer. Comme ça, tu peux ranger de ton côté en haut, suggéra Neil avant de redescendre.

— C'est votre mari ? demanda Mrs Creek en tripotant un vieux magazine.

Elle regarda l'escalier comme si Suzanna avait commis une grave trahison en l'amenant là. Cela l'agaça prodigieusement.

— Oui, répondit-elle, laconique, avant de retourner à sa présentation.

— Je l'ai vu avec vous à l'enterrement.

— Ah.

— Vous l'avez vue ?

— Qui ?

— La fille, Emma. Une gentille petite. Je lui ai fait un costume de pâquerette.

— Je sais, dit Suzanna, les yeux rivés sur les fleurs en papier rose devant elle.

— Il lui allait comme un gant, ça c'est bien vrai. Je l'ai fait dans un vieux coupon de crêpe de Chine. Ça faisait vingt ans que je n'avais pas cousu du crêpe de Chine. Non, trente.

Elle but son café.

— Pauvre jeune femme. Ça ne semble pas juste, d'une certaine façon.

Suzanna avait essayé de garder la vision de la présentation de Jessie intacte dans son cerveau. En quittant la maison, elle savait exactement ce qu'elle voulait, mais ses idées commençaient déjà à s'embrouiller, dérangées par la conversation.

— Des robes de bal, de mariée. Le crêpe de Chine, c'était parfait pour ce genre de vêtements. Bien sûr, la plupart des robes de mariée étaient en soie… pour celles qui pouvaient se le payer, en tout cas. Mais ces tissus délicats, c'est une plaie à coudre. On passe son temps à défaire les coutures pour être sûre qu'elles ne froncent pas…

Ce qui restait de sa vision s'évapora.

Oh, par pitié, allez-vous-en ! pensa Suzanna. Elle devait se retenir de se cogner la tête contre le comptoir. *Laissez-moi tranquille. Je ne suis pas en état de vous écouter radoter, aujourd'hui.*

Le vent secouait la ruelle. Des gobelets en carton et les premières feuilles mortes de l'automne tourbillonnaient au sol. De l'autre côté des panneaux de contreplaqué, elle entendait les ouvriers s'interpeller et s'exclamer. De temps en temps s'élevait un bruit de perceuse. Les fenêtres arrivaient la semaine suivante, dirent-ils. Faites sur mesure par un charpentier du coin. Encore mieux que les anciennes. Par esprit de contradiction, elle avait décrété qu'elle aimait les fermetures en bois, le faible éclairage. Elle n'était pas certaine d'être prête à se trouver de nouveau en pleine lumière.

— Si ça ne vous embête pas, vous pourriez nous faire encore un café ?

Le plus âgé des ouvriers, un homme avec des cheveux gris et la forte conviction de déborder de charme, glissa sa tête par l'ouverture.

— Il s'est mis à faire très froid, là dehors, et je ne serais pas contre me réchauffer un peu.

Elle parvint à sourire. Comme pour Mrs Creek.

— Pas de problème. Ça arrive tout de suite.

Plusieurs minutes plus tard, elle entendit la porte s'ouvrir de nouveau. Mais lorsqu'elle se détourna enfin de la machine à café, ce n'était pas l'ouvrier qui se tenait devant elle.

— Suzanna, dit-il.

Et pendant une seconde, elle fut incapable de voir autre chose que lui, avec sa tenue d'hôpital bleue, son sac fatigué, son regard baissé, intime. Il observa autour de lui dans la boutique, aperçut Mrs Creek qui semblait absorbée par la lecture de son magazine, et tendit la main vers elle.

— La boutique était tout le temps fermée… je ne savais pas comment te joindre.

Sa soudaine proximité lui coupa le souffle. Elle regarda les cafés devant elle en clignant des yeux.

— Il faut que j'apporte ça dehors, bredouilla-t-elle d'une voix tremblante.

— Je dois te parler.

Elle regarda Mrs Creek, puis Alejandro.

— J'ai beaucoup de monde dans la boutique, en ce moment, dit-elle en articulant exagérément, pour essayer de lui faire passer un message, elle ne savait pas lequel.

À l'autre bout de la boutique, Mrs Creek l'interpella :

— Vous faites payer ces hommes le tarif normal pour les cafés ?

Suzanna détacha à regret son regard de lui.

— Quoi ? Non. Je ne leur fais rien payer du tout.

— Ce n'est pas juste !

Suzanna prit une grande inspiration.

— Si vous souhaitez remplacer mes fenêtres, Mrs Creek, ou vous occuper de mon dossier d'assurance, voire de ma comptabilité, je serai ravie de vous offrir un café gratuit.

— Suzanna, lui murmura-t-il dans l'oreille gauche, tout aussi insistant.

— Ce n'est pas très amical, tout ça, marmonna Mrs Creek. Je ne pense pas que Jessie… J'imagine que les choses vont reprendre leur cours normal, maintenant.

Son ton indiquait clairement ce qu'elle en pensait.

— Je n'arrêtais pas de penser à toi…, dit-il doucement.

Elle n'avait d'yeux que pour sa bouche, à quelques centimètres de la sienne.

— Je n'ai presque pas dormi depuis… Je me sens coupable de ressentir autant de joie, autant de… dans un moment qui est tellement… tellement mauvais.

Malgré le poids de ses paroles, quelque chose s'était allégé en lui : il avait le visage rayonnant. Suzanna quitta un moment sa bouche des yeux pour regarder Mrs Creek, qui avait repris sa lecture. Dehors, elle entendait des gens parler dans la rue, les ouvriers répondre, et elle se demanda s'ils apportaient encore des fleurs. Elle était vaguement consciente que Neil s'était mis à siffloter, plusieurs mètres sous leurs pieds. Il reprenait « You Are My Sunshine ».

— Tu penses que c'est mal ? questionna Alejandro. D'être aussi heureux ?

Il lui toucha la main, un contact léger comme une plume.

— Ale… Je…

— Est-ce que tu m'as dit ce que tu voulais faire de ce sac-poubelle ? Je pourrais demander aux gars dehors l'autorisation de le jeter dans leur benne.

Elle sursauta, retira vivement sa main et se retourna alors que Neil, à quelques mètres de là, se frottait le nez puis regardait ses doigts comme s'il pensait y trouver de la poussière.

— Oh, dit-il gentiment. Désolé de vous interrompre.

Suzanna eut bien du mal à ne pas rougir. Alejandro recula d'un pas. Elle aurait préféré ne pas assister à cette réaction de surprise.

— Pas du tout, protesta Alejandro d'un ton raide. Je demandais juste un café.

Neil le dévisagea un moment.

— Vous avez un accent espagnol. Vous devez être le gaucho. Désolé, je suis sûr que les filles m'ont dit votre prénom…

Suzanna avait les jointures blanches tant elle serrait le plateau. Elle se força à détendre ses mains.

— Alejandro.

— Alejandro. Vous travaillez à l'hôpital, c'est ça ?

— Oui.

— Super métier, commenta Neil. Super métier. Oui, Jessie m'avait parlé de vous. Elle vous adorait, cette sacrée Jessie.

— Moi aussi, je l'adorais, répondit Alejandro en l'observant intensément, comme s'il l'évaluait, estimait sa valeur, la force de ses droits sur Suzanna.

Quelque chose avait changé dans sa posture, une trace de combativité transparaissait derrière sa vigilance accrue, ses épaules redressées. Suzanna, les sens si tendus qu'elle pensait que cela devait se voir, se sentit aussi euphorique qu'horrifiée, consciente de l'aveuglement de Neil. Elle voulait emporter le plateau dehors, être n'importe où ailleurs que là où elle était. Mais ses pieds semblaient cloués au sol.

— C'est terrible, dit Neil. Terrible.

Dehors, quelqu'un commença à jouer du marteau.

— Je vais juste tirer les étagères avant de partir. Y a des tas de gravats qui se sont mis derrière. Je me demande bien comment ça se fait.

Il disparut à nouveau dans l'escalier, sifflotant toujours. Alejandro regarda la porte de la cave, derrière laquelle on entendait le bruit de caisses que l'on déplace. Il s'avança.

— Je dois te dire ce que je ressens, murmura-t-il. Il faut que je te parle. C'est la première fois que je vis vraiment…

Elle leva la tête, son corps tout entier se souvenant.

— S'il te plaît, ne…

— Elle l'avait vu, Suzanna. Elle l'avait vu avant nous.

— Je suis *mariée*, Ale.

Il lança un regard de mépris vers l'escalier.

— À la mauvaise personne.

À l'autre bout du magasin, Mrs Creek les scrutait avec intérêt. Suzanna recula vers les étagères et se mit à tripoter les sirops pour café, afin d'en faire une rangée bien nette.

— Suzanna.

— Je suis mariée, répéta-t-elle doucement. Je porte peut-être même son enfant.

Il regarda son ventre, puis secoua la tête.

— Je ne peux pas ignorer ce fait, Ale. Je suis désolée.

Alejandro s'approcha pour lui parler à l'oreille.

— Alors qu'est-ce que tu veux me dire, que tu vas rester avec lui ? Après tout ça ?

— Je suis désolée.

Elle se tourna vers lui, dos au mur.

— Je ne comprends pas.

La voix d'Alejandro montait dangereusement. Suzanna regarda Mrs Creek, qui était à présent en train d'observer le magazine avec l'intense concentration de quelqu'un qui essaie de ne pas écouter une conversation. Ou de le faire discrètement.

Elle lui lança un regard suppliant.

— Écoute, Ale, je n'ai jamais fait ce que j'aurais dû, pas vraiment...

Elle repensa à la nuit précédente. Elle était restée éveillée dans la chambre d'amis, puis à 3 h 30, elle s'était glissée dans leur lit et, blottie, avait tiré le bras de Neil sur elle pour qu'il prenne possession d'elle. Elle essayait de s'offrir à lui en guise d'excuse. Ils avaient fait l'amour, d'une façon triste et résignée. Elle avait prié pendant l'étreinte pour qu'il ne parle pas.

La voix de Neil monta dans l'escalier :

— Tu veux laisser ces affiches en bas, Suzie ? Celles qui sont à côté du chariot ?

Suzanna essaya de chasser les trémolos de sa propre voix :

— Tu veux bien les laisser là, s'il te plaît ?

Puis elle s'adressa à Alejandro dans un murmure :

— J'ai beaucoup réfléchi. Et j'ai compris que ça doit changer. Je dois changer.

— Tu m'as dit, Suzanna. Tu me l'as dit… À un moment, on doit renoncer au passé, aux fantômes. Tu m'as montré qu'il était temps de vivre.

Il lui prit les mains, sans plus se soucier qu'on les voie.

— Tu ne peux pas faire marche arrière. Tu le sais. Tu ne peux pas. Je ne peux pas.

— Je peux.

Elle contempla leurs mains. Elle avait l'impression qu'elles appartenaient à d'autres gens.

— Tout a changé, Suzanna.

— Non.

— Il faut que tu m'écoutes.

— Ale… Je ne te connais pas. Je ne sais rien de toi. Tu ne sais rien de moi non plus. Tout ce que nous savons, c'est que nous avons aimé la même fille, et que nous l'avons perdue. Ce n'est pas suffisant comme base pour une relation, si ?

Elle fit un pas de côté en entendant Neil marcher au sous-sol, puis une exclamation feutrée lorsqu'une caisse tomba en place avec grand bruit.

— Tu crois que c'est tout ? Tu crois qu'il n'y a que ça entre nous ?

Incrédule, il lui avait lâché les mains. Suzanna se força à garder une voix calme.

— Je suis désolée. Mais c'est ce que j'ai fait toute ma vie. J'ai fait ça pendant tout mon mariage. Tu n'es pas la première personne pour qui j'ai un béguin.

— Un béguin ? Tu crois qu'il s'agit d'un *béguin* ?

Il n'était plus qu'à quelques centimètres d'elle désormais. Elle sentait le cuir de sa veste, la légère empreinte de maté sur son souffle. Les ouvriers s'étaient mis à cogner contre les planches, et elle sentait l'impact se répercuter à travers son corps.

— Je te connais, Suzanna.

Il l'avait contrainte à s'appuyer à la fenêtre murée, à présent, les mains de part et d'autre de ses épaules, une fureur tout juste contenue lisible sur ses traits.

— Non. Tu ne me connais pas.

— Si. Je te connais aussi bien que je me connais moi-même. Je t'ai connue dès l'instant où je t'ai vue, si belle et… furieuse, piégée derrière le comptoir de ta boutique.

Elle secouait la tête, les vibrations du marteau se propageant en elle, emplissant la boutique, noyant tout ce qui n'était pas lui, l'odeur de sa peau, la terrible proximité.

— Je ne peux pas…

— Dis-moi que tu ne me connais pas, chuchota-t-il.

Elle pleurait en silence, sans plus se soucier du fait que Mrs Creek regarde ou non.

— Dis-le. Dis-le-moi, que tu ne sais pas qui je suis.

Il avait la voix rauque, pressante à son oreille.

— Non… Je…

Il donna un grand coup dans la planche à côté d'elle, si fort que le marteau s'arrêta un temps.

— Suzanna, je t'en prie. Dis-moi que tu ne me connais pas.

Elle finit par acquiescer, la figure tordue par les sanglots, les yeux fermés contre son torse, perdue dans son odeur, sa chaleur.

— Si. Si, je te connais, Ale. Je te connais.

Satisfait, il se détourna d'elle avec un halètement et s'essuya le visage d'une main.

La voix de Suzanna lui parvint dans son dos, entrecoupée :

— Mais ça ne signifie pas que c'est bien.

Il était parti moins d'une minute plus tard, les traits si blessés et furieux qu'elle crut se ratatiner et mourir. Ça aurait peut-être été préférable, plutôt que de le revoir jamais la regarder de cette façon.

Quelques secondes plus tard, Neil était réapparu, plein de poussière et d'autosatisfaction, juste quand la porte blindée claquait.

— Tu seras bien contente quand tu auras ta nouvelle porte, commenta-t-il en se bouchant les oreilles. Chaque fois que celle-là se ferme, on se croirait en prison. Bon. J'ai terminé. Tu veux procéder à l'inspection des travaux finis ?

— Non, répondit Suzanna en ravalant ses larmes. Je te fais confiance.

— Tant pis pour toi, dit Neil avec un clin d'œil à Mrs Creek.

Avant de partir, il la prit encore une fois dans ses bras, pour lui témoigner son soutien.

— Tu as l'air épuisée, dit-il gentiment. Pourquoi tu ne recruterais pas quelqu'un d'autre pour t'aider dans les prochaines semaines ? C'est un gros boulot, de faire tourner cette boutique toute seule.

Il ne comprit pas pourquoi elle se remettait à pleurer.

Troisième partie

CHAPITRE 22

Parmi les rares personnes qui sont revenues d'une telle expérience, il se raconte que les derniers instants avant la noyade sont très agréables. Lorsque le combat s'arrête, que l'eau inonde les poumons, la victime entre dans un état de passivité et d'acceptation, et voit même une sorte d'étrange beauté dans sa condition. Suzanna y pensa souvent dans les semaines suivantes. Parfois, elle avait l'impression de se noyer. Parfois, il lui semblait être somnambule, comme si elle se déplaçait à l'aveuglette, effectuant des actions prédéterminées, sans vraiment contrôler ce qu'elle disait ou faisait. On aurait pu dire, songeait-elle, désabusée, que c'était une amélioration. À la maison, elle gardait les lieux en ordre et le frigo rempli, et cela faisait un moment qu'elle ne s'était plus plainte des poutres. Neil et elle étaient doux l'un envers l'autre, pleins de sollicitude même, chacun reconnaissant que les dernières semaines avaient causé du tort à l'autre, et cherchant à éviter de le blesser encore davantage. Une fois par jour, elle disait à Neil qu'elle l'aimait, et à son crédit, il le lui disait également aussitôt. C'est drôle comme, dans un mariage, une déclaration qui au départ était plutôt une question, une provocation presque, pouvait finir par devenir une parole rassurante, bienveillante. Elle pensait peu à Alejandro. Du moins pas de façon consciente. La nuit, elle se réveillait souvent en pleurant, et se demandait en tremblant ce qu'elle avait pu dire dans son sommeil. Neil avait mis ces épisodes nocturnes sur le compte de la mort de Jessie. Elle se sentait par moments coupable, et s'excusait en silence auprès de Jessie de ne pas lui avoir encore dit la vérité. Alejandro ne venait pas à la boutique. D'un autre côté, peu de gens se montraient encore. Une fois l'émotion de la mort de Jessie retombée, une fois les fleurs enlevées, une fois les mièvreries taries, Suzanna s'était retrouvée avec une poignée de clients réguliers. Il y avait Mrs Creek, que Suzanna suspectait de venir uniquement parce qu'on ne la supportait plus nulle part ailleurs. Un jour, elle avait entendu quelqu'un mentionner son nom sur la place du marché, et tout le monde avait levé les yeux au ciel. Elle s'était sentie désolée pour elle. Sauf qu'entre les histoires nombrilistes de Mrs Creek et ses exigences absurdes, il était difficile de rester compatissante bien longtemps. Il y avait le père Lenny, qui lui avait dit d'un ton solennel que si elle avait besoin de parler, de parler vraiment – il avait haussé les sourcils d'un air significatif – il serait toujours là pour elle. Ah, et aussi, si jamais elle voulait des lampes à perles à bon prix, et de belle qualité avec ça, il savait où s'en procurer. Liliane venait parfois, resplendissante de ce qui était sans doute un amour naissant. Elle acheta, entre autres, un porte-monnaie en peau de porc pour Arturro, et des cartes de vœux faites à la main. Elle ne parlait pas plus que le strict nécessaire avec Suzanna, et malgré le dénouement semble-t-il heureux de leurs actions à Jessie et elle, Suzanna savait qu'elle n'avait pas été pardonnée comme Jessie l'aurait été. Arturro venait, au moins une fois par jour, pour prendre un expresso dont elle pensait qu'il n'avait plus besoin. Elle avait entendu dire qu'il songeait à se faire installer une nouvelle machine, et qu'il ne retardait ce projet que par égard pour Suzanna, peut-être par conviction que la boutique avait déjà suffisamment souffert. D'une gentillesse infinie, il s'assurait toujours qu'il n'y avait pas de réparations à faire, lui proposait de garder la boutique pendant qu'elle sortait chercher un déjeuner. Elle n'acceptait pas souvent. Il était rare, ces derniers temps, qu'elle ait suffisamment faim pour faire l'effort d'acheter quelque chose, et elle avait peur, s'il passait trop de temps chez elle, que Liliane la prenne encore davantage en grippe. De temps à autre, elle le surprenait à la couver d'un regard inquiet, et elle se forçait à sourire de son air le plus radieux. Un sourire qui disait : « Je vais bien, ne vous en faites pas. » Un sourire qu'elle arborait si souvent qu'elle avait oublié la sensation du vrai.

Neil lui dit que la boutique était en train de couler. Il ne le lui annonça pas ainsi. Il ne voulait sans doute pas la rendre encore plus triste qu'elle n'était déjà. Il se contentait de regarder les comptes plusieurs fois par semaine, et la façon qu'il avait de poser son front dans sa main quand il examinait les reçus la renseignait largement. Cela aurait dû l'ennuyer davantage, se disait-elle, mais l'extérieur fraîchement repeint, les affiches que quelqu'un avait mises pour cacher les horribles planches de contreplaqué qui remplaçaient les fenêtres, ne parvenaient pas à attirer les clients comme autrefois. Les tables aux couleurs vives avaient soudain l'air lugubres et rafistolées, les boissons laissaient des traces rondes là où elle n'avait pas suffisamment frotté. Les endroits nus sur les murs, où elle n'avait pas le courage de remettre les photos et les images que Jessie et elle y avaient collées, la peinture blanche qu'elle avait soudain éprouvé le besoin de barbouiller sur les cartes, l'absence d'exposition, tout contribuait à changer l'atmosphère de la boutique. Elle était moins accueillante. Elle ne parlait plus autant des gens qui la fréquentaient. Elle ressemblait moins à cet endroit qu'elle avait imaginé, presque un an auparavant. Suzanna le savait. Tout le monde le savait. D'une certaine façon, aussi gnangnan que cela puisse paraître, le cœur de la boutique avait cessé de battre.

Lorsque Vivi alla chercher son panier de légumes hebdomadaire, les braves dames au marché du Women's Institute l'informèrent que le temps était sur le point de tourner. La longue ribambelle de semaines de ciel bleu et de chaleur étouffante avait été remplacée par une forte brise, un ciel gris et des averses. Au départ, ce n'étaient que quelques heures, mais à présent, c'étaient des journées entières. Les fleurs avaient depuis longtemps renoncé, brunes et flétries, et attendaient de retourner se dissoudre dans la terre comme chaque année. Les arbres perdaient déjà des feuilles, parsemant trottoirs et accotements de vert délavé et d'or. Peut-être, après un si bel été, fallait-il toujours payer le prix, songeait Vivi. Elle changea d'avis sur le fait d'étendre le linge dehors.

— Tout est prêt ?

Douglas, dans son dos, lui avait mis les mains sur les hanches pour lui embrasser la joue.

— Absolument. Je t'ai pris au mot, je n'ai pas préparé de vrai repas.

— Des sandwichs dans le bureau, c'est parfait. Je ne pense pas qu'ils voudront s'éterniser. Enfin, peut-être Lucy, si elle a posé sa journée.

— Non, elle m'a dit qu'elle comptait reprendre un train dans l'après-midi pour retourner au bureau.

— Cette enfant souffre d'une addiction au travail, estima Douglas en s'éloignant pour regarder les sandwichs.

— Je me demande bien de qui elle tient ça !

Les granges débordaient de paille et de foin. Les champs de blé et d'orge avaient été moissonnés et labourés. Vivi observa son mari alors qu'il regardait d'un air absent par la fenêtre de la cuisine, examinant le ciel assombri en se demandant s'il pleuvrait, comme il l'avait fait plusieurs fois par jour toute sa vie d'adulte. Les premières gouttes vinrent s'écraser sur la vitre, et elle se sentit mélancolique de voir l'été s'achever. L'hiver était tellement plus long à la campagne... Partout, ce n'était qu'obscurité, boue et terre nue, et l'on passait son temps à enlever et remettre son manteau pour se protéger du froid mordant. Pas étonnant que tant de fermiers fassent des dépressions. Pourtant, cette année, la perspective des jours qui raccourcissent, de la pénombre qui gagne, semblait moins une épreuve qu'autrefois.

— Tu en as parlé à ta mère ? demanda-t-elle en retirant l'emballage d'un gâteau du commerce.

Elle ne s'était pas donné la peine de baisser la voix : l'ouïe de Rosemary était désormais si mauvaise qu'elle ne percevait plus rien d'une conversation normale.

— Oui. Je lui ai dit que, contrairement à ce qu'elle pense, nous ne faisons pas fi de ses souhaits. Je lui ai dit que c'était un bon compromis, et que si elle y réfléchissait vraiment, elle s'en rendrait compte.

— Et ?

— Je lui ai dit que le bonheur de la famille était ce qui compte le plus. Y compris le sien.

— Et ?

— Elle m'a claqué la porte au nez.

— Pauvre chéri...

Vivi s'approcha de son mari pour le prendre dans ses bras, puis lui donna une tape sur la main alors qu'il plongeait son doigt calleux dans le glaçage du gâteau.

Suzanna arriva la première. Vivi marcha sur le chat en se précipitant pour aller lui ouvrir. Son miaulement était si faible qu'elle comprit qu'il n'avait plus la force de protester.

— Je crois que je viens d'écrabouiller le chat de Rosemary, déclara-t-elle en tirant le battant.

Suzanna semblait ne pas avoir entendu.

— Je ne peux pas rester longtemps, annonça-t-elle en embrassant sa mère sur la joue. Je dois rouvrir la boutique dans l'après-midi.

— Je sais, ma chérie, et c'est très gentil de ta part de faire l'effort d'être là. Papa ne va pas tarder, promis. J'ai préparé quelques sandwichs, comme ça, tu pourras manger pendant qu'il explique. Tu veux bien regarder le chat de Rosemary et me dire si tu penses que je lui ai cassé quelque chose ?

— Difficile à dire, répondit Suzanna avec un sourire forcé. Il a toujours eu les pattes un peu arquées. Regarde, il arrive à marcher. À ta place, je ne m'en ferais pas.

Elle avait l'air bien mince, remarqua Vivi en suivant Suzanna dans la cuisine, où Mrs Cameron était en train de préparer un plateau. Mais ce n'était pas seulement la maigreur : elle semblait grise, abattue, comme si elle avait perdu son essence. Vivi regretta que, dans son malheur, sa fille ne puisse pas davantage s'appuyer sur Neil. D'un autre côté, ces derniers temps, elle était de moins en moins sûre que ce ne soit pas Neil lui-même le problème.

— Est-ce que vous vouliez qu'on sorte autre chose pour Mrs Fairley-Hulme ? Si je ne dis pas de bêtises, elle n'aime pas tellement les sandwichs.

— Mrs Cameron, je ne crois pas vous avoir présenté Suzanna. Ma fille aînée. Suzanna, voici Mrs Cameron. Justement, j'allais vous demander si vous pourriez lui cuire des œufs brouillés.

Elle baissa la voix pour ajouter :

— Apparemment, elle refuse de sortir de l'annexe, aujourd'hui.

— C'est une façon de protester ? demanda Suzanna en s'adossant au fourneau comme pour en absorber la chaleur.

— La vie entière de Rosemary est une gigantesque protestation, répondit Vivi qui se sentit aussitôt coupable.

Je termine juste de m'occuper des chemises, et ensuite je lui prépare un plateau.

Quelques minutes plus tard, elle l'apporta à l'annexe, puis elle en prépara un autre avec une théière et quatre mugs.

Quand elle retourna à la cuisine, Suzanna regardait par la fenêtre. La tristesse de son visage était telle que Vivi se sentit soudain déprimée, et consciente qu'elle avait éprouvé cela trop souvent, trop longtemps. Il était impossible d'être heureux, songea-t-elle, lorsqu'un de vos enfants était dans la souffrance. Elle s'essuya les mains sur son tablier, puis le détacha et l'accrocha au dos de la porte, réprimant son désir d'enlacer sa fille comme elle venait de le faire avec son mari.

— Ma chérie, est-ce que tu as réfléchi, pour le portrait d'Athene ? Est-ce que tu veux qu'on le laisse dans la galerie ?

— Non, je n'ai pas vraiment eu le temps d'y penser.

— Oui, bien sûr. Bon, si tu veux le regarder à nouveau, tu sais où il est.

— Merci, maman, mais pas aujourd'hui.

Vivi, en entendant cette petite voix froide et sans énergie, se demanda si elle était encore triste pour son amie. Le décès était encore relativement récent, après tout. Elle se souvint de l'impact de la mort d'Athene, de l'onde de choc qui s'était répercutée dans leurs familles, du peu de gens qui connaissaient la vérité sur les « longues vacances au soleil » d'Athene. Même si Vivi n'avait sans doute pas été aussi affligée qu'elle aurait dû – mais qui l'avait été ? se demanda-t-elle, coupable –, elle n'avait pas oublié l'horreur d'apprendre qu'une personne si jeune et si belle, une *mère*, avait été arrachée si brutalement à la vie. Elle se demanda, avec sa sensation habituelle d'impuissance, comment faire pour alléger la peine de sa fille. Elle aurait voulu lui demander ce qui n'allait pas, lui offrir une solution, la soutenir. Mais elle avait appris à ses dépens que Suzanna ne parlerait que lorsqu'elle serait prête. C'est-à-dire sans doute jamais, en tout cas pas à sa mère.

— Lucy ne devrait plus tarder, annonça-t-elle en ouvrant le tiroir pour en sortir des serviettes de table. Ben est parti la chercher à la gare.

Vivi n'avait pas prévu de participer à leur petite réunion. Elle savait ce qui s'y dirait, après tout. Mais Douglas avait préféré qu'elle soit là, aussi elle s'installa au fond de la pièce, adossée aux bibliothèques. Elle tirait un certain plaisir maternel à voir les têtes de ses trois enfants devant elle. Les cheveux de Ben avaient blondi au cours de l'été à force de travailler dehors, et il semblait une caricature de fils de fermier nourri au grain. À sa droite, Lucy était bronzée et en pleine forme, tout juste de retour de l'une de ses escapades exotiques. Suzanna aurait difficilement pu être plus différente, avec sa peau laiteuse, ses cheveux bruns et ses yeux cernés. Elle serait toujours belle, songea Vivi, mais aujourd'hui elle semblait ne pas vouloir l'être.

— J'allais t'appeler, Suzie, dit Ben en avalant un sandwich. Tu peux dire à Neil que je suis en train de faire la liste pour la première chasse. Je lui garde une place s'il veut toujours venir.

— Je ne suis pas sûre qu'on ait les moyens, répondit-elle à voix basse.

— Je n'avais pas l'intention de le faire payer ! répliqua Ben.

Son indignation paraissait forcée. Son tempérament était trop solaire pour un tel sentiment.

— Tu sais quoi, si ça l'embête, dis-lui qu'il peut me rembourser en nettoyant les vieilles porcheries.

— Ou ranger ta chambre, pouffa Lucy avec un coup de coude. C'est un peu pareil. Quand est-ce qu'il déménage, le bébé à sa maman ?

— Et toi, quand est-ce que tu nous ramènes un petit copain ?

— Et toi, quand est-ce que tu nous ramènes une petite copine ?

— Et toi, quand est-ce que tu t'achètes une vie ?

— Hum, voyons voir, dit Lucy d'un air théâtral. Quatre-vingt mille livres par an, plus les primes, un bureau avec vue sur la Tamise, un appartement à moi, une carte de membre dans deux clubs privés et des vacances aux Maldives. Ou bien de l'argent de poche donné par papa et maman, la chambre que tu as depuis tes douze ans, une voiture tellement déglinguée que tu dois tout le temps emprunter celle de maman et, cerise sur le gâteau, la discothèque des jeunes fermiers de Dere. Hummm, je me demande lequel de nous a vraiment besoin de s'acheter une vie ?

C'était leur façon de reprendre contact, de renouer les liens. Mais, pendant que Ben et Lucy continuaient à se chamailler avec tendresse, Suzanna ne disait rien, et se contentait de regarder sa montre, puis son père, qui farfouillait dans les papiers de son bureau à la recherche de ses lunettes.

— Alors, qu'est-ce qui se passe, papa ? finit par demander Lucy. C'est *Le Roi Lear* ? Est-ce que je peux faire Cordélia ?

Douglas trouva ses lunettes, les plaça soigneusement sur son nez et regarda sa plus jeune fille par-dessus les fines montures d'argent.

— Très drôle, Lucy. En fait, j'ai pensé qu'il était temps que je vous consulte tous un peu plus sur la gestion du domaine. J'ai modifié mon testament : le domaine sera certes administré par Ben, mais vous aurez tous un intérêt financier dedans, ainsi que votre mot à dire sur son avenir. J'ai pensé que c'était mieux que vous ayez une idée de ce qui se passe avant qu'il m'arrive quelque chose.

Lucy avait l'air intéressée.

— Je peux voir les comptes ? Je me suis toujours demandé combien ces terres rapportaient.

— Je doute que ça te paie des séjours aux Maldives, répondit son père sèchement. J'ai fait des copies. Elles sont là-bas, dans la chemise bleue. Tout ce que je te demande, c'est de ne pas les faire sortir d'ici. Je préfère savoir que toutes les informations financières sont regroupées au même endroit.

Lucy s'approcha de la table et se plongea dans les documents que Vivi avait toujours trouvés incompréhensibles. Elle savait que certaines femmes d'agriculteurs endossaient le rôle de comptable pour leur mari, mais elle avait préféré prévenir Douglas d'emblée que c'était du chinois pour elle.

— Ce que je voulais surtout vous annoncer, c'est que nous avons obtenu le permis pour convertir les granges à côté de Philmore House en gîtes.

Ben remua sur sa chaise pour bien montrer qu'il était déjà au courant de tout ça. Lucy hocha la tête d'un air vague. Le visage de Suzanna était dénué de toute expression.

— Nous pensons qu'il pourrait y avoir un marché, et que, si le taux d'occupation est raisonnable, on pourrait amortir le coût de la conversion en quelques années.

— Des gens qui viennent en week-end, intervint Lucy. Si vous visez une clientèle haut de gamme, vous tenez la poule aux œufs d'or.

— Et aussi des gens qui restent la semaine complète, précisa Ben. Ça fait moins de lessive et de ménage.

— Mon patron dit qu'on manque de résidences de week-end pour les gens avec de l'argent. Il dit que tout ce qu'il trouve, c'est des couverts en plastique et des draps en synthétique.

— Maman, note ça : pas de draps en synthétique !

— Je ne pense pas que ça se vende encore, répondit Vivi, penchée en avant. Beurk ! Ça faisait tellement transpirer !

— Ben supervisera les travaux et s'occupera des gîtes, expliqua Douglas en observant ses trois enfants. Il tiendra le planning des réservations, et coordonnera le nettoyage et la remise des clés, ainsi que l'aspect financier. S'il échoue, de toute évidence, nous le ferons abattre.

— Ce qui nous économisera des faisans.

— Maintenant, j'ai une image de Ben qui court tout nu dans les bois, poursuivi par des banquiers en tweed, pouffa Lucy. Ça me coupe l'appétit.

— Sorcière ! répliqua Ben. Passe-moi un sandwich fromage-pickles.

— Il y a d'autres points. Par exemple, les subventions. Je ne vais pas vous embêter avec ça aujourd'hui, car je sais que vous n'avez pas beaucoup de temps. Mais, Suzanna, il y a une chose en particulier dont je voulais te parler.

Suzanna était assise avec son mug de thé sur les genoux. Elle n'avait pas pris une seule bouchée de son sandwich, remarqua Vivi.

— Quand je réfléchissais aux granges, j'ai eu une longue discussion avec Alan Randall, tu sais, l'agent immobilier. Il m'a dit que le propriétaire de ta boutique envisage de vendre. On s'est demandé, ta mère et moi, si tu aimerais qu'on y prenne un intérêt financier.

Suzanna posa soigneusement son mug sur la table à côté d'elle.

— Quoi ?

— *Peacock & Co.* Neil m'a dit que ça n'allait pas fort en ce moment, et je sais que tu as travaillé vraiment dur. Je trouve que c'est une bonne petite affaire, ou en tout cas ça a le potentiel de le devenir, et j'aimerais l'aider à avoir un avenir.

Vivi, qui scrutait sa fille, sut presque en même temps que Douglas qu'ils avaient une fois de plus fait une boulette.

Suzanna toussota, puis leva la tête après avoir pris soin de contrôler son expression.

— Tu n'as pas besoin de faire ça, papa.

— De faire quoi ?

— De te racheter. Pour ce qui s'est passé entre nous. Pour les gîtes de Ben. Bref.

— Suzanna…, siffla Lucy, exaspérée.

— C'est une offre d'investissement en bonne et due forme.

— Je ne dis pas ça pour être grossière. Mais je préfère que vous restiez tous en dehors de mes affaires. Je déciderai moi-même de la suite.

— Bon sang, Suzanna ! Ils essayaient juste de t'aider ! gronda Ben.

Ce fut d'un ton de politesse glaciale que Suzanna répondit.

— Je sais. Et c'est très aimable à vous de penser à moi, mais je ne veux pas d'aide. Je préférerais que vous me foutiez tous la paix.

Elle regarda autour de la pièce.

— Je ne suis pas en train de faire un caprice, déclara-t-elle d'une voix étrangement calme. C'est juste que j'aimerais vraiment que vous nous laissiez faire, Neil et moi.

— Très bien, Suzanna, conclut Douglas, le visage fermé. Comme tu voudras.

Il replongea le nez dans ses papiers.

Lucy trouva Suzanna là où elle s'y attendait, sur les marches de pierre qui surplombaient les bureaux. Elle fumait, pliée en deux comme si elle avait mal au ventre. Quand Lucy ferma la porte de la maison derrière elle, Suzanna la salua d'un signe de tête.

— Ça te va bien, cette coupe, lança Lucy.

Suzanna se toucha les cheveux.

— Pourquoi tu les as coupés ? Je croyais que tu aimais les avoir longs.

— J'avais besoin de changement, répondit Suzanna en grimaçant. En fait, ce n'est pas exactement ça. Je n'en pouvais plus que les gens me disent que je ressemble à ce foutu tableau.

Elle écrasa son mégot.

— Ah, dit simplement Lucy, en attendant la suite.

Elle tendit la main pour prendre une cigarette dans le paquet de sa sœur.

— Neil aime bien, finit par ajouter Suzanna. Il a toujours aimé que j'aie les cheveux courts.

Le ciel était nuageux, annonce d'une nouvelle pluie à venir. Les deux sœurs resserrèrent leurs vestes autour d'elles et remuèrent pour chasser le froid désagréable qui montait de la marche à travers leurs vêtements. Lucy prit une longue bouffée.

— Ça fait deux ans que j'ai arrêté... Une cigarette de temps en temps, c'est délicieux.

— Je dis la même chose vingt fois par jour.

Son ton était étonnamment sérieux. Lucy changea d'avis, éteignit sa cigarette et cacha la preuve du délit derrière un pot de fleurs, comme une ado.

— Tu es venue m'engueuler ?

— À quel sujet ?

— Parce que j'ai refusé l'aide de papa. C'est ce que vient de faire Ben.

— Pourquoi je t'engueulerais ?

— Les autres le font bien...

Elles restèrent assises en silence, chacune perdue dans ses pensées, à regarder les nuages courir dans le ciel, révélant parfois un coin de bleu.

— Qu'est-ce qui t'arrive, Suzie ?

— Rien.

Suzanna regardait droit devant elle, vers les granges. Il y eut une longue pause.

— J'ai appris ce qui s'est passé dans la boutique. J'ai essayé de t'appeler deux fois... pour voir comment tu allais.

— Je sais. Désolée. J'oublie toujours de rappeler.

— Les affaires ont repris ?

— En théorie. Neil me dit que ça ne tiendra pas longtemps à ce rythme. Je ne gagne pratiquement rien. C'est difficile… c'est difficile de savoir que faire pour attirer les gens.

Elle sourit à sa sœur comme pour s'excuser.

— J'imagine que je ne suis pas très chaleureuse, en ce moment. Déjà le reste du temps… C'est pour ça que je ne vois pas vraiment pourquoi papa investirait là-dedans.

Lucy serra ses genoux entre ses bras.

— Et avec Neil, ça va ?

— Oui.

— Je suppose que si tu fumes, c'est que Peacock Junior n'est pas encore en route ?

— Disons que ça viendra quand ça viendra, comme on dit. Je pense que je ferai plus d'efforts quand je me sentirai mieux.

— Plus d'efforts ? Tu veux devenir la parfaite mère de famille, maintenant ?

Elle observa le profil de sa sœur, et cessa de sourire quand elle comprit que sa plaisanterie était tombée à plat.

— Tu n'as pas l'air toi-même, Suzie… Tu parles comme…

Elle ne trouvait pas les bons mots.

— Comme une femme mariée, pour une fois ?

Quand Suzanna se tourna vers elle, Lucy vit avec un choc qu'elle avait les yeux pleins de larmes.

— Ne te moque pas de moi, Luce. Je fais de mon mieux. Vraiment.

Ses cheveux, soulevés par le vent, se dressèrent d'un côté avec brutalité. Lucy Fairley-Hulme hésita une petite seconde, puis enlaça sa sœur si belle, si troublée et compliquée, et la serra plus fort qu'elle ne l'avait fait depuis leur enfance.

Suzanna allait mettre la clé sous la porte. Elle n'aurait pas dû se donner la peine de retourner à la boutique après le repas chez ses parents. Ça lui avait sans doute coûté plus cher en essence que ce que ça avait rapporté en cafés. Le ciel n'avait cessé de s'assombrir, présageant un crépuscule prématuré, et le vent s'était levé. Des canettes roulaient dans le caniveau avec un bruit lugubre. Elle savait que la boutique avait l'air bien peu accueillante, comme elle. Malgré les promesses des ouvriers, les nouvelles fenêtres n'étaient pas arrivées, et les planches qui les remplaçaient étaient de plus en plus abîmées et miteuses, un désagréable rappel du sort de Jessie. La veille, elle avait dû décoller plusieurs autocollants qui promettaient de « se faire des dizaines de milliers de livres sans bouger de chez vous », ainsi qu'une affreuse affiche qui annonçait un vide-greniers devant le White Hart. Elle ne trouvait pas l'énergie de mettre les ouvriers à la porte. Elle contempla les marchandises invendues, les trous dans les présentoirs là où elle n'avait pas encore installé les nouveautés, toujours dans leurs caisses. Elle se demandait si ça lui manquerait beaucoup, quand ce serait fini. Elle avait accepté désormais que l'aventure doive se terminer. Si cela lui avait suffisamment importé, la proposition de son père aurait pu lui apparaître comme une bouée de sauvetage. Au lieu de cela, ce geste lui semblait le dernier d'une longue suite d'affronts, mais elle n'avait plus la force de se mettre dans tous ses états.

Elle vérifia les briques de lait dans le réfrigérateur et, par habitude plus que par nécessité, remplit la machine à café. Les mères de famille étant rentrées à la maison, elle n'aurait sans doute plus de clients ce jour-là. Ça lui était égal. Elle était fatiguée. Elle pensa à son lit frais, au confort abrutissant de rentrer au cottage et de se glisser entre les draps.

Elle ferait sonner son réveil à 19 h 30, histoire d'être debout avant le retour de Neil. Ça avait l'air de fonctionner très bien ainsi.

La porte s'ouvrit.

— Vous avez vu le trafic sur la place du marché ? demanda Mrs Creek.

— J'allais fermer.

— Les voitures sont totalement bloquées. Tout ça pour une place de stationnement. Ils sont tous sortis de leur véhicule pour se crier dessus.

Elle retira son chapeau et s'assit à la table bleue.

— Les marchands se paient leur tête. Bande de vieux débiles ! Tout ça parce qu'ils ne veulent pas payer les quarante pence de stationnement derrière l'église.

Elle s'était mise à l'aise, et scrutait le tableau noir, les yeux plissés, comme s'il avait changé depuis la veille, comme si Suzanna avait jamais proposé autre chose que ses sept variétés de café.

— Je vais prendre un cappuccino, s'il vous plaît, avec des sucres bruns à côté. Ceux de la jolie boîte. Ils n'ont pas le même goût que ceux du supermarché.

Il était inutile de protester. Suzanna n'était pas sûre d'avoir l'énergie d'élever la voix. Elle songea à montrer à Neil les comptes de l'après-midi, avec un total de trois cafés vendus, un par heure d'ouverture. Elle se mit à préparer la machine, écoutant à moitié le bavardage de Mrs Creek, acquiesçant pour lui faire plaisir. Mrs Creek n'avait pas besoin qu'on lui réponde : Jessie et Suzanna avaient compris depuis bien longtemps qu'elle avait juste désespérément besoin d'être écoutée. « Il suffit de hocher la tête et de sourire », avait un jour expliqué Jessie. Cela donnait l'impression qu'on était attentif.

— On m'a demandé de coudre une robe de mariée, je vous l'ai dit ?

Suzanna n'avait jamais demandé à Jessie si elle souhaitait se marier un jour. Elle l'imaginait bien en mariée : une robe rose délirante, avec des perles, des plumes et des fleurs partout. Elle se souvint de ce que Cath Carter avait dit lors de l'enterrement à propos de ses ongles, et elle regretta soudain qu'elle n'ait pas eu également l'occasion de porter une robe de mariée. Sauf que cela aurait impliqué de la lier encore davantage à Jason. Aussitôt, elle repensa à la camionnette enfonçant la devanture de la boutique. Cela lui arrivait plusieurs fois par jour, et Suzanna se força à chasser l'image de son esprit.

— Vous avez oublié les sucres. Ceux de cette boîte, s'il vous plaît.

— Quoi ?

— Les sucres, Suzanna. J'ai demandé deux sucres.

Elle songea qu'elle était peut-être à présent dans un état où presque rien ne l'atteignait. La douleur de la mort de Jessie ne s'était pas atténuée, mais elle savait qu'elle était de plus en plus amortie par une hébétude croissante, un sentiment que rien n'importait, que tout était véritablement hors de son contrôle. Les choses semblaient doucement lui échapper, et elle ne s'en souciait plus suffisamment pour lutter. C'était plus simple de se laisser porter par ces étranges nouveaux courants. Ironique, se disait-elle, qu'alors qu'elle était entrée dans cet état de passivité, Alejandro se soit arraché au sien. Elle avait encore dans les oreilles le vacarme qu'il avait fait en cognant la planche à côté de sa tête, le souffle d'air qui lui avait montré qu'il était devenu un autre homme. D'un autre côté, elle ne pensait pas à Alejandro.

— C'est pour la fille de la bibliothèque. Celle qui a des dents en avant… vous la connaissez ? Des cheveux horribles, mais les filles n'ont plus l'air de s'en préoccuper comme autrefois. On faisait une mise en plis deux fois par semaine, vous savez ?

— Vraiment ?

Suzanna déposa le café devant Mrs Creek, puis s'approcha de la fenêtre qui restait pour regarder les passants, tête baissée, manteaux au vent.

— Vous savez, je n'avais pas cousu de robe de mariée depuis… Seigneur, ça doit approcher de trente-cinq ans ! Je lui parlais d'un livre, à la bibliothèque. Toutes les stars hollywoodiennes, des années 1950, vous voyez. Et elle a dit que c'était le genre de look qu'elle aurait voulu, mais qu'elle ne trouvait nulle part ce qu'elle cherchait. Alors je lui ai dit que je pouvais le faire. Moins cher que ces magasins de mariage, de toute façon. Si je vous disais les prix qu'ils demandent, vous ne le croiriez pas…

Il s'était remis à pleuvoir. Comme il avait plu le jour où Alejandro était entré et leur avait fait boire du maté. Elle regarda l'étagère derrière elle, et vit que son pot en argent était toujours là, poussé derrière une pile de choses à trier depuis ce que tout le monde appelait poliment l'« accident ». Elle était stupéfaite de ne pas l'avoir remarqué plus tôt.

— Ouais, trente-cinq ans. La dernière que j'ai cousue, c'était pour un mariage dans cette ville, aussi.

— Humm, marmonna Suzanna.

Elle prit le pot avec précaution, le tint dans ses mains, éprouvant son poids, ses doux contours. *Je suis désolée, Ale*, dit-elle en silence.

— Magnifique, cette robe. De la soie blanche, coupée dans le biais. Très simple, un peu dans le goût de ce que les filles aiment de nos jours. Je l'avais dessinée d'après une robe que portait Rita Hayworth dans… Aah, comment s'appelle ce film où elle joue vraiment la vamp… *Gilda*, c'est ça ?

— Je ne sais pas, répondit Suzanna.

Elle leva le pot et le posa contre son visage pour laisser le froid du métal lui pénétrer la joue, puis se réchauffer peu à peu à son contact. La transformation était réconfortante.

— Maintenant que j'y pense, Rita Hayworth n'était pas un mauvais modèle. La mariée avait aussi un côté fille légère. Elle a décampé, quoi… deux ans après le mariage ?

— Ah.

Suzanna avait fermé les yeux.

— Comment s'appelait-elle, déjà ? Un drôle de prénom. Atalanta ? Ariadne ? Athene quelque chose. C'est ça. Mariée à l'un des Fairley-Hulme.

Il fallut plusieurs secondes pour que le nom s'imprime dans son esprit. Suzanna tourna lentement la tête vers Mrs Creek qui était en train de remuer son café allégrement, son bonnet en laine posé sur la table.

— Qu'avez-vous dit ?

— Une jolie fille. Elle a eu une liaison avec un représentant de commerce, quelle idée, et a abandonné son mari avec le bébé. Sauf que l'enfant n'était pas de lui. Oh, ils ont été discrets, mais tout le monde était au courant.

Le temps s'était arrêté. Suzanna avait l'impression que la boutique filait en marche arrière et s'éloignait d'elle à toute vitesse alors que les paroles de Mrs Creek créaient un gouffre entre elles.

— C'est ça. Athene Forster. Vous ne vous souvenez sans doute pas des Fairley-Hulme, avec tout le temps que vous avez passé à Londres et tout, mais c'était une grande famille de fermiers quand j'étais petite.

Elle but une gorgée de café, sans prêter attention à la silhouette pétrifiée à côté de la fenêtre.

— Très jolie, cette robe. J'en étais très fière. Je pense que j'ai même une photo quelque part. Je me suis sentie très mal, après, cependant, parce que je l'ai finie dans une telle précipitation que j'ai oublié de coudre un morceau de ruban bleu dans l'ourlet. C'était ce qu'on faisait, vous savez. Comme porte-bonheur. « Quelque chose de neuf, quelque chose de vieux, quelque chose d'emprunté, quelque chose de bleu… », récita la vieille dame avec un rire strident. Des années après, quand j'ai appris que la fille s'était fait la malle, j'ai dit à mon mari : « Tu vois. C'est sûrement ma faute… »

Chapitre 23

Le chat de Rosemary était en train de mourir. Le fait qu'ils aient tous su que ça se produirait, qu'ils s'y soient attendus depuis des années, ne rendait pas la chose moins triste. L'animal épuisé et squelettique, à présent plus léger qu'une plume, n'avait plus d'autre chair que les diverses tumeurs qui le rongeaient. Il passait presque tout son temps à dormir, et ne se réveillait que pour tituber dans la cuisine en direction de sa gamelle d'eau, souillant souvent le sol sur son passage. Vivi nettoyait sans se plaindre, malgré l'air dégoûté de son mari. Elle savait que Rosemary était consciente qu'il aurait fallu euthanasier le chat, mais voyant le chagrin à peine contenu de la vieille dame, elle ne voulait pas ajouter à la pression qu'elle ressentait très certainement déjà. Le lendemain de la visite des enfants, après le petit déjeuner, alors que dehors le vent hurlait et que le froid soudain avait contraint à faire du feu pour la première fois de l'automne, Rosemary était apparue sur le pas de la porte de l'annexe et avait demandé à Vivi si elle voulait bien appeler le vétérinaire.

Lorsqu'il était arrivé, elle avait demandé à Vivi de placer le chat dans ses bras, et elle l'avait tenu ainsi, en le caressant de ses doigts arthritiques. Puis elle avait dit à sa belle-fille d'un ton bougon qu'elle serait bien toute seule maintenant. Elle était encore capable de parler à un vétérinaire, merci beaucoup. Vivi avait battu en retraite. Le vétérinaire avait croisé son regard brièvement. Elle avait refermé la porte derrière elle avec une tristesse inexplicable. Un moment horriblement court plus tard, le vétérinaire était ressorti, avait annoncé qu'il enverrait la facture, et que, sur instruction de Rosemary, il avait laissé le corps dans un sac spécial à côté de la porte de derrière. Il avait proposé d'en disposer lui-même, mais la vieille dame avait répondu qu'elle aimerait que son chat soit enterré dans son jardin.

— Je demanderai un coup de main à Ben, avait dit Vivi.

Et ce matin, malgré les bourrasques de pluie, elle et son fils avaient enfilé des coupe-vent, creusé un trou juste assez profond pour tenir les renards à distance, et déposé le vieil animal dans sa dernière demeure, surveillés depuis la fenêtre par le visage impassible de Rosemary.

— Je suppose que tu me trouves égoïste de l'avoir gardé en vie, dit-elle plus tard, alors que Vivi servait le thé dans le salon, les oreilles encore rosies par le froid.

Vivi posa une tasse et une soucoupe sur la table, attentive à ce que l'ensemble soit suffisamment près de Rosemary pour qu'elle puisse l'attraper facilement depuis son fauteuil.

— Non, Rosemary. Je pense que vous étiez la seule à savoir quand il était prêt à partir.

Elle se demanda si elle devrait demander à Lucy d'appeler Suzanna. Les filles semblaient plus proches qu'autrefois. Suzanna se confierait peut-être à elle.

— C'est le problème, tu vois. On n'est jamais prêt à partir.

Vivi fut tirée de ses pensées.

— Il savait bien, qu'il était pénible, commença Rosemary, le visage tourné vers les portes-fenêtres, il savait qu'il était toujours dans nos pieds, qu'il faisait des saletés. Mais parfois, c'est très difficile… d'accepter de lâcher prise.

La théière brûlait la main de Vivi. Elle la posa avec précaution sur le plateau et oublia de se servir.

— Rosemary…

— Ce n'est pas parce qu'une chose est vieille qu'elle est inutile. Il se sentait sûrement plus inutile que ce que vous pensez.

Dehors, l'un des tracteurs était en train de passer en marche arrière par la grille principale, afin d'entrer dans la grange derrière la maison. Elles entendaient le bruit mécanique de loin, recouvert par le crépitement réconfortant du feu, le tic-tac régulier de l'horloge de parquet.

— Personne ne trouvait votre chat inutile, répondit Vivi avec prudence. Je pense… que nous aimions tous nous souvenir de lui quand il était en forme et heureux.

— Oui. Bon.

Rosemary reposa sa tasse sur la table.

— Personne ne s'imagine qu'il finira comme ça.

— Non.

— Un état atroce.

— Oui.

Rosemary leva le menton.

— Il m'a mordue, tu sais, quand le vétérinaire a planté l'aiguille.

— Le vétérinaire m'a raconté. Il m'a dit que c'était plutôt inhabituel.

La voix tremblotante de Rosemary était pleine de défi.

— J'étais contente qu'il ait encore cette force… de dire à tout le monde d'aller se faire foutre. Jusqu'à la dernière minute… il en avait encore dans le ventre.

Ses yeux chassieux de vieille femme fixaient Vivi avec un sous-entendu qu'elle percevait très bien.

— Vous savez quoi, Rosemary ? répondit-elle, la gorge serrée. J'en suis très heureuse aussi.

Rosemary s'était endormie dans son fauteuil. C'était probablement toute cette émotion, avait commenté Mrs Cameron avec justesse. La mort pouvait avoir cet effet-là sur les gens. Quand sa sœur avait perdu son caniche, ils avaient eu du mal à l'empêcher de se jeter dans sa tombe. Mais bon, elle avait toujours été gaga de ce chien, avait des photos de lui dans des cadres dans toute sa maison et passait son temps à lui acheter des manteaux. Elle l'avait fait enterrer dans l'un de ces cimetières spéciaux, vous y croyez, vous ? Vivi savait-elle qu'il était même possible d'y enterrer un cheval ? Vivi avait acquiescé, puis secoué la tête. Elle sentait la tristesse de la vieille dame s'infiltrer, comme l'humidité ambiante, dans les os de la maison.

Elle avait une dizaine de tâches à accomplir, certaines en ville, y compris une invitation à une réunion de l'association qui gérait l'hospice, où Douglas l'avait fait entrer lorsqu'ils venaient de se marier. Mais Vivi avait du mal à quitter la pièce, comme si la fragilité de Rosemary depuis la mort de son chat bien-aimé lui donnait des craintes à son endroit. Elle n'avait rien dit de tout cela à Mrs Cameron, mais la jeune femme avait deviné.

— Vous voulez que je fasse le repassage ici ? Histoire de veiller au grain, proposa-t-elle avec tact.

Inutile de lui expliquer ce qui la perturbait. Elle se contenta de répondre avec une joie de vivre forcée que c'était une merveilleuse idée. Puis elle avait tenté de se défaire de son mauvais pressentiment, et était partie dans le cellier trier les pommes qu'elle avait l'intention de congeler. Les fruits étaient dans des sacs en plastique. Elle séparait ceux qui seraient cuisinés de ceux qui étaient trop pourris. C'était là qu'elle se trouvait, assise sur une caisse à thé depuis vingt minutes, plongée dans ce réconfortant rituel annuel, lorsqu'elle entendit la sonnette. Sans cesser de siffloter, Mrs Cameron se précipita dans le couloir pour répondre. Il y eut un bref échange étouffé, et Vivi, après avoir jeté une pomme particulièrement véreuse dans un carton, se demanda si la dame qui laissait les sacs à remplir pour l'association était venue avec un jour d'avance.

— Là-dedans ? demanda une voix impérieuse et exigeante, de l'autre côté de la porte.

Vivi grimaça.

— Suzanna ?

La porte s'ouvrit à la volée. Suzanna se tenait devant elle. Ses yeux étincelaient dans son visage pâle comme la mort. Elle avait des traces bleues de part et d'autre du nez, les cheveux emmêlés après une nuit d'insomnie.

— Ma chérie, est-ce que tu…

— C'est vrai ? Elle a quitté papa et a eu un bébé ?

— Quoi ?

En voyant sur son visage ce savoir brûlant, Vivi sut que le passé venait de refaire surface pour l'engloutir, et elle comprit que le mauvais pressentiment qu'elle avait éprouvé n'avait aucun rapport avec le chat. Elle se leva et s'avança en trébuchant, faisant rouler des pommes dans tous les sens sur le sol.

— Ma mère ? Est-ce qu'elle parlait de ma mère ?

Les deux femmes se tenaient dans la petite pièce saturée par les odeurs de détergent et de fruits pourrissants. Vivi crut entendre la voix de Rosemary, sans en être certaine.

— Tu vois ? disait la vieille dame. Elle cause des problèmes même après sa mort.

Les bras ballants, elle prit une profonde inspiration et tenta de raffermir sa voix. Elle avait toujours su que ce jour viendrait, mais n'avait jamais anticipé de devoir l'affronter seule.

— Suzanna, ça fait un moment qu'on voulait te le dire, ton père et moi.

Elle regarda le siège qu'elle venait de quitter.

— En fait, on voulait te le dire mardi. Est-ce que je vais le chercher ? Il est en train de labourer sur Page Hill.

— Non. Toi, dis-moi.

Vivi aurait voulu répliquer que ce n'était pas à elle de raconter cette histoire, qu'elle avait eu bien du mal à porter ce poids. Et, face au regard fiévreux et accusateur de Suzanna, qu'elle n'était pas en faute. Mais n'était-ce pas cela, être parent ? Déclarer son amour, rappeler que tout le monde avait cru bien faire, qu'ils avaient pensé agir pour le mieux… savoir que, souvent, l'amour ne suffit pas.

— Toi, dis-moi.

— Chérie, je…

— Ici. Maintenant. Tout de suite. Je veux savoir.

Il y avait un tel désespoir dans ses yeux, dans sa voix la fêlure de quelque chose de plus triste, de plus étrange que tout ce que Vivi avait entendu auparavant. Elle s'assit avec précaution sur la caisse à thé et fit signe à sa fille de s'installer sur la moitié restée vide.

— D'accord, Suzanna. Tu ferais mieux de t'asseoir.

L'appel était venu quand il s'y attendait le moins, à l'une des rares occasions où il était retourné à la maison qu'il avait, pendant deux courtes années, considérée comme son foyer. Il marchait dans l'entrée pleine d'échos à la recherche de sa veste de tweed, en essayant de ne pas trop penser à l'endroit où il se trouvait lorsque le téléphone, sur la table, avait brusquement émis une sonnerie stridente. Il était resté plusieurs secondes à le regarder, avant de s'approcher timidement. Personne d'autre ne l'appellerait ici. Tout le monde savait qu'il avait quitté la maison.

— Douglas ? avait dit la voix.

Et devant cette question basse, qui lui brisait le cœur, il s'était révélé incapable de rester debout.

— Où es-tu ? avait-il demandé en s'effondrant sur la chaise.

C'était comme s'il n'avait pas parlé.

— Ça fait des semaines que j'essaie de te joindre. Toujours en vadrouille !

Comme s'ils avaient été deux personnes en train de flirter dans une soirée. Comme si elle ne l'avait pas brisé, poignardé en plein cœur, comme si elle n'avait pas réduit en poussière sa vie, son avenir.

— C'est la saison des moissons, avait-il répondu, la gorge serrée. Des longues journées. Tu sais.

— Je me suis dit que tu étais parti en Italie, pour finir, avait-elle répliqué d'un ton léger. Pour échapper à ce temps anglais pourri.

Sa voix sonnait bizarre, noyée par la circulation, comme si elle appelait d'une cabine.

— C'est affreux, non ? Tu n'as pas horreur de ça, toi ?

Il avait imaginé ce moment depuis si longtemps, avait répété tant d'arguments, d'excuses, de paroles de réconciliation, et à présent qu'elle était au bout du fil, il arrivait tout juste à respirer.

— Douglas ?

Il remarqua que sa main tremblait contre sa jambe.

— Tu m'as manqué, avoua-t-il d'une voix éraillée.

Il y eut un silence infime.

— Douglas, chéri, je ne peux pas parler longtemps, mais il faut que je te voie.

— Rentre à la maison. Viens ici.

Elle avait répondu d'un ton aimable que, si ça ne le dérangeait pas, elle préférait éviter. À Londres, peut-être ? Dans un endroit où ils pourraient s'entretenir discrètement ?

— Au restaurant de poisson *Huntley's*, avait-il proposé alors qu'il reprenait ses esprits.

L'établissement avait des box, où l'on pouvait discuter sans être vu, ou presque.

— Ce que tu es futé, chéri !

Elle ne semblait pas consciente que cette phrase, lancée avec une telle aisance, avait de quoi raviver la flamme de l'espoir. Ce serait donc *Huntley's*. Le jeudi suivant.

Quatre interminables jours plus tard, il était assis dans un box au fond du restaurant, le plus discret de tous, lui avait assuré le serveur avec un clin d'œil impertinent, comme s'il s'agissait d'un rendez-vous galant.

— C'est pour mon épouse, avait corrigé Douglas sèchement.

— Bien sûr, monsieur, je n'en doute pas un seul instant…, avait répondu le serveur.

Il était arrivé avec près d'une demi-heure d'avance, était passé plusieurs fois devant le restaurant, avait résisté avec peine à la tentation d'entrer. Il se doutait que les ouvriers perchés sur l'échafaudage le prenaient pour un fou. Mais il avait peur de la rater, que le destin n'intervienne pour séparer leurs chemins. Aussi, il acheta un journal et alla s'asseoir tout seul. Il aurait voulu avoir les mains moins moites, et réussir à déchiffrer les lignes du quotidien. Dehors, un bus à étage s'écarta laborieusement du trottoir. Son moteur fit vibrer la fenêtre. Des filles passaient devant en jupes courtes, les couleurs vives de leurs manteaux incongrues sur ce fond de grisaille du ciel et des rues de Londres. Elles attiraient des sifflets étouffés. Il se sentit un instant rassuré qu'elle ait accepté de le rencontrer là, dans cet endroit où son costume ne faisait pas provincial, *ringard* comme on disait désormais, un endroit où il ne se sentait pas comme la caricature de tout ce contre quoi elle s'était rebellée.

— Vous buvez quelque chose, monsieur, en attendant ?

— Non. Enfin, si. De l'eau, s'il vous plaît.

Il jeta un coup d'œil à la porte qui venait de s'ouvrir une fois de plus sur une femme mince et brune. Il n'y avait que ça dans ce restaurant !

— Des glaçons et du citron, monsieur ?

Douglas agita son journal, irrité.

— Ah, pour l'amour du ciel, avec ou sans glaçons… ce sera très bien, se reprit-il.

Il se lissa les cheveux en arrière, ajusta sa cravate et tenta de calmer sa respiration. Il n'avait pas dit à ses parents qu'il se rendait ici, car il connaissait d'avance la réaction de sa mère. Depuis le jour où il lui avait annoncé le départ d'Athene, elle avait interdit que son prénom soit prononcé dans la maison.

Cela faisait plusieurs mois qu'il était retourné vivre sous le toit familial, abandonnant Philmore House comme un vaisseau fantôme, dans l'état exact où Athene l'avait laissée, jusqu'au cendrier rempli de mégots tachés de rouge à lèvres. Le personnel avait reçu l'instruction très stricte de ne rien changer. Tant qu'il ne saurait pas. Tant qu'il ne serait pas fixé avec certitude.

Le serveur arriva avec un verre d'eau sur un plateau d'argent.

— Finalement, dit Douglas, apportez-moi un brandy. Un grand.

Le serveur le regarda juste une seconde de plus qu'il n'était respectueux.

— Comme vous voudrez, monsieur.

Il avait fini ce brandy puis un autre dans la demi-heure qui s'était étirée après l'heure du rendez-vous. Lorsqu'en levant les yeux il la découvrit devant lui, l'alcool avait déjà commencé à adoucir les contours de son anxiété.

— Douglas…

Il l'avait dévisagée plusieurs minutes, incapable d'accepter sa réalité, cette version en chair et en os du spectre qui hantait ses rêves depuis près d'un an.

— Ce que tu es élégant !

Il avait regardé son costume, craignant d'y avoir renversé quelque chose. Puis il la contempla, conscient de franchir une limite invisible, mais incapable de s'en empêcher.

— Alors, asseyons-nous, proposa-t-elle avec un sourire nerveux et taquin à la fois. Les gens commencent à nous regarder.

— Bien sûr, avait-il murmuré avant de reculer dans le box.

Elle semblait changée, aussi, mais il ignorait si c'était parce que l'Athene de son souvenir, de son imagination, était une créature parfaite. La femme en face de lui, bien qu'elle soit magnifique, bien que ce soit indéniablement son Athene, n'était pas tout à fait la déesse qu'il avait pris l'habitude de se représenter. Elle paraissait fatiguée, la peau un peu moins lisse, un peu plus tirée qu'autrefois. Ses cheveux étaient relevés en un chignon peu soigné. Elle portait, remarqua-t-il avec un choc, un tailleur qu'elle avait acheté lors de leur lune de miel. Après l'avoir mis une fois, elle avait décrété que c'était « une abomination » et juré de le jeter. À côté des tenues vives des filles dans la rue, cela semblait démodé.

Elle avait allumé une cigarette. Il remarqua avec un certain soulagement qu'elle avait les mains qui tremblaient.

— Je peux avoir un verre, chéri ? Tu sais, je meurs littéralement de soif.

Il fit un signe au serveur, qui la regarda avec une légère curiosité. Ce fut en voyant l'homme scruter avec insistance sa main gauche que Douglas prit conscience avec un pincement au cœur qu'elle ne portait plus son alliance. Il but une gorgée de son propre verre et s'enjoignit de ne pas interpréter. L'important, c'était qu'elle soit là.

— Est-ce que tu… tu vas bien ?

— À merveille. À part ce temps affreux.

Il tenta de trouver des indices dans son apparence, de rassembler le courage de poser les questions qui lui tournaient sans relâche dans la tête.

— Tu viens souvent à Londres ?

— Oh, tu me connais, Douglas. Le théâtre, une sortie en boîte de nuit de temps à autre… Impossible de me tenir à l'écart de notre bonne vieille capitale !

Sa voix recelait une joie fragile.

— Je suis allé au mariage de Tommy Gardner. Je pensais qu'on s'y verrait peut-être.

— Tommy Gardner ? souffla-t-elle en exhalant sa fumée de cigarette avec mépris entre ses lèvres maquillées. Beurk ! Je n'ai jamais pu les supporter ni l'un ni l'autre.

— J'imagine que tu étais occupée.

— Oui. Oui, en effet.

Le serveur apporta la boisson d'Athene, et deux menus reliés en cuir. Elle avait commandé un gin-tonic, mais une fois servie, ne semblait plus s'y intéresser.

— Est-ce que tu veux manger ? demanda-t-il.

Il priait pour qu'elle ne veuille pas repartir immédiatement, pour qu'il ne l'ait pas déjà déçue.

— Commande pour moi, chéri. J'ai la flemme de lire le nom de tous ces plats.

— Je vais prendre une sole, dit-il en détachant à regret le regard de sa femme assez longtemps pour rendre les menus. Deux soles. Merci.

Elle avait l'air étrangement perturbée, remarqua-t-il. Bien qu'elle soit parfaitement immobile, aussi languide que toujours, elle montrait une tension visible, comme si elle était tirée entre deux câbles raides.

Peut-être est-elle aussi nerveuse que moi…

Il tenta d'étouffer la bouffée d'espoir que cette pensée faisait naître en lui.

Un silence douloureux s'installa alors qu'ils restaient assis face à face, croisant de temps en temps le regard de l'autre et s'adressant de petits sourires crispés.

Dans le box voisin, un groupe d'hommes d'affaires éclata d'un rire rocailleux, et il surprit un léger haussement de sourcils de la part d'Athene, une expression qui signifiait qu'ils étaient trop ridicules pour qu'elle s'abaisse à commenter.

— Tu ne m'as même pas parlé, dit-il, en essayant de garder un ton léger, comme si ce n'était qu'un petit reproche. Tu m'as juste laissé un mot.

Elle serra la mâchoire, à peine.

— Je sais, chéri. Je n'ai jamais été douée pour ce genre de conversation.

— Ce genre de conversation ?

— Ne commençons pas, Douglas. Pas aujourd'hui.

— Pourquoi on ne s'est pas retrouvés à Dere ? Je serais allé chez tes parents, si tu avais voulu.

— Je ne veux pas les voir. Je ne veux voir personne.

Elle alluma une nouvelle cigarette au mégot de la précédente et écrasa le paquet vide dans sa main.

— Douglas, mon chou, tu aurais la gentillesse de me racheter des cibiches ? Je n'ai pas de monnaie sur moi.

Il s'était exécuté sans broncher.

— Tu es un amour, murmura-t-elle.

Il eut l'impression qu'elle n'était pas consciente de ce qu'elle disait. Les plats arrivèrent, mais aucun des deux n'avait assez d'appétit pour manger. Les deux poissons restèrent à les contempler d'un air hostile, dans une mare de beurre qui durcissait à vue d'œil. Athene finit par repousser son assiette et allumer une cigarette. Douglas craignit que cela n'annonce son départ imminent. Il ne pouvait plus attendre. Il n'avait plus rien à perdre.

— Pourquoi as-tu appelé ? demanda-t-il d'une voix brisée.

Elle le regarda et écarquilla les yeux.

— Je n'ai plus le droit de te parler ?

Sa tentative de coquetterie était mise à mal par la tension lisible sur son visage, les regards furtifs qu'elle ne cessait de lancer vers l'entrée du restaurant.

— Tu attends quelqu'un ? demanda-t-il, soudain pris de peur que Lui soit là aussi.

Que ce soit une tactique élaborée pour l'humilier encore davantage.

— Ne sois pas idiot, chéri.

— Arrête de m'appeler « chéri », Athene. Je ne peux pas supporter toute cette mascarade. Vraiment pas. J'ai besoin de savoir pourquoi tu es là.

— Tu sais, c'est bon de te voir aussi en forme. Tu as toujours été très beau dans ce costume.

— Athene ! protesta-t-il.

Une femme venait d'arriver à leur table, l'employée du vestiaire. Il se demanda si elle allait leur annoncer un appel téléphonique pour Athene, et ce qu'il ferait dans ce cas. Ce serait Lui, évidemment. Devait-il s'emparer du combiné ? Exiger que l'autre n'approche plus sa femme ? Ou quoi ?

— Je suis désolée, madame, mais votre bébé pleure. Il faut que vous veniez le chercher.

Il fallut plusieurs secondes pour qu'il comprenne ce que la femme avait dit. Athene le regardait avec une expression nue, abandonnée. Puis, ayant repris contenance, elle se tourna vers la femme avec un sourire parfaitement calme.

— Je suis navrée. Auriez-vous la gentillesse de me l'amener ? Je ne vais pas rester longtemps.

La fille disparut. Athene prit une longue bouffée de sa cigarette. Elle avait les yeux brillants, indéchiffrables.

— Douglas, j'ai besoin que tu fasses quelque chose pour moi, déclara-t-elle d'une voix froide.

— Un bébé ? répéta-t-il, une main sur le haut du crâne.

— J'ai besoin que tu t'occupes de Suzanna pour moi.

— Quoi ? Un bébé ? Tu n'as jamais…

— Je ne peux pas vraiment en parler. Mais c'est un gentil bébé. Je sais qu'elle va t'adorer.

La fille revint avec l'enfant, presque entièrement ensevelie sous les couvertures, pleurnichant comme après une terrible tempête.

Athene écrasa sa cigarette et tendit les bras sans regarder le visage de la petite. Elle la fit sautiller sur son genou d'un air absent, tout en observant Douglas.

— Son landau est à l'entrée du restaurant. Il y a tout ce dont elle a besoin pour un petit moment. Elle n'est pas embêtante, Douglas, vraiment.

Il était incrédule.

— Est-ce que… est-ce que c'est une blague ? Je ne sais pas m'occuper d'un bébé.

L'enfant s'était remise à s'agiter, et Athene lui tapota le dos, toujours sans la regarder.

— Athene, je ne peux pas croire que tu…

Elle se leva et tendit le bébé par-dessus la table. Il n'avait guère d'autre choix que de prendre le petit ballot. Elle avait une voix impatiente, insistante.

— Je t'en prie, je t'en prie, Douglas… Je ne peux pas t'expliquer. Vraiment.

Ses yeux suppliants étaient comme un écho de temps anciens.

— Elle sera bien mieux avec toi.

— Tu ne peux pas me laisser avec un bébé comme ça…

— Tu l'aimeras.

— Athene, je ne peux pas…

Elle lui posa une main fraîche sur le bras.

— Douglas, chéri, est-ce que je t'ai déjà demandé quelque chose ? Vraiment ?

Il était presque incapable de parler. Il était vaguement conscient que les occupants du box voisin n'en perdaient pas une miette.

— Mais, et toi ? bredouilla-t-il sans trop savoir ce qu'il disait. Et pour toi et moi ? Je ne peux pas rentrer à la maison avec un bébé.

Mais elle s'était déjà détournée de lui et rangeait son sac. Elle tripota un objet à l'intérieur, peut-être un poudrier.

— Je dois vraiment y aller. Je te recontacte, Douglas. Merci infiniment.

— Athene, tu ne peux pas me laisser comme ça…

— Je sais que tu seras merveilleux avec elle. Un merveilleux papa. Bien meilleur que moi pour ce genre de choses.

Il regarda entre les plis des couvertures le visage innocent qui lui faisait face. La petite parvint à trouver son pouce et se mit à téter avec détermination, l'air très concentrée. Elle avait les cils d'Athene, d'un noir de jais, et sa bouche arquée.

— Tu ne veux même pas lui dire au revoir ?

Mais elle était déjà à mi-chemin de la sortie du restaurant, ses talons hauts claquant comme des aiguilles sur le sol carrelé, les épaules raides dans son abominable tailleur.

— J'ai laissé le landau à la fille du vestiaire, cria-t-elle.

Et, sans un regard en arrière, elle disparut. Il ne la revit jamais.

Il avait raconté cette histoire à Vivi quelques mois plus tard. Avant cela, expliqua-t-elle, la famille de Douglas avait simplement dit à tout le monde qu'Athene « séjournait à l'étranger » pour quelque temps, mais qu'elle avait pensé que le climat anglais serait meilleur pour le bébé. Ils évoquaient « le bébé » d'un air détendu, comme si tout le monde était au courant de son existence. Certains crurent qu'on leur en avait parlé et qu'ils avaient oublié. Si d'autres ne gobèrent pas cette version des événements, ils gardèrent leurs doutes pour eux. Le pauvre homme avait déjà été bien assez humilié ainsi. Il avait tout raconté à Vivi avec calme, sans la regarder, peu de temps après avoir reçu la nouvelle de la mort d'Athene.

Et elle l'avait tenu contre elle alors qu'il pleurait de colère, de honte et de chagrin. Ensuite, elle s'aperçut qu'il n'avait jamais demandé si le bébé était de lui.

Suzanna, pétrifiée sur la caisse à thé, était encore plus pâle, si c'est possible, que lorsqu'elle était arrivée. Elle resta assise un moment, et Vivi ne dit rien, afin de lui laisser le temps de digérer ce récit.

— Alors elle n'est pas morte en me mettant au monde ? finit-elle par demander.

Vivi lui prit la main.

— Non, ma chérie, elle…

— Elle m'a abandonnée ? Elle m'a juste donnée, comme ça ? Dans un putain de restaurant de poisson ?

Vivi, la gorge nouée, regrettait que Douglas ne soit pas là.

— Je crois qu'elle savait qu'elle ne serait pas la mère dont tu avais besoin. Je l'ai un peu connue dans sa jeunesse, et elle était assez excentrique. Elle avait du mal avec ses parents. Et c'est possible que l'homme avec qui elle s'était enfuie l'ait poussée à agir ainsi… Certains hommes n'apprécient pas tellement les enfants, surtout si… surtout si ce ne sont pas les leurs. Douglas a toujours pensé qu'il était peut-être très dur avec elle. Alors, tu vois, ne la juge pas trop sévèrement.

Elle aurait voulu être plus convaincante.

— Les choses étaient différentes, à l'époque.

À peine Athene était-elle partie que Vivi était revenue à Dere. Pas dans l'espoir de le prendre dans ses filets : elle avait toujours su qu'il ne voulait que le retour d'Athene, qu'il ne regarderait personne d'autre tant que la possibilité resterait. Mais elle l'avait adoré depuis leur enfance, et pensait que le moins qu'elle puisse faire était de le soutenir.

— J'ai dû l'entendre raconter maintes et maintes fois combien il aimait ta mère, dit-elle d'un ton détaché, mais il avait besoin d'aide. Il ne pouvait pas s'occuper d'un bébé. Pas avec toutes les tâches qui lui incombaient. Et, au début, ses parents n'étaient pas tellement… prêts à l'aider, expliqua-t-elle en cherchant ses mots.

Deux mois après la mort d'Athene, il avait demandé la main de Vivi.

Elle repoussa les cheveux qui lui tombaient sur le visage.

— Je suis désolée qu'on ne t'ait pas dit la vérité plus tôt. Pendant longtemps, on croyait tous protéger ton père. Il avait subi une telle humiliation, une telle douleur… Et puis, je ne sais pas, peut-être qu'on a cru te protéger, toi. À l'époque, on n'insistait pas comme maintenant sur le fait que chacun soit au courant de tout. On a fait ce qu'on a cru être le mieux, conclut-elle avec un haussement d'épaules.

Suzanna pleurait, et cela faisait plusieurs minutes. Vivi leva une main timide vers elle.

— Je suis tellement désolée…

— Tu as dû me détester, sanglota Suzanna.

— Quoi ?

— Pendant tout ce temps, j'étais entre lui et toi, un souvenir d'elle.

Vivi trouva un nouveau courage. Elle la prit dans ses bras et la serra fort.

— Ne dis pas de bêtises, ma chérie. Je t'aimais. Presque plus que mes propres enfants.

Suzanna avait tant pleuré qu'elle voyait flou.

— Je ne comprends pas.

Vivi prit sa fille par ses épaules trop minces pour tenter de lui transmettre ce qu'elle ressentait. Lorsqu'elle retrouva sa voix, elle était déterminée, pleine d'une certitude qui ne lui ressemblait pas.

— Je t'aimais parce que tu étais le plus beau bébé que j'aie jamais vu, assura-t-elle en l'étreignant farouchement. Je t'aimais parce que rien de tout ça n'était ta faute. Je t'aimais parce que, dès l'instant où j'ai posé le regard sur toi, je ne pouvais pas ne pas t'aimer.

Elle se tut, les larmes aux yeux elle aussi.

— Et, pour une toute petite part, je t'aimais parce que sans *toi*, ma chère, chère enfant, je ne l'aurais jamais eu, *lui*.

Plus tard, lorsqu'elle se fut dégagée des bras de Suzanna, Vivi lui raconta comment sa mère était vraiment morte, et Suzanna se remit à pleurer, pour Emma, pour Alejandro et, par-dessus tout, pour Athene, dont elle n'avait finalement pas causé la mort.

Chapitre 24

La première nuit que Suzanna Fairley-Hulme passa avec sa famille fut l'occasion d'intenses perturbations dans le domaine Dereward, de beaucoup d'émotion et d'insomnie, d'anxiété, d'agitation, et de peur à peine cachée. Arrachée à l'environnement qui avait été le sien pendant les premiers mois de son existence, à tous ceux qu'elle avait connus, on aurait pu s'attendre à ce qu'elle soit plutôt troublée, mais elle avait dormi paisiblement du crépuscule au lendemain matin, jusqu'à près de 7 h 30. Ce furent les nouveaux adultes dans sa vie qui ne réussirent pas à fermer l'œil. Rosemary Fairley-Hulme, qui s'était habituée à la présence retrouvée de son fils sous son toit, avait paniqué en ne le voyant pas rentrer le soir, et d'autant plus lorsqu'elle s'aperçut que ni elle ni son époux n'avaient la moindre idée de l'endroit où il avait passé la journée. Jusqu'à minuit, elle fit les cent pas sur le plancher grinçant, tout en regardant par les fenêtres à croisillons de plomb dans l'espoir vain de voir des phares approcher lentement dans l'allée. La gouvernante, tirée de son lit, informa Rosemary qu'elle avait vu Mr Douglas prendre un taxi pour la gare à 10 heures le matin même. Le chef de gare, lorsqu'elle fut parvenue à convaincre Cyril de lui téléphoner, répondit qu'il l'avait vu, vêtu de son beau costume.

— Il allait au spectacle, pas vrai ? demanda-t-il avec bonne humeur. Ça ne peut lui faire que du bien de relâcher un peu la pression.

— Quelque chose dans ce goût-là, Tom, répondit Cyril Fairley-Hulme avant de raccrocher.

C'est à ce moment-là qu'ils avaient appelé Vivi, espérant contre tout espoir que, bien qu'à chacune de ses visites, plusieurs fois par semaine, Douglas ne fasse pas plus attention à elle qu'aux meubles, il ait ce soir-là décidé de l'emmener à Londres.

— Parti ? répéta Vivi avec une bouffée d'angoisse.

Elle devinait que Douglas, son Douglas, qui avait passé les mois précédents à pleurer en secret sur son épaule, à lui confier ses sentiments les plus noirs quant à la fuite de sa femme, lui avait caché quelque chose.

— On espérait qu'il était avec toi. Il n'est pas rentré de toute la soirée. Cyril est sorti avec la voiture pour tenter de le retrouver, avait confessé Rosemary.

— J'arrive, répondit Vivi.

Malgré son anxiété, elle se sentait vaguement satisfaite que, malgré l'heure tardive, Rosemary ait jugé cela approprié. Elle s'était précipitée au domaine sans savoir ce qui la terrifiait le plus : qu'il soit étendu, blessé, dans un fossé, ou que sa disparition soit liée à la réapparition de quelqu'un d'autre. Il aimait toujours Athene, elle le savait. Elle l'avait suffisamment entendu le répéter durant les mois écoulés. Mais cela avait été supportable quand elle pensait que ses sentiments étaient en train de s'éteindre, comme des braises… un feu que, connaissant à présent tous les détails, elle n'avait pas cru voir un jour se rallumer. Entre minuit et l'aube, répartis en petits groupes armés de lampes torches, ils avaient passé le domaine au peigne fin, au cas où il serait tombé dans un fossé en rentrant ivre à la maison. Plusieurs années auparavant, c'était arrivé à un garçon d'écurie. Le souvenir de l'avoir trouvé, noyé dans à peine quelques centimètres d'eau, hantait toujours Cyril.

— Il n'a beaucoup bu que pendant les premières semaines, dit-il alors qu'ils marchaient à grands pas en se cognant un peu les uns les autres à la lumière de la lune. Le pire est passé. Il est presque redevenu lui-même.

— Il est sans doute chez un ami, Mr Fairley-Hulme. Je vous parie qu'il a bu quelques verres et qu'il a décidé de rester passer la nuit à Londres.

Le garde-chasse, qui arpentait Rowney Wood avec l'agilité et la confiance de quelqu'un qui a l'habitude d'éviter branches et racines dans l'obscurité, voyait tout cela d'un œil très optimiste. Cela faisait quatre fois qu'il répétait qu'un jeune homme serait toujours un jeune homme.

— Il est peut-être bien allé à Larkside, marmonna l'un des garçons d'écurie. Tout le monde finit par y faire un tour, un jour ou l'autre.

Vivi grimaça : la maison, située à la lisière du village, n'était mentionnée qu'à voix basse ou dans les plaisanteries d'ivrognes. L'idée de Douglas s'abaissant à cela, qu'il se tourne vers des femmes de ce genre, alors qu'elle n'attendait qu'un mot de lui…

— Il est trop futé pour finir là-bas.

— Pas s'il est plein comme une barrique. Ça fait un an qu'il est tout seul…

Elle entendit le garde-chasse donner sans le vouloir un coup de pied à quelqu'un, qui jura.

— On ne va pas y arriver, déclara Cyril. Quel emmerdeur, ce Douglas ! Aucune considération…

Vivi regarda Cyril. Il avait les mâchoires crispées. Elle continua à avancer péniblement, serrant sa veste autour d'elle sans parvenir à repousser le froid. Elle savait que sa condamnation de Douglas n'était qu'une façon de masquer son anxiété. Comme elle, il connaissait la profondeur du désespoir de son fils.

— Il va revenir, souffla-t-elle. Il est tellement raisonnable. Pour de vrai.

Personne ne songea à se rendre à Philmore House. Pourquoi l'auraient-ils fait, alors qu'il y avait à peine mis les pieds depuis qu'elle était partie ? Aussi l'aube s'était-elle déjà levée depuis une heure lorsque les deux groupes de recherche convergèrent dans la lumière grise, glacés et silencieux, devant les granges Philmore. Alors seulement quelqu'un eut l'idée.

— Il y a de la lumière, Mr Fairley-Hulme, annonça l'un des garçons d'écurie avec un geste. À la fenêtre du haut. Regardez.

Plantés dans la pelouse trempée de rosée qui n'avait pas été tondue depuis fort longtemps, ils levèrent les yeux vers les étages de la vieille maison. Les oiseaux commençaient à gazouiller autour d'eux. La porte d'entrée s'ouvrit. Et Douglas apparut, les yeux cernés par une nuit sans sommeil, le pantalon de son beau costume froissé, les manches de sa chemise roulée, un nourrisson paisiblement endormi dans les bras.

— Douglas ! s'était exclamée Rosemary avec un mélange de choc et de soulagement.

Il y eut un bref silence alors que le petit groupe prenait conscience de ce qu'il avait devant les yeux. Douglas baissa la tête et ajusta le châle autour du bébé.

— Qu'est-ce qui se passe, mon fils ?

— C'est… Suzanna, expliqua-t-il doucement. Athene me l'a confiée. Je n'ai rien à ajouter sur le sujet.

Il semblait à la fois blessé et plein de défi. Vivi s'aperçut qu'elle avait la bouche ouverte. Elle la referma. Elle entendit le garde-chasse jurer vigoureusement à voix basse.

— Mais on a cru… oh, Douglas, qu'est-ce qui…

Cyril, sans quitter son fils des yeux, fit taire sa femme d'une main sur l'épaule.

—Pas maintenant, Rosemary.

—Mais, Cyril! Regarde-le…

—Pas maintenant, Rosemary!

Il adressa un signe de tête à son fils et se tourna vers l'allée.

—Allons tous nous reposer. Le garçon est en sécurité.

Vivi sentit qu'il l'entraînait délicatement à travers la pelouse: elle aussi devait partir.

—Merci à tous, l'entendit-elle dire alors qu'elle pivotait à nouveau vers Douglas, qui contemplait toujours le visage de l'enfant dans la lumière du matin. Si vous voulez nous accompagner à Dere House, je pense que nous méritons tous un bon café. On aura tout le temps de parler quand on aura dormi.

S'il était allé à Philmore House, raconta plus tard Douglas à Vivi, c'est parce qu'il avait besoin d'être seul. Il avait du mal à admettre la réalité de ce qui s'était passé ce jour-là. Peut-être aussi y était-il retourné parce qu'il avait dans les bras l'enfant d'Athene, et ressentait un besoin primaire de la rapprocher de sa mère, d'emmener ce bébé à un endroit où elle avait laissé une trace derrière elle, une sensation de familiarité. Mais, dans tous les cas, il n'était resté dans la maison que deux jours avant de se rendre compte que s'occuper seul d'un bébé était au-dessus de ses forces. Rosemary, au départ, était folle de rage. Elle ne tolérerait pas l'enfant de cette femme sous son toit, avait-elle déclaré lorsque Douglas s'était présenté avec Suzanna. Elle n'arrivait pas à croire qu'il ait pu être aussi stupide, aussi crédule. Qu'il s'expose à un tel ridicule. Et ensuite? Faudrait-il qu'ils hébergent les amants d'Athene, aussi? C'était à ce moment-là que Cyril lui avait suggéré de sortir un peu, d'aller prendre l'air. D'une voix plus douce et plus mesurée, il avait essayé de raisonner son fils. Il fallait qu'il ouvre les yeux, n'est-ce pas ? Il était jeune, il ne pouvait pas se mettre un tel boulet au pied, élever un bébé. Pas alors qu'il avait toute la vie devant lui. Surtout un bébé qui… Ces paroles-là ne furent pas prononcées. Une lueur implacable dans le regard de Douglas l'en avait empêché.

— Elle reste ici, avait déclaré Douglas. Un point c'est tout.

Déjà il la tenait avec l'adresse détendue d'un jeune papa.

— Mais comment vas-tu la nourrir ? Tu ne peux pas t'attendre à ce qu'on te prenne en charge. Pas avec tout le travail qu'exige le domaine. Et ta mère ne le fera pas. Tu le sais aussi bien que moi.

— Je vais trouver une solution, répondit Douglas.

Plus tard, il avait confié à Vivi que sa détermination calme n'était pas seulement liée à son désir de garder l'enfant, bien qu'il l'aime déjà. Il ne voulait pas reconnaître devant son père que, même s'il avait voulu rendre Suzanna, obéir aux souhaits de sa famille, il n'avait pas pensé à demander à Athene comment la contacter.

Les premiers jours avaient été une vraie comédie. Rosemary avait feint de ne pas voir la présence de l'enfant, et s'était activée dans son jardin. Les femmes du domaine avaient été moins réprobatrices, du moins en face. Quand elles avaient appris la nouvelle, elles avaient apporté leurs vieilles chaises hautes, bavoirs et robes, tout un arsenal d'affaires de bébé qu'il n'avait pas imaginées nécessaires aux soins d'un si petit être humain. Il avait supplié Bessie de lui apprendre les bases, et elle avait passé une matinée à lui montrer comment attacher un lange avec une épingle de sûreté, comment réchauffer un biberon de lait, comment préparer la nourriture solide en l'écrasant à la fourchette. Elle l'avait surveillé de loin, la désapprobation se mêlant d'une inquiétude pour l'enfant alors qu'il tentait de la nourrir maladroitement. Il jurait et essuyait les aliments qui atterrissaient sur ses vêtements alors que la petite repoussait la cuillère de sa figure. En quelques jours, il était épuisé. Son père était à bout de patience devant son incapacité à travailler, les papiers qui s'entassaient dans le bureau et les hommes qui réclamaient des instructions sur le terrain.

— Qu'est-ce que tu comptes faire ? demanda Vivi après l'avoir vu bercer l'enfant d'une main tout en négociant avec un marchand de grain au téléphone.

— Pourquoi tu n'engages pas une nourrice… tu sais, pour la mettre au sein ?

— Elle est trop vieille pour avoir une nourrice.

Le manque de sommeil le rendait grincheux. Il ne formula pas ce qu'ils savaient tous deux : que l'enfant avait besoin de sa mère.

— Tu vas bien ? Tu as l'air horriblement fatigué…

— Ça va.

— Mais tu ne peux pas gérer tout ça seul…

— Ne commence pas, Vee. Pas toi en plus des autres.

Elle renâcla, vexée d'être mise dans le même panier que « les autres ». En silence, elle le regarda faire les cent pas dans la pièce en agitant ses clés devant les petites mains tendues du bébé, tout en marmonnant une liste de tâches à effectuer.

— Je vais t'aider.

— Quoi ?

— Je ne travaille pas, en ce moment. Je m'occuperai d'elle pour toi.

Elle ne savait pas ce qui l'avait poussée à dire ça. Il écarquilla les yeux, une fugace lueur d'espoir sur le visage.

— Toi ?

— J'ai déjà fait des enfants. Je veux dire, des baby-sittings. Quand j'étais à Londres. Une petite de son âge ne doit pas être tellement plus difficile.

— C'est vrai, tu t'occuperais d'elle ?

— Pour toi, oui.

Elle rougit de la façon dont elle l'avait formulé, mais il ne sembla pas s'en rendre compte.

— Oh, Vee, c'est vrai, tu t'occuperais d'elle ? Chaque jour ? Jusqu'à ce que je trouve une autre solution, bien sûr. Que je trouve que faire.

Il s'était approché d'elle, comme impatient de lui tendre déjà Suzanna. Elle eut alors une hésitation, lorsqu'elle vit ces cheveux bruns et soyeux, ces grands yeux bleus, qui lui rappelaient une douloureuse période passée. Ensuite elle le regarda de nouveau, constata quel soulagement et quelle gratitude se lisaient sur son visage.

— Oui. Oui, c'est vrai.

Ses parents avaient été horrifiés.

— Tu ne peux pas faire ça, avait protesté sa mère. Ce n'est même pas ton enfant.

— Nous ne devons pas juger l'enfant d'après les péchés de son père, maman, c'est écrit dans la Bible, avait-elle répliqué avec plus de confiance qu'elle n'en ressentait vraiment. C'est un bébé vraiment adorable.

Elle venait d'appeler Mr Holstein pour l'informer qu'elle ne rentrerait pas à Londres. Mrs Newton, agitée, était allée jusqu'à téléphoner à Rosemary Fairley-Hulme, et avait eu la surprise de découvrir qu'elle était aussi farouchement opposée qu'elle à ce projet désastreux. Les jeunes gens semblaient décidés, soupira Rosemary, au désespoir. Douglas ne voulait pas entendre raison.

— Mais, ma chérie, réfléchis. Je veux dire, elle est capable de débarquer n'importe quand. Et tu as ton métier, ta carrière. Ça pourrait durer des années…, plaida sa mère, au bord des larmes. Réfléchis, Vivi. Rappelle-toi comment il t'a déjà fait souffrir par le passé.

Je m'en fiche. Douglas a besoin de moi, songeait-elle, ravie de se sentir unie avec lui contre le reste du monde. *Ça me suffit.*

Pour finir, ils s'étaient tous radoucis. Ils avaient bien été obligés : qui pouvait rester froid devant un magnifique bébé, innocent et tout sourires ? Vivi constata que peu à peu, en entendant l'enfant pleurer, Rosemary sortait de la cuisine « juste pour voir si elle allait bien ». Cyril, en la voyant dans les bras de son fils avant le bain, lui tapotait la joue et lui faisait des pouet pouet avec la bouche sur le ventre. Cela s'était fait au fil des mois, alors que sa présence dans la maison faisait moins sensation, que le village cessait de discuter des circonstances de son arrivée. Vivi, pendant ce temps, était complètement gaga, son épuisement chassé par les sourires radieux, les petites mains qui s'agrippaient à elle, et la confiance aveugle. Suzanna les rapprochait, Douglas et elle, également : chaque soir quand il rentrait, ils riaient ensemble de ses petites bêtises autour d'un gin-tonic, s'apitoyaient sur les dents qui poussaient, ou les caprices soudains et éphémères. Quand elle fit ses premiers pas, Vivi partit en courant jusqu'au champ des seize hectares pour le lui annoncer. Ils étaient revenus tous les deux à toutes jambes, essoufflés et pleins d'attente, pour la retrouver avec la gouvernante, assise, à regarder autour d'elle avec la gaieté bienveillante d'un bébé que tout le monde adore. Il y avait eu une journée parfaite où ils l'avaient emmenée en pique-nique dans le domaine ensemble, avec le volumineux landau. C'était comme d'être une vraie famille, avait pensé Vivi furtivement. Ce jour-là, Douglas était joyeux. Il serrait l'enfant dans ses bras, lui montrait les granges, un tracteur, les oiseaux qui fendaient l'air. Et la magie de cet instant proche de la perfection, le bonheur qu'elle ressentait, avait forcé Vivi à poser la question.

— Est-ce qu'elle voudra la reprendre ?

Il avait baissé son doigt qui montrait le ciel.

— Je vais te raconter quelque chose, Vee. Quelque chose dont je n'ai parlé à personne.

Ses yeux, qui une seconde plus tôt brillaient de joie, semblaient soudain hantés. Avec le bébé assis entre eux, il lui avait expliqué comment exactement il s'était retrouvé chargé de cet enfant, comment il était bêtement allé dans ce restaurant en croyant qu'Athene avait une autre motivation pour vouloir le voir, comment il avait été incapable de lui refuser quoi que ce soit, bien qu'il se soit senti ignorant et stupide. Vivi savait à présent que la raison pour laquelle il aimait tellement cette enfant était qu'elle formait un lien durable avec son ex-femme : il croyait que s'il s'en occupait, la chérissait, il y avait une forte probabilité pour qu'Athene revienne. Elle comprenait aussi que, même s'il se confiait à elle, même s'il comptait sur elle, s'ils passaient du temps à parler du bébé ou à jouer le rôle d'une vraie famille, elle ne parviendrait jamais à franchir cette barrière.

Je ne dois pas lui en vouloir, pensa-t-elle en feignant d'avoir une poussière dans l'œil afin de se détourner. *Elle n'est pas responsable de sa mère, pour l'amour du ciel ! J'ai déjà bien de la chance qu'il ait besoin de moi, de faire toujours partie de sa vie.*

Mais elle ne pouvait s'en empêcher. Ce n'était plus seulement à propos de Douglas, songeait-elle tout en bordant la petite Suzanna dans son lit à barreaux ce soir-là, lui couvrant le visage de baisers alors qu'elle s'endormait en se suçant les doigts avec bonheur. Elle ne voulait les rendre ni l'un ni l'autre. Six mois après l'arrivée de Suzanna, Rosemary avait téléphoné au sortir du petit déjeuner. Elle savait que Vivi avait prévu de se rendre en ville, mais pourrait-elle par hasard prendre Suzanna pour la journée ? demanda-t-elle d'un ton brusque.

— Bien sûr, Rosemary, répondit Vivi en changeant aussitôt ses projets. Il y a un problème ?

— Il y a eu… C'est…

Vivi comprit ensuite que, même alors, Rosemary avait du mal à prononcer son prénom.

— Nous avons reçu un appel. C'est un peu difficile.

Elle se tut avant d'ajouter :

— Athene est… est décédée.

Il y eut un silence pétrifié. Vivi avait le souffle coupé. Elle était désolée, répondit-elle en secouant la tête, mais elle n'était pas certaine d'avoir bien entendu ce que Rosemary venait de dire.

— Elle est morte, Vivi. Nous avons eu un appel des Forster.

On aurait dit que, chaque fois qu'elle le répétait, Rosemary prenait un peu plus confiance, jusqu'à ce que pour finir elle parvienne à être tout à fait détachée sur la question. Vivi se laissa tomber lourdement sur la chaise de l'entrée, sans prêter attention à sa mère qui, en robe de chambre, tentait de deviner ce qui se passait.

— Tout va bien, ma chérie ? articulait-elle en silence.

Elle se penchait pour essayer de croiser le regard de sa fille.

Athene ne rentrerait pas. Elle ne reviendrait pas lui prendre Douglas et Suzanna. Si pétrifiée qu'elle soit, Vivi était bien obligée de reconnaître que son choc était teinté de quelque chose qui ressemblait désagréablement à de l'euphorie.

— Vivi ? Tu es toujours là ?

— Est-ce que Douglas va bien ?

Elle s'était toujours sentie coupable par la suite que sa première inquiétude ait été pour lui, de ne même pas avoir pensé à demander dans quelles circonstances Athene avait trouvé la mort.

— Ça ira. Merci de te soucier de lui, Vivi. Ça ira. On te dépose le bébé dans une demi-heure.

Douglas était resté en deuil pendant deux mois. Bien des gens autour de lui trouvaient le chagrin qu'il montrait excessif, quand on savait que sa femme était partie depuis plus d'un an, et que personne n'ignorait qu'elle était partie avec un autre homme. Vivi ne voyait pas les choses ainsi. Elle trouvait sa douleur touchante, un signe de sa capacité à ressentir profondément, passionnément. Elle pouvait se permettre d'être généreuse, à présent qu'Athene n'était plus là. Elle ne s'attardait pas sur la mort d'Athene, car il lui était impossible de trouver le juste équilibre entre compassion et opprobre. À la place, elle se concentrait sur Suzanna, comme si elle pouvait racheter ses vilaines pensées en inondant l'enfant d'amour. Cela faisait des semaines qu'elle se chargeait seule du bébé, et elle s'apercevait que, sans la menace du retour d'Athene, elle déversait une quantité presque choquante de tendresse sur la pauvre petite orpheline. Suzanna sembla réagir à l'affection sans limites de Vivi, et devint encore plus solaire. Elle posait sa petite joue toute douce contre celle de Vivi, lui agrippait les doigts avec les siens, tout potelés, comme une minuscule étoile de mer. Vivi arrivait peu après 7 h 30 et emmenait l'enfant pour de longues promenades dans le domaine, afin de l'éloigner du chagrin de Douglas qui pesait sur la maison comme un nuage noir, et des conversations à voix basse de ses parents et du personnel, qui semblaient tous désormais considérer la présence de Suzanna comme un problème à résoudre de toute urgence.

— On ne peut pas se débarrasser d'elle maintenant, avait-elle entendu Rosemary dire à Cyril alors qu'elle passait devant le bureau. On a raconté à tout le monde que l'enfant était de Douglas.

— L'enfant *est* de Douglas. Il faut qu'il décide ce qu'il veut faire d'elle. Dis à ce garçon de se ressaisir. Il a des décisions à prendre !

Ils vidaient Philmore House. La maison, restée comme un mausolée d'Athene, dont les placards débordaient encore de robes et les cendriers de mégots tachés de rouge à lèvres, relevait désormais de la responsabilité de Rosemary. Douglas et Suzanna étaient à présent fermement établis à Dere House. Et Rosemary, à qui démangeait depuis longtemps l'envie de faire disparaître du domaine toute trace physique de « cette fille », avait profité de la nouvelle passivité de son fils pour s'en occuper.

Vivi s'était perchée au sommet de la colline. Elle tenait son chapeau sur sa tête et regardait les hommes sortir, les bras chargés de robes de couleurs vives qu'ils étalaient sur la pelouse. Les femmes, agenouillées sur des tapis et bravant le froid, triaient des boîtes remplies de bijoux et de cosmétiques, et s'exclamaient sur leur qualité. Pour une personne qui s'était déclarée si peu attachée aux biens matériels, Athene avait une quantité prodigieuse de possessions. Pas seulement des robes, des manteaux et des chaussures, mais aussi des disques, des tableaux, des lampes, de jolies choses achetées à la hâte et délaissées, ainsi que des cadeaux rapidement oubliés.

— Si quelque chose vous plaît, prenez-le. Tout le reste, en tas pour être brûlé.

Elle entendit la voix de Rosemary, limpide et autoritaire, peut-être plus joyeuse grâce à la restauration de son propre domaine, et la regarda rentrer d'un pas impérieux dans la maison et apporter encore une boîte de plus. Elle se demanda si elle ressentait le même petit frisson d'excitation devant la disparition finale et forcée d'Athene. Un petit frisson de méchanceté qu'elle avait du mal à s'avouer. Le même sentiment si peu généreux qui l'avait conduite ici pour regarder, comme une vieille harpie devant un échafaud.

Elle s'approcha lentement en poussant le landau.

— Tu ne veux rien, là-dedans ? lança Rosemary en l'apercevant.

Vivi jeta un coup d'œil au tailleur de lendemain de noces d'Athene, aux mules à sequins qu'elle avait portées lors de ce premier bal de chasse, à présent en tas près de la bordure de géraniums. La brise les secouait un peu de temps en temps.

— Non. Non, merci.

Les parents d'Athene eux-mêmes n'avaient rien voulu. Vivi avait entendu son père et sa mère en discuter lorsqu'ils pensaient qu'elle n'écoutait pas. Les Forster avaient été si honteux du comportement de leur fille, si désireux de se distancier d'elle, même dans la mort. Ils l'avaient fait incinérer dans l'intimité, et n'avaient même pas publié d'avis dans le *Times*, avait dit Mrs Newton dans un murmure choqué. Et ils n'avaient pas voulu rencontrer leur petite-fille. Ils employaient d'ailleurs un autre vocable pour la qualifier. Vivi poussa le landau lentement entre les piles d'affaires, et se pencha vers le bébé afin de s'assurer qu'il était bien protégé des bourrasques. Elle hésita avec une grimace en apercevant le tiroir qui contenait la lingerie d'Athene, des sous-vêtements tout en soie et dentelles, qui évoquaient des nuits torrides, des plaisirs inconnus, à présent révélés au grand jour. Comme si tout ce qui venait d'elle devait être profané. Elle avait pensé que cela lui apporterait peut-être une satisfaction malsaine. À présent qu'elle était là, cette élimination hâtive et exhaustive des affaires d'Athene semblait presque indécente. Comme si tout le monde était déterminé à oblitérer sa mémoire. Douglas ne parlait plus d'elle. Rosemary et Cyril avaient interdit de prononcer son prénom. Suzanna était trop jeune pour se souvenir d'elle : son âge lui avait permis d'avancer sans effort, d'accepter l'amour des inconnus qui l'entouraient comme un heureux substitut. Mais, d'un autre côté, personne ne savait si Suzanna avait été aimée avant. Vivi avança avec précaution devant une pile de coûteux manteaux de laine et resta au bord de la pelouse. Un homme jeta une boîte de photographies non loin d'elle. Par la suite, elle ne sut pas pourquoi elle avait agi ainsi. Peut-être était-ce la pensée d'une Suzanna sans racines, peut-être son propre inconfort devant ce qui semblait un désir presque fervent de tous ceux qui avaient connu Athene de la rayer de l'histoire même. Peut-être était-ce de voir ces magnifiques sous-vêtements exhibés, jetés, comme si eux aussi avaient été souillés par les péchés de leur propriétaire. Vivi se pencha, attrapa une poignée de photos et de coupures de journaux dans le carton, et les fourra sous le landau, cachées par son sac. Elle ne savait pas ce qu'elle en ferait. Elle n'était pas certaine de les vouloir. Il lui paraissait juste important que, même si c'était désagréable, même si cela soulevait des questions gênantes, Suzanna puisse avoir plus tard une idée de ses origines.

— C'est qui, ma jolie chérie, hein ?

Vivi remontait la colline lorsque Suzanna se mit à pleurer. Elle la prit dans la poussette et la fit tourner dans ses bras. Les joues du bébé rosirent dans l'air frais.

— Qui est ma jolie, jolie chérie ?

— Elle, c'est sûr.

Elle se retourna et découvrit Douglas, debout derrière elle. Elle s'empourpra.

— Je suis désolée, bredouilla-t-elle. Je ne… je ne savais pas que tu étais là.

— Ne sois pas désolée.

Il avait remonté son col de tweed pour se protéger du froid. Il avait les yeux fatigués, cernés de rouge. Il s'approcha plus près et ajusta le bonnet de laine de Suzanna.

— Elle va bien ?

— Oui, très bien, répondit Vivi, rayonnante. En pleine forme. Elle mange tout ce qu'elle voit, n'est-ce pas, princesse ?

Le bébé tendit une petite main potelée et s'empara d'une des boucles blondes qui dépassaient du chapeau de Vivi.

— Elle… elle se porte à merveille.

— Je suis désolé. Je l'ai négligée. Je vous ai négligées toutes les deux.

Vivi s'empourpra de nouveau.

— Tu n'as pas de raison… aucune raison de t'excuser.

— Merci, souffla-t-il.

Il regarda vers la pelouse, où le rangement avait déjà commencé.

— Pour tout. Merci.

— Oh, Douglas…

Elle ne savait pas quoi dire d'autre. Douglas avait posé son manteau par terre. Ils restèrent assis en silence un moment, face à la maison. Il contemplait la pelouse, l'enfant dont la petite main attrapait puis relâchait des brins d'herbe, dans le giron de Vivi.

— Je peux la prendre ?

Elle lui tendit le bébé. Il avait l'air plus calme, songeait-elle. Peut-être comme s'il revenait d'un exil qu'il s'était imposé à lui-même.

— Je n'arrête pas de me dire que c'est ma faute, avoua-t-il. Que si j'avais été un meilleur mari… que si elle était restée ici, rien de tout cela…

— Non, Douglas, l'interrompit-elle d'une voix sèche qui ne lui était pas habituelle. Tu n'aurais rien pu faire. Rien.

Il leva les yeux vers elle.

— Douglas, elle t'avait abandonné il y a longtemps. Longtemps avant ceci. Tu dois le savoir.

— Je le sais.

— Ce que tu pourrais faire de pire, c'est de faire tienne sa tragédie.

Elle s'étonna de la force, de la détermination de ses propres paroles. Cette certitude nouvelle lui venait désormais plus facilement. Elle prenait plaisir à le soutenir.

— Suzanna a besoin de toi, rappela-t-elle en sortant le hochet du bébé de sa poche. Elle a besoin que tu sois plein de vie. Et que tu lui montres quel merveilleux papa tu es.

Il émit un petit bruit sceptique.

— Mais si, Douglas. Tu es sans doute le seul papa qu'elle connaisse, et elle t'adore.

Il la regarda en biais.

— Elle t'adore, *toi*.

Vivi rougit de plaisir.

— Je l'aime. Elle est irrésistible.

Ils regardèrent la silhouette raide de Rosemary marcher entre les piles restantes, et faire des gestes avec une efficacité toute martiale. Puis ils remarquèrent le feu de joie, qui avait commencé à brûler juste hors de leur vue, son filet de fumée indiquant la fin irréfutable de l'occupation de la maison par Athene. Alors que la colonne grise gagnait de l'épaisseur et perdait de sa transparence, elle sentit la main de Douglas s'approcher de la sienne dans l'herbe. Elle la lui serra, rassurante.

— Que va-t-il se passer pour elle ? demanda-t-elle.

Il regarda l'enfant entre eux et laissa échapper un long soupir.

— Je ne sais pas. Je ne peux pas m'occuper d'elle tout seul.

— Non.

Vivi sentit alors quelque chose remuer en elle, une confiance qu'elle n'avait encore jamais éprouvée. Le sentiment d'être, pour la première fois de sa vie, indispensable.

— Je serai là. Aussi longtemps que tu auras besoin de moi.

Il l'avait alors regardée, ses yeux, trop vieux et tristes pour son jeune visage, la voyant sous un nouveau jour. Il avait observé leurs mains nouées, puis avait secoué la tête comme s'il avait raté une évidence et se le reprochait. En tout cas, c'est ainsi qu'elle aimait se rappeler la scène par la suite. Puis, alors qu'elle perdait le souffle, il avait levé sa main libre vers sa joue, presque comme il l'avait fait avec l'enfant. Vivi avait levé la sienne pour la toucher, avec un sourire doux et généreux aux lèvres. Elle essayait de lui transmettre de la force, de la joie, de l'amour, comme si c'était possible par sa seule volonté. Alors, quand les lèvres de Douglas rencontrèrent les siennes, ce ne fut pas un choc. Ce baiser refermait une blessure à vif qu'elle avait toujours portée, mais ce n'était pas un choc.

— Chéri, avait-elle dit, émerveillée par la détermination et la certitude que l'amour réciproque pouvait procurer.

Et son sang se mit à chanter quand il lui répondit de la même façon, les bras autour d'elle dans une étreinte qui parlait autant de ses besoins à lui que de ceux de Vivi. Pas un conte de fées, mais pour autant pas moins mémorable, pas moins réel. *Je serai là.*

Chapitre 25

Les passagers qui débarquaient aux portes d'arrivée depuis le vol BA7902 en provenance de Buenos Aires étaient remarquablement beaux. Certes, les Argentins étaient des gens esthétiquement favorisés de façon générale – surtout si on les comparait à certains Espagnols –, mais peut-être était-il inévitable que les cent cinquante membres de ce congrès de chirurgiens esthétiques – et leurs épouses – soient un peu plus agréables à l'œil que la moyenne. Les femmes avaient une silhouette en huit des plus plaisantes, des cheveux aux couleurs splendides – et onéreuses –, les hommes avaient une chevelure drue et des mâchoires bien dessinées. Jorge de Marenas était l'un des seuls dont l'apparence trahissait l'âge biologique.

—Avec Martin Sergio, on a joué à un petit jeu, dit-il à Alejandro alors qu'ils étaient assis à l'arrière du taxi, filant vers Londres. On regarde, et on devine qui a fait quoi. Les femmes, c'est facile.

Il tint une paire de ballons de foot imaginaires devant sa poitrine et avança les lèvres.

—Elles se mettent à abuser de tout. Ça commence par un petit coup de bistouri ici et là, et puis elles veulent ressembler à Barbie. Mais les hommes… On a essayé de faire partir la rumeur que l'avion était en panne de carburant, pour voir qui arrivait encore à plisser le front. La plupart étaient comme ça…

Il mima une expression figée, comme pour acquiescer poliment.

— « Vous êtes sûrs ? C'est affreux, on va mourir ! »

Il rit de bon cœur et donna une claque sur la cuisse de son fils.

Le voyage en avion et la perspective de voir son cher Alejandro l'avaient rendu volubile. Il avait tellement parlé depuis leur étreinte dans le bruyant hall des arrivées que ce n'est qu'en atteignant la banlieue de Chiswick, lorsque le taxi ralentit sur l'autoroute, qu'il s'aperçut que son fils avait à peine desserré les dents.

— Alors, tu as combien de jours de congé ? On part toujours pêcher ?

— Tout est réservé, *papa*.

— On va où ?

— C'est à une heure de route de l'hôpital. J'ai réservé pour jeudi. Tu m'as bien dit que ton congrès se termine mercredi ?

— Parfait. *Buenisimo*. Et qu'est-ce qu'on va attraper ?

— De la truite saumonée. J'ai acheté des mouches à Dere Hampton, l'endroit où j'habite. Et j'ai emprunté des cannes à l'un des médecins. Tu n'as besoin de rien d'autre que ton chapeau et tes cuissardes.

— Tout est dans la valise, répondit Jorge avec un geste vers le coffre. De la truite saumonée, alors ? On va voir si elles savent se battre…

Il ne prêta pas attention à l'ouest londonien de plus en plus dense derrière les vitres. Son esprit était déjà dans de cristallines rivières anglaises. Il écoutait siffler la ligne qui fendait l'air avant de tomber dans l'eau devant lui.

— Comment va *mama* ?

Jorge abandonna à contrecœur les eaux bouillonnantes de son imagination. Il avait passé la majeure partie du voyage en avion à se demander comment le lui annoncer.

— Tu connais ta *mama*…, soupira-t-il.

— Elle est sortie, dernièrement ? Elle accepte de quitter la maison avec toi ?

— Elle… elle est encore un peu inquiète à cause de la criminalité. Je n'arrive pas à la convaincre que la situation s'améliore. Elle regarde trop *Cronicas*, elle lit *El Guardian*, *Noticias*, ce genre de presse. Milagros s'est installée chez nous à temps complet… je te l'avais dit ?

— Non.

— Je crois que ta mère aime avoir quelqu'un d'autre dans la maison quand je ne suis pas là. Elle se sent… plus à l'aise avec elle-même.

— Elle n'a pas voulu venir ici avec toi ?

Son fils regardait par la fenêtre du taxi, et il était difficile de juger d'après sa voix s'il était content ou s'il regrettait.

— Elle n'aime plus trop les avions, maintenant. Ne t'en fais pas, fils. Milagros et elle, elles s'entendent très bien.

La vérité, c'était qu'il était soulagé de s'accorder une pause loin d'elle. Elle était à présent obsédée par l'idée qu'il ait une liaison avec Agostina, sa secrétaire, et lui reprochait aussi de ne pas suffisamment s'intéresser à elle. Si seulement il acceptait de lui affiner la taille et de lui remonter les joues, peut-être la trouverait-il plus attirante ? Il avait tendance à ne pas trop nier – des années d'expérience lui avaient montré que cela ne faisait qu'empirer son attitude –, mais il ne pouvait jamais dire la vérité : qu'il vieillissait, et n'avait plus besoin de se rassurer physiquement. Et que des années à ouvrir ces jeunes femmes, à les remodeler, à rembourrer ici et tirer là, à sculpter avec soin leurs parties les plus intimes, avaient eu pour résultat qu'il n'éprouvait plus qu'un désir détaché, comme un artiste, pour la chair féminine.

— Tu lui manques. Je ne te dis pas ça pour te culpabiliser. Dieu sait que tu as besoin de t'amuser tant que tu es jeune, de voir un peu le monde. Mais tu lui manques. Elle a mis du maté pour toi dans mes bagages, et aussi des chemises neuves, et un ou deux trucs qu'elle pensait que tu aimerais lire.

Il se tut un instant avant d'ajouter :

— Je crois qu'elle aimerait que tu écrives un peu plus souvent.

— Je sais, avoua Alejandro. Désolé. Ça a été une drôle de période.

Jorge se tourna vivement vers son fils. Il allait insister un peu, mais il changea d'avis. Ils avaient quatre jours ensemble, et au moins une journée de pêche prévue. Si Alejandro avait quelque chose qui lui trottait dans la tête, il ne tarderait pas à le savoir.

— Alors, Londres, hein ? Tu vas adorer le *Lansdowne Hotel*. Ta mère et moi, on y a séjourné quand on était jeunes mariés, et on a passé un super moment. Cette fois, je nous ai réservé une chambre avec des lits jumeaux. Pas la peine d'être séparés, après des mois au loin. Des vacances entre père et fils, hein ?

Alejandro lui adressa un grand sourire, et Jorge sentit le plaisir familier d'être en compagnie de son magnifique rejeton. Il songea à la façon dont Alejandro l'avait serré contre lui à l'aéroport avant de l'embrasser sur les deux joues, une progression spectaculaire par rapport aux poignées de main réservées qu'ils échangeaient d'ordinaire, même lorsque c'était un petit garçon qui rentrait de pension. *On dit que les voyages forment la jeunesse*, pensa Jorge. Peut-être, dans ce climat froid, son fils était-il en train de se réchauffer un peu.

— On va sortir entre hommes, hein ? On ira dans les meilleurs restaurants, quelques sorties en boîte. On va vivre, un peu. On a beaucoup de temps à rattraper, Turco, et pour ça, il faut qu'on s'amuse !

Les conférences de Jorge se terminaient chaque jour à 16 h 30, et pendant que les autres médecins se retrouvaient dans des bars, admiraient des photographies sur papier glacé des réalisations des uns et des autres, et médisaient dans le dos de leurs confrères sur la supposée boucherie qu'ils venaient de commettre, son fils et lui se lançaient dans une frénésie d'activités. Ils rendirent visite à un ami de Jorge, qui vivait dans une maison à façade de stuc à St John's Wood. Ils allèrent voir un spectacle dans le West End, bien qu'ils n'aiment pas le théâtre. Ils prirent des verres au bar du *Savoy*, et le thé au *Ritz*, où Jorge insista pour que le serveur prenne leur photo. (« C'est tout ce que ta *mama* a demandé », plaida-t-il lorsque Alejandro tenta de disparaître sous la table.) Ils discutèrent de politique argentine, d'argent, d'amis communs. Ivres, ils se donnèrent des claques dans le dos, et dirent qu'ils s'amusaient vraiment bien, que c'était bon d'être ensemble, et que les meilleurs moments, c'était entre hommes. Puis, encore plus ivres, ils se firent larmoyants et sentimentaux, tristes que la mère d'Alejandro ne soit pas là également. Jorge, même s'il était heureux de ces surprenantes démonstrations d'émotion de la part de son fils, était conscient qu'il ne lui avait pas encore tout dit. Alejandro avait confié qu'une amie était morte, et cela expliquait en partie ce changement de caractère, ce chagrin qu'il dégageait, mais rien de la tension, de l'inquiétude discrète mais croissante que Jorge lui-même parvenait à percevoir, bien que sa femme lui répète souvent qu'il avait l'intelligence émotionnelle d'un cheval de trait. Il ne lui posa aucune question directe. Il n'était pas certain de vouloir connaître la réponse.

La maison de Cath Carter se trouvait à deux portes de celle qu'avait habitée sa fille. Cela datait de l'époque où la politique sociale visait à installer les membres d'une même famille non loin les uns des autres. Jessie avait raconté à Suzanna que certaines familles occupaient ainsi toute une impasse, les grands-mères à côté des mères, les frères et sœurs dont les enfants se mélangeaient en un groupe familial protéiforme, chacun entrant et sortant des maisons des uns ou des autres avec l'assurance du propriétaire. La maison de Cath, cependant, était tout l'opposé de celle de sa fille. Si la porte d'entrée et les rideaux en vichy de Jessie montraient des goûts excentriques, un amour des couleurs vives et des motifs voyants, une irrévérence propre à son caractère, celle de Cath exprimait un certain standing : elle avait des bordures de fleurs bien nettes, les peintures étaient impeccables. De toute évidence, Cath aimait l'ordre. Pourtant, elle était désormais prise dans le chaos, songea Suzanna en détournant les yeux de la porte de Jessie. Elle ne voulait pas penser à la dernière visite qu'elle avait faite dans cette maison. Elle n'était d'ailleurs pas convaincue d'avoir vraiment envie d'être là. Les cours du matin venaient de se terminer à l'école primaire, et le domaine était parsemé de mamans qui poussaient des landaus, d'autres qui portaient des journaux et des briques de lait achetées à la supérette au bout de la rue. Suzanna avança, les mains dans les poches de son manteau, les doigts crispés sur l'enveloppe qu'elle avait préparée une demi-heure plus tôt. Si Cath n'était pas là, fallait-il qu'elle la glisse sous la porte ? Ou devaient-elles avoir cette conversation en face à face ? Il y avait une photo de Jessie à la fenêtre, portant des couettes, avec son grand sourire familier. Elle était bordée de noir. Autour se pressaient une quarantaine de cartes de condoléances. Suzanna refusa de s'y attarder et sonna, consciente que les passants la regardaient avec curiosité. Cath Carter avait désormais les cheveux blancs. Suzanna les observa fixement en essayant de se souvenir de leur couleur précédente, puis se reprit.

— Bonjour, Suzanna.

— Je suis désolée de ne pas être venue plus tôt. J'en avais l'intention. C'est juste que…

— … vous ne saviez pas quoi dire ?

Suzanna rougit.

— C'est normal. Vous n'êtes pas la seule. Au moins, vous êtes là, ce qui est plus que beaucoup. Entrez.

Cath s'écarta pour la laisser passer. Suzanna tituba, les pieds lourds, sur la moquette immaculée de l'entrée. Elle suivit son hôtesse dans le salon et s'assit sur le canapé qu'elle lui indiquait. De là, elle voyait la photo de dos et les cartes, dont quelques-unes étaient tournées vers l'intérieur de la pièce. La disposition était la même que chez Jessie, et la propreté aussi scrupuleuse, mais l'atmosphère était saturée de chagrin. Cath se déplaça avec lenteur à travers la pièce et s'assit dans le gros fauteuil en face de Suzanna. De ses mains fatiguées par le travail, elle glissa sa jupe sous ses genoux.

— Emma est à l'école ?

— Elle y est retournée cette semaine. Pour le début du trimestre.

— Je suis venue… voir… comment elle allait, balbutia Suzanna.

Cath acquiesça, et se tourna machinalement vers la photo de sa fille.

— Elle s'en sort.

— Et pour vous dire… si je peux faire quoi que ce soit…

Cath pencha la tête de côté d'un air interrogateur.

Derrière elle, sur la cheminée, se trouvait une photo de la famille tout entière, avec un homme qui était sans doute le père de Jessie, et qui portait Emma bébé dans ses bras.

— Je… je me sens responsable, avoua-t-elle.

Cath secoua la tête vivement.

— Vous n'êtes pas responsable.

Il y avait un poids immense dans les mots qu'elle ne prononça pas.

— Je me demandais juste… si peut-être je pourrais…

Elle mit la main dans sa poche et tendit l'enveloppe.

— … vous aider à ma manière ?

Cath regarda sa main tendue.

— Financièrement. Ce n'est pas grand-chose. Mais je me suis dit, que s'il y avait une assurance-vie ou quelque chose… pour Emma, je veux dire.

Cath toucha la petite croix en or qu'elle portait au cou. Son expression sembla se durcir.

— Nous n'avons besoin de l'argent de personne, merci, répondit-elle sèchement. Emma et moi, on se débrouillera très bien.

— Je suis navrée, je ne voulais pas vous offenser.

Suzanna fourra l'enveloppe dans sa poche en se maudissant de son manque de tact.

— Vous ne m'avez pas offensée.

Cath se leva, et Suzanna se demanda si elle allait la prier de partir, mais la vieille dame s'approcha du passe-plat à l'extrémité de la pièce, y plongea le bras et mit la bouilloire à chauffer.

— Il y a quelque chose que vous pourriez faire, ajouta-t-elle, le dos tourné. On est en train de constituer une boîte à souvenirs pour Emma. C'est son institutrice qui a eu l'idée. On demande aux gens d'écrire leurs impressions au sujet de Jessie… des témoignages reflétant sa personnalité, vous voyez. Les jolies choses qui se sont produites. Les jours heureux. Comme ça, quand elle sera plus grande, Emma pourra encore avoir… une image complète de ce qu'était sa maman. De ce que tout le monde pensait d'elle.

— C'est une belle idée.

Suzanna pensa à l'étagère dans la boutique qui supportait une petite caisse remplie d'affaires appartenant à Jessie.

— C'est ce que j'ai pensé aussi.

— Un peu comme nos expositions, j'imagine.

— Oui. Jessie faisait ça très bien, non ?

— Mieux que moi. Je suppose que vous n'allez pas manquer de ce genre de souvenirs. Les bons, je veux dire.

Cath Carter ne dit rien.

— Je… j'essaierai de préparer quelque chose qui soit à la hauteur, qui lui rende justice.

— Jess vivait tout à fond, vous savez, déclara Cath en se retournant. Elle ne menait pas une grande vie, au contraire même aux yeux de certains. Je sais qu'elle ne faisait pas grand-chose, qu'elle n'était allée nulle part. Mais elle aimait les gens, et elle aimait sa famille, et elle ne se mentait pas à elle-même. Elle ne se mettait pas de barrières.

Cath regardait la photo sur le manteau de la cheminée. Suzanna restait assise, immobile.

— Non… elle ne se mettait pas de barrières. Elle divisait les gens en deux catégories, les tuyaux et les radiateurs. Vous étiez au courant ? Les tuyaux, ce sont ceux qui sont toujours tristes, qui veulent vous parler de leurs problèmes, qui aspirent votre joie de vivre… Les radiateurs, ce sont ceux qui sont comme Jessie. Elle nous réchauffait tous.

Suzanna comprit avec gêne de quel côté elle se trouvait sans doute. Cath ne semblait plus s'adresser à elle : elle parlait à la photo, les traits adoucis.

— Malgré cet imbécile, je vais enseigner à Emma à en faire de même. Je ne veux pas qu'elle devienne peureuse, méfiante de tout, à cause de ce qui s'est passé. Je veux qu'elle soit forte, et courageuse, et… comme sa mère.

Elle ajusta le cadre, le déplaçant de quelques millimètres.

— C'est ça que je veux. Qu'elle soit comme sa mère.

Elle retira une poussière imaginaire de sa jupe.

— Et maintenant, dit-elle. Revenons à notre thé.

Alejandro se leva soudain dans le petit bateau, et le fit tanguer dangereusement. Il jeta sa canne à pêche d'un air écœuré. À l'autre bout du canot, son père le regarda, perplexe.

—Qu'est-ce qui ne va pas ? Tu vas faire peur aux poissons !

—Ça ne mord pas. Rien du tout.

—Tu as essayé ces mouches ? demanda Jorge en soulevant un appât coloré. Ça mord mieux avec les plus petites, je trouve.

—J'ai essayé.

—Alors prends une ligne plombée. Le flotteur, ça ne donne rien.

—Ce n'est pas la ligne. Ni la mouche. Je n'y arrive pas aujourd'hui, c'est tout.

Jorge repoussa son chapeau en arrière.

—Ça m'embête de te dire ça, fils, mais pour moi, c'est aujourd'hui ou jamais…

—Je ne sais plus pêcher.

—C'est parce que tu gigotes comme un chien plein de puces !

Jorge se pencha et rangea la canne d'Alejandro en sécurité dans le bateau. Puis il posa la sienne à côté de son butin de poissons luisants et apathiques. Il avait presque atteint le quota autorisé de six. Bientôt, il devrait grignoter le quota de son fils. Il remua sur son siège et fouilla dans le panier en quête d'une bière, qu'il tendit à Alejandro comme une offrande.

—Qu'est-ce qui se passe ? Tu as toujours été meilleur pêcheur que moi. Tu te comportes comme si tu avais cinq ans, aujourd'hui. Qu'as-tu fait de ta patience ?

Alejandro s'assit, les épaules voûtées. Son air languide s'était dissipé au cours des jours passés, comme les rides qu'il venait de faire à la surface du lac.

—Allons…, dit Jorge, une main sur son épaule. Mange un morceau. Reprends une bière… Ou quelque chose de plus fort ?

Il tapota la flasque de whisky dans la poche de sa veste de pêche.

— Tu n'as presque rien mangé.

— Je n'ai pas faim.

— Eh bien, moi si. Et si tu continues à t'agiter comme tu viens de le faire, il n'y aura plus rien dans l'eau à des kilomètres…

Ils mangèrent en silence les sandwichs qu'Alejandro avait préparés, et laissèrent le bateau dériver vers le milieu du lac.

L'appartement n'était pas mal, lui dit Jorge. Spacieux. Lumineux. Sûr. Beaucoup de jeunes infirmières qui passent devant. (Ça, il s'était contenté de le penser.) Oui, le coin lui avait bien plu, la campagne moutonnante, les cottages délicats, les pubs anglais avec leur plafond bas. Il aimait la tranquillité de ce lac, le fait que les Anglais étaient assez attentionnés pour le remplir de poissons chaque année. L'Angleterre ne semblait pas changer, dit-il. C'était rassurant, quand on voyait une nation aussi fière que l'Argentine jetée aux pourceaux, de savoir qu'il existait des endroits où les standards de la civilisation, un peu de dignité, importaient toujours. Alejandro lui avait alors parlé des propriétaires qui ne l'avaient pas accepté parce qu'il était « basané », et Jorge, bredouillant de rage, avait décrété que ce pays était manifestement rempli de crétins et d'ignorants.

— Ils se croient civilisés…, avait-il murmuré. Et la moitié des femmes portent des souliers d'homme…

Alejandro regarda dans l'eau pendant quelque temps, puis se tourna vers lui.

— Tu peux dire à *mama*, annonça-t-il avec un profond soupir, que je rentre à la maison.

— Quel est le problème, avec une jolie chaussure de femme ? Pourquoi les femmes d'ici croient avoir besoin de ressembler à des hommes ?

Jorge se tut et avala la dernière bouchée de son sandwich.

— Quoi ?

— J'ai donné ma démission. Je rentre dans trois semaines.

Jorge se demanda s'il avait bien entendu.

— Ta mère sera contente, dit-il d'un ton prudent.

Il s'essuya la moustache et remit son mouchoir dans sa poche.

— Qu'est-ce qui s'est passé ? Le salaire n'est pas bon ?

— Le salaire est correct.

— Le travail ne te plaît pas ?

— Le travail, ça va. C'est plutôt universel, tu sais.

Alejandro ne sourit pas.

— Tu n'arrives pas à te faire au pays ? C'est ta mère ? Elle t'embête ? Elle m'a parlé de la mèche de cheveux... Je suis désolé, mon fils. Elle ne comprend pas, tu sais. Elle ne voit pas ça comme les autres personnes. C'est parce qu'elle ne sort pas assez, tu sais ? Elle pense trop aux choses...

Jorge fut soudain submergé de culpabilité. C'était pour cela qu'il était plus à l'aise avec le silence. La conversation conduisait inévitablement à la gêne.

— Tu ne devrais pas la laisser te perturber.

— C'est une femme, *pa*. Elle me tue.

Le fait qu'ils soient au milieu d'un lac de douze hectares fit que personne ne vit Jorge écarquiller les yeux légèrement, puis les lever au ciel en articulant presque en silence : « Merci, Seigneur ! »

— Une femme ! dit-il en essayant de masquer la joie qui éclatait dans sa voix. Une femme !

Alejandro pencha la tête sur ses genoux. Jorge reprit contenance.

— Et c'est un problème ?

— Elle est mariée, répondit Alejandro entre ses genoux.

— Et alors ?

Alejandro se redressa, ahuri. Jorge se mit à parler à toute vitesse.

— Tu grandis, fils. Tu vas avoir plus de mal à en rencontrer qui n'ait pas un petit… passé.

Il luttait toujours contre le désir de danser de joie autour de son fils. *Une femme !*

— Un passé ? C'est seulement une partie de l'affaire.

Une femme. Il aurait pu se mettre à chanter, laisser ce mot jaillir hors de ses poumons. Voler sur le lac et rebondir vers lui depuis le rivage. *Une femme !* Alejandro avait le visage caché, le dos courbé comme par une intense douleur. Jorge se ressaisit, essaya de se concentrer sur le chagrin de son fils, de donner à sa voix un ton plus triste.

— Alors ? Cette femme.

— Suzanna.

— Suzanna.

Jorge répéta son prénom avec révérence. *Suzanna.*

— Tu… tu tiens à elle ?

C'était une question stupide. Alejandro leva la tête, et Jorge se souvint de ce que c'était que d'être un jeune homme, la souffrance, la certitude et l'incertitude de l'amour. La voix de son fils était hachée, brisée.

— Elle… elle est tout. Je ne vois rien d'autre qu'elle, tu sais ? Même quand je suis à ses côtés. Je ne veux même pas cligner des yeux quand je suis près d'elle, pour ne pas rater…

Peut-être que si ça avait été quelqu'un d'autre, Jorge aurait proféré quelques platitudes sur les premiers émois, sur le fait que ça devenait ensuite plus facile, il aurait dit : « Une de perdue, dix de retrouvées. » Et dans les dix de retrouvées, il savait qu'il y en aurait avec des seins mûrs comme des melons, et les cicatrices pas visibles du tout. Mais c'était son fils, et Jorge, qui luttait toujours pour contenir son soulagement, savait qu'il ne fallait pas minimiser la chose.

— *Papa ?* Qu'est-ce que je fais ?

Il avait l'air sur le point d'exploser de frustration et de chagrin, comme si l'acte de faire sortir la cause de son désespoir ne lui avait pas apporté d'apaisement, mais avait accru sa souffrance. Jorge de Marenas se redressa, le torse bombé, l'air digne et paternel.

— Tu lui as dit ce que tu ressens ?

Alejandro acquiesça avec tristesse.

— Et tu sais ce qu'elle ressent ?

Le jeune homme regarda le lac. Finalement, il se tourna vers son père et haussa les épaules.

— Elle veut rester avec lui ?

Alejandro s'apprêta à parler, mais il referma la bouche avant d'avoir pu proférer un son. S'ils avaient été assis côte à côte, Jorge l'aurait enlacé, d'un bras. Un geste de réconfort, entre hommes hétérosexuels. Au lieu de cela, il se pencha en avant et posa une main sur le genou de son fils.

— Alors tu as raison. Il est temps de rentrer à la maison.

L'eau léchait la coque du bateau. Jorge ajusta les rames, ouvrit une nouvelle bière, et la tendit à son fils.

— Je voulais te dire. Cette Sofia Guichane… celle qui m'a demandé de te transmettre son souvenir.

Il s'adossa à la paroi, bénissant Dieu en silence pour les joies de la pêche.

— *Gente* dit qu'elle et Eduardo Guichane vont se séparer.

En repartant, Suzanna tomba sur le père Lenny. Il marchait sur le trottoir, un sac sous le bras, sa soutane au vent.

— Comment va-t-elle ? demanda-t-il avec un signe de tête vers la maison de Cath.

Suzanna grimaça, incapable d'expliquer ce qu'elle éprouvait.

— Je suis content que vous soyez venue. Trop peu de gens le font. C'est dommage…

— Je ne suis pas sûre de l'avoir vraiment aidée.

— Qu'est-ce qui se passe avec la boutique ? Vous y allez maintenant ? J'ai remarqué qu'elle était souvent fermée, ces temps-ci.

— Ça a été… difficile.

— Accrochez-vous. Ça vous paraîtra peut-être plus facile après l'enquête publique.

Elle ressentit un pincement d'inconfort familier. Elle n'avait pas hâte de devoir témoigner.

— J'en ai déjà fait quelques-unes, dit-il en fermant la grille derrière lui. Ce n'est pas si terrible. Je vous assure.

Elle se força à sourire avec plus de courage qu'elle n'en ressentait vraiment.

— Je ne crois pas que votre homme soit tellement impatient non plus, d'après ce qu'il m'a raconté.

— Quoi ?

— Alejandro. Il m'a dit qu'il repartait en Argentine.

— Il rentre ?

— Dommage, hein ? Un type bien. Mais bon, je ne le lui reprocherais pas. Ce n'est pas la ville la plus facile pour un étranger. Et il a rencontré plus de difficultés que la plupart.

Suzanna resta éveillée la majeure partie de la nuit. Elle pensait à Cath Carter, et à Jessie, et à sa boutique brisée et déserte. Elle regarda l'aube se lever, le bleu filtrer par l'interstice entre ces rideaux qu'elle n'avait jamais aimés, et observa les traces argentées des avions à réaction disséquer le ciel sans bruit. Puis, comme Neil était assis dans la cuisine à avaler des toasts tout en cherchant ses boutons de manchette sur le plan de travail, elle lui annonça qu'elle partait. Il n'eut pas l'air de l'entendre. Il réagit à retardement :

— Quoi ?

— Je pars. Je suis désolée, Neil.

Il resta pétrifié, un morceau de toast dépassant de la bouche. Elle était un peu gênée pour lui. Il finit par l'enlever.

— C'est une blague ?

Elle secoua la tête. Ils se dévisagèrent en silence quelques minutes. Puis il se tourna et se mit à ranger des affaires dans sa mallette.

—Je ne vais pas discuter de ça maintenant, Suzanna. J'ai un train à prendre, et une réunion importante ce matin. On en parlera ce soir.

—Je ne serai pas là, répondit-elle doucement.

—C'est quoi, le problème ? s'écria-t-il, incrédule. C'est à cause de ta mère ? Écoute, je sais que ça a été un choc pour toi, mais il faut voir le bon côté. Tu n'as plus de raison de vivre avec toute cette culpabilité. Je croyais que vous vous compreniez mieux maintenant, tes parents et toi. Tu m'as dit que tu pensais que les choses s'arrangeraient peut-être.

—C'est vrai.

—Alors quoi ? C'est la question d'avoir des enfants ? Parce que j'ai reculé, tu le sais. Ne me fais pas regretter ma décision.

—Ce n'est pas…

—C'est idiot de prendre des grandes décisions quand tu as la tête à l'envers.

—Ce n'est pas le cas.

—Écoute, je sais que tu es encore bouleversée au sujet de ton amie. Moi aussi, ça me rend triste. Elle était gentille. Mais tu te sentiras mieux avec le temps, je t'assure.

Il hocha la tête, comme pour acquiescer à ses propres paroles.

—Les derniers mois ont été difficiles. La boutique te demande beaucoup, je le sais. Ça doit être déprimant de devoir travailler sans que ça ait l'air… Enfin, avec toutes les traces encore sous le nez. Mais les fenêtres arrivent… quand ?

—Mardi.

—Mardi. Je sais que tu es malheureuse, Suzanna, mais n'en fais pas tout un plat, d'accord ? Remets les choses en perspective. Ce n'est pas seulement de Jessie que tu portes le deuil, c'est aussi de ce que tu croyais être ton histoire familiale, sans doute ta mère, aussi. Ta boutique. Ton mode de vie.

— Neil… ce n'est pas la boutique, que je voulais.

— Mais si, tu voulais la boutique. Tu n'arrêtais pas d'insister. Tu ne vas pas venir maintenant me raconter que tu n'en voulais pas !

Elle entendit une note de panique dans sa voix. La sienne était d'un calme peu naturel lorsqu'elle répondit.

— Il s'agissait d'autre chose, au fond. Je m'en rends compte à présent. Il s'agissait de… combler un trou.

— De quel genre de trou tu parles ?

— Neil, je suis vraiment désolée. Mais on est en train de se mentir. On se ment depuis des années.

Il la prenait enfin au sérieux. Il s'assit pesamment sur la chaise de la cuisine.

— Tu as rencontré quelqu'un ?

Son hésitation fut suffisamment brève pour que sa réponse reste convaincante.

— Non.

— Alors, quoi ? Qu'est-ce que tu racontes ?

Elle prit une profonde inspiration.

— Je ne suis pas heureuse, Neil, et je ne te rends pas heureux.

— Ah, rétorqua-t-il, sarcastique, tu vas me faire le coup du : « Ce n'est pas toi, c'est moi. » Alors, on en est réduits à ça.

— C'est nous deux. On… on ne se correspond plus.

— Quoi ?

— Neil, tu peux dire que tu es heureux ? Pour de vrai ?

— On ne va pas recommencer. À quoi tu t'attends, Suzanna ? On a eu une année difficile. Des gens ont été envoyés à l'asile avec un niveau de stress moins élevé que ce qu'on a dû affronter. Tu ne peux pas espérer être *heureuse* tout le temps.

— Je ne te parle pas de gaieté. De joie de vivre.

— Mais de quoi, alors ?

— Je parle de… Je ne sais pas, une sorte de contentement, une sensation que tout est bien.

— Mais tout est bien, Suzanna ! On est mariés : ça ne peut pas être une pluie de paillettes en permanence.

Il se leva pour faire les cent pas.

— Tu ne peux pas tout foutre en l'air, continuer à faire du shopping, juste parce que tu ne te réveilles pas chaque matin en chantant. Tu dois travailler à ton bonheur, le construire jour après jour. C'est ça, la vie, Suzie, c'est la persistance. C'est de rester ensemble. Et d'attendre que les bons moments reviennent. On a eu des bons moments, Suzanna, et on en aura d'autres. Il faut juste que tu aies un peu la foi. Sois réaliste dans tes attentes.

Comme elle ne répondait pas, il se rassit, et ils restèrent un moment silencieux. Dehors, l'un des voisins claqua la portière de sa voiture et cria un ordre à un enfant, puis démarra.

— Tu auras la famille dont tu rêves, Neil, dit-elle doucement. Tu as encore tout le temps, même si tu ne le crois pas.

Neil se leva et s'approcha d'elle. Il s'accroupit et lui prit les mains.

— Ne fais pas ça, Suzie. Je t'en prie.

Ses yeux bruns étaient peinés et anxieux.

— Suzie.

Elle gardait les yeux rivés sur ses chaussures.

— Je t'aime. Ça ne signifie rien pour toi ? Douze ans ensemble ?

Il inclina la tête pour tenter de voir son visage.

— Suzanna ?

Elle le regarda, très calme, avec trop peu de regret dans les yeux. Elle secoua la tête.

— Ça ne suffit pas, Neil.

Il lui rendit son regard. De toute évidence, il avait perçu la certitude de sa voix, quelque chose de définitif dans son expression. Il lui lâcha les mains.

— Alors rien ne te suffira jamais, Suzanna.

Amer, il cracha ces paroles lorsqu'il prit conscience que c'était réellement terminé. Qu'elle pensait ce qu'elle avait dit.

— La vraie vie ne te suffira jamais. Ce que tu cherches, c'est un conte de fées. Et ça va te rendre très malheureuse.

Il se leva et ouvrit la porte d'un geste brutal.

— Et tu sais quoi ? Quand tu ouvriras les yeux, ne viens pas pleurnicher, parce que j'en ai ma claque, OK ? J'en ai vraiment ma claque !

Elle l'avait déjà assez blessé, aussi elle ne le lui dit pas, qu'elle préférait courir ce risque que de vivre ce qu'elle savait à présent devoir être une vie de déception.

Chapitre 26

Suzanna était allongée sur le lit où elle dormait quand elle était petite. Les sons de son enfance résonnaient à travers le mur. Elle entendait le chien de sa mère gémir, les griffes grattant le sol dallé au rez-de-chaussée, ses aboiements staccato annonçant une offense quelconque. Elle percevait aussi le bruit étouffé du téléviseur de Rosemary, dont elle avait monté le volume pour écouter les informations du matin. L'indice boursier bondit de quatre points, temps gris avec averses éparses. Elle sourit, désabusée, devant l'incapacité des lattes et du plâtre à arrêter le son, et devant l'ouïe défaillante de Rosemary. Dehors, dans l'allée, son père parlait à l'un de ses employés, et discutait d'un problème sur l'un des silos à grains. Des bruits qui, jusqu'alors, lui avaient toujours montré qu'elle était une étrangère dans cet environnement. Mais, pour la première fois, ils lui apportaient du réconfort.

Elle était arrivée tard deux soirs plus tôt, après avoir emballé ses affaires alors que Neil était au travail. Malgré ce qu'il avait dit, elle savait qu'il avait espéré qu'elle changerait d'avis en son absence. Que ses paroles n'avaient été que le contrecoup du chagrin. Mais elle savait. Et, pensait-elle, au plus profond de son cœur, il devait savoir aussi que le deuil n'avait fait que repousser la décision, obscurcir sa certitude que c'était le bon choix.

Vivi avait ouvert la porte, puis écouté sans un mot Suzanna expliquer en pleurant la raison de sa présence.

Elle avait cru quitter le cottage sans se retourner, mais avait eu la surprise de se sentir bouleversée en empaquetant ses vêtements.

Étonnamment, Vivi n'avait pas plaidé pour qu'elle redonne une chance à son couple, ni rappelé combien Neil était merveilleux. Pas même lorsqu'il était arrivé, comme elle s'y attendait, ivre et incohérent, plus tard dans la soirée. Vivi lui avait préparé un café et l'avait laissé divaguer, radoter et sangloter. Plus tard, elle avait confié à Suzanna qu'elle lui avait dit qu'il pouvait rester dans le cottage, et qu'il demeurerait un membre de la famille aussi longtemps qu'il le voudrait. Ensuite, elle l'avait reconduit chez lui en voiture.

— Je suis désolée de t'avoir infligé ça, avait soupiré Suzanna.

— Tu n'as pas à être désolée, avait répliqué Vivi avant de lui servir une tasse de thé.

C'était comme si elle était restée statique pendant des années, songeait-elle en contemplant les boutons de rose du papier peint, le coin près de l'armoire où, adolescente, elle avait gribouillé au stylo sa haine envers ses parents. À présent, comme libérées par ses actions, les choses bougeaient rapidement, comme si le temps lui-même avait décidé qu'elle avait trop à rattraper.

On frappa à la porte.

— Ouais ? dit Suzanna en se redressant dans son lit.

Elle vit avec stupeur qu'il était presque 9 h 45.

— Allez, marmotte ! C'est l'heure de sortir de ton trou.

La tête blonde de Lucy se montra avec un sourire timide.

— Salut, répondit Suzanna en se frottant les yeux. Désolée. Je ne savais pas que tu serais là de si bonne heure.

— De bonne heure ? Ça ne t'a pas pris longtemps de retrouver tes vieilles habitudes !

Elle s'avança pour enlacer sa sœur.

— Tu vas bien ?

— J'ai envie de m'excuser auprès de tout le monde de ne pas être une épave.

C'était ça, le pire : la facilité avec laquelle elle était partie. Elle se sentait coupable, bien sûr, de causer ce malheur, et triste aussi de changer une situation considérée comme établie, mais n'éprouvait rien de la perte écrasante à laquelle elle s'était attendue. Elle s'était brièvement demandé si cela révélait une sorte d'incapacité émotionnelle de sa part.

— Douze ans, et je ne suis même pas en train de gémir et de me ronger les ongles. Tu penses que je suis un monstre ?

— Non, honnête seulement. Ça prouve que c'était la bonne décision, répondit Lucy, pragmatique.

— Je ne peux pas m'empêcher d'attendre de ressentir quelque chose. Quelque chose d'autre, je veux dire.

— Ça viendra peut-être. Mais ça ne sert à rien de culpabiliser, de te forcer à ressentir quelque chose que tu ne ressens pas.

Elle s'assit sur le lit de Suzanna et fouilla dans son sac.

— Il était temps d'aller de l'avant.

Elle tendit une enveloppe.

— À ce propos, voilà tes billets.

— Déjà ?

— Il ne faut jamais remettre au lendemain. Je pense que tu devrais foncer, Suzie. On peut s'occuper de la boutique. Je pense que ce n'est pas cool pour Neil d'être obligé de te croiser tout le temps. C'est une petite ville, après tout, et qui raffole des ragots en plus…

Suzanna prit les billets et regarda la date, médusée.

— Mais c'est dans moins de dix jours ! Quand on en a discuté, je pensais que tu parlais du mois prochain. Voire dans deux mois.

— Quelle raison tu aurais de rester ?

Suzanna se mordit la lèvre.

— Comment est-ce que je vais te rembourser ? Je n'aurai même pas le temps de vendre mon stock de marchandises…

— Ben aidera. Lui aussi, il pense que tu devrais partir.

— Il a sûrement hâte que je quitte la maison. Je crois qu'il était un peu dégoûté que je revienne habiter ici.

— Arrête de dire des bêtises, dit Lucy en souriant. J'adore l'idée que tu voyages façon routarde. C'est trop drôle ! Pour un peu, je viendrais aussi. Juste pour voir ça.

— J'aimerais bien. Je suis assez anxieuse, pour être franche.

— L'Australie, ce n'est pas le bout du monde.

Elles pouffèrent.

— Bon, d'accord, c'est le bout du monde. Mais ce n'est pas… tu sais… le tiers-monde. Tu n'auras pas besoin de creuser dans le sol pour faire tes besoins.

— Tu as parlé à ton amie ? Elle est toujours d'accord pour m'héberger quelques jours ?

— Pas de problème. Elle te fera visiter Melbourne. Elle te mettra le pied à l'étrier. Elle est impatiente de te rencontrer.

Suzanna essaya de se représenter dans ces panoramas étrangers, sa vie, pour la première fois, vide et attendant d'être peuplée de nouvelles personnes, de nouvelles expériences. Le genre de choses que Lucy l'avait encouragée à réaliser des années plus tôt. C'était terrifiant.

— Je n'ai rien fait toute seule. Depuis des années. Neil se chargeait de tout.

— Neil t'infantilisait.

— Le mot est un peu fort…

— Ouais. Sûrement. Mais c'est quand même vrai qu'il te laissait te comporter comme une gamine pourrie gâtée. Et ne va pas me faire la gueule parce que j'ai dit ça, ajouta-t-elle précipitamment, pas alors qu'on est en pleine session de rapprochement familial.

— C'est ça qu'on est en train de faire ?

— Oui. Avec quinze ans de retard. Allez, montre-moi où sont tes sacs, et je vais commencer le tri.

Lucy ouvrit le gros fourre-tout noir avec un air déterminé.

— Bordel de merde ! Tu as combien de paires de talons aiguilles, Imelda Marcos ?

Elle referma le sac et le tira de l'autre côté de la pièce.

— Tu n'en auras pas besoin. Demande à papa de les mettre au grenier. Où sont tes habits ?

Suzanna remonta ses genoux sous sa couette et les entoura de ses bras. Elle songeait aux infinies possibilités qui s'offraient à elle. Et à celles qu'elle avait ratées. Elle essayait de lutter contre la sensation d'être précipitée, de devoir s'asseoir immobile un moment et évaluer la situation. Mais sa sœur avait raison. Elle avait déjà suffisamment blessé Neil. C'était le moins qu'elle puisse faire.

— Tu comptes sortir de ton lit un jour, espèce de patate ?

Suzanna appuya le visage sur ses genoux, et regarda la tête blonde de Lucy s'agiter pendant qu'elle triait ses vêtements. Des vêtements qui, soudain, ne semblaient plus lui appartenir.

— J'ai dit à maman que je n'avais rencontré personne, finit-elle par dire.

Lucy s'arrêta, une paire de chaussettes roulées dans la main. Elle les posa sur une pile à sa gauche. Puis elle leva vers Suzanna un visage soigneusement inexpressif.

— Je mentirais en disant que je suis surprise.

— C'était le premier.

— Ce n'est pas ce que j'ai sous-entendu ! Mais en fait je pensais qu'il te faudrait quelque chose d'assez radical pour te faire sortir de ta zone de confort…

— Tu crois que c'était ça ?

Elle se rendit compte qu'elle se sentait vaguement sur la défensive à propos de son mariage. Il avait duré bien plus longtemps que d'autres, avait survécu à des hauts et des bas.

— Pas seulement.

Suzanna dévisagea sa sœur.

— Ce n'était pas juste une tocade.

— C'est fini ?

Suzanna hésita.

— Oui…

— Tu n'as pas l'air très sûre.

— À un moment… j'ai pensé que ce serait peut-être bien… mais les choses ont changé. Et, de toute façon, je vais être loin pendant un moment. Me retrouver. Neil a dit un truc qui m'a fait réfléchir…

— Tu en as parlé à Neil ?

— Seigneur, non ! Je l'ai déjà assez blessé comme ça. Tu es la seule à savoir. Est-ce que tu me trouves horrible ? Je sais que tu aimais bien Neil.

— Ça ne signifie pas que je pensais que vous étiez faits l'un pour l'autre.

— Jamais ?

Lucy secoua la tête.

Suzanna se sentait à la fois soulagée et un peu trahie par la certitude de sa sœur. D'un autre côté, même si Lucy avait fait une remarque, elle n'en aurait pas tenu compte. Pendant des années, elle n'avait pas écouté les conseils de sa famille.

— Neil est un gars tout simple, expliqua Lucy. Juste un gentil garçon pas compliqué.

— Et moi, je suis une vieille bique archi-compliquée…

— Ce qu'il lui faut, c'est une gentille petite campagnarde avec qui mener une vie au grand air.

— Comme toi.

C'est vraiment ce que tu crois ? demandaient les yeux de Lucy. Suzanna s'aperçut qu'elle ne savait pas, parce qu'elle n'avait jamais pris la peine de se poser la question. Lucy se tut un moment, comme pour peser ses mots.

— Si ça peut te rassurer, Suzie, peut-être qu'un jour je ferai moi aussi une grosse surprise à papa et maman. Ce n'est pas parce que ma vie te paraît simple que je suis toute lisse.

Ça avait été dit d'un ton gai, mais Suzanna, en regardant la jeune femme devant elle, pensa à l'ambition féroce de sa sœur, à son côté très secret, à son absence de mecs. Et, alors que le germe d'une idée naissait, elle constata qu'elle avait été bien aveugle et centrée sur elle-même… Elle se glissa hors de son lit, s'accroupit près de Lucy et ébouriffa ses cheveux blonds.

— Bon, eh bien quand tu le feras, chère enfant prodige, arrange-toi pour que je sois dans le coin. Ce serait dommage de rater ça.

Elle trouva son père près des granges Philmore. Elle avait pris le chemin le plus long, par l'allée cavalière qui bordait Rowney Wood, en portant le panier que Vivi avait préparé. Vivi avait proposé de le déposer d'un coup de voiture, mais Suzanna était contente de marcher. Elle avançait d'un pas méditatif, sans prêter attention à la pluie fine, consciente de l'émergence des couleurs brillantes de l'automne tout autour d'elle. Elle l'entendit avant de le voir, l'avancée du bulldozer, les craquements et le fracas des poutres, et dut fermer les yeux une seconde : ces bruits n'annonçaient pas toujours le désastre. Une fois le souffle retrouvé, elle avança plus près de la maison puis, arrivant sur le site de toute cette activité, s'arrêta à la lisière de ce qui avait autrefois été une cour et regarda l'engin écraser le bois pourri, et faire tomber, parmi ceux qui tenaient encore, les bâtiments à moitié en ruine qui, de l'avis même des plus ardents défenseurs du patrimoine, ne valaient plus la peine d'être conservés. Son père et son frère étaient de l'autre côté. Ils dirigeaient à grands gestes les conducteurs de bulldozer. De temps en temps, son père s'éloignait pour parler aux deux autres ouvriers, dont l'un paraissait en charge des bennes. Lorsqu'elle arriva, deux bâtiments étaient déjà tombés. Ils étaient passés de l'état d'abri à celui de sculpture postmoderne avec une rapidité effrayante. Sur le sol, à part les poutres noircies qui se dressaient comme une dernière protestation obscène, elle remarqua que, pour de si grandes structures, elles avaient produit fort peu de gravats.

Ben l'avait vue. D'un air interrogateur, il désigna leur père. Elle hocha la tête et le regarda s'approcher pour interrompre la discussion. Ben et son père avaient la même démarche raide, les épaules en avant, comme perpétuellement prêts à se battre. Son père tendit l'oreille vers Ben, mit un terme à sa conversation et, suivant la main de son fils, fit un geste dans la direction de Suzanna. Elle resta immobile. Elle n'avait pas envie de devoir échanger des politesses. Finalement, percevant peut-être sa réticence, il s'avança vers elle. Il portait une mince chemise de coton dont elle se souvenait depuis son enfance. Comme toujours, il ne semblait pas se soucier de la météo.

— Voilà le déjeuner, dit-elle en tendant le panier.

Puis, alors qu'il allait la remercier, elle ajouta :

— Tu aurais une minute ?

Il indiqua l'une des granges qui restaient, et donna ses sandwichs à Ben en passant devant lui. Depuis vingt-quatre heures qu'elle était revenue à la maison, ils ne s'étaient pas vus. Il était dehors avec l'équipe de démolition, et elle avait passé la majeure partie de son temps dans sa chambre, le plus souvent endormie. Il lui montra un vieux sac d'engrais, et elle s'y adossa prudemment pendant qu'il en tirait un pour lui-même. Il y eut un silence plein d'attente. Elle n'évoqua pas les circonstances de sa naissance, ni le fait qu'elle ait quitté Neil, même si elle savait que Vivi en avait forcément parlé avec lui. Suzanna pensait que Vivi n'avait aucun secret pour son père.

— Ça fait bizarre, sans les granges du milieu.

Il leva les yeux vers les trous dans le toit.

— Oui, j'imagine.

— Quand est-ce que tu commences la construction des nouvelles maisons ?

— Pas tout de suite. Il faut d'abord terrasser, installer des canalisations, ce genre de choses. Pour les bâtiments qu'on garde, il va falloir remplacer une grande partie de la charpente.

Il lui proposa un sandwich, mais elle secoua la tête.

— C'est dommage, reprit-il. Au départ, on pensait qu'on pourrait tout convertir. Mais parfois, il faut accepter de devoir faire petit à petit…

Ils restèrent assis côte à côte. Son père posa son sandwich pour boire dans une Thermos de thé. Elle se surprit à regarder fixement les mains paternelles. Elle se souvint que Neil lui avait raconté le choc que cela avait été pour lui, à la mort de son père, de comprendre qu'il ne reverrait plus jamais ses mains. Si familier, si concret, et pourtant parti pour toujours. Elle regarda ensuite les siennes. Pas besoin de tableau pour deviner qu'elle avait hérité de celles de sa mère. Elle les serra entre ses genoux. Les hommes s'étaient arrêtés pour déjeuner. Finalement, elle se tourna vers son père.

— Je voulais te parler de quelque chose.

Elle pressa ses paumes, étonnamment fraîches, l'une contre l'autre.

— Je voulais te demander si ça t'ennuierait que je prenne un peu de ma part de l'argent du domaine maintenant.

Elle lut dans son regard qu'il ne s'y était pas attendu. Qu'il s'était sûrement préparé à pire. Il avait l'air à la fois curieux et soulagé, comme s'il se demandait si c'était vraiment cela qu'elle souhaitait. Elle comprit qu'en formulant cette requête elle lui montrait qu'elle acceptait désormais la situation.

— Tu en as besoin maintenant ?

Elle acquiesça.

— Ben fera de bonnes choses avec le domaine. Il a… il a ça dans le sang.

Il y eut un bref silence alors que le sens de ses paroles s'imprégnait en eux.

Sans un mot, il sortit un chéquier de sa poche arrière et griffonna des chiffres avant de le lui tendre. Suzanna contempla le chèque.

— C'est trop…

— C'est ce à quoi tu as droit.

Il se tut avant d'ajouter :

— On a dépensé la même somme pour les études de Lucy et de Ben.

Il avait fini son sandwich. Il roula en boule le papier huilé dans lequel il était emballé, et le posa dans le panier.

— Je préfère te dire qu'avec cet argent je pars à l'étranger. Je prends mon envol.

Elle était consciente de son silence, des silences par lesquels il lui avait parlé toute sa vie.

— Lucy m'a acheté des billets. Je vais en Australie. Je séjournerai chez une amie à elle un moment, le temps de prendre mes marques.

Son père changea de position.

— Je n'ai pas fait grand-chose de ma vie, papa.

— Tu es exactement comme elle…

Elle se sentit bouillir.

— Je ne suis pas du genre à tout plaquer, papa. J'essaie juste de faire ce qui sera le mieux pour tout le monde.

Il secoua la tête, et elle vit qu'il n'exprimait pas de condamnation.

— Ce n'est pas ce que j'ai voulu dire. Tu… tu as besoin de t'élancer. De trouver ta voie. Tu es sûre que la somme te suffira ?

— Oh, oui ! D'après Lucy, ça ne coûte presque rien de voyager sac au dos. En fait, j'espère ne pas trop dépenser. Je laisserai la majeure partie ici, à la banque.

— Parfait.

— Et le père Lenny va vendre ce qui reste de marchandises pour moi. Comme ça, j'aurai encore un peu d'argent qui va rentrer, j'espère.

— Il va y arriver ?

— Je pense. Tout le monde me dit que, sans lui, je ne réussirai pas à m'en débarrasser.

Ils regardèrent Ben se déplacer entre les deux bulldozers, leur donner des instructions. Il s'interrompit pour répondre au téléphone, éclata de rire. Son père l'observa un moment avant de se tourner vers Suzanna.

— Je suis conscient que ça n'a pas été facile entre nous, Suzanna, mais je veux que tu saches quelque chose.

Sa main serrait si fort la Thermos qu'il en avait les articulations blanches.

— Je n'ai jamais fait de test, tu sais… on ne connaissait pas l'ADN et tous ces trucs, à l'époque… Mais j'ai toujours su que tu étais de moi.

Même dans la pénombre de la grange, Suzanna voyait l'intensité de son regard, entendait l'amour dans ce qu'il disait. Elle se rendit compte que même lui était assez rigide à propos du passé, qu'il avait des croyances ancrées sur le sang, l'héritage. Il existait des moyens de tirer ça au clair. Mais soudain, elle comprit que ce n'était pas nécessaire.

— Ne t'en fais pas, papa.

Ils restèrent un moment silencieux, conscients du précipice élargi par des années de paroles dures et d'incompréhensions mutuelles, du fantôme qui se dresserait toujours entre eux.

— Peut-être qu'on viendra te rendre visite. Quand tu seras en Australie, déclara-t-il, à présent si proche d'elle que leurs bras se touchaient. Ta mère a toujours rêvé d'aller à l'étranger.

Et je ne voudrais pas que ça dure trop longtemps… de rester sans te voir, je veux dire.

— Non, moi non plus, reconnut Suzanna en absorbant sa chaleur.

Elle trouva Vivi dans la galerie, en train de contempler le portrait.

— Tu vas à ta boutique ?

Ma boutique, songea Suzanna. Ces mots ne semblaient plus correspondre.

— Je vais d'abord aller chercher le reste de mes vêtements chez Neil. Je pense que c'est mieux pour lui que je passe quand il n'est pas là.

— Juste des vêtements ?

— Quelques livres. Mes bijoux. Je laisse le reste. Tu garderas un œil sur lui quand je serai partie ?

Vivi acquiesça. Elle avait sans doute déjà décidé de le faire, pensa Suzanna.

— J'ai un cœur. Je me soucie de lui, tu sais.

Elle aurait voulu ajouter qu'elle voulait qu'il soit heureux. Mais elle était contente de ne pas être là pour en être témoin. Elle avait ses propres sentiments à ménager.

— Tu seras heureuse ?

Suzanna imagina l'Australie, un continent inconnu de l'autre côté de la planète. Elle pensa à son propre petit univers, à ce qui avait été sa boutique. À Alejandro.

— Plus qu'avant, répondit-elle, incapable d'expliquer ce qu'elle ressentait. Oui, plus heureuse, pas de doute.

— C'est déjà un bon début.

— Oui, je suppose.

Suzanna fit un pas en avant, et elles restèrent côte à côte, les yeux levés vers le tableau dans son cadre doré.

— C'est bien qu'elle soit ici, dit Vivi. Si ça te convient, Suzanna, ma chérie, je serai certainement sur ce mur-ci. Ton père, ce vieil idiot, pense que je devrais figurer ici, moi aussi.

Suzanna lui passa un bras autour de la taille.

— Tu sais quoi ? Je pense que ça devrait être seulement toi. Ça fera un peu bizarre, sinon. Et son cadre à elle ne va pas vraiment avec la décoration.

— Oh, non, ma chérie. Athene a le droit d'être là. Il faut qu'elle ait sa place, elle aussi.

Suzanna fut brièvement hypnotisée par les yeux brillants de la femme du portrait.

— Tu as toujours été si bonne, tu t'es occupée de nous tous.

— Ce n'est pas une question de bonté. C'est comme ça qu'on a été programmés… en tout cas, moi.

Suzanna se détourna du tableau pour regarder la femme qui l'aimait, qui l'avait toujours aimée.

— Merci, maman.

— Ah, au fait, s'écria Vivi alors qu'elles repartaient en direction de l'escalier, il y a quelque chose qui est arrivé pour toi quand tu étais sortie. Ça a été livré par un vieil homme très surprenant. Il n'arrêtait pas de me sourire, comme s'il me connaissait.

— Un vieux, vraiment ?

Vivi examinait le bois d'un guéridon et en frottait la surface avec un doigt.

— Oh, oui. La soixantaine bien tapée. Étranger, avec une moustache. Je ne l'avais jamais vu en ville.

— C'était quoi ?

— Il n'a pas voulu me dire qui l'envoyait. Mais c'est une plante. *Calathea makoyana*, je pense.

Suzanna dévisagea sa mère.

— Une plante ? Tu es sûre que c'est pour moi ?

— C'est peut-être de la part d'un de tes clients. En tout cas, je l'ai mise dans le cellier.

Elle descendit l'escalier, puis lança par-dessus son épaule :

— On l'appelle aussi la fleur de paon. Je n'en raffole pas, je dois dire. Je la donnerai à Rosemary, si tu ne la veux pas.

Avec un bruit qui ressemblait à un halètement étranglé, Suzanna manqua de bousculer sa mère et dévala l'escalier.

Chapitre 27

Elle avait cru tout connaître de Jessie, ou presque. À présent, au bout d'une heure et demie d'enquête publique, elle avait appris que la défunte Jessica Mary Carter mesurait exactement un mètre cinquante-neuf, qu'elle avait été opérée de l'appendice et des amygdales plus de dix ans auparavant, qu'elle avait une marque de naissance en bas du dos, et que son index gauche avait été cassé au moins trois fois, la dernière relativement récente. Parmi ses autres blessures, dont Suzanna avait préféré ne pas écouter la description, se trouvaient des hématomes qui ne s'expliquaient pas par les événements de la nuit de sa mort. Suzanna ne reconnaissait pas Jessie : c'était plutôt un amalgame d'éléments physiques, de peau et d'os, un catalogue de dommages corporels. C'était le plus dérangeant : non pas qu'il y ait tant de blessures dont elle n'avait pas entendu parler, mais que rien de l'essence de la véritable Jessie ne se retrouve ici. Au tribunal, les amis et parents de Jessie qui avaient eu le courage d'affronter l'enquête, certains parce qu'ils ne parvenaient pas à accepter de ne plus la revoir, d'autres parce qu'ils se réjouissaient secrètement de faire partie du plus gros événement de Dere Hampton depuis l'incendie de l'animalerie en 1996, murmuraient entre eux, ou pleuraient en silence dans leur mouchoir, écrasés par l'émotion. Suzanna remua sur son siège. Depuis le coin de la galerie du public, elle essayait de voir l'autre porte. Elle devait lutter contre le soupçon qu'il était, en cet instant même, assis dehors sur le banc, en compagnie des sœurs de Cath Carter, qui fumaient comme des pompiers. Ce serait un manque de respect de quitter continuellement la salle d'audience pour aller vérifier. Il n'était pas là quand elle était arrivée. Pas là non plus lorsqu'elle était sortie vingt minutes plus tôt pour se rendre aux toilettes. Mais, en tant qu'unique témoin de l'événement, il devrait bien faire son récit. Il était obligé de venir. Suzanna se lissa les cheveux en arrière, l'estomac noué comme si souvent par un mélange d'excitation et de peur qui ne l'avait pas quittée depuis plus de vingt-quatre heures. Deux fois, pour se rassurer, elle avait regardé les étranges trésors qu'elle gardait dans son sac. Il y avait l'étiquette de la plante qui était arrivée ce premier jour. Puis, adressé à elle chez ses parents, un papillon de papier envoyé dans une enveloppe sans expéditeur. Ben, grand amateur d'entomologie dans son adolescence, l'avait identifié comme *Inachis io*. Elle avait écrit le nom au dos. La veille, lorsqu'elle était allée à la boutique pour effectuer quelques dernières tâches avant de rendre les clés, elle avait trouvé une énorme plume épinglée au chambranle de la porte. Elle dépassait à présent de son sac de façon incongrue. Il n'y avait pas de messages associés à ces cadeaux. Mais elle savait que ça avait un rapport avec lui. Qu'il y avait un sens caché. Elle essayait de ne pas trop penser à la possibilité que ça vienne de Neil. Le coroner en avait fini avec le rapport d'autopsie. Plein de sollicitude, il se pencha par-dessus son pupitre pour demander à Cath Carter si elle avait besoin d'éclaircissements. Cath, assise entre le père Lenny et une femme d'âge moyen que Suzanna ne connaissait pas, secoua la tête. Le coroner retourna à la liste de témoins posée devant lui. Suzanna venait ensuite. Elle regarda en contrebas le journaliste à lunettes qui se tenait dans un coin et prenait des notes consciencieusement dans un calepin. Suzanna avait parlé au père Lenny de sa crainte : si elle racontait tout ce qu'elle savait, vraiment tout, Jessie serait décrite dans la presse comme une victime de violence domestique. Or, elle ne voulait pas être considérée comme une victime, lui avait expliqué Suzanna. Ne lui devaient-ils pas cette petite dignité, au moins ? Il lui avait répondu que Cath se posait les mêmes questions.

— Mais il faut voir à long terme, ici, Suzanna. La question, c'est : où voulez-vous voir grandir Emma ? Car, même si on n'est qu'au début du processus, ce qui va être dit ici sera utilisé en cas de procès aux assises. Je pense que même Jessie serait d'accord pour sacrifier un peu de son intimité pour le bien de sa fille et sa stabilité.

Il avait choisi le mot avec soin. Ce qui avait amené Suzanna à une décision facile.

Elle entendit qu'on appelait son nom, et se leva. Le coroner l'interrogea avec une douceur étonnante. Elle parla en termes mesurés des blessures que Jessie avait subies alors qu'elle travaillait chez *Peacock & Co*, de la séquence d'événements qui avait conduit au soir où elle était morte, et à la personnalité sociable et généreuse qui l'avait par malheur menée à cette fin tragique. En parlant, elle était incapable de regarder Cath, car elle avait l'impression de trahir la confiance de la famille, mais en redescendant du box, elle avait croisé son regard. La vieille dame avait hoché la tête. Comme une reconnaissance.

Il n'était pas entré.

Elle se rassit à sa place, avec la sensation que la tension se dissipait, comme si elle avait retenu son souffle pendant toute sa prise de parole.

— Ça va ? articula le père Lenny en silence, tourné vers elle.

Elle acquiesça et essaya de ne pas regarder une fois de plus la porte en bois. Qui, d'une minute à l'autre, allait s'ouvrir. Elle lissa pour la énième fois ses cheveux trop courts.

Trois autres personnes vinrent témoigner : le médecin de Jessie, qui confirma qu'à sa connaissance Jessie ne souffrait pas de dépression, mais avait envisagé de quitter son conjoint ; le père Lenny, qui, en tant qu'ami proche de la famille, raconta comment il avait tenté de remédier à ce qu'il appelait « sa situation », et la détermination farouche de Jessie à s'en sortir toute seule ; et une cousine que Suzanna n'avait jamais rencontrée. Elle éclata en sanglots et pointa un doigt accusateur vers la mère de Jason Burden : elle savait ce qui se passait et aurait dû l'en empêcher, ce bâtard. Le coroner lui suggéra de faire une pause pour reprendre contenance. Suzanna écoutait d'une oreille, tout en s'efforçant d'identifier les voix qui lui parvenaient de l'extérieur. Elle se demandait à quel moment elle pourrait quitter à nouveau la salle sans que cela paraisse bizarre.

— Nous nous tournons maintenant vers notre unique témoin, de nationalité argentine, ancien résident de l'hôpital de Dere Hampton où il travaillait à la maternité…

Suzanna sentit son cœur s'arrêter.

— … qui nous a fait parvenir une déclaration écrite. Je vais transmettre cette déclaration à la clerc, qui en donnera lecture.

La clerc, une femme ronde aux cheveux teints avec enthousiasme, se leva et, avec un accent du sud-est de l'Angleterre, commença à lire. *Une déclaration écrite.* Suzanna se pencha en avant comme si elle avait reçu un coup au plexus. Elle n'entendit presque rien des mots d'Alejandro, des mots qu'il lui avait murmurés à l'oreille la nuit de la mort de Jessie, entre larmes et baisers, des mots qu'elle avait fait taire avec ses lèvres. Puis elle dévisagea cette femme, qui aurait dû être Alejandro, et essaya de réprimer le cri d'exaspération qui montait en elle. Elle ne pouvait rester assise. Elle se tortillait sur son siège, fébrile et désespérée, et lorsque la femme eut fini de lire, elle glissa rapidement sur le banc et, avec un signe de tête pour s'excuser, s'enfuit dans le couloir où se trouvaient deux des tantes de Jessie, sa cousine et une amie d'école, déjà assises en rang d'oignons.

— Ce salaud d'assassin ! jura l'une d'elles en allumant une cigarette. Comment sa mère ose-t-elle se montrer ici ?

— Lynn dit que les garçons l'auront s'il s'avise de revenir à Dere. Son aîné garde une batte de base-ball dans son coffre juste au cas où il le verrait.

— Il est toujours à l'ombre. Ils ne vont pas le laisser sortir.

— Ce n'est pas la faute de Sylvia, répondit l'autre. Tu sais bien qu'elle est effondrée.

— Elle lui rend quand même visite, pas vrai ? Elle va le voir chaque semaine.

La femme plus âgée tapota le bras de la jeune fille.

— N'importe quelle mère réagirait pareil. C'est son sang, non ? Quoi qu'il ait fait.

Elle regarda Suzanna.

— Ça va, vous ? C'était trop horrible à entendre, j'imagine…

Suzanna, appuyée contre le mur, fut incapable de répondre.

Évidemment, qu'il n'était pas venu. Pourquoi l'aurait-il fait, après tout ce qu'elle avait dit ? Peut-être qu'il était en train de partir au moment même où elle était assise là-dedans, à vérifier bêtement son apparence. Quelle arrogance d'être aussi certaine de sa venue ! Elle resta debout une seconde, le visage plissé de chagrin, les mains sur la tête comme pour l'empêcher d'exploser. Elle sentit un bras féminin inconnu l'enlacer, l'odeur âcre d'une cigarette tout juste fumée.

— Ne vous mettez pas dans cet état… Elle est avec les anges, maintenant, pas vrai ? C'est ce qu'on se disait juste à l'instant. Elle est avec les anges, il ne faut pas être triste.

Suzanna marmonna quelque chose et partit. Elle n'avait pas besoin de savoir si la mort serait considérée comme un accident, un meurtre, ou si le verdict serait laissé ouvert. Jessie était partie. C'était le seul fait important. Elle pouvait seulement prier pour qu'Alejandro ne parte pas aussi.

Les retards s'étaient accumulés, d'abord à cause de problèmes de moteur, de questions de sécurité, puis du mauvais temps. L'aéroport de Heathrow était bondé de gens qui tournaient en rond, tirant des valises à roulettes ou poussant des chariots à bagages qui viraient en courbes dangereuses sur le linoléum brillant. Le sol crissait sous les innombrables semelles de crêpe. Des voyageurs épuisés s'étalaient sur plusieurs sièges comme s'ils étaient seuls au monde, des bébés hurlaient, et de petits enfants s'efforçaient de se perdre dans les cafés aux lumières vives, mettant leurs parents encore plus sur les nerfs. Jorge de Marenas, qui avait bu un peu trop de mauvais café, regarda le panneau des départs, se leva et prit sa valise. Il tapota la poche de sa veste pour s'assurer que billet et passeport y étaient toujours, puis fit un geste vers le guichet, où serpentait une ligne d'Argentins qui patientaient, leur carte d'embarquement à la main.

— Tu es sûr que c'est ce que tu veux faire ? demanda-t-il à son fils. Je ne veux pas que tu penses à moi. Ni à ta mère. Il faut que tu décides pour toi. En fonction de ce que tu désires vraiment.

Alejandro suivit le regard de son père vers le panneau des départs.

— C'est bien comme ça, *pa*.

L'immeuble de logements des infirmières de l'hôpital de Dere Hampton était plus grand que dans le souvenir de Suzanna. Il y avait deux entrées, qu'elle pensait reconnaître, et une grande surface de pelouse tout autour, ponctuée par des buissons effilés qu'elle ne se rappelait pas du tout.

C'était tellement différent en plein jour, avec des gens, quelques feuilles d'automne ici et là. Ce n'était plus l'endroit qui avait servi de décor à ses rêves. Mais, d'un autre côté, lorsqu'elle était venue cette nuit-là, elle n'avait pas prêté attention aux lieux.

Elle resta debout plusieurs minutes, à essayer frénétiquement de comprendre quelle entrée elle devait emprunter, frustrée par son manque de mémoire visuelle, son incapacité à savoir où se situait l'appartement d'Alejandro. Il était au rez-de-chaussée, elle le savait, aussi elle traversa la pelouse pour aller regarder par les fenêtres et tenter de voir à travers les voilages qui ornaient toutes les vitres. Le troisième appartement qu'elle observa lui sembla pouvoir correspondre. Elle arrivait tout juste à distinguer le canapé d'une grande marque, les murs blancs, la table en hêtre. Mais le côté dépouillé de l'appartement et la mauvaise visibilité à travers le rideau ne lui permettaient pas de savoir s'il était toujours habité.

— Pourquoi il y a tant de voilages, bordel ? marmonna-t-elle.

— Pour empêcher les curieux de regarder par la fenêtre, répondit une voix dans son dos.

Suzanna s'empourpra. Deux infirmières, une rousse et l'autre antillaise, se trouvaient à côté d'elle.

— Vous seriez surprise de voir combien les gens sont excités par l'idée d'un bâtiment rempli d'infirmières, dit la femme noire.

— Je ne suis pas une voyeuse…

— Vous êtes perdue ?

— Je cherche quelqu'un. Un homme.

Elle vit leur réaction amusée et comprit qu'elle n'était plus qu'à un cheveu d'une blague lourde.

— Un homme en particulier. Il travaille ici.

— C'est un bâtiment féminin…

— Mais il y avait un homme ici. Il est sage-femme. Alejandro de Marenas. Un Argentin, vous voyez de qui je parle ?

Les infirmières échangèrent un regard.

— Ah… lui…

Suzanna se sentit évaluée, comme si son lien avec Alejandro la faisait apparaître sous un nouveau jour.

— C'est bien son appartement, mais je ne crois pas qu'il soit là. Ça fait un moment qu'il n'est plus dans le coin, non ?

— Vous êtes sûres ?

— Les étrangers ne tiennent pas longtemps, expliqua la femme antillaise. On leur colle les pires gardes.

— Et ils se sentent seuls, compléta l'Irlandaise.

— Ouais.

Elle observa Suzanna, indéchiffrable.

— Je ne sais pas s'il se sentait seul, celui-là…

Suzanna se mit à cligner des yeux et s'interdit de s'effondrer devant ces deux femmes.

— Est-ce que quelqu'un saurait ? S'il est parti ?

— Allez voir à l'administration, suggéra l'Irlandaise. Ou au service du personnel. C'est dans le bâtiment principal, au quatrième étage.

— Merci, dit Suzanna, tout en détestant ces filles pour leur air sagace. Merci beaucoup.

Elle s'enfuit.

La femme au service du personnel avait été courtoise, mais méfiante, comme s'il n'était pas inhabituel pour elle d'affronter des gens qui exigeaient de savoir où avaient disparu les membres de ses équipes.

— On a déjà eu quelques cas d'infirmières étrangères qui ont fait des dettes considérables pendant qu'elles étaient ici, expliqua-t-elle. Parfois, celles qui viennent des pays du tiers-monde se laissent un peu emporter par le niveau de vie ici.

—Il ne me doit pas d'argent. Ni à personne d'autre. Je… j'ai juste vraiment besoin de savoir où il est.

—Malheureusement, nous n'avons pas le droit de divulguer les coordonnées de notre personnel.

—J'ai ses coordonnées. J'ai juste besoin de savoir s'il est toujours là.

—Ça, c'est une question qui concerne les ressources humaines…

Suzanna essaya de réguler sa respiration.

—Écoutez, il devait témoigner ce matin lors d'une enquête à propos de la mort d'une jeune femme dans ma boutique. J'ai besoin de savoir pourquoi il n'est pas venu.

—Dans ce cas, vous devriez vous adresser à la police.

—C'est un ami.

—C'est ce qu'on dit toujours…

—Écoutez. S'il vous plaît. Si vous voulez que je m'humilie, je le ferai…

—Personne ne vous demande de vous humilier.

—Je l'aime, d'accord ? Je ne le lui ai pas dit quand j'aurais dû, et j'ai peur qu'il soit trop tard, et je dois absolument le lui dire avant qu'il parte. Parce que je ne le retrouverai jamais en Argentine. Jamais. Je ne sais même pas où ça se trouve sur une carte !

La dame la dévisageait à présent.

—Je ne sais même pas si c'est près de la Patagonie, de Porto Rico, ou quoi. Je sais juste qu'il y a beaucoup de vaches, et des boissons à base de brindilles qui ont un goût très amer, et des poissons affreux et très féroces, et que c'est très, très grand, et que s'il part d'ici je n'ai aucune chance de le retrouver. Je ne sais pas si j'aurai le courage d'essayer. S'il vous plaît. S'il vous plaît, dites-moi juste s'il est encore ici.

La femme contempla Suzanna une minute, puis s'éloigna vers le fond de son bureau et tira un dossier d'un tiroir qui débordait. Elle se pencha dessus pour le lire attentivement, trop loin pour que Suzanna distingue les pages.

— La loi nous interdit de communiquer les détails des dossiers du personnel. Ce que je peux vous dire, c'est qu'il n'est plus employé par l'hôpital.

— Il ne travaille plus pour vous ?

— C'est ce que je viens de vous dire.

— Dans ce cas, vous pouvez me dire où il est. S'il ne travaille plus pour vous, il ne fait plus partie du personnel.

— Bien tenté, commenta la femme. Écoutez, vous pourriez essayer d'appeler son agence. Ce sont eux qui nous l'ont amené et nous l'ont adressé.

Elle griffonna un numéro sur un bout de papier et le tendit à Suzanna.

— Merci, dit Suzanna.

C'était un numéro à Londres. Il y avait une chance qu'il ait pris un autre emploi là-bas.

— Et c'est près de l'Uruguay.

— Quoi ?

— L'Argentine. C'est près du Brésil et de l'Uruguay.

La femme, en souriant toute seule, se détourna de son guichet et retourna vers ses dossiers.

Arturro ne l'avait pas vu. Il demanda aux trois jeunes assistants, qui secouèrent la tête d'un air théâtral, puis continuèrent à se lancer avec grâce de gros morceaux de stilton, des bocaux de pâte de coings et de pesto, après l'avoir estimée, ce qui était gratifiant, à cinquante-deux kilos. Cela faisait plus d'une semaine qu'Arturro ne l'avait pas vu. Mrs Creek non plus, ni Liliane, ni le père Lenny, ni la dame qui avait l'échoppe d'antiquités, ni le monsieur mince du *Coffee Cup*, ni les employés du café près du garage, où il achetait autrefois le journal.

— Environ un mètre quatre-vingts ? Très bronzé ? Les cheveux bruns ? dit-elle à une infirmière devant le marchand de journaux, juste au cas où.

— Si vous le trouvez, je suis preneuse, répondit celle-ci avec un sourire entendu.

Quand il commença à faire nuit, elle rentra à la maison.

— Tu es prête ? demanda Vivi en lui tendant une tasse de thé. Lucy a appelé pour te dire qu'elle serait là demain à midi. Je me demandais si ça t'ennuierait d'aller passer un moment avec Rosemary avant de partir. Ça lui ferait très plaisir, tu sais.

Suzanna était assise sur le canapé, à se demander si ce serait de la folie de sa part de se rendre directement à Heathrow. L'aéroport le plus proche n'avait pas de vols pour l'Argentine, et Heathrow ne communiquait pas les noms des passagers. C'était une question de sécurité, apparemment.

— Bien sûr, répondit-elle.

— Ah, et tu sais, le numéro qui ne répondait pas tout à l'heure ? reprit Vivi. Eh bien, ils t'ont rappelée. Une agence de personnel soignant, m'ont-ils dit. C'est eux que tu voulais joindre ? J'ai pensé que c'était une erreur…

Suzanna se leva d'un bond et arracha le papier à sa mère.

— Ce n'est pas une erreur.

— Une agence d'infirmières ?

— Merci. Merci, merci !

Elle se jeta à travers le canapé en direction de la table du téléphone, sans prêter attention à l'air perplexe de sa mère.

— Je crois que je ne comprendrai jamais cette fille, soupira Vivi, dans la cuisine, en épluchant des pommes de terre pour un gratin.

— Qu'est-ce qu'elle a fait, encore ? demanda Rosemary, le nez plongé dans un vieux livre de jardinage.

Elle avait manifestement oublié quelle plante elle voulait consulter, mais s'était perdue avec plaisir dans les illustrations.

— Je pensais qu'elle partait en Australie. Mais voilà que, maintenant, elle a apparemment décidé de devenir infirmière.

— Quoi ? s'exclama Rosemary en recrachant son vin.

— Infirmière.

— Elle ne veut pas devenir infirmière !

— C'est ce que je croyais aussi. Mais elle est au téléphone avec une agence. Elle a l'air de prendre ça très au sérieux.

Vivi se pencha pour remplir le verre de Rosemary.

— Je ne sais pas, tout change si vite par ici. J'ai du mal à suivre.

— Elle fera une infirmière horrible, commenta Rosemary. Vraiment horrible. La première fois qu'elle devra s'occuper d'un bassin, elle quittera le navire comme un rat !

Le monsieur de l'agence était très gentil. Presque trop. Mais Alejandro de Marenas avait résigné son contrat avec eux deux semaines plus tôt. Ayant réglé sa cotisation, il n'avait aucune obligation de rester en contact. Il était sans doute de retour en Argentine. La durée moyenne du séjour pour les sages-femmes était de moins d'un an. Celles qui tenaient le plus longtemps venaient des pays les plus défavorisés, et s'il se souvenait bien, Mr de Marenas était plutôt bien loti.

— Je vais prendre votre numéro, si vous voulez. S'il nous recontacte, je peux le garder dans son dossier pour le lui transmettre. Vous êtes des services de santé ?

— Non, répondit-elle, les yeux rivés sur la plume qu'elle tenait à la main.

Ça portait malheur. Elle venait de s'en souvenir. On ne devait pas garder une plume dans la maison, car ça portait malheur.

— Merci, mais non, murmura-t-elle.

Puis, enfin, la tête penchée doucement sur le téléphone, elle se mit à pleurer.

Il était près de 9 h 30. La légère augmentation du nombre de piétons qui tenait lieu d'heure de pointe à Dere Hampton commençait à décroître. Les boutiques finissaient d'ouvrir, et les dernières mamans rentraient de leur aller-retour à l'école. Suzanna se tenait chez *Peacock & Co* pour la dernière fois. Les fenêtres avaient été installées, leurs cadres fraîchement peints, et une affiche annonçait la grande liquidation de la semaine suivante. « Tout à moins cinquante pour cent et plus », était-il écrit en caractères gras. C'était le côté gauche, songea-t-elle. La vitrine de droite aurait un autre but.

Elle regarda sa montre et constata que Lucy serait là dans deux heures et demie. Elle n'avait invité que peu de gens, Arturro et Liliane, le père Lenny, Mrs Creek, ceux dont on pouvait considérer qu'ils avaient eu un contact quotidien avec Jessie, ceux pour qui ces éléments auraient un sens, ajouteraient à leurs souvenirs d'elle. Elle était debout derrière la fenêtre de sa boutique, et regardait à travers le rideau de gaze qu'elle avait installé le matin même, et qui lui rappelait désagréablement les voilages de la veille. Elle contemplait le petit groupe. Elle s'était demandé si c'était le bon moment pour le faire, mais le père Lenny, le seul à connaître son projet, lui avait assuré qu'il n'y avait pas de meilleur moment. Il avait déjà assisté à des enquêtes par le passé. Il savait qu'après un décès il y avait des images, des mots qu'il fallait bloquer, remplacer par quelque chose de plus doux.

— Vous êtes prêts ? articula-t-elle de derrière la porte.

Lorsqu'il acquiesça, elle s'approcha de la vitre, souleva le rideau de gaze et sortit pour rejoindre les autres, à quelques pas de la boutique. Elle les regarda avec une légère anxiété observer l'exposition qu'elle venait de dévoiler devant eux. La vitrine était remplie de marguerites roses. Au-dessus étaient accrochées les décorations mexicaines en papier que Jessie avait projeté d'acheter pour chez elle à prix spécial. Tout autour couraient les guirlandes électriques qui avaient autrefois orné les étagères. Elle y avait disposé différents objets. Les ailes d'ange que Jessie avait portées toute une journée à la suite d'un pari, un porte-monnaie à sequins qu'elle adorait mais qui était trop cher pour elle, une boîte ronde de chocolats dans du papier rose. Sur les côtés, elle avait mis plusieurs magazines, dont *Vogue* et *Hello!* ainsi qu'un travail manuscrit que Jessie avait rapporté de ses cours du soir avec la mention « Très prometteur » en rouge dans la marge. Il y avait un CD de salsa que Jessie avait passé en boucle jusqu'à ce que Suzanna la supplie de l'éteindre, et un dessin d'Emma qu'elle avait punaisé au-dessus de la caisse. Au centre se trouvaient deux photos. L'une, prise par le père Lenny, montrait Suzanna et Jessie en train de rire, avec Arturro souriant à l'arrière-plan, et l'autre représentait Jessie et Emma, assises dehors, toutes deux avec des lunettes de soleil roses. Tout était arrangé autour d'un morceau de parchemin crème, sur lequel Suzanna avait écrit en italique, à l'encre fuchsia : *Jessie Carter avait un sourire aussi brillant qu'un mois d'août, et le rire le plus coquin de toute la région. Elle aimait les glaces Mars, le rose bonbon, cette boutique et sa famille, dans le désordre. Elle aimait sa fille Emma plus que tout au monde, et pour quelqu'un qui débordait autant d'amour, ce n'est pas rien. Elle n'a pas eu le temps d'accomplir tous ses rêves, mais elle a transformé ma boutique, puis elle m'a transformée moi. C'était impossible de ne pas être transformé à son contact, et je sais que personne dans cette ville ne me contredira.*

L'exposition étincelait, vive et criarde, jurant avec la brique nue et le bois qui l'encadraient. Tout devant étaient posées deux tasses à café. L'une était restée vide, symboliquement.

Personne ne dit mot. Au bout de quelques minutes, Suzanna se sentit anxieuse. Elle regarda le père Lenny pour se rassurer.

— Les expositions, c'était l'idée de Jessie, dit-elle dans le silence. Alors j'ai pensé que ça lui plairait.

Personne ne se décidait à prendre la parole. Suzanna fut saisie de nausée, comme si elle était redevenue celle qu'elle était avant, et qui faisait boulette sur boulette. Elle s'était plantée une fois de plus. Un hoquet de panique montait. Elle lutta pour le réprimer.

— Ce n'est pas censé montrer tout ce qu'elle était… dire tout sur elle. Je voulais juste la célébrer un peu. Avec quelque chose de plus gai que ce qui a eu lieu lors de…

Elle laissa la phrase en suspens. Elle se sentait inutile, inadaptée.

Mais alors, une main se posa sur son bras. Elle regarda les doigts minces et manucurés, le visage au maquillage sophistiqué de Liliane, adouci par ce qu'elle avait vu dans la vitrine, peut-être.

— C'est magnifique, Suzanna. Vous avez fait un très joli travail.

Suzanna battit des cils de toutes ses forces.

— C'est presque aussi bien que l'une des siennes, commenta Mrs Creek, penchée pour mieux voir. Vous devriez ajouter un paquet de ces bonbons en forme de cœur. Elle en mangeait toute la sainte journée.

— Elle adorerait, déclara le père Lenny, un bras autour des épaules de Cath Carter.

Il la serra et lui murmura quelque chose à l'oreille.

— C'est très joli, chuchota-t-elle, très joli.

— J'ai pris quelques photos pour la boîte à souvenirs d'Emma. Pour quand… quand il faudra l'enlever. Quand la boutique fermera. Mais ça restera en place jusque-là.

— Vous devriez convoquer la presse, reprit Mrs Creek. Mettre une photo dans le journal.

— Non, protesta Cath. Je ne veux pas que ça paraisse dans le journal.

— J'aime cette photo, avoua le père Lenny. J'ai toujours adoré ces lunettes. On avait l'impression qu'on pouvait les manger.

— Je pense que ça aurait eu très mauvais goût ! rétorqua Mrs Creek.

Suzanna s'aperçut que, derrière eux, Arturro était en pleurs, ses épaules massives détournées dans une tentative de cacher son chagrin. Liliane s'avança vers lui et lui passa un bras autour de la taille en lui murmurant des paroles de réconfort.

— Eh, mon vieux…, dit le père Lenny en se penchant vers lui. Allons, allons…

— Ce n'est pas seulement Jessie, expliqua Liliane en se tournant, un sourire indulgent aux lèvres. C'est… tout. Votre boutique va vraiment lui manquer.

Suzanna remarqua que le bras de Liliane arrivait à peine à étreindre la moitié du dos d'Arturro.

— Elle nous manquera à tous, confirma le père Lenny. Elle avait… un petit quelque chose.

— J'aimais son atmosphère. Quand on entrait, reconnut Arturro en se mouchant. J'aimais même le nom. *Peacock & Co.*

Il l'avait prononcé lentement, en savourant chaque syllabe.

— Vous n'avez qu'à rebaptiser votre épicerie *Arturro & Co*, lança Mrs Creek.

Elle eut l'air vexée quand tout le monde la dévisagea avec perplexité.

— Nous avons beaucoup de raisons d'aimer votre boutique, rappela Liliane, prudente.

— On avait plutôt l'impression que c'était la boutique de Jessie, songea Suzanna à voix haute.

— Si ça ne paraît pas trop mièvre, intervint le père Lenny, j'aime imaginer qu'il y en a une autre quelque part là-haut, avec Jessie qui fait le service.

— Si, c'est très mièvre, répondit Cath.

— Qui fait le service *et* la conversation, compléta Suzanna.

— Ah oui, renchérit le père Lenny. La conversation, c'est sûr.

Cath Carter, avec un petit sourire de fierté, lui donna un coup de coude.

— Elle a parlé à neuf mois. Elle a ouvert la bouche un matin, et ne l'a plus jamais fermée.

Suzanna allait dire quelque chose lorsqu'elle sursauta en entendant une voix familière.

— Puis-je ajouter un mot ? demandait la voix.

Elle en eut le souffle coupé comme par un choc violent. C'était le simple fait qu'il soit là, présent physiquement.

La dernière fois qu'elle l'avait vu, il irradiait de ferveur, de colère, au point que l'air semblait électrisé autour d'eux. À présent, ses mouvements étaient fluides, détendus, ses yeux, qu'elle avait vus accusateurs et incrédules, très doux. Il la regardait avec intensité, attendant sa réponse. Elle essaya en vain de parler, et finit par hocher la tête en silence. Il passa devant eux pour entrer dans la boutique, leva le bras vers une étagère en hauteur, et déposa dans la vitrine son pot à maté en argent.

— Je pense que nous devrions être heureux, déclara-t-il en ressortant. Elle a été ma première amie dans ce pays. Elle savait être heureuse. Et je crois qu'elle voudrait que chacun se souvienne d'elle avec bonheur.

Elle ne pouvait pas détacher les yeux de lui tant elle avait encore du mal à croire qu'il soit là, devant elle.

— Bien dit ! s'écria le père Lenny avec détermination.

Il y eut un long silence, qui devint peu à peu gênant. Liliane remua avec inconfort sur ses talons hauts, et Mrs Creek marmonna dans sa barbe. Suzanna entendit le père Lenny s'adresser à Alejandro en chuchotant, et le vit répondre quelque chose qui le poussa à la regarder. Elle rougit une fois de plus.

— On devrait y aller.

C'était la voix de Cath. Arrachée à sa rêverie, Suzanna se rendit compte qu'elle n'avait pas encore entendu l'opinion qui comptait le plus à ses yeux.

Elle se tourna et chercha la tête blonde. Elle hésita un moment avant de s'accroupir pour demander :

— Est-ce que c'est bien ?

La fillette ne fit pas un geste, ne dit pas un mot.

— Ça va rester là au moins deux semaines. Mais je changerai si tu veux, si tu penses qu'il manque quelque chose. Ou qu'il faut retirer un truc que tu n'aimes pas. J'ai le temps de le faire avant de partir.

Elle parlait à voix basse. Emma contempla la vitrine, puis se tourna vers Suzanna. Elle avait les yeux secs.

— Est-ce que je peux écrire quelque chose pour mettre dedans ?

Sa voix avait cette contenance glaciale de l'enfance. Suzanna en éprouva une douleur au plus profond d'elle-même. Elle acquiesça.

— Je veux le faire tout de suite.

Elle regarda sa grand-mère, puis de nouveau Suzanna.

— Je vais te chercher un papier et un stylo, proposa cette dernière.

Elle lui tendit la main. La petite lâcha celle de sa grand-mère pour la prendre. Suivies des yeux par le groupe silencieux, elles entrèrent dans la boutique.

— C'était toi, n'est-ce pas ?

La boutique était déserte. Suzanna venait de finir d'épingler le mot d'Emma au sein de l'exposition, en résistant à la tentation de corriger les dernières phrases si douloureuses. C'était important de dire la vérité. Surtout à propos de la mort.

Elle se releva et sortit de la vitrine.

— Oui.

C'était tout. Une simple affirmation.

— Ça porte malheur. Tu devrais le savoir.

— C'est juste une plume. Ça n'a pas de sens particulier.

Il regarda la plume iridescente qui dépassait de son sac à main.

— En plus, elle est belle.

Il laissa sa phrase résonner, et fit le tour de la boutique à pas lents.

— Et le reste ? Le papillon ? La plante ?

Elle devait lutter pour s'empêcher de le regarder, de sourire béatement du plaisir immense de l'avoir près d'elle.

— Le papillon, c'est un paon du jour. La plante aussi.

— Je n'ai pas compris. Pour le papillon, je veux dire. On avait cherché le nom latin seulement.

— Dans ce cas, c'est une chance que je ne t'ai pas attrapé un *cichlid*.

Ils restèrent assis en silence un moment. Suzanna se demandait comment, après avoir passé des années dans un état de néant bas de gamme, ses émotions pouvaient désormais virer du désespoir à l'euphorie, puis à quelque chose de moins clair et de nettement plus désorientant.

Un groupe de jeunes filles examinait la vitrine, et lisait le texte d'Emma avec des expressions de sentimentalité disproportionnées.

— C'est beau, ce que tu as fait, assura-t-il avec un signe de tête vers l'exposition.

— Elle aurait fait mieux.

Suzanna se débattait avec les choses qu'elle voulait dire, des choses qui à présent semblaient gênantes, exagérées.

— J'ai cru que tu étais retourné en Argentine, avoua-t-elle en essayant de garder un ton neutre.

Maintenant qu'il était là, ses sentiments étaient plus compliqués, comme si l'urgence qu'elle avait ressentie la veille était une réaction démesurée, trahissait trop de choses à son sujet.

— Tu n'es pas venu témoigner. J'ai cru que tu étais déjà parti.

— J'étais sur le point de le faire. Mais... j'ai décidé d'attendre.

Il s'appuya contre la porte, comme pour la maintenir fermée. Lorsqu'elle leva les yeux vers lui, il la contemplait avec ferveur, et cela, combiné au sens de ses paroles qu'elle comprenait peu à peu, la fit rougir de nouveau.

Elle se redressa et commença à balayer, afin de s'occuper, de rester concentrée.

— Bon, dit-elle sans savoir pourquoi. Bon.

Elle serra les mains sur le manche du balai. Elle le passait à petits coups, toujours consciente de son regard brûlant posé sur elle.

— Écoute, tu sais sans doute que j'ai quitté Neil, mais je veux que tu saches que je ne l'ai pas quitté pour toi. Je veux dire, ce n'est pas que tu n'aies pas eu d'importance pour moi... que tu n'aies pas d'importance pour moi...

Elle se rendait compte qu'elle était déjà en train de divaguer.

— Je l'ai quitté pour être seule, c'est tout.

Il acquiesça, toujours adossé à la porte.

— Certes, je suis flattée par ce que tu as dit. Vraiment. Mais il s'est passé tellement de choses ces derniers jours… des choses que tu ne sais pas. Qui ont à voir avec ma famille. Et je viens juste de commencer à y voir clair. Des choses sur moi, sur comment je vais vivre ma vie.

Il regardait l'exposition. Ou peut-être la rue, à travers les vitres. C'était impossible à dire.

— Alors je veux juste que tu saches que tu es… et que tu seras toujours… très important pour moi. De plein de manières que tu n'imagines sans doute même pas. Mais je crois qu'il est temps que je grandisse un peu. Que je me tienne debout sur mes deux pieds.

Elle arrêta de balayer.

— Tu comprends ?

— Tu ne peux pas fuir cela, Suzanna.

Elle fut choquée par sa certitude, par l'absence de sa réserve d'autrefois. Une réserve qu'elle avait alimentée par la sienne.

— Pourquoi tu souris ?

— Parce que je suis heureux ?

Elle gronda d'exaspération.

— Écoute, j'essaie de t'expliquer quelque chose, là. J'essaie, pour une fois dans ma vie, de me comporter en adulte.

Il pencha la tête de côté, comme si elle avait dit un truc drôle que lui seul pouvait comprendre.

— C'est pour te punir, que tu t'es coupé les cheveux comme ça ?

Au début, elle crut avoir mal entendu.

— Quoi ? Tu te prends pour qui ?

Son sourire était éloquent. Elle avait le cœur qui battait trop fort, et à présent, devant cette moquerie bizarre, toute la rage des semaines précédentes, toutes les émotions qu'elle avait été forcée de réprimer, sortirent d'un coup.

— Je n'y crois pas ! Franchement ! Tu es tombé sur la tête ?

Il se mit à rire.

— Bon sang, tu es tellement arrogant… espèce de…

— Allons, ce n'est pas si mal.

Il s'approcha, la main levée comme pour toucher ses cheveux.

— Je te trouve toujours belle.

— C'est grotesque !

Elle s'écarta de lui.

— Tu es grotesque ! Je ne sais pas ce qui te passe par la tête, Alejandro, mais tu ne comprends pas. Tu ne comprends même pas la moitié de tout ce que j'ai dû gérer. J'ai essayé de te le dire gentiment. J'ai essayé de te faire comprendre, mais je ne vais pas ménager tes sentiments si tu es trop têtu pour les écouter.

— *Moi*, je n'écoute pas mes sentiments ?

Il riait à présent pour de bon, et ce son inhabituel la mit encore plus en rage. Quasiment inconsciente de ce qu'elle faisait, sachant seulement qu'elle avait besoin d'être loin de lui, qu'il fallait qu'il s'en aille pour qu'elle puisse retrouver sa paix intérieure, elle se mit à le pousser, à le mettre dehors *manu militari*.

— Qu'est-ce que tu fais, Suzanna Peacock ? demanda-t-il alors qu'elle lui faisait passer la porte.

— Va-t'en. Retourne en Argentine. Et laisse-moi tranquille. Je n'ai pas besoin de ça, d'accord ? Je n'ai pas besoin de ça en plus de tout le reste.

— Mais si, tu…

— Va-t'en.

— Mais si, tu as besoin de moi.

Elle lui ferma la porte au nez, sa respiration haletante ressemblant de plus en plus dangereusement à des sanglots.

À présent qu'il était là, bien réel, elle n'était pas prête. Elle avait besoin qu'il soit comme avant. Elle avait besoin que les choses aillent lentement, afin qu'elle puisse être certaine de ce qu'elle ressentait, qu'elle n'était pas en train de se mélanger les pinceaux. Plus rien dans sa vie n'était sûr : les éléments tanguaient et roulaient sous elle comme le pont d'un navire pris dans une tempête qui menaçait de l'engloutir.

— Je ne peux pas… Je ne peux pas être comme toi. Je ne peux pas tout lâcher.

Elle ne savait pas s'il l'avait entendue.

Elle s'appuya contre la porte et sentit la voix d'Alejandro vibrer à travers le battant.

— Je ne partirai pas.

Il criait. Apparemment, il ne craignait pas d'être entendu.

— Je ne partirai pas, Suzanna Peacock.

La boutique semblait avoir rétréci. Elle s'assit alors que les murs se rapprochaient d'elle, le son étouffé de la voix d'Alejandro résonnant en elle comme un écho et comblant le dernier espace.

— Je te hanterai, Suzanna ! hurla-t-il. Je te hanterai, et ce sera pire que tout ce qu'ils t'ont fait. Parce que, eux, ce ne sont pas tes fantômes. Ce sont ceux de ta mère, de ton père, de Jason et de la pauvre Emma. Mais ce ne sont pas tes fantômes. Moi, je suis ton fantôme.

Il se tut avant d'ajouter :

— Tu m'entends ? Je suis ton fantôme !

Au bout d'un moment, elle se leva pour s'approcher de la fenêtre. À travers les petits carreaux formés par le verre incurvé, elle le voyait, à quelques centimètres de la porte, à laquelle il s'adressait avec une sorte de ferveur évangélique, le visage détendu comme s'il était déjà certain du dénouement.

Derrière lui, elle distinguait au loin Arturro et Liliane qui observaient la scène, effarés, depuis la porte de *La Boutique du Chic*.

— Tu m'entends ? Je te hanterai, Suzanna !

Sa voix se réverbérait dans la ruelle pavée, rebondissait des murs de pierre sur la fontaine. Elle s'appuya contre le cadre de la fenêtre et sentit toute combativité l'abandonner. Quelque chose en elle venait de céder.

— Tu es un homme ridicule, déclara-t-elle.

Elle s'essuya les yeux, et il l'aperçut.

— Un homme ridicule, répéta-t-elle plus fort, pour qu'il l'entende. On croirait entendre un aliéné.

Il la regarda bien en face, les sourcils levés.

— Un aliéné ! cria-t-elle.

— Dans ce cas, laisse-moi entrer, répondit-il avec un haussement d'épaules typiquement latino.

Ce geste ne lui ressemblait tellement pas qu'elle en eut un frisson. Elle alla ouvrir la porte. Il la regarda, ce quasi-inconnu qui venait d'un pays situé à plusieurs milliers de kilomètres de là, encore plus étrange et plus familier que tout ce qu'elle aurait pu imaginer. Et alors qu'il se tenait devant elle, un grand sourire sans réserve s'afficha lentement sur son visage, un sourire qui parlait de liberté et de plaisirs simples, un sourire qui recelait des promesses qu'il n'avait pas besoin d'expliquer. Un sourire auquel elle répondit par un autre.

— Tu comprends, maintenant ? demanda-t-il doucement.

Elle acquiesça, puis se mit à rire, comme si une bulle d'émotion se frayait un chemin à travers ses poumons en petits souffles précipités.

Pendant un moment, ils restèrent debout sur le pas de la porte du magasin qui avait été *Peacock & Co*, et durant des semaines on en parla dans la petite ville en chuchotements pleins de curiosité et de mépris, autant ceux qui les connaissaient que ceux qui ne les connaissaient pas. Ils se touchaient à peine, sous le regard des quelques personnes qui avaient été autrefois les clients de la boutique. L'homme trop basané et la femme aux cheveux noirs coupés court, cette femme qui, après tout ce qui s'était passé, aurait dû être un peu moins euphorique, un peu plus discrète. La tête rejetée en arrière, elle riait, image vivante de sa mère.

Bien plus tard, Suzanna se tenait sur la marche peinte de la boutique. Elle ferma la porte pour la dernière fois et regarda autour d'elle. Il était assis, le papillon de papier entre les doigts, et attendait pendant que, pour la dix-septième fois, elle vérifiait qu'elle avait tout ce dont elle avait besoin.

— Tu sais que je suis censée partir en Australie. Dans une heure environ. J'ai les billets et tout.

Il tendit la main et lui enlaça les jambes alors qu'elle s'approchait de lui, dans un geste doux de propriétaire.

— L'Argentine, c'est plus près.

— Je ne veux pas me précipiter, Ale.

Il sourit au papillon de papier.

— Je le pense vraiment. Même si je viens en Argentine, je ne suis pas sûre qu'on sera ensemble, en tout cas pas tout de suite. Je sors tout juste d'un mariage. J'ai envie d'aller passer un moment dans un endroit où mon passé ne compte pas.

— Le passé compte toujours.

— Pas pour toi. Pas pour nous.

Elle s'assit à côté de lui et lui parla de sa mère, lui expliqua qu'elle s'était enfuie.

— Je devrais la détester, je suppose, dit-elle en savourant la chaleur de sa main autour de la sienne, le fait qu'elle pouvait à présent rester ainsi. Mais ce n'est pas le cas. Je suis juste soulagée de ne pas avoir causé sa mort.

— Eh bien… Tu as une mère qui t'aime.

— Oh, je sais. Et Athene Forster, répondit-elle en regardant la photo que lui avait donnée Vivi, posée sur un carton, je lui ressemble, je sais, mais je ne ressens aucun lien avec elle. Je ne peux pas porter le deuil de quelqu'un qui m'a abandonnée sans se retourner.

Alejandro perdit son sourire alors qu'il pensait au bébé dans une maternité de Buenos Aires, enlevé par une femme blonde bien décidée à ignorer la douleur des autres.

— Peut-être qu'elle n'a jamais souhaité t'abandonner, murmura-t-il. Tu ne connaîtras peut-être jamais toute l'histoire.

— Oh, j'en sais assez.

Elle fut surprise de son propre manque d'animosité.

— Je la voyais comme une figure glamour, condamnée à tort, reprit-elle. Je crois que j'étais à moitié amoureuse de l'idée d'être comme elle. Maintenant, je vois plutôt Athene Forster comme une petite fille pourrie gâtée et assez stupide. Quelqu'un qui n'était pas fait pour être mère.

Il se leva et lui tendit une main.

— Il est temps d'être heureuse, Suzanna Peacock, annonça-t-il.

Il tenta de prendre un air solennel.

— Avec ou sans moi, conclut-il.

Souriante, elle accepta la vérité de ces paroles.

— Tu sais quoi ? Tes cadeaux étaient complètement à côté de la plaque. Parce qu'il n'y a pas de Suzanna Peacock. Plus maintenant. Juste pour que tu saches… Je m'appelle Suzanna Fairley-Hulme.

Chapitre 28

La fille au tailleur bleu en laine bouclée sortit du train en marche arrière, en se débattant avec son énorme landau, dont les roues s'étaient coincées sur une bordure. Il était très encombrant, et datait des années 1940. Alors qu'elle remerciait d'un signe de tête le contrôleur qui l'avait aidée à le descendre sur le quai, elle pensa à sa logeuse, qui s'était plainte pendant des semaines de sa présence dans l'étroit hall d'entrée. Deux fois, elle avait essayé d'exiger qu'on l'enlève, mais la fille savait que la vieille femme était intimidée par son accent, et elle avait usé de son effet dévastateur pour l'amadouer. Elle en fit de même avec le contrôleur. Il lui sourit, vérifia qu'elle n'avait pas d'autres bagages qu'il aurait aussi fallu porter, puis resta un moment à admirer ses longues jambes fines alors qu'elle s'éloignait.

C'était une journée venteuse. Devant la gare, elle se pencha pour replier les couvertures du landau. Puis elle se lissa les cheveux et remonta son col. Elle contempla avec regret le dernier taxi qui démarrait en vrombissant. Le restaurant était bien à deux kilomètres, et elle avait seulement assez d'argent pour son ticket de retour. Et un paquet de cigarettes. Elle en aurait besoin.

Sans surprise, lorsqu'elle atteignit Piccadilly, il se mit à pleuvoir. Elle remonta la capote du landau et accéléra le pas, tête baissée contre le vent. Elle ne portait pas de bas, et ses chaussures ridicules lui blessaient les talons. Il lui avait conseillé de ne pas les mettre, de choisir plutôt l'autre paire.

Mais un reste de vanité l'avait dissuadée d'être vue avec une paire de tennis bon marché. Pas aujourd'hui.

Le restaurant se trouvait dans une rue transversale, derrière un théâtre. Son extérieur d'un vert sombre et ses vitres teintées montraient sa qualité discrète, son désir d'apparaître comme un repaire pour déjeuner des nantis et des connaisseurs. Elle ralentit en approchant, comme réticente à l'idée d'atteindre sa destination, et resta dehors, les yeux rivés sur le menu, le temps de décider d'entrer ou non. Une rangée d'ouvriers était appuyée sur l'échafaudage au-dessus d'elle pour s'abriter temporairement de la pluie fine. L'un d'eux sifflait en suivant « *Walk on By* », de Dionne Warwick, que crachait un transistor poussé à fond. Ils la regardèrent avec un intérêt non dissimulé alors qu'elle essayait de remettre en place ses épingles à cheveux, tentative sabotée par le vent et l'absence de miroir. Elle vérifia ensuite dans une fenêtre que son maquillage n'avait pas coulé. Elle alluma une cigarette qu'elle fuma en bouffées courtes et fébriles, en bougeant d'un pied sur l'autre sans cesser de regarder la rue. Elle ne semblait toujours pas décidée à entrer. Enfin, elle se tourna vers le landau et contempla le bébé endormi. Soudain, elle se redressa, immobile, une expression intense et étrange sur le visage, sans prêter attention aux ouvriers ni au mauvais temps. Ce n'était pas du tout le regard désinvolte et tendre des autres mères. Elle plongea la main dans le landau, comme pour toucher la joue de l'enfant, son autre main agrippée à la poignée pour se donner de l'assurance. Puis elle se pencha sous la capote. On ne voyait plus son visage. Du temps passa, puis elle se releva, poussa un soupir tremblant et marmonna quelque chose. Elle fit tourner le landau vers la porte du restaurant.

— Ne fais pas cette tête, ma jolie ! cria une voix au-dessus d'elle. Ça ne va peut-être pas arriver.

— Oh, murmura-t-elle si bas que personne ne l'entendit, c'est bien là que vous vous trompez…

La grosse fille aux cheveux permanentés avait fait des difficultés pour accepter la responsabilité temporaire du landau. Elle radotait sur la politique du restaurant. Athene avait pris son accent le plus snob et lui avait laissé en pourboire l'argent de ses cigarettes. Elle avait promis de ne pas rester plus d'une demi-heure.

— Elle dort, mon petit, avait-elle assuré en se forçant à sourire. Vous n'aurez pas à lever le petit doigt. Et je serai juste là si vous avez besoin de moi.

Soumise à la pleine puissance du charme d'Athene, la fille n'avait pas eu le courage de refuser. Mais elle l'avait détaillée de la tête aux pieds, d'un air qui suggérait qu'elle savait qu'Athene n'était pas tout à fait qui elle prétendait être : avec un tailleur vieux de deux saisons, et un énorme landau qu'elle peinait à faire entrer dans le restaurant, tout ne se jouait pas à l'accent…

Elle était restée dix minutes dans les toilettes pour reprendre le contrôle de sa respiration.

Au début, ça avait été amusant. Elle n'avait jamais vécu ainsi, au jour le jour, sans savoir où elle dormirait, ni même dans quelle ville : c'était une aventure. Et elle, protégée des aspects les moins plaisants – les chambres minables, la nourriture immangeable – par les premiers élans de la passion, s'était réjouie de la transgression. Elle riait en imaginant sa mère à ses réunions de bridge du mercredi, désespérée de trouver une excuse à sa disparition. Elle riait aussi en songeant à son père, soufflant de colère par-dessus son journal devant ce dernier affront ; à Rosemary, avec son visage aigri, Rosemary toujours désapprobatrice, qui l'avait toujours jugée sans la moindre discrétion, qui avait dit à Athene qu'elle avait su au premier regard quel genre de fille elle était, même si Athene était bien décidée à ne pas l'être. Elle essayait de ne pas penser à Douglas.

Tony et elle étaient comme les doigts de la main. Elle l'avait su dès l'instant où il était apparu à sa porte et avait souri, moqueur, lorsqu'elle avait ouvert. Il semblait dire qu'elle aurait dû se rendre compte qu'elle était au mauvais endroit. Et c'était le cas, non?

Elle finit sa cigarette et ressortit lentement des toilettes pour entrer dans la salle de restaurant bruyante et s'avancer vers le box où il était assis, plongé dans son journal. Il avait toujours été séduisant lorsqu'il portait un beau costume. Celui d'aujourd'hui ressemblait un peu trop, par sa coupe et sa couleur, à celui de leur mariage. À présent qu'il se tournait, elle vit que de nouvelles rides d'expérience – ou de chagrin? – lui donnaient une attirante maturité.

— Douglas?

Il avait grimacé, comme si ce seul nom suffisait à le blesser.

— Ce que tu es élégant! avait-elle dit, dans un effort pour meubler le silence, faire fléchir l'intensité brûlante de son regard.

Elle s'était assise: elle avait terriblement besoin d'un verre. Le serveur, en l'apportant, lui avait fait du pied.

— Est-ce que tu… tu vas bien? avait-il demandé.

Elle avait grimacé en percevant tant de douleur dans sa voix. Elle avait proféré une réponse vide de sens, et ils s'étaient engagés en bégayant dans une conversation polie, comme de vagues connaissances. Elle était surprise de parvenir à articuler des mots.

— Tu viens souvent à Londres?

Elle s'était demandé, vaguement, s'il se moquait d'elle. Mais, d'un autre côté, Douglas n'avait jamais été futé, pas comme ça. Pas comme Tony.

— Oh, tu me connais, Douglas. Le théâtre, une sortie en boîte de nuit de temps à autre… Impossible de me tenir à l'écart de notre bonne vieille capitale !

Elle avait mal à la tête. Elle tendait l'oreille, depuis qu'elle s'était assise, au cas où Suzanna pleurerait, signal qu'elle s'était réveillée.

Il avait commandé pour elle : une sole. Dans le train, elle mourait de faim, car elle n'avait pas mangé depuis la veille. À présent, elle était incapable de regarder son assiette : le beurre en train de durcir, la riche odeur de poisson lui retournaient l'estomac. Il essayait de lui parler, mais elle avait du mal à entendre ce qu'il disait.

En regardant ses lèvres bouger, elle songea un instant qu'elle n'était pas obligée de faire cela. Elle pouvait rester assise, prendre un repas avec Douglas, et rentrer à la maison. Personne ne la forçait à rien. Tout s'arrangerait à la fin, non ?

Puis elle repensa à la conversation qu'elle avait eue avec ses parents plus tôt dans la semaine, la veille de son coup de fil à Douglas.

— Tu as fait tes choix, Athene, avait dit sa mère. Maintenant, tu n'as plus qu'à les assumer.

Elle n'obtiendrait pas un sou de leur part. Son père s'était montré encore moins enclin au pardon : elle avait déshonoré la famille, avait-il déclaré, et ce n'était pas la peine qu'elle s'imagine revenir sous leur toit. Comme s'il n'avait pas, lui, par ses actions, causé bien plus de tort.

Elle n'avait pas pris la peine de leur parler du bébé. Elle avait pensé au tiroir du bas de cette horrible commode en pin qui tenait lieu de lit pour Suzanna, aux couches mises à sécher tout autour de leur chambre, aux menaces répétées de mise à la porte que proférait la logeuse. Au désespoir de Tony de ne pas trouver de meilleur emploi.

C'était mieux ainsi.

— Douglas, mon chou, tu aurais la gentillesse de me racheter des cibiches ? Je n'ai pas de monnaie sur moi, avait-elle demandé, en réussissant à sourire.

Lorsque le serveur les avait apportées, il avait laissé la monnaie de Douglas sur la table, et elle l'avait dévorée des yeux, consciente qu'avec cette somme elle pourrait les nourrir plusieurs jours. Ou s'offrir un bain. Un bain très chaud, avec même quelques bulles. Elle contemplait les pièces et songeait à l'époque, pas si lointaine, où elle ne les aurait même pas remarquées, où ce petit montant aurait été totalement sans importance. Comme son manteau, ses chaussures, un nouveau chapeau, auraient été sans importance : aussitôt obtenus, aussitôt remplacés.

Elle regarda l'argent, puis Douglas, et prit conscience qu'il y avait une autre réponse à ses problèmes, qu'elle n'avait pas encore envisagée. C'était un bel homme, après tout. Et on voyait bien qu'il tenait encore à elle, même dans leur brève conversation téléphonique. Tony survivrait sans elle. Il n'avait besoin de personne.

— Pourquoi as-tu appelé ?

— Je n'ai plus le droit de te parler ? avait-elle répondu gaiement.

À ce moment-là, elle l'avait regardé – vraiment regardé – et avait vu la douleur, le désespoir sur ses traits. L'amour. Même après tout ce qu'elle avait fait. Et elle sut pourquoi elle ne pouvait pas choisir cette solution qui aurait tout réglé d'un coup de baguette magique.

— Arrête de m'appeler « chéri », Athene. Je ne peux pas supporter toute cette mascarade. Vraiment pas. J'ai besoin de savoir pourquoi tu es là.

Il était en colère, à présent, les joues un peu rouges. Elle essaya de se concentrer sur ce qu'il disait, mais elle percevait une vibration en elle, réglée sur une fréquence maternelle invisible. Et elle perdit le fil de la conversation.

— Tu sais, c'est bon de te voir en aussi bonne forme.

Elle se demandait si elle pouvait tout simplement se lever et partir. Elle pourrait détaler tout de suite, attraper Suzanna dans cet horrible landau et disparaître. Personne n'aurait besoin de savoir. Ils pourraient aller à Brighton, peut-être. Emprunter de l'argent et partir à l'étranger. En Italie. Les Italiens adoraient les bébés. Elle entendit sa voix sortir de sa bouche, comme si elle appartenait à quelqu'un d'autre, alors que les pensées s'embrouillaient dans sa tête.

— Tu as toujours été très beau dans ce costume.

Elle entendait Suzanna à présent, au loin, et rien d'autre n'avait d'importance.

— Athene ! protesta-t-il.

Et la grosse fille était là, devant elle avec son visage insolent. Elle regardait sa main gauche sans alliance, le repas auquel elle n'avait pas touché.

— Je suis désolée, madame, mais votre bébé pleure. Il faut que vous veniez la chercher.

Plus tard, elle s'aperçut qu'elle avait peu de souvenirs des minutes suivantes. Elle se souvenait vaguement du visage choqué de Douglas, palissant devant ses yeux. De Suzanna qu'on lui tendait, et de s'être aperçue, alors qu'elle la tenait pour la dernière fois, qu'elle était incapable de la regarder. Suzanna, gagnée peut-être par un terrible pressentiment, s'agitait, et Athene avait été contente de devoir la faire sautiller sur son genou. Cela masquait l'horrible tremblement de ses mains.

Ensuite, c'était le moment qu'elle aurait voulu oublier, le moment qui la hanterait tant qu'elle serait éveillée, qui lui reviendrait dans ses rêves, qui lui laisserait les bras vides, un trou en forme d'enfant dans le cœur.

Presque sans croire qu'elle était en train de le faire, Athene Fairley-Hulme prit l'enfant qu'elle aimait avec une passion simple et pure dont elle ne s'était pas crue capable, et tendit son petit poids doux, ses minuscules membres enveloppés de couvertures, vers l'homme en face d'elle.

—Athene, je ne peux pas croire que tu…

—Je t'en prie, je t'en prie, Douglas… Je ne peux pas t'expliquer. Vraiment.

Ses paroles étaient comme du plomb dans sa bouche, ses mains désormais vides comme une trahison venimeuse.

—Tu ne peux pas me laisser avec un bébé comme ça…

—Tu l'aimeras.

Il la tenait avec soin, remarqua-t-elle avec une gratitude qui la transperça. Elle savait qu'il le ferait. *Oh, Seigneur, pardonne-moi pour cela*, pria-t-elle en silence. Elle se demanda un instant si elle allait s'évanouir.

—Athene, je ne peux pas…

Elle sentit monter la panique à l'idée qu'il refuse. Il n'y avait pas d'autre solution. Tony le lui avait répété bien des fois. Elle avait fait ses choix.

Elle lui posa une main sur le bras, et essaya de faire passer tout cela dans un regard suppliant.

—Douglas, chéri, est-ce que je t'ai déjà demandé quelque chose ? Vraiment ?

Il lui avait rendu son regard avec une confusion chancelante, l'air à nu, et elle avait su qu'elle avait gagné. Qu'il prendrait soin d'elle. Qu'il l'aimerait, comme lui, enfant, avait été aimé. *C'est mieux ainsi*, se dit-elle. *C'est mieux ainsi*. Comme si, en le répétant suffisamment souvent, elle pouvait se forcer à le croire. Elle s'obligea à se lever et se mit à marcher, essayant de ne pas tomber, de garder la tête haute. De conserver l'esprit vide afin de ne pas penser à ce qu'elle abandonnait derrière elle, concentrée seulement sur le fait de mettre un pied devant l'autre, alors que les bruits du restaurant se noyaient dans le néant.

Elle aurait voulu lui laisser quelque chose, n'importe quoi. Un petit signe qu'elle avait été aimée. Mais ils n'avaient rien. Tout avait été vendu dans la nécessité simple de se nourrir.

Au revoir, ma chérie, dit-elle pour elle-même, alors que la porte du restaurant s'approchait dangereusement, et que ses talons résonnaient sur le carrelage. *Je reviendrai te chercher quand les choses s'arrangeront. C'est promis. C'est mieux ainsi.*

— Tu ne veux même pas lui dire au revoir ?

La voix de Douglas lui parvenait, dans son dos. Et Athene, sentant se fissurer ce qui restait de sa détermination, s'enfuit.

C'était vraiment étrange, commenta plus tard l'employée du vestiaire au sommelier. Cette fille tellement snob, celle avec les cheveux noirs, avait passé l'angle, s'était assise sur le trottoir, et avait fondu en larmes, comme si son cœur allait se briser. Elle l'avait vue quand elle était sortie prendre un peu l'air. Effondrée contre un mur, à hurler comme un chien blessé, sans se soucier des regards.

— Je veux bien aller lui remonter le moral, répondit le sommelier avec un clin d'œil lubrique.

La fille secoua la tête en feignant le désespoir, et retourna à ses manteaux.

Quand elle rentra, Tony était allongé sur le lit. Ce n'était pas étonnant, bien qu'on soit seulement en fin d'après-midi : il n'y avait pas de chaises dans la petite chambre. Ils en avaient demandé une, qu'ils pensaient pouvoir glisser près de la fenêtre, mais la logeuse avait fait remarquer qu'ils avaient déjà deux semaines de loyer en retard, et qu'il y avait un occupant de plus dans la chambre que ce qu'ils avaient annoncé au départ, alors elle n'allait pas commencer à leur faire des faveurs, hein ?

Athene ouvrit la porte. Il sursauta, comme si elle le réveillait, et se redressa. Il scruta son visage en clignant des yeux. La chambre sentait le renfermé : cela faisait des semaines qu'ils n'avaient pas eu d'argent pour apporter les draps à la laverie, et la fenêtre ne s'ouvrait pas assez pour aérer convenablement.

Elle le regarda se frotter les cheveux avec ses grandes mains qui ne tremblaient pas.

— Alors ? dit-il.

Elle était incapable de parler. Elle s'approcha du lit, sans prendre la peine d'enlever le journal qui traînait sur le couvre-lit blanc, et s'allongea en lui tournant le dos. Ses chaussures glissèrent de ses talons en sang.

Il lui mit une main sur l'épaule, la serra timidement.

— Ça va ?

Elle ne répondit pas.

Elle regardait le mur en face d'elle, le papier peint vert qui commençait à se décoller, le radiateur dans lequel ils n'avaient plus les moyens de mettre des pièces, la commode, dont le tiroir du bas était rembourré de vieux pulls d'Athene. Elle avait utilisé comme drap son unique corsage de soie, ce qu'elle avait trouvé de plus doux pour la peau de Suzanna.

— Tu as pris la meilleure décision, tu sais, murmura Tony. Je sais que c'est dur, mais tu as pris la meilleure décision.

Elle avait l'impression qu'elle n'aurait plus jamais la force de lever la tête de l'oreiller. Elle se sentit si fatiguée… comme si jamais auparavant elle n'avait réellement compris ce qu'était la fatigue. Elle était vaguement consciente que Tony lui embrassait l'oreille. Sa réticence lui donnait des désirs.

— Ma douce ?

Elle ne parvenait pas à répondre.

— Ma douce ?

— Oui, chuchota-t-elle.

Elle ne voyait pas quoi dire d'autre.

— J'ai regardé des offres d'emploi, déclara-t-il, comme s'il cherchait à la consoler, à respecter sa part du contrat. Il y a une société à Stanmore qui cherche des représentants de commerce. Avec des primes et des commissions. Je me disais que j'allais les appeler. On ne sait jamais, hein ?

— Non.

— Ça va s'arranger, Thene. Pour de vrai. Je vais tout faire pour.

Elle était sûrement arrivée à Dere Hampton à présent, s'il avait pris le train. Douglas avait dû se débattre avec ce landau, comme elle un peu plus tôt. Elle l'imaginait sans mal, en train de demander que le contrôleur lui vienne en aide, de s'emmêler avec la capote, la poignée trop grande. Puis, dans le compartiment, en train de vérifier que le bébé allait bien. De se pencher, dans son beau costume de laine, une douce inquiétude sur le visage.

S'il te plaît, ne la laisse pas trop pleurer loin de moi, pensa-t-elle, et une grosse larme solitaire roula sur sa joue vers l'oreiller.

— Elle sera mieux avec lui. Tu le sais.

Tony lui caressait le bras, son bras blanc et glacé, comme si cela pouvait la réconforter. Elle entendait sa voix dans son oreille, fervente, persuasive, et pourtant lointaine.

— On n'aurait jamais pu s'en sortir avec deux, pas là-dedans. On arrive à peine à manger… Athene ? insista-t-il quand le silence devint trop lourd pour lui.

Elle restait allongée sur les petites annonces froissées, son visage froid contre la taie d'oreiller en coton tachée, les yeux toujours rivés sur la porte.

— Non, répondit-elle.

Athene resta allongée sur le lit pendant quatre jours et quatre nuits, sans quitter la petite chambre. Elle ne pouvait rien faire d'autre que pleurer, refusait de manger ou de parler, les yeux grands ouverts de façon inquiétante. Le cinquième jour, craignant pour sa santé si ce n'est pour sa raison, Tony prit les choses en main et appela le médecin.

La logeuse, qui aimait un peu de spectacle, resta sur le palier de l'étage lorsque le docteur arriva, et clama à grand bruit qu'elle tenait une maison respectable, propre et convenable.

— Il n'y a pas de maladies ici, rien de sale.

Elle observait depuis le pas de la porte, espérant glaner un indice de ce qui n'allait pas chez cette fille.

— Je n'en doute pas, rétorqua le médecin en regardant la moquette gluante du couloir avec dégoût.

— Je n'ai jamais pris de filles pas mariées avant, et c'est bien la dernière fois. Je ne veux plus de ce genre d'inconvénients.

— Elle est ici, indiqua Tony au médecin.

— Je ne veux rien d'infectieux dans mon établissement ! cria la femme, surexcitée. S'il y a une infection, il faudra me le dire !

— C'est ta grande gueule, qui est infectieuse, marmonna le jeune homme avant de fermer la porte.

Le médecin examina la petite chambre aux murs humides, aux fenêtres crasseuses. Il grimaça à cause de l'odeur du seau de lessive qui stagnait dans un coin. Il se demandait combien de personnes dans le district vivaient dans des habitations qui auraient mieux convenu à des animaux.

Il écouta les explications hâtives du jeune homme, puis s'adressa à la femme dans le lit.

— Avez-vous des douleurs quelque part ? demanda-t-il en abaissant les couvertures pour palper le ventre qui commençait tout juste à s'arrondir.

Lorsqu'elle répondit, il fut surpris par son accent de la haute société, alors que son compagnon venait de s'exprimer avec le ton bourru d'un homme du nord. Mais de nos jours, c'était ainsi. La fin des classes sociales, à ce qu'on prétendait.

— Des problèmes urinaires ? Mal de gorge ? D'estomac ?

L'examen ne prit pas longtemps : de toute évidence, il n'y avait aucun problème physique. Il diagnostiqua une dépression, qui s'expliquait facilement par l'environnement sinistre dans lequel elle vivait.

— Beaucoup de femmes deviennent un peu hystériques lors de la grossesse, dit-il au jeune homme en refermant sa mallette. Essayez simplement qu'elle reste calme. Emmenez-la peut-être faire un tour au parc. L'air frais lui fera du bien. Je vais vous donner une ordonnance pour des comprimés de fer. Pour voir si ça peut lui mettre un peu de rouge aux joues.

Le jeune homme le raccompagna, puis il resta à la porte de la petite chambre, les mains dans les poches, gêné, clairement dépassé.

— Mais qu'est-ce que je dois faire ? ne cessait-il de répéter. Elle n'a pas l'air de m'écouter.

Le médecin suivit le regard anxieux du jeune homme vers le lit, où la fille s'était endormie. Il avait un cas possible de tuberculose au numéro 47, un pansement d'escarres, et les cors au pied de Mrs Baker qu'il aurait dû voir la veille. Aussi compatissant soit-il, il ne pouvait s'attarder plus de temps ici.

— La maternité est plus difficile pour certaines femmes que pour d'autres, déclara-t-il.

Il remit son chapeau d'un geste ferme, et partit.

— Mais on m'avait dit que ma mère était morte en couches, s'était écriée Suzanna lorsque Vivi lui avait raconté ce qu'elle savait des derniers jours d'Athene.

— C'était vrai, avait expliqué Vivi en lui prenant la main avec toute sa douceur maternelle. Mais ce n'était pas lors de ta naissance.

Chapitre 29

Ma fille est née la nuit des coupures de courant, le jour où tout l'hôpital et la moitié de la ville étaient plongés dans le noir. J'aime penser que cela avait du sens : que son arrivée dans le monde était si importante qu'elle devait être marquée par quelque chose. Dehors, les lumières avaient disparu, chambre par chambre, immeuble par immeuble, progressivement à travers toute la ville, comme les bulles qui se tarissent dans du champagne, alors que nous roulions à vive allure dans notre voiture. Enfin le ciel nocturne nous avait accueillis aux grilles de l'hôpital.

Entre les contractions, je riais de façon hystérique. La sage-femme aux mâchoires carrées, qui ne comprenait rien à ce que je disais, pensait que j'avais un problème. Je ne pouvais pas lui expliquer. Je riais parce que j'avais voulu accoucher à la maison, et qu'il avait dit que ce n'était pas possible, qu'il ne voulait pas prendre le risque d'une complication. C'était l'un de nos rares points de désaccord.

Et donc nous étions là, lui qui s'excusait, et moi qui riais et haletais dans l'entrée, alors que les infirmières criaient et juraient, et que les blessés capables de marcher se cognaient dans le noir. Je ne sais pas pourquoi je riais tant. Plus tard, ils ont dit qu'ils n'avaient jamais vu quelqu'un rire ainsi pendant le travail, en tout cas pas sans gaz hilarant. Peut-être que j'étais hystérique. Peut-être que la situation était tellement incroyable que je n'arrivais pas à en accepter la réalité.

Peut-être que j'avais même un peu peur, mais j'ai du mal à le croire. Il n'y a pas grand-chose qui me fasse peur, désormais.

Quand c'est devenu vraiment douloureux, je riais moins. Ensuite, je mâchais l'embouchure du tuyau de gaz et d'air, et je criais, outragée et trahie que personne ne m'ait prévenue que je risquais de ressentir cela.

Je ne me souviens pas de la fin. Tout est devenu flou, un mélange de douleur, de sueur, de mains et de voix qui m'encourageaient dans la pénombre à pousser, à continuer, qui me disaient que je pouvais le faire. Mais je le savais, que je pouvais le faire. Malgré la souffrance, la sensation étrange et choquante qui annonce la naissance, je n'avais pas besoin de leurs encouragements. Je savais que je pouvais pousser pour faire sortir ce bébé. Même s'il n'y avait eu personne d'autre que moi. Et alors que je regardais mon torse nu dans nos dernières minutes à ne faire qu'une, les articulations blanches à force de serrer les mains sur les draps, elle s'est glissée hors de moi avec la même détermination, la même confiance dans ses propres capacités, les bras déjà levés comme pour célébrer une victoire.

Il était là pour la rencontrer. Je ne sais pas comment, je ne pense pas l'avoir vu bouger. Je lui avais fait promettre, avant, de ne pas se tenir de ce côté-là, de ne pas gâcher la vision romantique qu'il avait de moi. Il avait ri et m'avait répondu que j'étais ridicule.

Ainsi, il fut là quand elle prit son premier souffle dans ce monde, et même dans la faible lumière je vis les larmes briller sur ses joues alors qu'il coupait le cordon et la soulevait, l'approchant des bougies pour que je la voie, pour que moi aussi je croie en elle.

Et la sage-femme, qui à mon avis avait projeté de la voir, recula pendant qu'il la tenait, lui embrassait tendrement le visage, essuyait le sang qu'elle avait sur les membres, sur ses cheveux bruns, sans cesser de lui roucouler une chanson d'amour que je ne comprenais pas.

Il prononça son nom, le nom sur lequel nous nous étions mis d'accord : Veronica de Marenas.

Et comme par magie, les lumières revinrent, illuminant la ville, district par district, redonnant aux rues calmes leur aspect habituel. Quand elles se rallumèrent dans notre petite pièce, vives et crues, la sage-femme se hâta vers l'interrupteur pour éteindre. Il y avait de la beauté dans notre pénombre, une poésie dans notre pièce à peine éclairée, même elle pouvait le voir.

Alors que cette femme me lavait, brusque et tendre à la fois, je regardais mon époux et ma fille se déplacer dans la petite salle, le visage illuminé par les bougies, et enfin je me mis à pleurer. Je ne sais pas pourquoi : l'épuisement, peut-être, ou l'émotion de tout cela. L'incrédulité d'avoir pu produire cette petite fille magnifique, parfaite, avec mon propre corps, d'avoir pu créer sans le savoir une telle joie.

— Ne pleure pas, *amor*, dit Alejandro à côté de moi, d'une voix pourtant toujours étranglée par les larmes.

Il était revenu à côté du lit. Hésitant, il la regarda, puis se pencha et me la tendit d'un geste doux. Bien qu'il ait les traits pleins d'amour, il retira les mains lentement, comme s'il avait du mal à la lâcher. Et quand elle nous regarda, clignant des yeux avec cet air sage et innocent, il me serra contre lui, tous trois pris dans la même étreinte.

— Il n'y a aucune raison de pleurer. Elle sera aimée.

Ses paroles effacèrent tout le reste. Il ne restait plus de recoins sombres, et c'est toujours vrai aujourd'hui. Elle sera aimée.

Remerciements

J'aimerais remercier Sophie Green et Jacquie Bounsall. Bien qu'ils ne ressemblent en rien à mes personnages, ils m'ont inspirée… de même que la boutique de Sophie, *Blooming Mad Sophie Green*. Je remercie aussi tous les clients pour leurs histoires personnelles, leurs commérages et leurs scandales, leurs plaisanteries qui m'ont aidée à mettre ce livre en forme. Je suis émerveillée de ce que les gens sont prêts à vous raconter si vous restez assez longtemps derrière la caisse.

Un grand merci à toute l'équipe de Hodder & Stoughton pour son soutien sans faille et son enthousiasme, en particulier Carolyn Mays, Jamie Hodder-Williams, Emma Longhurst, Alex Bonham et Hazel Orme. Merci à Sheila Crowley et Jo Frank, dont les talents d'agent ont permis à ce livre de voir le jour, de même qu'à Vicky Longley et Linda Shaughnessy chez AP Watt. Merci à Brian Sanders pour ses connaissances en matière de pêche, et à Cathy Runciman pour ce qu'elle m'a raconté sur l'Argentine. À Jill et John Armstrong, pour l'espace qu'il m'a offert afin que je travaille loin des paniers de linge sale qui débordent, et à James et Di Potter pour leur savoir sur l'agriculture et l'élevage. Merci également à Julia Carmichael et à l'équipe de Harts à Saffron Walden pour leur soutien, et à Hannah Collins pour Ben, le meilleur prétexte du monde pour éviter de travailler. Un merci en retard à Grant McKee et Jill Turton, les premiers à imprimer mon travail : je suis désolée d'avoir vendu votre voiture. Mes excuses et remerciements aussi à Saskia et Harry, qui comprennent désormais que si maman parle toute seule et oublie parfois de préparer le dîner, ce n'est pas parce qu'elle montre des signes avant-coureurs de démence, mais parce qu'elle paie les factures. Et par-dessus tout, merci à Charles, qui supporte que je tombe régulièrement amoureuse de mes personnages masculins, et qui en sait tellement sur le processus d'écriture d'un roman qu'il pourrait très bien en publier lui aussi. Pour tout le reste…

Achevé d'imprimer en décembre 2021
Par CPI Brodard & Taupin à La Flèche
N° d'impression : 3046276
Dépôt légal : janvier 2022
Imprimé en France
38122292-1